本书系国家社科基金重大项目"全明诗话新编"

（项目编号：13&ZD115）的阶段性成果。

中国近世文学批评研究丛书

陈广宏 主编

古典诗话新诠论

复旦大学「鉴必穷源」传统诗话 · 诗学工作坊论文集

陈广宏 侯荣川 编

中华书局

图书在版编目（CIP）数据

古典诗话新诠论:复旦大学"鉴必穷源"传统诗话·诗学工作坊论文集/陈广宏,侯荣川编. —北京:中华书局,2018.6
（中国近世文学批评研究丛书）
ISBN 978-7-101-13248-9

Ⅰ.古…　Ⅱ.①陈…②侯…　Ⅲ.①诗学–中国–文集②诗话–中国–文集　Ⅳ.I207.2-53

中国版本图书馆 CIP 数据核字（2018）第 109828 号

书　　名	古典诗话新诠论:复旦大学"鉴必穷源"传统诗话·
	诗学工作坊论文集
编　　者	陈广宏　侯荣川
丛 书 名	中国近世文学批评研究丛书
责任编辑	郭时羽
出版发行	中华书局
	（北京市丰台区太平桥西里 38 号　100073）
	http://www.zhbc.com.cn
	E-mail:zhbc@zhbc.com.cn
印　　刷	北京瑞古冠中印刷厂
版　　次	2018 年 6 月北京第 1 版
	2018 年 6 月北京第 1 次印刷
规　　格	开本/880×1230 毫米　1/32
	印张 15⅛　插页 2　字数 360 千字
印　　数	1-1500 册
国际书号	ISBN 978-7-101-13248-9
定　　价	58.00 元

中国近世文学批评研究丛书

总 序

陈广宏

　　本丛书是中国近世文学批评研究的专辑，主要关涉"近世文学"与"文学批评"这两个关键词——它们都是近现代人文学科建立以来产生的概念。我们知道，中国文学史有关上古、中世（或中古）、近世（或近古）的历史分期法，是通过明治时代日本的中介影响，借鉴了欧洲历史的分期标准，在清末民初以来的文学史著作中大行其道。同样，随着西学东渐，"文学批评"作为西方文学论的一个重要概念，逐步与以"文史"或"诗文评"为主体的我国传统文论对接，并发展为一门相对独立的学科。

　　问题是，在一个多世纪后的今天，我们以这两个概念为核心，希冀达成什么样的学术愿景呢？

　　就前者而言，意味着我们坚持一种"长时段"的历史观。在上个世纪末，先师章培恒先生就已经以一种中国文学古今演变的整体观，倡言大力推进文学史的宏观研究。近年来，全球化大潮中的学术生态瑰丽多姿，而如美国 Jo Guldi 与 David Armitage 合著《历史学宣言》（2014 年 10 月由剑桥大学出版社出版），呼吁历史学重回年鉴学派布罗代尔（Fernand Braudel）所倡"长时段"（longue-durée）研究，仍代表了一种新趋势，其所针对，正是日益严重的碎片化的研究方式。

　　近世是离我们最近的古代，要实现文学史现代与传统的对接，近世文学至为关键。在它身上，我们可以发现和评估古代文学中具有现代价值的传统。而从另一端来看,中古至近世,文学文化语境发生了巨变,包括:城市经济的增长对农业社会的侵蚀,引起社会形态与结构的变化;社会闲暇消费的产生,引起人们生活方式的变化;地域性、集团性与市场化等倾向,引起文学生产、传播机制的变化等。至于文学自身,无论是文体、文类及其语言表现形态,还是审美理想、价值观念,亦皆发生了显著的变化。对此,亟需有一系统的考察与阐释。

七十年前,岛田虔次在其所著《中国近代思维的挫折》"序"中,已将"近世学"与"古代学"对举,认为与这个"古代学"具有同等地位的关于近世的"近世学",也是必须存在的。这之后,一代一代学者对"作为思想的中国近世"的发掘与阐释日渐进展,思想史研究显然走在了文学史研究的前面。另一方面,我们也都看到,其实近年来学界在中古文学研究方面颇有声势。故而,我们似乎有太多理由,呼吁加强对"作为文学的中国近世"的关注。

要重建中国近世文学的图景,一个很重要的步骤,就是所谓还原研究,那意味着遵循阐释历史的法则,力求按照古人所处时代的价值观念、话语体系去考量其作品。那么,在这种情形下,传统"文史"或"诗文评"乃至诗文选本等所代表的批评话语、评价标准及其整个知识体系,就是我们最为直接的依恃,在某种意义上成为我们重建工作的"捷径"。这种还原研究要求我们从文献批判入手,立足文本,要求我们先将文学视作语言构造与修辞的表现效应,这种回归语文学的研究路径,或亦与传统文学批评更相契合。

我们正面临一个学术重建的时代,作为文学史研究的一种再出发,我们在尝试中国文学建构多样可能性的同时,仍以探寻更加合乎其自身演变实际的表述方式为目标。这即是本丛书的宗旨所在。

2018 年 2 月 21 日

目　录

"话内"与"话外"：明代诗话范围的界定与研究路径

左东岭

　　近三十年以来，伴随着中国古代史话研究的整体进展，明代诗话的研究也取得了令学界瞩目的业绩。仅以文献整理而言，便有吴文治的《明诗话全编》，周维德的《全明诗话》，张健的《珍本明诗话五种》，陈广宏、侯荣川的《稀见明人诗话十六种》，以及瞿祐、李东阳、杨慎、徐祯卿、谢榛、许学夷等人的诗学著作整理本的出版。但是，随着研究的深入，其中隐含的问题也逐渐呈现出来。最为明显的有两个方面：一是明代诗话的范围应如何界定。比如吴文治的《明诗话全编》除了收录成为专书的诗学著作外，还大量搜集别集、笔记中的序跋等作品，以致明诗话几乎就等于明代诗学文献汇编。其实当这部书还在立项时就有人提出异议："既然所辑大部分并非传统意义中的诗话，而是辑自诗文集、笔记、史书、类书中论诗之语，则似改为'历代诗论'较为合宜。"①待该书出版后更是质疑声四起。其实，明诗话收录范围的模糊混乱并不仅仅存在于《明诗话全编》中，可以说对诗话文体界限的忽视与混淆自清人起就已经开始，并呈现愈演愈烈的趋势，《明诗话全编》乃是此种演变的极端结果而已。二是尽管

---

① 傅璇琮《明诗话全编序》，吴文治主编《明诗话全编》，江苏古籍出版社1997年版，第7页。

学界已经整理出如此丰富的诗话成果，但能够被学界所采用的却又相当有限。比如周维德《全明诗话》共 91 种，虽然遗漏尚多，但即使如此也还是很多都没有进入学者研究的视野。比如学界比较集中使用的依然是《谈艺录》、《艺苑卮言》、《诗薮》、《诗源辨体》等理论性比较强的著作，而对《诗学梯航》、《冰川诗式》、《欣赏诗法》、《作诗体要》等书却很少涉及。既然难以被学界所采用，那么整理这些文献的意义又何在呢？其实如果加以深究，这两个问题乃是产生于同一个原因，那就是对于诗话文体的单一化理解，即将所有的明代诗学文献汇编都归之于文学理论或者说诗学理论的研究资料，搜集目的在此，选择标准在此，使用价值亦在此。与此同时，也就忽视了它们当中所包含的文人交际、诗社活动、诗坛风气、文人素养、风气趣味等有关文学经验的丰富内涵。因此，无论从文献整理的角度还是从文献使用的角度，都有必要对明代诗话的性质、边界、范围进行重新的界定，并探讨其使用的方式与途径。

一、明代诗学文献的三种主要类型：诗话、诗论与诗法

到底什么是诗话，在不同时代、不同学者那里具有不同的理解。但有两点是可以肯定的：一是它的流行时间是从宋代开始而贯穿宋、元、明、清四个朝代，无论在此之前是否有相关因素的出现，那些性质相近的著作一律不可称之为诗话。不论是钟嵘的《诗品》还是孟棨的《本事诗》，均不可径称为诗话。二是其根本属性是有关于诗歌的事件。因为"话"在宋代语言中就是故事的意思，无论诗话是受了宋人"说话"的影响还是"说话"受到了诗话的影响，都不会改变"话"是故事的内涵。当然，诗话的纪事不同于史书，它必须与诗相关，同时又必须出之于轻松有趣、自由活泼的文笔。欧阳修认为他的诗话是

"集以资闲谈"①，司马光则说："诗话尚有遗者，欧阳公文章名声虽不可及，然记事一也，故敢续书之。"②将此二人的话合起来，就是记述关于诗之事以供闲谈乃是诗话最主要的特征。稍后的宋人许顗又加以发挥说："诗话者，辨句法，备古今，纪盛德，录异事，正讹误也。"③尽管增加了"辨句法"和"正讹误"的内容，但纪事依然是最主要的内容。因此，尽管后来随着诗话的演变，其所包含内容日益丰富复杂，但如果完全没有纪事的成分，均难以列入诗话的范围。鉴于此，现代学者蔡镇楚为诗话定了三条标准：

第一，必须是关于诗的专论，而不是个别的论诗条目，甚至连古人书记序跋中有关论诗的单篇零札，也不能算作诗话。

第二，必须属于一条一条内容互不相关的论诗条目连缀而成的创作体制，富有弹性，而不是自成一体的单篇诗论。

第三，必须是诗之"话"与"论"的有机结合，是诗本事与诗论的统一。一则"诗话"是闲谈随笔，谈诗歌的故事，故名之曰"话"；二则"诗话"又是论诗的，是"论诗及事"与"论诗及辞"的契合无垠，属于中国古代诗歌评论的一种专著形式。④

从此种标准出发，则吴文治《明诗话全编》中所收大部分都不属于诗话的文字。蔡镇楚还以此标准进行了论述对象的选择，比如其诗话史在明代部分没有论及许学夷的《诗源辩体》。但这一标准依然受到现代风气的影响，规定必须是"诗的专论"，是"中国古代诗歌评论的一种专著形式"，其实这并非是必须的，其核心在于记述有关于诗的事，而不一定专门论诗。诗话可以论诗，

---

① 欧阳修《六一诗话》，何文焕辑《历代诗话》，中华书局2004年版，第264页。
② 司马光《温公续诗话》，同上书，第274页。
③ 许顗《彦周诗话》，同上书，第378页。
④ 蔡镇楚《中国诗话史》，湖南文艺出版社1994年版，第7页。

可以教诗,可以评诗,可以作诗,但都不是必需的,而是在纪事时连带涉及的。正是由于太过于注重论诗,所以他还是将徐祯卿《谈艺录》、胡应麟《诗薮》这些基本没有纪事的论诗著作算在了诗话的范围,从而其标准依然失之于宽。

具体到明代诗话范围的界定,显然与宋代应该有所不同。明代的诗话是产生于当时的社会土壤与文学需求基础之上的,因而其内涵与特点便有了新的拓展与变化,其中最明显的一个侧面便是系统化与理论化色彩的增加。但是,在对明代诗话的认定上,至今依然存在着重大的失误,从而导致其范围界定的模糊不清。其中最重要的体现在如下两个方面。

一是误将诗法著作纳入诗话之中。诗法是有关作诗规范与技巧方法的著作,有时又被称为诗格或诗式。在现有的明代诗话总集编纂中,都毫无例外地将此类内容置于其搜罗范围而无一例外。其实这显然属于常识性的失误。其原因包括:第一是诗法是唐代最为流行的诗学著作体式,尽管此类著作缺乏理论深度,但却是普通人学习诗歌创作不可或缺的入门书。至宋人陈应行将此类诗学文献搜集编纂为《吟窗杂录》一书,今人张伯伟则又广为搜罗,编为《全唐五代诗格校考》。而宋人魏庆之所编辑的《诗人玉屑》,历来都将其作为诗论性质的诗话,其实它主要是汇集的诗体、诗格、诗法及评论历代诗人诗作的文字,基本是较少纪事的。元代是一个很特殊的历史时期,尽管诗话在宋代广为流行,但元代的诗话著作却寥寥无几,而诗法著作则广受欢迎。今人张健曾著有《元代诗法校考》一书,搜集诗法著作20余种。由此可知,诗法著作较之诗话产生更早而自成体系源流,因而诗话无法将其涵盖。第二是明代诗法著作中有许多都是对元代或更早的诗法著作的编纂,如赵撝谦编撰的《学范》、朱权刊刻的《西江诗法》、怀悦汇集的《诗法源流》和《诗家一指》、黄省曾的《名家诗法》、梁桥的《冰川诗式》等,都是对前代诗法著作的汇编或改编。可知此类著作的性质属于初学者的指导用书，目的在于诗体规范的把握与诗歌创作基本方法的训练，往往被初学者视为秘籍而广受欢迎。既然它与唐、宋、元的诗法著作一脉相承，就没有理由再将其归入诗话名下。第三，也是最重要的一点，是诗法的内涵与诗话差异甚大，即诗法著作基本没有"话"（纪事）之内容，而集中笔墨介绍诗歌之规范法式，其目的乃是便初学而非资闲谈，关于此一点，《四库总目提要》的辨析颇为细致具体：

> 文章莫盛于两汉，浑浑灏灏，文成法立，无格律之可拘。建安、黄初，体裁渐备，故论文之说出焉，《典论》其首也。其勒为一书，传于今者，则断自刘勰、钟嵘。勰究文体之源流，而评其工拙；嵘第作者之甲乙，而溯厥师承。为例各殊。至皎然《诗式》，备陈法律；孟棨《本事诗》，旁采故实；刘攽《中山诗话》、欧阳修《六一诗话》，又体兼说部。后所论著，不出此五例中矣。[1]

此处除了明确将皎然《诗式》与说话分为不同种类外，更重要的是指出了其"备陈法律"和"体兼说部"的不同文体特征。[2] 而且明人自身也对此有过明确的分类意识，祁承爜《澹生堂藏书目》在集部类设诗文评类，并分为文式、文评、诗式、诗评和诗话五类[3]，就是将诗式和诗话分为两个不同小类的。所有这些都说

---

① 永瑢等《四库全书总目》，中华书局 1983 年版，第 1779 页。

② 此处将《本事诗》亦视为一体，而不同于许多学者所认为的，诗话体乃来源于《本事诗》的看法。求诸实际，应以四库馆臣之看法为是。盖因二者虽均着眼于纪事，《本事诗》之重心乃在作品的本事之追踪，近于后代之《宋诗纪事》、《元诗纪事》等体例；而诗话之纪事则不限于作品之本事，而是以资闲谈之诗坛掌故、文人雅趣、诗人遭际及风气影响等作为涉猎对象，而且重在文笔轻松、自由活泼，所谓"体兼说部也"。

③ 《澹生堂读书记 澹生堂藏书目》，郑诚整理，上海古籍出版社 2015 年版，第 651 页。

明，今人将诗法类的诗学文献归之于诗话的做法既不符合其实际内涵，也不符合明人的分类标准。当然也有例外，胡应麟曾举出"唐人诗话入宋可见者"几乎全为诗格诗法类著作，如王昌龄《诗格》、皎然《诗式》等共 20 种，这种混淆诗话与诗格的看法既可能是胡应麟的个人认识偏差，也与其当时未能亲自目睹这些著作内容有关，因为他在引过上述书名后说："今惟《金针》、皎然《吟谱》传，余绝不睹，自宋末已亡矣。"① 胡应麟的长处在于辨析诗体，其看重的是诗体与诗歌创作的关系，辨析诗法与诗话之异同非其所擅长，更何况他并没有看到多少诗格、诗法类著作，当然不可能有真切的认识了。从文体分类的角度，藏书家的看法显然更具参考价值。

二是误将诗论、诗评著作纳入诗话之中。诗话当然可以论诗与评诗，但必须以记述有关诗坛之逸事掌故为主，纯粹的论诗与评诗则属另外类别的诗学文献。与宋代诗话相比，明代诗话的主要特色之一便是论诗成分的增加。比如李东阳的《麓堂诗话》，提出了诗法盛唐而不废宋元、主于法度声调、倡言雄浑盛大诗风、贬斥模拟剽窃之习等重要诗学命题，对明代诗坛影响极大。其主要内容尽管已偏于论诗而非纪事，但依然记述了许多重要的诗坛掌故，其中不仅包含与当时诗人的交往逸事（如数则与好友彭民望的唱和交游），还有不少宋元以来的诗坛佳话。其中一则云：

> 元季国初，东南人士重诗社，每一有力者为主，聘诗人为考官，隔岁封题于诸郡之能诗者，期以明春集卷。私试开榜次名，仍刻其优者，略如科举之法。今世所传，惟浦江吴氏月泉吟社，谢翱为考官，《春日田园杂兴》为题，取罗公福

---

① 胡应麟《诗薮》杂编卷二，周维德集校《全明诗话》，齐鲁书社 2005 年版，第 2681 页。

为首，其所刻诗以和平温厚为主，无甚警拔，而卷中亦无能过之者，盖一时所尚如此。闻此等集尚有存者，然未及见也。①

这是典型的诗话内容，它既非评诗，亦非论诗，而重在记述流行于元代的诗人结社活动，以及对于作者时代的影响，属于诗歌史上重要的逸闻趣事。元代由于科举废止，文人在政治上被长期边缘化，不得不结社吟诗以抒发自我性情与郁闷不平，本来是那一时代文人不幸命运的体现。但在明人看来，却成了展现文人诗兴雅趣的风流之举，这大概与明代思想控制严苛，文人生活单调乏味有关，于是顿生向往羡慕之情。因此，无论《麓堂诗话》的论诗成分多么浓厚，依然无法与徐祯卿的《谈艺录》、许学夷的《诗源辩体》这样的专门论诗著作相比，所以这样的诗学著作也不应该被列入诗话的范围。

明人对此是心知肚明的，在此可举二例为证。一是《澹生堂藏书目》所列诗话类基本全是严格意义上的诗话著作，而不包括诗论著作。其所收诗话共 47 种：《全唐诗话》、《诗话总龟》、《诗话汇编》、《六一诗话》、《温公诗话》、《石林诗话》、《苏子瞻诗话》、《刘贡父诗话》、《洪驹父诗话》、《陈后山诗话》、《吕东莱诗话》、《许彦周诗话》、《庚溪诗话》、《竹坡诗话》、《珊瑚钩诗话》、《紫薇诗话》、《周平园诗话》、《风月堂诗话》、《梅涧诗话》、《严沧浪诗话》、《苕溪渔隐丛话》、《五家诗话》、《杨升庵诗话》、《诗话补遗》、《归田诗话》、《野翁诗话》、《蓉塘诗话》、《陆俨山诗话》、《都玄敬诗话》、《夷白斋诗话》、《存余斋诗话》、《虚拘诗话》、《定轩诗话》、《麓堂诗话》、《渚山堂诗话》、《豫章诗话》、《续豫章诗话》、《蜀中诗话》、《神仙诗话》、《客窗诗话》、《妙吟堂诗话》、《谢仮四六谈麈》、《王公四六话》、《木天禁语》、《诗家要法》、《杜陵诗律》、《骚

---

① 李东阳《麓堂诗话》，《全明诗话》，第 487 页。

坛密语》。① 其中有两部谈四六文的,最后三部则大约应归之于诗法一类,其他全是典型的诗话著作。像宋代《白石道人说诗》,徐祯卿的《谈艺录》、王世贞的《艺苑卮言》、许学夷的《诗源辩体》等论诗著作一律未能列入,而胡应麟的《诗薮》则被列入了"诗评"类中,可见该藏书目对于诗话是有明确界限的。此处需要辨析的是严羽的《沧浪诗话》。自明代后期始,该书就被学界视为南宋诗话的代表性作品,并由此建立起以《六一诗话》为代表的重纪事闲谈的诗话传统和以《沧浪诗话》为代表的重诗学理论的诗话传统,并认为越到后来这种诗学理论的诗话影响越大,以致改变了诗话的基本属性。但从今天看来,这种看法是有问题的。张健在其《〈沧浪诗话〉非严羽所编——〈沧浪诗话〉成书考辨》②一文中,对该书的文献演变有详实的考证,其主要观点包括:1. 宋代文献从未记载《沧浪诗话》之名,郭绍虞认为《沧浪诗话》有宋代版本的说法得不到文献的支持;2. 元人黄清老首次将严羽论诗文字汇为一集,名称为"严氏诗法";3. 明代正德二年的严羽论诗著作单行本,名称为《严沧浪先生谈诗》;4. 正德十一年刊刻的本子,开始将严羽的论诗文字取名为《严沧浪诗话》;5. 以后的明清众多刻本,大都以《沧浪诗话》为书名。尽管本文作者声明还有个别现存的严羽诗集自己尚未过目,但他的论证基本是严谨扎实的,其结论也基本可靠。其中最可注目的是,元代诗法著作流行,故称其为"严氏诗法",而明代前期则称之为"严沧浪谈诗"。正如《白石道人说诗》一样,是将其视为论诗文字而非诗话。至于后来被称为《沧浪诗话》,则是在明清诗话概念逐渐扩大化的大潮中所受裹挟的结果。其实,对于严羽

---

① 《澹生堂读书记　澹生堂藏书目》,第 655—657 页。
② 张健《〈沧浪诗话〉非严羽所编——〈沧浪诗话〉成书考辨》,《北京大学学报》1999 年第 4 期。

论诗文字的性质，早就有人提出过质疑，台湾学者黄景进说："比起宋以前的论诗专著，宋人的诗话明显地带有浓厚的消遣成分。《沧浪诗话》与宋人诗话相较，显得极不调和，因为其中全是议论，并不叙说故事，学者们每以为这是诗话体裁演变的必然结果。"①黄景进认为日本学者船津富彦所提出的《沧浪诗话》之体例乃是来源于唐代皎然《诗式》等论诗著作，较能为人所信服。根据张健的研究，这种"不调和"也就很自然了，因为它原本就不是诗话，而是专门的论诗文字。至于日本学者船津富彦的看法，其实也还可以商量，因为真正的诗学专论最早应该追溯至刘勰《文心雕龙》中的《明诗》、《乐府》、《物色》、《比兴》等文章。与《沧浪诗话》情况相近的还有现存谢榛的《四溟诗话》，其实在所有明代刊刻的谢榛别集中，其中的四卷论诗文字一律被标之以"诗家直说"，一直到清顺治年间陈允衡所编《诗慰》所收的谢榛论诗文字，依然叫做"四溟山人诗说"，也就是将其视为诗论而非诗话。直到清乾隆十九年的耘雅堂刊本，才将《诗家直说》改名为《四溟诗话》，后来却成为谢榛论诗著作的定名。

二是明代万历间人李本纬所编选的《古今诗话纂》所体现的诗话观念。本书共六卷，收有《选〈唐诗纪事〉》、《选〈初潭集〉》、《选〈鹤林玉露〉》、《选〈苏长公外集〉》、《选〈百川学海〉》、《选〈西湖志余〉》等有关诗坛逸事及论诗文字。这里牵涉到一个至今还存有争议的问题，即可否从历代笔记中重新搜集与诗歌相关的纪事文字为诗话的问题。从今人整理诗话文献的角度，也许应该遵从以古代专书为搜集对象的原则；但从历史的角度，则要看作者所搜集的内容以及所遵从的编纂原则而定其是否可以为诗话。从内容看，本书所选均为笔记，且全系记述诗坛相关掌故及

---

① 黄景进《严羽及其诗论之研究》，台湾文史哲出版社 1986 年版，第 48 页。

诗歌评论,符合诗话纪事的根本属性。从编选原则与诗话理念看,作者始终围绕"诗"与"话"的核心要素而运作,他将所收诗话分为"话诗遭"、"话诗谑"、"话诗舛"、"话诗怪"、"话诗排"、"话诗祸"等六个方面,也许概括的还不够全面,但无疑全是围绕"诗"与"话"而展开的。关键在于其编选诗话之目的,叫做"能使诗脾乍醒,尘听渐清",从而达到"不越谈丛而转移韵府,未脱说苑而潜进吟坛"的诗学目的。① 也就是说,诗话的内容不是要从理论上去论诗或者教人作诗,而是通过有关诗坛的种种历史事件的叙述,引起人们对于诗歌的兴趣,陶冶读者的心灵,从而达到既熟悉诗坛状况,又提升诗学修养的目的。从上述二例可知,至少在明代多数人的眼中,诗话是有其自身的内涵与特征的,不能与纯粹的论诗著作混为一谈。

既然明代诗学文献从实际状况而言不能仅用诗话一种体式加以囊括,那就应该根据其内容与文体特征进行重新归类。我以为起码可以将其分为三个大类:一是以纪事为主要内容、以资闲谈为主要目的的诗话类,从宽泛处说,包括像《何元朗诗话》这类从笔记中辑录的著作也可以纳入其中。二是以论诗为主要内容、具有理论化与系统性的诗论类,同时也可以将诗评一类的文字纳入其中。三是以讲授诗法规范为主要内容、具有普及性质的诗法类,其中又可分为诗格类的规范讲授与诗法类的技法传授。此三类可统称为明代诗学文献。其实,在清代诗学文献整理中,早已有人不再以诗话之名加以概括,而统称为诗学著作,颇足资以参考。张寅彭《新订清人诗学书目》例言指出:"清人说诗,例有诗评(说)、诗式、诗格、诗话、论诗诗、诗句图诸种体

---

① 李本纬《古今诗话纂序》,陈广宏、侯荣川编校《稀见明人诗话十六种》,上海古籍出版社 2014 年版,第 523 页。

例,今以民国以来渐趋通行之一'诗学'一词通辖之。"①明清两代尽管在诗学研究上有颇多关联,但区别也显而易见。清代在诗学上具有明显的集成性,总结前人成果多而自我创获少,所以其诗学理论研究以诗评概括之较为名副其实,而诗说可涵盖其中。明人理论多偏颇,又有较强之流派意识,但思想活跃、论说大胆,故其谈诗多有创造性,所以应以诗说的论诗著作为其主要特色,而将诗评涵盖其中,庶几符合诗坛实情。

二、明代诗话概念模糊的历史由来及其后果

对明代诗话范围的重新界定具有文献研究自身的重要意义,探究名实相符历来都是学术研究所孜孜以求的目的。但本文所关注的还不仅仅是这些,甚至不是主要的目的。从明代诗学研究的角度讲,传统做法是扩张诗话的范围而包罗诗法与诗论,然后再作出诗话内部的细致划分以进行分类考察,这种做法当然也无损于诗学思想的研究。但是从明代诗话研究的角度,这种做法却是以伤害诗话自身的文体功能和历史作用为代价的。明代学者对于诗话的认知当然也存在着种种不同的看法,比如将研讨诗论和诗法的严羽作品更名为《沧浪诗话》,从而模糊了诗话与诗论的界线,但他们的看法毕竟是多元而充满活力的。进入清代之后,诗坛的整体氛围发生了很大的变化,清朝文化政策的严厉与乾嘉学风的浸染共同导致了诗坛的沉闷与文人

---

① 张寅彭《新订清人诗学书目》,上海古籍出版社 2003 年版,第 1 页。在 2015 年 6 月初由复旦大学中文系陈广宏教授主办的"鉴必穷源"传统诗话·诗学研究工作坊上,张寅彭教授做了"清代诗学文献体例谈"的发言,主张将清代诗学文献分为诗评、诗法与诗话三种体例,是对其前此思考的进一步深化,也对本人的研究有很大的启发。但明代诗学文献与清代毕竟有明显的区别,故须进行独立的研究。

传统意识的回归,从而对于诗话的认知向着正统化与理论化倾斜,而对于诗话的追求雅兴趣味与文笔轻灵活泼的特点多持贬斥的态度。其中最有代表性并对后人造成了巨大影响的是清人章学诚的观点。他在《文史通义》专列"诗话"一节进行议论,认为"诗话之源,本于钟嵘《诗品》",其优点在于"知溯流别"而"探源经籍"。随后便论及后人之诗话:

> 唐人诗话,初本论诗,自孟棨《本事诗》出,乃使人知国史叙诗之意。而好事者踵而广之,则诗话而通于史部之传记矣。间或诠释名物,则诗话而通于经部之小学矣。或泛述闻见,则诗话而通于子部之杂家矣。虽书旨不一其端,而大略不出论辞、论事,推作者之志,期于诗教有益而已矣。

> 《诗品》、《文心》,专门著述,自非学富才优,为之不易,故降而为诗话,沿流忘源,为诗话者不复知著作之初意矣。犹之训诂与子史专家,为之不易,故降而为说部,沿流忘源,为说部者不复知专家之初意也。诗话说部之末流,纠纷而不可犁别,学术不明,而人心风俗或因之而受其敝矣。①

随后,章学诚就将诗话与小说放在一起进行检讨批评,一一指出其败坏世道人心之弊端。作为一位正统的史学家,他以经史之学衡量诗话小说并持批评的态度,这原是可以理解的。最关键的是他将诗话文体泛化的做法导致了诗话范围的模糊。他将诗话的源头追溯至钟嵘《诗品》,已经把诗评与诗话相混淆。然后又推出"唐人诗话"的概念,使诗话流行的时间也趋于扩大化。接着再概括出"论辞论事"的著述主旨,则又模糊了诗话与诗论的界限。最后推测诗话的创作目的在"期于诗教有益",更是为诗话规定了一个难以承担的沉重责任。至于其通于"国史叙

---

① 章学诚著、叶瑛校注《文史通义校注》,中华书局 1985 年版,第 559—560 页。

诗"、"史部传记"、"经部小学"、"子部杂家"的说法，更是将诗话文体进行了无限的扩张。该文最后总结说："诗话论诗，全失宗旨。然暗于大而犹明于细，比于杂艺，小道可观，君子犹节取焉。"①此处所言的"全失宗旨"，当然是与"国史叙诗"的经学相比，那是诗话难以企及的。但起码也要在具体的诗学问题上有所发明，才会有存在的价值。概括章学诚对诗话的看法，其主要观点有二：一是论事论辞而有见解，二是要有益于诗歌教化。在此，他丝毫未涉及欧阳修"资闲谈"的消遣功能，更缺乏对于文人雅兴的关心，将诗话的文体特征基本消解于正统诗论之中。章学诚对诗话的这种认知评价对后世影响极大，别的不说，就以在现代学术史上具有最重要影响的文学批评史专家郭绍虞而言，其见解几乎与章学诚如出一辙。他评价《六一诗话》说："曰'以资闲谈'，则知其撰述宗旨初非严正。是以论辞则杂举隽语，论事则泛述闻见，于诗论方面无多阐发，只成为小说家言而已。后此诗话之滥，不能不说欧氏为之滥觞。"评《温公诗话》曰："则其撰述宗旨，原非严正，亦可知诗话之起，本同笔记。"随后，他还引了自己的一首绝句作为评价："醉翁曾著《归田录》，迂叟亦记《涑水闻》。偶出绪余撰诗话，论辞论事两难分。"②在此，郭绍虞也是用"严正"的标准来衡量欧阳修和司马光的诗话的，无疑同样持批评态度，以致将其视为"小说家言"，这恰与章学诚将诗话比附于小说的做法如出一辙。

自章学诚以来，诗话"以资闲谈"的小说家特征就一直受到轻视，而其论诗论事的特征则日益得到强调，这从影响甚大的四部诗话总集编撰中可以得到明确的印证。何文焕《历代诗话》收

---

① 《文史通义校注》，第 570 页。
② 郭绍虞《中国文学批评史》上册，商务印书馆 2012 年重印 1950 年版，第 409—410 页。

录诗学著作 27 种,主要是将诗话与诗法著作混为一书,故而前两部便是钟嵘的《诗品》和皎然的《诗式》,明人诗学著作则收有徐祯卿《谈艺录》、王世懋《艺圃撷余》、朱承爵《存余堂诗话》、顾元庆《夷白斋诗话》等四种,大都偏重于理论阐述及品评作家作品。可知编者看重的是诗法的讲论与诗歌的批评,所以在序中称赞诗话"洵是骚人之利器,艺苑之轮扁"①。他更看重的是论诗要有新意,故而明确表示不收王世贞的《艺苑卮言》,而对诗话的"资闲谈"特点毫无涉及。丁福保《历代诗话续编》收诗学著作 29 种,体例与《历代诗话》大致相同。明人诗学著作收有杨慎《升庵诗话》、王世贞《艺苑卮言》、顾起纶《国雅品》、谢榛《四溟诗话》、瞿祐《归田诗话》、俞弁《逸老堂诗话》、都穆《南濠诗话》、李东阳《麓堂诗话》、陆时雍《诗镜总论》共九种,依然是诗论与诗话混收而未加鉴别。有意思的是关于对王世贞的评价,何文焕在《历代诗话》凡例中特意指出:"诗话贵发新义,若吕伯恭《诗律武库》、张时可《诗学规范》、王元美《艺苑卮言》等书,多列前人旧说,殊无足取。"②而丁福保却在《艺苑卮言》小序中说:"其论诗独抒己见,能道人所不敢道,推崇汉魏,唐以下蔑如也。其魄力直可谓前无古人,后无来者。"③在此暂不追究二人对王世贞相反评价的原因,在二人相对立的态度背后,其实有一点是相同的,那就是都认为诗话创作应该在论诗方面有所创新,至于作为初学读物的诗格诗法以及"以资闲谈"的逸闻琐事,当然不在其搜录范围之内了,在何文焕那里,与《艺苑卮言》并列却斥而不收的《诗律武库》与《诗学规范》,就正是这样的诗法著作。

　　丁福保的《清诗话》和郭绍虞的《清诗话续编》本来与明人诗

---

① 《历代诗话》,第 3 页。
② 同上书,第 1 页。
③ 丁福保辑《历代诗话续编》,中华书局 2006 年版,第 5 页。

话无涉，可以存而不论，但由于郭绍虞为二书所做序言对于后来的明诗话研究的学术理念影响甚大，不能不在此略加征引论说。其《清诗话》前言说："诗话之体，顾名思义，应当是一种有关诗的理论的著作。"①作为文学批评史家的郭绍虞，在诗学文献中更关注诗歌理论的文献这是可以理解的，但径直说诗话就是"有关诗的理论的著作"，不仅可能误导学界，也可能使自己的学术判断出现误差，比如他接着说："我觉得北宋诗话，还可说是'以资闲谈'为主，但至末期，如叶梦得的《石林诗话》已有偏重理论的倾向。到了南宋，这种倾向尤为明显，如张戒的《岁寒堂诗话》，姜夔的《白石道人说诗》和严羽的《沧浪诗话》等，都是论述他个人的诗学见解，以论辞为主而不是以论事为主。从这一方面发展，所以到了明代，如徐祯卿的《谈艺录》、王世贞的《艺苑卮言》、胡应麟的《诗薮》等，就不是'以资闲谈'的小品，而成为论文谈艺的严肃著作了。一到清代，由于受当时学风的影响，遂使清诗话的特点，更重在系统性、专门性和正确性。"②这就定下了现代诗话史研究的基本调子，即诗话至南宋以后发生了转向，主要标志便是严肃的理论研究成为主要内容。这其实隐含着很大的学术误解，郭绍虞所举的三部宋人诗话，其中的后两部都不能算是诗话著作，至于他后来所说的明人诗话，就更不属于诗话的范围。明清时期并非不存在纪事为主的诗话著作，只是由于它们不符合郭绍虞等现代学者的诗话标准，就常常被有意无意地忽视了。郭绍虞在《清诗话续编序》中说："清人诗话中，除评述历代作家作品外，亦有专述交游轶事及声韵格律者。本书为提供研究中国古典诗歌理论参考之用，故所选者以评论为主。"③像清代一

---

① 丁福保辑《清诗话》，中华书局上海编辑所1978年版，第1页。
② 同上书，第3—4页。
③ 郭绍虞辑《清诗话续编》，上海古籍出版社1983年版，第1页。

样,明代亦并非没有记述交游轶事的诗话,而是因为它们不合乎后来以理论探讨为主的诗话标准,而被湮没遮蔽了。郭绍虞在此有两点失误:一是将诗法与诗论混同于诗话,二是将诗话的价值收缩为诗歌理论之一端。而且这两点误解对于后来的明诗话研究造成了极大的影响,其标志便是两部明诗话总集的编撰。吴文治的《明诗话全编》除了沿袭了混诗法、诗论与诗话为一体的传统观念外,甚至将别集、笔记、史传等文献中的论诗文字一并收入,可谓走得最远。当时有许多当今名流为之作序,居然没有一人提出异议。原因很简单,因为编撰该书之目的不在诗话之研究,而是为古代文论研究提供全面详实的资料,诗话文体自然不在众人视野之中。周维德《全明诗话》则是专门收集明人论诗专书,其所受郭绍虞影响不仅体现在将诗法、诗论一并归入诗话之中,更在于将诗话之主要性质归结为诗歌理论之内容。其前言说:

> 诗话之体,有广义、狭义之分。广义的诗话,"辨句法,备古今,纪盛德,录异事,正讹误也"。"辨句法",属于诗歌理论的批评;"备古今,纪盛德",多言逸闻逸事;"录异事",乃资谈助;"正讹误",涉及考据。因此,作诗话"以资闲谈",作诗话"教人",作诗话"标致己作",作诗话"表彰遗逸而道扬风雅",都属于广义的诗话。至于"诗话以论诗","凡涉论诗,即诗话体也",则属于狭义的诗话。①

此处对于诗话的定义初看颇有几分道理,而且都有前人说法作为依据,但仔细品味颇为令人愕然。作者划分广义诗话与狭义诗话的标准虽未明言,但根据其行文可推测为以内容之驳杂与单一为其标志:由于"辨句法,备古今,纪盛德,录异事,正讹误"所涉领域广博,故属广义之诗话;而专以"论诗"就较为纯粹明

---

① 《全明诗话》,第1页。

确,故称之为狭义诗话。由此可以看到郭绍虞"诗话之体,顾名思义,应当是一种有关诗的理论的著作"的影子。可是,如果从文体上看,"辨句法,备古今,纪盛德,录异事,正讹误"才是以《六一诗话》《温公诗话》为代表的宋人诗话正宗,属于狭义的诗话概念;而专以"论诗"的乃是后人扩张了的诗话概念,就其本意而言应不属于诗话文体,将错就错也只能归之于广义的范畴。以上所有这些对于诗话的误解,都是建立在忽视诗话纪事特性,而转向重视其诗学理论价值的基础上的,而这无疑是对于诗话文体自身的伤害,也就自然严重影响了对于诗话的真正研究。

三、明代诗话的研究路径与价值

就其本质意义看,诗话不是只为诗论研究提供的诗学文献,它拥有自身的文体特性与历史功用。当代学人傅璇琮说:"中国古代诗话,其本身即有一种极大的艺术感染力,人们读诗话,不一定即想从中得到某种知识的传递,而是在不经意的翻阅中不知不觉地获得一种美的启悟,一种诗情与理性交融的快感。这种中国特有的对审美经验的表述,是十分丰富的,是有世界独特地位的。"①获得审美启悟与快感当然不是诗话要达到的唯一目的,它还可以传达诗坛风向,揭示文人心态,反映文人交际,展现文人活动,当然也可以透视文人在诗歌理论与诗学观念上的一些看法。因此,其中所表述的不仅仅是"审美经验",而是更为宽泛的文学经验,而这样的文学经验通过理论著作是无法得知的。具体到明人诗话来说,是否能够从事文学经验的考察与研究,取决于其中是否还保留着具备这样特性的诗话作品。就本人所经眼的诗话著作看,此一点无疑是肯定的。像瞿佑《归田诗话》、单

---

① 《明诗话全编》,第8页。

宇《菊坡诗话》、都穆《南濠诗话》、闵文振《兰庄诗话》、蒋冕《琼台诗话》、何孟春《余冬诗话》、陆深《俨山诗话》、姜南《蓉堂诗话》、顾元庆《夷白斋诗话》、游潜《梦蕉诗话》、杨慎《诗话补遗》、俞弁《娱老堂诗话》、黄甫汸《解颐新语》、何良俊《元朗诗话》、王兆云《挥麈诗话》、郭子章《豫章诗话》、陈继儒《佘山诗话》、李自华《恬致堂诗话》、谢肇淛《小草斋诗话》、叶秉敬《敬君诗话》、曹学佺《蜀中诗话》等，尽管其中部分作品增加了论诗成分，但基本都保持了宋人诗话的传统特征。这些诗话作品，无论是在目前的文学批评史还是诗话史上，都没有什么地位，或略而不提，或一笔带过。究其原因，大都是以其是否有理论价值作为衡量标准的。可以说，是研究路径的偏差，导致了研究方法与研究结论的失误。当然，明代诗话自身也有一个发展过程，其中各阶段所呈现的特征也有明显差异。比如明代前期主要是对于元明之际诗坛状况的历史记忆的描述，以及作者个人诗学经历的记载；而中期则融入了较多的谈论诗艺的内容和诗歌体貌的辨析；自万历后则趋于多元，举凡诗坛趣事、理论争辩、诗法讲求及文人交际等等无不蕴含其中。但有一点又是共同的，就是大都是结合作者的诗歌创作与批评的经历来展开讨论的，带有个体的体验色彩与趣味性，与承袭汇集前人成果的诗法和系统论述理论问题的诗论具有明显的差异。关于明人诗话的具体情况，本人将另外撰文论述，以避免本文横生枝节而过于冗蔓。

其实，明代的这些诗话除了诗学理论的价值外，更重要的仍在于其自身的价值。现以《归田诗话》为例，说明此类诗话应具备之研究路径及其价值所在。四库馆臣曾批评说"此书所见颇浅"，就是从论诗的角度着眼的。但同时又说："犹及见杨维桢、丁鹤年诸人，故所记前辈遗文，时有可裁焉。"①仅承认其文献价

①　《四库全书总目》，第1800页。

值,算是没有一笔骂倒。现代学者认为四库馆臣所说并不公允,但依然从论诗的角度评价说:"谈诗多能联系诗人的身世和时代环境去探求诗歌的立意、情感和社会作用,提倡诗歌'直言时事不讳',表现出一种比较现实的诗学观点。"①暂且不论此种评价是否比四库提要更为公允,关键是论诗实在不是该书的主要价值所在。因为从体例上讲,瞿祐明言乃是依仿欧阳修诗话而撰作,因而论诗非其主要目的。他曾说自己的诗话所记乃是"有关于诗道者",其内容则是"平日耳有所闻,目有所见,及简编之所纪载,师友之所谈论"。② 也就是说围绕"诗道"而记述自己的所见所闻,内容是相当宽泛的。但有一点又是很明确的,那就是结合自己读诗、论诗及所见之诗坛掌故的切身感受来纪事谈诗,其中当然有对诗学问题的认识,但更多的是其自我体验。人们读这样的诗话,不是衡量其理论是否正确深刻,而是在其诗学阅历中受到感悟与启示。以《归田诗话》的第一批读者的阅读感受为证:

> 观诸录中所载先生诵少陵诗,则有识大体之称;颂太白诗,则有大胸次之美;诵唐人采莲诗,则美其用意之妙;诵晦庵感兴诗,则知其辟异端之害;诵东野诗,而服前人终身穷苦之论;诵晏元献诗,则叹斯人富贵气象之豪。及见前人林景熙咏陆秀夫诗,而知表殉国之忠;咏家铉翁诗,而知表持身之节。③

《归田诗话》其实就是瞿祐所记录的有关自己作为诗人的人生经历,那里边既有其学诗、读诗、作诗的种种感受与经验,也有诗带给他的苦辣酸甜的人生遭遇,和由此遭遇所形成的种种时代认

---

① 蔡镇楚《中国诗话史》,第150页。
② 瞿祐《归田诗话自序》,乔光辉《瞿祐全集校注》,浙江古籍出版社2010年版,第404页。
③ 木讷《归田诗话序》,同上书,第401页。

知。通过对诗话的研读,可以获得如木讷那样的诗学感悟,也可以体味到瞿祐所经历的种种诗学因缘与师友情感,更能够通过瞿祐的人生经历去认识那个时代文人的生存状态与时代环境。如其《唐三体诗序》条全文引述了方回的序文,其中核心观点为:"唐诗前以李、杜,后以韩、柳为最。姚合以下,君子不取焉。宋诗以欧、苏、黄、陈为第一,渡江以后,放翁、石湖诸贤诗,皆当深玩熟观,体认变化。虽然,以吾朱文公之学而较之,则又有向上工夫,而文公诗未易窥测也。"瞿祐在文后评曰:"此序议论甚正,识见甚广。"并言愿"与笃于吟事者共详参之"。① 从论诗的角度,瞿祐并没有什么创造,但由此却透露了元明之际诗坛的诗学取向。现代学者至今依然在通过当时诗论讨论元明之际的宗唐与宗宋问题,但瞿祐却认可方回唐宋兼宗的看法,并以朱熹的诗歌创作成就为最高。瞿祐乃是铁崖派的成员,那么他的这种诗学取向是其本人的爱好呢,还是该派的共同倾向,就需要做出认真的考察。不过,《归田诗话》最大的价值还是它承载了瞿祐对于元明易代之际诗坛状况的种种历史记忆,诸如他与杨维桢的香奁八咏的唱和与对铁崖诗体的体认("香奁八题"、"咏铁笛"、"廉夫诗格"),对于元代文人江南情结与仕途失意的心理的描绘("翰院忆江南"、"年老还乡")、对东南文人与张士诚复杂关系的感受("哀姑苏"、"纪吴亡事"),对于西域诗人丁鹤年元末诗歌创作及生存状况的记述("梧竹轩"),以及种种的诗坛所见所闻。这些诗坛往事当然其他历史文献也有记载,但通过当时人的历史叙述,依然具有不可替代的文献价值。而有些事件的记述则是无可替代的。如其《年老还乡》条记载:

> 鄞士黄德广,至正初,入大都求仕,所望不过南方一教
> 职而已,交游竟无一援引之者。客居以教书为生,娶妻生

---

① 《瞿祐全集校注》,第 406 页。

子，二十年余。元末，天下扰攘，比岁饥馑，南北路阻，始附海舟而归。去日少壮，回则苍颜华发，故旧罕在者。诵贺知章"儿童相见不相识，笑问客从何处来"之句，以寓慨叹。予从先师往访之，见其所持扇上一诗，乃在北日所作者。诗云："东风一曲《浣溪沙》，客子行吟对日斜。犹记金陵赏春酒，小姬能唱《后庭花》。"亦蕴藉可诵，而命运不遇如此。盖元朝任官，惟尚门第，非国人右族，不轻授以爵位。至于南产，尤疏贱之，一官半职，鲜有得者。驯至失国，殆亦由此矣。①

关于元代的民族隔阂与江南文人的政治遭遇及心态呈现，是元史及文学史中经常讨论的话题，但这种状况在易代之际到底情况如何，却并没有确切的记载。瞿祐在此确凿无疑地提供了历史的证据，那是他曾经造访过的邻居，他们有过交往与对话，亲眼目睹了他的扇上题诗，因而他的北上求仕不遇，他的落魄困苦，他的失意感叹，就具有典型的代表性，是那一时代文人心态的共同体现。更重要的是瞿祐本人对此遭遇的态度，他不仅是同情的，而且由此做出概括："元朝任官，惟尚门第，非国人右族，不轻授以爵位。至于南产，尤疏贱之，一官半职，鲜有得者。驯至失国，殆亦由此矣。"这就是他自身对于元朝政治的认识，更具有说服力，因为他也是重要的当事人。而在进入明朝之后，瞿祐的所有历史记忆均指向诗人的不幸与诗坛的诗祸，而且是结合自己切身的经历进行叙述的。为节省文字，仅引一则为例：

永乐间，予闲锦衣卫狱，胡子昂亦以诗祸继至，同处图圄中。子昂每诵东坡《系御史台狱》二诗，索予和焉。予在困厄中，辞之不获，勉为用韵作二首。时孙碧云、兰古春二高士，亦同在圄室，见之，过相叹赏。今子昂已矣，追念旧处

---

① 《瞿祐全集校注》，第485页。

患难，为之泫然。诗云："一落危途又几春？百忧交集未亡身。不才弃斥逢明主，多难扶持望故人。有字五千能讲道，无钱十万可通神。忘怀且共团圞坐，满炷炉香说善因。""酸风苦雾雨凄凄，愁掩圞扉坐榻低。投老渐思依木佛，受恩未许拜金鸡。艰难馈食怜无母，辛苦回文赖有妻。何日湖船载春酒，一篙撑过断桥西。"①

在此，除了瞿祐在历史上留下了作品及声誉外，其他三人胡子昂、孙碧云、兰古春，都已淹没在历史的尘埃中，但由于《归田诗话》的记载，使后人得以重新感受他们身处囹圄的状况与感受。他们同为读书人，大概也都是因为写诗而招致了祸端。② 他们在狱中经受了孤独与饥饿，时日漫长而毫无希望，支撑他们生命的就只剩下诗了。他们依靠一向以旷达而著称的苏东坡的狱中诗作来获得心灵安慰，同时也通过自己的诗歌创作来相互慰藉。这种复杂的人生经历使他多年后还为之"泫然"。再看瞿祐的狱中诗作，尽管难属诗中之上乘，但却情真意切，颇为感人，他通过诗品味痛苦，通过诗寄托希望，他已经没有什么高大的政治理想，唯一渴望的就是出狱回乡，"何日湖船载春酒，一篙撑过断桥西"，就是人生最为理想的结局。就在当时歌功鸣盛的台阁体诗作广为流行时，大量的底层诗人依然在进行虽不高昂却很真诚的诗歌写作，我想《归田诗话》的真正价值就是这种对当时诗坛风气与状况的真实记忆与描绘。当然，由于瞿祐元末时年纪尚幼，入明后又辗转于低级官位，很难进入文坛主流，所以他的诗坛记忆往往是片段零碎的，加之写作条件简陋，许多引诗仅凭记忆而录入，也就难免出现讹误。这些在四库提要中均已被指出。

---

① 《瞿祐全集校注》，第 482 页。
② 关于瞿祐获罪的原因，目前学界有"辅导失职"与"诗祸被谪"二说。其实本条记录已足以证明乃是因诗获罪，因为既然说"胡子昂亦以诗祸继至"，则说明瞿祐之入狱亦因"诗祸"无疑。此亦可知诗话确有资考据之功用。

但《归田诗话》的价值也是无可替代的，因为作者所记多为其亲见亲闻，也就具有历史的现场感与真实性，因而可以弥补正史之缺漏。更重要的是，我们能够通过这些文字体察到作者本人的心灵跳动与情感波澜。我想，这不仅仅是《归田诗话》的价值所在，同时也是明代其他诗话著作的价值所在，就是说，研究诗话的途径乃是对于诗坛状况与文学经验的考察，而不是对于诗学理论的研究。

需要强调的是，明人诗话的研究不仅可以从总结诗学经验、考察诗坛状况的角度加以切入，同时也可以从诗法运用及理论总结的角度切入。这首先是此类诗话著作内涵的丰富性所导致的必然结果。诗话文体的重要特征之一，就是极强的包容性及笔法的灵活性，因此其中的谈诗论艺必然包括了对于诗法的讲求和对于诗歌价值及审美特征的讨论，现代研究者切不可忽视这些有价值内涵的发掘。其次是不同学科、不同学者对于文献价值的关注也会有显著的差异，因而对于诗话既可以从其文体特征出发探讨其自身的价值与作用，也可以从诗法或诗论的角度去发掘其理论内涵，还可以从文学史角度去概括当时的文坛风气与流派特性。比如李东阳的《麓堂诗话》，明显处于明前期诗话至中期诗话的过渡阶段，其中既有对于元明诗坛历史记忆的描绘，又有对当时文人交际的记载，当然也有对于许多诗学问题的讨论，不同学者出于不同的研究目的，其侧重点当然也应该是有区别的。其实这种现象在文史研究中颇为常见，同一段材料、同一种文献，在不同学科与学者那里，所呈现的特性与价值是有很大差异的。诗史互证早已成为学界的常用手段，但在史学家与文学批评家的眼中，关注点即有明显区别。但是，扩展诗话的研究路径不应该成为忽视诗话文体特征的理由，这就像学界常常将文人别集中的序跋作为诗学理论的研究文献使用一样，这些序跋的确包含了丰富的理论内涵，但它们却并不等同于纯粹的诗论著作,因为序跋有自身的文体价值,其中的写作动机、与所序对象之间的关系以及不同的写作环境,都会深刻影响其理论观念的表达。如果将诗话著作等同于诗法与诗论,那么犹如将序跋等同于诗论著作一样的粗疏与危险。

　　厘清明代诗话文献的范围,明确明代诗话研究的途径,也将对其与诗法、诗论的相关性研究提供极大的帮助,从而使得明代诗学研究更具有立体感与丰富性。因为诗话、诗法与诗论所承载的功能不同,所以他们既有各自的独立性,同时又构成立体的诗学空间,显示出诗坛的丰富色彩。诗法在明代是一种诗歌写作的基本训练,是进入诗歌门径的必备读物,因此这种诗学读物从明初到晚明一直在社会上广为流行。它们的特点是大多整合唐、宋、元以来的前人成果而缺乏创新,但对于明代诗坛又是不可或缺的书籍。研究诗法的途径当然不能以理论性与创新性进行衡量,而应该考察不同读者群的阅读状况、不同地域的流行状况以及不同历史阶段的刊刻状况,借以了解明代诗人在诗学训练方式、书籍获取途径以及诗歌普及程度方面究竟较之前代有了怎样的改进,并对明代整体诗学文化基础作出恰当的评估。明代诗论的研究主要在于考察诗学观念的演变及理论创新的水平。徐祯卿《谈艺录》无论从著述的方式还是所提出的理论命题,都是明人诗论研究的开端,而真正的理论繁荣则是明代的嘉靖、万历时期,《艺苑卮言》、《诗薮》、《诗家直说》、《诗源辩体》、《唐音癸签》等著作代表了明代诗论的最高水平。其核心理论是以抒发情感为前提的诗体辨析,即各种诗体的源流演变与体式功能及审美特征的细致论说。诗话则介于诗法与诗论之间,既可以进行诗歌理论的谈论,也可以进行诗法的讲授,但最重要的还是诗坛状况的反映与诗学风气的展示。比如明代不同历史阶段的诗话无论从所关心的诗学话题、情感基调还是所记内容,均有明显的差异。瞿佑《归田诗话》所言多沧桑之感,是元明易代的见证。俞弁《逸老堂诗话》从书名即可见出闲适的倾向，他不仅有从容的心态，而且有优越的读书条件，故而在书中论诗纪事，笔调轻松。比如他记载元代初年月泉吟社的诗歌评比活动，就与他人不同。月泉吟社核心成员谢翱、方凤、吴思齐等人大都是南宋遗民，因而此次诗社活动其实带有浓厚的遗民色彩，包括俞弁所引述罗公福"老我无心出市朝，东风林壑自逍遥"的诗句，就很难说没有拒仕新朝的寓意，可俞弁却视此为一桩风流佳话，并无限向往地说："安得清翁复作，余亦欲入社厕身诸公之末，幸矣夫。"①化沉痛忧伤为轻松有趣，真是恍如隔世了。可见不同的诗学文献有不同的研究途径和研究目的，只有明乎此，才能真正认识到它们各自的价值。但是，他们之间又是有学术关联的。衡量明代诗坛的活力与成就，就要注重考查诗法、诗话与诗论所构成的整体状况。明初近百年仅有一部《归田诗话》出现，而且还大都是元末的历史记忆。在当时诗坛勉力维持的是一些诗法类的书籍，说明了此时诗坛的沉寂。而到了嘉靖、万历时期，诗法、诗话与诗论同时趋于繁荣，诗法总集一再翻刻，诗话著作层出不穷，诗论著作水平日高，都说明了此时诗坛的活跃。而且它们之间具有互动的关系，诗法著作的广泛流行显示了写诗群体的日益增加，基数的扩大自然会增进诗坛的活力，而活力的增进会将诗歌创作的水平不断提升，创作水平的提升必然会促进诗歌理论的研讨与总结，而所有这些诗坛的状况又必然会反映到诗话的创作之中。在这样的关联性研究中，既没有忽视各种诗学文献的独特性，又能将其融入整体诗学研究之中，从而将明代诗学的研究推向更高的水平。

　　本文的目的是要厘清长期以来被学界混淆了的诗话文献的界限与范围，并说明厘清诗话文献范围的学术意义，以及所导致

---

① 　俞弁《逸老堂诗话》，《全明诗话》，第 1224 页。

的不同研究途径及其产生的学术效果。因此,本文中对明代诗话的研究都仅仅是为了说明问题而举出的个案,既说不上全面系统,也很难说准确深入。明代诗话的真正有价值的学术研究,尚有赖于学界有志者的共同努力。但我还是想再加强调,在进入明代诗话的本体研究之前,厘清其范围界限,认清其内涵特点,寻觅出其切入途径,依然是必须要做的准备工作。笔者深知对于诗话的研究已经在漫长的学术史中堆积了过于厚重的误解,将诗话作为中国诗学著作的独特表述成为许多学人不加思索的知识前提,甚至有一些学者据此要建立有别于西方诗学话语的所谓东方诗话学。本人无意对于这些认知和努力去说长道短,但我想说的是,从追求历史真实的角度,从诗话文体考察的角度,任何人都不能用积重难返和约定俗成的理由去忽视正本清源的还原性研究。

(作者单位:首都师范大学中国文学思想研究中心)

明代"诗话"概念述论

孙小力

根据目录学四部分类原则,明清时期,诗话著作隶属于集部诗文评类。然而诗文评类其实是从文史类演变而来的,朱自清曾说:

> 从目录学上看……诗文评的系统的著作,我们有《诗品》和《文心雕龙》,都作于梁代。可是一向只附在"总集"类的末尾,宋代才另立"文史"类来容纳这些书。这"文史"类后来演变为"诗文评"类。著录表示有地位,自成一类表示有独立的地位。①

在此"自成一类"、"有独立的地位"的"诗文评"之中,诗话著作的"文学理论批评"色彩似乎最为淡薄。《四库全书总目提要》的诗文评类小序,将有关著作分为考评文体、品评作家作品、陈述诗法、探究本事以及"体兼说部"等五类,诗话位列第五。②

在清代乾隆时期的文人看来,"体兼说部"正是"诗话"有别于其他诗文评著作的明显标志。也就是说,尽管诗话总体上属于诗学批评理论著作,但又不是纯粹的诗学理论。但是,我们不

---

① 朱自清《诗言志辨·序》,华东师范大学出版社 1996 年版,第 2 页。
② 其一,"究文体之源流而评其工拙",以刘勰《文心雕龙》为代表;其二,"第作者之甲乙而溯厥师承",以钟嵘《诗品》为代表;其三,"备陈法律",以皎然《诗式》为代表;其四,"旁采故实",以孟棨《本事诗》为代表;其五,"体兼说部",以刘攽《中山诗话》和欧阳修《六一诗话》为代表。

难发现,清代吴乔《围炉诗话》、王夫之《姜斋诗话》和王士禛《带经堂诗话》等,内容似乎主要是说诗,又和"说部"没有多少关系。南宋以后,诗话著作大量增加,在诗文评类中占有相当比重,它的内容和性质的变化,无疑影响到相关著作的分类及其类目的命名。那么,"诗话"与"说部"的关系在历史上究竟呈现出怎样的变化?诗文评系统的著作何时从"文史"类演变成"诗文评"类?明人诗话的实际内容及其诗话概念又是怎样的呢?搞清楚这些问题,无疑有助于今人对诗话著作的认识,有助于对古代诗学理论著作的认识和把握。

一、从书目分类看明代"诗话"的内涵

隶属于《四库全书总目·诗文评》类之中的书籍,最早的产生于魏晋六朝。六朝之后,诗文评方面的著作不断产生,而在书目文献的著录上,却迟迟没能反映出来。唐代初期编撰的《隋书·经籍志》,没有给诗文评著作单独设类,有关著作如挚虞《文章流别志论》、刘勰《文心雕龙》、姚蔡《文章始》等,都归入了集部总集类。最为根本的原因,应该是当时此类书籍还太少,不足以单独设为一类。甚至直到北宋的《郡斋读书志》,仍然将《文心雕龙》杂置于"别集"类中。

不过到了北宋,诗品、文评一类的著作已经产生不少,它们的分类归属,自然就会受到目录学家的重视。将后来通常视作诗文评的著作单独归为一类,并冠以"文史"名称的,以北宋欧阳修负责编纂的《崇文总目》为最早。《崇文总目》遵循四部分类法,"文史"类著录了包括《文心雕龙》、《诗品》在内的二十五部著作,置于集部之末、"总集"之后,这二十五部著作中的绝大多数后来被《四库全书总目》归入"诗文评"类,其中除了《文心雕龙》、《诗品》之外,多为诗式、诗格、诗句图之类的书籍。而稍后编成

的《新唐书·艺文志》，亦采用了"文史"这一分类名目，因为是正史，对后世的影响显然更大。

然而《崇文总目》编成于宋仁宗庆历元年（1041），当时欧阳修初创的以"诗话"命名的书籍尚未问世，故此书目的"文史"类之中，也就不可能有以"诗话"命名的著作。即使在诗话著作产生之后，或许是因为数量不多，或许是因为文人对诗话这种形式的著作尚不重视，北宋的书目文献之中，并不见有诗话著作的著录。直到南宋时期，诗文评类著作迅速增加，尤其诗话产生较多，尤袤《遂初堂书目》、陈振孙《直斋书录解题》，均沿袭《崇文总目》和《新唐书·艺文志》的设置分类方法，将有关书籍置于"总集"之后，归入"文史"类。而与《崇文总目》、《新唐书·艺文志》有所不同的是，其中已经包括各种诗话和诗谈。此后直至明末清初，这一著录分类方法仍然为众多书目所仿效，例如元代马端临《文献通考·经籍考》、《宋史·艺文志》、《千顷堂书目》、《明史·艺文志》等。

不过当时也有人不采用这样的分类方法和分类名称。南宋郑樵《通志》就将书籍分为十二类，与诗文评有关的著作归于第十二类"文"，其中"文史"和"诗评"两小类的相加，与后世的"诗文评"类接近。

至于明代有关诗话文献的著录分类，更为多样。笔者分析明代和清初的官方和私人书目文献中有关诗文评书籍的著录情况，发现诗话的分类和归属，大致有四种情况：

其一，按照书名编排，不作归纳分类；或者虽有分类，但是相当粗略，基本上是按照诗、文的不同而分别著录，明代大多数的书目属于此类。例如据称由杨士奇负责编纂的《文渊阁书目》，将"集部"书籍分成"文集"和"诗词"两类，不再细分，而将"文评"性质的书籍纳入"文集"类，又将诗话、诗谈等归入"诗词"类。佚名所纂《近古堂书目》则有所改进，分别设有"文说类"和"诗话类",但是著录主要根据书名,较为机械,具有诗话性质而未以"诗话"命名的书籍,就基本没有纳入"诗话类"。后来董其昌《玄赏斋书目》对于诗文评性质的书籍的处置,与《近古堂书目》相近,但其中"诗话"类已经包括不以诗话命名的书籍,如《诗品》、《诸家老杜诗评》、《唐本事诗》、《历代诗体》、《冰川诗式》等。再如万历年间赵琦美的《脉望馆书目》,将诗话置于"集"部,却把《文心雕龙》置于"杂家"类。徐𤊹《徐氏家藏书目》设有"诗话类",其中也包括不以诗话命名的诗学书籍,如《艺苑溯源》、《风雅丛谈》、《陈白沙诗教》等,而将某些文评类书籍归入了"总集"类。

如此诗、文分家的编排分类,使得具有"诗文评"共性的书籍无法从分类归纳上体现出来。不过,从《近古堂书目》、《玄赏斋书目》、《徐氏家藏书目》的著录情况来看,将"诗话"单独设立一类的做法,得到了多位书目编纂者的采纳。这样做可能有两方面的原因:一是因为以"诗话"命名的书籍当时已经积累有相当数量,二是因为"诗话"类书籍有其内容和风格上的独特之处,如果与其他诗文理论著作合并为一类,他们觉得不合适。

其二,仍然沿袭《崇文总目》和《新唐书·艺文志》的做法,设立"文史"类。如嘉靖年间高儒的《百川书志》,其中"文史"类著录的书籍,几乎可以与后来《四库全书总目》的"诗文评"类画等号。不过《百川书志》中"文史"类的位置,与《崇文总目》有所不同,不是置于"总集"类之后,而是在"词曲"类之后、"总集"类之前。至于清初黄虞稷《千顷堂书目》、《明史·艺文志》有关"文史类"的命名和分类次序,则与《崇文总目》和《新唐书·艺文志》基本保持一致。

其三,将有关书籍归入"杂"类。隆庆年间的《万卷堂书目》,将"文史"类更名为"杂文",不过其中除了诗文评类的书籍之外,还有少许尺牍、词选、赋选等。至于晁瑮的《晁氏宝文堂书目》,

则将有关书籍置于"子杂"类。所谓"子杂",当是子部杂家类之意,入选标准也就更为宽泛,诗话、文则之外,著录有大量杂著笔记,如《黄文献公笔记》、《辍耕录》、《草木子》等,还包括书画著录书籍、尺牍,以及《世说新语》、《白猿传》、《会真记》、《剪灯新话》、《吴中小说》、《三国》、《水浒》、《通俗演义》等话本和小说。

其四,新设"诗文评"类,将诗话、文评以及相关诗文理论著作尽皆纳入。"诗文评"作为书目分类名称,是明代后期才出现的。从笔者目前掌握的资料来看,可能始于万历年间焦竑编纂的《国史经籍志》。《国史经籍志》于书末设"诗文评"类,附于总集类之后,未分小类。明末《澹生堂藏书目》亦于卷末设诗文评类,其中又分文式文评、诗式、诗评、诗话四小类①。清初钱曾《述古堂藏书目录》与此又有所不同,分类较繁,凡七十八类,其中既有"诗文评"类,又有"诗话"类。而后来《四库全书总目》对于诗文评书籍的处理,大概正是沿袭参考了《国史经籍志》和《澹生堂藏书目》两种书目。

上述十三种书目中,将诗文评书籍归入"杂文"、"杂家"或"文史"类的有五种,将"诗话类"单列的有五种,设立"诗文评"类并将诗话归入其中的有两种②,其馀一种则未作归纳分类。值得注意的是,按照书名为"诗话"单独设类,其实等于没有归纳分类,或许书目作者认为诗话著作有其特殊性,无从归纳,不如单列。而三部后世影响较大的书目,即《百川书志》、《千顷堂书目》和《明史·艺文志》,其中"文史"类著录的书籍,就是董其昌《玄赏斋书目》所谓的"文说"类和"诗话"类所收著作,不但与《国史经籍志》"诗文评"类中的书籍差不多,而且基本上为后来《四库

---

① 按:书前目录"诗文评类"分文式、文评、诗式、诗评、诗话五小类,书中实分四类。

② 按:钱曾《述古堂藏书目录》虽设有"诗文评"类,但将"诗话"单列。

全书总目》的"诗文评"类所囊括。那么,为何编纂于焦竑《国史经籍志》之后的《千顷堂书目》和《明史·艺文志》,仍然采用"文史"的分类名称,而没有采纳焦竑的"诗文评"这一名目呢? 清初钱曾《述古堂藏书目录》已经列有"诗文评"类,却为何又将"诗话"类著作从中剔出单列? 朱自清所谓"自成一类表示有独立的地位",是否也适用于此呢?

我们有必要对明代以"诗话"命名的书籍的实际内容作一番探讨,在此基础上,才能理解明人对于诗话类书籍的认识,及其分类变化的原因。

二、明代有关"诗话"内涵与功能的争辩

按照目前权威的说法,欧阳修创造"诗话"这一文体之后,直至清代,诗话发展的总体趋势是逐渐偏向于诗学理论。郭绍虞先生认为,从论事到论词,从轻松到严肃,从宗尚欧阳修"以资闲谈"的《六一诗话》,到尊崇钟嵘立足于理论批评的《诗品》,是诗话本身发展的主要倾向。[①] 然而事实似乎并非如此,所谓朝着诗学方向发展的诗话,在明代就遭到抵制,在清代也并未成为主体。

诚如郭绍虞先生所言,早在宋代,诗话风格就有趋于严肃雅

---

① 郭绍虞《清诗话·前言》:"诗话之体,顾名思义,应当是一种有关诗的理论的著作……我觉得北宋诗话,还可说是'以资闲谈'为主,但至末期,如叶梦得的《石林诗话》已有偏重理论的倾向。到了南宋,这种倾向尤为明显,如张戒的《岁寒堂诗话》、姜夔的《白石道人诗说》和严羽的《沧浪诗话》等,都是论述他个人的诗学见解,以论辞为主而不是以论事为主。从这一方向发展,所以到了明代,如徐祯卿的《谈艺录》、王世贞的《艺苑卮言》、胡应麟的《诗薮》等,就不是'以资闲谈'的小品,而成为论文谈艺的严肃著作了。一到清代,由于受当时学风的影响,遂使清诗话的特点,更重在系统性、专门性和正确性。"上海古籍出版社 2015 年版,第 1—4 页。

正的倾向,而其内容则逐渐脱离"闲谈",而趋于"诗学批评"或"诗学理论"。

撰写《彦周诗话》的宋人许顗认为:"诗话者:辨句法,备古今,纪盛德,录异事,正讹误也。若含讥讽,著过恶,消纰缪,皆所不取。"所谓"辨句法,备古今,纪盛德,录异事,正讹误",这是许顗对当时诗话主体内容的概括;当然,所谓"含讥讽,著过恶,消纰缪"的内容,在当时的诗话中显然也不少见,但是许顗认为这些都是应该摒弃的。总之,讥讽诙谐,皆不可用;轻松活泼,也不足取,作者的个人情感色彩应该尽量消除,代之以客观严肃的诗学分析和史实记录。

按照这样的理解和发展趋势,"诗话"逐渐向"诗注"靠拢了,元人方回就已明确指出"诗话"就是"诗注"①。可见诗话发展到了宋末元初,诗评诗注的内容已经占据了主导地位。诗话的发展,似乎是越来越多地谈论有关诗歌本事、诗歌创作和诗歌理论问题。《国史经籍志》和《澹生堂藏书目》改"文史类"为"诗文评"类,并仍然将诗话纳入其中,显然是有一定的事实依据的。

但是倾向于诗评诗注的诗话,其所谓的功能及其效果,是否真实可信呢?事实上明人对此并不认可,李梦阳首先提出尖锐的批评②:

> 夫诗比兴错杂,假物以神变者也。难言不测之妙,感触突发,流动情思,故其气柔厚,其声悠扬,其言切而不迫,故歌之心畅而闻之者动也。宋人主理,作理语,于是薄风云月

---

① 元方回《瀛奎律髓序》:"文之精者,为诗;诗之精者,为律也;所选,诗格也;所注,诗话也。学者求之,髓由是可得也。"

② 按:对诗话的诗学功能提出质疑的言论,早在金元时期已经出现,但尚未直接给予尖锐的批评。例如元赵文《青山集》卷一《郭氏诗序序》:"《三百篇》后,建安以来,稍有诗评。唐益盛,宋又盛。诗话盛而诗愈不如古,此岂诗话之罪哉!先王之泽远而人心之不古也。"

露,一切铲去不为;又作诗话教人,人不复知诗矣。诗何尝无理? 若专作理语,何不作文而诗为邪?(《空同集》卷五十二《缶音序》)

李梦阳发此言论,固然与其振唐音、复古调的文学主张有关,主要不是针对诗话。但是,偏重诗法、诗理和诗学批评的宋代诗话流行之后,在相当程度上导致了诗歌意象的削弱、形象的丧失、面目的枯涩,却是他真实的忧虑。而且这样的批评,并非是他李梦阳一个人的看法。李梦阳之前,李东阳在其《怀麓堂诗话》中就已表示过类似的思想①。而李梦阳之后,杨慎对宋代诗话的批评更是言简意赅、一针见血:

> 文,道也;诗,言也。语录出而文与道判矣,诗话出而诗与言离矣。(《升庵集》卷六十五)

所谓"诗话出而诗与言离",就是说诗话造成了诗歌与言语的隔膜。原因何在呢? 明末清初的张次仲,对杨慎此番言论曾经有过比较清晰的解释。他说:"宋人有诗话而诗不振,信乎,木泾公之言也! 升庵谓有宋诸家之笺杜诗,句必有所指,篇必有所属,如商度隐语,岂复有诗哉? 谓之不振亦宜。"(《待轩诗纪》卷首)诗为心声,心情复杂多变,想象神出鬼没,诗歌随兴而出,必然是流动、多变和不可捉摸的。一旦强为解说,且使人照样学步,必然丧失真性真情,丧失李梦阳所谓诗歌应有的"香色流动"。

"句必有所指,篇必有所属",正是诗话演变为诗注诗评以后的鲜明特色。张次仲提到的"木泾公",即周复俊,与杨慎、谢榛

---

① 按:不过,李东阳针对的是宋人所谓的"诗法",并未将宋人诗话著作完全否定。其《怀麓堂诗话》说:"唐人不言诗法,诗法多出于宋,而宋人于诗无所得。所谓法者,不过一字一句,对偶雕琢之工,而天真兴致,则未可与道。其高者失之捕风捉影,而卑者坐于黏皮带骨,至于江西诗派极矣。惟严沧浪所论超离尘俗,真若有所自得。"

为同时人①。可见当时认为诗话导致诗歌衰微的人士，非止一二。当然，将诗坛的不振，完全归罪于诗话的流行，未免言过其实，但是明人对于具有诗法诗格、诗注诗评等诗学色彩的诗话多持否定意见，由此可见一斑。

其实明人对于诗话的认识，早就存在着两种针锋相对的意见。正德（1506—1521）初年，抄录并刊行李东阳《怀麓堂诗话》的王铎，在序言中指责"近世所传诗话，杂出蔓辞"，认为唯有"严沧浪诗谈，深得诗家三昧"。而稍后于他的文徵明，在为都穆《南濠居士诗话》作序时则说，诗话的作用，正在于"玄词冷语，用以博见闻、资谈笑而已"，甚至认为宋人所谓"诗话必具史笔"的说法，也是错误的。两相比较，不难发现他们的意见之所以分歧的根本原因，就在于对"诗话"这一名称的理解。

王铎认为，诗话著作就应当突出"诗"字，凡与诗学关系不大的趣闻杂谈，皆属"蔓辞"；文徵明则认为，诗话的妙处，正在于其"话"的功效，即能给人以谈资，供人茶馀饭后谈笑取乐。退一步说，即使是作为史实来记录，文徵明认为也必须摒弃史学家那种严肃的风格和严谨的条理。那么，既然强调"博见闻、资谈笑"，可见在文徵明看来，诗话并非严谨的诗学理论著作，应当保持的是"玄词冷语"，即诙谐幽默的随笔小品式的轻松风格。

文徵明一派的意见，在明代无疑占了上风。现存明人撰写的以"诗话"命名的二十九种著作之中②，比较集中、单纯地谈论诗学的，只有《怀麓堂诗话》、《琼台诗话》、《颐山诗话》、《过庭诗话》、《挥麈诗话》、《小草斋诗话》六种。明代许多诗话的作者直

① 周复俊（1496—1574），号木泾子，昆山人。嘉靖十一年进士，官至南京太仆寺卿。曾任四川、云南布政使。与杨慎、谢榛等皆有交往，且有酬唱诗歌流传至今。
② 参见拙著《明代诗学书目汇考》。文载《中国诗学》第九辑，人民文学出版社2004年版。

言不讳地申明,撰写诗话,只是因为有"趣"有"乐"。为《豫章诗话》撰序的张鼎思就认为,当年欧阳修撰写诗话,"意在快耳赏心"。而大约生活于嘉靖年间的闵道充所撰《兰庄诗话》,皆录本朝诗人诗事,其《小引》说:"或时游艺韵语,意趣有涉,随得辄录,无所取材,只为捧腹具耳。"所谓"意趣有涉、随得辄录"、"只为捧腹具",与文徵明"玄词冷语,用以博见闻、资谈笑"的观点完全一致。

我们不难发现,明人大多是把诗话当作野史笔记看待的。弘治年间胡道评价瞿佑的《归田诗话》,就说"大略似野史"。正德、嘉靖年间,姜南编撰的《蓉塘诗话》二十卷,其实是作者从其二十种笔记杂著中选辑而成,并非有意撰写诗话,因此显然不成体系,内容十分庞杂。嘉靖、万历年间人士杨春先编纂的《诗话随钞》,也抄自二十种著作,其中只有《存斋诗话》、《怀麓堂诗话》、《水南诗话》、《升庵诗话》、《蓉塘诗话》、《艺苑卮言》六种后来被归入"诗文评"类,其馀十四种都是属于子部类的笔记杂著。可见明代目录学家大多将诗话归入"杂文"类或"文史"类,确实是以当时有关书籍的实际内容作为依据的。

当时文人对于诗话的理解,就是"有关诗的杂谈"。他们认为诗话固然应该涉及诗歌、诗人、诗事,但是诗歌以外的杂事,也不是不可以记录。故取名"诗话"的著作,书中未必尽皆谈诗;未以诗话命名的,也可以并且事实上主要记载诗人诗歌诗事,如曹安《谰言长语》、徐伯龄《蟫精隽》等笔记杂著,其中大多也是记录诗坛的趣闻轶事,与当时的"诗话"著作并无差异。

直到明末,诗话、诗谭等仍然不是诗学著作的专用名称,不仅可以指笔记杂著,而且仍然可以指小说,例如国家图书馆所藏明末刊本碧山卧樵撰《幽怪诗谭》六卷(残存一至二卷),就是短篇小说集。清初钱曾《述古堂藏书目录》将"诗话"类著作从"诗文评"类中剔出单列,分明也是看到了诗话与诗文评著作在性质上存在着较大差异,无法归到一类。

明人撰写诗话,一般不作为诗学理论著作对待;而当时人花大力气撰写的诗学理论著作,又大多不屑于取名为某某诗话。明代比较严肃的诗学著作,常常不以"诗话"命名,如徐祯卿的《谈艺录》、谢榛的《诗家直言》、王世贞的《艺苑卮言》、王世懋的《艺圃撷馀》等。① 明代万历年间胡之骥的一番话,颇能说明症结所在。胡之骥撰有《诗说纪事》,其《凡例》称:"是编不敢以宋元及我明人诸家诗法、诗说、陈腐小说以为张本,恐涉迂谬胶泥,令人厌观,以为唾洟也。"可见在他看来,不要说以"诗话"命名的著作,就是一般的"诗说",也与记录"街谈巷议"的小说没有多大区别。

大概直到清代乾隆以后,诗话的"说部"色彩才逐渐淡化,这首先表现在书籍的命名方面。乾隆年间,胡曾耘雅堂校刻明人谢榛《诗家直说》时,将书名改成《四溟诗话》,就是很能说明问题的例子。当然,改变书名是清人的意思,未必符合谢榛的本意。不过我们从此事例可以推知,清代学者对于"诗话"概念的理解,与明人已经明显有所不同。清初以后,比较严肃、系统或单纯的诗论著作,以"诗话"命名的也多了起来,如吴乔《围炉诗话》、陈元辅《枕山楼课儿诗话》、徐增《而庵诗话》、薛雪《一瓢斋诗话》、王夫之《姜斋诗话》、王士禛《带经堂诗话》、赵翼《瓯北诗话》、潘德舆《养一斋诗话》等,都无法再与野史杂谈归并一类。值得一提的是,《姜斋诗话》和《带经堂诗话》,并非王夫之、王士禛本人编撰,而是后人辑录并命名的。《带经堂诗话》于乾隆年间成书,《姜斋诗话》成书不迟于道光年间,可见清人对于"诗话"一词的理解,逐渐着眼于"诗学",而不再执着于"闲谈"了。

_____

① 按:郭绍虞先生在《清诗话·前言》中为了证明明代诗话趋于理论批评的倾向,列举了三部"论文谈艺的严肃著作",其实都不是以"诗话"命名的。

当然,观念的改变并非一朝一夕,因此仍有不少清代文人坚持写作"以资闲谈"的诗话著作,清代所有以"诗话"命名的著作之中,以辑录诗事轶闻为主的仍然占了多数。但是,正是因为有了上述诗话逐渐脱离"说部"的改变,《四库全书》的编纂官终于没有选择《千顷堂书目》和《明史·艺文志》的类目"文史",而采用了焦竑《国史经籍志》的"诗文评"的分类名称;与此同时,他们也承认不少诗话著作仍然存在着杂谈的色彩,于是予以小类的细分,指出了诗话"体兼说部"的特点。

其实直到乾隆、嘉庆年间,在许多文人学者的眼里,"诗话"在本质上与"诗评"等理论性质的著作不属一类,仍然应该属于杂史杂说,甚至还把它们当作话本小说之类的消遣娱乐读物。① 郭绍虞先生在《清诗话·前言》中也说:"清诗话中随笔式的以资闲谈的著作,其数量也并不太少……或则小部分滥,或则大部分滥,或多或少都属于这一类型的著作。同光以后,这类著作似乎更盛一些。"恰恰证明了清代诗话类著作的主体,仍然是随笔性质的杂谈。但是,郭先生将一定程度上游离于诗学理论之外的诗话著作一概斥之为"滥",似乎并不妥当,有必要给予辨析正名。

三、从野史稗说到寄情自娱

诗话著作,历来最为人所诟病的,就是它的随心所欲和附会

---

① 乾隆四十三年卢文弨撰《书韩门缀学后》:"(钱塘汪抒怀先生)有《谈书录》一卷、《诗学纂闻》一卷。《谈书录》与《韩门缀学》皆可入杂家;《纂闻》即诗话也,当入文史类。"(《抱经堂文集》卷十一)嘉庆十六年黄丕烈撰《逸老堂诗话跋》:"日来酷暑杜门,清晓早凉,颇有以一二种说部诗话等书,或旧钞,或旧刻,助余消遣,此亦家居销暑之一乐也。"(《历代诗话续编》本《逸老堂诗话》卷末)

传闻。金人王若虚早就说过:"大抵诗话所载,不足尽信。"(《滹南遗老集》卷三十八《诗话》)清人有关的指责更多,《四库全书总目提要》之中,凡引用诗话类材料较多的书籍,一概予以贬抑,或斥之为"芜杂琐碎",或叹之为"自秽其书"。(参见《诗经稗疏》[四卷]、《南唐书》[三十卷]提要。)从这个角度来看诗话,郭绍虞先生斥之为"滥",不无道理。也正是因为诗话具有的"杂谈"、"琐闻"性质,所以正统文人一般不予重视,明代文人常常也是如此。存留至今的明代诗文评著作,其中真正以"诗话"命名的其实并不多;万幸能够保留下来的,常常不是残章断简,就是作者不详。

然而,恰恰因为诗话的撰写,常常不是为了光宗耀祖,不是为了流传后世,甚至不是为了要给后人留下所谓有史学价值的诗学资料、诗人事迹,而只是明代文人一时兴趣所致的随笔记录,只是为了"博见闻"、"资谈笑"、"抒性情",为了展示自己的生命历程、人生感悟或知识见解。因此不怕犯忌讳,不怕坏名声,兴之所至,笔之所至,反而更加造就了诗话的可读性、艺术性,以及真实性,尽管它可能荒诞、可能偏颇。如果我们能够摒弃一贯的以诗学作为唯一标准的理念,那么诗话类著作给予我们的,其实真正是多姿多彩的感受。①

以此为寄,以此为乐,用以陶写自我的性情,这是明代诗话有别于前人诗话的最大特色。在诗话里,我们能够真正领略明代文人游戏人生的真性情和艺术精神。如果说,当年欧阳修效仿野史稗说撰写《六一诗话》,记录自身所见所闻,主要是为了给当时或后人提供谈资,那么他的《诗话》写作,多少还具有传播或传世的目的,具有"为他人"的色彩;而明人诗话的编撰,常常仅

---

① 按:之所以说"诗话类",其实只是将诗话作为代表。子部杂家类的许多著作,有许多相似的功能特点。

供自身或一二知己的消遣。除了"以资闲谈"之外，明人的诗话写作，更是"为自我"，为了自身写作消遣的快乐。相比宋人而言，明代文人更为自觉主动地将诗话当作了自娱自乐的手段和工具。

明代中期以后，文人提倡"心性"之学，嗜好风雅之事，因此诗话的消遣娱乐功能尤其受到重视。昆山（今属江苏）俞弁（1488—?），布衣终身，寓情诗文，嗜好收藏。他在《逸老堂诗话》自序中就说，平生有三种"真乐"：一是读经史百家，二是观法书名帖，三是赏名家名画。其《逸老堂诗话》，忠实记载了诸多这样的乐趣，包括书画及有关轶事，而不管是否与诗学有关。更有甚者，将诗话与"手谈"相提并论。题为明末陈继儒编辑的《古今诗话》，有署名"嵇留山樵"的序文，其中说："对弈者曰手谈，讽辨者曰诗话，此二事不必捉麈尾，足以解颐捧腹。诚不客之客、无话之话。然手谈犹待耦，诗话则一隐几有馀矣。"嵇留山樵的意思是，诗话的主要作用在于"解颐捧腹"，认为诗话供人消遣解闷的功效与围棋相似，但是更为简便，且无须仰仗他人，足以自娱自乐。明人此类做法影响深远，大概一直到清代以后，文人仍然习惯把诗话看作供人闲谈取乐和自我消遣的著作。

正是因为自娱自乐和自我消遣，因此明人诗话之中，对于自我的个性，常常大肆张扬；对于自然情感的欲望，则常常不加掩饰。例如《逸老堂诗话》卷上，针对宋人秦观为了修道而甘愿独居、遣返爱妾的做法，作者表示异议，并引录唐伯虎的诗歌来讥嘲秦观，认为虚幻的修道，不如人间男女的情爱来得实在。

正是出于自我的张扬，明代诗话的"自矜自炫"色彩十分明显。诗话中自我标榜的风气，北宋已经出现，但常常遭到后人的批评指责。中国人一贯主张谦谦君子的作风，将自身的荣誉、自己的创作写入诗话，难免沽名钓誉之嫌。当初李东阳在其《怀麓堂诗话》中记载了多首自己的诗歌，记录了同僚的赞誉之词，就受到俞弁的指责，认为"有自矜之嫌"。其实俞弁的《逸老堂诗话》之中，又何尝没有类似的内容呢？比如他记录祝枝山赞誉其先父的诗文、摘录自己追和吴兴陈霆的诗歌，分明就是为了展示自己的家学渊源以及自身的才华。总之，诗话中标榜自我的风气，在明代愈演愈烈。成化年间蒋冕辑撰《琼台诗话》二卷，开创了辑录一人诗事诗作以为诗话的先例，目的在于标榜师门。嘉靖年间刘世伟的诗话之所以取名"过庭"，就是为了表明其家学渊源。至于都穆的《南濠诗话》，不仅记录自己的诗歌，还记录其先父甚至外高祖的诗作，并且不吝辞藻地自我吹嘘表彰，可谓史无前例。

也是由于作者自我的张扬，以致明代诗话的地域色彩十分鲜明。作者的取材，常常是为了彰显作者家乡或某一区域的文化优势。其中有的比较明显，如以地区命名的诗话《汝南诗话》、《豫章诗话》、《蜀中诗话》等。有的比较隐蔽，作者于书名、凡例、序跋中对这一目的并不表露，但书中对于家乡文化、家乡名人，以至于名不见经传的家乡文人轶事的表彰，可以说渗透于方方面面，这一切在江浙作者的诗话中表现得尤其突出。此类事例繁多，不烦列举，仅录无锡邵宝为《南濠诗话》所作题词，可见一斑。其题词曰："南濠旧话新传得，吴下风流楚地闻。我是闲官忙里过，湖山回首剧思君。"所谓"吴下风流"，就是邵宝成为《南濠诗话》读者之后的最为强烈的感受。

还是因为"自矜自炫"，明代诗话的个性情感特色十分鲜明。不论批评，还是褒赏，或者独抒己见，或者辩驳陈说，大多痛快淋漓，不作模棱两可的似乎较为客观公允的评判。例如，诗用俗语，历来褒贬不一，李东阳《怀麓堂诗话》认为："乐天赋诗，用老妪解，故失之粗俗。"俞弁《逸老堂诗话》针锋相对，指出："善用俚语，近乎人情物理。"并引用吴讷的诗句说："垂老读来尤有味，文人从此莫相轻。"

又比如，明代文人多才多艺，诗书画兼长者比比皆是，尤其是江浙地区的文人。他们的书画题跋，包含即兴而发的精彩诗歌和诗论，有时还涉及诗坛轶事、诗人趣闻，往往激情洋溢，率真质朴，幽默滑稽。但是，由于多属率性而为，不够精致，后来往往被他人修改，甚至被自己删弃，以至于有关文字在其诗文别集中常常付诸阙如。因此，诗话中的有关记载，就显得弥足珍贵。例如朱承爵《存馀堂诗话》所记杨礼曹观赏顾瑛诗帖而抚今追昔、讥刺权贵的跋文，李日华《恬致堂诗话》之中众多有关书画收藏的记录及其自题诗文，《逸老堂诗话》所载沈周自曝书画短处的《自嘲》诗，《南濠诗话》所录沈周咏《门神》、咏《钱》、咏《混堂》的咏物诗，叶廷秀《诗谭》所录唐寅抒写悲愤的《题画菊诗》，顾元庆《夷白斋诗话》所录"画状元"吴伟俚俗生动的《骑驴图诗》、唐寅脍炙人口的俗语诗（"不炼金丹不坐禅，不为商贾不耕田。起来就写青山卖，不使人间造孽钱"）等。凡此种种，都有助于今人深入了解当时的文人心态、诗学氛围和文化风尚。

不仅是受当时社会风气的影响，可能也是出于"自矜自炫"的目的，明代诗话常常引用小说传闻，为了有趣有味，为了耸动视听。安磐于嘉靖初年免官以后编撰《颐山诗话》，引录了一些小说语或市井传言，《四库全书总目提要》斥之为"皆近乎小说，无关诗法"。然而书中如讥陈大学士诗之辛辣尖刻，刺尚书、学士民谣之泼辣爽快，嘲传奉官诗之幽默诙谐，正统诗文集中却不容易见到，颇为难得。所以，尽管明代诗话中类似的记载有时失之荒诞芜杂，我们却不能因噎废食，一概斥之为"滥"而无视其精华所在。

明代诗话以记事为主，由于作者的经历不同、时代不同、地域不同、学养不同，侧重点肯定不同。然而有几点或许是共同的：即侧重于记录与自己密切相关的交游唱和、说他人未曾说过的一得之见、谈影响自我人生的真切感受，如若涉及品评，则不屑于援引诗法、诗格之类的理论。明季胡之骥《诗说记事》的"凡例",对此就曾予以强调。① 也正因此,明代诗话往往呈现出随心所欲、轻松活泼、包罗万象、富于情趣,具有文采、颇见真性的特点。

可以这么认为,阐发诗学理论和从事诗歌批评,绝非明人撰写诗话的唯一或主要的目标。诗话"以资闲谈"、"体兼说部"的特点,从北宋诗话创始之初,直至清代民国,始终没有真正改变。如果一定要诗话著作完全承担起严肃的诗学批评理论的重担,不仅有违"诗话"初创者欧阳修的初衷,也不符合中国文人习惯于采用随笔杂著形式抒情写性的需要。其实,如上所述,比较严肃的、成体系的诗学批评,古人往往采用其他的文体形式撰写,或为单篇论文,或为诗学专著,而不必采用诗话形式。至于诗话,常常是他们晚年回首人生的杂感辑录,是他们陶写性情、游戏人生的手段,是他们抒发情志、谈艺论诗、评述时事、记录历史的工具。对于古人来说,诗歌创作本来就是生活中不可或缺的一部分,所以这样的随笔杂感,常常与诗歌有关。与此同时,即使与诗歌无关的人和事,只要有趣有味,他们仍然予以记录,仍然冠以"诗话"的名目,而并不认为名不符实。这就是诗话常常游离于"诗学"之外的根本原因。

当然,既然以"诗话"命名,书中所载,必然主要与诗人诗歌诗事有关,必然与诗学理论、诗歌批评有关。例如瞿佑倡导宋诗的诗学倾向,李东阳鄙薄宋人诗法、主张学习唐诗的诗学观,杨慎不专奉盛唐、亦不专主一家的诗学主张及其对于历代诗人诗

---

① 前已引录之外,又有如:"是编以说诗为主,或纪事,或纪古人事,或纪交游,或说诗,皆前人之所未说者说之。""是编或引古人之事,或书今人之事,皆有观感箴规,非徒泛泛虚谭耳。""纪交游,或情之所感,或诗词之酬答,歌咏之慷慨,纪之以志不相忘。""说诗诸体,非敢如诗法,云某法某格,以窘作者。""纪事,纪余身历其事者。"(《诗说记事》卷首)

作的考辨纠谬,《小草斋诗话》主张独创、反对模拟的理论以及对于历代诗家诗作的评议,《梦蕉诗话》有关唐、宋、元、明诗歌高下优劣的品评,《馀冬诗话》秉承倡和李东阳的诗论,《俨山诗话》标榜明初袁凯的诗学主张,《南濠诗话》《颐山诗话》《过庭诗话》对于严羽诗论的推崇和发挥,《逸老堂诗话》针对严羽"诗有别材,非关书也"之说的异议,《存馀堂诗话》偏重校雠发现的考析,《恬致堂诗话》宗唐而又不贬宋元的诗歌品评,闵文振《兰庄诗话》对于当时诗歌诗坛的评议,等等,都属于诗学和诗评范畴。当然我们也不能否认,明代"诗话"中的诗学理论和诗歌批评,大多是零乱无章的,是札记性质的。它们是轻松的杂谈,而非严肃的专著;是零散的感悟,而非系统的论说,但是却并非没有诗学价值,只是需要仔细梳理而已,何况如前所述,它们的价值远不仅于此。

(作者单位:上海大学中文系)

清代诗学文献体例谈

张寅彭

清代诗学文献数量庞大,体例繁富,它的这两个基本特征是
远过于历朝历代的。正视和解决这两个问题,无疑是整理与研
究清代诗学的基础。我在 20 世纪 80 年代从刘德重先生撰写
《诗话概说》清代部分的时候,对此即有强烈的感受。二十多年
来,造次必于是,颠沛必于是,虽仍谈不上完全解决,但体量大致
已经探明,体例种类也已经过反复的疏理,清代诗学体系的内在
结构正在逐步清晰地呈现出来。

现存清代诗学著述的数量,按照目前的调查统计,在一千种
左右。相较于历代诗学,这是一个惊人的大数字。面对这个庞
然大物,把握其全体的难度自然也大为增加。我从前在《新订清
人诗学书目》中,先试用编年法,依据各书的成书时间、刊刻时间
及作者的生卒年份,大致建立了"顺治康熙(前三十年)期"、"康
熙(后三十年)雍正期"、"乾隆期"、"嘉庆道光期"、"咸丰同治光
绪宣统期"等五期的历史框架。这个分期与一般治史不同之处
在两个时间节点上,一是将康熙六十年一分为二,一是将嘉庆朝
与乾隆朝分开,而与道光朝合为一期。从中可看出清代诗学具
有一个二度轮回的特殊现象,即乾隆鼎盛与晚清再盛的现象。

编年分期外,近年则借助编辑《清诗话全编》之机会,进而致
力于体例种类之辨析,从几个不同的层面入手,初步分析出了自
撰与汇编,诗评、诗法与诗话,断代、地域与综合,以及诗文评与

总集等几对范畴,本文即试图从这一体例区别的角度,来谈清代诗学的内在脉络。

一、传统诗学体例成体的认识过程

中国传统学术研究的基本方法,不外编年法与分类法两项。分类法在诗文研究方面的运用,则似以辨体最为成功。从陆机《文赋》、刘勰《文心雕龙·明诗》到严沧浪《诗体》,以及明人的一系列著作,可谓源远流长,就诗体而言,牢固地树立起了五言、七言、乐府、古体、律体等几大类别概念。而关于诗文评著作的辨体之举,虽不如此发达,但也未曾间断过。如从目录学的角度对其进行疏理,历来对于诗文评著作体例的认识,大致有如下几个阶段:

四部分类确立之后,诗文评著作起初一直被归入集部的总集类,与诗文选集并无区别,例如《隋书》和《旧唐书》的《经籍志》都是如此处理的,显示的是它的"涉及一家作品以上"的属性,而尚未及其"评"的性质。

此后在欧阳修《新唐书·艺文志》中有了变化,诗文评著作虽仍归在集部总集类,但已与选本分开,单独作为一类,置于总集之末,并为之立了"文史"一名。① 目录学界有欧阳修此志所据为《开元四库书目》的说法,②则唐时应已有此分类了。所以北宋在欧阳修前后的书目,如《崇文总目》等,才会同样承袭了

---

① 阮孝绪《七录目录》"文集录"已分楚辞、别集、总集、杂文四部,但《七录》已不存,未知其详。观"杂文部"著录有"二百七十三种四百五十一帙三千五百八十七卷"(《广弘明集》卷三)之数,似非为"评"一类著作的专类。此"杂文"或与《汉书·艺文志·诗赋略》的"杂赋"为近? 不可知也。
② 如余嘉锡有此说。见其《目录学发微·源流考下》,中华书局 2009 年版,第 127 页。

"文史"类这更进一层的分类法。这表明此类著作的"评"的属性,此时得到了确认,较《隋书》《旧唐书》等的分类止于总集大进了一步。这可谓是认识的第二阶段。而"文史"作为类名,唐以来官修书目尤其正史书志中使用甚久,一直保留到清康熙间所修的《明史·艺文志》中。

但"文史"一目,实际上是文评之著、史评之著与诗评之著的汇合。以《新唐书·艺文志》著录的情况分析,欧公自言从《旧唐书·经籍志》承录的是李充《翰林论》三卷、刘勰《文心雕龙》十卷、颜竣《诗例录》、锺嵘《诗评》三卷等四家,新增二十二家二十三种:"刘子玄《史通》二十卷、柳璨《柳氏释史》、刘𫗧《史例》三卷、沂公《史例》十卷、裴杰《史汉异义》二卷、李嗣真《诗品》一卷、元兢《宋(沈)约诗格》一卷、王昌龄《诗格》二卷、昼公《诗式》五卷《诗评》三卷、王起《大中新行诗格》一卷、姚合《诗例》一卷、贾岛《诗格》一卷、炙毂子《诗格》一卷、元兢《古今诗人秀句》二卷、李洞《集贾岛句图》一卷、张仲素《赋枢》三卷、范传正《赋诀》一卷、浩虚舟《赋门》一卷、倪宥《文章龟鉴》一卷、刘蘧《应求类》二卷、孙合《文格》二卷。"[①]这其中显然是有属类之分的:《史通》以下五种为史评,《诗品》以下十一种为诗评,《赋枢》以下六种为文评。而上述不算在内的四种,则两种为文评、两种为诗评。可见这一阶段虽然稳固地认识了"评"之属性,但文、史、诗之体还不遑兼别。

至南宋时认识进入了第三阶段。此时出现的几种公私书目,尤袤《遂初堂书目》、陈振孙《直斋书目解题》仍以"文史"立目,可以不论;值得注意的是晁公武的《郡斋读书志》,以"文说"

---

① 欧公自注"刘子玄以下不著录二十二家二十三部"云云,实应为锺嵘《诗评》以下不著录,旧志并未著录锺氏此作。故承录《旧唐书·经籍志》集部总集类的仅为前三家,如此也才合于新增的家数、部数(按照《汉书艺文志》以来惯例,分别著录的元兢两种算两家)。

代替"文史",盖所录九种都属文评、诗评之作,剔除了史评之作,类目遂也芟除了"史"字。而最有意义的是郑樵《通志·艺文略》,他在集部也还保留了"文史"一目,但显然更重要的是,他令人瞩目地使用了"诗评"一词,首次准确地将历代诗评、诗品、诗格、诗式、句图、吟谱、诗话等四十四种同一性质的著作归为一类,至此可算是完成了对于"诗评"体例独立性质的认识,打下了后世目录学确立"诗文评"类的基础。①

明中叶以后,学界这方面的认识还在继续发展,如佚名的《近古堂书目》、董其昌的《玄赏斋书目》、钱谦益的《绛云楼书目》等,都一面以晁公武曾使用过的"文说"一辞来著录文评之作,一面新采"诗话"一辞来著录诗评之作。而嘉靖年间先后出现的焦竑《国史经籍志》与祁承㸁《澹生堂藏书目》,则都用"诗文评"一辞来合并著录诗评与文评之作,这可能是着眼于文评之作数量不多,故也不失为一种处理方式。另外清初钱曾的《述古堂藏书目》在立了"诗文评"一目后,复立"诗话"一目,且"诗文评"类著录任昉《文章缘起》等区区九种,实以文评为主(诗评仅录徐桢卿《谈艺录》一种),而将锺嵘《诗品》、皎然《诗式》以下五十二种改划为"诗话"类。这一阶段的认识可谓是多元的。

紧随其后的《四库全书总目》继而采用"诗文评"的分类法,终至定于一尊。② 此种效果主要不是依靠政治权威达成的,从

---

① 《四库全书总目·〈通志〉提要》曾讥郑夹漈的二十略"分门太繁"。然而这本来即是郑氏的自负之处,所谓"类例不患其多也,患处多之无术耳"。按照他自己的统计,"总十二类、百家、四百二十二种"。(《通志·校雠略·编次必谨类例论》)此种广设类属的实际效果,有的确为反映学术发展所必需,有的则不免流于繁琐,需要具体甄别。而"诗评"一目的确立属于前者,是大有可为郑氏辩护之处的。

② 《四库全书总目》以后,几乎所有分类至集部总集的书目,如孙星衍《孙氏祠堂书目》(外编尚复立"诗话"一目)、张金吾《爱日精庐藏书志》、丁日昌《持静斋书目》、张之洞《书目答问》、叶德辉《郋园读书志》等,都断然采用"诗文评"一名而绝无异辞了。

上述疏理可知,实乃长期探索累积的结果,有其坚实的学术认识之基础。这只要读其小序,即可看到它对此所具有的自觉意识:

> 文章莫盛于两汉,浑浑灏灏,文成法立,无格律之可拘。建安、黄初,体裁渐备,故论文之说出焉。《典论》其首也。其勒为一书,传于今者,则断自刘勰、钟嵘。勰究文体之源流,而评其工拙;嵘第作者之甲乙,而溯厥师承。为例各殊。至皎然《诗式》,备陈法律;孟棨《本事诗》,旁采故实;刘攽《中山诗话》、欧阳修《六一诗话》,又体兼说部。后所论著,不出此五例中矣。……汰除糟粕,采撷菁英,每足以考证旧闻,触发新意。《隋志》附总集之内,《唐书》以下则并于集部之末,别立此门,岂非以其讨论瑕瑜,别裁真伪,博参广考,亦有裨于文章欤。①

这里尤可注意的,是所谓"五例"之说,这是进而在"诗文评"内部细分体例的努力。至此我们才可以说,对于"诗文评"的辨体意识和成果,终于达到了可与严沧浪《诗体》相埒的水平。

二、主分与主合的两种思路

《四库总目提要》分出的五例:《文心雕龙》是文评,可以不论;《本事诗》后世未获大行,其"旁采故实"的特点与《六一诗话》、《中山诗话》的"体兼说部"亦近,则可归为一类。故诗学著述的体例,实可分为三大例,即钟嵘《诗品》所代表的诗评类、皎然《诗式》所代表的诗法类与欧阳修《诗话》所代表的诗话类。历来论著,大抵不出此三类矣。这是在"诗文评"著述内部主张进一步分辨体例的思路,逗漏出重客观和细密的合逻辑的趣味。

但值得注意的是,此时又出现了另一种与之相反的趣味,即

---

① 永瑢等《四库全书总目》,中华书局 1983 年版,第 1779 页。

章学诚的"诗话通于四部"说：

> 唐人诗话，初本论诗，自孟棨《本事诗》出，乃使人知国史叙诗之意。而好事者踵而广之，则诗话而通于史部之传记矣。间或诠释名物，则诗话而通于经部之小学矣。或泛述闻见，则诗话而通于子部之杂家矣。虽书旨不一其端，而大略不出论辞、论事。推作者之志，期于诗教有益而已矣。①

这显然是章实斋主"通"的学术立场的产物，也自是雄辩。但方向则与上述目录学中显示的"总集—总集末—文史—诗文评"的趋势完全逆向，简直连四部都可以不必分了。实斋此是就"诗话"立论的。大抵自宋代诗话体问世以来，就有以诗话包举一切的议论，早期如许顗就有"诗话者，辨句法，备古今，纪盛德，录异事，正讹误"的说法（《彦周诗话序》）；嘉庆时锺廷瑛亦云："诗话者，记本事，寓评品，赏名篇，标隽句。耆宿说法，时度金针；名流排调，亦征善谑。或有参考故实，辨正谬误，皆攻诗者不废也。"（《全宋诗话序》）此种议论表面上虽未越雷池一步，但他们一先一后，欲用诗话打通诗学内部的意图，则实际上与实斋同趣。如果再与上述多种明、清书目中以诗话标类的现象合观，这一种不主张分辨体例的"合"的思路，显然也是强势存在的。乾嘉时期诗学体例研究中对峙的或"分"或"合"这两种立场，如果不嫌简单比附的话，也可视之为其时正炽的汉学与宋学之争在诗学领域中的表现吧。

三、诗评、诗法、诗话三分的客观可行性

评判上述两种不同的立场孰为可取，其实有一个基本的依

---

① 章学诚著、叶瑛校注《文史通义校注》，中华书局 1985 年版，第 559 页。

据,就是彼时正在充分发展过程中的诗学本身,数量众多和体式不一的情况正达到史上空前的程度。据拙目统计,乾隆一期即近二百种之多,是顺康(前)、康(后)雍二期一百二十馀种的1.7倍①;至于体式的变化,即就诗话一体而言也很明显,如《随园诗话》以遍录天下诗为职志的长篇形式②,《雨村诗话》以"话古"、"话今"分篇等③,都是新现象,而为世所瞩目。所以辨体的现实需要是客观存在的,其较之不辨的积极意义也是显而易见的。

在诗学内部进一步分辨体例,上述从《四库全书总目》而来的诗评、诗法、诗话三分是一个基础的类别,四库馆学者随类所举的锺嵘《诗品》、皎然《诗式》与欧阳修《诗话》,诚为典范,三家之著体式与旨趣的不同,即是三大体例的不同。发展至清代,虽然新生一些变例,但这一三分的基本类别仍然存在,例如叶燮《原诗》、沈德潜《说诗晬语》属诗评类,王士禛《渔洋诗话》、袁枚《随园诗话》属诗话类,赵执信《声调谱》、翁方纲《小石帆亭著录》属诗法类等。以此类推,大部分清人诗学著作都是可以按其性质而分别归类的。

当然,在确定一部具体著作的类属时,往往也会遇上困惑,即它的内容一般不会纯然或诗评或诗法或诗话一种成分,而是混合的。这就需要审慎地甄别其基本性质。例如《随园诗话》,长期以来都将之作为阐说"性灵"诗观的理论著作看待。这如果就其中一部分论评的内容言,自然也有其合理之处。但《随园诗

---

① 详拙著《新订清人诗学书目》,上海古籍出版社2003年版。今辑《清诗话全编》,由于分内外编,内编各期剔除了汇编之著,故数目已不同。
② 袁枚《随园诗话》卷十六:"近日十三省诗人佳句,余多采入《诗话》中。"人民文学出版社1982年版,第544页。
③ 李调元《雨村诗话》(十六卷本)序:"《雨村诗话》前著名矣,而此复著何也?前以话古人,此以话今人也。"道光二十六年暎秀书屋刊本,第1页。

话》的主要内容和旨趣，显然落在记录诗人诗作一方面，全书的理论成分是非常稀薄的。它的价值实在于充分善用诗话体例的长处，故能极为详尽地记录下了乾隆一代盛世上下兴起的性灵诗潮，乃是一部典范的诗话之作。从前学术界由于归类不当，以至于一直未能尽其用。① 相反的情况，诗评著作中也有夹杂了诗话成分的，如沈德潜《说诗晬语》，通篇评历代诗，中间忽夹一条近人语："毛稚黄云：'诗必相题，猥琐、尖新、淫亵等题，可无作也。诗必相韵，故拈险俗生涩之韵，可无作也。'昏昏长夜，得此豁然。"由于全书仅此一条，遂显得突兀。又如李重华《贞一斋诗说》全篇谈诗说法，但也有数则留下了本人的身影，如记少时与赵秋谷的交往等，性近诗话。沈德潜提及的毛稚黄，他的《诗辩坻》也是体例严整之著，然于末尾两则也顺带捎及了本人之行事。举这几种相淆成分不成比例的著作为例，是为了便于说明此类情形，事实上都并未影响对于其书性质的判定。②

　　将诗评著作误判为诗话，比较多的是发生在名实不副的场合，即冠名诗话者实非诗话。这是由明中叶以来好以诗话作为书名的风气造成的。粗疏者不明就里，遂加遽了混乱。但也有人是明知故犯，例如翁方纲的《石洲诗话》，他一方面如此命名，一方面又在序文中申明，此书是"与粤诸生申论诸家诸体"而作的，"本非诗话也"。多此一举，大费周章，令人几不知其用意何在。此点覃溪远不如他的师祖王士禛严肃。渔洋的《五七言古诗选》凡例，曾被王晫、张潮编为一卷，题名"渔洋诗话"，收入《檀几丛书》中。渔洋对此大不以为然，不惜另作一部正宗的《渔洋

---

① 详拙文《随园诗话与性灵诗潮》，载《复旦学报》2014 年第 1 期。
② 但前人有视诗话源于锺嵘《诗品》的，或也即着眼于《诗品》中仅有的一二条，如谢灵运小名"客儿"、"遇惠莲辄得佳语"之类。但谓源起尚可，直视为诗话则不可。

诗话》，以正视听。① 渔洋诗学向来讲究精微，这在诗话体例辨析的场合也反映出来了。这两例，由于是当事者自身说法，加上两位又都是大名家，故对于诗话名实不副现象的纠正，是很有说服力的。

清人诗学著作较易互淆的是诗评和诗话两种体例，至于诗法类著作，则以题旨内容较为明显而易于辨析。一般来说，古近体法则格式之类在理论上已经基本没有新义、剩义可供探讨，所以清人诗法类著作，多为归纳、总结前人成法的性质，用来教授初学，如李宗文《律诗四辨》、王楷苏《骚坛八略》之类。《骚坛八略》分源流、体裁、法律、家数、学殖、练习、领悟、款式，其中述源流等虽有论评的性质，但无疑重点在教人学诗，识别其诗法的属性自然不在话下。此类蒙课之作数量不在少数。另外清初王士禛、赵执信等研究古诗的声调问题，虽稍嫌勉强，但也不断引发响应，一直持续到同、光间，还出现有董文涣的《声调四谱图说》，以及王祖源汇总渔洋、秋谷、覃溪三家的《声调三谱》等，所以"声调谱"著作也自是诗法大类中的一类。乾隆二十二年科举恢复试诗，又应运而生大批韵书、类书及试帖作法等，如徐文弼《汇纂诗法度针》三十三卷首一卷，朱燮、杨廷兹《古学千金谱》二十九卷、《三韵易知》十卷，刘文蔚《诗学含英》十四卷，郑锡瀛《分体利试诗法入门》十九卷首一卷等，每一种都规模浩大，虽也属广义的诗法性质，实际上都系科考的工具书，并不在"诗学"的范畴之内。诸如此类，皆不难辨析。

清人诗法类著作较之前人真正有所深入的，我以为是结合别集、总集所作的分析研究，往往精心选录某家、某体、某代的作品，编为选本，然后一首一首详加分析，就诗说法，不欲徒托空

---

① 参见《渔洋诗话》自序，丁福保辑《清诗话》，上海古籍出版社 1978 年版，第164 页。

言,以致将历来总集的说辞部分大为扩充。这类分析虽也涉及诗评、诗话,但以诗法的内容为多。如吴瞻泰《杜诗提要》十四卷,分体选录 636 首,俨然一部中型的杜集选本,每首的解说数百字不等,又是一篇篇合标准的诗法。再如徐锡我的《我侬说诗》二十二卷,就历代选诗,又依体分卷,选录既成规模,说法亦往往长篇大论,务求详尽。此书于乐府、古诗、律诗三大体各有一篇总说,甚是雄辩,今已先行辑出,收入《清诗话三编》矣。但此类著作究竟归属总集,还是诗文评,颇不易遽断,下文将专门来谈。

清人诗法类著作又发扬光大明人的习尚,好汇编前人成说。此类汇编型的著作,也将在下节来谈。总之,诗法类著作需要辨析的重点,已不在上述诗评、诗法、诗话之间,而须从汇编及与总集的关系两个新的角度来谈了。

四、汇编之著

清人诗学汇编型的著作,总量达一百数十种之多,内中且有断代、地域、专人、诗法等各种专题可分,成就超越前代,以至于形成了又一个新的分类标准和对象,可据以与自撰之作分而为二。从前《清诗话》与《清诗话续编》,以及拙编《清诗话三编》,因是选编,尚可以自撰者为限;但如放眼《全编》,就无论如何不能无视汇编型著作的存在了。

汇编前人的诗学资料,早在宋代就出现了十分成功的大著作,如胡仔所辑的《苕溪渔隐丛话》、魏庆之所辑的《诗人玉屑》和计有功所辑的《唐诗纪事》。《苕溪渔隐丛话》以人为单位,可说是后世专人诗话汇编的前身。《诗人玉屑》以诗法为主,可说是后世诗法汇编著作的前身;同时《玉屑》也兼及其他诗学问题,故也可视为清代较为发达的总说各类诗学问题的综合性汇编之著的前身。《唐诗纪事》则是后世断代纪事体著作的第一部大型之作。只有以地方为专题的汇编诗话迟至明嘉靖间才出现,此即郭子章的《豫章诗话》,开启了清代地方诗话遍地结果的局面。这种各以专题来汇编诗学资料的情形,虽说创体大都不始于清代,但都在清人手上发展壮大,形成完整的系列。可依类来看:

（一）断代类

承《唐诗纪事》之后,依朝代顺序:宋有厉鹗的《宋诗纪事》一百卷,陆心源《宋诗记事补遗》一百卷。另有一种罗以智的《宋诗记事补遗》不分卷,规模较小,书亦未刊,现藏南京图书馆。又有翁同书摘录《宋诗纪事》一百卷,实不足百卷,摘录之馀,略有补正。杨浚有《宋诗纪事选》一卷。辽、金、元有陈衍的《辽诗纪事》十二卷、《金诗纪事》十六卷与《元诗纪事》四十五卷,不过前两种成书都已入民国了。明有陈田的《明诗纪事》十集二百馀卷,部帙最为巨大。

断代汇编著作除上述纪事体外,另有一种诗话体,也创于宋代,即旧题尤袤的《全唐诗话》,从节录改编《唐诗纪事》而来。清人同样也承而续之。依所辑资料的时序,清初有沈炳巽的《续全唐诗话》一百卷,乾隆间又有孙涛的《全唐诗话续编》。《五代诗话》前后经由王士禛、黄叔琳、宋弼、郑方坤等多人之手,最后成于郑方坤。《全宋诗话》则有同名之作多种,现存孙涛《全宋诗话》十二卷及锺廷瑛《全宋诗话》(卷数未详)两种,锺辑现存十三卷,仅止于北宋仁宗朝,以下阙佚,是一个残本。另外《清史列传》曾谓沈炳巽撰有《全宋诗话》一百卷,然书久佚未见。辽金元三代有周春的《辽诗话》二卷、王仁俊《续辽诗话》、史梦兰《辽诗话》一卷等。明代的断代诗话体由于朱彝尊《静志居诗话》的出现而改变了形式,即完全附着于总集(详下)。其他如杜荫棠《明人诗品》二卷、苏之琨的《明诗话》四卷及佚名《明季诗话》一卷附录一卷等,篇幅都不大。

甚至本朝的诗歌资料,不待本朝的终结,也已被按照"纪事"和断代诗话之体加以整理了。王昶《蒲褐山房诗话》、法式善《八旗诗话》、符葆森《寄心庵诗话》等附于总集者留待下文再说,仅道光间张维屏一部《国朝诗人征略》,初编六十卷、二编六十四卷(二编未曾刊全),收诗人一千有馀,即已差具一代之规模。光宣间吴仲撰《续诗人征略》二卷,补充晚清诗人二十馀位,实不足为继。学者们就是这样编纂齐全了唐以后历朝诗歌的《纪事》和《诗话》,表现出为诗歌"修史"的异乎寻常的热情。

(二)地域类

如上所述,地域诗话起于明人,但蔚成风气是在入清以后。这类著作往往从史传、地志、诗文集、诗话、笔记等汇集材料,形成一地之诗学汇编之著。今依规模数量,分省区类列如下。

江西:裴君弘《西江诗话》十二卷,为清人第一部大型地域诗话汇编,所录晋唐至清初540馀家,基本上都是江西籍诗人,较之《豫章诗话》的兼收非江西籍而咏江西诗或涉江西事者,范围和性质都更为纯正。嘉庆中又有曾廷枚《西江诗话》,全书不足200则。咸丰七年杨希闵有《乡诗摭谭》正集十卷续集十卷。三书皆为着眼于全省范围之作。

浙江:陶元藻《全浙诗话》五十四卷,是地域诗话汇编中卷帙最巨之作,计收先秦至清乾隆间浙江诗人1 900馀位。后咸丰间张道作《刊误》一卷,仅订误二十馀则。潘衍桐《辑雅堂诗话》二卷,计收浙人226家,略于乾、嘉以前而详于道、咸以后,差可接续《全浙诗话》之时限。锺骏声《养自然斋诗话》十卷,主要收辑杭州诗人之资料(卷一至卷四),卷五、六转以"全浙"为对象,至末四卷又转向外省人,乡贯不尽统一。另有专辑浙辖某地的诗话数种,如吴文晖《澉浦诗话》二卷及其子吴东发续四卷、余楏

《白岳庵诗话》（嘉兴梅会里）二卷（以上嘉兴府），戴璐《吴兴诗话》十六卷（以上湖州府），张懋延《蛟川诗话》（定海）四卷、童逊祖《嶷嶷室诗话》（慈溪）一卷（以上宁波府），戚学标《三台诗话》二卷、《风雅遗闻》（天台）四卷、童赓年《台州诗话》不分卷（以上台州府），梁章钜《雁荡诗话》二卷（以上温州府）等，数量居各省之冠。

福建：郑方坤《全闽诗话》十二卷，所收以福建诗人为主，上自六朝，下迄清初，计约700馀家，所采资料达430馀种。梁章钜《东南峤外诗话》十卷，专收明代闽人诗事。梁氏以全闽为辑旨的著作尚有《闽川闺秀诗话》四卷，限于清代，得百馀人。光绪末丁芸曾对此书加以续补。晚清林寿图《榕阴谭屑》一卷、《榕阴谭屑剩稿》二卷，亦以收辑本朝闽人闽诗为主。闽辖一地诗学资料的收辑，梁章钜所任亦多，如《长乐诗话》六卷、《南浦诗话》八卷、《雁荡诗话》二卷等。此外，杭世骏《榕城诗话》三卷、徐祚永《闽游诗话》三卷、徐经《雅歌堂甓坪诗话》二卷、莫友棠《屏麓草堂诗话》十六卷等，虽体例不一，然或全部、或大部以闽人闽诗为题，福建地域意识甚浓。

康熙初，从江南省分出单列的安徽、江苏二省。前者有赵知希《泾川诗话》，记泾县诗人诗事；李家孚《合肥诗话》三卷，录有清一代合肥诗人200馀家。后者有单学傅《海虞诗话》十六卷，录常熟地区清诗人近400家；阮元《广陵诗事》十卷，专记清代前期扬州籍人士之涉诗言行；顾季慈《蓉江诗话》三卷，专记江阴一邑自宋迄清乾隆间之诗人诗事；顾鸭《紫琅诗话》九卷，专记南通一邑自宋迄清道光间之诗人诗事；李福祚《述旧编》三卷附录一卷，为兴化一邑之诗话；张升三《惜荫轩诗话初编》一卷，录沛县乡先辈诗作甚多；徐传诗《星湄诗话》二卷，专辑昆山真义（正仪）之诗学资料，何絜人《嘤溪诗话》二卷，专录苏州浒墅关一地之诗人诗事。如此等等，风雅亦颇盛。

其馀各地,尚有张清标《楚天樵话》二卷,兼收湖北、湖南之诗学资料。张修府《湘上诗缘录》四卷,集湖南诗人之遗章断句。梅成栋《吟斋笔存》一卷,录津门之诗人诗事。王守训《登州诗话》二卷、赵蔚坊《登州诗话续编》,录山东登州地方之诗人诗事。于春沚《浴泉诗话》二卷,录河间之诗人诗事。王培荀《听雨楼随笔》六卷,辑宦游蜀地者之诗与事。何曰愈《退庵诗话》十二卷,记述蜀人及粤人之诗人诗事。张维屏《艺谈录》之卷二专收粤东诗人241位。梁章钜《三管诗话》三卷,专录广西诗人诗事。王松《台阳诗话》录及台湾诗人(间涉中土大家)170馀位。

地域诗话汇编著作的发达,与上述断代诗话著作的发达一起,进一步佐成清代诗学与史学密切结合的性质。因此不应如通常那样仅视之为一代、一地诗歌研究的素材而已,而应当作为一种诗观之反映来予以认识。赵慎畛所谓"诗,史也;诗话,亦史也","诗与史相为终始者也"(《静志居诗话序》)云云,即此之谓也。

(三)专人类

"专人"即专就某一家而言。这与断代、地域诗话一般都以汇集前人材料为主不同,专人诗话也可以是自撰,如万俊《杜诗说肤》四卷、史炳《杜诗琐证》二卷、方东树《陶诗附考》一卷、锺秀《陶靖节纪事诗品》四卷、方宗诚《陶诗真铨》一卷、张道《苏亭诗话》六卷等,都是自家著作。另一种情形,专人诗话如果以录诗为主,或以诗为单位,则又可能与选本为近。上文提及的吴瞻泰《杜诗提要》,即是一例。此类数量不在少数,当在与别集总集的关系中来谈。

除去上述两种情形,真正合于汇编体例的专人诗话则不多矣。约有温汝能《陶诗汇评》四卷、陶澍《诸本评陶汇集》二卷、张澍《阴常侍诗话》一卷、胡丹凤《陶靖节诗话》一卷等。胡丹凤另有一种《采辑历朝诗话》一卷，系陶渊明、谢灵运、鲍照、庾信四家的汇辑。

（四）综合类（诗法类）

"综合"者，即同时以两个以上的诗学题类汇编材料，比如道光间张燮承的《小沧浪诗话》四卷，分诗教、性情、辨体、古诗、律诗、绝句、乐府、咏物、论古、取法、用功、商改、章法、用韵、用事、下字、辞意、指疵、发微等十九目，"诗教"、"性情"属总论，其次为辨体五目，"咏物"、"论古"属题材，"取法"以下十目为作法，是最详的一类。这是采选较为精审的一部。

这类综合性质汇编之著约有：费经虞、费密《雅伦》二十四卷，钱岳《锦树堂诗鉴》十二卷，伍涵芬《说诗乐趣类编》二十卷，吴霭、吴铨鑺《诗书画汇辨》三卷、李畯《诗筏汇说》四卷，潘松《问竹堂诗法》八卷，张象魏《诗说汇》五卷，蒋澜《艺苑名言》八卷，卢衍仁《古今诗话选隽》二卷，蒋鸣轲《古今诗话探奇》二卷，许嗣云《芷江诗话》八卷补遗一卷，杨霈《筠石山房诗话钞》不分卷，张燮承《小沧浪诗话》四卷，聂封渚《吟诗义法录》四卷，醉经斋主人《诗话选抄》四卷等。

这类综合性的汇编诗话，综合各题中往往以作法为主，而诗法汇编之著往往也会稍带其他议题，故这两类实可并为一类。诗法汇编之著在明代已颇为热闹，如李文《诗宗类品》、茅一相《欣赏诗法》、朱宣墭《诗心珠会》、王昌会《诗话类编》、梁桥《冰川诗式》等。但如朱权《西江诗法》、怀悦《诗家一指》等，直接汇编前人的短篇之作，体例又稍不同。

清初诗法汇编之著即有叶弘勋《诗法初津》三卷、陈美发《联璧堂汇纂诗法指规》二卷、朱绍本《定风轩活句参》十一卷、马上嶻《诗法火传》十六卷等多部，至于流传很广的游艺《诗法入门》四卷，则介于选本与诗法之间。乾隆后又有张潜《诗法醒言》十卷、蔡钧《诗法指南》十二卷、陆祚《诗法丛览》四卷、李锳《诗法易简录》十四卷《录馀绪论》一卷、钱思敏《增订诗法》四卷、李其彭《廿一种诗诀》十卷、赵兆熊《古诗评林》六卷、《唐诗评林》二十六卷、王岳英《诗法大全》八卷等。朱燮的《千金谱》则被余炳照简编成《诗法纂论》十卷,在日本出版。

五、诗评与总集

　　诗评、诗话、诗法类著作与总集之间,一方面自是两种体例,一方面又具有一种二而一的关系,传统目录学即是连类而及,排在一起的。两者的区别不言自明,两者的相重则也由来已久。总集近于诗文评的,如方回的《瀛奎律髓》,其序云:"所选,诗格也;所注,诗话也。"可见作者本人即视这部总集既是诗法,也是诗话。相反,诗文评类著作邻于总集的例子,则如何汶《竹庄诗话》、蔡正孙《诗林广记》等皆是。这是宋元人的例子。清人踵事增华,喜欢选诗以品评说法,诗文评与总集间的差别更为缩小,但分际又确然存在,这道边际若不厘分清楚,则将无以编《全编》也。

　　区别诗评、诗法、诗话与总集的依据,一般难以直接从书名入手,比如吴淇《六朝选诗定论》虽云"论",屈复《唐诗成法》虽云"法",徐锡我《我侬说诗》虽云"说诗"等,但因其所选之诗都成规模,都有一相对完整的范畴,故都仍是总集无疑。这就如方回"所选诗格,所注诗话"之谓,主次是分明的。所以总集(别集亦然)中原辑者随处所下的评语,一般都不会改变其以作品为主的性质,也就不具备转为诗文评的可能。《全编》本此认识,对像吴瞻泰《杜诗提要》、徐锡我《我侬说诗》、佚名《杜诗言志》之类说诗比重较大的选本,都认准其选诗为主的性质,视为总集、别集而不收。如《杜诗言志》十六卷,以所谓"言志"为旨,选杜诗二百馀题三百馀首,即便《续修四库全书》将之归入诗文评类,《全编》也仍不为所动。坚持这一认识,便可将范梈、周采《诗学鸿裁》,黄生《唐诗矩》(专选五律),屈复《唐诗成法》,毛张健《杜诗谱释》、《唐体肤诠》、《唐体馀编》,张玉毂《古诗赏析》,蒋鹏翮《唐人五言排律诗论》,洪舫《杜诗评律》,俞场、张学仁《杜诗律》等一批书名容易致误的选本剔除出去了。

清人总集与诗文评之间真正发生联系的,约有如下几种情况:

一是卷首往往有完整的总论、凡例,不少且为人辑出单行。如王士禛《五七言古诗选》之凡例,被王晫、张潮冠以"渔洋诗话"之名,收入《檀几丛书》二集;徐增《说唐诗》卷首之《与同学论诗》,为张潮冠名"而庵诗话",收入其《昭代丛书》;费锡璜、沈用济之《汉诗说》之卷首总说一卷,亦被张潮单独收入《昭代丛书》;管世铭《读雪山房唐诗钞》之序文凡例,光绪间屡为方子可、金武祥等单独刊刻。这样原为总集一部分的文字就脱离本体而独立,成为诗评之作了。再如李怀民《重订中晚唐诗主客图》,实是一部中晚唐三十家诗人的五律选本,其卷首的《图说》一卷亦具此种总说的独立性质,可方便辑出。

一是总集(别集)中的原评语被单辑出来,如周文在选白居易诗二卷,其子周春辑其评语而成《香山诗评》。类似此种只录评语不出原诗的著作,尚有翁方纲《杜诗附记》、汪汲《乐府标源》、宁锜《杜诗批注摘参》等。总集中的评语还有另一种情况,即是他人阅读写下的批语,也颇有辑出成书的,如查慎行手批陶潜、李、杜、韩、白、东坡、荆公、朱熹、谢枋得、元好问、虞集及《瀛奎律髓》等十二种,被张载华辑成《初白庵诗评》三卷;方东树读王渔洋《古诗选》、姚惜抱《今体诗钞》等的评语,被他本人辑出,编成《昭昧詹言》二十一卷。此种将评语与原作分离的做法虽非良法,然以评者有眼识而终得以行世。这类著作,总集或别集的框架实际上仍然隐在其中，只是编者刻意抽去了作品，《全编》姑且也就权作诗评处理了。但以清人已辑者为限，绝不代辑，以避免《全编》中出现新古董也。

一是总集中原作有诗话，此种体例以朱彝尊《明诗综》最早也影响最大。这部总集中的评诗之语都冠以正式的"静志居诗话"之名，因之这部分评语的独立性大为增加，不啻是作者在昭示世人：他在编总集的同时另在作一部诗话。这就十分方便后人将这部分"诗话"单独辑出，而绝无上述批语单辑的难堪。所以这一体例最为后世的断代诗总集和地方诗总集所乐用：前者如王昶《湖海诗传》中的"蒲褐山房诗话"，符葆森《国朝雅正集》中的"寄心庵诗话"，徐世昌《晚晴簃诗汇》中的"晚晴簃诗话"等；后者如刘彬华《岭南群雅集》中的"玉壶山房诗话"，郑杰《国朝全闽诗》中的"注韩居诗话"，许乔林《朐海诗存》中的"弇榆山房笔谈"，郑王臣《莆风清籁集》中的"兰陔诗话"，史梦兰《永平诗存》中的"止园诗话"等。此种体例的诗话很多已为前人辑出单行，有的虽尚未辑出，但以其现成的独立性质出自原作者之手，故也可由今人代为辑出，这与处理总集中评语、批语的情形是不同的。

此类总集中的小传资料，后人往往也乐为辑出。如钱谦益《列朝诗集》中的小传，为钱陆灿辑为《列朝诗集小传》；王士禛《感旧集》中的小传，为卢见曾辑出，成《渔洋感旧集小传》四卷补一卷，等等，而与上述诗话体例相辅相成。这个源头自然更早，可溯自元遗山的《中州集》，再早则有姚合的《极玄集》。

上述总集中含有诗文评成分的几种情形，《全编》采用相对从严的收辑标准；而与此相对，诗文评之作中也多有邻于总集的情形。较为人知的是断代纪事体之作，比如厉鹗的《宋诗纪事》一百卷，所收多为无事之诗，《四库提要》即批评其"全如总集"。后陆心源《补遗》一百卷，光绪间陈田辑《明诗纪事》一百八十七卷,皆仍其例而不改。《明诗纪事》由于篇幅更大,所收无事之诗也更多。至陈衍辑《元诗纪事》,才自觉"纪事之体,当搜罗一代传作散见于笔记小说各书者,不宜复收寻常无事之诗矣"(《元诗纪事自序》),从而与总集划清了界线。

纪事体诗话外,诗法类中也有与总集相近的著作。比如游艺的《诗法入门》四卷首一卷,卷首为各家诗论,卷一为诗法,卷二为诗式,卷三为李杜诗选,卷四为古今名诗选,诗选的比重甚大。此书从清初到民国,再版不绝,在日本也很有影响。再如张潜《诗法醒言》十卷,从改编费经虞、费密《雅伦》来,卷一至卷四讲本源、诗体、格法等,卷五"二十一衡"条下即为诗录,直至卷七,卷八乐府又纯为录诗,卷九、十复归论时代、音韵等,全书有近四卷录诗。又如潘松《问竹堂诗法》八卷,卷首总论,卷一至卷七为分体论,各卷例以"原始"、"标法"、"铨品"、"附诗"四目,其中的"附诗"一项,即专为各体之诗选。此种局部为选本的著作在诗法类中为数不少,但此类书的诗文评性质还是容易确认的,故不会影响《全编》之收录。

诗法类中还有一些以诗说法的著作,表面看是诗选,实际则是说法,选诗是为其说法服务的。如方俊《律诗六钞》,初钞总说五律,次钞总说七律,三钞谈七律体格,四钞谈联章,五钞上谈咏物、下谈情景,六钞论属对,每钞选诗几首、十几首、二十几首不等,各作解说。其书显然非为律诗选本,而是为说律诗作法也。再如程道存《唐律通韵举例》二卷,列出二百四十馀首出韵之诗,各以通韵解释之,亦非选本。又如黄应奎辑《诗法举要》,由其祖黄培芳诗的几个选本合成,但观符葆森、陈徽言、凌扬藻三个选本皆寥寥一二十首,(岑澄后补至一百六十馀首,又当别论。)显然也并非为香石存诗,而是存其诗法也。此类著作究竟为诗法耶?诗钞耶?颇不易遽辨。除了辨其主旨外,也以其篇幅较小,故大抵可断之为诗法性质。

　　清人还有一些名家名作的专评，从作品入手，乍看也往往与别集、总集相类，其实则非。以评杜类为例，如万俊《杜诗说肤》分原情、法式、练字、审音四卷，各选诗若干以说明之。作者凡例云："是编为杜诗法律各备一体，非选诗也。故法备而止，馀俱不录。"可见其为说法而非为选诗的性质明甚，与上述诗法类中的情形同。再如陈廷敬《杜律诗话》二卷、吴冯栻《青城说杜》不分卷：前者为其子说杜七律，才五十馀首；后者旨趣在"不烦详说其细处"，全书也只说了二十八题六十五首，然每首则洋洋洒洒，"言之不惮烦"。至于贾开宗《杜少陵秋兴八首偶论》更仅就一首作品详论之。诸书皆与上述《杜诗提要》、《杜诗言志》的别集形式明显不同。此外如卢震《杜诗说略》、乔亿《杜诗义法》、夏力恕《读杜笔记》、史炳《杜诗琐证》等，原即不录诗作，重在自我发明，则可不论。

　　评杜者外，又如吴乔《西昆发微》，分"无题诗"、"与令狐两世往还及王氏李赞皇等诗"、"疑似诗"等三卷，专发李义山诗之有本事者，其说虽不免穿凿，但非为义山选诗则一目了然，《四库总目》将之归在总集类是不妥当的。又如纪昀《玉溪生诗说》，既选一百六十馀首，俨然义山诗选本，却又为不选之三百六十馀首逐一说明理由，则又破从来选本之例矣。梁章钜《读渔洋诗随笔》二卷，录王士禛诗二百馀首，其初衷为存纪文达、翁苏斋二师之论渔洋语，后虽参以他家之说及己说，有所扩大，然也绝非为渔洋选诗，故于所评诗皆随文录出，不另标别出，卷首也不出目录。《全编》将此类著作均视同诗评著作录入。

　　类似上述贾开宗《杜少陵秋兴八首偶论》的名作专评，尚有专评《古诗十九首》的多种，如姜任修《古诗十九首绎》、张庚《古诗十九首解》、朱筠《古诗十九首说》、饶学斌《月午楼古诗十九首详解》、李兆元《古诗十九首解附笺》等。李兆元又有《苏李诗笺》、《渔洋山人秋柳诗笺》等。此种体例评笺对象现成确定，主要工作实在评说上，故《全编》也予收入。

诗作兼有论说的体例，最直接的自属论诗诗，以诗论诗，最是无间。但以篇幅较小而不成著作，即如元遗山、王渔洋等名篇，亦不过数十首。但在清中叶后，论诗绝句每有百首以上而成卷帙者，如冯聪《论唐诗绝句》二卷，论唐诗人二百六十四家，从唐太宗到僧齐己，十分系统全面，每家一首至数首不等，多者达十首以上，如论王维、刘长卿、柳宗元各十二首，韩愈十六首，韦应物十七首，刘禹锡最多，达二十首，全书竟至五百七十馀首之大数字，令人瞩目，以致《全编》不能不收矣。其他尚有廖鼎声《冬荣堂论诗绝句》一卷、陈芸《小黛轩论诗诗》二卷等，以及管筠等辑《碧城仙馆摘句图》三卷等，皆比照录入。

此外还有一些个别之作，是耶非耶，因不成类，可随机处置之。如辑诗社唱和之作而名诗话的陈瑚《顽潭诗话》二卷，以录当时莲社社友唱和之作为主，彼既名诗话，则不妨录之；"消夏录"中也偶有抄诗的，如顾安《丙子消夏录》，专录唐人五律诗，何文焕刊出时易名《唐律消夏录》，则俨然总集矣，遂不收。诸如此类，出入之间，须视具体情形而定。

总之，清人诗文评与总集、别集的这一道界限，大致可辨，但也难以完全划一，在多数著作确定性质之后，剩遗的个别两可之作，也就不难定其归属了。

（作者单位：上海大学清民诗文研究中心）

"历史性"与"叙事性":"论诗及事"诗话论演

魏宏远

  诗话是有关诗歌话题的谈话记录或诗事追忆,对指导诗歌创作实践、还原古诗的历史时空场景具有重要的意义。随着现代学术的兴起,人们越来越重视诗话的理论性,一般观点认为"论诗及事"诗话的逻辑性、理论性不强,多为吉光片羽式、感悟式、印象式的批评而给予较低评价。其实,诗话最初得名是为了"以资闲谈",是文人雅集时私人话语空间的诗事谈论或诗歌创作方法的讨论。在这些谈话中会有很多饶有趣味的"诗事"追忆,这些诗事往往讲述诗歌的创作缘起、写作过程、社会影响等,具有私人化、生活化的纪实特质,便于读者从创作者所处的生活场景及人生际遇来解读古诗。不过随着现代社会的发展,人们理论化程度的不断提高,在阐释古诗时越来越偏爱或刻意突出审美性,或侧重古诗自身结构的内部分析,这就容易造成忽视古诗历史语境的去历史化,这种去历史化、强化古诗自身结构的解读会造成很多鉴赏式的"误读"。为避免这一"误读"的发生,一些研究者努力从古诗产生时的历史语境去寻绎促使古诗生产的历史性因素,在这方面,"论诗及事"诗话的价值和意义非同一般,其中的"诗事"为另一历史时空的建构和还原提供了重要信息。为此,本文拟从诗话的分类、历史性和叙事性层面对"论诗及事"诗话给予关注,以期学界对这一类诗话的价值给予重新认识。

一、"论诗及事"诗话

"论诗及事"诗话主要是指对古诗所涉相关诗事的追忆或叙述,此类诗话有诗有事,那么,是否意味着此类诗话会如同《大唐三藏取经诗话》一样是"有诗有话"的诗话? 如果不是,那此类诗话与"有诗有话"的诗话又有何不同?

"论诗及事"一说源于章学诚的《文史通义·诗话》:"诗话之源,本于钟嵘《诗品》。然考之经传,如云:'为此诗者,其知道乎?'又云:'未之思也,何远之有?'此论诗而及事也。又如'吉甫作诵,穆如清风'、'其诗孔硕,其风肆好',此论诗而及辞也。"①这里章学诚将诗话的源头上溯到《诗品》,并据经传论诗涉事或议论的特点将诗话分为"论诗及事"与"论诗及辞"两种类型,显然前者偏重"叙事",后者偏重"说理"。对诗话这一分类方法,章学诚颇为自信,提出诗话"虽书旨不一其端,而大略不出论辞论事"②。从"论辞"和"论事"两个层面将诗话分为两种类型确实把握住了诗话的内在特质,这一分类方法也得到了郭绍虞、罗根泽等人的赞同,郭绍虞在《宋诗话辑佚序》中进一步指出:"仅仅论诗及辞者,诗格诗法之属是也;仅仅论诗及事者,诗序本事诗之属是也。诗话中间,则论诗可以及辞,也可以及事;而且更可以辞中及事,事中及辞。"③在《清诗话·前言》中郭先生又据"偏于理论批评"和"偏于论事"将诗话分为"钟派"和"欧派"④。显然"欧派诗话"是出于"以资闲谈"的目的,具有很强的叙事性。可以看出这种依据"论事"或"论辞"的标准而将诗话分

① ② 章学诚著、叶瑛校注《文史通义校注》,中华书局 1985 年版,第 559 页。
③ 郭绍虞辑《宋诗话辑佚》,中华书局 1980 年版,第 2 页。
④ 丁福保辑《清诗话》,上海古籍出版社 2015 年版,第 4—5 页。

为两类的方法使"论诗及事"诗话有了与"论诗及辞"诗话等同的价值和意义。不过由于研究者对诗话理解的不同而使诗话的分类存有分歧,如果诗话不依据这种"论事"或"论辞"标准来区分,那"论诗及事"类诗话在其他分类标准中是否也能获得认可?《四库全书总目提要》卷一九五在论述"诗文评"论著时将之分为五类,云:"飈究文体之源流,而评其工拙;嵥第作者之甲乙,而溯厥师承。为例各殊。至皎然《诗式》,备陈法律;孟棨《本事诗》,旁采故实;刘攽《中山诗话》、欧阳修《六一诗话》,又体兼说部。后所论著,不出此五例中矣。"①四库馆臣将《文心雕龙》以外其他谈诗或论诗著述分为四类,其中叙事类诗话依据"旁采故实"、"体兼说部"又分为两类。不过这样的区分似乎不妥,原因是"故实"既可指旧事也可指典故,在此方面《本事诗》与《六一诗话》都有陈述史实的叙事性,因此,很难找出它们的本质差异,似乎将两者并入"论诗及事"诗话更为妥当。当然,也有人将诗话分为三类,徐英在《诗话学》中提出:"今言诗话,析派有三。述学最先,评体为次,铨列本事,又其末焉。"其又进一步指出:"北宋以来,作者益众。《六一》创名,杂言掌故。《中山》继起,间作品题,而体兼说部,不尽言诗。三派至此,或莫能分立,或泾渭异派,亦未尝滥也。"②徐英将诗话分为"述学"、"评体"和"列事"三类,即陈述类、议论类和叙事类,"述学"与"记事"都具有陈述性,其界限并不明晰,当然,前者虽包含诗歌的文献征考、遗诗辑佚、诗法评介等内容,但在表现方式上与"记事"类诗话都有陈述属性。刘德重先生也将诗话分为三类,分别是"记事类"、"论评类"和"作法类"③,在这三类中"记事"类侧重记录古诗产生的历史,"论评"、"作法"

---

① 永瑢等《四库全书总目》,中华书局 1983 年版,第 1779 页。
② 徐英《诗话学发凡》,《安徽大学季刊》1936 年 4 月第 1 卷第 2 期。
③ 刘德重先生《诗话概说》,安徽教育出版社 2009 年版,第 23 页。

类侧重对古诗的理解和评论,因此,"论评"和"作法"两类似乎也可以合为一类。通过对以上几种诗话分类方法的关注,不难发现无论诗话是如何分类,"论诗及事"始终为诗话的一大门类,不管以上"五分法"、"三分法"还是"二分法","论诗及事"诗话在其中都占有重要位置。

诗话分类的背后潜藏着对诗话内涵的不同理解,"论诗及事"诗话侧重记事,这一类诗话与"有诗有话"诗话又有何关联?自欧阳修《六一诗话》及《大唐三藏取经诗话》始用"诗话"之名以来①,诗话之作便不断涌出。《六一诗话》、《大唐三藏取经诗话》作为以诗话题名的两类作品:一为谈诗笔记,一为有诗有话的"话本"。前者取名"诗话",名至实归,具合法性;后者虽取名"诗话",却无谈诗之实,只因"有诗有话"才名为"诗话",实为"话本"或"说话"。对《大唐三藏取经诗话》为何取名"诗话",王国维先生说:"其称诗话,非唐、宋士夫所谓诗话,以其中有诗有话,故得此名;其有词有话者,则谓之词话。"②方诗铭赞同王国维先生这一观点,提出:"诗话(《大唐三藏取经诗话》)所以称为诗话,是因为有诗有话,这与宋代的小说或讲史完全一样,其韵文部分是需要用乐器伴奏而歌唱的。"③"话本"取名"诗话"如果仅仅是形式上"有诗有话",那么,传奇、小说、戏剧等在讲述故事时经常夹有诗歌,是否也可取名为诗话? 如果那样,势必造成诗话的边界不清。李时人等在探讨《大唐三藏取经诗话》为何取名为诗话时说:"《取经诗话》题名中的'诗话',并不是标明它的体裁。其另

---

① 《大唐三藏取经诗话》的成书时间学界有很多争议,刘德重《诗话概说》:"欧阳修以《诗话》名书,民间有一种话本也题作'诗话',当亦属'无心暗合'。"(第5页)

② 李时人、蔡镜浩《大唐三藏取经诗话校注》,中华书局1997年版,第55—56页。

③ 方诗铭《大唐三藏取经诗话〉为宋人说经话本考》,《文史杂志》第5卷第7—8期。

一刻本名《大唐三藏法师取经记》，可证'诗话'可能并非原书题名的固定组成部分。或许原本《取经诗话》同于某些敦煌写卷，并无题名，由于一般南宋人不了解唐、五代变文话本的形式，仅注意到书中人物'以诗代话'的特点，于是名之'诗话'，以此表示它和当时流行话本的不同。"①《大唐三藏取经诗话》是宣扬佛教故事的"话本"，20世纪初才在日本被发现，目前主要有两种版本：其一题名《大唐三藏取经诗话》，其一题名《新雕大唐三藏法师取经记》，二者题名不同，是否表明题名为诗话者只是偶然，"诗话"一词并不标明"体裁"？因这一类作品是以"诗"代"话"，或引"诗"入"话"，或以"诗"服务于"话"，或以"诗"从属于"话"，与《六一诗话》以"话"从属于"诗"、以"诗"为主"话"为宾颇不相同。当然，如果《大唐三藏取经诗话》只是一个个案，似乎就没有探讨的必要，不过"有诗有话"即可取名为"诗话"这一观念在近现代仍有一定的影响。朱东润先生在随笔《竹公峪诗话》中说："诗话有两种：一种专门讨论诗人和诗人的著作，间或涉及文章、词曲，以及其他的逸闻轶事；还有一种是一段故事的叙述，中间有诗有话。欧阳修的《六一诗话》属于前一种，类似的著述很多；《大唐取经诗话》属于后一种，后来的唱本，也取这种有诗有话的形式。我这一点记载竹公峪的文字，中间附带着几首诗，也不妨称为《竹公峪诗话》。"②朱先生显然受了《大唐三藏取经诗话》的影响，认为"有诗有话"就可以取名为诗话，于是将自己所作"有诗有话"的随笔取名为"诗话"，这说明"有诗有话"即可取名为诗话在一定范围内仍有一定影响。不过由此便产生了这样的问题：有些作品虽有"诗话"之名，却无谈诗之实，如清代屠绅《鹗亭诗话》一类，近乎话本或故事；而另一些虽无"诗话"之名，

---

① 《大唐三藏取经诗话校注》，第4页。
② 《新评论(重庆)》1941年第3卷第4期。

却有谈诗之实,如钟嵘《诗品》、王世贞《艺苑卮言》、徐祯卿《谈艺录》等,为此,有必要对诗话的边界进行区隔,否则就难以将诗话作为固定的研究对象。清理诗话边界,需界定什么是诗话。如果说诗话是什么不容易界定,那么,是否也可以从诗话不是什么来区分?比如,今人辑录古人论诗之作以成书是否也可取名为"诗话",如《宋诗话全编》、《明诗话全编》一类?有关《诗经》问题的专题谈论是否也可列入诗话?还有近现代人有关诗歌话题的谈论是否也可命名为诗话,如《鲁迅诗话》、《郭沫若诗话》等?

诗话与非诗话的界分应以内涵为主,不应仅看题目是否有"诗话"二字。如果视诗话为一种"文类"而非"文体",那么那些仅有"诗话"之名却不记诗、存诗或议诗者应被剔除在诗话之外;而另一些虽无诗话之名,却有记诗事、评论诗之实,且能够单独成书或成卷,亦可纳入诗话范畴。当然,由古人辑佚前人或同时代诗论而成书或成卷,也应归入诗话,不过若由今人辑佚前人论诗之作以成书或成卷,因缺乏"历史性",这些作品虽题名为"诗话"却不应纳入诗话的考虑范围,如《明诗话全编》一类似不宜在古人"诗话"范畴内进行讨论。同样近现代人有关诗歌话题的谈论也因缺乏"历史性"而不宜纳入诗话的范畴。此外,以《诗经》为专题的谈论,因古籍中专设有"经部",与诗话的差异较大也不宜纳入考虑范围。

诗话产生时血脉中已融有"历史性"和"叙事性"的基因。然而,随着时代的发展,诗话的理论性逐步增强,并不断被突出和放大,诗话逐步向诗学靠拢,甚至被发展为"诗话学"①。赵景深提出:"'沈懋德跋查为仁的《莲坡诗话》云'诗话有两种:一是论作诗之法,引经据典,求是去非,开后学之法门,如《一瓢诗话》是也;一是述作诗之人,彼短此长,花红玉白,为近来之谈薮,如《莲

---

① 有关诗话学是否成立这一问题蒋寅与刘德重先生有不同的观点。

坡诗话》是也。'前一种我们可以称为诗歌原理,后一种可以称为诗歌史及其批评。还有一种是极为复杂,只是把诗话当作随便笔记以资笑谈的。"诗歌原理、诗歌史或诗歌批评都可纳入说理类诗话,赵先生一方面放大这一类诗话的理论意义并将"以资笑谈"的内容剔除,提出:"现在我们就把诗话分为诗歌原理和诗歌批评两类。"①沿着放大说理类诗话这一趋势,有人便将诗话向诗学方向引导,《历代诗话概略》一文提出:"我国文字,初无所谓诗学,……自春秋以还,其在南方变百赋,其在北方亦变而为七言诗,至荀卿《成相篇》,更三言、四言、七言相间而成文,即我国诗学萌芽时代也。"《成相篇》能否作为"诗学"之源尚待讨论,"诗学"在我国古代或为诗话的一种,主要谈论写诗的方法,如《诗学禁脔》等,也有的是阐发《诗经》、《朱子集传》等内容。不过"诗学"在近代西方多指"文学理论",随着西方文论的传入,"诗话"逐渐被演绎成"诗学",这一话语转换的背后潜藏着西方文论的思维,这样诗话的理论性就被进一步放大,甚至有人将诗话发展为"诗话学"。徐英在《诗话学发凡》一文中提出:"诗话之学,厥源远矣。披叶寻根,则肇始虞夏。……诗以言志,志有所之。持志而言,发言为诗。析义原理,明浅如话。虞书所陈,九序为歌。其诗话之首基哉。"(第175页)"仲尼之所传,子夏之所述,毛公、卫宏之所记,《大序》《小序》之所称,皆诗学之要,而诗话之祖。或谓始于宋氏,忘其朔矣。"(第176页)显然将诗话发展为诗话学,强调的是诗话的理论意义,这一做法会在有意无意之间遮蔽诗话的叙事性。张嘉秀在《诗话总龟·序》中提出:"夫诗胡为者也?宣郁达情,撷菁登硕者也。夫话胡为者也?摘英指颣,标理斥迷者也。"显然这一说法是强调诗话的理论性,对此杨鸿烈解释说:"'摘英指颣,标理斥迷'几个字竟可借来做我们今日之所

---

① 赵景深《历代诗话读法》,《文艺月刊》第2卷第1期。

谓'诗学原理'最确当的定义了。"①可以看出诗话不断被理论化的过程其实也是记事性不断被弱化的过程。

二、"论诗及事"诗话的"历史性"

诗话的内容非常庞杂，徐英《诗话学发凡》云："尤袤《全唐诗话》，犹见故实之繁；计氏《唐诗纪事》，遂启诗征之例。则本事一派，进而与史乘争鞭矣。"（第 176 页）认为诗话能够与史书相争，具有史料的价值。章学诚在《文史通义·诗话》中说诗话可"通于史部之传纪"、"通于经部之小学"、"通于子部之杂家"，也就是诗话具有"经、史、子"诸部的性质。诗话还被列入"集部"的"诗文评"类，又在"传记"、"小学"、"杂家"等类中皆有著录，有的还被归入"文史""小说"类。在此种边界不清的情况下"论诗及事"诗话以是否有"话"为标尺，在"话"的背后蕴含着"历史性"和"叙事性"的判断标准。

诗话在走向诗学、诗话学的过程中，"论诗及事"诗话以"闲谈"的叙事形式多为人所诟病，人们在强化诗话理论性的同时，往往忽视其"历史性"和"叙事性"，这不利于诗话历史时空场景的建构和还原。当然，诸如孟棨《本事诗》一类诗话是以"话"为主、以"诗"为辅，不过很多诗话却是"话"少"诗"多，有些甚至是为了选诗、存诗、辑诗而取名为诗话，这些诗话所能提供的古诗历史场景信息相对来说较为稀薄。陈一𠃊说："诗话实是以'话'为主，以'诗'为副。'话'是个人关于诗的见解和批评，则'诗'不过用作引证而已，否则岂非与选诗专集无异。"②当然，以"话"为

---

① 杨鸿烈《中国诗学大纲》第一章《通论》，台湾商务印书馆 1960 年版，第 13 页。
② 陈一𠃊《诗话研究》，《天籁》1935 年第 24 卷第 1 期。

主、以"诗"为副只是针对"论诗及事"诗话而言,为此,张麟年提出:"何为诗话?人以诗来,吾以话去。以吾之话,解人之诗,所重在话,诗次焉。近人好作诗话,往往诗多话少。取长篇大简,堆叠行间,首尾加几句诗话套语,而诗话能事毕矣,果诗话邪?"①诗话应以诗为主,还是以"话"为主?"诗"与"话"的比例应该如何安排?不同类型诗话的情况各有不相同,其中"论诗及事"诗话应以"话"为主而非诗选,这也是此类诗话的重要特质。那么,诗话与诗选、"话"与"诗"应是何种关系?是因为有了"诗事"而成诗,还是因为有了"诗"而后才有"诗事"?对此袁枚有这样的说法:"殊不知诗话,非选诗也。选则诗之佳者选之而已;诗话必先有话,而后有诗。以诗来者千人万人,而加话者,惟我一人。搜索枯肠,不太苦耶?"②说明诗话不同于诗选,是先有"诗事",因"诗事"而成诗,诗话是对"诗事"的记录。"论诗及事"诗话能够为后人建构起历史时空场景,还原历史语场:一首作品由何而生,针对何事而作?围绕这一事件又形成了什么样的人际关系,这样的人际关系又连续产生了什么样的作品?如此等等,诗话中一般都会有交代,如唐代孟棨《本事诗》就记载了这样的诗事:

> 顾况在洛,乘闲与三诗友游于苑中,坐流水上,得大梧叶题诗上曰:"一入深宫里,年年不见春。聊题一片叶,寄与有情人。"况明日于上游,亦题叶上,放于波中。诗曰:"花落深宫莺亦悲,上阳宫女断肠时。帝城不禁东流水,叶上题诗欲寄谁?"后十余日,有人于苑中寻春,又于叶上得诗以示况,诗曰:"一叶题诗出禁城,谁人酬和独含情? 自嗟不及波

---

① 《双星杂志》1915 年第 3 期。
② 袁枚《随园诗话补遗》,王英志校点《随园诗话》,凤凰出版社 2000 年版,第 519 页。

中叶,荡漾乘春取次行。"①

此则诗话是由诗人和宫女就红叶题诗而成,此事在《古今诗话》、《全唐诗话续编》、《说郛》、《古今说海》、《古今事文类聚》、《云溪友议》、《太平广记》、《诗话总龟》、《唐诗纪事》、《渔隐丛话》、《玉芝堂谈荟》、《槜李诗系》等中都有记载。如果将宫女的诗与顾况的诗隔断,单独阐释这两首诗,可能会有多种不同的理解,此则诗话将两首诗联系起来,宫女宫内写诗,文人墙外和诗,通过流水和红叶,宫女与文人构建起一个文学场,这一诗歌世界的建构突破了世俗中的性别、等级、习俗等禁锢,通过跨越时空的对接,拼接起一个艺术世界。在这一文学场写诗已不是文人的专利,宫女缘于寂寞生活的独特感知以诗抒怀,与墙外青年才俊有了心灵的碰撞和对话,这样处于文化权力边缘的宫女与墙外的诗人同样拥有了写诗的权利。此则诗话题诗地点是在御沟,人物为宫女和文人,围绕题诗宫女与文人建立起了联系,在这一由诗而生发出的关系中诗人与非诗人以诗歌为媒介进行了一场心灵的沟通和对话,从此则诗话中可以看出古人的诗歌往往是因生活际遇而作,古诗并不是静静生长在文本之中,宫女之所以能够与文人进行心灵的沟通,宫墙内外的两个世界、两种生活是因为诗而获得合一,同时通过诗歌文学的中心与边缘进行了融合。

"论诗及事"诗话能为后世的解诗提供具体的历史语境,通过此类诗话可将古诗置于历史场景进行解读,建构起古诗的历史世界,便于后人对古诗产生的文学场进行还原。如果脱离历史语境,仅从审美性或诗歌内部结构进行分析,就容易造成理解诗歌的所谓"可解"、"不可解"、"不必解"等谈论。谢榛在《四溟诗话》卷一中提出:"诗有可解,不可解,不必解,若水月镜花,勿

---

① 丁福保辑《历代诗话续编》,中华书局 2006 年版,第 4 页。

泥其迹可也。"①叶燮《原诗》云:"若夫诗似未可以物物也。诗之至处,妙在含蓄无垠,思致微渺,其寄托在可言不可言之间,其指归在可解不可解之会;言在此而意在彼,泯端倪而离形象,绝议论而穷思维,引人于冥漠恍惚之境,所以为至也。"②诗是人思想情感的外现,不拘泥于外物。古诗形制精短,留白甚多,其妙处难以言传,理解古诗需不断添补缺失的历史信息,不过若脱离古诗生长语境任意想象,古诗空缺的信息可能会被任意重塑,这样就容易导致所谓的"不可解"或"不必解",甚至被演变成过度化阐释。清代浦起龙《读杜心解》说:"吾读杜十年,索杜于杜,弗得;索杜于百氏之诠释,愈益弗得。既乃摄吾之心,印杜之心,吾之心阒阒然而往,杜之心活活然而来,邂逅于无何有之乡,而吾之解出矣。"③这里所言"摄吾之心,印杜之心"虽不失为一种解诗方法,但容易偏向用作品去印证解诗者的某种思想意图或文学理论,谭献说:"作者之用心未必然,而读者之用心何必不然。"④读者如果完全按照自己的主观意愿去解读文本,把与文本相关的其他历史信息隔断,就容易导致文本的封闭,而以解诗者的"前理解"去阐释文本,只是为了印证解诗者某一思想或意愿的正确可靠而已,文本成了第二位,解诗者的思想意图成了第一位。古诗若被切断历史语境,就容易被任意解读,如果能够关注"论诗及事"诗话的"历史性",就可以有效消除这种猜谜语式的解诗,或者可以消除解诗中的去历史化的阐释。

"论诗及事"诗话具有历史性,那么,我们如何通过这类诗话去触摸历史,对古诗产生时的历史语境进行有效还原?一般来说,诗文创作往往有感于哀乐,缘事而发,而创作者灵感的触发

---

① 谢榛《四溟诗话》,人民文学出版社 1961 年版,第 3 页。
② 《清诗话》,第 599 页。
③ 浦起龙《读杜心解》,中华书局 1979 年版,第 5 页。
④ 《复唐词录序》,唐圭璋编《词话丛编》,中华书局 2005 年版,第 3987 页。

又有其特定的场域。通过具体作品进入古诗生产时的场域、进入到作品产生时的历史时空还需要一些具体历史信息的导引。"论诗及事"诗话能够将读者由其自身所在时空带入另一历史时空。假如没有孟棨的记载,我们仅仅通过顾况的诗很难还原顾况与宫女和诗的场景,只能就顾况作品来理解其艺术世界,而古诗因其跳跃性、错觉性留下了大量的空白。但在诗话所建构的古诗世界,读者可以把握围绕古诗书写所存在的各种人际关系以及由此生发出的文化事件。诗话在走向诗学的过程中反映出了研究者对诗话所蕴含的诗学理论的重视,而"论诗及事"诗话对理解古诗生产的社会关系有着重要作用。

当然,"论诗及事"诗话多是创作者或当事人日后的追忆,这些历史信息负载了追忆者自身的理解。可以看出一首古诗自身的信息固然重要,其所连接的历史信息对理解作品也至关重要。如果隔断作品的历史信息,那么,这一作品或不可解,或被过度化阐释,会造成审美性脱离生活的去历史化倾向以及历史信息的稀薄,同时过于强调理论和审美性也容易流于鉴赏,造成深入研究的缺乏。因此,通过古诗生长的语场来探讨"论诗及事"诗话的"历史性"便于搭建理解古诗的历史平台。

三、"论诗及事"诗话的"叙事性"

"叙事性"是"论诗及事"诗话标志性属性,郭绍虞先生称之为"欧派诗话",就是以"闲谈"和叙事作为主要特性。古人谈诗是为了使谈话内容风趣耐听,常常讲说诗歌故事,为此,此类诗话有别于以"诗教"为主要内容的"经学"中有关诗的谈论。"论诗及事"诗话在叙事时不是为了突出某一思想主旨或书写意图,往往一事一记,各则诗事之间并无太多关联或意义指向,记事者似乎并无太多"机心",亦无太多情感倾向,只是因为诗后有

"事"，因此这一类诗话具有客观性，在叙述方式上也多以陈述式为主。那么，这类诗话在具体内容上是如何叙事，与"有诗有话"的《大唐三藏取经诗话》一类"话本"在叙事方式上有何不同？

"论诗及事"诗话将"诗"、"事"、"人"链接在一起，此类诗话的叙事以纪实为主，与小说、传奇等以虚构叙事有很大不同。"论诗及事"诗话的"叙事"主要是针对诗①，人的出现是因为有诗，而诗的完成与否也决定了事的起止。此类诗话是有关诗的"话"，"话"并不是"关于诗的见解和批评"，而是关于"诗事"的叙述；同时此类诗话并不一定是以"话"为主、以"诗"为宾，也有些诗话是以"诗人"为主，同时"话"既可为诗的见解和批评，也可与诗事相关。"论诗及事"诗话既然有"事"，就存在如何叙事的问题，那么，此类诗话又是如何叙事，与小说、传奇、戏剧等有何不同？

诗话往往是记录诗事的话语片段，与完整记事的笔记、史书、传记在叙事方式上有较大区别。"论诗及事"诗话近似笔记，诗话中有些诗事本身就缘于笔记，不过在叙事上诗话与笔记也有较大差异，首先，诗话内容较为集中，是围绕诗展开的"话"；其次，诗话或因人存诗，以人系诗，诗与人、事紧密相连；再次，诗话叙事有追忆往事的性质，或为谈资，呈现出以存诗为主、叙事为次的倾向。当然，与笔记相比，二者也有很多相似之处。首先，诗话具有"说部"的性质，《四库全书总目·诗文评序》称诗话"体兼说部"，"说部"是指小说、笔记、杂著一类，明代王世贞的《弇州四部稿》其"四部"是指"赋部"、"诗部"、"文部"和"说部"，其被视为诗话的《艺苑卮言》就归入"说部"。"说部"具有随笔札记的性

---

① 李孝弟《古典诗歌的叙事批评论——以诗话为中心》《齐鲁学刊》2012年第4期）所讨论的是有关诗话对叙事性的论述，本文探讨的则是诗话自身所具有的叙事性。

质,郭绍虞《宋诗话辑佚》序说:"诗话之体原同随笔一样,论事则泛述闻见,论辞则杂举隽语,不过没有说部之荒诞,与笔记之冗杂而已。"①诗话不同于"说部之荒诞"、"笔记之冗杂",因"说部"具虚构性质,而诗话具有纪实性,这也是《大唐三藏取经诗话》一类"话本"不宜归入诗话的一个重要原因。那么,诗话是否也可以纳入"野史"范畴? 李易《诗话总龟序》云:"诗昉《关雎》,诗话,即稗官野史之类。"②诗话在有些书目中被归入"文史""小说"类,说明诗话与"野史"有相通之处,二者的区别在于:首先,"稗官野史"的题材不限于谈诗,诗话则以诗为主要内容;其次,"稗官野史"具有虚构性,诗话则侧重纪实性;再次,"稗官野史"多为叙述,情节复杂,诗话多为追忆师友谈诗、写诗,内容单一。章学诚《文史通义》说:"唐人诗话,初本论诗,自孟棨《本事诗》出,亦本《诗小序》。乃使人知国史叙诗之意;而好事者踵而广之,则诗话而通于史部之传记矣。"③认为诗话源于论诗,后来才发展为"史部之传记"。实则诗话与"传记"在叙事上差别很大,传记虽也有纪实性,但无论是"纪事"还是"纪人"都强调事件的连贯性,记载某一事件的完整始末,而诗话则往往围绕事件中的诗事片段来写,诗完成后,叙事也就基本结束。以上文所引《本事诗》"红叶题诗"为例,此则诗话在时间、地点、人物方面都具写实性,顾况之诗在《全唐诗》、《唐诗镜》、《万首唐人绝句》等中都有记载,说明并非虚构。整个事件都是围绕题诗展开,叙事过程并没有人物内心独白,也没有人物对话,情节简单,仅为写诗与和诗,通过择取生活的若干片段,以诗为主场,围绕诗歌活动展开叙事。这类诗话叙事简洁,情节简单,事为诗服务,为了衬托诗而

---

① 《宋诗话辑佚》,第2页。
② 阮阅编《增修诗话总龟》,明嘉靖刻本。
③ 《文史通义校注》,第559页。

展开,以诗为主,以事为宾。在诗话叙事中语言多为描述型,而非分析型,经常会有和诗,且事件情节平淡而不曲折生动。在"红叶传诗"这一事件中戏剧性的安排在于"后十余日",有人于苑中又于叶上得诗,然未交代顾况是否与御沟传诗的宫女谋面。从中可以看出此则诗话只是截取生活片段而成,不具有完整性。后来一些人在笔记中再述此事时对诗话的这种不完整性颇为不满,于是不惜再造"大团圆"结局,即补入顾况与宫女取得联系的情节:御沟传情未久,"安史之乱"爆发,顾况找到那位美丽的宫女,趁乱逃出上阳宫,一对有情人喜结连理。从"红叶题诗"结局的添补反映出诗话叙事的不完整性。诗话叙事往往是从第三人称视角展开,将叙事语言与诗性语言结合,注重作为自然事件的本事,而对作为人工事件的情节并不看重。在诗话叙事中事件没有明显被安排的痕迹,事与诗自然结合,诗随着事件的进展而被安排处理。诗人的创作就是使本事成为诗,将陈述性、描述性语言演变为诗性语言,这样的叙事缺乏情节、对话、动作等,与"说部"相比较为乏味。

总之,在诗话的理论性越来越受重视的今天,"论诗及事"诗话却显得落寞,鉴于此类诗话对古诗的理解和历史时空场景还原所具有的重要意义,其实不应被轻视。此外,从"历史性"和"叙事性"角度来把握诗话的内涵及特点,对理解古诗创作的发生、传播、文人生活及心态都有重要的价值和意义,这样可以将古诗放在生活史、文化史、学术史层面展开讨论,将古诗发生的诸要素建立起链接,通过对这些要素关系的梳理来探讨文学的发生、传播和影响,这样既可拓宽对文学与生活关系的理解,亦可提升诗话及古诗研究的文化史意义。

(作者单位:兰州大学文学院)

明诗话还原研究与近世诗学重构的新路径[*]

陈广宏

当今的明代文学研究,已获相当迅猛之发展,尤其在诗文领域,因而对相关文献整理与研究提出更高的要求。我们尝试在学界已经取得的业绩基础上,进一步开展有明一代诗话文献的全面整理,无疑是受到了这种要求的刺激。当明诗话文献整理步入新的阶段,对于总体上如何推进诗话相关研究,亦自然会面临诸多新的挑战。它迫使我们在对"五四"以来传统诗学的现代研究进行反省的同时,重新思考若干较为根本的问题,诸如整理与研究、文献与历史的关系,而归根结底,是有无可能在诗话还原研究的路径上,探获中国诗学重建的范式。

一、现代诗话研究的建立及其问题

诗话研究进入现代人文学科视野,大抵是 20 世纪 20 年代以来之事,伴随着中国诗学、中国文学批评体系的建立。一方面,诗话被认作我国传统文学批评样式的代表,以诸如印象式、片断式显示"直觉的感性"的特征,与西方诗学的逻辑体系性相对待;另一方面,则又理所当然地成为参照西方诗学理路构建中

---

* 本文系国家社科基金重大项目"全明诗话新编"(项目编号: 13&ZD115)的阶段性成果。

* 本文系国家社科基金重大项目"全明诗话新编"(项目编号: 13&ZD115)的阶段性成果。

国诗学、中国文学理论取资的材料,大量诗话文献的整理工作,就是围绕着这样一种取材的要求展开的。

如所周知,真正开创诗话整理与研究之现代格局的先行者当以郭绍虞先生为代表。据《宋诗话辑佚》原序,他在1927 年因搜辑《中国文学批评史》的材料,即注意到诗话方面。1929 年,郭先生在《小说月报》连载的《诗话丛话》,可以说是我国最早关于诗话的新式研究。其中有一段总结性的论述交代方法:

> 总之以文学批评的眼光而论诗话,则范围不得不广博,不广博不足以见其同的性质;而同时又不得不狭隘,不狭隘又无以异于昔人的论调。区区此旨,所愿先行揭出以与当世研究文学批评者一论之也。①

已表明尝试运用西方传来的文学批评标尺,对传统诗话加以梳理、界定②。其所谓"范围不得不广博"、"又不得不狭隘",当包括衡诸文学与文学批评的定义而言③。就其取材范围之广博论:计划作为内编的论诗部,兼收成书、单篇散文乃至论诗韵语之属;又有论文、论四六、论词、论曲以及论小说戏曲诸书别为外编。与他在《中国文学批评史》中搜集材料所费经营擘划一样,此类工作,应是整理国故运动研究目标的一种实践——用系统的整理来部勒国学研究的材料,朱自清曾特为之表出:"他搜集的诗话,我曾见过目录,那丰富恐怕还很少有人赶得

---

① 《诗话丛话》二十七,《小说月报》第 20 卷第 4 号,1929 年 4 月。
② 正如朱自清在《评郭绍虞〈中国文学批评史〉上卷》中已指出的:"'文学批评'一语不用说是舶来的。现在学术界的趋势,往往以西方观念(如'文学批评')为范围去选择中国的问题;姑无论将来是好是坏,这已经是不可避免的事实。"(《清华学报》第 9 卷第 4 期,1934 年 10 月)
③ 郭绍虞先生 1927 年已在《东方学报》发表《文学观念与其含义之变迁》一文(见收于《照隅室古典文学论集》上册),其内容被改写入 1934 年版《中国文学批评史》上卷之相关篇章。

上的。"①

不过，值得注意的是，在论列有关诗话之取舍时——那又显示其范围之狭隘，郭绍虞先生明确表示："以有明显主张足成一家之言者为主，则即于诗话中间，其近于摘句，或徒述本事，或偏于考证、局于声谱者，不占重要的地位。"②这种有所轩轾的态度确可以说是"异于昔人的论调"的，因为无论从诗话创立阶段欧阳修所述"集以资闲谈"，许顗在《彦周诗话》小序归总的"诗话者，辨句法，备古今，纪盛德，录异事，正讹误也"③，还是后来如清人劳孝舆《春秋诗话》叙历来对诗话种类的一般认识："自谈诗者有诗品、诗式、诗格、诗法，于是唐宋间人诗话汗牛充栋矣。"④或者四库馆臣所厘定的"诗文评"五例："（刘）勰究文体之源流，而评其工拙；（钟）嵘第作者之甲乙，而溯厥师承。为例各殊。至皎然《诗式》，备陈法律；孟棨《本事诗》，旁采故实；刘攽《中山诗话》、欧阳修《六一诗话》，又体兼说部。"⑤我们都难以看到前人将对诗话作品之论说主张及其体系性的强调置于如此突出的地位。直至解放后，郭先生仍如此定义"诗话"："诗话之体，顾名思义，应当是一种有关诗的理论的著作。"⑥并且还在此《清诗话》"前言"中简单梳理出一条自北宋末《石林诗话》至明代《谈艺录》、《艺苑卮言》、《诗薮》等偏重理论倾向的发展脉络，而笼统将重在系统性、专门性和正确性视作清诗话的特点，以之作为历史最高成就。相比之下，即便是在曾催生出追求一定理论品格

----

① 《诗文评的发展》，《读书通讯》113 期，1946 年 7 月。

② 《诗话丛话》二十七。

③ 何文焕辑《历代诗话》，中华书局 1981 年版，第 378 页。

④ 《春秋诗话》卷五，张寅彭辑《清诗话三编》，上海古籍出版社 2014 年版，第 1215 页。

⑤ 永瑢等《四库全书总目》卷一九五，中华书局 1965 年版，第 1779 页。

⑥ 郭绍虞《前言》，丁福保辑《清诗话》卷首，上海古籍出版社 1999 年版，第 1 页。

甚而精严体系之诗话或诗评的明代,人们对"成一家之言"的认识,恐亦仅在于知识赅备而议论中正,如程启充《升庵诗话序》表彰杨慎这位长于考证词语典故的诗论家:"上探《坟》、《典》,下逮史籍、稗官小说暨诸诗赋,百家九流,靡不究心,各举其辞,罔有遗逸。辩伪分舛,因微致远,以适于道。淡而不俚,讽而不虐,玄而不虚,幽而不诡。其事核,其说备,其辞达,其义明,自成一家之言。"①而与上述力求观点鲜明、知识系统有差异。更何况记叙逸闻轶事以资闲谈一类仍为明诗话大宗,多数人对于诗话性质、功能的看法或即如文徵明《南濠诗话序》所述:"玄辞冷语,用以博见闻、资谈笑而已。"②此论虽是就不必正经记叙史实并体现史识的角度而言,然所谓"玄辞冷语",从漫无统序的博识隽语去理解,亦大抵可辨。而作为指导诗歌创作与鉴赏门径的诗格诗法类著述,在当时则继续占有相当大的市场。显然,现代人的独重"成一家之言",是以西方诗学为参照的结果。无独有偶,徐英发表于三十年代的《诗话学发凡》,亦显示了整理国故的新学眼光,其将诗话予以分类并排序,谓"今言诗话,析派有三:述学最先,评体为次,铨列本事又其末焉"③,同样未必合乎传统的看法,将"述学"置于首要位置,自然是因为对系统知识的追求成为这个时代的目标。

如郭先生对诗话的这般认识与处理,因其浸淫于传统诗话研究,已属至为细腻的方式。相比较而言,那些直接将传统诗话

①　《升庵诗话》卷首,陈广宏、侯荣川编校《明人诗话要籍汇编》,复旦大学出版社 2017 年版,第 389 页。

②　《都玄敬诗话》附录,《明人诗话要籍汇编》第一册,第 150 页。孙小力教授曾撰文专门梳理明人关于诗话概念的论述,结论认为明人大多还是把诗话视作野史笔记,文徵明所持观念占上风。见《明代"诗话"概念述论》,左东岭主编《二〇〇五明代文学国际学术研讨会论文集》,学苑出版社 2005 年版,第 14 页。

③　《安徽大学季刊》1 卷 2 期,1936 年 4 月。

与西方诗学加以对照而下大判断的学者,要显得更具批判力。早在 1927 年,郑振铎在设计中国文学研究新路径时,于传统诗话著作有过如下评价:

> 文学之研究,在中国乃像一株盖在天幕下生长的花树,萎黄而无生气。所谓文史类的著作,发达得原不算不早:陆机的《文赋》,开研究之端;刘勰的《文心雕龙》与钟嵘的《诗品》,继之而大畅其流。然而这不过是昙花一现。虽然后来诗话文话之作,代有其人:何文焕的《历代诗话》载梁至明之作凡二十七种;丁氏的《续历代诗话》,所载又二十八种;《清诗话》所载,又四十四种。然这些将近百种的诗话,大都不过是随笔漫谈的鉴赏话而已,说不上是研究,更不必说是有一篇二篇坚实的大著作。①

毫无疑问,如此评价的标准来自西方诗学或文学理论的参照系。他又在文末号召运用现代文学观念与科学的研究方法,整理诗话、文话、词话、曲话之类的文学材料,建设"批评文学",此正可与郭先生的工作计划互观。我们看"五四"以来占主流的有关中国诗学的论述,基本上皆属西方诗学视野下"影响焦虑"之产物,相应的,中国诗学即是在西方诗学关注的维度上,依其分类及理路建构自我体系诸层面。因而如杨鸿烈撰《中国诗学大纲》,竭力主张"我们现时绝对的要把欧美诗学书里所有一般'诗学原理'拿来做说明或整理我们中国所有丰富的论诗的材料的根据"②,而其评估传统诗话一类的诗学文献则曰:"我敢说中国千多年前就有诗学原理,不过成系统有价值的非常之少,只有一些很零碎散漫可供我们做诗学原理研究的材料。"③在他看来,即

① 《研究中国文学的新途径》,《小说月报》17 卷号外,1927 年 6 月。
② 《中国诗学大纲》,商务印书馆 1928 年版,第 28 页。
③ 同上书,第 7 页。

便像《沧浪诗话》、《木天禁语》、徐祯卿《谈艺录》、叶燮《原诗》这样受到推崇的有条理之作(之所以受到推崇,原应有欧美"诗学原理"的现代价值观影响),距离建设"诗学原理"的要求仍相去甚远:"我们却不以他们都是完全纯美的,都可以和欧美诗学的书籍相抗衡的。"①至于朱光潜,向来主张中西诗论互释互证,故其论中国传统诗话,言说更加辩证,揭示问题也更加有针对性:"诗话大半是偶感随笔,信手拈来,片言中肯,简练亲切,是其所长;但是它的短处在零乱琐碎,不成系统,有时偏重主观,有时过信传统,缺乏科学的精神和方法。"②比较的基准及其批判意识与前者却并无二致。

不管这种参照是直截的还是隐形的,批判性为主还是建设性为主,与其他中国学术的整理方式一致,以西方学术的系统知识为价值标准,成为中国诗学走向现代世界的一条康庄大道,或者说,成为"五四"以来传统诗话研究的一种范式。然而,问题在于,当诗话仅仅被用作按照西方诗学原理的间架构建中国诗学的材料时,很难说不会出现史料脱离语境、方法与对象不相吻合的情况。像郭绍虞先生这样,在如何将本土材料与外来观念打成一片上已属相当审慎,朱自清在评价其《中国文学批评史》得失时却还是认为,其依照日本为中介传入的西方纯、杂文学观念之分,反而给介乎其间的我国各时代文学观念带来纠葛,故建议"最好各还其本来面目"③;至于其他率意比附、套用者自不必说。而诗话被有选择地充入外来阐释框架,难免会有断章取义、虚饰架空的种种可能。诗话的原本形态因这种抡选而遭切割,其面貌会显得支离破碎,甚而意义大失,许多内涵无法深入、具

① 《中国诗学大纲》,第 28 页。
② 《诗论》卷首"抗战版序",上海古籍出版社 2007 年版,第 1 页。
③ 《评郭绍虞〈中国文学批评史〉上卷》,《清华学报》第 9 卷第 4 期。

体地被读解与领会，自身特质亦易被消解。从另一面来看，鉴于西方诗学原理的价值基准，在已有的中国诗学以及文学批评史等著作中，诗话被用到的比例其实相当有限，基本上为杨鸿烈所说的那一类受到推崇的有条理之作，就明诗话而言，大概不会超过现存诗话的 20％，而大量所谓"零碎散漫"的诗话与已纳入诗话范围之诗格诗法著述则被弃置不顾，与这类文献资料的丰富程度及自身的完整性很不相称，显然并未做到物尽其用，因而能否充分、全面地发掘其特质，便也难说有把握。

上述情况揭示，目前诗话研究较为迫切的任务，恐怕还不仅是进一步发掘材料、扩大史料范围——尽管我们的数据环境与搜辑能力已有突破性进展，而更应该是转换研究视角、更新研究范式。这种转换与更新，当然不是凭空向壁虚构；路径之一，应即是顺着所谓"各还其本来面目"的方向，调整我们的立场，即如何以诗话自身整体的存在为对象，而非仅仅作为建构一种体系的材料，在把握其全部内涵、关系及历史语境的基础上，重新发现中国诗学的内在构成。

二、明诗话的"历史还原"

我们现在可以着手做的，应是回到诗话生产、消费的时代，就各个年代层，重新构拟其存在的场域，并从中把握其话语体系及特质。这可看作是一种历史还原的工作。

首先必须对诗话是特定历史阶段的产物有清醒的认识。以往在将诗话抽象地标举为我国传统文学批评样式的时候，论者似乎很容易忘记，它的诞生有其特定的社会文化语境。以公认始创诗话之体的欧阳修《六一诗话》为例，无论该著是从其本人

《杂书》《试笔》还是《归田录》删稿中析出①，皆属笔记性质，所谓"集以资闲谈"，文本的记、纂皆具随意性。关键是此乃士大夫身份的欧阳修晚年退休消闲之举，又恰逢印刷传媒开始勃兴的时代（尽管其时所出版者绝大多数尚为前代人的著述）。明人于此有看得比较明白的，如张鼎思为郭子章《豫章诗话》作序时言及："欧阳永叔之在汝阴也，有《诗话》一卷，事新词鬯，实为贡父辈颜行，然意在快耳赏心，且作于闲居暇豫时。"②强调作者娱乐、消遣的场合与用意，其谓"事新词鬯"，无非是说体现了一种新的创作形式与意识，而文体上因有话体文的运用，又是前所未有的浅白晓畅。宋人的目录学著作，颇有将诗话归入"小说类"者，如绍兴间改定之《秘书省续编到四库阙书目》、衢本《郡斋读书志》；或如《直斋书录解题》、《宋史·艺文志》，部分诗话入"小说类"，部分诗话入"文史类"③。直至清代，四库馆臣仍以所谓"体兼说部"来界定《六一诗话》一系的诗学著作，尚可见此种基因之遗存。而以衢本《郡斋读书志》为例，如《文心雕龙》、《修文要诀》、《韩柳文章谱》及《金针诗格》、《李公诗苑类格》、《天厨禁

---

① 郭绍虞《宋诗话考》据宋人张邦基《墨庄漫录》所记，以欧阳修所作《杂书》为《六一诗话》之前身；亦有学者认为《归田录》与《六一诗话》的关系更密切。参详张海明《欧阳修〈六一诗话〉与〈杂书〉、〈归田录〉之关系——兼谈欧阳修〈六一诗话〉的写作》，《文学遗产》2009 年第 6 期。又［日］东英寿《欧阳修〈六一诗话〉文体的特色》一文，分别比较了《六一诗话》与《归田录》及《试笔》之虚词使用，认为以《六一诗话》之编撰与《归田录》之改修作业在同一时期，两部作品作为一个系列，其母体相似的可能性甚高；至于《试笔》之收录，当属欧阳修信口而成的初稿阶段，《六一诗话》有深化内容、精炼文章之发展。原载九州大学《中国文学论集》第三十四号，中文译稿收入沈松勤主编《第四届宋代文学国际研讨会论文集》，浙江大学出版社 2006 年版，第 369—378 页。

② 《豫章诗话序》，郭子章《豫章诗话》卷首，《四库全书存目丛书》集部第 417 册，齐鲁书社 1993 年版，第 250 页下—251 页上。

③ 参详张伯伟《中国古代文学批评方法研究》"外篇"第五章《诗话论》，中华书局 2002 年版，第 463 页。

裔》等一众诗文理论与格式著作被置于"文说类",则可印证诗话在产生之初的归属,原与此类论示诗文技法的著述不同。如果要说诗话与文学批评相关,那也可以说是一种新的诗歌批评形式,艾朗诺教授总结早期诗话形式从欧阳修时代到整个南宋初期的发展,即把握于此:"诗话的迅速传播得益于其独特的形式,这种形式为人们提供了一个载体来讨论当时士大夫认为有指导性又有意思的诗歌。"他还进一步就这些诗话的具体内容,论析其本身摆脱严肃文论束缚、解构正统诗学思想的特点,如《诗经》、《楚辞》之类经典的消失及新的诗史观念的出现,对被定义为"俗"的形而下之诗艺或文学技巧的探讨等。[①]

　　艾朗诺也看出了欧阳修的《诗话》与过去文学评论的经典范例——《典论·论文》、《文赋》、《文心雕龙》等的不同,"这些都是用严肃的骈文(或韵文)写成的关于文学创作、文体研究和文学原理的宏观体察"[②],显然,那属于精心结撰、体大虑周的"典册高文";也觉察出了诗话与文集中涉及文学的书信、论文、序言乃至题跋形制上的差别,认为如诗话这种新的诗歌批评方式,"要从论、文、序、书、跋这些旧有的文章样式中衍生,即使并非毫无可能,也是很困难的"[③],这一点殊为不易。若稍作引申,可认为诗话在其起步阶段,就文本形态、性质而言,已与之前中世社会属文之士那种以藏诸名山、传之后世为目标,殚精竭虑想要"通古今之变,成一家之言"的著作——包括收入别集的诸文体庄肃之论,有划时代的区隔。作为日常生活中娱乐、消遣之物,诗话这种类似随笔札记的杂纂,主要体现的是士大夫现世闲情逸致

---

① 《美的焦虑:北宋士大夫的审美思想与追求》第二章"新的诗歌批评:诗话的创造",杜斐然、刘鹏、潘玉涛译,郭勉愈校,上海古籍出版社2013年版,第46页,第54—71页。
② 同上书,第57—58页。
③ 同上书,第47页。

的一面,并且因印刷传媒的逐渐介入,而令更大范围的共时交流成为可能。故无论从作品的形式、内容与功能,生产、传播方式,还是作者的态度,皆已为后世种下某种近世性的基因。而诗话著述在元明清的繁荣发展,尤其是南宋以来至元明盛行的诗格诗法类著作及其汇编之商业化出版,充分体现了诸多近世性特征。

明代是诗话演变、发展的重要阶段,不仅数量骤增,而且体制日蕃。更确切地说,以成、弘为发端,嘉靖中期以降直至明末,在诗话发展史上呈现新的划时代的演进格局。这自然与整个明代的政治、经济、社会状况的发展变化密切相关。比较直接的因素,包括新的识字阶层的增扩,文学担当主体阶层的下移,整个市民社会闲暇消费需求的高涨等,与之互为因果,同时亦恰为本阶段最显著标志的,是私人刻书业的繁盛。大木康教授在《明末江南的出版文化》中,曾据杨绳信编《中国版刻综录》做过一个分期统计,从宋至明末的 3 094 种出版册数中,合计有 2 019 种出版于嘉靖、万历至崇祯的约百年间,实际上占到 65% 的比例①。很显然,它显示的是该时期印刷普及的能量。其中与我们所说的文学相关,而实际上具消闲娱乐功能兼俾实用的,有诗文别集、总集、丛书、类书并小说戏曲等大量刊行,当然还有包括诗话在内的诗文评类著述。就明人诗话而言,若以现存 230 余种为计,嘉、万至崇祯约百年间印制的各类文本,要占到五分之四左右,其中诗格、诗法类所谓通俗诗学又在其中占相当大的份额。张健教授考察元代诗法著作在明代的刊刻流传,即以详证勾勒出自成化而嘉靖而万历的三个高峰②。这显然是明代中后期空

---

① 大木康《明末江南的出版文化》第一章"明末江南书籍出版状况",周保雄译,上海古籍出版社 2014 年版,第 7 页。
② 参详氏著《元代诗法校考》"前言",北京大学出版社 2001 年版,第 15—18 页。

前广泛之诗歌消费受众以及诗学下行传播态势的表征。如下是屠本畯所描述的他本人生活的时代较为普遍的附庸风雅之状:

> 尝谓近时风尚:甫解之乎,辄便咿哑;稍习声耦,遽寿枣梨。人靡不握管城以搞诗,诗无不丐玄晏而为序,序无弗并汉魏而薄钱刘。①

借此应可较为直观地看到,对诗歌的关切在此际成为广大市民的一种日用需求,以及随之带来的阅读市场的扩容,作为主要被用作指导大众诗歌创作、培养大众鉴赏趣味的各类诗话作品,便亦可想见由此因运而激增。

在这些数量庞大、形态复杂的明诗话中,秉承该文体基本质性的记叙逸闻轶事一类仍占相当大比例,前揭孙小力教授于明人诗话概念的梳理亦可为证,无论被用于消闲抑或培植鉴赏经验,皆可发挥其功能。与此同时,在印刷传媒的强大驱动力影响下,不少精英文人将原来应收入别集的严肃诗论,也以诗话的面目迅捷付梓单行,不管其试图争夺文柄、宣示主张,还是旨在规范、提升大众的诗歌创作,皆意图利用在阅读市场中可能产生的巨大影响,引导诗学风尚,由此催生出诗话中追求理论品格甚而精严体系的一支,势力不可小觑。如屠本畯特刊于《诗言五至》中之《谈艺录》、《解颐新语》、《艺苑卮言》,以及胡应麟《诗薮》、许学夷《诗源辩体》、赵宦光《弹雅》等,均可视作这方面的代表。

更值得关注的,是承宋元而来的大量诗格、诗法著作。为满足日益扩大的大众社会于诗歌创作、鉴赏的日用消费之需,以坊间"制作"为主导,利用已有公共资源,加以抄撮增删、分合变换,成为市场占有率很高的商业化出版典型样态。如《傅与砺诗法》、《西江诗法》、《新编名贤诗法》、杨成《诗法》等,均为明代早

---

① 屠本畯《茗笈谈》,陈广宏、侯荣川编校《稀见明人诗话十六种》,上海古籍出版社 2014 年版,第 754 页。

期编刊的诗法汇纂著作,不仅本身保存了元人诗法文本,且明代中后期的众多诗法著述基本上即据此数种重新组合纂辑而成,是推原明人一般诗学知识来历不可或缺的文献。万历以来,此类著述商业出版物的特征愈益显著,如据吴默《翰林诗法》、王榗《诗法指南》"删定增选"的《诗法要标》,据前代诗格、诗法著作汇编而成的《词府灵蛇》并《二集》,编法上往往更具自主性,更体现晚明书坊的营销策略。在这种背景下,我们亦应该比较容易理解,何以唐代的诗歌格式之学被明人追溯认同为诗话①。至此,或许终于可以说,诗话成为了中国古代诗学批评的主要样式。

考察诗话在明代的生产、消费过程,会发现正因为这个由印刷传媒维系的庞大的阅读市场的存在,构成了一个共时的交流场域,一切似乎变得开放、动态起来,也因而可以看到过去不太关注的方面。由作者一端看其写作、生产方式,集腋成裘的笔记式纂集,仍相对轻松随意,而出版的便利,又往往令一些受市场欢迎的精英文人随作随刊,衍成层累的复杂文本。尽管诗歌创作人口的增长、私人刻书业的发达以及读者圈的变化等,是南宋以来已经出现的现象,但不可否认,无论从经济以及技术等外在条件的发展,还是从自我意识之内因的增长来看,这种随作随刊的方式以及由此带来的实时交流,是中晚明一道独特的风景。如王世贞自嘉靖三十七年(1558)初成《艺苑卮言》六卷,其后"岁稍益之",至嘉靖四十四年(1565)由乡人梓行;隆庆元年(1567)又增益为八卷,黜其论词曲者,附它录为别卷;万历五年(1577)世经堂《弇州山人四部稿》本即为八卷谈诗文加附录四卷谈词曲、书画、名物等;万历十七年(1589)武林樵云书舍刊《新刻

---

① 如胡应麟将李嗣真《诗品》、王昌龄《诗格》、皎然《诗式》、《诗评》等二十种唐人诗格、诗式著作视作"唐人诗话,入宋可见者",并谓"近人见宋世评最盛,以为唐无诗话者,非也"(《诗薮》"杂编"二,《明人诗话要籍汇编》,第3385页)。

增补艺苑卮言》十六卷,前八卷基本上为谈诗文的内容,后八卷相当于《四部稿》本《艺苑卮言附录》四卷与《宛委余编》前四卷合编;万历十九年(1591)累仁堂刻十二卷本《艺苑卮言》所据又为《四部稿》本。可以说,其间一直在增删调整、商较改订,且已有书坊的介入。六卷本成书后,王世贞曾寄赠汪道昆等友人,祈请"其痛斧削之"①,而李攀龙等已颇有责备规劝之评②;《四部稿》付梓之际,又曾先寄《艺苑卮言》等与徐中行求正③。作为"年未四十"之作,他在晚年自我反省该著"既不甚切,而伤狷轻",故并不以为定论,"姑随事改正,勿令误人而已"④。许学夷《诗源辩体》最早为万历四十一年(1573)刊十六卷本,"后二十年,修饰者十之五,增益者十之三"⑤,于崇祯五年(1632)定稿为三十六卷,北京大学图书馆所藏为其第十二稿定本;其后复采宋、元、明诗为后集,并选辑其中论诗部分为《后集纂要》二卷,由许氏婿陈所学于崇祯十五年(1642)刻为三十八卷本。该著十六卷本于万历间付梓后,赵宧光在其天启间刊行之《弹雅》中即有引述,并提出不少批评;而于崇祯刻《诗源辩体》中,许学夷不仅反过来又引录了《弹雅》多条论述,也对赵宧光的批评做出了回应。胡应麟《诗薮》初刊本为万历十八年(1590)少室山房自刻十六卷本,在正式付梓前,他即曾分别将该著寄与王世贞、汪道昆、王世懋、陈文烛等文坛巨擘请序,那当然是首批重量级的读者,他们的意见至关重要,他们的题拂本身又是最好的广告;其后胡氏又增补为二十卷重刊。诸如此类的随作随刊,一方面意味着即时面对读者,相关内容可因这种实时交流而得到调整,多少体现对文本

① 《答汪伯玉》,《弇州山人四部稿》卷一一八,万历世经堂刻本。
② 参详《艺苑卮言》卷首壬申夏日"题记",《明人诗话要籍汇编》,第 2410 页。
③ 《徐子与方伯》,《弇州山人续稿》卷一九〇,明钞本。
④ 《书李西涯古乐府后》,《读书后》卷四,万历刻本。
⑤ 《诗源辩体自序》,《诗源辩体》卷首,《明人诗话要籍汇编》,第 3628 页。

的控制。另一方面,这种持续时间相对较长的整个编刊过程,其中每一次的商较增删,恰能动态显示相关批评家文学思想演变的轨迹。

与此同时,由书坊编刊者一端考察作品的"制作"、传播方式,无论是摘抄、选辑、专辑、汇编、丛编等正常手段,还是割裂拼凑、偷梁换柱、冒名伪托等小伎俩,为的是高效满足读者市场不断增长的消费需求,固然有利益最大化的商业考虑,但我们也应该看到,像王楫编《诗法指南》的诗格例解法也好,题兰嵎朱之蕃评《诗法要标》的要目标示法也好,题温陵卓吾李贽辑《骚坛千金诀》的口诀法也好,亦皆显示了那个时代中间层于知识简化并普及的努力。广大受众需要的是简捷获取诗歌作法、鉴赏最低版本的信息,故其接受方式,有点类似今天的快餐式消费,非专注投入深度思考的理解阅读,而即是出于获取一般知识或者娱乐消闲的"轻阅读"目的。出版者所要做的,就是利用前代积累下来的社会公共资源,极尽巧取变幻之能事,甚而主动引导时尚流行,以满足营销之需,这也正是为什么如所谓"一指木天群"之诗法著作在整个明代始终有其效用①。

倘若进而将明诗话从撰作到接受的各种机制联结起来,我们会看到,此类诗学文献的生产、传播过程,正是其文本意义动态构建的过程,即由作者、刊者、读者及相关交游圈、民间书肆、公私藏书机构等诸多环节在信息的相互交换中共同构建。这个共时态文学话语体系的横截面,也是过去较少注意的。"诗文评"著作当然是文学批评文献主体(现今学者尚扩展至词曲话、小说话的整理研究),然近年来人们关注诸如评点、总集等研究,

---

① 有关"一指木天群"的定义与内容,可参看大山洁《对〈二十四诗品〉怀悦说、虞集说的再考察——根据朝鲜本〈诗家一指〉、〈木天禁语〉及日本江户版〈诗法源流〉》,《唐研究》第 4 卷,北京大学出版社 1998 年版,第 105—108 页。

虽非传统"诗文评"类目尽可涵盖，却也是体现批评家手眼的重要产品。过去除个别经典作品外，诗学史、文学批评史等皆不甚关注并采入，类似边角料，现在尝试正视并加以系统整理研究，应亦不仅为开拓文学批评资料。鉴于自觉不自觉受到文化研究的影响，我们可尝试将这些批评样式及产品看作一个系统，在作者、刊者、读者乃至收藏者之间构成互动的环节：如序跋、评点既是读者反馈，同时又是其他读者的指引；诗文评中越来越多对当代作家作品的品鉴，当然也是一种互动；至于指导、规范诗歌作法，同样直接面对广大受众，而流派之间的诗学主张纷争，其实也是利用阅读市场引导时尚风潮。这样，我们的考察点，相对于原来基本上局限于单一、静态、封闭的文本，无疑有了极大的拓展。并且，当我们将关注的焦点从观念、主张的提出者一方，扩展到接受一方，显然更能观测到整个社会沉积于下的一般诗学知识与经验的来龙去脉。

三、近世诗学的重构

以下探讨还原研究中的近世诗学重构问题。之所以由明诗话研究的案例拓展至整个近世诗学的建构，是因为希望以一个相对长时段的视角，在更为普泛的意义上检讨传统诗学自身发生的变化及其研究模式更新的可能。相比较"五四"以来多将传统诗话用作依照西方诗学原理构建中国诗学的材料，将诸多诗话文本置回其生产、传播的过程加以考察，应该说是转换到真正从诗话自身及其语境出发开展研究的一种方法，借此我们或可勉力去除原来局部、封闭、静态利用相关文献带来的遮蔽，文献整理与诗学研究不至于是分开的作业，以求能够以一种全面透视的视阈重新理解该时代的诗学批评实践。

不可否认，以往的诗学史、文学批评史著述所重往往在"成一家之言"的作者一端,基本上由精英文人述论或业已经典化的文本构建,即便是参与文学事务的阶层明显扩展、留存文献极为丰富的近世诗学,亦难以突破其格局。而现在,当我们调整考察诗话文献的角度,就文本制作、传播的各个环节,深入观照诗话所在话语系统生成、交换及改造的动态过程,那么,循其特有的近世性之质性,上述格局应该会因面对庞大的阅读市场而发生重大改变。要知道,这种改变,符合其时代特点。我们的任务是综合考察诗话的生产主体与消费主体在同一场域的交互作用,如何共同构建话语之意义,并联结成为一个系统。由此所针对的研究对象也将有所转向,原来被忽视的读者这个维度终于获得关注,由坊间主导"制作"、应对市场需求的大量诗格诗法类著作亦因而会被纳入考察视野。

近世诗学的基盘,是一种俗世化的实践诗学。众所周知,近世诗歌创作所接受的重要遗产,是齐梁以还至盛唐成就的包括诸古近体在内的诗歌类型体系与格式之学,尤其是作为格律诗的近体,对后世影响巨大。正是这类有规则可寻而又充满变数、具有很强实践性的诗体诗型,为近世社会更广大人群对诗的关切并以为日用之消费提供了资源,又显露出相当大的有待开发、提升的空间。这可以说是近世诗学的一个原点。在这一历史阶段,已经发展成为诗歌批评主要形式的诗话,当然会继续就上古、中世社会已经开发的诗歌与情志表现、诗歌的政治社会功能、诗歌与自然的关系等诸多本要问题进行探讨,然而,如李维在《诗史》中就诗歌创作实践判定"吾国诗学""蕃衍馥郁于汉魏六朝,至于有唐极矣"[1],作为历来公认看法的归总,无疑是近世诗学面临的现实,张伯伟教授则将唐代这种诗体诗型之全备大

---

① 李维戊辰九月"序",《诗史》卷首,北平石棱精舍 1928 年版,第 1 页。

成称作"规范诗学"的建立和发展①。一方面,李维以"诗势尽"为因果,勾勒宋以后诗史演进的特征②,让我们看到近世诗学精英文人一端执着于诗艺探索的必然反应,如何以"天才"的创造激发"规范诗学"的动能,在一种相当辩证的关系中,尝试在其制限内,开拓可能的表现空间。而在另一方面,或许我们更应该看到,恰恰是这种"规范诗学",更易于为一般文化程度的大众所接受,在诗学下行传播的俗世化进程中扮演了重要角色。

因此,正是诗学发展之现实状况,在很大程度上决定了近世诗学最为侧重的关注点,在于导向"作品"——如果依照艾布拉姆斯(M. H. Abrams)在《镜与灯》中所列艺术批评"四要素"构成的坐标③,包括诗话、诗评、诗法等在内的众多诗学文献,往往比较多地围绕诗歌作法来记叙,无论体制、声律、兴象、词致,皆可谓聚焦于诗歌的形式与技巧问题。元代复盛的大量诗格、诗法著作自不必说,明代此类著述的刊印、传播,其势头不减;至于格调说为代表的技巧理论,溯至严羽诗论在元明之际的一息存传亦未尝不可,李东阳以降则大行其道④,更值得深思的是,它

① 参详张伯伟《论唐代的规范诗学》,《中国社会科学》2006 年第 4 期。
② 蒋寅教授就此作了相当精准的阐释:"在他看来,到晚唐,随着古典诗歌体裁的成熟,来自诗体内部的发展动力(自然之势)已然消失,诗人再不能利用诗体本身蕴藏的资源,而只能靠艺术表现上的创造性来推动诗史的进程,也就是说,宋以后诗歌艺术的成就和水准纯粹是凭作家个人的才能去冲刺的。这的确是个冷峻而深刻的见解。"(《现代学术背景下的中国诗史尝试——重读李维〈诗史〉札记》,《学术的年轮》,中国文联出版社 2000 年版,第 88 页)
③ 参看[美] M. H. 艾布拉姆斯《镜与灯——浪漫主义文论及批评传统》第一章"导论:批评理论的总趋向",郦稚牛、张照进、童庆生译,王宁校,北京大学出版社 1989 年版,第 5—6 页。
④ 可参看刘若愚《中国文学理论》第二章"形上理论"与第四章"技巧理论",杜国清译,江苏教育出版社 2006 年版,第 60 页,第 136—139 页。刘氏在该著中的大势判断与归类仍可借鉴,但也应该看到,即如严羽诗学著作文本的生成及早期传播,亦是在南宋以降诗法流行的背景下运作的。

又与复古主义思潮结合在一起,成为这一相当长历史时期的核心话题。为此,清人已有不少反省,如汪沆云:

> 予惟诗话之作,滥觞于卜氏《小序》,至钟仲伟《诗品》出而一变其体。沿及唐宋,以迄近代,若《石林》、《竹坡》、《沧浪》、《紫薇》诸编纂,更仆难数。大抵比量声韵、轩轾字句者,什居七八,而于作者之旨暗而不彰,于是言诗者日多,而诗道日晦。①

劳孝舆则曰:"自谈诗者有诗品、诗式、诗格、诗法,于是唐宋间人诗话汗牛充栋矣。其中论声病、谈法律、别体裁,不啻人擅阳秋,家悬月旦,而诗之源委,迄无定评。"②至魏源亦曾批评说:"自钟嵘、司空图、严沧浪有诗品、诗话之学,专揣于音节风调,不问诗人所言何志,而诗教再敝。"③姑且不论他们对于诗话渊源的追溯是否可据,至少指目诗话中这种"比量声韵、轩轾字句"或"论声病、谈法律、别体裁"、"专揣于音节风调"为近世诗学的主要现象是清晰的,当然,这样的批评显得过于笼统也是事实。或许应该这样说,正是近体诗之类的普及导致的诗学俗世化,使得诗歌摹习之格式法律成为广大人群的主要关注对象,成为类似技术主义诗学具有支配力的背景。

有鉴于此,我们也应该可以理解,为什么宗唐得古的风格问题,始终贯穿近世社会,成为近世诗学的主线。唐代完成的古典诗歌类型体系,毕竟不是后人抽象而成的口诀规则、平仄声调谱,而是具体的诗人诗作之集成,其源流正变,原各有一副言语,不管是别体制抑或审音律,取何等诗人诗作为样板,实践何种时代风格,事关理想范型的建立。在文学担当主体阶层进一步下

---

① 《榕城诗话序》,杭世骏《榕城诗话》卷首,《知不足斋丛书》本。
② 《春秋诗话》卷五,《清诗话三编》,第1215页。
③ 《诗比兴笺序》,《魏源集》,中华书局1976年版,第231页。

移的明代,作为"小传统"对于"大传统"的一种文化复制,这种理想范型的构建,全息反映了近世诗学的理论向度及构成。

其中处于最基层的,当然是面向最广大受众的诗歌作法之类的技巧,从字句、篇法开始讲起,包括声韵平仄、粘对俪偶等基本规则,关键在示格式、明宜忌,诸多方面可从大量诗法、诗格类著作加以清理。由此而上,则是精英文人尝试规范、提升诗歌消费市场而作的努力,无论创作抑或鉴赏,辨识格调成为最主要的路径与方法;与之同时,则是进一步界定诗体诗型及其表现功能的文体学建设。严羽诗学著作在明代的流行,有其土壤,许学夷总结《麓堂诗话》的成就,即谓"首正古、律之体,次贬宋人诗法,而独宗严氏,可谓卓识"①。这种文体学建设包括为严分体制音响而做的诗歌流别之溯源工作,如《诗源辩体》之类,《艺苑卮言》《诗薮》等也有相当篇幅在做这方面的辨析,而此实与树立各体之正典高格密切相关。此外,如修辞上的情景、虚实、比兴、典故等问题,声调上的古律正变或所谓拗体等问题,皆关乎诗歌声容意兴之更为高妙的语言形式的探索。

当然,如前已述,如何以"天才"的创造激发"规范诗学"的动能,始终是精英文人尝试对俗世化的诗学格局有所超越的一种思考,如李东阳《麓堂诗话》中所说的"规矩"与"巧",胡应麟《诗薮》中提到的"法"与"悟",许学夷《诗源辩体自序》云"夫体制、声调,诗之矩也,曰词与意,贵作者自运焉"②,赵世显《诗谈》云"诗贵自运,格调音响能暗合古人,方是高手"③等,皆关涉于此。于是又有就诗歌之本质,重新省察其如何超越形体者,尝试在言、意、象之间,探测作者之表现力与读者之感受力的限度,亦因而

① 《诗源辩体》卷三十五,《明人诗话要籍汇编》,第 3929 页。
② 《诗源辩体》卷首,《明人诗话要籍汇编》,第 3627 页。
③ 《赵仁甫诗谈》卷上,《稀见明人诗话十六种》,第 502 页。

有"神"、"理"、"气"、"韵"等所谓"文之精"者——那些难以言状的美感特质构成之探讨。可以说，在晚明性灵派全面挑战复古派之初，并未能改变近世诗学这种导向"作品"的基本格局。

我们可以开展的工作，应是比较彻底地梳理大量诗格、诗法著作自宋元以来的传承、演变，据以观测作为通俗诗学的一般知识及相关观念如何被定型、积淀，构成什么样的体系，如何发生变异，又如何在传播中被简化或改造。这方面的清理与构拟，相对而言，是向来所忽视的薄弱环节，需要花大力气进行。举例来说：正统间周叙序刊的家传诗法著作《诗学梯航》，包括叙诗、辨格、命题、述作、品藻、通论六部分；黄溥于成化五年(1469)自刻的《诗学权舆》，原亦用以课家塾，所分类目计有名格、韵谱、句法、命意、造语、下字、用事、属对、锻炼、祖述、托况、格调、兴趣、思意、平淡、诗病、学诗要诀等；嘉靖间梁桥纂成《冰川诗式》十卷，又分定体、练句、贞韵、审声、研几、综赜六大门类，其中一述体制，二述诗眼、对仗、句法等，三述前人诗法著作中诸体的用韵规则、法式，四述近体诗诸体平仄声调之变，列正格、偏格、失粘格、拗句格等二十八种诗格，五述诸体章法，计七十六格，六述先贤名家"学诗要法"。诸如此类纷繁各异的格目分类，与南宋以来如《诗人玉屑》之类诗法汇编著作的沿革关系，背后共同的基础或共享的框架，其自身各按何种"统纪次第"构设诗歌作法的进阶，各自标举为正体的格式有何微妙的差异等，有许多问题需要厘清。不仅如此，这些通俗诗学呈现的一般知识与经验，与那种追求理论品格甚而精严体系的精英诗学事实上是互为语境的，下面还会论及，它们作为一种基底或土壤，大抵规定了士大夫文人关注、应对诗坛的面向，对于当时精英诗学所构建的诗学价值基准及种种诗学规条，亦有潜在的影响。宇文所安如此表述他所认识到的通俗诗学在此语境中的重要作用："通俗诗学作品把传统诗学的某些最基本的假定揭示出来，这弥补了它们微妙与细致不足的缺欠;它们直白地说出了大批评家只是精明地点到为止的内容。"①

除了加强关注以往不够重视的通俗诗学一侧,在观念上亟须转变的,尚有一点:即不可忽视诗话作为整体的存在。具体而言,一是应借助大量诗话文献的序跋、刊藏题记及文本中的相关评点等资料,重建诗学叙论的现场。这个现场,也就是我们所要将相关概念作历史还原的语境。以往的诗学史、批评史著述,除了用到诗论家彼此往复的论诗文书之类的文本外,相对不太注意将相关概念界定在一个现实交流的场域中予以探讨。陈国球教授在梳理明清格调诗说的现代研究时,曾发现自铃木虎雄、郭绍虞而下,中国文学批评史在近世诗学的研究上已形成一个论述传统,那就是以神韵、格调、性灵几个诗说概念为坐标,为明清各种批评论说作历史定位。但事实上,诗论家们所运用的相关诗说及概念,究竟是一个苞综广泛的庞大意义系统,还是一个创作或评鉴的技术词汇,明显遇到界定问题,需要根据当时的真实语境给予恰如其分的判定,而不是被随意放大、模糊套用,并用来构建演变脉络及阵营②。在印刷出版相当发达的近世社会,诗话文献之随作随刊及其序跋、刊藏题记、文本中相关评点或评论等资料,恰好构成了诗论家、书坊及读者因该出版物而联结的一个实时交流系统。前已提到的王世贞《艺苑卮言》、胡应麟《诗薮》等案例,即可为证;许学夷与赵宧光之间互相引述、互相批评的情况亦颇典型。类似的情况,尚有如万历后期再次重刊梁桥《冰川诗式》。梅鼎祚在《重刻冰川诗式序》中,就"诗式"本身形态及其历来看法引出一个公共话题,认为"诗独尽

---

① 《中国文论:英译与评论》第九章"通俗诗学:南宋和元",王柏华、陶庆梅译,上海社会科学出版社2003年版,第467页。

② 参详《明代复古派唐诗论研究》附录二"言'格调'而不失'神韵'",北京大学出版社2007年版,第342—365页。

于式"及"诗不必式"皆固也——实皆拘泥之见，而力图辩证地看待这个问题。顾宪成撰《冰川诗式题辞》则针对该著卷前《诗原》一章特出严羽"悟"字，叹"欲面质先生而无从也"，有意予以检讨求证①。虽序论者与编纂者时代稍有前后，然就探讨的话题、概念而言，却仍可以说在同一个交流的场域中。并且这种探讨，在某种程度上还体现了精英文人与通俗诗学之间的互动。

一则是应改变从诗话作品中摘取自己所需信息的习惯，尽量依据各诗话文本呈现的结构体系及其相互间的变动沿革，合成近世诗学自身的内在构成。如果说，我们将诗学史看作是一系列诗学著作背后一个价值结构及其意义的动态变化过程，那么，即便对我们久已熟稔的诗话著作，亦仍需要依其自身的内在构成及其次第，还原或重建其所体现的诗学标准与价值体系，而不是抽绎其中若干观点、主张，迁就外来的或任何其他间架。以赵宧光《弹雅》为例，作为万历之后自成体系的代表性诗论，其构架的主体部分为雅俗、声调、格制、取材、韵协等类。作者以何种逻辑构成如此序列，一方面当然要从该文本自身寻找内证，如何比诸诗之流风、容貌、骨骼、作用等；另一方面则须据相关诗话的概念、范畴之演变加以考察。早在朱权《西江诗法》所录《诗家模范》，我们已可看到："体制声响，二者居先。无体制，则不师古，无声响，则不审音。故诗家者流往往名世者，率以此道也。"②这是严羽诗论影响下的一般认识，也是李东阳以降强调诗文辨体的基础。那么，至赵宧光在体制、声响之间的次第变动意味着什么？是根据个人嗜好于价值观所作的调整，还是有所依照对两个概念或范畴加以重释？我们看到，他视"声响"为"诗中第一

① 以上并见《冰川诗式》卷首，万历三十七年刊本。
② 《明人诗话要籍汇编》，第1445页。

意",实有意针对胡应麟辈"不知声响何物"①。同样,赵氏在"声调"、"格制"之上安置"雅俗"之范畴,以为"诗之全"者②,又体现怎样的价值观念与结构变动?据其《弹雅》卷一所述:"体制,格也;音声,调也;色泽,彣彰也。三者各具雅俗,雅俗各有性情。得之者天,修之者人。"③可见"雅俗"贯彻才性的统摄作用。同时之许学夷曾引述赵氏"求真"之论:"古人胸中无俗物,可以真境中求雅;今人胸中无雅调,必须雅中求真境。"④在表明两人于此观点站在相近立场的同时,又显示这种结构变动或来自抗衡公安派的某种焦虑。

应该说,这是更为艰巨的一项任务,然唯有如此,我们才有可能真正沿着历史展开的方式,来重构近世诗学。

(作者单位:复旦大学古籍整理研究所)

---

① 《弹雅》卷二,《稀见明人诗话十六种》,第 785 页。
② 《弹雅》卷二"声调二"题下小字:"诗以声调为主,而《弹雅》之次,雅俗一,声调二,何也? 雅俗,诗之全;声调,诗之偏也。"(同上书,第 784 页)
③ 《稀见明人诗话十六种》,第 769 页。
④ 《诗源辩体》卷三十二,《明人诗话要籍汇编》,第 3904 页。

《精刊补注东坡和陶诗话》与苏轼和陶诗的宋代注本

卞东波

一、问题的提出

"出处虽不同，风味乃相似"①，苏轼和陶诗是陶渊明与苏轼这两位异代伟大诗人之间的对话与心灵共振。东坡开创的和陶诗不仅强化了陶渊明在中国文学史上的经典地位，而且也在文学史上开创了一种新文类，自此之后，和陶诗的创作连绵不绝，成为中国文学文化史上的独特景致。东坡和陶诗在宋代就已单独成集，并刊行于世，苏辙《子瞻和陶渊明诗集引》载东坡语云：

> 吾前后和其诗凡百数十篇，至其得意，自谓不甚愧渊明。今将集而并录之，以遗后之君子，子为我志之。②

苏辙《亡兄子瞻端明墓志铭》又载："公诗本似李杜，晚喜陶渊明，追和之者几遍，凡四卷。"③此集现仍存，即宋黄州刊本《东坡先生和陶渊明诗集》四卷④，保存了宋代东坡和陶诗的原貌。千百

---

① 黄庭坚《跋子瞻和陶诗》，《山谷内集诗注》卷十七，刘尚荣点校《黄庭坚诗集注》，中华书局 2003 年版，第 604 页。

② 苏辙《栾城后集》卷二十一，曾枣庄、马德富点校《栾城集》，上海古籍出版社 1987 年版，第 1402 页。

③ 苏辙《栾城后集》卷二十二，《栾城集》，第 1422 页。

④ 参见刘尚荣《宋刊本〈东坡和陶诗〉考》，载《苏轼著作版本论丛》，巴蜀书社 1988 年版。

年来,对东坡和陶诗的评论与研究可谓蔚为大观,但鲜有学者论及宋代的东坡和陶诗注本,这可能缘于资料的缺失。但随着域外汉籍研究的推进,这一点目前得到了解决。

南宋施元之、顾禧、施宿所著的《注东坡先生诗》(下简称施顾注)卷四十一、四十二所载的东坡和陶诗注是目前存世最完整的宋代和陶诗注。一段时间以来,人们也一直以为这可能是唯一保存至今的宋人和陶诗注本。不过,最近由于宋元之际遗民蔡正孙所编《精刊补注东坡和陶诗话》(下简称《和陶诗话》)在韩国的发现,极大地改变了学界对宋代和陶诗注本的认知。这部书保存了三种宋人的和陶诗注本,即傅共的《东坡和陶诗解》,蔡梦弼的《东坡和陶诗集注》,以及蔡正孙本人的评注。傅共与蔡梦弼的注本亡佚已久,但部分残文保存在《和陶诗话》中;而且《和陶诗话》也是现存最早研究东坡和陶诗的专书,这一点尤其值得注意。这样,现在可见的宋人所编的和陶诗注本达到了四种。这四部注本,除施顾注文本比较完整外,其余三部皆为残本,但蕴含着极大的学术与文献价值。同时,这四部注本都是所谓的宋人注宋诗,体现出本朝人对苏轼和陶诗的见解与研究。下文拟对这四部注本加以研考。

二、施元之、顾禧、施宿《注东坡先生诗》中的和陶诗注

宋黄州刊本《东坡先生和陶渊明诗集》共收和陶诗 109 首,书前所载苏辙《子瞻和陶渊明诗集引》引苏轼语亦云:"吾前后和其诗,凡一百有九篇。"可见苏轼本人编定的和陶集有 109 首,而施顾注本收和陶诗 107 首(卷四十一收 54 首,卷四十二收 53 首),较宋刊《东坡先生和陶渊明诗集》少 2 首,即《和陶东方有一士》、《和陶和刘柴桑》。宋本施顾注和陶诗目前保存完好。最早的嘉定本原为黄丕烈藏本,后归海源阁杨绍楹、周叔弢先生收

藏，现藏于中国国家图书馆，目前已经影印收入《中华再造善本·唐宋编·集部》中；另有一册藏于藏书家韦力先生的芷兰斋中，2012 年台湾大块文化已将其影印收入《焦尾本〈注东坡先生诗〉》中。后印的景定本原为晚清名臣翁同龢的藏书，现庋藏于上海图书馆，也已经影印收入郑骞、严一萍编校的《增补足本施顾注苏诗》①中。

施顾注和陶诗采用了与宋代苏轼和陶诗单行本（这在施顾注中被称为"集本"）不同的底本，大量利用了当时所存的东坡诗的石刻文献②，保存了和陶诗的诸多异文，如卷四十一《和归园田居六首》题下注云：

> 东坡曾孙叔子名岘，刻所藏真迹于泉南舶司，间与集本不同。所作类多晚岁，当是集本有误，今从石本。

在注文中，也不时见到施顾用"石本"与"集本"校勘的文字，如卷四十一《和贫士》其五"典衣作重九"，注云："石刻作九，集本作阳"；"徂岁惨将寒"注云："石刻作岁，集本作暑"，"石刻作将，集本作夕"。同卷《和时运》"下有澄潭"，注云："石刻作澄，集本作碧。"

施顾注苏诗包括题下注与诗句注两部分。题下注主要是对诗题中牵涉到的诗人生平进行考证，已有学者考证清楚，题下注为施宿所作③。因为是宋人所作，其史料价值也特别大，如卷四十一《和岁暮作和张常侍》，东坡自序中有"时吴远游、陆道士皆客于余"，施宿有一段比较长的注释：

---

① 郑骞、严一萍编校《增补足本施顾注苏诗》，台北艺文印书馆 1980 年版。
② 施宿本人也精通金石碑帖之学，曾撰《大观法帖》二卷（《宋史·艺文志》著录），因此他在注坡诗的过程中，留心石刻文献，并以之为校勘之用，也是其学术兴趣使然。
③ 参见郑骞《宋刊施顾注苏东坡诗提要》，载《增补足本施顾注苏诗》前。又刘尚荣《宋刊〈施顾注苏诗〉考》，载《苏轼著作版本论丛》。

　　　　吴远游,名复古,字子野,事见三十八卷《次韵子由赠吴
　　子野先生》诗注。陆道士,名惟忠,字子厚,眉山人,始见东
　　坡于黄州。惟忠作诗,论内外丹,自以为决不死。坡告之
　　曰:"子神清而骨寒,其清可以仙,其寒亦足以死。"后十五
　　年,复见于惠,曰:"吾真坐寒而死矣。"绍圣四年,卒。坡为
　　铭其墓。坡尝以文祭张安道云:"某于天下未尝志墓,独铭
　　五人,比盛德故。"如惟忠、吴远游辈于公困厄流离之中,追
　　随不舍,如惟忠不幸而死,故独得公为铭以垂千载,是亦可
　　谓知所托矣。

这段对诗序中出现的两个人物吴远游与陆道士进行了扼要的介
绍,而且对其人格也有所表彰,强调他们对东坡在"困厄流离之
中,追随不舍"。通过这段注文,我们再读东坡的原诗,对诗意的
理解才会更深一层,才能体会到东坡诗中所言的"二子真我客,
不醉亦陶然"①的涵义。

　　有的题下注也对诗歌背景加以介绍,如《和饮酒二十首》其
十一"民劳吏无德,岁美天有道。暑雨避麦秋,温风送蚕老。三
咽初有闻,一溉未濡槁。诏书宽积欠,父老颜色好。再拜贺吾
君,获此不贪宝。颓然笑阮籍,醉几书谢表",注云:

　　　　元祐七年五月,先生守扬州,上奏曰:"今大姓富家为市
　　易所破,十无一二,其余小民大率皆有积欠。守令督吏卒,
　　文符日至其门,鞭笞日加其身。虽白圭猗顿,亦化为荜门圭
　　窦矣。近者诏旨,凡积欠皆分为十料催纳,通计五年而足。
　　而有司谓有旨,倚阁者方依指挥。臣亲见两浙、京西、淮南
　　之民,皆为积欠所压,日就穷蹙。本州岛于理合放,而于条
　　未有明文者,且令权住催理,听候指挥。伏望特留圣意,深

────────────

① 元好问对此二句比较欣赏,《遗山先生文集》(《四部丛刊》本)卷四十《跋东
　坡和渊明饮酒诗后》云:"别一诗云:'二子真我客,不醉亦陶然。'此为佳。"

诏左右大臣,早赐果决行下。"六月十六日又上奏曰:"今夏田一熟,民于百死之中,微有生意,而监司争言催欠。臣敢昧死请内降手诏,应淮南东西、浙西诸般欠负,不问新旧,特与权住催理一年。"此诗所述,盖是得请故也。

诗中出现了"积欠"一词,施顾注引用了苏轼在扬州太守任上向哲宗上的两封札子,即《论积欠六事并乞检会应诏四事一处行下状》、《再论积欠六事四事札子》来解释此诗写作的背景。读完施顾注后,不特对此诗产生的语境有所了解,亦可以看到东坡仁民济世之心,正如清人温汝能所云:"观其忠君爱民之心,蔼然溢出于言表,虽古之大臣,亦无以过也。"①

诗句注采取的是李善注《文选》的方式,即注重对出典的钩稽。从上面的例子可以看出,施顾注的一个特点就是引用东坡本人的作品来证其诗,如《和己酉岁九月九日》"今日我重九",就引东坡《杂说》中"海南气候不常,有月即中秋,有菊即重阳"来注之。施顾的诗句注有时将苏诗与当时的政治联系在一起,如《和赠羊长史》末句"稍欲惩荆舒",注云:"王安石初封荆国公,后封舒王。"关于"荆舒"到底指谁,清人冯应榴认为"荆舒"指海南人,并认为施顾注"似非诗意"②。不过宋人施德操早已指出:"介甫既封荆公,后遂进封舒王,合之乃荆舒。故东坡诗曰:'犹当距杨墨,稍欲惩荆舒。'"③纪昀评《苏文忠公诗集》卷四十二亦云:"结

---

① 温汝能《和陶合笺》卷三,台北新文丰出版公司1980年版,第65页。
② 冯应榴辑注《苏文忠公诗集合注》卷四十二,黄任轲、朱怀春校点《苏轼诗集合注》,上海古籍出版社2001年版,第2179页。
③ 《北窗炙輠录》卷上,《宋元笔记小说大观》,上海古籍出版社2001年版,第3303—3304页。又苏轼《仇池笔记》卷上载:"王介甫先封舒公,改封荆公。《诗》曰:'戎狄是膺,荆舒是惩。'识者曰:'宰相不学之过也。'"引《诗》出于《鲁颂·閟宫》,"稍欲惩荆舒"即用此典,可见此句指王安石无疑。唯王安石元丰元年封舒国公,元丰三年改封荆国公,当以苏轼所记为是,施顾注有误。

指半山。"①如果结合此句上文"犹当距杨墨",即可看出施顾注
是准确的。

可见,施顾注不但注释详赡,学理性强,而且还能揭示苏诗
创作的背景与诗句的内涵②。施顾注苏轼和陶诗与其注坡诗的
整体风格是一致的,清人对施顾注评价甚高,顾嗣立言其"尤得
知人论世之学",又张榕端特别表彰了题下注:"又于题下务阐诗
旨,引事征诗,因诗存人,使读者得以考见当日之情事。"③以此
来评论其注和陶诗亦不为过。

三、傅共《东坡和陶诗解》的解诗特色

傅共所著的《东坡和陶诗解》可能是文学史上最早的一部宋
人所著的东坡和陶诗注本。傅共,字洪甫,号竹溪散人,仙溪(今
福建仙游)人,约为两宋之际时人,主要活动于南宋初年。福建
仙溪傅氏家族是宋代一个专门研究苏轼的世家,同是仙溪傅氏
的傅藻著有东坡的年谱《东坡纪年录》、傅共族子傅幹著有《注坡
词》④。《东坡和陶诗解》(下简称《诗解》)在宋代就已经刊刻并
流传,陈振孙《直斋书录解题》卷十五著录:"《和陶集》十卷,苏氏
兄弟追和,傅共注。"又李俊甫《莆阳比事》卷三载:"傅共注释《东
坡和陶诗解》。"同书卷四载:"(傅权)子共,三荐奏名,文词秀拔,
有《东坡和陶诗解》。"全书目前已经亡佚,且不见于《宋史·艺文
志》著录,可能元代之后就渐行散佚。蔡正孙所编《和陶诗话》大

---

① 见曾枣庄主编《苏诗汇评》,四川文艺出版社 2000 年版,第 1825 页。
② 参见何泽棠《施宿与"以史证诗"》,载《华南农业大学学报(社会科学版)》
 2010 年第 2 期。
③ 以上所引见《苏轼诗集合注》,第 2707、2713 页。
④ 关于福建仙溪傅氏对苏轼的研究,参见卞东波《宋代的东坡热:福建仙溪
 傅氏家族与宋代的苏轼研究》,载《南京大学学报(哲学人文社会科学版)》
 2015 年第 2 期。

量援引了傅共的《诗解》①，可以从中一窥《诗解》的原貌与特色。

从《和陶诗话》的引录来看，《诗解》原书不仅有二苏的和陶诗，还附有陶诗原文，甚至还有傅共对陶诗的校勘。《和陶诗话》卷五陶渊明《始作镇军参军经曲阿》"时来苟冥会，婉娈憩通衢"一句，傅共注云："'冥会'作'宜会'。'婉娈'作'踠蹖'。"②卷十一陶渊明《读山海经十三首》其十二，傅共注云："'鸱鹅'一作'鸣鸹'。'念彼怀王世，当时数来止'，一作'念彼怀玉时，亦得数来止'。"③当然，《诗解》的主体部分是对和陶诗的注释。从现存的遗文来看，傅共《诗解》中的苏诗文本可能异于当时的传本，《和陶诗话》卷二东坡《和连雨独饮》中有"误入无何乡"一句，蔡正孙注云："傅仙溪本作'无功乡'，注云：'唐王绩，字无功，有《醉乡赋》。'"④这些异文，保留了南宋初年傅共《东坡和陶诗解》版本的面貌，值得今天研究者注意。

比较有特色的是，《诗解》记载了傅共本人实地考察东坡故居的行迹。《和陶诗话》卷一《和时运》，傅共注云：

> 予尝游白鹤峰公之故居，旧基依然，峰巅乔木数本参天，其北下瞰长江之潭，岸傍巨石，可容数人布坐。

东坡于绍圣元年（1094）十月贬谪到惠州，先住在合江楼，不久迁

---

① 杨焄先生已经将《和陶诗话》残本所录的《东坡和陶诗解》全部录出，参见其《宋人〈东坡和陶集〉注本二种辑考》，载《中国诗学》第十七辑，人民文学出版社2013年版。
② 中国国家图书馆所藏南宋递修本《陶渊明集》小注所列异文同于傅共之注。
③ 按：中国国家图书馆所藏南宋递修本《陶渊明集》"鸱鹅"作"鹏鹅"，并注："一作'鸣鸹'。"又宋刊《和陶诗》，"怀王"作"怀玉"。于斯可见，傅共《东坡和陶诗解》可能并没有用宋代单行的《和陶诗》作为底本。从傅共所列异文同于南宋递修本《陶渊明集》小注的情况来看，傅共参考了宋代所刊的《陶渊明集》。
④ 宋刊施顾《注东坡先生诗》卷四十一、明成化本《东坡续集》卷三皆作"无功乡"。

入嘉佑寺;绍圣三年三月,又迁于合江楼,同时开始营造白鹤峰新居,次年三月建成。但入住不久,东坡就被贬到儋州。据记载,东坡白鹤峰故居在两宋之际的战乱中并没有遭到毁坏,胡仔《苕溪渔隐丛话》前集卷四十六引洪迈《夷坚志》云:

> 绍兴二年,虔寇谢达陷惠州,民居官舍,焚荡无遗。独留东坡白鹤峰故居,并率其徒葺治六如亭,烹羊致奠而去。

但到傅共生活的南宋初期,就已经只剩下"旧基"了,白鹤峰故居已然不存。南宋时的宋人注唐诗或注宋诗中,开始出现了注者踏访实地,以本人的亲身经历来注释诗文的现象,如李壁注《王荆文公诗》利用其出使金朝以及被贬到王安石故乡临川的经历来注释王安石诗①,谢枋得《注解章泉涧泉二先生唐诗选》也多次以"余"的口吻,穿插其本人实际考察的见闻来注唐诗②。这是宋人集部注释的一种创新,也体现了宋人的求实精神③。

傅共《诗解》文字训诂的内容比较少,但也有一部分对和陶诗的语意解释或背景介绍,如《和陶诗话》卷四东坡和《和胡西曹示顾贼曹》中有"长春如稚女"一句,傅共注云:"长春,一名月季花,晕红如人饮酒颜。此花盛冬亦开,不畏霜雪。"按此句,东坡和陶诗宋注,如施顾《注东坡先生诗》皆未解释"长春",清代查慎行的《苏诗补注》卷四十二《和陶和胡西曹示顾贼曹韵》注云:"长春,按《本草》,金盏草,一名长春花,言耐久也。但金盏花色深

---

① 如朝鲜活字本《王荆文公诗》卷三《白鹤吟示觉海元公》李壁注云:"余于临川得公此诗刻本。"卷四十四《春江》李注云:"元泽诗亦类公作,余于临川得之,附此。"卷四十五《涿州》"庚寅增注"云:"余使燕,经其化城外,平沙细草,垂杨杂植,殊不类惨淡豪侠窟也。"
② 参见卞东波《谢枋得〈注解章泉涧泉二先生唐诗选〉与唐宋诗学》,载《南宋诗选与宋代诗学考论》第五章,中华书局 2009 年版。
③ 这可能与宋人"亲证其事然后知其义"(释惠洪《冷斋夜话》卷一)的风气有关,参见周裕锴《中国古代阐释学研究》第五章《两宋文人谈禅说诗》六《亲证:存在还原》,上海人民出版社 2003 年版。

黄，今诗云'卯酒晕玉颊，红绡卷生衣'，乃是红色，当另是一种。"①此花，清人已不详，作为宋人的傅共此注，颇有参考价值。又《和陶诗话》卷一苏辙和《劝农》"掇拾于川，搜捕于陆。俯鞠妇子，仰荐昭穆。闽乘其偷，载未逐逐。计无百年，谋止信宿"，傅共注云："海康之俗既不耕稼，而闽人多以舟载田器，寓居广南，耕田不为长久之谋，但为二三岁之计。"苏辙诗历来无注，傅共之注对苏辙之诗的背景揭示尤为重要。傅注和陶诗并不以旁征博引见长，其注简洁明了，但对诗意理解作用颇大。

《诗解》中最多的内容是对和陶诗诗意的阐释。《和陶诗话》卷三东坡《和怨诗楚调示庞主簿及邓治中》"我昔堕轩冕，毫厘真市廛"，傅共注云："言轩冕中所得毫厘尔，与市廛喧争初无异也。"卷五东坡《和始作镇军参军经曲阿》"渊明堕诗酒，遂与功名疏"，傅共注云："汉末天下三分，而吴有江左。及晋室永嘉南迁，其后刘裕擅命，晋遂微弱，而裕乃兴宋，故曰'强臣擅天衢'。渊明以刘裕移晋祚，遂不复仕，故曰'与功名疏'。"此解深得陶、苏二人之心曲。从宋代开始，宋人开始重视沈约《宋书·陶渊明传》中关于陶渊明不书刘宋年号的记载，并强调陶渊明不事新朝、人格忠义的一面，傅共的解说可谓典型，这也影响到了宋末元初蔡正孙所著的《和陶诗话》。又卷十一东坡《和读山海经十三首》其二"稚川虽独善，爱物均孔颜。欲使蠪蚑流，知有龟鹤年。辛勤破封执，苦语剧移山。博哉无穷利，千载食此言"，傅共注云："坡诗意谓，或人神仙之问，而抱朴子反复数十百言以释其迷惑，是所谓被封执者也。使后世信有神仙之术，岂非无穷利乎？《和读山海经十三首》其十"金丹亦安用，御气本无待"，傅共注云："公之此诗意，言待金成以作丹，不若御气之无所待也。"这些地方对坡诗诗意的把握是非常到位的。

---

① 查慎行撰、王友胜点校《苏诗补注》，凤凰出版社 2013 年版，第 1280 页。

四、蔡梦弼《东坡和陶诗集注》的苏轼和陶诗阐释

　　南宋蔡梦弼所著的《东坡和陶诗集注》未见著录，但宋代的文献已经引用到该书。蔡梦弼，字傅卿，号三峰真逸、三峰樵隐，建安（今福建建瓯）人。据俞成《校正草堂诗笺跋》称，梦弼"生平高尚，不求闻达，潜心大学，识见超拔，尝注韩退之、柳子厚之文，了无留隐。至于少陵之诗，尤极精妙"。其著述今有《杜工部草堂诗笺》四十卷存世（有《古逸丛书》本），除此之外，蔡氏尚著有《东坡和陶诗集注》。南宋史铸等编《百菊集谱》卷四《历代文章》注中提到"近年蔡梦弼有《注和陶诗》"，又元李公焕《笺注陶渊明集》卷二《怨诗楚调示庞主簿邓治中》引到"蔡注"，旧题王霆震《古文集成前集》卷七十一前癸集二录有苏轼《和渊明归去来辞并引》也提到"三峰蔡梦弼注"。引用《东坡和陶诗集注》较多的是蔡正孙的《和陶诗话》，凡有 12 则①。

　　蔡梦弼生平不详，但从《东坡和陶诗集注》的注文中隐约可见其思想倾向。《和陶诗话》卷八苏轼《和拟古九首》其二"酒尽君可起，我歌已三终。由来竹林人，不数涛与戎。有酒从孟公，慎勿从扬雄。崎岖颂沙麓，尘埃污西风。昔我未尝达，今者亦安穷。穷达不到处，我在阿堵中"，蔡氏注云：

　　　　此诗言隐遁之士不以名宦为贵，如竹林诸贤不数山、王二公，以其宦达故也。故我宁从孟公而不从扬雄，虽二公俱

---

① 今有杨焄先生辑本，见《宋人〈东坡和陶集〉注本二种辑考》。杨焄先生认为蔡氏《东坡和陶诗集注》"从所辑佚文来看，其主体内容与傅共之注类似，主要是对陶、苏诗作内容的串讲。在此过程中，蔡氏既能联系作者生平抉发其创作初衷，又能由文本引申出相关的议论或感慨；除此之外，蔡氏注本还包括作者考辨、异文校勘、字词注音释义、征引其他文献等多项内容"（《中国诗学》第十七辑，第 9 页）。所论甚是。

好饮者,然孟公放达,恬于势利;子云逼仄于篡逆之朝,既为之臣,又颂美之,其事皆君子所羞道,如元规之尘污人也。盖人生所贵大节,大节一丧,则其余无足观。子云之俯仰可怜,岂亦未能忘情于穷通丰约之间乎? 不然,何其甘于蒙养而不知退也?

南宋之前,古人对扬雄基本持正面的评价,虽然扬雄写过《剧秦美新》,投靠过王莽,但古人多能持一种同情之了解的态度。《汉书·扬雄传》载其自序云:"家产不过十金,乏无儋石之储。"①后人对扬雄之贫而好学雅咏不辍,如左思《咏史》其四:"寂寂扬子宅,门无卿相舆。"②卢照邻《长安古意》:"寂寂寥寥扬子居,年年岁岁一床书。"③北宋人对扬雄亦多称赞,如张咏《送张及三人赴举》:"才雄扬子云,古称蜀川秀。"④刘攽《寄王深甫》:"昔有扬子云,著书恬势利。"⑤苏颂《七言二首奉答签判学士》:"屈指当时文学士,谁知扬子思湛深。"⑥苏轼这首和陶诗虽然对扬雄有点微词,但对其批判并未上升到道德或气节的层面,苏轼其实对扬雄并无恶感,其《复次韵谢赵景贶陈履常见和兼简欧阳叔弼兄弟》曾云:"能诗李长吉,识字扬子云。"⑦苏辙《次韵答张耒》也说:"欲学扬子云,避世天禄合。"⑧但到南宋之后,宋人尤其是理学家对扬雄开始有了非议。朱熹在《资治通鉴纲目》卷八上特书一条"莽大夫扬雄死"。这是一种"春秋笔法",也代表着一种道德立场,从此也影响到宋人在道德层面对扬雄的判定,如刘克庄《汉儒》其一云:"执戟浮沉亦未迁,无端著颂美新都。白头所得

---

① 《汉书》卷八十七,中华书局 1962 年版,第 3514 页。
② 《文选》卷二十一,上海古籍出版社 1986 年版,第 989 页。
③ 《卢照邻集校注》,李云逸校注,中华书局 1998 年版,第 83 页。
④ 《乖崖集》卷二,张其凡整理,中华书局 2000 年版,第 16 页。
⑤ 《彭城集》卷五,文渊阁《四库全书》本。
⑥ 《苏魏公文集》卷九,王同策等点校,中华书局 1988 年版,第 106 页。
⑦ 《苏轼诗集》卷三十四,孔凡礼点校,中华书局 1982 年版,第 1792 页。
⑧ 《栾城集》卷九,第 205 页。

能多少,枉被人书莽大夫。"①此诗亦见于于济、蔡正孙所编的《唐宋千家联珠诗格》卷十七,蔡正孙评此诗云:"雄作《剧秦美新》一篇以谀王莽"②,同时也引用到朱熹《通鉴纲目》中的话。蔡梦弼生活于南宋中后期,从他"人生所贵大节,大节一丧,则其余无足观"之语可见其明显受到朱子学的影响,这恐怕是《东坡和陶诗集注》的特色之一。

与此相关的是,《东坡和陶诗集注》解诗亦特别注重从东坡的人格角度来阐发诗意。《和陶诗话》卷八苏轼《和拟古九首》其八"城南有荒池,琐细谁复采。幽姿小芙蕖,香色独未改。欲为中州信,浩荡绝云海。遥知玉井莲,落蕊不相待。攀跻及少壮,已失那容悔",蔡氏注云:

> 此诗因芙蕖以起兴,言海峤之外,荒僻之邦,人士所不到,而乃有此华,可以为中州之信。公盖自喻抱负芳洁,求忠于君,而隔绝云海,无路以自通也……公少年筮仕即有尘外之趣,其见于诗文者,未尝不欲归休求道,而不幸罹于世故,不早自拔,自伤迟暮,不获遂所求。

纪昀《苏文忠公诗集》卷四十二评此诗云:"此首纯乎古音,绝无本色。"③其意指东坡此诗不用典实,不以学问为诗,全然用《诗经》的比兴手法,"幽姿小芙蕖,香色独未改",分明是在自喻。蔡梦弼对此诗的解释非常准确,既看到了东坡以芙蕖"起兴",又看到东坡以此"自喻抱负芳洁"。对照清人的解释皆执着于诗艺,而蔡氏的评释则能透过纸背,阐发东坡诗中的隐喻。这种阐释方式与他阐释杜诗非常相似,《杜工部草堂诗笺》卷一注《望岳》"会当临绝顶,一览众山小"云:"登临山之绝顶,俯视众山,其培

---

① 刘克庄撰、辛更儒注《刘克庄集笺校》卷三,中华书局 2011 年版,第 200 页。
② 卞东波《唐宋千家联珠诗格校证》,凤凰出版社 2007 年版,第 789 页。
③ 《苏诗汇评》,第 1809 页。

堭垎？众山知尊乎？泰岳众流知宗乎？沧海当安史之乱，僭称尊号，天子蒙尘，其朝宗之义为如何？甫望岳之作末章之意，固知安史之徒乃培堭之细者，又何足以上抗岩岩之大者哉？"这里，蔡氏认为"培堭"比喻安史叛军，众山又隐喻着天下朝宗的忠义之心。可见蔡氏解诗比较注意揭示诗歌意象后的隐喻之意。

又《和陶诗话》卷九苏轼《和杂诗十一首》其五"孟德黠老狐，奸言嗾鸿豫。哀哉丧乱世，枭鸾各腾骞。逝者知几人，文举独不去。天方斫汉室，岂计一郗虑。昆虫正相啮，乃比蔺相如。我知公所坐，大名难久住。细德方险微，岂有容公处。既往不可悔，庶为来者惧"，蔡氏注云：

> 此诗言(孔)融之遇祸，直以资性刚直，负其高气，而又有海内重名，故不容于奸雄之朝……公平生慷慨大节与其刚大不屈之气，大略似融，故每喜称道之。而一时遭罹口语，为小人怨疾构陷，以至得罪窜斥，流离岭海，其遇祸亦大略相似，故作此以自警云。

这段评论亦是从东坡的性格来论诗，观察也非常准确。纪昀《苏文忠公诗集》卷四十三亦云此诗"以孔融自比"[1]，王文诰《苏文忠公诗编注集成》卷四十三同样认为"此以孔融自慨"[2]，蔡氏的论断则在清人之先。

蔡梦弼的注解以诗意阐发为主，文字一般都比较长，如《和陶咏荆轲》一诗的注文长约六百字，仿佛一篇小型的史论：

> 此诗言秦之事无异于晋，自不韦货楚、牛金生睿，统绪固已中绝，而国非其国矣。但天欲厚其毒而盈其恶，故必待其穷凶极暴而殄灭之。使始皇能早定扶苏之位，则无后日之事矣。然天欲亡人之国，其事盖有出乎意料之外者。以李斯之才，始皇用之以一天下。沙丘之崩，受遗托孤，疑若

---

①② 《苏诗汇评》，第 1841 页。

可以保子孙万世帝王之业矣。死未旋踵，乃与阉宦合谋矫诏，杀扶苏而立胡亥，卒以亡秦，此岂人力也哉！盖天假手于斯以灭之耳。使燕丹能以一朝之忿而听其傅鞠武之言，招合贤俊，修明政事，分遣说客，阴定六国之从，如韩、魏之裂智伯，则秦可亡，燕可复，孰与驰一介之使，入不测之秦，挟尺六匕首，而欲以强燕而弱秦哉？此愚夫愚妇之所不为，而丹易行之，所以可为悲恨也。荆轲之事，固无足言。以田光之老且贤，而乃始创此谋，然则古称燕、赵多奇士，则亦徒有虚名而已，奇安在哉？夫以秦政之凶暴，杀所生父吕不韦而迁其母于雍，此岂天道之所可容？使丹能保其国家，徐以待之，则秦室覆亡之祸，不待沛公入咸阳、项羽杀子婴，而固已见其兆矣，何必信狂生之谋，捐一旦之命，而轻以社稷尝试，一掷于艰难不可必成之事也哉！且以三户之楚，尚足以亡秦，况我列城数十，岂不能有所为邪？然荆、高虽死，犹足以动秦政之惧心，而加以警卫。使后世读其书者，莫不为燕叹惋，而惜二子之无成，亦可以见天理之所在，而秦之无道，虽去之千载，而人心犹未忘也。

苏轼《和陶咏荆轲》的艺术手法，宋人多有好评：

诗人咏史最难，须要在作史者不到处别生眼目，正如断案不为胥吏所欺，一两语中须能说出本情，使后人看之，便是一篇史赞，此非具眼者不能。自唐以来，本朝诗人最工为之，如张安道《题歌风台》，荆公咏《范增》《张良》《扬雄》，东坡《题醉眠亭》《雪溪乘兴》《四明狂客》《荆轲》等诗，皆其见处高远，以大议论发之于诗。①

也就是说，苏轼此诗之妙即在于别具只眼，"别生眼目"，立论与前人不同，甚至可以说采用了翻案手法。苏轼的《和咏荆轲》与

---

① 费衮《梁溪漫志》卷七，《宋元笔记小说大观》，第3406—3407页。

陶渊明的《咏荆轲》在思想意识上明显不同,陶渊明对荆轲基本上是礼赞的态度,而苏轼则斥荆轲为"狂生","不足说",持否定性意见①。同时,好的咏史诗亦如一篇"史赞",寓"大议论"于诗,东坡《和咏荆轲》可谓这方面的杰作。蔡梦弼此段评论是对东坡此诗的详细阐释,将东坡要表达的意思比较透彻地表达了出来。其贯穿的逻辑是,秦之灭亡是必然的,所以必须彻底暴露其罪恶,最后天假李斯之手灭亡秦朝。燕太子丹任用"狂生"荆轲,而不是"招合贤俊,修明政事,分遣说客,阴定六国之从",故其失败亦是"天理"之必然。东坡此诗对千古以来被奉为燕赵"奇士"的太子丹、荆轲进行了解构,其理论不一定符合历史的必然性,也没有寄托"天理"的价值判断在其中,而蔡梦弼的解说则可能受到理学的影响,一直在强调"天"或"天理"的作用。

总之,蔡梦弼的和陶诗阐释受到理学影响比较大,同时又能以意逆志,从东坡的人格性格来阐发诗意。

五、蔡正孙《精刊补注东坡和陶诗话》对和陶诗的研究

蔡正孙(1239—?),字粹然,号蒙斋野逸,又号方寸翁,福建建安(今福建建瓯)人。他是宋元之际一位非常有特色的诗学批评家,著有《诗林广记》、《唐宋千家联珠诗格》、《精刊补注东坡和陶诗话》。《诗林广记》在中国流传甚广;《联珠诗格》则在中国失传,然有朝鲜及日本的翻刻本及注本;唯《和陶诗话》仅流传于韩国。《和陶诗话》凡十三卷,目前仅存部分目录、卷一至卷五(其中卷五亦有残缺)、卷八(残)、卷九至卷十三(卷十三缺《联句》诗及注)。卷一至卷十二皆是对陶诗及苏轼、苏辙和陶诗的注释及

① 关于这一点,金甫暻《苏轼"和陶诗"考论》第三章《苏轼"和陶诗"的内容》有很好的讨论,复旦大学出版社 2013 年版,第 134—136 页。

评论,卷十三是对苏氏昆仲未和陶诗的评注。这部诗话名为"精刊补注",其内容一部分是校勘,即对陶诗及和陶诗的文本进行校勘,其中保留了不少陶苏诗的异文;另一部分是对陶诗和苏氏兄弟和陶诗的注释的补充。其"补"的是汤汉的《陶靖节先生诗注》,以及傅共的《东坡和陶诗解》、蔡梦弼的《东坡和陶诗集注》。

虽然《和陶诗话》已非完本,但此书作为目前世存最早的和陶诗注释与评论专书,很值得研究。目前有一些学者对此书的内容与文献价值做了研究①,而蔡正孙对和陶诗的研究则未见探讨。蔡氏对和陶诗的研究略可以分为以下三个方面:

（一）对和陶诗创作背景的介绍

苏轼最早于扬州太守任上开始创作和陶诗,后于贬谪惠州与儋州时大规模创作。宋人所编的苏轼年谱已将东坡诗初步编年,如傅藻所编的《东坡纪年录》对部分苏轼和陶诗进行了系年,如元祐七年条,《纪年录》云:"七月,和渊明《饮酒》诗二十首。"施宿所编的《东坡年谱》分为纪年、时事、出处、诗四栏,最后一栏"诗"的部分即有对若干首和陶诗的系年,从中可知,东坡和陶诗的创作尤以贬惠、儋时最为密集。蔡正孙《和陶诗话》注释和陶诗时也引用《东坡纪年录》或宋人所编的《年谱》来交代创作时间,此外还尽量

---

① 参见金程宇《高丽大学所藏〈精刊补注东坡和陶诗话〉及其价值》,载《文学遗产》2008 年第 5 期;卞东波《韩国所藏孤本诗话〈精刊补注东坡和陶诗话〉考论》,载《域外汉籍研究集刊》第五辑,中华书局 2009 年版;杨焄《新见〈精刊补注东坡和陶诗话〉残本文献价值初探》,载《文学遗产》2012 年第 3 期;黄瑄周、杨焄《한국본〈精刊补注东坡和陶诗话〉校读》,载韩国中国语文学研究会编《中国语文学论集》第 71 号,2011 年;洪瑞妍《朝鲜本〈精刊补注东坡和陶诗话〉에 대한 문헌적 고찰》,载韩国中国语文研究会编《中国语文论丛》第 54 卷,2012 年。金甫暻《朝鲜刊本〈精刊补注东坡和陶诗话〉수록苏轼诗 원문 연구》,载《中国文学研究》第 54 辑,2014 年。

根据诗意揭示每首诗的创作背景。下面试比较施宿《年谱》与《和陶诗话》对部分和陶诗的系年，来揭示《和陶诗话》的价值。

诗　篇	施宿《年谱》系年	《和陶诗话》系年	备　考
《和停云》	绍圣四年	是诗公在儋耳作。	金甫暻《苏轼"和陶诗"系年表》(下简称《系年表》)①定在绍圣四年十月前后。
《和答庞参军》(四言)	绍圣四年	此诗在惠州作。	诗序云："周循州彦质，在郡二年……罢归过惠，为余留半月……"《系年表》定在绍圣四年二月末。
《和劝农》	绍圣四年	此诗公在儋耳作。	《系年表》定在绍圣四年秋冬间。
《和九日闲居》	绍圣三年	此诗在儋耳作。	傅藻《东坡纪年录》系此诗于元符元年。查慎行《苏轼补注》(下简称《补注》)云："诗中有'登高望云海'之句，故知此诗为海外作。"将此诗系于绍圣四年。孔凡礼《苏轼年谱》系于元符元年。
《和游斜川》	绍圣三年	此诗在儋耳作。	王文诰《苏文忠公诗编注集成》(下简称《集成》)系此诗于元符二年。孔凡礼《苏轼年谱》系于元符元年。《系年表》定在绍圣三年。

①　金甫暻《苏轼"和陶诗"系年表》，载《苏轼"和陶诗"考论》第一章，第57—58页。更详细的参见金甫暻《宋刊〈东坡和陶诗〉编次》上下，载《苏轼"和陶诗"考论》第一章，第34—56页。

诗　篇	施宿《年谱》系年	《和陶诗话》系年	备　考
《和示周掾祖谢》	元符三年	此诗公在儋耳作。	《系年表》定在绍圣四年至儋州不久，大约七、八月间。
《和乞食》		此诗在儋耳作。	查慎行《补注》卷四十二编此诗于元符元年、二年卷中，并谓此诗作于儋州。《系年表》定在元符元年十月前后。
《和答庞参军》（五言）		此诗乃三送张中诗，在儋耳作。	王文诰《苏文忠公诗编注集成总案》（下简称《总案》）系此诗于元符二年，《系年表》同。
《和连雨独饮》	绍圣四年	此诗在儋耳作。	《系年表》定在绍圣四年七、八月间到儋耳后不久。
《和移居二首》	绍圣三年	此诗在惠州作。	《系年表》定在绍圣三年三月。
《和酬刘柴桑》		此诗在儋耳作。	孔凡礼《苏轼年谱》系此诗于元符元年岁末，《系年表》同。
《和郭主簿》	绍圣三年	此诗在儋耳作。	傅藻《东坡纪年录》系此诗于元符三年，查慎行《补注》系于元符元年，王文诰《集成》从《东坡纪年录》。《系年表》定在同施《谱》。
《和于王抚军座送客》		在儋耳作。	王文诰《总案》系此诗于元符二年，《系年表》同。

诗 篇	施宿《年谱》系年	《和陶诗话》系年	备 考
《和与殷晋安别》		在儋耳作。	同上。
《和赠羊长史》		此诗在儋耳作。	《系年表》定在绍圣四年十一月。
《和岁暮和张常侍》	绍圣三年	此诗在儋耳作。	诗云"我年六十一",此诗当作于绍圣三年。《和陶诗话》此句下注云:"公年六十一,乃绍圣三年丙子,时公在惠州。"与题下注不同。

苏轼寓惠为绍圣元年十月至绍圣四年四月,居儋则为绍圣四年七月至元符三年六月。从上面16首诗对照系年可以看出,有部分诗歌两书的系年相同。施宿《年谱》未系年或佚失的部分可以参考《和陶诗话》,对照清人及今人的研究成果,《和陶诗话》的系年基本无误。两者系年不同的部分,参考其他数据或清人及今人的考证,可以确定《和陶诗话》的判断是准确的。《和陶诗话》对和陶诗的系年虽然比较概括,但结合东坡的生平,其论断基本上是可靠的。

(二)对和陶诗典故的补注

虽然傅共《东坡和陶诗解》及蔡梦弼的《东坡和陶诗集注》皆有对和陶诗典故的注释,但仍有大量未注之处,《和陶诗话》皆予以了补注。施顾注和陶诗是目前保存最完整的宋人的苏轼和陶诗注本,如果对照《和陶诗话》和施顾注和陶诗即可发现,《和陶诗话》注文多有可补施顾注之处:

苏轼和陶诗	施 顾 注	《和 陶 诗 话》
《和劝农》"云举雨决"	无注	汉武帝时,赵中大夫白公,奏穿渠引泾水溉田,名白渠,人得其饶,歌之曰:"田于何所,池阳谷口。郑国(韩人)在前,白渠起后。举锸为云,决渠为雨。泾水一石,其泥数斗。且溉且粪,长我禾黍,衣食京师,亿万之口。"
《和形影神·影答形》"我依月灯出"	无注	按《庄子》,影答魍魉曰:"火与日,吾屯也;阴与夜,吾代也。""月灯"之语,盖本诸此。
《和归园田居》其五"行歌《紫芝曲》"	施顾注卷四十一:杜子美诗:松下丈人巾屦同,偶坐似是商山翁。怅望聊歌《紫芝曲》,时危惨淡来悲风。	《高士传》云:"四皓见秦政虐,乃逃入蓝田山,作歌曰:'莫莫高山,深谷逶迤。晔晔紫芝,可以疗饥。唐虞世远,吾将安归。驷马高盖,其忧甚大。富贵之畏人,不如贫贱之肆志。'且共入商洛山,以待天下定。"杜甫《洗兵马行》云:"隐士休歌《紫芝曲》。"
《和归园田居》其五"愿同荔枝社,长作鸡黍局"	无注	汉范式、张元伯为友,有鸡黍之约。
《和归园田居》其六"六博本无益"	《楚辞》宋玉《招魂》:蔽象棋,有六博。注云:投六箸,行六棋,故谓之六簿。	《说文》云:"博,局戏,六箸十二棋。古者乌胄作博。"《尹文子》曰:"博尽关塞之路,宜得周通之路。"又鲍宏《博经》云:"琨蔽,玉箸也,各投六箸,行六棋,故云六博用十二棋,六黑六白。"又《声谱》云:"博陆,采名也。陈思王制双陆,局置骰子二。至唐宋,有叶子之戏,未知谁置。遂加骰子至六,骰合作投,盖投掷之义。"
《和怨诗楚调示庞主簿邓治中》"我昔堕轩冕"	《管子》:先生制轩冕以著贵贱。	《庄子·缮性篇》:"不为轩冕肆志。"

苏轼和陶诗	施顾注	《和陶诗话》
《和移居》"暮与牛羊夕"	柳子厚《朝日说》：古者，旦见曰朝，暮见曰夕。	《毛诗》："日之夕矣，牛羊下来。"
《和殷晋安别》"笑谈来生因"	无注	佛经有"今生果来世因"之语。又先生有《狱中寄子由》诗云："与君世世为兄弟，更结来生未了因。"亦是此意。
《和胡西曹示顾贼曹》"卯酒晕玉颊"	白乐天《天水斋》诗：卯酒善消悉。	《太真外传》云："明皇登沉香亭，召太真。妃子时卯醉未醒，命力士从侍儿扶掖而至，妃子醉颜残妆，鬓乱钗横，不能再拜。上皇笑曰：'此真海棠睡未足耳。'"此诗"卯酒晕玉颊"语意本此。又白乐天诗云："未若卯时酒，神速功力倍。"
《和读山海经十三首》其一"无粮食自足"	无注	《庄子·山木篇》云："市南宜僚谓鲁侯曰：'南越有邑焉，名为建德之国。其民愚而朴，少思而寡欲。猖狂妄行，乃蹈乎大方。其生可乐，其死可葬。吾愿君弃国捐俗，与道相辅而行。'鲁侯曰：'彼其道远而险，又有江山，我无舟车，奈何？'市南子曰：'君无形倨，无留居，以为君车。'君曰：'彼其道远而无人，吾谁与为邻？吾无粮，我无食，安得而至焉？'市南子曰：'少君之费，寡君之欲，虽无粮而乃足。'"

　　从上可以发现，有些诗句施顾无注，可以利用《和陶诗话》加以补充。有些地方，施顾注所引并非原始文献，如《和归园田居》其五关于"紫芝曲"的出处，最原始的文献自然是《和陶诗话》所

引的《高士传》。还有一些地方,《和陶诗话》所引文献比施顾注更准确,如《和胡西曹示顾贼曹》中的"卯酒晕玉颊",施顾注仅引用了白居易诗以明"卯酒"二字,未解释"晕玉颊",而《和陶诗话》引用的《太真外传》则应是东坡此诗所本,故而更为准确。再如《和移居》"暮与牛羊夕",施顾注引用了柳宗元的《朝日说》,《和陶诗话》则引用了《诗经·王风·君子于役》"日之夕矣,牛羊下来",出处更早,更契合诗意。除了上面所引诸例之外,还有些注文,施顾注与《和陶诗话》引用了相同的文献,如苏轼《和时运》"覆此瓠壶",施顾注引用了《汉书·张苍传》《陈遵传》解释"瓠壶"来历,《和陶诗话》亦引用了《汉书·张苍传》,同时还引用了《蜀志·张裔传》注:"雍闿假鬼教曰:'张府君如瓠壶,外虽泽而内实粗,不足杀。'令缚与吴。"又引用东坡同时人黄庭坚的诗"虽肥如瓠壶,胸中殊不粗"相互参照。可以说,《和陶诗话》部分注文确实可以补施顾注之未备。经笔者比勘,《和陶诗话》与施顾注有不少重迭之处,蔡正孙可能也利用过施顾注,如果他利用过施顾注的话,所谓"补注",可能也包括补施顾注。

（三）对和陶诗诗意的阐发

施顾注和陶诗基本上是释事,而《和陶诗话》可能受到《东坡和陶诗集注》的影响,除了释事之外,还有释意,有时以"愚谓"形式发表个人对诗歌的认识,这种形式与他所编的《诗林广记》及《联珠诗格》如出一辙。如《和陶诗话》卷一《和答庞参军》"功名在子,和异我躬",蔡注云:"愚谓:此诗末语,亦相勉励之切也。"此诗前有东坡之序云:"周循州彦质,在郡二年,书问无虚日。罢归过惠,为余留半月。既别,和此诗追送之。"东坡寓惠期间,多得友人周彦质的照拂,此诗即分别之后送给周彦质的,对周彦质表示了感激。但从诗中看出,东坡的感戴给人的感觉也是一种君子之交,所以在诗的末尾才会相勉励。纪昀评《苏文忠公诗集》卷四十称此诗:"有朋之谊,君子之言。"[①]所言甚是。卷四《和郭主簿》其二"丈夫贵出世,功名岂人杰。家书三万卷,独取服食诀。地行即空飞,何必挟明月",蔡注云:"愚谓:此诗末言丈夫之生于时,不在乎区区之功名,自有杰然出于人世之表者。但能继父之志,述父之事,传其道而行乎世,即如学仙者之得其要诀矣。果何待旁日月、挟宇宙,飞腾冲升,而后谓之得道哉?"蔡氏的解释勾勒出了坡诗所要表达的意思,基本上是对诗意的串讲,发挥的成分并不是太多。其他没有用"愚谓"形式出现的诗意阐释也值得重视,如《和陶诗话》卷二《和五月旦作和戴主簿》"上天信包荒,家贫无由丰",蔡注云:"言上天之守量恢宏,包容荒秽。而公自叹其家贫无由丰富,是见弃于大造,包盖之外也。"卷三《和示周掾祖谢》"今此复何国,岂与陈蔡邻",蔡注云:"孔子厄于陈蔡之间,七日不火食。公在儋耳,极海陋邦,忍饥谈道。谓此地岂亦近陈蔡邪? 言如夫子之厄穷也。"这两处大意的串讲,皆能将坡诗的意蕴解读出来,也很准确。特别是"陈蔡"之典,东坡这里并没有用两处地名,而是用了孔子之典,则知此诗将东坡在儋州生活之困厄与孔子陈蔡之厄相模拟。蔡氏的解释很清楚。

与蔡梦弼长篇的诗意阐释相比,蔡正孙的阐释更为平实,以梳理大意为主,对理解东坡的诗意也多有帮助。

六、结语

在蔡正孙所编的《和陶诗话》发现之前,人们一直以清代温汝能所编的《和陶合笺》为唯一的和陶诗注本,现在这一认识可

---

① 《苏诗汇评》,第 1750 页。

以得到改变。在所谓宋人注宋诗之中，关于苏轼诗的注本最多，而在苏诗注本中，独有和陶诗在宋代至少有四种注本，可见其在宋代受到的重视与欢迎。何以出现这种现象？笔者揣测可能有以下原因：

其一，和陶诗是宋代的"新生事物"。苏轼自己说："古之诗人有拟古之作矣，未有追和古人者也。追和古人则始于东坡。"①在苏轼之前或同时，也有一些诗人创作过追和古人的作品，如唐代皮日休、陆龟蒙创作过《追和虎丘寺清远道士诗》及《追和幽独君诗次韵》，但诗题中的"清远道士"及"幽独君"的身份成谜；李贺亦写过《追和柳恽》，但并非次韵诗。这些追和古人的作品，一方面数量少，另一方面影响力有限，所以在某种程度上说苏轼开创了次韵古人诗歌的传统，亦不为过。苏轼创作了一百多首和陶诗，又因其巨大的人格魅力，以及苏门的同声附和，这种新出现的文类表现出极大的生命力，在中国文学史上持续产生影响。袁行霈先生说得好："苏轼和陶诗在当时就引起了广泛的注意，甚至可以说带给诗坛一阵兴奋，从此和陶遂成为延续不断的一种风气。苏轼确有开创之功。"②

其二，与次韵诗的发展有关。宋代是次韵诗发展的高峰期，即如东坡本人两千多首诗歌中，大约三分之一是次韵诗③。虽然次韵诗不无文字游戏的性质，但对于讲求"因难见巧"，以学问见长的宋代诗人来说，次韵诗可能更符合生活在书斋中、喜欢读

---

① 苏辙《子瞻和陶渊明诗集引》，《栾城后集》卷二十一，《栾城集》，第1402页。
② 袁行霈《论和陶诗及其文化意蕴》，载《中国社会科学》2003年第6期。
③ 王若虚《滹南诗话》卷二："集中次韵者几三分之一。"参见内山精也《苏轼次韵诗考》，载《传媒与真相——苏轼及其周围士大夫的文学》，上海古籍出版社2005年版。

书的宋人的口味①。而次韵诗中,和陶诗可以视为学习的模板。蔡正孙本人就非常喜欢创作次韵诗,如《联珠诗格》中收录了他本人 58 首诗,其中直接标明和刘克庄《梅花百咏》的就有七八首。通过揣摩苏轼和陶诗的艺术成就,对于他自己写作次韵诗亦不无帮助。

其三,与陶渊明在宋元之际隐士、诗人与遗民综合形象的形成有很大关系。在六朝仅以隐士形象示人的陶渊明,在宋代一跃而为六朝最伟大的作家,《遯斋闲览》云:"渊明趋向不群,词彩精拔,晋、宋之间,一人而已。"②曾纮亦称渊明"真诗人之冠冕"③。宋人甚至认为苏黄都不如渊明:"东坡豪,山谷奇,二者有余,而于渊明则为不足,所以皆慕之。"④蔡正孙之所以特别倾心陶渊明,与蔡氏本人的遗民身份也有很大的关系⑤。将陶苏这两位文学史上最伟大诗人的诗歌加以合编并注释具有极大的规范意义与文化意义,这可能是蔡正孙编纂《和陶诗话》的心理动因之一。

本朝人给本朝诗人的某类诗编纂了至少四种注本,这不但在中国文学史上是罕见的现象,在世界文学史上也并不多见,这

---

① 关于东坡和陶诗与次韵诗的关系,参见金甫暻《苏轼"和陶诗"考论》第二章《苏轼"和陶诗"的创作背景》第一节《苏轼的次韵诗创作》。另外王宇根认为,次韵诗与北宋时期一种新的诗学风尚相关,即诗人的创作更多的与诗人或其他作者创作的既成文本联系在一起,见其所著《万卷:黄庭坚和北宋晚期诗学中的阅读与写作》(*Ten Thousand Scrolls: Reading and Writing in the Poetics of Huang Tingjian and the Late Northern Song*, Harvard University Press, 2011;中文本,生活·读书·新知三联书店,2015 年版)的导论部分。

② 蔡正孙《诗林广记》卷一引,中华书局 1982 年版,第 4 页。

③ 李公焕《笺注陶渊明集》卷四引,《续修四库全书》集部 1304 册,上海古籍出版社 1995—1999 年版,第 191 页。

④ 吴可《藏海诗话》,《历代诗话续编》本,中华书局 1983 年版,第 339 页。

⑤ 参见卞东波《韩国所藏孤本诗话〈精刊补注东坡和陶诗话〉考论》。

正可见苏轼和陶诗的魅力。今天我们能够在施顾注之外，再读到三种宋人和陶诗注，必须感谢蔡正孙编纂《和陶诗话》的苦心孤诣。在宋代文学注释史上，出现了多位同一注者同时注释杜甫、苏轼诗的现象，如赵次公著有《新定杜工部古诗近体诗先后解》，同时也有东坡诗注，本文讨论的蔡梦弼，也同时着有《杜工部草堂诗笺》及《东坡和陶诗集注》。荷兰文学理论家佛克马（Douwe W. Fokkema）认为"文学经典是精选出来的一些著名作品，很有价值，用于教育，而且起到了为文学批评提供参照系的作用"①，故宋人同时注杜、苏，或陶、苏也正是为了给宋人诗歌创作提供一个经典性的目标。

目前可见的四种宋人和陶诗注本的注者皆为闽浙之地人，施元之、施宿为吴兴（今浙江湖州）人，顾禧为吴郡（今江苏苏州，在南宋与湖州皆属于两浙西路）人，傅共为仙溪（今福建仙游）人，蔡梦弼为建安（今福建建瓯）人，蔡正孙亦为建安人。和陶诗注在闽浙产生，除了与此两地在南宋时期文化发达，是当时的印刷业中心之外，亦与福建是南宋朱子学的重镇有很大的关系。宋代时，福建建阳蔡氏，四世九儒，是著名的理学世家。所谓"蔡氏九儒"即建安人蔡发及其子蔡元定，孙蔡渊、蔡沆、蔡沈，曾孙蔡格、蔡模、蔡杭、蔡权，四世九人皆为著名的理学家。蔡梦弼、蔡正孙均隶籍建安，他们应该与"蔡氏九儒"源出同族，而且他们受到理学影响亦是不争的事实。可以说，《和陶诗话》有明显的地域与时代特色。

总之，《和陶诗话》不但保存了已经失传的傅共《东坡和陶诗解》及蔡梦弼《东坡和陶诗集注》，具有极大的文献价值；而且是

① 佛克马、蚁布思著，俞国强译《文学研究与文化参与》，北京大学出版社1996年版，第50页。

文学史上现存最早的东坡和陶诗专门注本,也是将苏轼和陶诗经典化的最早著作。

（作者单位：南京大学文学院）

宋元至明中期严羽诗学接受的
误读与还原*

侯荣川

　　严羽《沧浪诗话》有关传统诗学理论的总结与阐发,对明清两代诗歌的创作实践与理论探究都产生了极为深远的影响,具有极高的地位和显著的价值。就明代而言,此点尤为显豁。严羽诗学几乎成为有明一代的理论信仰,如冯班称复古派"诗法尽本于严沧浪"①,这在古代文学批评史上是极为罕见的。实际上,严羽诗学从文本形态的底定到诗学主张的接受都经历了颇具波折的过程。在宋末至明初相当长的时间内,严羽诗学都仅是借助《诗人玉屑》等诗话汇编或为诗法作品所摘取的形式在基层诗坛流传。宇文所安先生指出"《沧浪诗话》是通俗诗学和诗歌教学的最早文本,后来逐渐成为高级诗学中的强大力量"②,确是深具洞察力的概括。因此,严羽诗学进入主流诗坛并最终被塑造为诗学典范的过程,是在怎样的内在动因与外部条件的基础上完成的,这一过程具有怎样的诗学史意义,就尤其值得我们高度重视。此一方面的研究,虽然已有相当的展拓,获得了不

*　本论文为国家社科基金重大项目"全明诗话新编"(项目编号:13&ZD115)的阶段性成果。
①　冯班著、何焯评《钝吟杂录》卷五《严氏纠谬》,清借月山房汇钞本,第1a页。
②　[美]宇文所安著,王柏华、陶庆梅译《中国文论——英译与批评》,上海社会科学出版社2007年版,第548页。

俗的成绩，但还是存在着不够清晰甚或误读的问题，有必要进一步地加以梳理与辨析。

在细致检核、探查相关文献后，我们认为，宋元至明代中期严羽诗学的传播与接受，可以描述为肢解、误读与还原、反正两个阶段。由此一视角，不仅对严羽诗学本身，而且对宋元至明清整体诗学发展演变的脉络，都可以获得新的认识意义。

一、严羽诗学在宋元传播中的肢解与误读

《诗辩》等五篇诗学著作，严羽生前即已在诗友间传播，但大致是局限在家族乡邦的范围内，未能获得主流诗学的认可。这既是由于严羽本人的地位低微，也因其主张及诗学表达的方式与时人存在着一定的差距，如严羽《答出继叔临安吴景仙书》所反映出的质疑，以及对其表达过赞赏之意的江湖诗人戴复古"持论伤太高，或与世龃龉"的担忧，都表明严羽诗学所面对的孤独境况①。依照目前所知的文献看，严羽诗学在宋元传播的载体主要有《沧浪吟卷》、《诗人玉屑》和《严沧浪先生诗法》三种。

（一）《沧浪吟卷》

《沧浪吟卷》最先是南宋末李南叔搜集严羽作品编成，已佚；今存元刻本为陈士元、黄清老重编刊刻，卷一收《诗辩》等五篇诗论及严羽《答出继叔临安吴景仙书》。关于李南叔录本的面貌，张健先生认为，黄公绍为李南叔录本所作的序中只言及严羽诗歌，未提及《诗辩》等，而张以宁《黄子肃诗集序》则云黄清老"哀严氏诗法"，因此"李南叔录本是不含论诗著作的，而元刻本却收

---

① 详参陈广宏《严羽诗论在宋末元初的传播与接受》，未刊稿。

录了论诗著作,正是黄清老所汇辑的"①。这一结论的可靠性是值得怀疑的。

首先,黄公绍序未明确提及严羽诗论,并不代表李南叔所录《沧浪吟卷》中就未收此类作品。序文作者由于侧重角度的不同,而仅强调某一方面,是十分正常的事情。如正德十五年尹嗣忠刻《沧浪吟卷》二卷,包括严羽诗论及诗歌,但都穆序中仅言及严羽诗论,完全不提其诗歌作品,我们自然不能据此说尹嗣忠刻本未收诗文。严羽去世后,其作品流传未广,黄公绍称"三严之诗,不可尽得,得其一篇一咏,亦足以快;而况于沧浪之卷犹存什一于千百,不已幸乎"②,表现出对严氏作品极为珍视的态度。除非当时仅能搜集到严羽诗作,否则无法解释作为乡邦后学,李南叔为何仅录严羽诗歌而弃其诗论。李南叔究竟见过严羽的五篇诗论与否,目前都缺乏直接文献的支持;但由蔡正孙《诗林广记》我们可以获得一些佐证。蔡正孙于前至元二十六年(1289)编成《诗林广记》,其中引严羽诗论八条,除"诗有借对字"、"此律诗首尾不对"两条属于格法外,其余均是对某一作家的评论。其卷五"柳宗元"条下所引"《诗辩》云子厚深得骚体"一条③,不见于《诗人玉屑》,而见于元刻本《沧浪吟卷·诗评》:"唐人惟柳子厚深得骚学,退之、李观皆所不及。若皮日休《九讽》,不足为骚。"④这表明《诗林广记》所引严羽诗论,并非出自《诗人玉屑》,而是另外的本子。蔡正孙自序云其于"前贤评话及有所援据模拟者,冥搜旁引",考虑到蔡氏为建安人,与魏庆之之子魏

---

① 张健《〈沧浪诗话〉非严羽所编——〈沧浪诗话〉成书问题考辨》,《北京大学学报》1999 年第 4 期。以下引张健观点,如非指出皆出自此文。
② 严羽著,陈定玉辑校《严羽集》,中州古籍出版社 1997 年版,第 429—430 页。
③ 蔡正孙《诗林广记》卷五,中华书局 1982 年版,第 88 页。
④ 严羽《沧浪严先生吟卷》卷一,台湾"中央图书馆"藏元刻本,第 16a 页。

天应"为四十年交游"①，很有可能是从魏天应处获得完整本的严羽诗论。黄公绍序末署"岁尚章摄提格十月之望后学同郡黄公绍序"，为元前至元二十七年（1290），与蔡正孙编纂《诗林广记》的时代接近，因此，在并非辽远的地域内，李南叔无法见到严羽诗论的可能性不大。何况，由《诗人玉屑》、《诗林广记》中辑取佚文是更为简便的方法。

其次，依据张以宁《黄子肃诗集序》所云黄清老"哀严氏诗法"，张健先生认为《沧浪吟卷》中所列《诗辩》等五篇诗论著作是由黄氏"搜集汇编"，陈士元"搜集了严羽的诗作，并对李南叔录本进行了重新编次，由于陈士元无力梓行，便交给了黄清老，而黄清老中进士后，进入朝廷为翰林典集等官，他有能力梓行严羽的集子。他便将陈士元所搜讨的诗作与自己搜集的论诗著作合起来刊行"。这一观点也缺乏足够的文献及学理支持。古人虽然不具有现代的著作权观念，但在作者题署上还是非常严谨的。如果依照张健先生的这一推断，那么起码卷一《诗辩》部分应题作"黄清老编次"；而实际上元刻本《沧浪严先生吟卷》三卷全部题"樵川陈士元旸谷编次、进士黄清老子肃校正"，可见在整理出版严羽作品上，黄清老所作的工作只是"校正"，或者很有可能是资助出版。张以宁"哀严氏诗法"的说法仅是泛论，并非实指②，因此，苏天爵在《元故奉训大夫湖广等处儒学提举黄公墓碑铭并序》中虽然强调他师事严斗岩以及斗岩受学于严羽的渊源，却也并不叙及他搜集严羽诗论一事。今存元刻本《沧浪严先生吟卷》采用了李南叔录本的命名，并于卷首列黄公绍序，二者的渊源关系是很明确的。

---

① 蔡正孙《唐宋千家联珠诗格校证》，[朝鲜]徐居正等增注，卞东波校证，凤凰出版社 2007 年版，第 91 页。

② 自然，也有一种可能是，黄清老在刊行《沧浪吟卷》后又将严羽诗论另行编刊，成为后文论及的《严沧浪诗法》的源头。

再从编辑体例看,元刻本所收严羽作品,张健教授亦认为其中只"《沧浪逸诗》数首",是"陈士元在李南叔录本的基础上辑佚之所得",而此部分被置于全书最后。如果《诗辩》等诗论亦为黄清老所汇辑补入,在编次上最有可能的做法也是附录于后。实际元刻本将之置于卷一,这一做法应该认为更大的可能是沿用了李南叔本的编次。因此,仅就名义而言,严羽诗论被称作《沧浪诗话》是在明初,"黄清老之前不可能有《沧浪诗话》一书"是有道理的;但从文本上看,《诗辩》等五篇诗论宋元之交时已经被编集在一起,在事实上已经成为一部"书"。受限于严羽的地位及名望,李南叔录本的《沧浪吟卷》在元代初期的传播范围不大,黄清老重新刊刻后,才在事实上扩大了严羽诗论的影响。

(二)《诗人玉屑》

同为闽北(建安)人的魏庆之在其编纂的《诗人玉屑》中,几乎全部收入了严羽《诗辩》等五篇诗论的内容,而且严羽五篇诗论的标题完全为《诗人玉屑》所采用,其内容亦被置于全书显明的位置,故无论魏氏及黄升等是否在诗学主张上赞同严羽的观点,严羽新异的诗学思维还是影响到了《诗人玉屑》的编纂。借助此类诗歌蒙学作品的流行,严羽诗学也迅速地获得传播。成书于宋理宗景定三年(1262)前的范晞文《对床夜语》即引用了严羽《诗辩》中"禅道惟在妙悟,诗道亦在妙悟"、"诗有别材,非关书也;诗有别趣,非关理也,而古人未尝不读书,不穷理"两段文字,以之与《诗人玉屑》及元、明刻本《沧浪吟卷》相比,当是缘自前者。又如方回作《诗人玉屑考》,称"严沧浪、姜白石评诗虽辨,所自为诗不甚佳。凡为诗不甚佳而好评诗者,率是非相半",认为魏庆之于严羽这样"非大家数"的诗学"特书之",乃是"乡曲之见"①,

---

① 　方回《桐江集》卷七,清嘉庆《宛委别藏》本,第12a页。

但其诗学观亦多有受严羽影响者①，其来源亦是《诗人玉屑》。

（三）《沧浪严先生诗法》与李严《诗辨》

张健先生《关于严羽著作几个问题的再考辨》②指出高棅《唐诗品汇·五言古诗叙目》所云"善乎严沧浪有云：李、杜、韩三公之诗，如金鸥擘海，香象渡河，龙吼虎哮，鼍翻鲸跃，大枪大刃，君王亲征，气象各别"，与元刻本《沧浪吟卷》及《诗人玉屑》本文字不同，其他所引严羽诗论如"李、杜二公，不当优劣"，亦与通行本有差异，而与怀悦本《诗家一指》、杨成本《诗法》所收《严沧浪先生诗法》文字接近。二本题下皆有一段识语，谓"《严沧浪先生诗法》，亦有印本"，张先生故认为元代存在另外一个严羽论诗著作的刻本，叫《严沧浪先生诗法》，怀悦本与杨成本诗法汇编中所录即为此本的摘编。

文中张健先生还指出，由赵㧑谦《学范·作范》所引"诗五法"、"九品"、"用工有三"、"大概有二"、"极致有一"五条，下注"严氏"；又"诗贵三多"、"诗去五俗"两条，注"诗辨"；又，赵氏《当看诗评》列论诗著作十二种，其中有李严《诗辨》，此书又著录于杨士奇《文渊阁书目》及钱溥《秘阁书目》，因此，以上诸条当是出自李严《诗辨》。张健先生并推测"李严"有可能是李贾与严羽的合称，《诗辨》为二人论诗著作的合编，《学范》所引前五条严羽论诗语均注"严氏"，而"诗去五俗"两条标"诗辨"，或者是因为后者在这个本子中不是严羽论诗语，而是李贾的言论。

关于《严沧浪先生诗法》及李严《诗辨》，下文再予以详述。

---

① 详参黄培青《宋元时期严羽诗论接受史研究》，台湾师范大学 2008 年博士学位论文，第 80—97 页。

② 张健《关于严羽著作几个问题的再考辨》，《北京大学学报》2001 年第 4 期。

就以上几种严羽诗学的文本看,以《沧浪吟卷》最为完整、可靠,然而流传的范围很小;《诗人玉屑》固然在很大程度上扩大了严羽诗学的影响范围,但其编辑方式却使得严羽诗学在接受的完整性及评价的客观性上,都存在着不利的一面,处于被肢解、被误读的窘境。

《诗人玉屑》是以基层学诗者为目标对象,在编纂旨趣上,于"近世之评论,博观约取,科别其条;凡升高自下之方,由粗入精之要,靡不登载"①,本身不甚着意于诗学的辨明,在宋末至元代诗坛中评价不高。如赵文《郭氏诗话序》云:"旧见胡仔《渔隐丛话》,虽其间不无利钝,亦观诗之一助。又有《总龟》俗甚,黄氏《玉屑》最后出,大抵掇《渔隐》之绪余而已。"②这种看法,自然会影响到元人对严羽诗学的认识与评价。另一方面,虽然《诗人玉屑》收录了几乎严羽《诗辩》、《诗法》等五篇诗学著作的全部,而且开卷即首列严羽"诗辩"独家,次列"诗法",卷二亦首列"诗评",将严羽诗学置于显明的位置,似乎给予了甚至高于朱熹、杨万里等的地位,但如已有学者所指出的,严羽诗学的各部分经过魏庆之的裁剪、改动并被重新编排、整合到魏庆之自己的逻辑框架中时,不仅文字多有改动,其原有的诗学体系也被肢解③,已呈零散的状态,甚至面目全非④,无法以完整的面貌进入后世诗学接受,从而影响了对其价值认知与评价的准确性。因此,在宋末至元代较长的时间里,严羽诗学不仅无法获得上流(主流)诗学的认可与推尊,其在传播中为人所转引、化用的多为《诗体》、《诗

---

① 黄昇《诗人玉屑序》,上海古籍出版社 1959 年版,前言第 2 页。
② 赵文《青山集》卷一,《文渊阁四库全书》本。
③ 按,虽然有学者考证认为《诗辩》等五篇文字本是孤立的著作,严羽并未将之合题为《沧浪诗话》,但即使就每一篇文字而言,魏庆之的编纂方式亦会破坏其固有的诗学思维。
④ 详参周兴陆、朴英顺、黄霖《还〈沧浪诗话〉以本来面目——〈沧浪诗话校释〉据〈玉屑〉本校订献疑》,《文学遗产》2001 年第 3 期。

法》及《诗评》部分，而且这种取用亦较为随意，多不注明作者。①

此外，《沧浪诗话》"考证"部分的文字见于《诗人玉屑》卷十一，仅题为"考证"，与《诗辩》等篇题为"沧浪《诗辩》"等不同，因此，张健先生怀疑此篇是否为严羽所作。其实不仅此篇，《诗人玉屑》所引严羽诗论，一般标示为"沧浪诗辩"、"沧浪诗法"等。稍为明确的是引黄升《玉林诗话》"叶水心论唐诗与严沧浪异"、"诸贤绝句"两则文字（《诗人玉屑》卷十九），计有三处题作"严沧浪"。称名的含糊，对于地位低微、声名不彰的严羽来说，其诗学理论是极易被埋没，甚至误置他人名下的。张健先生所指出的《严沧浪先生诗法》很能说明这一问题。

杨成编刊《诗法》卷三首题"严沧浪先生诗法"，其后题识云：

> 要论多出《诗家一指》中，有印本，此篇取其要妙者。盖此公于[与]晚宋诸公石屏辈同时，此公独得见《一指》之说，所以制作非诸人所及也，自家立论处，依旧有好者。今摘写于此，其余出《一指》者，兹不再编矣。诸家论诗多论病而不处方，卒无下手处。②

张健先生认为此本卷二《诗家一指》未署撰者，导致编者误认为《诗家一指》时代早于严羽，才有所谓严羽诗学"多出《诗家一指》中"的说法。但是即使不考虑《诗家一指》中《二十四品》于"典雅"、"洗练"、"绮丽"、"清奇"四品下分注"揭曼硕"、"范德机"、"赵松雪"、"范德机"等元人作家是否原著所有的问题，编者径将严羽诗学的著作权归于不知作者的《诗家一指》，还是很值得注意的。《诗家一指》中有较多的文字出自《诗人玉屑》。如"晦庵论诗，所谓读诗须沉潜讽咏"以下三节文字，显然出自《诗人玉

---

① 黄培青《宋元时期严羽诗论接受史研究》有详细考述，可参看，台湾师范大学 2008 年博士学位论文。

② 天津图书馆藏本，第 1a 页。

屑》卷十三"晦庵论读诗看诗之法"①;"谐会五音,清便宛转"一节出自《诗人玉屑》卷四《风骚句法》;"句中有眼,如《华严经》举果善知因,譬如莲花,方其吐花而菡,已具蕊中",出《诗人玉屑》卷六"句中眼"。依前文所述,此段题识的作者应是将《诗人玉屑》所引严羽诗学的内容,误读为另一个"沧浪"。

二、明初严羽诗学的传播与接受

元刻本《沧浪吟卷》,虽然杨士奇《文渊阁书目》、钱溥《秘阁书目》均著录有"严沧浪集",或即此本;但作为秘阁藏书,能够获读者,只能是中央文官或读书中秘的庶吉士等,因此,其在明初的流传仍然颇为稀见。

高棅《唐诗品汇》"专以唐为编",设四唐七变,于盛唐置"正宗"、"大家"品目,凸显其诗学史地位,无疑是严羽"当以盛唐为法"观点的现实实践。据陈国球先生的统计,《唐诗品汇》卷首《历代名公叙论》所引 18 位诗论家的 34 则诗论,严羽之说就占到 14 则②。其后高棅将《唐诗品汇》精选为《唐诗正声》,删去《历代名公叙论》,《凡例》中则仅保留了严羽诗论 6 则,所受严羽诗学的影响以及推尊严羽诗学的意图,是非常显明的。一般认为,高棅所编辑的《唐诗品汇》和《唐诗正声》,"对于扩大严羽标举盛唐的诗学理论在明代的影响,对于明代复古宗唐诗学的兴起,具有重要的意义"③。然关于高棅《唐诗品汇》、《唐诗正声》两个选本在明初的传播与影响,学界仍有着不同的看法,而这直

① 魏庆之《诗人玉屑》,上海古籍出版社 1959 年版,第 267—268 页;以下分见第 101、138 页。
② 陈国球《明代复古派唐诗论研究》,北京大学出版社 2007 年版,第 192 页。
③ 周兴陆《关于高棅诗学的两个问题——兼与陈国球先生商榷》,《学术界》2007 年第 1 期。

接关乎高棅选本对严羽诗学传播与接受过程中所起的作用。陈国球先生认为高棅的这两种唐诗选本在明初较少为人所提及，其刊刻的时间也较迟，"大概要到嘉靖以后，高棅的选本才愈见流行"①。陈广宏教授认为，高棅的这两个唐诗选本，确曾先后于正统七年及成化十三年首刊，并与真德秀《文章正宗》一起作为翰林学士教习庶吉士古文辞的课本，成为指导馆阁文学写作的范本，在词林或其时文人中逐渐产生实际的影响，并因此获具某种正统的地位②。这些都有助于严羽诗学的接受，应该是没有问题的。周兴陆教授亦持相近的看法，认为"《唐诗品汇》和《唐诗正声》在明前期的影响，并不像陈先生所说的那样微不足道"③。

　　然而，研究者对于高棅在严羽诗学传播上所起的作用，如张健先生所认为，高棅《唐诗品汇》大量引述严羽诗论，为有明一代馆阁所宗，严羽诗学才走出福建而影响整个诗坛，或还是有所高估了。一方面，高棅所引严羽 14 则诗论，出自《诗辩》、《答吴景仙书》和《诗法》，在严羽全部一百余条诗论中所占的比例甚微，远不足以显示严羽诗学的总体面貌。另一方面，虽然高棅、林鸿等闽中诗人对严羽诗学的宣扬客观上起到了推动作用，但由于高棅等人本身的地位及《唐诗品汇》、《唐诗正声》影响范围的限制④，在传播严羽诗学方面的作用其实尚不如普及性的诗法作

---

① 参见陈国球《唐诗选本与明代复古诗论》，《唐代文学研究》第五辑，广西师范大学出版社 1994 年版，第 754 页、第 770—773 页。
② 陈广宏《元明之际唐诗系谱建构的观念及背景》，《中华文史论丛》2010 年第 4 期。
③ 周兴陆《关于高棅诗学的两个问题——兼与陈国球先生商榷》。
④ 如陈国球先生指出的，嘉靖三年胡缵宗在苏州主持刊刻《唐诗正声》时，序云："诗自杨伯谦《唐音》出，天下学士大夫咸宗之，谓其音正，其选当。然未及见高廷礼《唐声》也。"表明在部分范围内，高棅选本的影响确不及杨士弘《唐音》。见陈国球《明代复古派唐诗论研究》，第 190 页。

品,更无法对其成为明代诗学宗主的地位起到根本性的影响。这从时人对严羽诗学的评价,可以看得很清楚。作为福建人的张以宁,曾为黄清老诗集作序,称其"哀严氏诗法";但其《送曾伯理归省序》又云:"予早见宋沧浪严氏论诗取盛唐,苍山曾氏又一取诸古选,心甚喜之。及观其自为,不能无疑焉。"①对严羽诗学与创作的关系予以反省。又如王绅《刘大有诗集序》云:"尝闻严沧浪论诗体者五十有六,有以世代为一体者,有以年岁为一体者,有以地里为一体者,有以一人为一体者,何其屑屑之多体哉?殊不知造化之理无穷,而文章亦为之无穷。"②对严羽诗论亦评价不高。

明初诗学以沿袭元人为主,对元人诗法作品颇为重视,编辑刊刻了大量的诗法汇编。我们将其中9种重要的诗法汇编作品中相对独立的诗法著作,按收录次数的多少为序加以统计如下:

诗 学 著 作	收录次数	诗 学 著 作	收录次数
严羽《诗辩》等	6	《杨仲弘注杜少陵诗法》	3
《诗法源流》	5	《诗宗正法眼藏》	2
《木天禁语》	5	《诗法正宗》	2
《诗家一指》	4	卢挚《诗法家数》	2
《黄子肃诗法》	4	《皎然辩诗体十九字》	2
杨载《诗法家数》	3	《名公雅论》	2

由以上所列可以看出,严羽诗学是诸家诗法汇编中引用最多的著作,可见诗法著作实际是明初严羽诗学传播的主要载体。由这些作品对严羽诗论的引述及化用的情况看,严羽诗学仍未改变被肢解和误读的处境。下面以几种作品为例,对严羽诗学在明初的接受作一番考察。

---

① 张以宁《翠屏集·文集》卷三,钞明成化刻本。
② 王绅《继志斋集》卷五,《文渊阁四库全书》本。

（一）赵撝谦《学范》

前述张健《关于严羽著作几个问题的再考辨》举赵撝谦《学范·作范》所引严羽"诗五法"等五条（下注"严氏"）及"诗贵三多"、"诗去五俗"两条（注"诗辨"）诗论。除张健先生所举外，《学范》中引述严羽诗学的文字还有 3 处：

> 沧浪云：汉魏古诗气象混沌，难以句摘，晋以还方有佳句，如渊明"采菊东篱下，悠然见南山"，谢灵运"池塘生春草"之句。谢所以不及陶者，康乐之诗精工，渊明之诗质而自然尔。又曰：唐人与宋人诗，未论工拙，直是气象不同。

> 沧浪云：夫学诗者以识为主。入门须正，立志须高；以汉魏晋盛唐为师，不作开元、天宝以下人物。行有未至，可加工力；路头一差，愈骛愈远，由入门之不正也。故曰学其上，仅得其中；学其中，斯为下矣。先须熟读《楚词》，朝夕讽咏，以为之本；及读《古诗十九首》，乐府四篇，李陵、苏武，汉魏五言皆须熟读，即以李、杜二集枕藉观之，然后博取盛唐诸名家，酝酿胸中，久之自然悟入。

> 沧浪云：下字贵响，造语贵圆。又曰：音韵忌散缓，亦忌迫促。①

这样赵撝谦《学范》引用严羽诗学，就有三种署名，前及张健教授关于《诗辨》为李贾与严羽合著的解释缺乏说服力。因为，如果《诗辨》是李贾与严羽谈诗的记录，且赵撝谦又有意区分著作权归属的话，那么"严氏"之外的文字应该题作"李氏"，而不是"诗辨"；上引三处文字亦应题为"严氏曰"。合理的解释是，赵撝谦以上文字乃是转抄自其他文本，对于诗学的作者并未严加区

---

① 赵撝谦《学范·作范》下"气象"，《四库全书存目丛书》子部第 121 册，第 339 页上—340 页上。

别,甚至对于《诗辨》、严氏、沧浪的确切所指或者亦不很清楚,而这在明初其他诗学著作中是颇为常见的(详下文)。

（二）朱权《西江诗法》

《西江诗法》首列"诗体源流",基本收录严羽《诗体》,部分文字有所改动,或以意增补,如"以人论之"至"二杜体(牧之、荀鹤也)",其后"自晚唐流于五代"以下叙宋元诗学变化。①

朱权将所录诸人诗学,题为"西江诗法",又其自序云"得元儒作《诗法》,皆吾西江之闻人也"②,然其中除严羽《诗体》外,尚有黄清老《论诗法答王著作进之》(题"诗法大意"),两人均非江西人。《西江诗法》是朱权将自己所得诗法著作与黄裳所编《诗法》互相取舍而成,虽然所录诸人诗论均不署名,但既然强调地域属性,不论朱权还是黄裳,对于这些诗论的作者自然不会毫无所知,因此,其原因只能是朱权对所收严羽、黄清老诗论的著作权有所误读。陈广宏教授认为,在元末,由于黄清老的地位及交游,经其刊刻《沧浪吟卷》后,严羽诗论逐渐在上层诗坛流行,编纂者往往将之与虞、杨、范、揭等"当代名公"扭结在一起编入诗法作品③,这种情况下,是易于被误读的。

（三）周叙《诗学梯航》

《诗学梯航》中既有直接引用严羽诗论的文字,也有隐括严羽诗学的,如"今律拘以声律之严"至"有杂言者"一段④,基本由严羽《诗体》第一及第五条改动而成。也有观点上受其影响

---

① 朱权《西江诗法》,周维德集校《全明诗话》,齐鲁书社 2005 年版,第 65 页。
② 朱权《西江诗法》卷首,同上书,第 63 页。
③ 陈广宏《元明之际唐诗系谱建构的观念及背景》,《中华文史论丛》2010 年第 4 期。
④ 周叙《诗学梯航·辨格》,《全明诗话》,第 90 页。

的。周叙在"叙诗"部分描述了诗歌源流发展,其中谈到唐诗的演变:

> 唐诗之体自分而为四,唐诗之格遂离而为十。何为四?初唐(景云以前)、盛唐(景云以后,天宝之末)、中唐(大历以下,元和之末)、晚唐(元和以后至唐季年也)。① [引文括号中文字为小字注,以下同。]

初、盛、中、晚"四唐说"的明确提出,是在高棅《唐诗品汇》。周叙永乐十六年中进士,简入翰林为庶吉士,又三年除编修,甲辰(永乐二十二年,1424)冬闻母家居病笃,请归省。高棅于永乐二年(1404)以荐入京参与纂修《永乐大典》,编纂成功后仍留翰林院,永乐十年(1412)升为典籍,直至永乐二十一年(1423)卒于南京官舍。两人在翰林院有数年时间的交集,周叙应该有机会获知高棅的诗学观,因此,周叙此处的"四唐"分期,当是源自高棅。然而关于"四唐"的起讫时间,则与高棅不同,而与严羽相近。严羽云:"唐初体(唐初犹袭陈、隋之体)、盛唐体(景云以后,开元、天宝诸公之诗)、大历体(大历十才子之诗)、元和体(元、白诸公)、晚唐体。"②《诗学梯航》所叙,除将严羽大历体、元和体合为中唐外,各期的起讫及用词均一致,应是缘自严羽。周叙《诗学梯航》引述他人诗论均不指明著者,亦不加评论,因此其中虽多处称引严羽诗论,表明他对严羽诗学较为熟悉,但并不能明确显示他对严羽诗学的态度。

(四)黄溥《诗学权舆》

黄溥,字澄济,号石崖居士,弋阳(今属江西)人。正统十三

---

① 周叙《诗学梯航·辨格》,《全明诗话》,第 88 页。
② 严羽著、郭绍虞校释《沧浪诗话校释》,人民文学出版社 1961 年版,第53 页。

年(1448)进士,曾任御史、广东按察使。著有《石崖集》、《漫兴集》等。本书为诗法、诗评的汇编,"探索古诗人遗矩,定为名格、名义、韵谱、句法、格调等目,并系古人诗之可法者,通为若干卷"①。许学夷谓其"皆类次晚唐、宋、元人旧说,而多不署其名,其署名者又多谬误,盖彼但见纂集之书,初未见全书也"②。

书中亦多有引述严羽诗学,然多不署作者。卷九《学诗要诀》"入门须正",录严羽《诗辩》"夫学诗以识为主,……谓之单刀直入也"一段③,其中"以汉魏盛唐为师",与元刻本、正德本"以汉魏晋盛唐"不同,当是出自《诗人玉屑》。"作诗大要"录《诗辩》"其用工有三……他人得之盖寡也","论作诗"录《诗法》"下字贵响……若南人便非本色",次序、字句稍不同。

卷九又有"苏沧浪诗说",引"夫诗有别材,非阅[关]书也"至"兹诗道之重不幸邪"(第93页)一段,即严羽《诗辩》一节。与元刻本《沧浪吟卷》及《诗人玉屑》比对,当出自后者。又同卷"诗评·诸家优劣"一段:"苏子美云:汉魏古诗,气象混沌,……此达夫偶然逗漏处。"④几乎是严羽《诗评》的全部文字,其中无"太白发句,谓之开门见山",可知亦是出自《诗人玉屑》。《诗人玉屑》所引严羽诗论,均只题"沧浪诗辩"等,易于为人所误读。苏舜钦,字子美,罢官后于苏州作沧浪亭,读书吟诗,故亦称"苏沧浪"⑤,黄溥此处应是将"沧浪"误认为苏舜钦,这表明《诗人玉屑》在传播严羽诗学的过程中普遍性地造成了误读。

---

① 夏埙《诗学权舆序》,《四库全书存目丛书》集部第292册,第3页上。
② 许学夷《诗源辩体》卷三五,人民文学出版社1987年版,第342页。
③ 黄溥《诗学权舆》,《四库全书存目丛书》集部第292册,第88页;以下分见第88—89页。
④ 黄溥《诗学权舆》,第96页下—98页下。
⑤ 如《御定佩文斋书画谱》卷七六"宋苏舜钦草书杜诗真迹"云:"苏沧浪子美草书少陵《漫兴》八绝句,而遗其一。"

（五）徐骏《诗文轨范》

《诗文轨范》在《诗源至论》（即傅与砺《诗法源流》）后录严羽《诗辩》、《诗评》、《诗法》、《诗体》全部文字，然均不题撰者。《诗法》开头部分又加入杨仲弘《诗法家数》"诗之为法也，其有说焉"一段。

《诗文轨范》所引严羽诗论，与《诗人玉屑》不同，如《诗辩》："夫学诗者以识为主，入门须正，立志须高，以汉魏晋盛唐为师，不作开元天宝以下人物。"①又如《诗评》："太白发句，谓之开门见山。"（第166页下）或是缘自元刻本。但其中亦有显然是后来加入的文字，如《诗体》"以人而名者"多嵇阮体、阴何体、韩渥体、许浑体、刘义体、温飞卿体、欧阳体、刘子成体、晦庵体。又云："子昂体（元人赵松雪也）、静修体（刘也）、仲弘体（杨也）、德机体（范也）、伯生体（虞也）、曼硕体（揭也）。右前体以人而言也，在南宋如刘屏山、朱晦庵、刘后村、魏菊庄、真西山、赵章泉、谢迭山、文文山诸公，各成一体。至元如赵文敏公及虞、杨、揭、范与夫吴中四杰之作，又各为一体。"（第169页）应是徐骏所增入。

（六）宋孟清《诗学体要类编》

关于严羽诗学著作之命名，张健先生认为，宋元至明初都没有"沧浪诗话"之名，直至正德十一年（1519）胡琼"取其《诗辩》、《体》、《法》、《评》、《证》诸篇，正其讹而传之，总其名曰诗话"，严羽诗学始有诗话之名。《诗学体要类编》卷一引"除五俗"、"五忌"两条，即注为"沧浪诗话"，此本卷首有宋孟清弘治十六年（1503）自序，较胡琼命名早十余年②。

---

① 徐骏《诗文轨范》，《四库全书存目丛书》集部第416册，第164页。
② 自然，此处所称"沧浪诗话"是编者随意题署，还是编者所见严羽诗学单行本的名称，尚无法确定。

《诗学体要类编》卷一"诗变"条云:

> 《风》、《雅》、《颂》既亡,一变而为《离骚》,再变而为西汉五言,三变而为歌行杂体,四变而为沈、宋律诗。五言起于李陵、苏武,或云枚乘,七言起于汉武《柏梁》,四言起于汉楚王傅韦孟,六言起于汉司农谷永,三言起于晋夏侯湛,九言起于高贵乡公。①

此即严羽《诗体》第一节,宋孟清注云"玉屑",那么"除五俗"、"五忌"两条或者亦出自《诗人玉屑》。即使这三条文字所出不同,起码表明宋孟清对严羽诗学是颇为陌生的,甚至对"沧浪"的所指亦未必确切。

由以上所述可知,一方面,严羽诗学在明初诗法著作中较为广泛地存在,尤其与元代虞杨范揭等"名公"诗学扭结在一起传播,在事实上提高了明人对严羽诗学的评价,对其影响的扩大有着实际的帮助。另一方面,严羽诗学为诸家诗法作品所"博观约取",不仅无法以完整的面目出现,多数时候还不被署名,甚至误署,这些都影响了对严羽诗学的客观评价与接受。许学夷云:"近编《名家诗法》,止录其《诗体》,而诸论略附数则,其精言美语,删削殆尽,良可深恨。"②黄省曾《名家诗法》基本沿袭明初所编刊之诗法著作,由此亦可见严羽诗学在明初所受到的肢解与误读。

三、严羽诗学的还原与反正

前已指出,高棅《唐诗品汇》、《唐诗正声》两个选本对严羽诗学的引述虽然客观上推动了其在明初诗坛的影响,但并不能根

---

① 宋孟清《诗学体要类编》,《续修四库全书》集部第 1695 册,第 201 页下。
② 许学夷《诗源辩体》,第 336 页。

本性地改变严羽诗学被肢解、被误读的处境,何况高棅的取用本身就是对严羽诗学的肢解。严羽诗学从下层诗坛的范围最终走出误读,进入明代诗学的主流并被奉为宗主,要等到弘、正时李东阳的推扬,才能实现。

《怀麓堂诗话》云:"唐人不言诗法,诗法多出宋,而宋人于诗无所得。所谓法者,不过一字一句对偶雕琢之工,而天真兴致,则未可与道。其高者失之捕风捉影,而卑者坐于粘皮带骨,至于江西诗派极矣。惟严沧浪所论,超离尘俗,真若有所自得;反复譬说,未尝有失。"又云:"诗有别材,非关书也;诗有别趣,非关理也。然非读书之多、明理之至者,则不能作。论诗者无以易此矣。"①李东阳对严羽的此一评价,是今天研究者所熟知并常常引述的,但其所具有的诗学史意义,尚未得到有效的揭示。应该看到,李东阳对严羽诗学的表彰是基于两个逻辑:一是以对宋元诗学资源的检省为基础,一是以对严羽诗学的有效借鉴和发展为落实。前者表明李东阳的评价的客观理性(虽然其中亦包含着个人主观倾向的因素),后者表明其诗学评价的有效示范性。此二者借助李东阳政坛及文坛领袖的地位,使得严羽诗学获得迅速的接受与推尊,出现了研读、探讨严羽诗学的风气。

邵宝有诗《观〈沧浪吟卷〉》,序云:"正德己卯(按,己卯为正德十四年,1519;当为正德己巳之误,四年,1509)冬,予遭逆瑾之难,在东朝房听旨。三江毛先生过我论诗,竟日乃去,以《沧浪卷》欲观未得为缺。今日偶得之,追念畴昔,情见乎词。"诗云:"沧浪吟卷三江话,助我论诗到日斜。逻卒屡过宾客静,不知门外有风沙。"②此处所称"三江毛先生"即毛澄。毛澄(1461—

---

① 李东阳著、李庆立校释《怀麓堂诗话校释》,人民文学出版社 2009 年版,第27、40 页。
② 邵宝《容春堂集》续集卷五,明正德刻本。

1523),字宪清,号白斋,晚更号三江,昆山人。累官礼部尚书。嘉靖二年以病乞归,行至兴济卒,年六十三,谥文简①。

由此诗,我们可以看到三个问题:一是正德四年邵宝为右副都御史,正德元年毛澄升为左春坊左庶子兼翰林侍读,以二人之地位,尚且"以《沧浪卷》欲观未得为缺",可知严羽的著作读本仍然非常缺乏。二是表明严羽诗学在当时成为讲论的中心,这一风气的盛行应该是其来有自。三是由二人与李东阳的关系,显示出在严羽诗学传播中,李东阳所起的作用。邵宝成化二十年中进士时,李东阳为读卷官;其后"则游少师西涯李公之门,而有得焉"(浦瑾《容春堂序》),是茶陵派的成员之一②。钱谦益云:"公举南畿,受知于西涯,及为户部郎,始受业西涯之门,西涯以衣钵门生期之。越三十年,以侍郎予告,西涯作《信难》一篇以贻之,以欧公之知子瞻及子瞻之服欧公者为比,盖西涯之绝笔也。"③毛澄,弘治六年举进士,殿试第一,授修撰,李东阳既是主考官,亦为是科庶吉士教习。弘治十四年(1501),毛澄祖父毛弼卒,李东阳为撰墓表:"澄以礼部之举,予实校其文,比奔母丧,有事于墓。念祖德未表,请予文刻于墓道。"④以二人与李东阳的关系及《怀麓堂诗话》传播的时间节点看,邵宝、毛澄对于严羽诗学的兴趣应该是缘自李东阳的推介。

前文已论述明初严羽诗学的传播主要依靠选本及诗法作品的摘选,与诗文合刻的《沧浪吟卷》及单行的诗学著作并未进入有效的文学传播场域。至正德间,由于李东阳的评价,使得严羽诗学著作的刊刻成为急务,而这一文献整理工作的态度的审慎,

---

① 传详邵宝《容春堂集》续集卷一四《太子太傅礼部尚书赠少保谥文简毛公行状》。
② 参廖可斌《明代文学复古运动研究》,上海古籍出版社1994年版,第46页。
③ 钱谦益《列朝诗集小传》丙集,上海古籍出版社1983年版,第271页。
④ 李东阳《怀麓堂集》卷七六,《文渊阁四库全书》本。

使严羽诗学从支离破碎的状态开始被还原,从而为其获得广泛的接受提供了可靠的文本①。

兹将明代严羽著作的刊刻,列表如下②:

书 名	时 间	存 佚	备 注
沧浪严先生诗谈	正德二年刻本	已佚	黄丕烈跋明抄本《沧浪严先生吟卷》;高儒《百川书志》著录为《严沧浪诗谈》;王铎《麓堂诗话序》所称关中刻本。
沧浪吟卷	正德八年王蒙溪刻本	已佚	朱霞《樵川二家诗》附录河阴和春正德八年跋。
严沧浪诗话一卷	正德十一年胡琼刻本	台北故宫博物院	胡琼正德十一年序
沧浪严先生吟卷三卷	正德十二年胡重器刻本	国图等	正德十一年林俊序、正德十二年李坚后叙
沧浪先生吟卷二卷	正德十五年尹嗣忠刻本	国图等	正德十五年都穆《重刊沧浪先生吟卷叙》。
沧浪先生吟卷二卷	嘉靖十年郑绚刻本	国图等	嘉靖十年郑绚序
沧浪诗话一卷	万历三十二年邓原岳刻本	日本早稻田大学图书馆	邓原岳《严氏诗话题辞》
沧浪诗话一卷	明末汲古阁刻本	复旦大学图书馆等	毛晋《沧浪诗话跋》

---

① 有关元刻本、正德刻本《沧浪吟卷》及《诗人玉屑》的文本差异的比对,详参周兴陆、朴英顺、黄霖《还〈沧浪诗话〉以本来面目——〈沧浪诗话校释〉据"玉屑本"校订献疑》,《文学遗产》2001 年第 3 期。

② 本表所列严羽著作的各刻本,参考了张健先生《〈沧浪诗话〉非严羽所编——〈沧浪诗话〉成书问题考辨》。

由上表可见，严羽著作在正德间即有五次刊刻，这一现象，应该和严羽诗学受到重视有直接的关系。

黄丕烈跋明抄本《沧浪严先生吟卷》云：

> 余向得《严沧浪先生吟卷》有二，皆樵川陈士元编次、进士黄清老校正者。……此外，又有《沧浪严先生诗谈》，系正德二年本，但有《诗辩》等，无《答吴景仙书》及五言绝句以下诗。盖专论诗法，不称《吟卷》矣。①

高儒《百川书志》卷十八著录《严沧浪诗谈》一卷，解题云："宋苕溪严羽仪卿著，列《诗辨》、《诗体》、《诗注》、《诗评》、《诗考证》，定诗宗旨、正变、得失，议论痛快，识高格当。"②张健先生认为此本亦只有《诗辨》等五篇，而没有《答吴景仙书》，与黄丕烈所述正德二年本相同。另王铎《麓堂诗话序》云："近世所传诗话，杂出蔓辞，殊不强人意。惟《严沧浪诗谈》，深得诗家三昧，关中既梓行之。是编……用托之木，与沧浪并传。"③王铎对严羽诗学"深得诗家三昧"的评价，其实正是源自李东阳《怀麓堂诗话》中的有关评论。

胡琼正德十一年刻严羽《诗辩》等诗学著作，并题名为"严沧浪诗话"，就是受到李东阳的影响：

> 国朝少师西涯李公，尝称严沧浪所论诗法，谓其超离尘俗，真若有所自得，反复譬说，未尝有失。余因取其集读之，信然。虽然，在宋儒已称其诗宗盛唐，自风骚而下，讲究精到，而近时河阴和君亦谓其《诗辩》等作，其识精，其论奇，其语峻，其旨远，断自一心，议定千古，至于指妙悟为入门，取上乘为准则，陋诸子为声闻，评辩考证，种种诣极，则又知沧

① 严羽著，陈定玉辑校《严羽集》，中州古籍出版社 1997 年版，第 439—440 页。
② 高儒《百川书志》卷一八，书目文献出版社 1994 年版，第 1338 页上。
③ 李东阳著、李庆立校释《怀麓堂诗话校释》，第 346 页。

浪之深者乎。余窃爱其"诗有别材"一段,尤为知作诗之妙,得性情之本,其他则前辈或多异同,未之敢复辨也。余愚且陋,学诗数年,病未知其要,晚于沧浪之论,欲取则焉。因意海内学诗之士或有同情者,独取其《诗辨》、《体》、《法》、《评》、《证》诸篇,正其讹而传之,总其名曰诗话。若夫全集,则已梓之开封郡斋云。时皇明正德丙子岁孟春望赐同进士出身知慈溪县事延平胡琼序。(台北故宫博物院藏本,台北"中央图书馆"藏微卷)

又如胡琏(字重器)①刻本,卷首林俊正德十一年序云:"吾闽邵阳严丹丘,力祖盛唐,追逸踪而还风响,借禅宗以立《诗辨》,别《诗体》、《诗法》、《诗评》、《诗证》而折衷之,决捍精严。新宁高漫士《唐诗品汇》引为断案,以诏来哲。"②此时林俊已致仕在乡,自然会有强调乡邦人文的意图;但前已指出,林俊云"捧读诗话,愈愧某体裁痴重",表明林俊给予严羽高度评价是受到李东阳的影响并可能转而影响胡重器刊刻严羽著作。

又如正德十五年(1520)尹嗣忠刻本,卷首都穆《重刊沧浪先生吟卷叙》云:"是书在元尝有刻本,知昆山县事尹君子贞以骚坛之士多未之见,重刻以传。俾余为序,遂不辞荒陋而僭书之。正德庚辰十月朔旦,太仆少卿吴郡都穆叙。"③都穆于正德八年(1513)致仕,其《南濠诗话》即刊于此年。黄桓序云:"诗话无虑

---

① 周亮工诗话楼刻本《沧浪诗话》徐燉序云:"厥后正德间淮阳宪伯胡公岳、吴郡吏部都公穆,先后授梓。"(严羽著、陈定玉辑校《严羽集》,第436页)按,徐氏此处误。胡岳,华亭人,正德九年进士;《江西通志》卷四七右巡视都御史:"胡岳,字仲申,进士,华亭人。"应非刻严羽著作之胡重器。检《明人传记资料索引》:"胡琏,字重器,号南津,沭阳人。弘治十八年进士,授南曹主事,迁福建按察佥事,累升浙江右布政使。"(第352页)故胡重器应为胡琏。
② 严羽著、陈定玉辑校《严羽集》,第431页。
③ 同上书,第433页。

数十家,若菊坡、艇斋、冷斋诸公,皆其杰然者。而国朝元老《籭堂集》尤为精纯,会众说而折中,诗道毕矣。"①都穆在诗话中亦对严羽诗学表达了推崇:"严沧浪谓论诗如论禅:'禅道惟在妙悟,诗道亦在妙悟。学者须从最上乘,具正法眼,悟第一义。'此最为的论。"②那么都穆本人的诗学观亦当受到李东阳影响。尹嗣忠正德十二年进士,在昆山刊刻严羽著作,或者是受到都穆的影响,自然也是间接受到李东阳的影响。

一种诗学理论的获得认可并成为主流诗学的典范,是很多因素的综合,如政治气氛、社会文化心理、文学自身发展的规律等;但获得具有文化及文学影响力者的提倡与推崇,是非常必要的条件。高棅所处的时代,固然在社会文化心理及文学发展趋势上与弘正时期相比,大有逊色;尤其高棅本人的影响力,确实也不足以将严羽诗学引导成为一个时代的信仰。我们看到,一般文学史在描述明代文学的转折时,往往强调李、何等七子复古派的倡导之功,而于李东阳的贡献,或者只承认其对李、何的扶助,甚者还要将其作为李、何所反对的一面。如果我们承认明代复古诗学的理论基础是缘自严羽,并在创作上加以实践的话,那么,对于李东阳推动严羽诗学的传播及接受以及对复古诗学发展的贡献就不能不重新给予客观的衡判与评价。

(作者单位:玉林师范学院文学院)

---

① 黄桓《都南濠先生诗话序》,丁福保辑《历代诗话续编》本,中华书局1983年版,第1340页。
② 都穆《南濠诗话》,《历代诗话续编》本,第1345页。

冯复京《说诗补遗》浅论

周兴陆

冯复京（1573—1622），是晚明有名的学者。"少而业《诗》，钩贯笺疏，嗤宋人为固陋，著《六家诗名物疏》六十卷"①，这部《诗经》学著作，于万历三十三年（1605）刊刻后，反响强烈，多有称引。又撰《明常熟先贤事略》，有抄本和刻本传世。但从文学史的角度说，冯复京是默默无闻的，远不如其二子冯舒、冯班声名远播。其实冯复京有一部论诗著作《说诗补遗》传世。《复旦大学图书馆善本书目》著录："《说诗补遗》八卷，[明]冯复京撰旧抄本四册。"可惜此书仅以抄本存世，流传不广，后世少有人提及。直至吴文治主编《明诗话全编》②和周维德集校《全明诗话》③将此书标点收录，这部400年前的诗话著作才重见天日，为人所知。可惜，至今尚无专题研究的论文。笔者在翻阅馆藏抄本后，撰此小文，作粗浅的阐述，以期抛砖引玉。④

《说诗补遗》撰成于泰昌元年庚申（1620），时冯复京47岁。书末长子冯舒跋云：

---

① 钱谦益《冯嗣宗墓志铭》，《牧斋初学集》，上海古籍出版社2009年版，第1378页。
② 吴文治主编《明诗话全编》，江苏古籍出版社1997年版。
③ 周维德集校《全明诗话》，齐鲁书社2005年版。
④ 补按，冯复京《说诗补遗》今已收入陈广宏、侯荣川编校《明人诗话要籍汇编》，复旦大学出版社2017年版。

先君子以庚申之夏入南都。……时方著是书,逾月,不肖归,至冬而书成。先君子敕不肖曰:"吾之此书,可谓目空千古,起九原而质之,必也其瞑目乎!"①

这种独立不倚的理论自信,在卷二第 1 则中表述为"当求此心之是非,而不可徇前人之是非也",让人联想起严羽《答出继叔临安吴景仙书》自许"仆之诗辩,乃断千百年公案,诚惊世绝俗之谈,至当归一之论。其间说江西诗病,真取心肝刿子手,……李、杜复生,不易吾言矣"云云,都表现出指摘诗坛弊端,揭示诗学本质,指明理论出路的自觉和坚定。当然,在不同诗学思想经过了一番激烈交锋的万历、天启之际,冯复京的诗学理论在各派别之间不能毫无取舍和偏向,总体来看,他承接了前后"七子"的基本诗学理论,并做出一定的调整,可谓是复古格调诗学的后劲。

一、"总论诗道,格律、才情二者而已"

明代后期的诗坛,复古派"格调"论和公安派"性灵"论相互消长。公安三袁"独抒性灵,不拘隔套",但落入俚俗而嚣肆;钟惺试图矫正,但幽深孤峭,不免荒寒鬼趣。往往是旧弊未除,新弊又生,贻人口实。当时格调派并没有绝迹,复古派"末五子"之一胡应麟(1551—1602),撰著《诗薮》,提出"体格声调"与"兴象风神"相济为用,旨在救"格调"之偏,给予冯复京以直接的影响。与冯复京同时的许学夷(1563—1633),撰著《诗源辩体》,重在梳理各种诗体的演变轨迹。冯复京的《说诗补遗》卷一为总论,卷二至卷八纵向梳理自上古至晚唐诗歌历史的发展流变,不仅大量引述和辨析严羽、高棅、李攀龙、王世贞、胡应麟的相关论断,而且总的诗学理论根基,就是建立在自严羽、高棅以降的复古格

---

① 本文所引《说诗补遗》文字,均据复旦大学图书馆藏明抄本。

调派上的。《说诗补遗》卷二曰：

> 总论诗道，格律、才情二者而已。非制之以格律，则如樵歌牧唱，可谐里耳，而惭大雅之奏；非运之以才情，则如禺马俑人，仅肖枯骼，而绝生动之机。然精于格律者，熔裁本体，而离方遁圆，则才情之秀逸也；寓于才情者，孚甲新意，而谢华启秀，则格律之神变也。二者不相为用，而可与言诗者，吾未之见也。

冯复京明确提出"诗道"在于格律和才情相兼。格律是李（梦阳）、何（景明）、王（世贞）、李（攀龙）等复古派的共同主张，即所谓的"格古调逸"；至于"才情"，王世贞就颇为重视，他说："才生思，思生调，调生格。思即才之用，调即思之境，格即调之界。"[①]诗人有才情方有诗思，诗思之抒发，需要合乎一定的格调规范。"公安派"论诗，要摆脱隔套的束缚，称情而言，任凭才气的驰骋。之后的复古派在一定程度上吸收了其合理因素，尊格调而不废才情，胡应麟讲究以格调控御才情。冯复京所谓的格律、才情二者相兼的"诗道"，正是发扬吴地重才情的文化传统，直接承续王世贞、胡应麟所论。他把"格调"置于"才情"之前，说"非制之以格律，则如樵歌牧唱，可谐里耳，而惭大雅之奏"，正是针对袁宏道所谓的"独抒性灵，不拘格套"而发的。江盈科的诗歌当时就"为薄俗所检点"，袁宏道曾自省"余诗多刻露之病"[②]，"公安派"后期，袁中道更是反思"性灵说"的弊端在于"间入俚易"[③]。在冯复京看来，纠正这种俚俗的弊病的途径，在于"制之以格律"。"非运之以才情，则如禺马俑人，仅肖枯骼，而绝生动

---

① 王世贞《艺苑卮言》卷一，《明人诗话要籍汇编》，第 2423 页。
② 袁宏道《叙曾太史集》，钱伯城笺校《袁宏道集笺校》，上海古籍出版社 1981 年版，第 1106 页。
③ 袁中道《答须水部日华》，钱伯城点校《珂雪斋集》，上海古籍出版社 1989 年版，第 1047 页。

之机"这一句,则是对"格调"论的自我纠正。复古派如李梦阳主张刻意古范,字拟句模;李攀龙的乐府诗"似临摹帖耳"①,为了追求格调高古,而以消隐诗人主体情怀和个性为代价,恰是暴露了"格调"论的局限,所以冯复京提出"运之以才情"。如果能做到"格调"和"才情"相济为用,则既能够尊体合格,又能够自如变化,萌创新意。

"格律"是冯复京《说诗补遗》的理论核心。他说:"予能辨诗格,不喜解诗义。"(卷六)整部《说诗补遗》很少涉及对具体诗篇意旨的阐释,而是着力在"辨诗格"。

冯复京所谓"格律"的含义,有这样几方面意思:

一指诗歌的基本体制规范。如律诗要求中间两联骈对,方为合格。但是王维、孟浩然五律第二联多"十字直下者",如王维《送贺遂员外外甥》颔联"苍茫葭菼外,云水与昭丘";《辋川闲居赠裴秀才迪》颔联"倚杖柴门外,临风听暮蝉",都是不对偶。这种情况在孟浩然五律中更为常见,如孟浩然《游精思观回王白云在后》颔联"回瞻山下路,但见牛羊群",《武陵泛舟》颔联"莫测幽源里,仙家信几深"。冯复京指摘说:"律诗体最紧严。王律诗第二联有十字直下者,……孟浩然尤多此类。五律止于八句,若作此体,则全首但有两句作对,非所以为律也。""律诗第二联多不作骈对,非正格。"(卷七)孟浩然的《晚春》:"二月湖水清,家家春鸟鸣。林花扫更落,径草踏还生。酒伴来相命,开樽共解酲。当杯已入手,歌妓莫停声。"冯复京批评说:"第三联亦十字直下,尤不可训。"(卷七)诸如此类不合格律的现象,"皆变格之不可学者"。对于孟浩然诗歌这种不合律的现象,王世贞比较宽容,在《艺苑卮言》卷四中品评说:"虽格调非正,而语意亦佳。于鳞乃

---

① 王世贞《艺苑卮言》卷七,陈广宏、侯荣川编校《明人诗话要籍汇编》,第2532页。

深恶之,未敢从也。"李攀龙的《唐诗删》未选孟浩然的这些诗篇。冯复京说:"王(世贞)、李(攀龙)二公取舍不同,若论格调,则于鳞自是卓识。"(卷七)显然更认同李攀龙的态度,这正是基于严守格调的立场。

二指各体诗歌的审美风格典范。每一种诗体在其成熟期都形成了独特的审美风貌,即优秀作品所共同呈现的风格特征。后世作诗学古,应当追求典范诗篇的审美风格。如五言绝句,冯复京认为其风格要"包裹万汇,委曲百折,于二十字之中,俊逸清新,和婉蕴藉,紧势游刃,深衷厚味。体不觉其寂寥,节不伤于局促,斯尽善矣"(卷一)。五绝以何逊、庾信诸作为"正始","若李翰林之飞扬而少含蓄,王右丞之高旷而薄滋味,其犹未至乎"(卷一)。

其实,冯复京的这个论断,对诗体风格的演变缺少正面认识,正暴露了复古派"范古为高"的理论褊狭。在他之前的高棅曾肯定地说:五言绝句,"开元后独李白、王维尤胜诸人"①。同时的许学夷梳理各种诗体的"初变"、"再变"②,之后的王士禛《唐人万首绝句选凡例》说:"五言绝句,李太白气体高妙。"都能够正确认识到诗歌体制风格的演化,但冯复京却以齐梁诗作为典范准则,来衡量后世的诗人诗作。他论古诗曰:"古诗浑厚典则,蕴藉和平。李翰林之狂率、杜拾遗之刻露,皆非诗之正也。使谓为李杜体,可以师法,岂不误哉!"(卷一)同样暴露出复古理论的固执和偏颇。

三指诗体发展至不同阶段,在各个时代所具有的风格特征。冯复京在《说诗补遗》中经常运用"齐梁调""盛唐格"等话头,就是指诗歌的时代风格特征。如五言绝句的风格要求是"音韵谐

① 高棅编选《唐诗品汇》,上海古籍出版社1988年版,第389页。
② 见许学夷《诗源辩体》,已收入陈广宏、侯荣川编校《明人诗话要籍汇编》。

美,兴趣悠长"(卷一),据此,他批评陈子昂《赠乔侍御》"汉庭荣巧宦,云阁薄过功。可怜骢马使,白首为谁雄","气太锐逸,……不合盛唐格"。王翰的五律《子夜春歌》"春气满林香,春游不可忘。落花吹欲尽,垂柳折还长。桑女淮南曲,金鞍塞北装。行行小垂手,日暮渭川阳",重在物色描写,风格清绮,冯复京称为"纯齐梁调"。王维的《洛阳女儿行》绮艳柔美,也被他品评为"齐梁调"。

冯复京论诗,着力在论诗格,能够"细细擘分"(卷五),直指病痛。如指摘沈佺期《夜宿七盘岭》末联"浮客空留听,褒城闻曙鸡","听""闻"字犯。沈佺期的七言排律《遥同杜员外审言过岭》:"天长地阔岭头分,去国离家见白云。洛浦风光何所似,崇山瘴疠不堪闻。南浮涨海人何处,北望衡阳雁几群。两地江山万余里,何时重谒圣明君。"冯复京批评说:"非直'洛浦'、'崇山'、'涨海'、'江山'地理猥积,而'何所似','入何处','何'字又相犯。"(卷五)诸如此类细细剖析文本的例子,比比皆是,把较为抽象空洞的"格调"落实到具体的造句用字、运典押韵上,示人以法,有迹可循。

冯复京引入"才情",以与"格律"相济为用。他曾依据"才情"概述诗史演变,说:

> 周、汉之诗,写性抒灵,故可以动天地,感鬼神。魏晋至盛唐之诗,使才仗气,故可以震心魂,骇耳目。中晚之际,趋名场之青紫,如赴火之蛾;乞藩镇之稻粱,如舐砧之犬;以性情之真境,为名利之钩途,此《颂》寝《风》息之故也。下逮今日,……山人卷卷以糊口,禅衲献偈以润钵。……佞谄腾涌,讳避猥多。……吁,可悼也! 生斯世也,而欲为古人之诗,非介情特立、高才冠伦者,能乎哉?(卷一)

自先秦至晚唐的诗史,是从"写性抒灵"转而"使才仗气",转而趋名乞利的过程。特别是晚明时期,山人名士盛行一时,诗歌成为"餔餟的文学",成为邀怜求宠的工具。因此他呼吁诗人须"介情特立、高才冠伦",才能"为古人之诗"。很显然,"介情特立、高才冠伦"就是冯复京"才情"论的独特内涵,与公安派所谓"独抒性灵"有着明显的区别。

冯复京算得上是一位"介情特立"的人物。名家之子,高自期许,却蹭蹬失意,满腔悲怨,歌哭无端。钱谦益《冯嗣宗墓志铭》曰:

> 君形容清古,风止诡越,翘身曳步,轩唇鼓掌,悠悠忽忽如也。性嗜酒,酒杯书帙,错列几案,歌呕少倦,则酌酒自劳,率以为常。数踏省门,不得举,咏左思诗"冯公岂不伟,白首不见招",往往被酒高歌,至于泣下。尝之白门,日旰辄登雨花台,纵饮恸哭,哭罢复饮,饮已复哭,人不知何所为也。①

登雨花台纵饮痛哭,恰似当年阮籍登广武山的一声慨叹。钱谦益的铭文曰:"阮籍死矣,哭声千年。君字嗣宗,其哭亦然!"冯复京的个性情怀与阮籍有几分相似。阮籍是他心目中"介情特立、高才冠伦"的诗人典范,在《说诗补遗》中,给予高度的推举:

> 步兵萧条高寄,脱落世尘,想其作诗,何意雕篆,自尔神情宏放,栖托深微。……鄙哉子昂,腐儒措大,乃轻唐突耶!(卷二)

> 昔者,阮步兵以高迈不羁之性,丁赘疏运谢之时,自放杯觞,混沿仕牒,出处语默,杳然难究。《咏怀》诸作,言在衿带之下,情充云霄之表。比兴神归,风雅节会。浑朴逊于汉,而独启玄风;藻绘减于魏,而自领冲趣。百代而下,其惟陶彭泽乎!盖二君襟期宏远,故异曲同工也。彼陈子昂者,俯首牝朝,志干利禄,褊躁丧仪,怀璧贾罪,其品视阮,熏莸

---

① 《牧斋初学集》,第 1379 页。

殊类。(卷五)

他将阮籍和陶渊明并列,正面映衬,称赞他们襟期宏远、高迈不羁,也就是才情之高卓。而以武后时期登上诗坛的陈子昂作反面对比。过去论者常把陈子昂的《感遇诗》和阮籍的《咏怀诗》联系起来看,但冯复京从诗人才情和诗歌风格两个方面对它们做出截然对立的褒贬:

> 予谓《咏怀》寄托深微,《感遇》兴趣衰索;《咏怀》出于达士之胸襟,《感遇》杂以兔园之腐气:其致不同也。《咏怀》气调音响,在汉魏之间,而泠然自善;《感遇》气调音响,居六朝之后,而有意于镂削:其格不同也。玉石溜渑,居然自别,拟非其伦,莫甚于此。(卷五)

所谓"其致不同",是根据阮籍和陈子昂两人不同的"才情"立论的;所谓"其格不同",则是指《咏怀》与《感遇》格调的不同,他认同李攀龙所谓"陈子昂以其古诗为古诗,弗善也"的看法,指出陈子昂的《感遇诗》或是"学究史断",或"句皆拙呐",或"腐俗可憎",全不合古。从冯复京对阮籍和陈子昂的评论,大体可以明了他所谓"介情特立、高才冠伦"的内涵。

冯复京秉承严羽的"诗有别才"说,意识到诗人作诗与学人治学是各不相同的才能。他列举汉代梁鸿、朱穆、王逸、赵壹等"人品学术,焜耀至今。其所为诗,皆讦直鄙拙,甚至全不成语"(卷二);"何承天通历数,本非诗人,所作《铙歌》十五首,荒陋之极……"(卷三);颜延之诗"多窘缚不荡,生割棘吻",比不上谢灵运诗歌之"天趣蟠郁",正是因为"诗有别才,固应谢客独擅元嘉尔"(卷三)。

论诗重视"才情",贯穿《说诗补遗》之始终。他说:"夫缘情有作,感遇之道万殊"(卷一);"诗之生于人心者,未尝息也;溢于才情者,未尝减也"(卷八)。意思是人心一日未息,才情一日未灭,天地之间即一日不能无诗。在具体品评时,也注重才情。称赞苏武《留别妻》"言情入神"(卷二),甚有才情;遗憾孔融"才气凌压建安,而襟情之咏,尺有所短"(卷二)。曹植"才高八斗""思捷才俊",一直为世人所仰慕,但王世贞批评说:"子建天才流丽,虽誉冠千古,而实逊父兄。何以故?才太高,辞太华。"①冯复京则不同意王世贞的论断,驳斥说:"然子建天资藻赡,若枉其才为朴茂,历其气为沉郁,则未得国能,先失故步。"(卷二)他盛赞曹植诗歌或悲壮或凄婉,或萧远或忠厚,"至于《赠白马》七首,字字肺肝流出,伤心滴泪,真所谓悲惋宏壮,情事理境,无所不有,置之枚、李间,亦未可议其优劣"(卷二),正是着眼在"才情"的高卓。

二、"诗恶乎学?""学古而已"

明代的复古诗论,古体学汉魏,近体学盛唐。但因为字拟句模,步趋形似,丧失真我,而招致公安派的批评,如袁宏道就在《叙小修诗》中给予复古模仿论以激烈的抨击。学还是不学,向谁学习?在晚明时期诗坛上似乎成为一个问题。冯复京还是秉持坚定的"学古"论。《说诗补遗》卷一第2则曰:

> 灵趣雄才,得自天授。精思妙诣,必以学求。然天授之奇者,不可以不学;学力之至者,未必不可以胜天也。

这是一段比较通达的论断,似在调和复古派与"性灵"派之间的冲突,或者说是合二者之长,去二者之偏。先天禀赋的才趣,是诗人的一种潜质,还需要后天的学习将这种潜质发挥出来;即使是天资不足的人,通过后天的学力,也可以得到弥补。他的论述重点还在于"学力",于是紧接着第3则曰:"或曰:'诗恶乎学?'予应之曰:'学古而已。'"诗人学习什么呢?向谁学习呢?学习古人,学习古代典范作品的"轨度"。整部《说诗补遗》都非常注重对于各体诗歌法度规则的探讨,旨在示人门径。

---

① 王世贞《艺苑卮言》卷三,《明人诗话要籍汇编》,第2449页。

在万历后期,诗坛曾出现"诗何必古选,文何必先秦"①和"盛唐人曷尝字字学汉魏钬"②的驳诘。这是提醒诗人毋陷入食古不化、机械模拟的泥淖,本身是有积极意义的。但是,学诗是否要从学古入手,答案显然是肯定的。冯复京站在复古派的立场,尤其强调"学古"的重要性,而且似乎是有意要与李贽、袁宏道等人辩驳,他在《说诗补遗》中指出,一部诗歌史,就是后人向前人学习的过程:"盖张(协)、陆(机)学子建(曹植)者也,颜(延之)、谢(灵运)学张、陆者也,徐(陵)、庾(信)学颜、谢者也。"(卷五)后世诗人无不沉浸在前人遗产中得到沾溉和滋养。具体来说,如曹操《陌上桑》《秋胡行》等乐府诗"并调亦自己出,然不失为古",曹植既"天授灵质,匠心独妙",又"宪章古人,几于具体"(卷二);陆机诗"其源实出陈思,但不得其神韵,而得其丽词"(卷三)。优秀的诗人都是"拟议以成其变化",并非完全师心自用。

冯复京还特别指出李白、杜甫诗歌与六朝的关系。李白"长篇《送魏万》《赠韦太守》,虽鞺以才气,实本六朝"(卷六);"太白'明月出天山,苍茫云海间。胡风几万里,吹度玉门关',正从'胡风吹朔雪,万里度龙山'化出也"(卷三);"李意致翩翩,亦多出六朝,但李才大耳"(卷六)。李白学习六朝,但能以才气运之,故而自具豪放杰出、神奇天纵的本色。冯复京评杜甫诗:"《渼陂西南台》,字字作康乐体,今人不能读也。'男儿生世间',近六朝语。'献凯日继踵',得乐府意"(卷六);又谓杜甫《乐游园歌》"天门晴开誅荡荡"、《月圆》"委波金不定"等句,全出于汉武帝定郊祀之礼,司马相如等所作十九章之歌(卷二)。曹植的《白马篇》《杂

---

① 李贽《童心说》,张建业主编《李贽文集》第一卷,社会科学文献出版社2000年版,第92页。

② 袁宏道《叙小修诗》,钱伯城笺校《袁宏道集笺校》,第188页。

诗》痛快悲烈，"老杜五言古诗，其源盖出于此，但杜加之粗野耳"
（卷二）。庾信的《和张侍中述怀》三十韵，"词笔老练，便是杜陵
长篇之祖"（卷四）。

当然，"学古"不是剽掠摹拟。李攀龙曾引述《周易·系辞》
中"拟议以成其变化"的说法，冯复京进一步提出"不拟之拟，神
矣哉"，并遗憾李攀龙"能言之而不能至耳"（卷一）。李攀龙拟议
有余，变化不足。冯复京提出"今之为诗者，盖亦有八病焉"，第
一病就是"好古法者，专务剽摹"（卷一）。可见，对于刻板模拟古
人，步趋形似，冯复京也是否定的。这正是复古派的自我纠正。
对于前人若皎然所谓"三偷"，他也不以为然，指出："非沉思曲
换，去故就新，天趣横生，高唱郁起，而可以成家者，未之有也。"
（卷一）去故就新，天趣横生，就是"拟议以成其变化"的"不拟之
拟"，既遵守轨度，又寄予才情，不失自己的面目。

在《说诗补遗》卷一中，冯复京提出：

> 诗有恒体，予既备著之矣，神用之妙，可得而诠。一曰
> 达才，二曰构意，三曰澄神，四曰会趣，五曰标韵，六曰植骨，
> 七曰练气，八曰和声，九曰芳味，十曰藻饰。

所谓"诗有恒体"，即诗歌各种体制的规范法度，即他所强调的"轨
度"，后世诗人需要不断地"学古"，模拟前人的典范之作，达到对
诗歌"恒体""轨度"的掌握。掌握恒体之后，应该进一步追求"神用
之妙"，每个人根据自己的才情，在"拟议"之后而"成其变化"。他
的这一段话，直接导源于刘勰《文心雕龙·通变》所谓"设文之体
有常，变文之数无方"的论断。"神用之妙"的十则，就是无方可执
的"变文之数"。"达才"相当于刘勰所谓"因性以练才"[1]，根据个
人禀赋的偏善，而在某种体制和风格上发展，成为别具一格的

---

[1] 刘勰著、王利器校笺《文心雕龙校证》，上海古籍出版社 1980 年版，第
192 页。下引《文心雕龙》均出自此书。

"名家"。"构意"相当于刘勰《文心雕龙·情采》所谓"为情而造文","窥意象而运斤",刻肾镂肠,窥情钻貌,把内在情意逼真贴切地表现出来。"澄神"相当于刘勰"率志委和","清和其心,调畅其气"的"养气"论。"会趣"的"趣"同于严羽的"兴趣""别趣"说,指"涵泳《风》《骚》,徘徊光景"而产生的高情逸兴涵容于诗中。标韵是指"色象音声之外"的雅致远韵。"植骨"来源于刘勰的"风骨"之骨。冯复京说:"节度紧严者,诗之筋也;词句丰茂者,诗之肌也;情理精实者,诗之髓也;事义鲜美者,诗之色也。兼此四者,则精神悦泽,而骨鲠植立矣。"(卷一)"练气",既是指诗人的精神风貌,也作品"清和而隐厚,滂沛而陡举"的流灌首尾的正气。"和声"重在音韵之美,"藻饰"重在辞采之美,"芳味"是指作品余味曲包,有无穷的余味留于言外。这"神用之妙"的十则,是在学古、模习诗体规则之后,根据个人才情的变化生新。这"神用之妙"的十则,又可说是胡应麟所谓"兴象风神"的具体化。胡应麟《诗薮》内编卷五曰:

> 作诗大要,不过二端:体格声调、兴象风神而已。体格声调,有则可循;兴象风神,无方可执。①

刘勰《文心雕龙·通变》曾把文章创作分为"设文之体有常"和"变文之数无方",胡应麟和冯复京在此启发下把诗歌创作分为有规则可遵循的"恒体""轨度"和无方可执的"神用之妙"。前者需要通过不断地学古、模拟而习得和掌握,后者则是根据个人才情的灵活变化,是"不拟之拟",在精神气象上与古诗相通。冯复京提出"神用之妙",与胡应麟提出"兴象风神"一样,都是对格调复古派的自我修正,把学古从形似上升到神似,从唐摹晋帖的亦步亦趋,上升到精神气象的相通。

---

① 胡应麟《诗薮内编》五,《明人诗话要籍汇编》,第 3193 页。

三、杜诗"变调"说

冯复京《说诗补遗》卷二至卷八，历时性地梳理了先秦至唐的诗体演变史。其中有几处是诗体演变关捩所在。卷二论曹植说："学汉则出之思议，稍谢天成；变魏则绚以词华，遂掩素朴。"是文章升降之渐。卷三论谢灵运改变玄言诗风的意义说："呜呼，不有灵运特起，宇宙其无诗乎！比之乃祖再造晋室，其功更伟矣。"至谢朓以降，"气韵皆渐入唐矣"（卷三）。卷五论沈佺期、宋之问曰："诗至沈、宋，诚古今变格之极也。……二公先驱，诚可谓艺苑功人，无惭风雅者矣。"论唐诗曰："诗至于唐，古今盛衰之大界也。""本六朝之藻赡，而加之以雅饬者，初唐之法也。刊初唐之浮华，而畅之以才气，主之以风神，究竟之以变化者，盛唐之制也。初唐味浓，盛唐格正。初唐锻字丽密，意尽言中。盛唐寄兴闲远，趣在言外。大历诸子，一味清空流转，非惟失盛唐之化境，并美大失之矣。晚唐途辙愈分，人材日下，而诗亡矣。""卢仝之狂纵，太白之乐府为之也。昌黎之怪拙，子美之古诗为之也。陈（师道）、黄（庭坚）之枯瘦，子美之近体为之也。有储（光羲）、王（维）率直之五言古，张谓坦明之七言古，自然有元（稹）、白（居易）长庆之诗。有常建之鬼语，自然有李贺锦囊之句。有（孟）浩然清短之格，自然有（孟）郊、（贾）岛寒苦之弊。"（卷五）冯复京对诗歌史走势的认识和评价，与复古派的态度基本是一致，都没有超出严羽所谓"以汉魏晋盛唐为师，不作开元、天宝以下人物"[1]所划定的范围。

值得注意的是他对杜诗的评论。"子美集开诗世界"（王禹偁《日长简仲咸》），杜甫诗歌对于中晚唐、宋元诗风都有着直接

---

[1] 严羽著、张健校笺《沧浪诗话校笺》，上海古籍出版社 2012 年版，第 65 页。

而深刻的影响。宋代秦观《韩愈论》称杜甫诗"集大成",明初高棅《唐诗品汇》标举杜甫五七言古律为唯一的"大家",明代复古派的代表人物李梦阳和李攀龙都以学杜闻名。陈束《苏门集序》说弘治年间的诗坛"力振古风,尽削凡调,一变而为杜",说的就是李梦阳学杜给予诗坛的影响。但是,李梦阳、李攀龙二人本具有北方气质贞刚的禀赋,片面发展、放大了杜诗重拙粗豪的一面,在当时也激起人们的批评。若何景明有意识地提倡初唐七言歌行,就是以初唐歌行之音节婉转来矫正李梦阳学杜而调失流转的毛病。吴地的蔡羽直接说"少陵不足法",其立言之微指是针对"李献吉以学杜雄压海内,窜窃剽贼,靡然成风"①的诗坛弊端,王嗣奭在《管天笔记外编》卷下批评李攀龙诗歌"读至十余首,'天地''风尘','百年''万里',屡出可厌",也即王夫之《姜斋诗话》卷二所批评的"张皇使大,反令落拓不亲"②。所以明代中后期的诗坛逐渐出现了杜诗"变调"说,谓杜诗乃盛唐之变调。③ 明代的杜诗"变调"说有两个向度,一是反拨和清算宋诗,将宋诗弊病的源头追溯至杜甫。二是对李梦阳、李攀龙学杜而失之粗豪的警觉。冯复京《说诗补遗》也持杜诗"变调"说,其用意也包括这两个方面,而以第一点为主。

冯复京持杜诗"变调"说,并不主张学诗者学杜甫,主要着眼于两方面原因。一是杜甫所处为乱离时代,而今代际明盛,时代治乱不同,不可勉强。《说诗补遗》卷六曰:

> 子美之诗,大都作于天宝乱离之代,陇蜀漂泊之秋。故眷念阙庭,悲怀骨肉,关塞干戈,艰难老病,苦心怨调,凄断营魂,非直才性所近,亦适会其时耳。……今代际明盛,朝

---

① 钱谦益《列朝诗集小传》丙集,上海古籍出版社1983年版,第307页。
② 见丁福保辑《清诗话》,上海古籍出版社2015年版,第13页。
③ 参见拙文《杜诗"变调"说》,《杜甫研究学刊》2008年第1期;收入拙著《诗歌评点与理论研究》,凤凰出版社2011年版。

野欢娱,自有太平之音,何必再陈刍狗,无疾呻吟哉? 学杜
者先须识此。

万历时期能否说是"代际明盛,朝野欢娱"? 恐怕这里不免虚饰
之辞。但是明代的确存在如谢榛所说"今之学子美者,处富有而
言穷愁,遇承平而言干戈,不老曰老,无病曰病,此摹拟太甚,殊
非性情之真也"①的现象。上引冯复京的文字未尝没有现实针
对性。

二是明确将杜甫与盛唐区分开来,认为"宋人种种魔境,皆
此公作导师。故诗至子美,实唐之终而宋之始也"(卷六)。杜甫
气勃笔苍,遭遇乱世,创造了千古未备之格,不同于盛唐之深婉
浑雅,因此,"后人学老杜,又未若学盛唐也"(卷六)。

冯复京对杜甫诗歌的品评辨析尤为细致,具体指出了杜甫
诗歌"变调"之所在。他说:"杜诗佳处,有雄壮语、痛快语、秀丽
语、苍老语、忠厚语、平典语,累处有粗豪语、村俗语、险瘦语、庸
腐语、鬼怪戏剧语、强造生涩语。……所以利钝杂陈,泾渭并泛,
终不失为大家。古今不可无一,不可有二。"(卷六)就各体来说,
新题乐府"三吏""三别"等诗,"沉着痛快中,时出鄙态露语";纪
行诸诗,本乏佳致。五言古,一以沉着痛快为主,气愤脉张,悲伤
怨怒,乃害古也。七言歌行,若"况复秦兵耐苦战,被驱不异犬与
鸡"(《兵车行》),"岂闻一绢直万钱,有田种谷今流血"(《忆昔》),
则怨诽而乱,乖敦厚之本教。杜甫的五七言律诗,多为世人称
道。但冯复京说:"予谓律之神化,乃是人巧之极,妙夺天工,从
心不逾,周旋自中。若瘦硬生涩,巧稚颠纵,以为神化,非予所知
也。"(卷六)他辨析杜甫五言律,分为雄浑精丽、奇拔清峭二品,
对于后一类,则严加裁汰。七言律允为大家,但"有异体劣调,生
拗崎险,懈怠草率,如枯骸占诀者。苏、黄、陈宗派,全为此老所

① 谢榛《诗家直说》,《明人诗话要籍汇编》,第 2679 页。

误"(卷六)。至于杜甫的绝句,严羽《沧浪诗话·诗评》就指出:"五言绝句,众唐人是一样,少陵是一样。"①杜甫绝句多对偶,甚至如律诗中间二联,庄严整饬,而缺少婉转流动之美,明人多有批评。如高棅《唐诗品汇》就把杜甫绝句放在"羽翼"目中,意谓落入中晚唐格调。冯复京则径直说:"五、七言绝,世谓子美一无所解。"(卷六)总体来说,在冯复京看来,杜甫诗歌骨多肌少,气锐神伤,痛快之极,实多刻露,气骨才力有余,而和平蕴籍不足,既有盛唐的秀句丽句,又多粗句村句,奇险怪俗,直接影响了韩愈诗歌的险句诨句,"宋诗有如戟手骂詈者,亦其流弊也"(卷六)。

对韩愈、元稹以下乃至于当时的胡应麟,特别是宋人的杜甫论,冯复京都不以为然。他辩驳后感慨说:"子美之诗岂易言哉?正索解人不可得,此之谓乎!"(卷六)似乎杜诗"变调"论是他的独家自得之论。其实,杜诗"变调"论是当时比较普遍的看法。不过冯复京采用摘句批评的方式,一一列举诗篇、诗句,辨析得更为具体、更为细致;他所谓"后人学老杜,又未若学盛唐也",说得更斩钉截铁。而其最终目的,既是黜斥宋人以文字、才学、议论为诗的"歧途",也是对复古派的格调主张在李梦阳、李攀龙诗歌实践中出现偏失的纠正。

四、临终遗恨?

冯复京《说诗补遗》是一部褒贬态度非常鲜明的诗话著作。对于前后七子特别是李梦阳、何景明、李攀龙、王世贞、胡应麟等人的诗学观念,他都作了辨析,或可或否,是非清晰。对于当时的公安派和竟陵派,他也态度明确地加以贬斥。全书的最后一

---

① 严羽著、张健校笺《沧浪诗话校笺》,第 507 页。

则,冯复京说:"今王(世贞)、李(攀龙)降为袁中郎,而诗亡矣!呜呼,予岂好辨哉!吾愿一代诸公或屈首簿书,或营精举业,或勒修戒行,或绝意干谒,勿事此道。以不朽大业付与积学大才,自足生活,可也。"(卷八)面对"公安派"登上诗坛的境况,发出"诗亡"的感叹,劝世人勿事此道。又如卷一谓:"凡近世所谓'清'者,辐辏篇章。凡才短而思清者,靡不寄径乞灵,自谓穷高跨俗,而全盛气象如汉官威仪者,失之远矣。"近世所谓"清"者,正是针对钟惺《简远堂近诗序》之"诗,清物也"而发。冯复京接过复古派的旗帜,重新提倡汉魏盛唐,正是为了矫正竟陵派的清寒幽峭。

出于拯救诗坛、恢复大雅的使命感,冯复京对中唐以降特别是宋代诗歌给予过于激烈的抨击。《说诗补遗》卷八论唐宋之变曰:"诗至晚唐,而气骨尽矣,故变而之苏、黄。"他接续严羽以降对宋诗的贬抑,在《说诗补遗》中处处表现出对宋人诗作、诗论的贬斥。如卷一曰:"予尝谓:谈诗者若胸中留一宋人见解,则是膏肓之疾,和、缓莫救。"卷三曰:"诗道至宋一世,病热醉梦,无烦具述。"卷六曰:"宋人沾沾李杜,实不识李杜。……然予得一读杜诗捷法,但看宋人诗话所甚口赞叹者,非老杜极佳之诗,即系其极恶之诗,以此参之,十不失一。"又曰:"宋人不解诗,尤不解古诗,以其数典忘祖。"这些都是出于门户之争,难免意气用事,对于当时刚刚兴起的学宋风气不无抵触,但并不能正面认识宋诗的特点。

问题在于,《说诗补遗》末有冯复京二子冯舒、冯班的跋语,其中说到冯复京临终前对《说诗补遗》关于中晚唐诗的评述有遗恨。冯舒署于天启三年(1623)八月中秋后四日的跋曰:

　　先君子以庚申之夏入南都,不肖以是岁秋觐于长干里,僦室甚隘,后有废圃,狐鸣鬼啸,白昼如夜。先君子有句云:"座上有心听贾《鹏》,斋前无地种萧《杨》。"盖实纪也。时方著是书,逾月,不肖归,至冬而书成。先君子敕不肖曰:"吾之此书,可谓目空千古,起九原而质之,必也其瞑目乎!"持论如是,诳语之狱空矣。逾年而先君子归北山旧间,更敕不肖曰:"前所著尽,颇亦未尽。汉魏六朝,无遗憾矣。初、盛两唐,自谓精确。所恨者中晚之间,立言未真耳。"不肖曰:"何谓?"先君子曰:"汝亦知唐诗之体所自分乎? 历观唐人诸集,人所恒见者,如元、白、韩、柳之类,有乐府、律诗之名,未闻别古、律、五、七言而铢铢较之也。体之判若泾渭,则高棅俑焉耳。今遽谓诗有定格,至以一字一韵指为失粘,为拗体,与唐人何与哉? 夫中晚之不得为初盛,犹魏晋之不得为两京,而谓初盛诗存,中晚诗绝,将文心但存苏、李,而世宙遂止当途乎? 此何待知者而辨也。故初盛有初盛之唐诗,以汉魏律之,愚也。中晚有中晚之唐诗,以初盛律之,亦愚也。凡今之人,守琅琊之《卮言》,尊新宁之《品汇》,习北海之《诗纪》,信济南之《删选》,谓子美没而天下无诗,虽夜郎蛇汉,夏虫语冰,未足为喻也。吾书第八卷,尚守故说。天假吾年,庶有以新天下之闻见乎?"

提命未几,山颓木坏,呜呼痛哉! 记易箦前一日,尚取《薛能集》读之,意有更定,不能捉笔。呜呼痛哉!

不肖含血抆泪,聆所遗言。先君子曰:"《说诗》一书,虽有遗憾,然一生目力尽在是矣,世无解人,盍亦流通以俟之乎? 意不尽言,慎勿改也。"遗训在耳,终古铭心,因录副墨,感而述此,以志先君子之遗恨。

冯舒作此跋时,其父冯复京去世才约一年半。从其中记述可知,冯复京临终前似乎从复古的迷梦中醒悟过来,一改前论,提出:"中晚有中晚之唐诗;以初盛律之,亦愚也。"真是通达之论。冯班似乎还担心后人不相信其兄的记述,又补记曰:

先君是书,家兄跋语皆实录也。然病榻尝诏班曰:"王、李、李、何,非知读书者。吾向尝为所欺,汝辈不得尔。"则凡言王、李者,皆往时语也,读者其详之!

其实,冯班的这几句补记,更让我们怀疑其兄冯舒跋语记述冯复京临终遗恨的真实性。我们知道,冯舒、冯班是不惜余力地提倡中晚唐诗的,并在明清之际产生了影响。冯舒所记述其父临终对中晚唐诗歌认识的转变,似乎违背了冯复京的一贯见解,而更合乎冯舒、冯班自己的诗学主张。一般来说,"三年无改于父之道"(《论语·学而》),更何况子女怎能轻易地扭曲父亲的临终遗言! 那么,是这对"直""狂"①的兄弟因为个人的理论预设而有意无意地扭曲了其父临终的诗学表述,还是其父临终诗学观念的转变,启发了二冯对中晚唐诗学的重视和提倡呢? 这可能是永远也难究其实的诗学公案了。

(作者单位:复旦大学中国古代文学研究中心)

---

① 陈望南以"直""狂"两字概括二冯的性格,冯舒"直"而冯班"狂",见氏著《海虞二冯研究》,中山大学出版社 2011 年版,第 30 页。

《慎墨堂诗话》辑校前言

陆 林

  "慎墨堂"是清初邓汉仪的堂号,《慎墨堂诗话》却非其著作,而是我与友生王卓华博士从其编选辑评撰写的有关清人诗歌总集、别集及其笔记中,将内容关涉诗学、形式类似诗话的文字辑录而成的一部新著。

一

  邓汉仪(1617—1689),字孝威,号旧山,别署旧山农、旧山梅农,晚号钵叟,郡望南阳。据清初沈龙翔《邓征君传》"苏州人,徙家泰州。少颖悟,读书日记数千言。长,工属文,十九岁补吴县博士弟子员"①的记载,一般认为他是原籍苏州府吴县,崇祯八年(1635)为吴县庠生,清初迁居扬州府泰州(今江苏所辖市)。陈维崧顺治十四年(1657)为邓汉仪《过岭集》撰序,云其"序阀阅,则邓仲华簪组之族,门户清通;谱邑里,则吴夫差花月之都,山川绮丽"②,介绍了作者的祖籍苏州,出身世家。只是紧接的两句"籍虽茂苑,产实吴陵",以及时人称其"以吴趋之妙族,生东

---

① 夏荃辑《海陵文征》卷十九,道光二十三年刻本。
② 陈维崧《陈检讨四六》卷七《邓孝威诗集序》,《四库全书》本。

阳之秀里"①和"厥世吴国,实产海陵"②云云,似乎又是指汉仪出生于泰州(汉为海陵县,东汉废,并入东阳,晋复设,唐武德三年改名吴陵,于县置吴州,七年州废,仍名海陵,南唐升为泰州治所,明省海陵县入州,领如皋一县,属扬州府辖,清初因之③)。看来,邓汉仪可能自父辈开始已经寓居泰县,故云与泰州黄云"童稚情亲"(2:2④),为少小之交。因祖籍所在,而回苏州考诸生,亦曾"读书吴门之西郊"。回苏州的具体时间,当始于崇祯四年十五岁时。"予十五游吴会,称诗于西郊诸子间"⑤。然居住之地仍为泰州,所著《诗观》评吴伟业《琵琶行》,汉仪自称"昔客吴趋,叶圣野过晤论诗"(1:1),地道的苏州人,是不会说自己"游吴会"、"客吴趋"的。拔诸生后参加乡试,如自述崇祯十二年(1639)"己卯,余应试白门"⑥。其于崇祯十七年春夏称离任泰州知州陈素为师⑦,有两种可能:一是陈任知州时,汉仪曾随其读书;一是陈于"壬午充应天同考"⑧,即南直隶崇祯十五年乡试同考官,而此年汉仪参加南京秋闱。《邓征君传》云其"忽以足疾

---

① 龚鼎孳《定山堂古文小品》卷上,康熙刻本。
② 张琴《翩翩邓子八章章八句》,《慎墨堂诗拾》附录,天津师范大学图书馆藏《慎墨堂全集》抄本。
③ (道光)《泰州志》卷一《建置沿革》,道光七年刻本。
④ 为省减篇幅,本文凡引自《诗观》初二三集者,一般以简注方式括注出处,如初集卷一为1:1。第一个数字,是表示《诗观》初集(二集为2,三集为3);第二个数字,是表示卷数。"2:2"意为《诗观》二集卷二。
⑤ 邓汉仪《申凫盟诗选序》,申涵光《聪山集》卷首,康熙刻本。
⑥ 邓汉仪《慎墨堂笔记》,天津师范大学图书馆藏《慎墨堂全集》抄本。
⑦ 邓汉仪《寄赠陈上仪师白门》:"万里雪销通晓骑,三春雁尽护居庸。南来书讯边城少,北望旌旗御阙重。"两联分别注云"先生自泰复调冀州"、"闯贼陷北京",可据以考证陈上仪其人和诗歌写作时间。
⑧ 盛枫《嘉禾征献录》卷三七:"陈素字太淳,号涵白,桐乡人,崇祯癸酉举人,甲戌进士,知开州……在事三年,民深德之。丁忧,补泰州,拔陆舜于童子试中。壬午充应天同考,闯贼陷庐州,度不能支,挂冠归。癸未补冀州,国破不出,自称天山道人,卒于家。"

辍试,遂弃去"诸生身份,未必与入清后的时局变化有关。

可以左证以上推测的,是其《笔记》中所记"吴缵姬孝廉,沉毅负才略。预知登州之变,即移家还海陵。甲申在维扬,与黄中丞家瑞、马兵宪鸣骁倡义社,以扁舟邀余共事。余有诗答之……竟不赴其约"。吴缵姬,字玑滩,泰州人。中崇祯三年乡试。其先以戍籍家登州,清军犯山东,挟弓持槊,护亲出重围,归于海陵。入清"嘉遁不仕,甘老丘园,人咸高之"①。据汉仪笔记,缵姬南明初年曾与淮扬巡抚黄家瑞、扬州知府马鸣骁在扬州组织义兵抗清。如此际汉仪仍在苏州,当不会"以扁舟"相邀。顺治十七年邹祗谟、王士禛辑《倚声初集》著录其为"泰州人,吴县籍"(卷一《爵里》),应该说是准确无误的。

二

邓汉仪人生大致可以分为三个阶段:一是顺治三年三十岁前(1617—1646),即青少年的读书求学阶段;一是三十一岁至康熙八年(1647—1669)五十三岁时,即中年的入幕谋生阶段;一是康熙九年至逝世(1670—1689),即中老年的编选诗歌阶段。以下主要介绍其第二、第三阶段的人生经历。

清初的邓汉仪,虽不事科举,却非隐居。顺治二年(1645),济南长山县刘孔中任泰州知州,创建吴陵诗社,入社者皆当地青年才俊,"同社数子,报其词藻,鲜不为刮目,而倍才孝威,时招之读书芙蓉署"②。此年,汉仪所撰诗,有《乙酉闻丁汉公登贤书将从白门入燕赋此寄赠》、《刘峄嶙师招同丁汉公夜集衙斋送之北上》等。刘孔中字药生,号峄嶙,明崇祯三年副榜,顺治初避兵江

---

① (雍正)《扬州府志》卷三二《人物·隐逸》,雍正十一年刻本。
② 方苞《官梅集序》,清抄本。

南,豫王闻其贤,奏授内院中书,知泰州,以政最擢颍州道参议,摄庐凤泗滁和诸路监司,坐误漕事,落职归。① 夏荃《退庵笔记》卷六云:"《吴陵国风》八卷,顺治四年州牧刘公药生选刻。公名孔中,济南长山人,崇祯相刘鸿训之子。公顺治二年任,本朝州有牧自公始,州有诗选亦自公始。《州志·名宦》称公'创吴陵社课士,刻有《吴陵诗选》',是也。"汉仪顺治四年诗作结集《官梅集》,便是"济南刘峄巘老师鉴定"。丁汉公,名日乾,字谦龙,泰州人,顺治二年举人。邓汉仪于该年寒梅绽放的冬季,撰诗送其赴京参加新朝礼部春闱,不仅没有丝毫劝阻之意,相反表示出一丝对"去路指天中……吹子上幽燕"的歆羡。"使君与诸生,并送孝廉船。……共此师弟好,语默无间然",反映出邓汉仪自幼在泰州入学,与明末清初的当地知州皆有师生关系的实际情形(故前称陈素为师,此称刘孔中为师);"感师款款语,谓我当着鞭。同生且同学,草处非英贤",或许也流露出紧步友人后尘,"努力爱岁华"的不甘草处、奋力加鞭的希冀。这在扬州十日的秋坟鬼唱尚不绝于耳,兵燹灰烬且残热未熄之际,至少不能说具有明显的遗民之思。

顺治四年(1647)夏,合肥龚鼎孳游泰州,邓汉仪与之交。这是一件决定后者一生走向的大事情。龚鼎孳(1615—1673),字孝升,号芝麓,清初著名诗人,与吴伟业、钱谦益并称为江左三大家。崇祯七年(1634)进士,先降李自成,后降清,顺治三年以太常寺少卿丁父忧,至顺治七年始回京(两年后官原职)②。在顺治四年至六年,龚鼎孳漫游江南,在泰州与小于自己两岁的邓汉仪一见如故,多次宴饮观剧,分韵赋诗。在邓汉仪顺治四年写作

---

① (道光)《济南府志》卷五五,道光二十年刻本。
② 据友生裴喆博士告知:《同人集》卷四载龚鼎孳此年致冒襄书札云:"弟崎岖行路,仗庇布帆无恙,于中秋后一日抵都门矣。"回京之后因陈名夏的阻挠,直到顺治九年四月才补原官。

的《官梅集》中，就有八首与龚鼎孳的唱和诗。深秋分手时，邓撰长诗《送龚孝升奉常游江南》相赠，其中有两点值得关注：一是"羡君年正少，那复远慕严陵钓；羡君名甚高，那复长栖仲蔚蒿"，这是劝慰因服丧期间"歌饮流连，依然如故"①而遭弹劾的龚鼎孳不要沮丧，不会永远像严子陵、张仲蔚那样落魄隐居；一是结尾表示"我恨未从君，踏破万山之青苍，徒守淮南桂树终相望"，化用《招隐士》"桂树丛生兮山之幽……山中兮不可久留"②，表达了自己希望追随龚鼎孳出游四方而不愿幽栖隐居的心曲。此后的两年间，龚鼎孳主要寓居扬州、南京，邓汉仪多次于其寓所饮酒赋诗。龚鼎孳顺治七年夏季服阕赴京③，次年邓汉仪入京师，至顺治十年春离开京城，顺治十一年再次入京，至十三年春离京，先后两个一年多的时间皆寓居龚府，"余浪游燕都，客龚芝麓先生家"④。期间龚鼎孳亦由太常寺少卿升任刑部右侍郎（顺治十年四月）、户部左侍郎（十一年二月）、左都御史（五月）。顺治十二年十月、十一月，龚鼎孳因执法宽待汉人等事，先后降十一级。十三年四月贬至上林苑，任蕃育署署丞，以部院大臣下放至京郊为皇宫饲养鸡鸭鹅，其心情可想。是年秋季出使广东，道经江南时，邓汉仪随行赴岭南，次年三月始同归。⑤ 邓汉仪《诗观》评龚鼎孳诗云："昔客京师，及过庾岭，以至萸湾、桃渡之间，仆莫不奉鞭弭以从。"（1：2）说的就是自己跟随龚鼎孳在京师府邸，以及过大庾岭往返粤东、返江南后在扬州茱萸湾、南京桃叶渡的诗酒幕宾生涯，可谓践行了"从君踏破万山之青苍"的夙愿。

---

① 蔡冠洛《清代七百名人传》，世界书局 1937 年版，第 1724 页。
② 王夫之《楚辞通释》卷十二解题云："此篇义尽于招隐，为淮南召致山谷潜伏之士。"
③ 宗元鼎《芙蓉集》卷七《庚寅夏日送奉常龚孝升先生还朝》，康熙刻本。
④ 邓汉仪《定园诗集序》，戴明说《定园诗集》卷首，康熙刻本。
⑤ 龚、邓顺治年间的交往，主要参考了邓晓东《清初清诗选本研究》卷下《清初清诗选家年表》，2009 年南京师范大学博士论文。

友人陆舜在《邓孝威过岭诗序》中，曾说到邓、龚友谊并赞及邓的人品："邓子之与先生，可谓道合忘年、倾倒不近者邪？既先生累官京师，则招邓子于别署。委蛇退食之暇，即与邓子呒毫濡墨之会也；忧谗畏讥之日，即与邓子痛哭流涕之时也。先生未几而跻崇秩，复未几而累左迁。一时僚友朝士、门生故吏，趋避聚散之缘，殊有难可道者。邓子萧然一慷慨布衣耳，论交十年，升沉一致，大雅相成，名益海内，可以远追王、孟，近方陈、董。邓子有不为先生重而益以重先生者哉！"①后一句对邓汉仪人品和地位的推崇，是颇有分量的。

此后，龚鼎孳返京，直至康熙二年始重官左都御史，从此仕途坦顺，连任刑、兵、礼部尚书，晚年两主会试，门生满天下；"屡招"汉仪，却被其"以亲老为辞"②，不再赴京，然彼此友谊至老不衰。在《定山堂诗集》约有近六十题诗涉及邓孝威。虽然有许多是写于顺治年间，但是彼此交往从未间断。如邓汉仪评龚诗云："畴昔之岁，予曾作招隐之书致之合肥，蒙其赋诗寄答，不以仆为狂诞，固知归田之志有素也。"（1：2）《慎墨堂名家诗品》因序梁清标《使粤诗》而深情回忆"丙申冬日，仪曾陪合肥先生之岭南，而合肥则从兵革豹虎中，与仪刻烛联吟，夜分不寐，各著有《过岭集》。今合肥已逝，……则平津秋闭，红粉楼闲，览斯集者应同泫然矣。"龚鼎孳以明进士遇李（自成）降李、遇清降清，加之狂放不羁、沉溺声色，为人诟病。然其为官"唯尽心于所事，庶援手乎斯民"③；平居惜才爱士，广交下层宾朋，"穷交则倾囊橐以恤之，知己则出气力以授之"④，为清初文学的复兴保存了一批人才，对

---

① 陆舜《陆吴州集》，清刻本。
② 邓励相《征辟始末》，清钞本。
③ 吴伟业《吴梅村全集》卷三七《题龚芝麓寿序》，李学颖集评标校，上海古籍出版社1990年版，第804页。
④ 钱林《文献征存录》卷十《龚鼎孳》，咸丰八年刻本。

下层文士与新朝的兼容做出了积极努力。

在第二阶段期间，身为布衣的邓汉仪虽主要从龚鼎孳游，亦有入他人幕府的行迹。如吴绮曾于顺治六年撰《客秣陵送邓孝威之寿春》五古诗，有句云："寿春争战场，今古具楼橹。君去得所依，长吟入军府。"①顺治十年春，邓汉仪随戴明说赴汝南道任。戴氏字道默，号岩荦，沧州人，与龚鼎孳为进士同年，入清官户部侍郎，顺治十年缘事谪河南布政司参政，分守汝南道。汉仪自述云："忆壬辰岁，余浪游燕都，客龚芝麓先生家，与岩荦先生邸相对，时时过从。……继先生以少司农出参宛藩，招余同往"②；此即《笔记》所谓"戴岩荦自少司农左迁南阳参政，余在幕中。每于夕置酒谈燕，夜分不辍。"《诗观》评戴明说《宛南秋日慰留邓孝威》曰："癸巳同公之宛南，结茅庐以居。秋深忽忽欲别，相视和歌。"(1：4)评海宁朱尔迈(字人远)云："癸巳冬，校文吕金事署中，极赏人远作。"(3：8)即此年冬，在浙江杭严道吕翕如官署中任文秘③。顺治十一二年间入山西巡抚陈应泰幕④。康熙四年(1665)，邓汉仪入河南汝宁知府金镇幕，并与其次子敬敷交(2：5金敬敷诗评)。康熙六年至七年，客扬州友人吴绮湖州

① 吴绮《林蕙堂全集》卷十三《亭皋诗集》，康熙三十九年家刻本。
② 邓汉仪《定园诗集序》，戴明说《定园诗集》卷首，康熙刻本。
③ 明代分巡道以按察司副使金事为之，清朝前期因之，乾隆十八年裁去。据友生裴喆告知：此吕金事当为吕翕如，字正始，直隶清苑人，顺治十年任浙江杭严道，海宁州在其辖下；顺治十二年卒于任，见周亮工《赖古堂集》卷五《过清苑哭吕正始，是日次大汲》自注。
④ 邓汉仪康熙十四年(1675)撰诗《送金公长真升江宁观察》之一有云："芙蓉幕下共瞻荆(始与公订交陈抚军幕下)，二十年来缟纻情。"此年金镇由扬州知府升江宁驿传盐法道副使兼署盐运司事，上推二十年，陈姓巡抚只有陈极新(顺治十一年至十六年任陕西巡抚)和陈应泰(顺治十一年至十二年为山西巡抚，该年十二月至十五年为浙江巡抚)。考汉仪行迹，《诗观》初集自序云"舟车万里，北抵燕、并，南游楚、粤"，即曾从河北赴山西。故当在顺治十二年(1655)间，曾在太原入陈巡抚幕，与金镇结交。二首联云"十年弹铗向天涯，始信平原气谊赊"，亦说明多年来的浪迹游幕的生活。

知府幕,曾与之共事《唐诗永》之选①。"十年弹铗向天涯",是以战国齐人冯谖寄食孟尝君弹铗而歌,得孟尝君厚遇的典故,说明自己中年以来浪迹于当朝名公府邸的幕僚生涯。

三

将康熙九年(1670)庚戌开始,列为邓汉仪人生的第三阶段,从经历上来说,是因为母逾七十②,汉仪不再远游③(被迫赴试宏博除外),"惟百里负米"(《诗观》二集序),以养慈亲。来往最多的是扬州,足迹亦时涉南京、如皋(雍正三年前属泰州),偶及无锡;从事业上来说,是因为奠定其一生诗学地位的《诗观》此年便进入了正式编选的进程。"仆历年来浪游四方,同人以诗惠教者甚众,藏之笥箧,不敢有遗。庚戌家居寡营,乃发旧簏,取之同人之诗,略为评次,盖阅两寒暑而始竣厥事"(初集凡例)。在《诗观》中有明确写于该年十二月的评宗元鼎诗语:"庚戌嘉平,从雉皋雪中归,因呵冻书此数句。不知考功、仪曹论诗京邸,以仆言为何如?"(1:7,考功指王士禄,仪曹指王士禛)而序成于"壬子季秋望日",即康熙十一年(1672)九月十五日。

从《诗观》的编刊凡例,可见诗选是得到当地政府官员的支持的:如初集的资助者为"淮扬当事,主持斯事者,则转运何公云壑林、李公星河景麟,明府孙公树百蕙,功为甚巨"。何林,宛平籍山阴人,诸生,康熙十年任两淮都转盐运副使;李景麟,陕西

① 邓汉仪《诗观》初集卷七宗元鼎诗评。汪超宏先生《吴绮年谱》误作吴绮"与宗元鼎同选《唐诗永》"。

② 康熙十七年(1678)孟夏,邓汉仪"时予以家慈八十称觞事"(《慎墨堂名家诗品》施闰章《愚山诗钞》序),则其母约生于万历二十六年(1598)。

③ 邓汉仪评李攀鳞诗云:"尊君郇园先生节制两越,舟泊维扬时,招予入幕,情礼隆重。予以母老,未之许也。"(2:10)李之芳,字郇园,康熙十三年任浙江总督,隆重礼聘汉仪入幕,虽未允,亦可见其为当时著名文学幕宾。

韩城人,贡生,康熙七年任两淮盐运司海州分司运判(年收入:养廉银二千七百两、心红银二十两、薪银六十两[①]);孙蕙,济南淄川人,顺治十八年进士,康熙八年任扬州宝应知县,十一年充江南乡试同考官(后官户科给事中、福建乡试主考官,著《笠山诗选》五卷,卷二有《简邓孝威》七绝)。二集历时五年而基本成书,"则以刻资维艰之故,观察金公长真首任其事,而转运薛公淄林、何公云壑、别驾卞公谦之、俞公汇嘉、大令许公石园及太史徐公健庵,皆捐资相助,故克有成"。金公长真指江宁分巡道金镇,薛公淄林指盐运同知薛所习,卞公谦之指扬州府管粮通判卞永吉,俞公汇嘉指管河通判俞森,许公石园指仪征知县许维祚,徐公健庵指翰林编修徐乾学(时丁忧在籍)。此外,友人的襄助亦是编刊经费来源的重要方面:"捐资最多者,则黄子天涛九河、顾子临邛九锡、范子献重廷瓒。"(初集凡例)黄九河,泰州姜堰人;顾九锡,江都人;范廷瓒,如皋人:即都是扬州府人士。不仅《诗观》初集皆选三人诗,黄、顾之诗仍见二集,可推测他们持续支持着邓汉仪的选诗事业。事实上,在初集凡例里,邓汉仪便已启事天下"是编行后,即谋二集。鸿章赐教,祈寄泰州寒舍;或寄至扬州新城夹剪桥程子穆倩、大东门外弥陀寺巷华子龙眉宅上;其京师则付汪子蛟门,白门则付周子雪客"。程穆倩是寓居江都的歙县程邃,华龙眉是江都华衮,汪蛟门是江都汪懋麟(时在京官内阁中书),周雪客是南京周在浚(亮工子)。康熙十三年,即初集问世后两年,汉仪复选《诗观》二集,"是编始自甲寅,成于戊午,阅五岁而竣事"(二集凡例);"初、二两集,广搜博采,极廿余年之精神命脉,成此大部,心力可谓竭矣!"(三集序)然在友人的鼓励下,康熙二十四年寓广陵董子祠,开始三集的编选,又历时五年

---

① 《重修两淮盐法志》卷一三〇《职官门·官制下》,光绪三十一年刻本。

而三集成,期间忍受着"垂老失偶,孤帐冷衾"的丧妻之痛①。三集序撰于康熙二十八年(1689)三月,汉仪逝世于该年秋季②,享年七十三岁。

四

从五十四岁开始的第三阶段,邓汉仪在前期积累的基础上,耗时二十年编成巨著《诗观》初、二、三集;思想感情上亦彻底接受了身处其中的新的时代。尤其是进入康熙朝之后,他对新朝的认识早已摆脱了第二阶段的不即不离,而是以平民布衣的身份,努力融入这一伟大的朝代。其编选清诗总集的历程,与康熙朝前期的重大事件,亦存在着千丝万缕的联系。以下依次介绍。

康熙八年(1669)玄烨亲政,次年《诗观》初集开始动工,康熙十一年深秋书成,自序中体现了普通士子经历了巨大史实变局后产生的宏阔的历史视野:

> 《十五国名家诗观》之选成,予反复读之,作而叹曰:嗟乎!此真一代之书也已。当夫前朝末叶,铜马纵横,中原尽为荆榛,黎庶悉遭虏戮。于是乎神京不守,而庙社遂移,有志之士为之哀板荡、痛仳离焉,此其时之一变。继而狂寇鼠窜于秦中,列镇鸱张于淮甸,驯至瓯闽黔蜀之间,兵戈罔靖而烽燧时闻,此其时为再变。若乃乾坤肇造,版宇咸归,使仕者得委蛇结绶于清时,而农人亦秉耒耕田,相与歌太平而咏勤苦,此其时又为一变。……予才万不逮吴公子,而幸值

---

① 孔尚任《湖海集》卷十一《答邓孝威》,康熙刻本。
② 袁世硕《孔尚任年谱》云该年"秋天,当孔尚任游历南京的时候,邓汉仪便与世长辞了",山东人民出版社1962年版,第115页。

鼎新之运，俾草茅跧伏之士优游铅椠，以勿负岁时，亦一乐
也。而今天子且博学好古，进诸文学侍从之臣，临轩赋诗，
以继夫柏梁、昆明之盛事。

"柏梁、昆明之盛事"，分别指汉武帝于柏梁台君臣宴歌联句赋诗
和唐中宗驾临昆明池赋诗、群臣应制倡和。序者从明末清初的
种种战乱，到康熙元年南明永历帝的失败，看到在新朝的统治
下，逐渐兵戈靖而烽燧熄，百姓安居乐业，国家统一安定的人心
向背大趋势，庆幸自己能够赶上"鼎新之运，俾草茅跧伏之士优
游铅椠"的好时光，以此为乐。

　　康熙十二年（1673）十一月，吴三桂举兵云南，肇始三藩之
乱；次年二月取常德、澧州、长沙、岳州。"滇闽叛乱，东南震惊，
扬人多惑易扰，讹言道听，家室朋奔，城门夜开，填衢泣路"①，此
即其友人汪懋麟丁忧在籍时眼中的扬州城内的动乱景象，亦就
是邓汉仪二集序言所谓"于时藩兵弗戢，烽达沅湘，山薮群盗，罔
知国纪，并事草窃。诸大吏严重封疆，羽檄四出。广陵士女，奔
窜江上，爨烟为之不举"。在城内百姓皆惶惶不可终日之际，他
以"乱固暂耳，徐当自定；铅椠吾业，敢自废乎"的淡定和自勉，表
达了对新王朝的信心。在这四方震动、人心浮摇之秋，邓汉仪之
所以不同于普通扬州人士的"多惑易扰"而心静如水，"坐昭明文
选楼，日披四方所邮诗稿，虽困馁不倦"，是根源于对天下大势的
看法："七国虽强，岂能越殽渑尺寸？唐时河北诸将虽跋扈，敢终
失臣节乎？此予所以当人情骚动时，而选事未尝或辍也。"康熙
十七年正月，康熙下诏，开博学宏词科，敕内外大臣"各举宏词博
学之士，齐集阙下，以待策问"，要求明年三月来京应试；八月十
八日，"大周昭武皇帝"吴三桂病逝于衡州皇宫；九月下旬，邓汉
仪撰成二集序。此时，湖南、广西、贵州、四川、云南等地尚在叛

----

① 　汪懋麟《百尺梧桐阁文集》卷二《赠扬州知府金公序》，康熙刻本。

军治下，可是序中却充溢着对平定叛乱的信心，编选者以是书之成，积极呼应着国家兴盛之机："迨戊午，是选告竣①。值天子下明诏，命公卿诸大臣各举宏词博学之士，齐集阙下，以待策问。若是书之成，敷扬德化，以助流政教，有适合者。"在某种程度上，是将此书作为诏试博学宏词的献礼之作。

康熙二十二年（1683）八月，清朝收复台湾；同年汉仪自觉"遭遇盛时"，复起三集之选，历五年而成书。康熙二十八年春，康熙帝南巡，主旨是验收前此"曾允淮扬士民所请，疏浚下河"的工程，正月二十七日驾临扬州，"维扬民间结彩欢迎，盈衢溢巷"；二月十一日在杭州晓谕扈从诸大臣：江南、浙江为人文萃集之地，入学额数应酌量加增；南巡所经之地，犯错官员及在监犯人俱准宽释，"以示朕赦罪宥过之意"②。同年三月，邓汉仪自序三集云："余也虽未获登天禄石渠，从诸臣后珥笔承明，著为诗歌，以扬揄熙朝，尚得遂厥初愿，于萱庭承颜之暇，而选一代诗词。"如果说康熙大帝以博学宏词科来选取天下英才，草根士子邓汉仪则是自觉地以《诗观》"俾天下魁奇俊伟之士、鸿才博学之儒，咸登是选，以见圣天子右文好士、敦尚风雅。有此人才辈出之盛，即继汉魏四唐而起，亦庶乎可也"。这种感受到康熙盛世的到来，"试图为自己和同时代的人寻求一种积极合理的代际身份认同"③，借一己之诗选来展示一个时代的诗歌和文化之盛的动机，在其晚年尤为明确和强烈。邓汉仪在为《诗观》二集撰序时，

---

① 据此该书在撰序之时已经编成，然卷二崔华诗总评曰："己未出都，抵里门，值水旱频仍，支吾万状。会有文章太守如公者来莅邗江，亦未遑修谒。壬戌春，始得觐慈颜；而公欢然倒屣，有如旧识。"可见康熙二十一年春尚未刊行。
② 王先谦《东华录》"康熙四十三"，光绪十年刻本。
③ ［美］梅尔清《清初扬州文化》，朱修春译，复旦大学出版社 2005 年版，第114 页。

已知自己被荐举与试①，此年六十二岁。他一方面因母老而无意赴试，一方面因多方荐举而难却盛情；一方面以热情的眼光看待天子下明诏的这一重大举措，一方面以"打酱油"的态度对待自己的赴京之行。故结语云："顾予实衰庸浅陋，伏在草莽，惟百里负米，以养八十之慈亲。而群下过举，郡县敦迫，敢不奔趋，以赴盛会？赖国恩浩荡，终放之江湖，以衰集一代之风雅，兼得勉将菽水，以遂乌鸟之私情，予也不重有庆幸哉？"他所期待的是：皇帝能最终放之还山，满足其编纂一代风雅的宏愿和照顾老母的眷眷之情。次年三月在太和殿体仁阁笔试《璇玑玉衡赋》及《省耕诗》，邓汉仪有意不用四六文写赋，看来是预先计划好的。后来皇帝特授内阁中书舍人衔，复褒奖其"才学素著，因其年迈，优加职衔，以示恩荣"②，令其终身感念。当其十年后编就《诗观》三集时，自序落款钤印为"臣汉仪"，应该可以说明印主对康熙十八年宏博之试的基本态度。

五

邓汉仪一生以诗名，"博洽通敏，尤工于诗，与太仓吴梅村主盟风雅者数十年"③，与当代名家钱谦益、余怀、冒襄、周亮工、施闰章、宋琬、曹溶、陈维崧、尤侗、王士禛、吴绮、孔尚任等，皆有唱

---

① 荐举者谭弘宪，字慎伯，顺天文安人，顺治九年进士，时任户部郎中，后官衡州知府、山东驿盐道运同，《诗观》初、二集皆选其诗。

② 邓励相《征辟始末》。按：邓汉仪跋语云："征辟之役，三男同予抵京，故见闻独详，叙置最确要，是他日年谱中第一段要紧文字。予还山日久，旧事都忘。甲子长至后一日，得见此册，岂不同于《东京梦华录》、《清明上新河纪》耶？旧山叟，时年六十有八。"

③ 阮元《淮海英灵集》丁集卷一，嘉庆三年刻本。

酬往来。生平诗歌创作甚富，"游淮有《淮阴集》，居扬有《官梅集》，游粤有《过岭集》，游颍有《濠梁集》，游燕有《燕台集》，游越有《甬东集》，膺荐有《被征集》。皆逐年编纪，手自删定。"①今存有《官梅集》和《慎墨堂诗拾》两种。《官梅集》一卷，《中国古籍善本书目》集部别集类著录。是书为清顺治四年前后于泰州所作诗歌集。原刻本已佚，现存有南京图书馆藏清无近名斋抄本等。正文前题"丁亥诗编"，"济南刘峄巙老师鉴定，吴州邓汉仪孝威父著，同社陆舜玄升父阅"，共收诗——八首，有龚鼎孳、刘孔中、叶襄、方苞序以及陆舜弁歌。其时清朝立国不久，邓汉仪在诗中表达了依违新旧的复杂情感。《慎墨堂诗拾》九卷，《江苏艺文志·扬州卷》著录。由道光泰州夏荃辑录而成，从无刊刻，现存清末、民国抄本等。该书共辑古近体诗四三九首，分别辑自《同人集》、《感旧集》、《诗持》、《昭代诗存》、《诗永》、《皇清诗选》、《扬州府志》、《江都志》、《泰州志》、《春雨草堂别集》、《吴陵国风》等总集、别集、方志、笔记中。著名的《题息夫人庙》"千古艰难惟一死，伤心岂独息夫人"一绝，便是从《昭代诗存》辑出。卷首并从各家文集中辑得王士禛《邓孝威被征诗序》、陈维崧《邓孝威诗集序》、李邺嗣《甬上游草序》、陆舜《过岭诗序》等。

邓汉仪的诗坛地位，主要不是因其诗歌创作，而是得自他对当代诗歌的编选评价。研究清诗总集较有成就的日本现代学者神田喜一郎，甚至认为《诗观》"可能是清初最重要的一部诗文选集"②。早在该集问世之初，李邺嗣康熙十六年即赞扬编选者"自有网罗收一代，肯将坛墠让千春"③；董元恺《绮罗香》推崇邓

① 沈龙翔《邓征君传》。按：沈龙翔，字闇公，苏州府常熟县人，顺治十七年举人。
② ［美］梅尔清《清初扬州文化》，朱修春译，第130页。按：将《诗观》视为"诗文"选集，恐非出自日本学者。
③ 李邺嗣《杲堂诗钞》卷六《丁巳除夕从友人借得诗观夜读即赋二首寄孝威》，康熙刻本。

汉仪"跋扈文坛,独擅长城台辅"①;曹贞吉《贺新凉》词寄邓孝威"屈指骚坛谁执耳,羡葵丘、玉帛长干侧。千古事,名山得"②,以主持坛墠、跋扈文坛、骚坛执耳等词,肯定其在当代诗坛上的领袖地位。所选《诗观》初、二、三集,"搜罗富而抉择精,同时司选事者无虑十数,皆海内闻人,咸敛手拱服于先生"(《邓征君传》)。所辑评的当代诗歌,除了《诗观》三集,还有《慎墨堂名家诗品》,《中国古籍善本书目》集部总集类著录。该书的成书方式具有开放性和间断性的特点,类似今之系列丛书,开始于康熙十四年,"乙卯以来,余有《名家诗品》之选,四方同人以集惠教者颇众"③;至康熙十七年七夕时,"《名家诗品》已刻十余家,皆极精严,无敢滥入"(《诗观》二集凡例)。子目今存三种:彭桂《初蓉阁集》二卷、施闰章《愚山诗钞》二卷、梁清标《使粤诗》二卷。明确刊行过的,还有王士禛《蜀道集》二卷④及王熙、王曰高⑤、李元鼎⑥、孙在丰⑦、李振

---

① 董元恺《苍梧词》卷十《绮罗香·文选楼坐雨酬邓孝威见赠却和原韵》,康熙刻本。

② 曹贞吉《珂雪词》卷下《贺新凉·寄邓孝威》,《四库全书》本。

③ 邓汉仪《慎墨堂名家诗品》施闰章《愚山诗钞》序,康熙十七年刻本。

④ 孙殿起《贩书偶记续编》卷二十著录《慎墨堂诗品》二卷,为王士禛撰、邓汉仪编次,上海古籍出版社1980年版,第318页。此书当即《诗观》三集卷八方象瑛诗后邓汉仪附记所谓"壬子,王公阮亭使蜀,著有《蜀道集》……余久评次,成《诗品》行世"。壬子指康熙十一年,看来《蜀道集》是《诗品》中较早刊行的一种。《贩续》与《山东文献书目》均将之列为"诗文评类",应该是不确的。

⑤ 邓汉仪康熙十五年《致瞿山》尺牍云:"迩来弟又有《诗品》之选,每位一册,……已刻有梁司农、王宗伯司马及王给谏北山之集。"梁司农指梁清标,康熙十一年至二十三年任户部尚书(大司农),其间,王熙于康熙十二年至十七年任兵部尚书(大司马);而自《诗观》初集问世至邓汉仪逝世期间,无王姓者任礼部尚书(大宗伯)、侍郎(少宗伯),故"王宗伯司马"或有误。王北山名曰高。

⑥ 《诗观》三集卷一:"石园先生诗,余既勒成《诗品》。"

⑦ 《诗观》三集卷一:"司空先生以治河之节开府泰州,予与之论诗,因得请其稿,勒为《诗品》。"

裕①、苏良嗣②、程瑞禴③、丘元武④、谢开宠⑤等人的诗选。其中，康熙十四年冬，选评彭桂诗，刊刻于次年夏，施闰章诗选刻于康熙十七年，梁清标诗刻于《诗观》二集刊行之后。苏良嗣诗刻于康熙二十一年或稍后，孙在丰、丘元武诗约刻于康熙二十五年。可见编选者是在《慎墨堂名家诗品》这个总书名下，以单个作者的诗歌作品为出版单元，选评一种刊行一种，即其《致瞿山》尺牍所谓"诗品"之选，每位一册⑥，并非全部选定后的统一出书，与徐增编辑选评的《九诰堂元气集》相似。在此后的流传中，能将彭桂《初蓉阁集》、施闰章《愚山诗钞》、梁清标《使粤诗》三本单人诗选汇集在一起，实非易事，亦纯属巧合，与其说是清初诗歌总集，不如视为由邓汉仪选评的清人别集更为恰当。

从早年以诗歌创作而闻名，到后期转向以诗歌选评为职业，与邓汉仪中期以来的人生经历密切相关。具体表现在两个方面，一是中期从龚鼎孳等幕主游，一是后期寓居扬州城。

在《诗观》三集自序中，邓汉仪引述友人对初、二集的评价："广搜博采，极廿余年之精神命脉，成此大部，心力可谓竭矣。"二集成书于康熙十七年（1678），二十余年前则为顺治十年前后，此时正是他至京从龚鼎孳游的起始之际。初集自序中，还曾这样

---

① 《诗观》三集卷一："醒斋先生京师手授诗稿，予久刻之《名家诗品》中。"

② 《诗观》三集卷六："甲子初夏，彭君然石托王君蒿山，以《镜烟山房诗》邮寄卢公，属余拔其尤者，载之《诗观》二集。徐索其新篇，另登《诗品》。"

③ 《诗观》三集卷十三："余卧病今春，书卷未触，忽案头得程子孚夏诗一册，惊喜徘徊，存若新展。久之，乃知为孚夏所定《诗品》，愈展愈不能释。"

④ 邓汉仪《丘柯村诗序》："丙寅秋，来访旧交于淮上，特棹扁舟访余于銮江，出诗见示。……余既登君之作于《诗观》、《诗品》而复勒全诗以告当世。"

⑤ 吴绮《林蕙堂全集》卷四《谢晋侯诗品序》云："吾友邓子孝威，见其真挚之辞，谓略同于杜老，因加删定之役，遂端授于枣人。"此则史料，据王卓华博士《邓汉仪著述考略》。

⑥ 陈烈编《小莽苍苍斋藏清代学者书札》，人民文学出版社2013年版，第8页。

回忆自己走上选诗、评诗之路的缘由："予生也晚,然适当极乱极治之会,目击夫时之屡变,而又舟车万里,北抵燕并,南游楚粤,中客齐鲁宋赵宛洛之墟,其与时之贤人君子论说诗学最详,而猥蒙不弃,其以专稿赐教者日盈箱笥。"所谓舟车万里之行,就是王士禛序其诗言及的"邓先生昔尝北游蔡州,南游岭表矣,远或万里,近或一二千里,皆历岁月之久而始归"的入幕从游经历①。这种天涯入幕的过程,不仅是通过行万里路而识山川风物之美,更重要的是他以文学幕宾的身份,结识了各地许多"时之贤人君子",相与"论说诗学最详"。如评龚鼎孳《岁暮喜孝威至都门同赋》曰:"仆壬辰客燕,诸大老多折节敦布衣之好者,今闻亦销歇矣。"评纪映钟《赠阎古古送还沛上次韵》:"与古古别久矣,读此犹想燕京击筑时。"评邓廷罗《燕京送家孝威南还》:"长安赠别,诗可盈箧。"(1:2)评王鑨《和长兄觉斯华山诗》:"昔客燕京,大愚曾出此诗相示,叹为警绝。"(1:3)评孙宗彝《双龙洞步屠赤水韵》:"昔与虞桥握手京华,但以经济相许,不知其有仙佛大本领在。"(1:4)评阎尔梅《赠彭中郎时归自滇黔》:"昔在燕京,与古古别,今二十年矣。"(1:10)评郝浴诗:"顷与环极魏先生论诗京邸,先生以'老'之一字为诗家极境。"(2:1)总评吴沛诗曰:"默岩太史与仆订交京师二十余年,情至渥也,甲寅遇于邠上,出西墅遗诗见示。会拙选将竣,特为录梓,以识高山。"(2:12)正因为顺治十一年在京师与北闱举人吴国对(十五年进士)的交往,才有机缘于康熙十三年看到其父的《西墅草堂集》。与新贵大老交布衣之好,与入幕遗民慷慨击筑论诗,中年的这种游幕经历,使之"有机会结识同时代的名流,开阔自己的眼界,并有可能建立起自己的关系网"②。只是这种关系网并非仅仅用于谋取个

① 王士禛《带经堂集》卷四一《邓孝威被征八诗序》。
② 尚小明《学人游幕与清代学术》,社会科学文献出版社1999年版,第45页。

人的升斗菽水之需,在后来的诗歌编选事业中更要发挥巨大作用。

扬州府附郭县为江都,作为直隶州的泰州与之毗邻,"州在府城东一百二十里……西界江都"①。长江与运河在此交汇,使之成为南北漕运的枢纽。虽经十日屠城之惨,商业尤其是盐商贸易的需要,仍使这座城市在清初迅速复苏。早在康熙初年,在时人眼中已经是"今日广陵繁侈极矣"(1:7 评曹尔堪《广陵怀古》)、"今日则繁盛极矣"(1:11 评陈瑚《扬州感兴》)。"此间既汇集有大江上下各类名士雅人,又有足够供他们展开沙龙式文学活动的歌楼舞榭",加之顺治和康熙前期任职扬州的官员"大抵既稳健干练而又风雅卓绝"②,如顺治三年任兵备道的周亮工热心资助贫士出版、顺治十七年任推官的王士禛红桥修禊、康熙十二年任知府的金镇重修平山堂、康熙二十五年孔尚任驻扬州参修淮扬水利,皆为主持风雅的著名文官。身为扬州府所辖州人,泰州邓汉仪本来就与府城有着天然的文化和亲缘联系③,加之相距仅百里之遥的地缘优势,使之经常往返两地,中老年时期的"惟百里负米"(二集序),指的就是寓居扬州的选诗生涯。《诗观》序跋凡例中,多处涉及扬州(维扬、广陵、邗江、邗)与该书的关系:除了上面已经提及的当道资助和友人代收邮寄诗稿,邓汉仪在初集凡例中介绍自己选诗过程时,指出康熙十年"辛亥,久驻维扬,诸公过存,辱以专稿见饷,兼以南北邮筒绎络向望,遂

---

① (道光)《泰州志》卷二《疆域》,道光七年刻本。
② 严迪昌《清诗史》,人民文学出版社 2011 年版,第 64 页。
③ 江都姚思孝字永言,为南明大理寺少卿,其孙姚潜昉(? —1711)为邓汉仪女婿、江都郑元勋外甥,参《诗观》三集卷七姚潜昉诗总评。顺治十年春,如皋冒襄为子禾书"娶妇于邗上,为姚永言年伯女孙",见《巢民文集》卷六《老母马太恭人称觞纪实乞言》。邓汉仪与冒襄的密切关系由此可见。

成巨观";"仆至邗,同人即贻以公书,戒以'宁严毋滥'①。仆始终守此盟,一人不敢妄入"。为了编选《诗观》初集,此年邓氏在扬州待了很长时间,并将自己的编诗计划告诉当地友人,不仅得到众人的纷纷荐稿,在编选原则上亦与在邗的友人约定"宁严毋滥",视为盟约。在二集自序中云康熙十三年"甲寅春,予复至广陵,……时坐昭明文选楼,日披四方所邮诗稿";康熙二十五年,孔尚任因参修淮扬水利,至"江都董子祠访邓孝威,时选《诗观》三集"②。扬州这块积聚着众多热心文化的官员和追求风雅的富贾的商业都市,亦吸引了各地的落魄文士来此寻找入幕、坐馆或资助的机会。初集凡例介绍的"其客邗面订是选者,则杜子于皇浚、张子稺恭恒、计子甫草东、赵子山子澐、宋子既庭实颖、彭子中郎始奋、魏子冰叔禧、朱子锡鬯彝尊、诸子骏男九鼎",这些客居扬州、参与选订的人士中,杜、计、朱等,皆是清初诗歌创作的一时之选。扬州在当时拥有的区域文化和经济中心的重要地位,为邓汉仪持续二十年编选卷帙浩繁的《诗观》三集,提供了广泛的人脉、便利的地缘和可靠的财源等有利因素。

六

乾隆初期,宜兴瞿源洙在为清初乡贤任源祥诗文集作序时指出:"古未有以穷而在下者操文柄也……独至昭代,而文章之命主之布衣。……闾巷之士,不附青云而自著,此亦一时之风声好尚使然乎。"③可以说瞿源洙敏锐地观察到自清初以来的文坛

---

① 《诗观》初集卷三桑豸总评曰:"近仆谬司选事,楚执极意周旋,而倦倦致书,以滥收为戒,则固同人所共佩也。"

② 孔尚任《湖海集》卷一,康熙介安堂刻本。

③ 钱仲联主编《历代别集序跋综录》清代卷,江苏教育出版社 2005 年版,第 1323 页。

变化。晚明以来的诗社、文社的繁盛，一些下层文士积极参与选政，得以在一定程度上左右文学风尚。尤其在清初，天翻地覆的时局变化，打乱了众多文人的政治生活轨迹。由于种种原因，使得其中一些人弃科举而以诗歌编选为业。"近来诗人云起，作者如林，选本亦富，见诸坊刻者，亡虑二十余部。他如一郡专选，亦不下十余种。或专稿，或数子合稿，或一时倡和成编者，又数百家。"①数量更为众多的诗歌作家，则希望自己的作品能够入选其中，为将来的科考、升迁、入幕或坐馆，带来积极的社会影响，从而形成了一种各有所需的互动关系。对于选诗者的这种文柄在握的文化身份与地位，邓汉仪有着清醒的认识和认同，其评席居中《文选楼》"六朝事业悲流水，千古文章忆旧台"一联云："亦见得文士有权。"歆羡萧统主编《昭明文选》而成千古事业（1：7）。二集收录莆田刘芳荫十题诗，此人著有《孝友堂集》，"躬行醇笃，未肯以诗名，没而令嗣始梓之"。友人杜浚认为"非登选本，未可以传远而垂后也"，于是向邓汉仪推荐："因属予论次，得如干首，以报茶村。"（2：14）经过选评者如此记载，选本之于诗歌传播的重要作用，已与《诗观》在当代诗坛上的执牛耳地位相提并论了。这种文士有权、文柄在握的感觉，至晚年而越发明显，其评孔尚任《文选楼》诗云："予选《诗观》，借榻楼上②，宾客多至者，谁谓笔墨无权也？"③将此语与初集批语对读，已经颇有以当代萧统自居的意味。这大概就是海外学者所谓"通过所编选的文选，邓汉仪建构了一种类似那些置身于晚明科举考试之

---

① 钱价人《今诗粹》凡例，《今诗粹》卷首，顺治刻本。
② 据孔尚任自注，该楼在江都旌忠寺。方孝标《钝斋诗选》卷十五《广陵怀古诗》亦有《文选楼》诗，自注云："在太平桥北大街东旌忠寺内，《广舆图考》云在府治东南文楼巷地。"
③ 孔尚任《湖海集》卷七《己巳存稿》，康熙介安堂刻本。按：此卷所收均为康熙二十八年之作，《文选楼》诗位于《哭邓孝威中翰》之后第九题，所附邓汉仪语，或为生前所云而由参与此卷选评的友人黄云、吴绮、宗元鼎所补入。

外的城市文人学士的非官方的公共身份认同"①。

以"骚雅领袖"②身份主持当代诗选数十年的邓汉仪,通过编选《诗观》行使笔墨之权,主要表现在以下几个方面:

在诗学思想上,邓汉仪倡导汉魏盛唐的雄浑阔大的诗风,反对自明末以来的"细弱"、"幽细"、"浮滥"的创作风气。他不仅对晚明竟陵派和华亭陈子龙诗歌创作的消极影响明确表示不满,而且对清初占有主流地位的宗宋诗风直接予以批评。他曾在私家笔记中明确指出:"今诗专尚宋派,自钱虞山倡之,王贻上和之,从而泛滥其教者有孙豹人枝蔚、汪季角懋麟、曹颂嘉禾、汪苔文琬、吴孟举之振。"③《诗观》初集凡例首条便云:"诗道至今日,亦极变矣。……或又矫之以长庆、以剑南、以眉山,甚者起而嘘竟陵已熸之焰,矫枉失正,无乃偏乎?夫《三百》为诗之祖,而汉魏、四唐人之诗昭昭具在,取裁于古而纬以己之性情,何患其不卓越而沾沾是趋逐为?故仆于是选,首戒幽细,而并斥浮滥之习,所以云救。"汉仪与钱谦益、王士禛、汪懋麟诸人,皆为友人,但是并不妨碍直言批评,此即孔尚任所服膺的邓汉仪的品格:"每于稠人中,服君笑容寡。有时发大言,是非不稍假。"④同样,即便是在凡例中的概而言之,被言者亦是心知肚明的。如汪懋麟康熙十六年撰《孝威、鹤问以诗见简平山堂依韵奉答六首》之二,就声明自己的诗学主张:"自顾欤嚅可笑人,高吟最喜剑南新。王杨卢骆终何物,甘于东坡作后尘。"⑤视唐诗为无物,而要师法苏轼、陆游,明确与友人邓汉仪、宗观唱反调。在次年春天

① [美]梅尔清《清初扬州文化》,朱修春译,第122页。按:不知是作者还是译者的原因,《诗观》这部诗选皆译为"文选"。
② (雍正)《扬州府志》卷三十一《人物·文苑》邓汉仪传:"尤工诗学,为骚雅领袖。"
③ 邓汉仪《慎墨堂笔记》,民国钞本。
④ 孔尚任《湖海集》卷七《哭邓孝威中翰》,康熙刻本。
⑤ 汪懋麟《百尺梧桐阁诗集》卷十五,康熙十七年刻本。

撰写的个人诗集的编选凡例中,更是明言"庚戌官京师,旅居多暇,渐就颓唐,涉笔于昌黎、香山、东坡、放翁之间,原非邀誉,聊以自娱,讵意重忤时好,群肆讥评",也是委婉地表达了对《诗观》编选宗旨的抵触。诗学观念的尖锐抵牾,并不妨碍邓汉仪委托其在京代收众人诗作,亦不影响汪懋麟对《诗观》编选的深度参与①,这或许就是康熙前期诗坛人际关系的原生态。

在诗歌编选上,邓汉仪注重"忧生悯俗、感遇颂德之篇"这些传统社会的主旋律题材,反对时人诗选专注于"花草风月、厘祝饮燕、闺帏台阁之辞",提倡"铺陈家国、流连君父之指……追《国》、《雅》而绍诗史"(初集自序)的宏大叙事和家国情怀。其为友人张琴诗集撰序时指出:"近之为诗者,多为细琐柔曼之音,甚而香奁昵亵、曲糵荒淫,靡不播之篇章,矜为丽制。诗道之卑,于是乎不可问矣",赞许张诗"大抵忧时悯俗、怀古景贤、敦本念先、越国过都之作。诸凡淫哇之词,皆所不涉"②;其赞颜光敏诗"每于国计民生、安危利弊之大,沉痛指切,是以屈子之《离骚》、贾生之奏疏,并合而为诗者"③,都是与关注政治时事、家国人生是同一旨意的。"诗史",这一唐人因总结杜甫诗作的创作特点而提出的重大诗学批评概念④,内含对反映社会现实、同情民生疾苦的重视。在《诗观》中,约有四十五处(初集十一处,二集二十一处,三集十三处),以"诗史"评价有关作品。如评余篃《蜀都行》"成都被献寇杀刘生灵几尽,此篇逼真诗史"(1:11);林云凤《金陵杂兴》"纪南渡之事,足称诗史"(2:4);彭而述《邯郸行》"犹记

---

① 《诗观》二集所收梁清标、冯溥、魏裔介、王士禛、饶眉、徐倬、乔出尘等人诗作,皆由汪懋麟向邓汉仪提供或推荐。

② 邓汉仪《耐轩集序》,见夏荃辑《海陵文征》卷十五,道光二十三年刻本。

③ 邓汉仪《乐圃集序》,见颜光敏《乐圃集》卷首,康熙刻《十子诗略》本。

④ 孟棨《本事诗》"高逸第三":"杜逢禄山之难,流离陇蜀,毕陈于诗,推见至隐,殆无遗事,故当时号为'诗史'。"李学颖标点,上海古籍出版社1991年版,第18页。

北兵破城日,旌阳观里尸如麻"(1:4);顾岱《出滇杂咏》"协饷至今需百万,西南曾否贡金钱"(2:5)为"诗史";秦松龄《荆南春日写怀》"真是诗史"(3:4)。有关评价涉及晚明、鼎革以及三藩之乱等明末清初重大历史事件。此外对杜诗的诸多好评中,往往亦包含着对"诗史"创作传统的强调。在诗歌形式方面,邓汉仪较为看重以歌行体为主的古体诗:"诗必以古体为主,今人不会做古诗,只算半个诗人也。"①较之近体诗,此类作品具有长于叙事的特点。强调"古体"的内在原因,就是这种体裁更加适合表达诗史的内容。友人赞扬其"高卧昭明阁,重编南国诗。齐梁靡曲尽,汉魏古风遗"②。戒幽细而斥浮滥,汰靡曲而存古风,与对杜甫所开创的"诗史"传统的提倡,是互为桴鼓的。

在诗歌编排上,邓汉仪有其一套标准。从其初集、二集的凡例中可以看出,就政治身份而言,"同人不分仕隐,诗到者即为登选","诗篇随到随刻,并不因爵位之崇卑、人物之新旧",即无论是投身新朝的新人、权贵,还是隐居不仕的旧人、遗民,其诗歌创作都在《诗观》的编选视野之内,与清初遗民吴宗汉、陈济生、朱鹤龄、徐崧、陈瑚、屈大均、钱澄之、梵林、黄容、韩纯玉等"以遗民为主题的诗选"③,划出了鲜明的界限,亦与《诗观》"选一代诗词。俾天下魁奇俊伟之士,鸿才博学之儒,咸登是选"(三集序)的编选宗旨更加吻合,从而将诗选的目标"指向重建以文化成就为根基的群体,因此也就抹去了服务于新王朝和不服务于新王朝的人的差异性"④。此外,针对当代诗坛"挽近文运衰,选事亦滋弊。利齿巧啖名,所录皆并世。高官枉凌压,盛名见牵

---

① 邓汉仪《慎墨堂笔记》,民国钞本。
② 李邺嗣《杲堂诗钞》卷五《丁巳长夏得邓孝威寄诗即韵奉答》之三,康熙刻本。
③ 邓晓东《清初清诗选本研究》,2009 年南京师范大学博士论文,第 53 页。
④ 〔美〕梅尔清《清初扬州文化》,朱修春译,第 125 页。

缀。汗青须有资,取舍丛谤议。事类捡伍符,情同操赘币。普天竟同流,识者一叹忾"①的选政弊端,《诗观》凡例主要交代了自己在入选与否、地位贵贱、位置先后、收诗多寡等方面的编选原则。如关于入选与否,他强调对质量的坚守,就是与同人"戒以'宁严毋滥',仆始终守此盟,一人不敢妄入"。康熙十七年戚玾以"江左骚坛谁树帜,精严旗鼓独推君"相许②;潘问奇康熙二十五、六年间撰《怀邓孝威》,在回顾了晚明以来"众喙徒交讧"的诗坛纷争之后,以"挽流奋一洗,屏翳为之空。选语必矜贵,涣然若发蒙。深心慎甲乙,六义乃昭融。以兹惠后学,孰曰非元功。海内亦风靡,百川知所宗"③的描述,来赞扬邓汉仪的诗坛地位。潘耒(稼山)《读邓孝威诗观选本喜而有赠》,亦对《诗观》选评成就有高度评价:

> 邓公文章老,才力本雄邃。激昂讨风骚,会心存篋笥。钟铎赏奇音,淄渑别真味。清严大冢宰,刻核老狱吏。独柄无旁挠,摆落名与位。高眠文选楼,乐饥以卒岁。抗手对萧君,雅道庶无愧。呜呼三十年,词客如羹沸。赖君刈萧蒿,杜蘅吐香气。

邓汉仪于"清严大冢宰"数句,有侧批"仆岂敢当,然自矢如是",诗末总评曰:"选家林立,仆从未敢轻置一喙,然中有独是,则非稼山不能畅发此旨也。"由于《诗观》从初集到三集的编选,有个漫长的时间跨度,编者本人的学术地位和《诗观》本书的社会影响先后早已不可比拟,势必要影响到选诗标准的一贯性。尤其是到选评三集时,"若迫于所不得已,邮筒竿牍日陈于前,欲婉则

---

① 潘耒《读邓孝威〈诗观〉选本,喜而有赠》,见《诗观》三集卷三。按:潘耒《遂初堂集》诗集卷二《少游草》收录此诗,名为《赠邓孝威》,正文亦有较大异同。

② 戚玾《笑门诗集》卷十七《赠邓孝威(时客广陵文选楼)》,康熙刻本。

③ 潘问奇《拜鹃堂诗集》卷三,康熙刻本。

违于己,直则忤于人。与其忤于人也,宁违于己。则是人自为政,有非邓子之所得而操焉者矣"①,后世所生"未脱酬应"②的臧否,当即缘此。但是,从邓汉仪对潘耒赠诗的知音之慨中,说明其即便在选评第三集时,至少在主观上仍努力文柄独握,坚持着"清严、刻核"、"宁少毋多,宁严毋滥"③的编选原则。

邓汉仪晚年曾借选评张潮(字山来)诗而发感慨:"同一诗集,经选者心眼一为洗发,顿使作者之精神另开生面,此不可学而能者也。"将评选诗歌的手眼高低,同样视为需要天生灵性、"不可学而能者",并将对诗歌的评选上升到赋予原作新的生命的艺术高度,体现了他对选诗、评诗之于当代创作促进作用的理论自觉。他之所以说"惟山来自知个中,傍人那得领会"(3:3),是因为张潮本人亦是清初著名的诗文选家。已故严迪昌先生在论述"诗史与诗话史、诗的观念变迁史"之间的关系时,指出"诗的流变过程,原是创作实践和理论观念的共振运载历程,诗人与诗论家原属一体"④。有关论断,在邓汉仪评点《诗观》这一典型事例上,得到了充分验证。

七

邓汉仪对当代诗歌的评点,在《诗观》中主要有三种形式:诗句之评、一诗之评和一人之评,即以人系诗,以诗系评,诗有夹批、总批,人有附记、总评。三集共选一千八百余人近一万五千首诗,大多数皆有评价。评语长短不拘,内容丰富。由于选评者所具备的诗学眼光、所身处的历史阶段、所具备的特殊条件、所

① 张潮《诗观》三集序,康熙二十九年序刻本。
② 沈德潜《国朝诗别裁集》卷十二,乾隆二十五年刻本。
③ 张潮《诗观》三集序,康熙二十九年序刻本。
④ 严迪昌《清诗史》,第10页。

涉及的作家人数等因素，均赋予《诗观》评点对于研究明末清初尤其是清初近五十年诗歌创作、诗坛风气、诗人事迹的独特性，成为记录明清之际社会变迁和士人心态的重要文献。该书以评点资料为中心的诗学文献价值，主要体现在以下几个方面。

（一）提供了清初诗人的小传数据。《诗观》的作者小传，文字虽极简略，仅涉及字号、里居、诗集等，然多可以弥补现有文献之缺失。《清人室名别称字号索引》等为我们提供了大量的清人字号及籍贯等数据，但因未参考《诗观》，故造成许多疏漏。如：明末清初张缙彦（河南新乡人，崇祯四年进士，入清官至布政使）。《诗观》收其诗七题，并记其字坦公，号大隐，有《归云轩稿》（2：8），"大隐"、"归云轩"可补有关工具书记载之不足；再如清初义士侯性，与钱谦益、归庄、曹溶、叶奕苞、徐崧、王邦畿、胡介等皆有交往，钱谦益与之唱和诗，在《诗观》中名为《赠侯月鹭》（1：1），在《有学集》中为《赠侯商丘若孩》，知此人为商丘人，字号月鹭、若孩。《清人室名别称字号索引》不载其人，本名缺失。钱邦芑《送侯若孩从军》有云"渔阳烽火昨来惊，倚剑遥看太白明。大帅龙堆朝卷幔，书生虎帐夜谈兵。墨磨铁盾飞新檄，箭射蛮书下故城。会见降旗迎马首，铙歌高唱阵云平"①，可见其人曾参与抗清活动。《诗观》小传为"侯性，月鹭、若孩，河南商丘人"（1：8），据此查方志，始得其传记："侯性，字若孩，邑人侯执介之养子。执介妻，田通政珍女。田无子，少育性为子。及长，状貌魁梧，脑后有异骨，人目之为封侯相。为人豪放博达，补博士弟子，铮铮诸生间。尤善骑射，自负有文武才。明末从军于南，累功拜爵。后弃官养母，隐于吴之洞庭山。母终，遂葬焉。性在吴，与故明之逋臣遗老如钱尚书谦益、杜将军弘埏、姜给事采蓁共相引重，称遗民寓公。殁于吴，其子北还，徙鄢陵，今亦氓

————————
① 卓尔堪《遗民诗》卷九，康熙刻本。

然矣。"①再如二集先后收入"彭桂，爱琴，江南溧阳人。《初蓉阁诗》"(2：3)和"彭椅，原名桂，爱琴，江南溧阳人。《谷音集》"(2：5)，可以大致推断彭桂改名椅的时间。再如"叶舒胤，学山，江南吴江人"(2：8)，足见后人将《叶学山诗稿》的作者署作"叶舒颖"，是因避"胤禛"讳。三集著录杜浚号"茶星"(3：10)，亦不见他书记载。

（二）记载了清初诗人的生平事迹。有关评语关涉其生活、交往情况，有助于考生齿、辨亲缘（如某为某之令嗣、令兄弟、大小阮之类），关系到家学师承、经历交游等史实。如程先达总评："东庐先生幼时浮家景陵，遂登楚之贤书。继遭寇乱，家业尽落，不得已，司铎随州，萧然难给。幸直指聂公有特达之知，荐拔国博，历转部曹，竟荣登晋阳五马。性不好荣，飘然归里。今年已八十有五，著述不倦，所吟咏最多。程君禹门索其稿见寄，值余三集之选将竣，敬采数章，载诸卷帙，并示孚夏，用共欣赏。"(3：13)小传载其字质夫，号东庐，湖广景陵籍，江南休宁人，著有《天香阁新旧诗集》。《诗观》三集将竣的时间在康熙二十八年(1689)，先达时年八十五岁，可推知生年约为明万历三十三年(1605)。此人为崇祯十二年举人，康熙四年至六年为山西平阳知府②。李渔此际道经该地，媒婆向其推荐十三岁的"乔姓女子"，李因"旅囊羞涩"而推辞，正是这位"太守程公质夫"为其出金纳之③。评语中所涉"禹门"为程化龙，为康熙九年进士，官内阁中书，《诗观》载其字禹门、念嵩，江南休宁人，青浦籍，有《开卷楼近什》（《清人室名别称字号索引》于其名下仅有籍贯松江、室名开卷楼的记载）。"孚夏"指程瑞褴，为休宁率口人，程化龙为

① （康熙）《商丘县志》卷十《隐逸》，1932 年石印本。
② （雍正）《平阳府志》卷十九《职官·知府》，乾隆元年刻本。
③ 李渔《乔复生王再来二姬合传》，《笠翁文集》卷二，康熙刻本。

塘尾人①，两人似为堂兄弟。瑞禴父端德（午公、鼎庵），长子瑞初（旦伯、讷庵、松轩），次子瑞禴（孚夏、云峰），三子瑞社（次郊，澹园），四子瑞祊（宗衍、碧川）。他们的诗作，分别收入《诗观》二集卷二及三集卷五、卷十、卷十三。汉仪指出："畴昔结社山茨，得鼎庵先生为领袖。……回忆先生执耳，已如隔世。不图今日复见长君旦伯此编"；"程君孚夏者，乃鼎庵令似，作诗有家法，声满吴越间者也"；"自鼎庵先生得诗之嫡传，而孚夏绍其家学，一洗铅华，独标正始。令弟次郊、宗衍拈笔吟咏，秀骨妍思，一时骈集"。正是在这样的评语中，交织起休宁程氏父子、昆仲的亲缘关系和诗学家风，鲜明地体现出邓汉仪"有一些不同寻常的社会网络，这个网络的大体脉络都保存在他对《诗观》诗词的评论之中"的评选特点②。有的评语，涉及清初著名文士的晚年际遇，如高咏"授徒京师，行将得县令，忽擢词林，修《明史》，称荣显矣。以资斧不继，抱病南还，遂尔穷死"（3：1）；乔莱"性不喜饮酒，每夕阳骑款段归邸舍，则开阁翻书，漏数下不辍"；王昊"戊午弓旌之役，维夏仅授中翰，非其志也。乃铨部疏未上而维夏死，部遂除其名"（3：5）；沙钟珍"万里从军，论兵悉中窾要，仅得佐郡，复而遭谗，今已昭雪，则奇才终大显也"；李中黄"力学砥行，诗歌古文辞皆卓荦不群。癸卯闱中拟元，因索后场弗得，竟致放废。子石孤愤，遂焚弃生平著作，片字不存"（3：8），均可为有关传记补充诸多细节。

（三）描述了清初诗人的人生志趣、挫折遭际、品格风范。《诗观》评点的特色之一，就是既评诗亦评人，既评诗艺又评人事。在评人评事的诸多言论中，揭示了清初诸多诗家的内心世

---

① 程化龙、程瑞禴所居村名，参见（道光）《休宁县志》卷九、卷十一，道光三年刻本。

② ［美］梅尔清《清初扬州文化》，朱修春译，第123—124页。

界和人生遭际。如评龚鼎孳《题孙沚亭太宰山雨楼和陶公韵》：
"畴昔之岁，予曾作招隐之书致之合肥，蒙其赋诗寄答，不以仆为
狂诞，固知归田之志有素也。观此赠太宰数章，情绪萧恻，意岂
须臾忘江东莼鲈者乎？"(1：2)评万寿祺《赠胡彦远》"荷锄归去
田庐闭，莫向人间学问津"为"良友之言"，并指出胡介"历年游京
洛，交贵游，尚未能体贴年少此语"(2：1)，对了解分别以贰臣、
遗民著称的龚、胡二人不无裨益。评张盖"自甲申后，久脱诸生
籍，以母夫人饘粥不继，间授徒自给；或为故人招致幕中，旋皆弃
去。近闻筑土室于村外，绝不与世人往还，虽妻子亦不见，其殆
古袁闳之流与？"(1：8)许维祚"高才雅量，迥绝时流。其莅真州
也，一往澹静，公府萧然如无人，而庶务毕举。以其余闲，读书赋
诗，大有元次山、韦苏州之风烈"(2：5)；韩魏"尊人文适先生，合
家死扬州之难，而醉白以复壁仅存，乃能锐意古业。诗歌秀宕之
中，复兼英迈，为一时同人所共推。天之所以报有道仁人者，固
不爽。而醉白之克绍家风，不尤称卓绝哉！"(2：7)乔出尘"侠肠
豪气，使黄金如粪土。今一旦囊空，顾视世人较量金钱，不差毫
发，始而愤，终而平"(2：13)；李永茂"起家浚令，为名给谏。当
召对时，上亲移玉烛审视，风采大着。潼关之役，孙督师治兵关
中，方欲养锐，以图大举。秦士大夫之在京者，促战甚力。先生
方掌谏垣，屡驳之，遂拂执政意，奉差出。迨郏县师创，大厦难
支。先生跋涉蛮荒，婴疾而卒"(3：1)；方淳"爱古嗜洁，所居斗
室，自书册彝鼎、茗香琴砚之外，未尝移怀。每至佳辰令节，素友
相过，觞酌数行，继以刻烛，盖一代之韵人、吾党之高士也"
(3：4)；张韵"卜筑邛城之外，杂莳花树，惟事读书。家虽屡空，
而未尝以干时。然喜结贤豪，每见义形于色"(3：5)；田秉枢"时
而论兵，时而学佛，时而酒社诗坛，盖异人也。年已迟暮，事业无
成，类避地之田畴，托登楼之王粲。相逢江上，感慨为多，出其吟
篇，光焰夺目。昌黎所云'诗穷后工'，殆君之谓耶？"(3：9)无论

是名臣要员、下僚佐吏，还是畸人寒士、逸民隐者，其生平事迹、出处心曲，在邓汉仪的笔下皆有生动描述。至于《初集》闺秀卷中对当时女性作家的介绍，多数堪称声情并茂、传神写照的传记，可与钱谦益《列朝诗集》小传媲美。

（四）品题了清初诗人的创作特色和文坛影响。由于邓汉仪与《诗观》入选者大多存在着密切关系，对他们的诗歌创作特点的揭示亦往往一语中的。如总结龚鼎孳诗歌创作"三异"："每与同人酒阑刻烛，一夕可得二十余首，篇皆精警，语无咄易，此一异也；当华筵杂沓之会，丝竹满堂，或金鼓震地，而公构思苦吟，寂若面壁，俄顷诗就，美妙绝伦，此二异也；他人次韵，每苦棘手，而公运置天然，即逢险韵，愈以偏师胜人，此三异也。昔客京师，及过庾岭，以至黄湾、桃渡之间，仆莫不奉鞭弭以从，故为识其略如此。"（1∶2）评黄云"二十年前屏迹村舍，于汉魏四唐之诗，靡不穷讨源流，综其至变。已而从孟贞、与治、伯紫诸君子论诗，益复臻于醇备"（1∶2）；彭尔述"晚年诗虽极秀润，终带英气"（1∶4）；徐芳"诗以空微巉峭为尚"；陈玉璂"诗清劲老靠，独立时靡中"（1∶6）；吴绮"最爱刘沧诗，此作固堪仿佛"；徐籀诗"皆岸然绝俗，不屑一字近唐，律体尤为峭刻"（1∶8）；金敞"诗坚苍深峭，一字不近时人，而复轨于古法，是特立于群流者"（1∶9）；徐乾学"诗以汉魏四唐为主，不杂宋人一笔，是能主持风气、不为他说所移者"（2∶2）；朱彝尊"诗气格本于少陵，而兼以太白之风韵，故独为秀出"（2∶7）；冯云骧"边塞诗奇情旷致，有沙砾飞扬之势；而入蜀诸吟则又险奥苍古，与雪岭栈阁争胜"（3∶2）；曹溶诗"以深老生硬为主，不屑入时趋一字"（3∶3）；田雯"学唐而不袭乎唐，学宋而不囿于宋，古雅奇郁，正变皆踞上流"（3∶4）；缪肇甲"精于风雅，迩来每进，益工古体，一洗尘氛，独臻渊雅；而近体则风神秀脱，辞旨妍和，几于钱、刘、许、杜之间遇之；绝句殊得风人讽叹之遗"（3∶12）；叶燮诗"以险怪为工"（3∶12）。有关评点,往往别具只眼,与时论唱反调,如认为宋之绳诗"平淡中饶有静气,正得之韦、陶,浅人以为皮、陆耳"(1:8);程邃诗"苍老者往往入少陵之室。时人但以险涩目之,非通论也"(1:11)。亦有对当时诗坛创作风气的明确针砭,如认为当时的五言诗创作"学六朝者失之缛丽,效韩愈者流于径莽"(1:5评赵进美);借评竟陵谭篆诗指出"历下、公安,其敝已极,故钟、谭出而以清空矫之。然其流也展转规摹,愈乖正始。不有大雅,谁能救乎?……世奈何复举寒河之帜,而思易天下之风尚也!"(1:7)亦不乏对有关诗家的委婉批评,如指出方文"诗专学长庆,仆昔与之论诗萧寺,颇有箴规,尔止弗善也。要汰其俚率,存其苍老,斯尔止为足传矣";赵而忭"诗意主新艳而未能稳妥"(1:5);李文纯"喜作五言近体,每苦尖刻"(1:8);吴度"沉酣康乐,下笔便自神采过人。其于诸家,虽有企拟,而神韵较谢为多"(2:5);侯方域"其诗世罕推之,要其阔思壮采,皆规模杜家而出者,但未免阴袭华亭之声貌"(2:7);陈维崧"近诗脱去成语熟句,纯以老致清气相引,是其杆头进步处"(2:10)。诸多点评,对研究相关时人的创作特色,均极具启发性。

(五)保存了清初诗人的诗学评论。《诗观》的评点虽以邓汉仪自己的话语为主,同时亦大量引用时人的诗学意见。所引诸家诗论,多不见本集。如引杜浚论诗"诸妙皆生于活,诸响皆出于老。至极之地曰玄曰穆,而根抵在于闻道。不然,见识一卑,即潘江陆海圈牢中物耳"(1:1);杜浚评李赞元曰:"今之为诗者,力饰其外则内乏神情,刿心于内则外无气象,所以两失。而素园先生独内外兼胜,所以卓然推为诗伯。"(2:9)评龚鼎孳《送歌者南还用钱牧翁韵》引钱谦益语云:"往岁吴门歌者入燕,过余言别,有龟年湖湘之叹,为书断句以赠。龚孝升在长安倚而和焉,传写至济上卢尔德水酒间,曼声讽咏,泣下沾襟。坐客皆凄然掩泪。"(1:2)钱谦益评张若麒"初与伯兄宿松同时以进士宰燕赵,宿松治河间以宽,天石以果,并茂循绩。别几二十年,各备历艰虞。余归田匿影,公跻华膴,为纳言名卿,令子俱以文噪世,次公登馆局,取士最得人,直声震天下。公年未艾,忽请告归,有牢滇渤之奇,徜徉笑傲,宜爽籁发而雅风存,洋洋乎东海雄矣!"(2:8)冒襄评苏良嗣云:"楚黄始于黄国郏城,襟带江淮,为功烈重镇。自苏公赋赤壁、记雪堂,咏'长江绕郭'、'好竹连山'之句,地以人著,垂六七百年矣。余幼侍先祖令虔蜀,继先君三秉宪湖南北,监三十万樊城军,捍防百万郧襄骦贼,余奔走行间,往来于极天烽火。之黄,无复游览吟咏之事。今又阅四十余年,老卧蜗牛庐中。老友邓孝威幪被携诗卷,过访敝幽,首出黄守苏公小眉诗集,评阅丹黄,击扬赞叹。姓既相同,地与字合,岂凤世前身,再来旧地耶? 次儿丹书,昔荷深交,每向余称公之胸怀识量、经济文章,为当今第一。惜予老而未得褰裳往就也。附识以志景仰。"(3:6)王士禛评彭而述之女诗作云:"宋叶石林先生每晨起,集诸女子妇为说《春秋》。近武林黄夫人顾氏若璞,好讲河渠、屯田、边防诸大政。予读其书,未尝不自惭须眉也。青立见示蝶龛近诗,如种桑、问织诸篇,仿佛《豳风》遗意;而哭母、忆妹、课儿之作,尤有《河广》、《载驰》风人之志焉。因叹禹峰先生之教,其被于闺阁者如此,殆不减石林;而夫人之才,亦讵出黄夫人下耶?"(3:闺秀)以上所引,均不见杜浚《变雅堂文集》、冒襄《巢民文集》及今人整理之钱谦益、王士禛全集。

(六)总结了清初诗人对古代诗歌的广泛接受。邓汉仪诗学主张宗法汉魏四唐,主张"汉魏四唐人之诗昭昭具在,取裁于古而纬以己之性情,何患其不卓越"(初集凡例)。在具体评点中时时指出古代诗歌对时人创作的影响或时人诗歌与古人的异同,是邓汉仪诗评的重要方式。仅以《诗观》初集第一卷为例:在古代作家中,其最喜杜甫。该卷共十四处提到杜甫,如评王铎《秦州》"补少陵《秦州》诸咏所未及",《安邑有怀》"于少陵,学其深厚,不学其粗疏,故墨光浮动纸上";评孙廷铨《挽船行》"哀楚痛切,以拟少陵《无家别》诸篇,可谓神似";评周亮工《百丈岩瀑布同公蕃赋》"气完力厚,此从沉酣少陵得来。以为摹拟王、李,未免管见";评杜浚《送王孙茂之广陵于一子也》"朴处、拙处,神似少陵";评季振宜《寄严颢亭一百韵》"此诗通篇既有次第,逐段自成波澜。锁细处皆真,铺叙处俱老,自堪与少陵《北征》并传,《病马行》"此等诗,极有关风教,不仅规摹少陵,称为奇伟";李天馥《杨鄂州招游祖家园》"拗体全学工部"。有关评语,既指出少陵风调的影响,又指出清人对少陵的超越。此外便是王维,如评王铎《送客入延绥》"在摩诘、嘉州之间"(嘉州指岑参);评孙枝蔚《插秧》"古雅详晰,与储、王《田家》诸咏正堪颉颃"(储指储光羲),《京口酒家送张牧公归临洮》"情文宛转,在摩诘、龙标之间"(龙标指王昌龄);评黄九河《张家湾晓发》"摩诘七律一味和润,却不流入轻滑"。作为一位选家,邓汉仪对各种流派的诗歌创作,持有较为宽容的态度,对其中的优秀之作,能做到兼收并蓄。如卷中评钱谦益《读梅村宫詹艳诗有感书后》"如此跋艳诗,便有绝大关系。不得轻议温、李一辈",《霞城累夕置酒,彩生先别,口占记事》"韩致光香奁诗,每托于臣不忘君之义",对创作过艳情诗的温庭筠、李商隐、韩偓不无好评。再如评季振宜《舟中》"前段写舟景,空微澹渺,后以情事找足。细玩康乐诸篇,方知结撰之妙";评王铎《三乡过连昌宫址》"公极叹折空同,此诗可谓神似",则分别涉及南朝谢灵运和明朝李梦阳。"作为扬州选家群的领军人物,邓汉仪不仅年齿最长,经历最富,而且几乎与该地区所有选家均有联系,并与南北诗人亦有交往,因此他的诗学观颇能体现集成色彩"[①]。这种集成色彩,在其评价时人对前此创作的接受中亦有充分体现。

---

① 邓晓东《清初清诗选本研究》,2009 年南京师范大学博士论文,第 77 页。

八

《诗观》三集共四十一卷,分别为初集十二卷(第十二卷为闺秀诗)、二集十四卷闺秀别卷一卷、三集十三卷闺秀别卷一卷。对于这样一部卷帙浩繁的清初诗歌总集,如何将其中蕴涵着的丰富的一代诗学理论和文献数据钩稽出来,即以何种方式对其加以整理,是一个颇费斟酌的问题。清人周中孚在论及朱彝尊《明诗综》所含《静志居诗话》的学术影响时云:"世人苦《诗综》太繁,家不能有其书;即有,亦不能遍观而尽识。"[①]这种苦恼,不仅存在于《明诗综》,要想阅读钱谦益为《列朝诗集》撰写的诗人小传,获得原本亦非易事。为解决这种阅读困境,古人据以辑录出《列朝诗集小传》(钱陆灿辑)和《静志居诗话》(姚祖恩辑),我们进行《慎墨堂诗话》的辑录整理,正是受到这一思路的启发。可是从《诗观》中辑录有关小传、评点资料,远非辑录《列朝诗集小传》、《静志居诗话》这么简单。问题主要不是原书篇幅多寡的差异,而是邓汉仪评点《诗观》的形式的丰富性或复杂性,是此前问世的《列朝诗集》及其后选刊的《明诗综》所无法比拟的。《诗观》入选各家不仅有诗人字号、籍贯和诗集名目(可作"小传"处理),且多有一人总评(可作"诗话"处理),可是其形式独特处在于入选诗作,诗句多加圈(○)和点(、),并时有侧批、诗末批。诗末之批,如针对全诗还好办[②],时常只是针对该诗中的某一句或数句,辑录时就要在诗中所加的数处圈或点(或者圈加点)的诗句中,找出与诗末批语相对应的文字(具体整理方式,详参本书《辑

---

① 周中孚《郑堂札记》卷二,光绪《仰视千七百二十九鹤斋丛书》本。
② 如果诗末评语是针对全诗,无论该诗有无圈点(有圈点是指对全诗均标圈点),皆不录其诗句。

录叙例》)。尤其是那些牵涉到诗歌创作手法和美学意境的评点，要在全诗多处圈点中准确辑录出与之对应的诗句，是难以做到尽符原意的。原因主要有：一、辑录者本身没有古体诗歌的写作经验，难以透彻理解评语之于诗句的针对性；二、原作的圈或点（或者圈加点）的分工，评点者没有交代，评点实际中亦乏规律可寻；三、一诗中有的圈点并非与诗末评语存在呼应关系，可能只是评点者认为值得关注的诗句，为提示读者注意所加的符号。譬如，彭桂《送吴冠五北上》五律，诗末评语为"与'送老白云边'同妙"，在第一、二句"十上长安道，看君又远游"十字右侧有点"、"，在第六句"江山送白头"右侧有圈"○"(2：3)，现在据其意抄录后五字，即我们认为邓汉仪所谓"同妙"，是指"江山送白头"与"送老白云边"。只是这种理解很难做到处处符合评点者的原意。尤其是中长篇的乐府、歌行、排律，由于圈点甚繁，诗句与评语的对应选择，就更加令人纠结。尽管我们对《诗观》的辑录进行了反复多次的斟酌增删，依然会存在许多不尽如人意之处，尤其是在根据诗末评语选录诗中文字方面，期待着读者提出修改意见。

《诗观》今存康熙慎墨堂刻本、书林道盛堂刻本和乾隆十五年至十七年仲之琮深柳读书堂重修本，三个版本文字大体相同，亦略有差异。尤其是二集，存在着三种文字互有出入的版本现象。如卷二胡在恪《青山》七律诗句，康熙本和乾隆本均至"匡家兄弟"止，漏掉"何相爱，长送飞云满鬓边"及诗末评语"诗有凌空欲舞之势"一行字，唯有书林道盛堂本有诸字；紧接着第六十一叶最后一行，康熙本和乾隆本均为董含《田家诗》之四及评语，第六十二叶便是黄云诗作，唯有书林道盛堂本在《田家诗》之四后还有《捉搦歌》至《子夜变歌》六首和相关诗评，以及对董含的总评。亦有康熙本文字与书林道盛堂本、乾隆本文字不同者，如卷三第三十九至四十叶，共选评陈廷敬《沁水道中》至《寄杨松谷邺下》七首诗，每首康熙本皆有侧批，后两种版本皆无。亦有康熙本、书林道盛堂文字与乾隆本不同的现象，如卷四第三十七叶末行为濮阳锦《西山纪事》其二，前两本接下来的两叶为盛符升、王庭、毛甡、卓天寅诗、评，乾隆本接下来的两叶是濮阳锦《西山纪事》其三、其四诗、评及其人总评和左维垣八题诗及其评语，一直到第三十九叶倒数第二行为王仲儒小传，三本文字才重新恢复一致。产生诸本异同的原因待考。本书之辑校，以康熙刻本为底本，以书林道盛堂刻本和乾隆仲之琮深柳读书堂本为参考辑补本，有关重要异同皆出校记说明；各本皆有的讹字、缺字，尽量依据他书考订；异体字、俗体字，一般径改为通行字。

此外需要说明的是：

（一）《慎墨堂诗话》所收诗人，并非《诗观》所收诗人的全部，凡集中选入其诗而无评价的诗人不予录入；同理，现在所录诗题，亦非《诗观》所收诗题的全部，凡选诗而无评价的诗题不予录入。即，使用者不能依据本诗话去统计《诗观》所收诗人及其诗作总数。

（二）《慎墨堂诗话》所收诗人，有多人分别出现在初、二、三集中。本诗话在辑录时为了保持《诗观》原貌和选评的历史性，对此类现象不做汇辑合并的工作。读者如需全面了解诗话各集对某位诗人的选评情况，可依据附录之人名索引检索阅读。

（三）《慎墨堂诗话》不仅据各种版本的《诗观》汇校整理出相关评点文字，而且辑录了邓汉仪选评、参评的《慎墨堂名家诗品》、李赞元《李素园集》和孔尚任《湖海集》等清诗别集中的评点资料，并据所撰《慎墨堂笔记》辑录有关的诗话文字，以及《十六家词》等词评文献，同时将其所撰各种诗词序跋辑为附录。由于邓汉仪参与选评、序跋的诗歌著述甚伙，所做工作必有遗漏，恳请方家不吝指点，以待再版补充。

《慎墨堂诗话》之辑著，历时有年。21 世纪初，撰写《清初总

集〈诗观〉所收徽州诗家散论》时，便心生此念。二〇〇四年指导
王卓华攻读文献学博士学位，遂建议其以邓汉仪《诗观》的文献
学研究为课题，从事学位论文的写作。二〇〇六年初，将"诗话"
整理的出版计划报呈中华书局顾青先生，得其积极鼓励，遂约卓
华共成此书。前期之辑录、输入，请他独任其劳，辛苦良多；后期
之校改、引得，由我主操其事，责任自负。在数据的增补和文字
的核校等方面，得到许隽超、刘岳磊、裴喆、张小芳、侯荣川、曹冰
青的大力支持；交付出版后，复蒙俞国林、刘彦捷先生热情关照、
严格把关，在此一并致谢！

陆林二〇一三年六月至二〇一四年四月初稿，

二〇一五年五月修改

附录一：凡例

　　《慎墨堂诗话》主要据邓汉仪选评之总集、别集等诗评类著
作辑录而成，兼及其评词文字，不收其有关文的评论。其中卷一
至卷十二辑自《诗观》初集，卷十三至卷二十七辑自《诗观》二集，
卷二十八至卷四十一辑自《诗观》三集，以人名为条目，据原书卷
次顺序编次。《诗观》以康熙慎墨堂刻本为底本，以书林道盛堂
本和乾隆仲之琼深柳读书堂重修本（下称乾隆重修本）为参校
本。卷四十二分别辑自康熙刻本《慎墨堂名家诗品》，李赞元《出
门吟》、《悔斋集》、《又新集》，孔尚任《湖海集》，宗元鼎《芙蓉集》
和江闿《江辰六文集》。卷四十三辑自民国钞本《慎墨堂笔记》。
卷四十四辑自《十六家词》以及对李元鼎、孙枝蔚、董元恺、宗元
鼎、江闿词作的评点。

　　鉴于《诗观》以人系诗，以诗系评，诗有夹批、总批，人有附
记、总评的体例，此书拟本着既忠实原著、又简省篇幅之原则，在

辑录其中的诗学文献时，不添加任何过渡性或衔接性文字，必要时以一定之符号来区分。具体做法如下：

一、对于一诗之诗句夹批，在诗题及相关诗句之后以冒号引出。如：

<blockquote>《自润州九华山越岭至莲花洞》"来人若对值，单径岂互容"：六朝音调，出之深细。</blockquote>

二、对于一诗之总批，在诗题后以冒号引出。如：

<blockquote>《拟陈子良七夕看新妇隔巷停车》：子良原篇颇觉寂寥，此篇可谓美好具备。</blockquote>

如诗末总批是针对具体诗句而发，则先根据评点者所加圈点，酌录相关诗句，再出总批。如：

<blockquote>《秦淮竹枝词》其二"水榭近来张酒席，桥头门上戏平分（南俗以弋阳子弟寓水西门，呼为'门上'；苏伶寓淮清桥，呼为'桥头'）"：非熟于金陵者，不知此故事。</blockquote>

全诗无圈点或皆加圈点者，一般只辑录诗题与评语，不抄录全诗；全诗有圈点而无评点者，不抄录诗题。

三、对于一诗，如既有夹批又有总批，先出夹批，后出总批；夹批与总批之间，以"⊙"号表示其后文字为一首诗之总批。如：

<blockquote>《听杨怀玉弹琴歌》"四坐慷慨不能平，杨君弹罢泪纵横。杨君早年西蜀豪，素精马槊与弓刀"：已断复连，章法最妙。"千金囊橐散无余，惟有内府琴犹在"：老绝。⊙王于一有《听杨太常弹琴》诗，读之令人徘徊凄惋。艾山此歌，正复如是。</blockquote>

四、对于一人之附记、总评，与诗评文字不接排，另起一行，以"◎"号表示，如：

<blockquote>◎戊申秋杪客苕上，与蔺次有《唐诗永》之选。……</blockquote>

五、"○"则为《诗观》等原有的另行分段符号，现予接排。如：

《拟丘巨源咏七宝画图扇》：梅岑拟古诸诗，皆无毫发遗憾，不似江文通时有利钝也。○此诗妙在简而隽。

六、对于一题多首者，诗题后标明"其一"、"其二"等。如：

《后饮酒》其一"储以嫁娇女，卖羊会邻保"：闲话偏妙。⊙归兴如此，又何恋长安软尘十丈耶。其二"虽无满坐客，亦能致好友"：今缙绅宴客不尔尔。⊙此口但宜饮酒。

若同时有句评、诗评、一题之总评和一组之总评者者：其中一诗之评前仍用⊙，一题各首或一组诗总评前用加粗之"⊙"。

七、凡原文模糊漫漶处，以□表示；原文为■，除可考者外，均予保留。异体字、俗体字，一般径改为通行字。

八、汇钞有关邓汉仪传记资料，作为附录一。

九、辑录邓汉仪所撰论诗序跋、尺牍资料，作为附录二。

十、选录有关邓汉仪诗学评论资料，作为附录三。

十一、编纂人名字号索引，作为附录四。

（作者生前工作单位：南京师范大学文学院）

乾嘉诗话中的韩诗论

严 明

　　清初叶燮《原诗》提出："唐诗为八代以来一大变，韩愈为唐诗之一大变，其力大，其思雄，崛起特为鼻祖。宋之苏、梅、欧、苏、王、黄，皆愈为之发其端，可谓极盛。"①这一论断独具慧眼，阐述了韩诗对于宋诗形成的主导作用和重大意义，凸显出韩愈在中国文学史中的重要地位。韩诗能对宋诗产生如此重大的影响，与宋人对韩诗的推崇是分不开的。宋代师法韩诗者很多，包括柳开、穆修、欧阳修、梅尧臣、苏舜钦、王安石、苏轼、黄庭坚等名家，其中欧阳修与苏轼的诗坛影响力最大。乾嘉时期推崇韩诗，其时众多的诗话中对韩诗的论述涉及许多方面，乾嘉诗论家在论及后世诗人师法韩诗时，肯定欧、苏学韩而不似韩，能够独树一帜，因此标举欧、苏，视其为学韩的成功典范，并对清人学韩之失提出针对性的批评。

一、对欧阳修学韩的评论

　　今人钱锺书指出："韩昌黎之在北宋，可谓千秋万岁，名不寂

---

① 叶燮《原诗·内篇·上》，丁福保辑《清诗话》，上海古籍出版社 1978 年版，第 570 页。

奠矣。"①然而在北宋初期六十余年间，韩愈诗被排斥在诗坛主流之外而乏人问津。虽有柳开、穆修等人学韩诗，却又立足于道学，并未成风气。直至欧阳修主持文坛，与梅尧臣、苏舜钦等力倡学韩诗，才使韩诗扩大了影响并被普遍接受。欧阳修对于韩诗在北宋的接受和传播，无疑起到了至关重要的促进作用。

宋以来的诗论家大都认为欧阳修诗师法韩愈，是众多学韩者中能够登堂入室的典范。比如王安石认为欧阳修青出于蓝而胜于蓝："欧阳公自韩吏部以来未有也。辞如刘向，诗如韩愈，而工妙过之。"②苏轼将欧阳修目为"当世之韩愈"。张戒《岁寒堂诗话》中说："欧阳公诗学退之。"③严羽亦说："国初诗人，尚沿袭唐人：王黄州学白乐天，杨文公、刘中山学李商隐，盛文肃学韦苏州，欧阳公学韩退之古诗。"④清初叶燮盛赞欧阳修对韩愈的标举之功，使得天下对韩愈诗文翕然宗之："如韩愈之文，当愈之时，举世未有深知而尚之者；二百余年后，欧阳修方大表章之，天下遂翕然宗韩愈之文，以至于今不衰。"⑤正是欧阳修重新发现了韩诗的价值，并引领了有宋一代诗坛推崇韩诗的风气。

乾嘉诗坛视欧阳修为成功学韩的诗家典范，不少诗话论述了欧阳修倡导韩诗的各种原因。比如蔡钧《诗法指南》和沈德潜《说诗晬语》，皆认为欧阳修倡导韩诗的重要原因是为了矫正当时"西昆体"的浮华之弊：

> 宋初袭晚唐之弊，天圣以来，晏、钱、刘、杨数人第师义

---

① 钱锺书《谈艺录》，中华书局 1984 年版，第 62 页。
② 何汶《竹庄诗话》，中华书局 1984 年版，第 166 页。
③ 张戒《岁寒堂诗话》，丁福保辑《历代诗话续编》，中华书局 2001 年版，第452 页。
④ 严羽《沧浪诗话》，何文焕辑《历代诗话》，中华书局 2001 年版，第 688 页。
⑤ 叶燮《原诗》，《清诗话》，第 583 页。

山。迨王元之以乐天为法，欧阳永叔痛矫西昆，以退之为宗。苏子美、梅圣俞介乎其间，梅之覃思精微学孟东野，苏之笔力横绝宗杜子美，亦颇号为诗道。①

宋初台阁倡和，多宗义山，名"西昆体"。以义山为"昆体"者非是，梅圣俞、苏子美起而矫之。尽翻科臼，蹈厉发扬，才力体制，非不高于前人，而渊涵渟滀之趣无复存矣。欧阳七言古专学昌黎，然意言之外，犹存余地。②

正因为宋初诗坛流行的白体、晚唐体气格不振，而后起的西昆体又多浮华之弊，引起梅尧臣、苏舜钦等新锐诗人的强烈不满，而韩诗雅正、朴实、雄浑的诗篇正可作为颠覆西昆体浮华的利器，所以欧阳修等人标举韩愈诗文，作为其推行诗文革新的重要典范，欲借韩愈革新宋初诗坛的浮靡风气。

欧阳修对韩诗的推崇和仿效，涉及诗歌题材、典故化用以及艺术风格的师法。清代诗话《静居绪言》，就指出欧阳修以唐人为法，最后却成为宋代诗坛正宗，因而盛赞欧阳修"天德不凡"，认为其诗法已成为后世学韩者的不二法门。该诗话还列举了欧阳修的诗篇佳句，其中模仿韩诗的痕迹极为明显：

庐陵瓣香昌黎，力矫时习，式唐人之作则，为宋代之正宗，天德不凡，工夫邃密。学者从此公门户而入，则宋诗之道，无断港绝潢之误。集中如《水谷夜行寄子美圣俞》诗，意仿《荐士》之什；《送慧勤归余杭》似拟《送文阳北游》之诗；《忆山示圣俞》，殆以《南山》诗为法。至《秋怀》诗，"披霜掇孤英，泣古吊寒冢"句，清俊峭拔，雅类韩氏。③

"清俊峭拔，雅类韩氏"的评价很贴切，是说欧阳修学韩不是字摹

---

① 蔡钧辑《诗法指南》，清乾隆刻本。
② 沈德潜《说诗晬语》，《清诗话》，第 544 页。
③ 阙名《静居绪言》，郭绍虞辑《清诗话续编》，上海古籍出版社 1983 年版，第 1645 页。

句袭,而是不蹈袭旧迹,颇具创新精神。欧阳修对韩诗的超越,不在于诗篇奇崛险怪的风貌,而在于气格恢弘之神情;不在于造语用字的刻意生新,而在于章法笔力的伸缩离合。欧阳修摹学韩诗而又有自己的个性特色和理性思考,这是他最终能够形成平易舒畅诗风的关键。

欧阳修《六一诗话》中还对韩诗的用韵方式进行了精辟的分析,揭示出韩诗深层次的艺术特质:"而余独爱其工于用韵也。盖其得韵宽,则波澜横溢,泛入傍韵,乍还乍离,出入回合,殆不可拘以常格,如《此日足可惜》之类是也。得韵窄则不复傍出,而因难见巧,愈险愈奇,如《病中赠张十八》之类是也。"这段话专论韩诗用韵技巧。乾嘉时期多种诗话中皆引用了这段话,大都赞同欧阳修所论,认为这是对韩诗"以文为诗"的精细阐释,对后人学韩起了导夫先路的作用。清代后期的诗论家承继了乾嘉诗话中的这一观点,比如方东树在《昭昧詹言》卷十一中指出"观韩、欧、苏三家,章法剪裁,纯以古文之法行之,所以独有千古",明确指出欧阳修对韩愈"以文为诗"写法的承继。

沈德潜《说诗晬语》不仅考察了韩诗用韵方式,还进一步指出韩诗用韵方式对于欧阳修、苏轼产生了巨大的影响:"歌行转韵者,可以杂入律句,借转韵以运动之,纯绵裹针,软中自有力也。一韵到底者,必须铿金锵石,一片宫商,稍混律句,便成弱调也。……后欧、苏诸公,皆以韩为宗。"①诚然,欧阳修对韩愈诗法技巧的考察是以用韵为切入点的,但欧阳修的成功诗作并不是对韩诗用韵、用词、技法亦步亦趋的模仿。清代诗人普遍认为,模仿前人佳作的最高境界是"师其意辞固不似,而气象无不同"②。如袁枚《随园诗话》所指出的"欧公学韩文,而所作文,

---

① 沈德潜《说诗晬语》,《清诗话》,第 537 页。
② 蔡钧辑《诗法指南》。

全不似韩：此八家中所以独树一帜也"①。一语道破了欧阳修"学韩而不觉其为韩"的创新，这确是欧阳修学韩诗的精髓所在，也是欧阳修能够独树一帜的真谛所在。乾嘉诗坛另一位方家翁方纲，也曾赞誉欧阳修是可接武韩愈的第一人："孟、卢皆硁硁小音，执定不化，安可接武韩诗！必欲求接韩者，定推欧阳子"②

　　欧阳修是宋代全面标举韩愈的第一人，并由学韩诗而独树一帜，开启了有宋一代新诗风，欧阳修因此得到了乾嘉期诗人的盛赞。不仅如此，欧阳门下的苏轼兄弟、王安石、曾巩等人的诗作，皆蹈欧而学韩，其中又以苏轼最为突出。欧阳修是引导苏轼接受韩诗的关键之人，而宋代诗风的确立正是在苏轼、黄庭坚手中完成的。乾嘉时期诗论家对欧阳修学韩之功的确认与推举，对后世也产生了极大的影响。清后期陈三立说"宋贤效韩，以欧阳永叔、王逢源为最善"。今人钱锺书《谈艺录》中亦谓，"唐后首学昌黎诗升堂窥奥者，乃欧阳永叔"，皆延续了乾嘉诗家观点，充分肯定了欧阳修倡学韩诗的重要价值。

二、苏轼学韩的启示

　　苏轼、苏洵、苏辙是在欧阳修的提携下展开文学活动的。欧阳修以韩愈作为其最主要的师法对象，并由此形成了宋诗最初的风貌，作为其门下的苏轼不免会受到很大影响。苏轼自认为"作诗颇似六一语"，他主要的师法对象是杜甫、欧阳修、韩愈和李白。苏轼最初是由学欧阳修而入杜、韩堂奥，而后来他对杜、韩的把握又超过了欧阳修。

---

① 袁枚著、王英志校点《随园诗话》，江苏古籍出版社 2000 年版，第 134 页。
② 翁方纲《石洲诗话》，《清诗话续编》，第 1390 页。

　　乾嘉诗论家对韩、苏的诗学源流进行了细致梳理,指出韩、苏有着共同的诗学渊源,那就是都源于杜甫。乔亿《剑溪诗说》明确提出韩、苏二人有着共同的诗学渊源,但却又诗风不同,一奇险排奡,一恣肆雄放,各成一家:"韩、苏笔力相当,韩排奡,苏雄放,并体出杜陵。"①唐诗和宋诗是两种差异很大的诗风,而杜甫和韩愈则是由唐人宋、诗风转变的核心式人物。苏轼学杜甫绕不开韩愈,他们三人之间有着一条清晰的脉络,即韩学杜,苏步韩,正如清代诗论家田雯所指出的:"宋人先入昌黎之室,后登少陵之堂,由学韩入手进而学杜。"

　　乾嘉时期诗论家多着眼于苏轼对韩愈"以文为诗"的继承,比如赵翼在《瓯北诗话》中就明确提到了苏轼对韩愈"以文为诗"艺术手法的承继,并对此有精辟的论述:"以文为诗,自昌黎始;至东坡益大放厥词,别开生面,成一代之大观。今试平心读之,大概才思横溢,触处生春,胸中书卷繁富,又足以供其左旋右抽,无不如志;其尤不可及者,天生健笔一枝,爽如哀梨,快如并剪,有必达之隐,无难显之情。此所以继李、杜后为一大家也。"②指出"以文为诗"在苏轼手中获得了极大发展,达到了"大放厥词"的兴盛境地。苏轼在诗作中常用口语,章法多变,并常以散文笔法入诗,使得其诗作不同于韩愈的"奇险",而是有着奔放豪迈、浑浩流畅的特点,如《荔枝叹》。

　　乾嘉诗论家不仅论述了苏轼对韩愈"以文为诗"写法的发展,还进一步论述了这一发展的具体表现。"以文为诗"的写法,实际上使得诗歌的记叙功能增强,大量生活题材入诗,这恰恰开启了清代"学人之诗"的风尚。沈德潜《说诗晬语》中说:"苏子瞻胸有洪炉,金银铅锡皆归熔铸。其笔之超旷,等于天马脱羁,飞仙游戏,

---

① 乔亿《剑溪诗说》,《清诗话续编》,第 1086 页。
② 赵翼《瓯北诗话》,《清诗话续编》,第 1195 页。

穷极变幻,而适如意中所欲出,韩文公后,又开辟一境界也。"①用"胸有洪炉"、"天马脱羁"等词语,写出了苏轼诗歌中那种无所不及的洒脱书卷气。

　　韩愈和苏轼都擅长七言古诗,乾嘉诗话中亦多论及韩、苏的七古诗作。比如李重华提出:"七言成于鲍照,而李、杜才力廓而大之,终为正宗。厥后韩愈、苏轼稍变之,然论七古无逾此四家者矣。"②赵翼论及苏轼诗用韵时说:"昌黎之后,放翁之前,东坡自成一家,不可方物。昌黎好用险韵,以尽其锻炼;东坡则不择韵,而但抒其意之所欲言。"③赵翼认为苏轼对于韩诗刻意押险韵,求奇求险,追求狠重怪奇的艺术描写效果是保持着清醒认识的。苏轼的用韵显得更为奇纵,挥洒自由,与韩愈诗歌的"排奡"风格有着很明显的差异。韩愈好押险韵,其《石鼓歌》就是例子,而苏轼在凤翔观石鼓,忆及韩诗,也作了一篇《石鼓歌》。关于韩苏的这两篇《石鼓歌》的优劣,历代诗家各抒己见,争论不休。苏轼此篇虽是效法韩诗而作,但并不弱于韩诗,而是自成面目。翁方纲对苏轼《石鼓歌》颇多赞誉,认为其魄力雄大,不让韩公,学韩而自具特色。苏轼诗多流宕之美,而韩愈则是笔力铿锵:

　　　　苏诗此歌,魄力雄大,不让韩公,然至描写正面处,以"古器"、"众星"、"缺月"、"嘉禾"错列于后,以"郁律蛟蛇"、"指肚"、"箝口"浑举于前,尤较韩为斟酌动宕矣。而韩则"快剑斫蛟"一连五句,撑空而出,其气魄横绝万古,固非苏所能及。方信铺张实际,非易事也。④

乾嘉诗话充分肯定了欧、苏对韩诗的继承与改造,赞誉欧、苏学韩而不似韩,能自树一帜而成为后世诗人榜样。标举欧苏,是为

---

①　沈德潜《说诗晬语》,《清诗话》,第 544 页。
②　李重华《贞一斋诗说》,《清诗话》,第 923 页。
③　赵翼《瓯北诗话》,《清诗话续编》,第 1202 页。
④　翁方纲《石洲诗话》,《清诗话续编》,第 1407 页。

了厘清和促进清代的学韩诗，从中亦见出韩诗在乾嘉诗坛的巨大影响。

三、乾嘉诗坛学韩盛况

王昶《蒲褐山房诗话》详细记录了乾嘉时期诗人争学韩诗以及诗坛宗韩风气的形成：

> 沈德潜先生独综今古，无借而成，本源汉魏，效法盛唐，先宗老杜，次及昌黎、义山、东坡、遗山，下至青丘、崆峒、大复、卧子、阮亭，皆能兼综条贯。

> 李重华，吴江诗家百余年来苦无杰作，先生笔力崭然，滔滔自运其宗法，盖在杜、韩间。

> 梦麟先生乐府力追汉魏，五言古诗取则盛唐，兼宗工部七言古诗，於李、杜、韩、苏无所不傲，无所不工，风驰电掣。

> 苏加玉，字维晋，号餐霞，太仓人。维晋才情雄杰，骨力开张，少时犹及见沈子大、顾玉庭诸先生，备闻绪纶，而又以杜、韩、苏三家为宗。

> 何青，字数峰，歙县人。五言宗二谢，七言宗韩、苏，又复左规右矩，节簇自然。

> 王芑孙，字念丰，号惕甫。长洲人。惕甫诗癯然以瘦，戛然以清，亦缜密以栗。盖上溯杜、韩，而实出入于郊、岛间。

> 吴嘉，字山尊，全椒人，嘉庆四年进士，以韩、孟、皮、陆为宗，斗险盘空，句奇语重。五言长古，尤足以推倒一世。①

法式善也记录了时人着重师法韩愈的古体诗，将韩愈古体诗视为唐诗中的最高境界之一，他崇拜韩诗五古体的雄伟离奇：

① 王昶《蒲褐山房诗话》，清稿本。

任丘边征君连宝,字肇畛,号随园。两荐鸿博经学。五古似昌黎,七古似太白,皆有奇气,七绝以风韵胜。褚筠心廷璋先生,五言宗韦、柳,古作歌行宗韩、苏,七律奄有唐人风韵。①

近王韦七言驰骤豪宕宗太白,沈郁顿挫宗少陵,离奇瑰伟宗昌黎,近体亦不肯落大历以下。②

在诗坛盛行瓣香韩诗的风气下,韩诗的用韵也成为乾隆诗家争相仿效的对象,阮元《定香亭笔谈》中就记载了清代诗人对韩愈诗韵的痴迷追随,坦言他自己也是师法昌黎,经常步韩诗之韵而赋诗:

《题校礼图用昌黎荐士诗韵为凌次仲进士作》

朱　珪

仪礼十七篇,姬孔所教诂。圣人柔万物,节性义精到。
损益兼夏殷,名物辨诏号。执肄非空文,绵蕞在师导。
杂服体斯安,相瞀缦可操。兰陵学久废,高密传亦耗。
庆忞虽分门,彦植谁窥奥。昌黎掇奇辞,鸾铩欣鸠噪。
豆笾失司存,珠玉毁儒盗。凌君起江南,便腹择履蹈。
钧元有湛深,解纷无慢暴。璇玑搞九重,华离擘四墺。
自求照水犀,不取祭云鹜。③

《题凌次仲学博廷堪校礼图即依卷中
朱石君师所用昌黎荐士诗韵》

阮　元

周仪治天下,厥功逾誓诰。揖让升降中,精意靡不到。
吾友凌经师,无双齐许号。绵蕞容台上,不受介绍导。

---

① 法式善《梧门诗话》,清稿本。
② 法式善《八旗诗话》,清稿本。
③ 阮元《定香亭笔谈》,清嘉庆五年扬州阮氏琅嬛仙馆刻本。

既有戴圣学，且持高密操。①

乾嘉诗坛盟主袁枚对韩愈诗也颇为欣赏，《随园诗话》中记录了这样一件趣事，可以看出韩诗对袁枚及其友人有着很大的吸引力："吾乡王文庄公际华，与余有总角之好。余游粤西，借其手抄《韩昌黎集》，久假不归，诗学因之大进。同举戊午科，与罗在郊三人为车笠之会。"②袁枚诗话还记载了当时许多诗人对韩愈诗的步韵效仿，并录下了一些仿学诗作，足见乾嘉诗坛盛行韩诗的痕迹：

稚威骈体文直掩徐、庾，散行耻言宋代，一以唐人为归。诗学韩、孟，过于涩拗。今录其近人者。如《明妃》云："天低海水西流处，独有琵琶堪解语。断丝枯木本无情，犹胜人心百千许。"《咏谏果》云："苦口众所挥，余甘几人赏。置蜜锟铻端，或者如舐掌。"《赠某营将》云："大声当鼓急，片影落枪危。剑血看生瘿，天狼对持髭。"皆奇句也。亦有风韵独绝者，《晓行》云："梦阑莺唤穆陵西，驿吏催诗雨拂衣。行客落花心事别，无端俱趁晓风飞。"③

洪君亮吉字稚存，诗学韩、杜，俱秀出班行。④

湖州潘进士立亭，名汝晟，诗宗韩、杜，五古尤佳。《偶成》云："静士难为介，静女难为媒。嫁容静女丑，交面静士羞。盛年易晼晚，独抱无驿邮。桃李非我春，蒲柳非我秋。鹤老心万里，鹏怒翼九州。未免笑樊援，岂屑伍喧啾？搜春润章句，摘卉膏吟哦。非无兰苕玩，风骚旨已讹。诗涛与诗

① 阮元《定香亭笔谈》，清嘉庆五年扬州阮氏琅嬛仙馆刻本。
② 袁枚著、王英志校点《随园诗话》，第415页。
③ 同上书，第162页。
④ 同上书，第164页。

骨,韩、孟两嵯峨。昆体逮铁体,滔滔同一波。金天削秀华,
碧海鸣神鼍。义色少姚佚,吉词无淫颇。褒中南风手,请为
《南风歌》。寥寥发古响,羯鼓如予何?"①

乾嘉诗话中论及学韩的条目繁多,上述摘录的数条便可见
一斑,可视为清中叶诗人重视和揣摩韩诗的心得实录,从中可见
清乾嘉诗坛融汇唐宋、宗杜学韩的彬彬风气。

四、学韩之失的辨析

韩愈诗歌求奇求险而自创一格,自开一代诗风,其诗作法被
后人归纳为"以文为诗",并将韩诗视为"宋型"诗的嚆矢。② 后
世师法韩诗者甚众,其中有师其意而不师其辞,融会贯通取其精
义而自辟新径者。但也不乏借韩诗盛名以凌人,优孟衣冠仅得
其粗疏者,乾嘉诗话中对此多有揭露,标举时人学韩之失的种种
表现,细加分析,厘清是非。这样的辨析不但深化了时人对韩诗
的认识,也直接推动了乾嘉诗学的深入发展。

李重华《贞一斋诗说》罗列清人刻意学韩而出现的一些弊
端,比如堆砌古奥词句,于经部说部中专寻生僻词语典故以炫博
才学,诗作支离破碎,难以卒读。李重华认为韩诗的"奥衍"全本
经学,其典雅来自诗人本身深厚的学问修养,而当时诗坛不少号
称学韩的诗作却刻意求奇求险,只是夸耀才学,并非真正的韩诗
"奥衍":

> 诗家奥衍一派,开自昌黎。然昌黎全本经学,次则屈、
> 宋、扬、马,亦雅意取裁,故得字字典雅。后此陆鲁望颇造其
> 境。今或满眼陆离,全然俗气。问所从,则曰我韩体也,且

---

① 袁枚著、王英志校点《随园诗话》,第214页。
② 参见严羽《沧浪诗话》,钱锺书《谈艺录》、《管锥篇》中相关论述。

谓四库书俱寻常闻见,于是专取说部,摭拾新奇,以夸繁富。不知说部之学眉山时复用之者,不过借作波澜,初非靠为本领。今所尚止在于斯,乃正韩、苏大家吐弃不屑者,安得以奥衍目之?①

李重华的这一批评是中肯的。韩诗的所谓奥衍博大,实际上并非炫耀经史才学,更不是生造冷僻词语的诗句组合。后人学韩若由此途入,恰是放大了韩诗的缺点,彰显了韩诗艰险凝重的一面,如此学韩诗,必然走向歧途。

乾嘉时期的诗人大都重视学术,认定经史之学为诗文创作的重要基础。然而其副作用也相当明显,出现以学问炫博诗学的风尚,极端者甚至以考订学问为诗,这种风气自然招致主张"性灵"诗人的一致反对。袁枚就对当时号称师法杜、韩的诗人提出了尖锐的批评,嘲讽他们的蹩脚仿作为"描诗":

> 高青丘笑古人作诗,今人描诗。描诗者,像生花之类,所谓优孟衣冠,诗中之乡愿也。譬如学杜而竟如杜,学韩而竟如韩,人何不观真杜、真韩之诗,而肯观伪韩、伪杜之诗乎? 孔子学周公,不如王莽之似也;孟子学孔子,不如王通之似也。唐义山、香山、牧之、昌黎,同学杜者,今其诗集,都是别树一旗。杜所伏膺者庾、鲍两家,而集中亦绝不相似。萧子显云:"若无新变,不能代雄。"陆放翁曰:"文章切忌参死句。"黄山谷曰:"文章切忌随人后。"皆金针度人语。②

袁枚指出李商隐、白居易、杜牧、韩愈同是师法杜甫,但作诗都不是对杜甫的亦步亦趋,而是各有特色。李商隐诗风绮丽浓密,白居易诗歌通俗平易,杜牧诗风豪放洒脱,韩愈诗作奇险,这四人不仅诗风迥异,而且都能独树一帜,成就卓绝。杜甫师法庾

---

① 李重华《贞一斋诗说》,《清诗话》,第 932 页。
② 袁枚著、王英志校点《随园诗话》卷八,第 177 页。

信、鲍照,但杜甫诗集中全无仿效庾信、鲍照的诗篇,转益多师才能自成一格,成就一代诗圣。关于这一点乔亿也有共识,他认为"师其意不师其辞"才是模范古人的不二法门:"昌黎云:'师其意不师其辞。'在拟古者尤为要诀。"①

然而乾嘉时期不少学韩诗作却是一种"描诗","学韩而竟如韩",离北宋欧阳修、苏轼学韩而全然不似韩的境界,相去甚远。"欧公学韩文,而所作文,全不似韩:此八家中所以独树一帜也。"②即使这些"描诗"模仿韩诗到了十分相似的地步,也不过是一种"伪韩"诗而已,毫无价值。袁枚在《与洪稚存论诗书》中进一步指出:"使杜、韩生今日,亦必别有一番境界,而断不肯为从前杜、韩之诗。"他认为诗人作诗应不断创新,这样才能与社会发展同步,抒发当世之情感,抒发自己的真情实感。对此同为性灵派的赵翼同声相应,其《瓯北集》卷二八《论诗》提出:"李杜诗篇万古传,至今已觉不新鲜。江山代有才人出,各领风骚数百年。"都在强调诗作创新的重要性,不满当时诗坛的"描诗"风气。乾嘉诗坛考据之风盛行,多学人之诗,模拟之风盛行,学韩之诗总的看来也是沉潜有余而新创不足,袁枚、赵翼的这些批评亦可谓切中时弊。

袁枚还对当时一些自诩高材、标榜大家、目中无人的诗坛狂人也提出了尖锐的批评:

> 以昌黎之崛强,宜鄙俳体矣,而《滕王阁序》曰:"得附三王之末,有荣耀焉。"以杜少陵之博大,宜薄初唐矣,而诗曰:"王、杨、卢、骆当时体,不废江河万古流。"以黄山谷之奥峭,宜薄西昆矣,而诗云:"元之如砥柱,大年若霜鹗。王、杨立本朝,与世作郛郭。"今人未窥韩、柳门户,而先扫六朝;未得

---

① 乔亿《剑溪诗说》,《清诗话续编》,第 1115 页。
② 袁枚著、王英志校点《随园诗话》,第 134 页。

李、杜皮毛，而已轻温、李：何蜉蝣之多也！①

袁枚将既师法前人，同时又妄薄前人的浅薄诗人比作"蜉蝣"，反对"专学杜、韩，精进有得，因之高自位置，常自广以狭人"，主张诗人须博学而精取。《随园诗话》尖锐地指出："抱韩、杜以凌人，而粗脚笨手者，谓之权门托足；仿王、孟以矜高而半吞半吐者，谓之贫贱骄人；故意走宋人冷径者，谓之乞儿搬家；一字一句自注来历者，谓之古董开店。"②此论是针对清初以来诗坛弊端而发的，其中权门托足谓格调派，贫贱骄人指的是神韵派，乞儿搬家是对浙派的嘲笑，而古董开店则是对肌理派的讽刺。袁枚不满上述诗派末流标榜大家，自以为得之而妄论前贤的可笑状况。

乾嘉诗人在批评诗学弊端的同时，也经常围绕如何正确地学习韩诗而提出一些积极的方法建议，如洪亮吉认为：

> 诗人之工，未有不自识字、读书始者。即以唐初四子论，年仅弱冠，而所作《孔子庙碑》，近日淹雅之士，有半不知其所出者，他可类推矣。以韩文公之颣视一切，而必谆谆曰："凡为文辞，宜略识字。"杜工部诗家宗匠也，亦曰"读书难字过"，可知读书又必自识字始矣。弄麞宰相、伏猎侍郎，不闻有诗文传世，职是故耳。近时士大夫亦有读"针灸"之"灸"为"炙"；"草菅"之"菅"为"管"；呼金日磾、万俟高一如本字者，则弄麞、伏猎又可以分谤矣。吾乡有进士起家、现居要地者，人乞其一札为寒士先导，用《晋书·刘宏传》'得刘公一纸书，胜于十部从事'语。此君复缄云："刘公何人？现居何职？乞开示以便往拜。"人传以为口实云。③

从杜甫到韩愈，都认为写诗应从"识字"、"读书"始，这一观点突

---

① 袁枚著、王英志校点《随园诗话》，第5页。
② 同上书，第112页。
③ 洪亮吉《北江诗话》，清光绪授经堂刻洪北江全集本。

出了多读书多识字对于诗歌写作的重要性。洪亮吉上述观点就借用了杜、韩之语,针对当时诗人的普遍读书不精、识字不多现象,进行了尖锐的批判和嘲讽。他反复强调作诗就应该多读书、多识字。

乾嘉诗论家多注重学问,所以很多都主张诗人应多读书。如袁枚就认为仅仅从书籍中求灵感、困居于一室是远远不够的。好诗需要有丰富的人生阅历,要广览山川,结交名士。杜甫、韩愈等人诗歌中之所以没有所谓的乡野气,原因就在于诗人有着丰富的仕途经历。"诗虽贵淡雅,亦不可有乡野气。何也?古之应、刘、鲍、谢、李、杜、韩、苏,皆有官职,非村野之人。盖士君子读破万卷,又必须登庙堂,览山川,结交海内名流,然后气局见解,自然阔大;良友琢磨,自然精进。否则,鸟啼虫吟,沾沾自喜,虽有佳处,而边幅固已狭矣。"①

袁枚反对独尊一家,在论及各大家时,能够较为公允地指出各人的不足。比如认为即使是专意师法杜、韩这样的大家,也还是"取法太窄",且"其弊常失于粗",应该更广泛地转益多师,对此《随园诗话》中有着详尽的论述:

> 诗人家数甚多,不可硁硁然获一先生之言,自以为是,而妄薄前人。须知王、孟清幽,岂可施诸边塞?杜、韩排奡,未便播之管弦。沈、宋庄重,到山野则俗。卢仝险怪,登庙堂则野。韦、柳隽逸,不宜长篇。苏、黄瘦硬,短于言情。悱恻芬芳,非温、李、冬郎不可。属词比事,非元、白、梅村不可。古人各成一家,业已传名而去。后人不得不兼综条贯,相题行事。②

文尊韩,诗尊杜:犹登山者必上泰山,泛水者必朝东海

---

① 袁枚著、王英志校点《随园诗话》,第84页。
② 同上书,第113页。

也。然使空抱东海、泰山，而此外不知有天台、武夷之奇，潇湘、镜湖之胜，则亦泰山上之一樵夫，海船上之舵工而已矣。学者当以博览为工。①

袁枚提出的学诗法门就是要师出多门，因为强调取法乎上自然很重要，但师法过窄则易得其弊，只有广采精取，才能够做到取其精华而弃其糟粕：

> 凡事不能无弊，学诗亦然。学汉、魏、《文选》者，其弊常流于假；学李、杜、韩、苏者，其弊常失于粗；学王、孟、韦、柳者，其弊常流于弱；学元、白、放翁者，其弊常失于浅；学温、李、冬郎者，其弊常失于纤。人能吸诸家之精华，而吐其糟粕，则诸弊尽捐。大概杜、韩以学力胜，学之，刻鹄不成，犹类鹜也。太白、东坡以天分胜，学之，画虎不成，反类狗也。②

作诗须转益多师，这句话在清代诗坛渐成共识，诗作要想精进，诗人就应该博览诸家，集众家之所长，成自家之一格。清末蒋鸣珂在《古今诗话探奇》中列举了历代诗歌大家的优胜处，认为欲作好诗应当博取诸家，不可拘于一家一时，且认为诗学韩愈可使诗作多豪逸之气："为诗欲词格清美，当看鲍照、谢灵运。欲浑成而有正始以来风气，当看渊明。欲清深闲淡，当看韦苏州、柳子厚、孟浩然、王摩诘、贾长江。欲气格豪逸，当看退之、李白。欲法度备足，当看杜子美。欲知诗之源流，当看《三百篇》及《楚辞》汉魏等诗。"③

韩愈爱用僻韵、险韵，但袁枚认为李白、杜甫等大家绝不用僻韵，进而批评当世之人的诗不择韵，兀自炫博，并告诫当世及

---

① 袁枚著、王英志校点《随园诗话》，第199页。
② 同上书，第77页。
③ 蒋鸣珂《古今诗话探奇》，民国石印本。

后世诗人,切勿用喑哑、晦涩之韵。进而提出作诗的关键之一就是要选好诗韵:"欲作佳诗,先选好韵。凡其音涉哑滞者、晦僻者,便宜弃舍。……李、杜大家,不用僻韵;非不能用,乃不屑用也。昌黎斗险,掇《唐韵》而拉杂砌之,不过一时游戏,如僧家作盂兰会,偶一布施穷鬼耳。然亦止于古体、联句为之。今人效尤务博,竟有用之于近体者,是犹奏雅乐而杂侏儒,坐华堂而宴乞丐也,不已慎乎!"①

五、乾嘉诗坛学韩之辨正

乾嘉年间,注重资料搜集与追根溯源,使得诗坛学术水准大幅度提高。学人与诗人的合二为一,使得对韩诗的研究既提高了深度,又扩大了广度,达到了新的历史高度。具体而言呈现出以下特点:

首先,这一时期的诗人对韩愈诗歌的评价较之清初,更为客观和全面。清代诗学史始终伴随着唐宋诗之争,乾嘉诗人开始有了较为通融的诗歌发展史观。此期的重要诗人薛雪、吴雷发、李重华、张问陶、赵翼、袁枚等人,论诗都主张"无分唐宋"。② 因此不同于清初王夫之的宗唐抑宋,黄宗羲的宗宋,王士禛的推崇盛唐诗,开始以辩证的观点来看待和定位韩愈其人其诗,探究源流,考辨出处,剖析原因。

其次,相较于清初,乾嘉时期的韩愈研究在广度和深度上都有了明显的进步。比如对韩愈人格的辨析、对韩诗艺术的探究论辩、对时人仿学韩诗的失误辨正,对韩诗风格和体制的辨析,这些方面在清初诗话中是很少涉及的,而乾嘉诗人在总结前人

---

① 袁枚著、王英志校点《随园诗话》,第140页。
② 参见王英志《清代唐宋诗之争流变史》,人民文学出版社2012年版。

的基础上有了不少拓展新创。

乾嘉诗人对韩愈的认识是理性和全面的,既不同于《新唐书》对韩愈的人格神话,也排除了宋儒对韩愈的有意歪曲。乾嘉诗人笔下的韩愈,总体看是一位有血有肉、有优点也有缺点的个性化的学者诗人。乾嘉时期的诗人大都崇拜韩愈的出众才华,但也认识到正是这种才气使得韩愈一些诗作因过于求奇、求怪,而缺少蕴藉之美。他们赞誉韩愈"爱才若渴"、推举后进不遗余力这一人格闪光点,但也对韩愈时有的"爱才而略其行"、"推举之人不乏忘德薄行者"提出批评。他们赞赏韩愈"儒道自任"的辟佛力度和勇气,赞赏其忠君爱国之胸襟,但也对其"爱僧"之举难以理解,指出其"辟佛亦爱僧"的行为矛盾。

其三,对韩愈奇险诗风的成因作进一步探究。乾嘉诗话开始从诗史的角度,探究韩愈古体诗歌的地位,探究韩、孟联句在诗史上的重要意义。关于韩愈《南山》诗与杜甫《北征》诗孰优孰劣的论争,乾嘉诗人并没有得出共识。但是这样深入和反复的论辩,为后人全面考察《南山》、《北征》诗,提供了新的研究角度,有助于启发后人深化认识。还有乾嘉诗人对韩愈《琴操》诗的推举和喜爱,不仅缘于其精湛的艺术成就,更有着深刻的时代原因。而对于韩愈一直饱受非议的《教子诗》,乾嘉诗人不满于宋儒对《教子诗》的斥责,也开始以比较务实的立场来进行审视。

六、结论

综上所述,乾嘉诗坛树立了后世学韩的典范,指出"师其意辞固不似,而气象无不同"才是师法前人的最高境界。更为难得的是,乾嘉时期的许多诗人在诗话中如实记录了时人对韩诗的师法。而诗坛盟主袁枚,围绕着时人的师法韩愈,提出了不少切实的仿学之法,这对于纠正时人的学韩偏差有着积极意义。

　　较之清初的韩愈研究,乾嘉时期诗人对韩愈的评价更为客观和中允,在研究广度和深度上都有不小的进步,他们对韩诗的特色、成就、历史地位与不足的探究,给后世的韩学研究产生了巨大的影响。之后道光年间的宋诗派和清末的同光体诗人,在继承乾嘉诗坛对韩诗研究的基础上,通过推崇韩诗,"打通了从宋诗上溯杜甫的中间环节,从而大幅度地提高了宋诗和中晚唐诗歌在诗歌史上的评价,使得久争不休的唐宋诗优劣话题,转向更为宽泛的唐宋一体,以肯定韩愈的创新来批驳诗歌创作中的模拟倾向。这些努力,促成了清后期诗坛上形成了'当代兢宗韩'的局面。"①晚清桐城派诗人方东树,其《昭昧詹言》也深受乾嘉诗坛言论的影响,其中单列一卷专论韩愈,知人论诗,见解精辟,有着集清代论韩诗之大成的珍贵价值。韩愈诗作在唐宋诗风转承中的重要作用与独特地位,至此终于有了一个较为明确的文学史定位。

（作者单位：上海师范大学人文学院）

---

① 参见朱易安、程彦霞《晚清宗宋诗派对韩愈及其诗歌的新阐释》,《上海大学学报(社会科学版)》2009 年第 4 期。

《随园诗话》与袁枚的文人网络

——兼论清代的社交类诗话

刘　奕

　　袁枚是一个生命力旺盛、个性复杂的人物。他一边天真烂漫，一边精明世故；他阿附权贵，又提携后进；他恣纵生命、挥洒性情，又小心翼翼、行事拿捏极准。这是一个典型的盛世文坛领袖，他的人生，值得作多方面的检讨。而袁枚的《随园诗话》也如其作者一般复杂。这部诗话集中反映了袁枚的诗学理论，也记录了乾隆朝诗坛的盛况，更反映出袁枚风流潇洒、爱惜人才的性情。这些都受到了研究者的重视而获得深入探讨。但是，作为清代社交类诗话最典型的代表，《随园诗话》既是袁枚建构文坛社交网络的产物，又是袁氏用以巩固、扩大其文人网络的有效媒介，这也是《随园诗话》的基本性质之一，似乎还未见学者论及。本文试图就此问题加以探讨。

一、文人网络与清代社交类诗话

　　袁枚一向受到学者的关注，王标大著《城市知识分子的社会形态》①采用文学社会学的方法，第一次从交游网络的角度解读袁枚，给人很大启发。不同于王标研究袁枚整个的交游网络，本

---

① 　上海三联书店，2008 年版。

文更关注士人社会之分化与重构，以及在此过程中《随园诗话》独特的位置与作用。专业化与职业化是传统社会向现代社会演进的重要特征，明清时代是否出现了这种演进的现象，史学家多有争论。仅以文学和学术的分合而言，一边是诗歌写作的日常化与普遍化，即康正果所注意到的"泛文"现象①；另一边是在乾隆时期，出现了学者的职业化倾向。② 最晚乾隆时，一批学者开始有意识地与文人做出区隔，保持距离。

学者与文人的分化及专门化，使得士人群体分裂。当学者轻视文人的时候，文人也反过来回击学者。同为士大夫，两个群体彼此仍然会有交游往还；同时，他们同样依附于政治权力，依靠商人的资助。但除此之外，双方开始构建具有清晰内核与模糊边界的人脉网络，以争取社会资源的最大化，这才是更值得探究的现象。本文题目所使用的"文人网络"这一概念，正是在这一背景下提出。它的核心是那群以"文人"自命的士人，尤其是袁枚及其诗人朋友们。这一交游网络与乾嘉汉学家的学人网络存在竞争与敌对关系，他们都试图吸引更多年轻人加入自身，都试图获得政治与经济更大的支持。同时，在网络内部也存在竞争关系，如袁枚既需要战胜旧的诗学权威以树立自己的话语权威，同时又要保证自己不被同辈及后辈超越。

从生成机制、性质和功能看，《随园诗话》具备新的特征，可视为诗话的一种新类型。《随园诗话》既是袁枚构建以自己为中心的文人网络这一过程的产物，同时又是袁枚找到的新工具，用以进一步帮助强化、扩大自己的文人网络，并确定自己在该网络中的话语权威。清代有一类诗话不仅仅是有关于诗和诗人的闲

① 康正果《泛文和泛情》，《明清文学与性别研究》，江苏古籍出版社 2002 年版。
② 参见艾尔曼著、赵刚译《从理学到朴学——中华帝国晚期思想与社会变化面面观》第三章《江南学者的职业化》，江苏人民出版社 1995 年版。

话,而更是一种媒介工具,积极参与了晚近士人阶层分化演进的进程,并在这一过程中,成为某些"职业"文人的获取经济利益的有效手段。这是《随园诗话》所具有的新质。

《四库全书总目》卷一九五诗文评类小序曾总结诗文评的五种类型:刘勰《文心雕龙》"究文体之源流,而评其工拙",钟嵘《诗品》"第作者之甲乙,而溯厥师承","皎然《诗式》,备陈法律","孟棨《本事诗》,旁采故实","刘攽《中山诗话》、欧阳修《六一诗话》,又体兼说部。后所论著,不出五例中矣"。① 即论文体、品诗人、讲诗法、采故实、兼及说部五体。至清代,又生出新的类型,即地域类诗话和本文要讨论的社交类诗话。社交类诗话似乎可以视为末一类体兼说部的诗话的变体,这一点,清人已经观察到了。

道光时,谢堃撰《春草堂诗话》,他在《自叙》中说,诗话"至渔洋一变也,小仓山房又一变也"。袁枚的《随园诗话》之变在于何处,谢堃并没有明确言及,但其《自叙》中稍后又说:"诗话者,话主而诗宾也。窃观时贤作诗话者,则曰某人有某句云云,此实非诗话正宗,乃唐人摘句图例也。"②谢氏对诗话的这一认识其实是上承袁枚和李调元的,袁枚就曾说过:"诗话,非选诗也。选则诗之佳者,选之而已;诗话必先有话,而后有诗。"③作为袁枚拥趸的李调元也自述其《雨村诗话》云:"谈诗者不博及时彦,非话也。兹之作也,上自名公巨卿、高人宿士,下逮舆台负贩、道释闺媛,无论只字单词,莫不口记手录。"④而《春草堂诗话》本身,则

---

① 永瑢等《四库全书总目》,中华书局 1965 年版,第 1779 页。

② 谢堃《春草堂诗话》卷首,清道光刻本。

③ 袁枚著、王英志点校《随园诗话补遗》卷五 38 条,见王英志主编《袁枚全集》第三册,江苏古籍出版社 1993 年版,第 668 页。

④ 《雨村诗话(十六卷本)序》,李调元著,詹杭伦、沈时蓉校正《雨村诗话校正》,巴蜀书社 2006 年版,第 26 页。

是"以纪事为主,或诗人之事迹,或诗作之本事"①。合而观之,可知谢堃认为的《随园诗话》之变,应该就是袁枚的《诗话》中大量出现了纪事的内容。而在《随园诗话》中,这些纪事内容主要是袁枚的交游对象及其本人的各种事迹,一部《诗话》,约等于一本袁氏交际圈闲事琐语杂录。同为道光时的吕善报《六红诗话》也说:"或谓渔洋、随园两《诗话》纱帽太多,不如归愚《说诗晬语》真朴。此语近是。然人之著书,各有体例,亦各有其人之境界。渔洋、随园两《诗话》仿宋、元以来《碧溪》、《隐居》、《麓堂》、《归田》等诸家诗话,或论古,或议今,或收奇闻,或志轶事,或发潜阐幽,或庄言谐语,皆信笔写去。"②虽然不以《随园诗话》体例为独创,但同样强调了其议今论古、收奇志轶的记录特色。

到了同治中,就有人明确提出《随园诗话》特重声气标榜的社交性质。如林寿图曾致刘存仁书云:

> 国朝诗话,王新城、朱竹垞尚已。后有作者无虑百数十家,其编纂一时交际之什,与论次一乡郡邑之篇,要当自辟蹊径⋯⋯袁简斋标榜声气,滥列女弟子,侈其儒雅风流之盛,斯有伤名教已。③

林氏认为,清代诗话有两个新类型,一个是地域类诗话,一个是社交类诗话。他虽然批评《随园诗话》"有伤名教",但也承认它是"编纂交游之什"这一类型中最重要的一部。同时代的方燕昭《训蒙诗学浅话自序》也说:"至于今日,诗话日多,而能论诗者日少。或取古人之诗句以供其贬誉,或取近人之词句以佐其奉迎,甚至累牍连篇,名为诗话,实记杂事。"④仍是指出清代存在一种

---

① 蒋寅《清诗话考》,中华书局 2005 年版,第 510 页。
② 吕善报《六红诗话》卷一,收入张寅彭辑,吴忱、杨焄点校《清诗话三编》,上海古籍出版社 2015 年版,第 2830 页。
③ 刘存仁《屺云楼诗话》卷首,福建师范大学藏闽侯林氏刊本。
④ 方燕昭《训蒙诗学浅话》卷首,同治十年刊本。

专以社交为目的的诗话。

这种专记交游的诗话是"体兼说部"的狭义"诗话"的变体。如果按照名实相符之原则，最初叫"诗话"的作品都是"体兼说部"的。欧阳修自述作《六一诗话》之由："居士退居汝阴，而集以资闲谈也。"①许顗则说："诗话者，辨句法，备古今，纪盛德，录异事，正讹误也。"②葛立方《韵语阳秋自序》也说："凡诗人句义当否，若论人物行事，高下是非，辄私断臆处而归之正。若背理伤道者，皆为说以示劝惩。"③所以学者们大都认为，诗话的体制就当是记事的闲谈，而与纯粹的诗说类著作有明显区分。④ 这是持一种狭义的严格标准。

旧的狭义诗话以闲谈为标的，其中已多有标榜交游和露才扬己的内容，甚至因此遭到批评。如《四库全书总目》称宋张表臣《珊瑚钩诗话》"好自载其诗，务表所长，器量亦殊浅狭"⑤。称《渚山堂诗话》"喜自载其诗，如《冷斋夜话》、《珊瑚钩诗话》之例"⑥。又批评王士禛《渔洋诗话》"其中多自誉之辞，未免露才扬己"⑦。蒋寅也指出："从王士禛《渔洋诗话》肇端，'集以资闲谈'（欧阳修《六一诗话》）的动机中，更平添了一层自我标榜的意味。读他的诗话，等于就是在浏览他毕生值得夸耀于人的韵事。这种写作风格极大地影响了后来的诗话写作风气。"⑧自我标

---

① 欧阳修《六一诗话》，何文焕辑《历代诗话》本，中华书局 2004 年版，第 264 页。
② 许顗《彦周诗话》，何文焕辑《历代诗话》本，第 378 页。
③ 葛立方《韵语阳秋》，何文焕辑《历代诗话》本，第 482 页。
④ 参见蒋寅《"诗话学"质疑》、陈尚君《诗话寻源》、张伯伟《"诗话"的正名与辨体》、张寅彭《诗话范畴谈》诸文，收入施议对、蒋寅主编《中国诗学》第二辑"诗话研究笔谈"，南京大学出版社 1992 年版，第 1—9 页。
⑤ 《四库全书总目》卷一九五，第 1783 页。
⑥ 同上书卷一九七，第 1801 页。
⑦ 同上书卷一九六，第 1793 页。
⑧ 蒋寅《袁枚〈随园诗话〉与清诗话写作之转型》，《岭南学报》复刊号（第一、二辑合刊），上海古籍出版社 2015 年版，第 193—211 页。

榜，这一现象到了清代社交类诗话中，则变本而加厉。

作为变体，清代社交类诗话自有其特色，与旧体诗话存在明显区别。在形式上看，旧体诗话中，称述交游、扬己自誉的文字，所占比例并不算高；但社交类诗话，全书或者大半文字都是集矢于此。究其根源，旧体诗话记录交游，更看重其纪念性而非传播性。所记录者大多是前辈戚友，又偏重于声名已高者，而偶尔述及才秀人微者，又总以身故者居多。理论上说，记录交游可以应用于现实社交，但旧诗话的纪念性传统，显然并不着眼于此。而社交类诗话所记录的交游对象则往往流品杂陈，前辈后进、尊者卑者、死者生者，凡有交游者，莫不兼收并蓄，尤以生者为重。社交类诗话的纪念性与传播性并重，当撰写者看重其社交与传播功能时，其中的纪念性也因此服务于现实的社交功能，因为它会凸显那前辈名公交游的那个"我"，以此加重在现实交游中作者的身价。

在《随园诗话》之前，已经出现少数社交类诗话。如查为仁《莲坡诗话》、廖景文《罨画楼诗话》、秦朝釪《消寒诗话》、雷国楫《龙山诗话》等。此外，乾隆四十六年（1781）刊刻的汪玉珩《朱梅舫诗话》，上卷论国初诗人，下卷则记述交游，也颇近于社交类诗话。查氏《莲坡诗话自序》云："凡从游先辈以及石交襟契，所有赠答倡酬之作，必加甄录。今年春人事少暇，搜诸箧衍，共得若干条，稍加诠次。若方外、闺秀、杂流之句，亦附入焉。回忆三十年来，酒边烛外，论议所及，足以资暇启颜者，正复不少，并为述其颠末，以助谈炳。"①廖氏《罨画楼诗话自序》云："人海仓场，比肩接踵。或偶见口占，或遥为倡和，或得之目睹耳谈，凡诸零纨片羽，无不手自抄撮。即一生残毫剩墨，亦常留之小市盒箱，盖

---

① 查为仁《莲坡诗话》卷首，丁福保辑《清诗话》本，上海古籍出版社 1978 年版，第 475 页。

摭拾亦良当矣。辛卯春，抵鹭门官署，旧雨晨星，吟情如睹，不禁感今追昔，取而汇之。"①两段自述很有代表性，都是作者在盛年时汇取知交故旧的诗作、谈论，写成诗话，其初衷即在记录交游。

社交类诗话的出现有其必然性。王鸿泰曾讨论明中期以后到清代士人的交游活动与文艺社交圈的情况。随着商业的发达与城市的繁荣，士人刻意出游，汇入城市，展开广泛的社交活动，这成为一种引人瞩目的社会现象。由此，士人之间形成繁复的社交网络，贫者游走四方，鬻文于贵人，富贵者则修造园林，延致海内名士，这一现象尤其集中在东南富庶之地。② 诗话本近于说部，篇幅大多不大，内容轻松活泼，适合消遣，能在文人社交网络中更为充分地实现其媒介功能，它自然成为记录风雅社交的载体。

因为受众较广，诗话作者也颇有自信借以名世。查为仁曾自述编纂《莲坡诗话》的目的："仆素无名世之心，兼少传后之志。砚枯笔秃，犹复孜孜不已者，讵结习之难忘，实敦交之窃取。若云翕张风雅，轩轾人才，则非所敢。"③如果真的没有这样的目的，那么查为仁何必不惮笔墨，刻意提出呢？不惑于字面，其实可以清楚了解，借诗话名世、传后、翕张风雅、轩轾人才正是查氏真实的意图。从蒋寅《清诗话考》所列《莲坡诗话》多达12种版本看，查为仁实现了其目的。④

社交类诗话的出现，既能满足诗话作者名世传后的愿望，又能提高收入诗话中的交游者的声名，从而达到双赢的结果。就

① 廖景文《罨画楼诗话》卷首，乾隆三十九年听吟轩刊本。
② 王鸿泰《浮游群落——明清间士人的城市交游活动与文艺社交圈》，收入复旦大学文史研究院编《都市繁华——一千五百年来的东亚城市生活史》，中华书局2010年版，第182—211页。
③ 查为仁《莲坡诗话》卷首，《清诗话》本，第475页。
④ 参见蒋寅《清诗话考》，中华书局2005年版，第325页。

这一结果的实现效果而言，《随园诗话》是高居古代诗话榜首的。以时代背景论，乾隆朝的繁华达到清代的鼎盛，文人的交游活动盛极一时，清末李慈铭评《湖海诗传》时曾说："其时海内富乐，三吴尤繁盛，为裙屐所归。上而公卿，多投簪早退，优游山水；下至商贩，亦争絷金结客，投辖题襟，风流骀荡，饱享太平之福。"①《随园诗话》正是对乾隆一朝文人，尤其是江浙文人交游的记录，风流占尽，是天时、地利。袁枚声名高，善交游，是乾隆后期文坛领袖，其交游之广，手段之高明，是一般文人所难以企及的，这是人和。天时、地利、人和三者皆备，造就了《随园诗话》的崇高地位。

二、《随园诗话》所呈现的文人网络图景

《随园诗话》给人的直观印象就是体量大、采择对象广。正集十六卷、补遗十卷，五十余万字，收录人物近 2 000 家的规模，足令人惊叹。张寅彭因此认为"《随园诗话》的超大规模应该即是它最傲人的特点"，又提出这一规模"对应的应该是乾嘉盛世诗坛空前繁荣的崭新情况"。② 王志英曾总结《诗话》采诗特色为"不拘时代"、"不拘流派"、"采录本朝诗不拘作者的身份性别"。③ 诚如钱锺书所说："子才诗话'盈帙'，亦几乎'逢诗辄赞'。赞势要，赞势要之母及姬妾，赞打秋风时之东道主，赞己之弟妹姻亲，赞胜流名辈，亦复赞后生新进与夫寒士穷儒。真广大教化主，宜《乾嘉诗坛点将录》拟之于'及时雨宋江'也。"④看似

---

① 李慈铭著、由云龙辑，上海书店出版社重编《越缦堂读书记》，上海书店出版社 2000 年版，第 1209 页。
② 张寅彭《〈随园诗话〉与乾嘉性灵诗潮》，《复旦学报（社会科学版）》2014 年第 1 期，第 102、103 页。
③ 王英志《论〈随园诗话〉的采诗》，《中州学刊》1988 年第 2 期，第 89—92 页。
④ 钱锺书《谈艺录》，三联书店 2007 年版，第 500—501 页。

春风风人、春雨雨人,无偏无颇,而其实不然。

正如梁山之上,也有派系,各派系之人与宋江关系有亲疏之别,有暗流涌动,"及时雨"袁枚的交游网络虽然铺天盖地,网络内外,却仍然充满明争与暗斗的关系,他的网络也是建立于亲疏利害关系的考量之上的。考量的核心是如何以最集中最鲜明的形态呈现以袁枚为中心的文人网络,所以对文人网络外部敌对者要迎击,对内部竞争者要贬抑。

(一)文学的净化:拒斥考据学

《随园诗话》呈现的是袁枚精心撰构的交游图景,这是一片相对纯粹的文学场域,但场域的边界与场域内的图式,都是用心安排的结果。袁枚一边要把尽量多的人吸收到网络中,一边却又有意无意地将一些人排斥在外;同样在这一网络之中,或抑或扬,也是有迹可寻的。袁枚有意排斥在文人网络之外的,是他口中的考据家。

袁枚诗文主性灵、性情,反对考据,已是学者的共识,一般文学史、批评史论述已详。其主要观点,见于《小仓山房诗集》卷三十一《考据之学莫盛于宋以后而近今为尤余厌之戏仿太白嘲鲁儒一首》、《小仓山房文集》卷十八《答惠定宇书》《答定宇第二书》、卷十九《答洪华峰书》、卷二十八《随园随笔序》、卷二十九《散书后记》、卷三十《与程蕺园书》,以及《随园诗话》卷五第33则、卷六第51则、卷十三第29则、《诗话补遗》卷三第4则等处。本文即不再繁引。

艾尔曼在《从理学到朴学》一书中提出,17、18世纪,江南考据学者形成了一个学术共同体,并已"职业化"。① 共同体一旦

---

① 参见艾尔曼著、赵刚译《从理学到朴学——中华帝国晚期思想与社会变化面面观》第二章、第三章。

形成,会以专业话语作为区分别人与我的标准,因此具有排外性。这一排外性表现出来就是学者对文士的歧视,以及由此所引发的学者与文人之间的持续冲突。① 具体到袁枚,身在乾嘉学术中心地域的江南,他从考据学者那方所感受到的压力是可以测知的。从心理学的角度看,厌恶程度与所受到的压力成正比,袁枚在诗文和诗话时时处处嘲骂考据学,这正好反映出他感受到了巨大的压力。《文集》卷十八所收的两封答惠栋的书信,是针对惠栋"恳恳以穷经为勖,虑仆好文章,舍本而逐末者"的劝告,②以及"士之制行,非经不可,疑经者非圣无法"的指责,③所作的捍卫文学的答复。无论惠栋的初衷为何,他主动给袁枚去信,又指责其"非圣无法",给袁枚造成的压力不难揣测到。

在《随园诗话》中,袁枚努力区分捍卫诗歌王国,试图将考据学从中驱逐出去。他不厌其烦地表达了对考据学的厌恶之情,描述了考据学可能对诗歌创作造成的损害。④ 从强调文学与学术的各自的独立性的角度,以下两则尤其值得注意:

> "传"字"人"旁加"专",言人专则必传也。尧舜之臣只一事,孔子之门分四科,亦专之谓也。唐人五言工,不必七言也;近体工,不必古风也。宋以后,学者好夸多而斗靡。善乎方望溪云:"古人竭毕生之力,只穷一经;后人贪而兼为

---

① 可参看王达敏《姚鼐与乾嘉学派》上编,学苑出版社 2007 年版。刘奕《乾嘉经学家文学思想研究》第二章、第三章,上海古籍出版社 2012 年版。漆永祥《乾嘉考据学家与桐城派关系考论》,《文学遗产》2014 年第 1 期,第 94—115 页。刘奕点校《王文治诗文集·前言》,人民文学出版社 2014 年版。

② 袁枚《答惠定宇书》,王英志点校《小仓山房文集》卷十八,王英志主编《袁枚全集》第二册,第 305 页。

③ 袁枚《答定宇第二书》,王英志点校《小仓山房文集》卷十八,第 306 页。

④ 如《随园诗话》卷二 15、43 条,卷五 33 条,卷十三 29 条;《诗话补遗》卷一 7 条,卷三 4、24 条,卷九 51 条。

之,是以循其流而不能溯其源也。"①

王梦楼云:"词章之学,见之易尽,搜之无穷。今聪明才学之士,往往薄视诗文,遁而穷经注史。不知彼所能者,皆词章之皮面耳。未吸神髓,故易于决舍;如果深造有得,必愁日短心长,孜孜不及,焉有余功,旁求考据乎?"予以为君言是也。然人才力各有所宜,要在一纵一横而已。郑、马主纵,崔、蔡主横,断难兼得。余尝考古官制,捡搜群书,不过两月之久,偶作一诗,觉神思滞塞,亦欲于故纸堆中求之。方悟著作与考订两家,鸿沟界限,非亲历不知。或问:"两家孰优?"曰:"天下先有著作,而后有书;有书而后有考据。著述始于三代六经,考据始于汉唐注疏。考其先后,知所优劣矣。著作如水,自为江海;考据如火,必附柴薪。'作者之谓圣',词章是也;'述者之谓明',考据是也。"②

如果仅仅看所引第一则的话,会对袁枚心中的"必传"之事究竟何所指稍有疑虑,合二则观之,则涣然冰释。袁枚以为,文学与考据,互相妨碍,宜各划疆界,各守专门。所以专则必传主要是针对学术与文学的分立立说的。考据学者强调学术的专门,轻视文学,袁枚也强调专门,却转而以词章高于考据,正是一种负气应激的反应。其实,乾嘉之际,考据学虽然兴盛,但海内专力从事考据之学的学者并不多。嘉庆时著名学者许宗彦就曾说:"方今笃志篇籍、埋首故纸者,海内不过数十人。"③人数不多而能招致袁枚再三詈骂,其实际的压力可想而知。

---

① 袁枚著、王英志点校《随园诗话》卷五 72 条,王英志主编《袁枚全集》第三册,江苏古籍出版社 1993 年版,第 156—157 页。
② 《随园诗话》卷六 51 条,第 180 页。
③ 许宗彦《寄答陈恭甫同年书》,《鉴止水斋集》卷十,《续修四库全书》第 1492 册据清嘉庆二十四年德清许氏家刻本影印,上海古籍出版社 2002 年版。

　　《随园诗话》中人数众多,但涉及的著名考据学者却很少,与袁枚并时而有交往的学者大概有诸锦、汪师韩、沈大成、卢文弨、朱筠、钱大昕、王鸣盛、王昶、余萧客、翟灏、任大椿、孙星衍、洪亮吉、江藩等人。袁枚在《诗话》中采取了巧妙的叙事策略,或褒或贬,或隐或显,以达到崇文抑学的效果。卢文弨似乎不写诗,《诗话》中仅记其轶事一则,可不论。其余诸人,袁枚采取了两种态度:一种是肯定其学人身份,而对其诗作加以明确的褒贬;一种是完全无视其学者身份,引述其诗也不加褒贬,或者暗藏贬意。

　　第一种情况中,袁枚的褒贬看似公允,实则功利十足。他说:"陆陆堂、诸襄七、汪韩门三太史,经学渊深,而诗多涩闷,所谓学人之诗,读之令人不欢。"①这是明贬,不过所贬诸人在写《诗话》时都已过世。又说:"凡攻经学者,诗多晦滞。独苏州江郑堂藩诗能清拔,王兰泉司寇之高弟子也。"②"考据之学,本朝最盛。然能兼词章者,西河、竹垞二人之外,无余子也。近日处素、谏庵两昆弟,颇能兼之。"③江藩、梁履绳、梁玉绳都是袁枚的后辈,袁枚一向以揄扬后进为己任;梁氏又是袁枚故乡杭州的高门望族;且这两则出现在《随园诗话补遗》中,袁枚撰写《补遗》时有更加明确的广告意识、行销意识,后文将详述,因此这种揄扬是充满算计的。而且通过表彰江、梁,实则仍是贬低其他学者,其用意至明。此外,袁枚特别肯定其学者身份的考据学家有朱筠:"朱学士筠,字竹君,考据博雅,不甚吟诗。有《登湖楼》一律云(诗略)。"④这不过是报恩。乾隆三十四年(1769),时任江宁知府刘墉欲驱逐袁枚,朱筠曾主动为其斡旋,后袁枚特致朱氏书,盛道谢意。事详郑幸《袁枚年谱新编》本年条下。另一被称

① 《随园诗话》卷四46条,第114页。
② 《随园诗话补遗》卷一27则,第556页。
③ 同上书卷二38则,第587页。
④ 《随园诗话》卷十49条,第335页。

赞的是沈大成,说他"皓首穷经,多闻博学",①沈大成没有功名,这是袁枚表彰寒士的一贯态度,后文别有论述。

《随园诗话》中,更常见的是因为交游所及,而引述其诗,但是对作者的学者身份视而不见,仿佛他只是一个普通文士。古人行文讲究书法义例,写什么不写什么都是有讲究的,故意缺笔之处往往更见出作者态度,袁枚长于古文,深谙个中三昧。《诗话》中,对名震当世的汉学宗师钱大昕、王鸣盛、王昶、余萧客等人,虽然会称引其诗,但绝口不提他们的学者身份。对学有所成的后辈如任大椿、洪亮吉、孙星衍等人,也是这个态度。② 这种奇怪的沉默处才是袁枚真正态度,表明他希望这些人是因为诗歌存在于自己的诗话中,而尽量将考据学可能产生的正面影响予以抹去。

除了沉默,还通过互见以暗加嘲讽。如《诗话》卷二第45条,称引钱大昕吊韩侂胄诗为韩翻案,但同卷第63条则说:"读史诗无新义,便成《廿一史弹词》。虽着议论,无隽永之味,又似史赞一派,又非诗也。"③并引了自己喜欢的刘大猷、罗两峰、周钦来、徐氏女、严海珊的诗例。钱大昕长于考史,所作咏史诗颇多,但并无被特别拈出,而且前引咏韩侂胄的诗的确是"虽着议论,无隽永之味,又似史赞一派"的,前后互见,袁枚的褒贬可以测之。

此外,还有两个特例需要稍作补充说明。纪昀和翁方纲也是当时有名的考据学者,而各在《诗话》中出现过一次。今翻检三家存世著述,袁枚与纪、翁二人应无交往。无交往,本身就是大问题。袁枚善于结交各级官员,与历届江南乡试正副主考官

---

① 《随园诗话》卷九55条,第297页。
② 只有对孙星衍稍有例外,《随园诗话》卷七22条曾称赞孙为奇才,而卷十六40条转而嘲笑他逃入考据,锋芒小颓。
③ 《随园诗话》卷二63条,第57页。

都有交游往来。据郑幸《袁枚年谱新编》，纪昀是乾隆三十三年
(1768)的江南乡试副主考，翁方纲是乾隆四十四年(1779)乡试
的副主考，袁枚与两次乡试主考王际华、谢墉都有当时交游的记
录，偏偏与纪、翁二人绝无往来，正说明双方之间大有芥蒂。翁
方纲虽然并非汉学专家，且为不少汉学家所讥刺，但他仍长于金
石考据，而且是考据学在乾嘉之际诗学上的代表人物，这不但是
历来学者的共识，恐怕也是袁枚当时的看法。袁枚似颇轻视翁
方纲，其诗文集、《诗话》中绝不齿及翁氏名姓，但细绎其文，指斥
翁氏之处并不少见。《诗话》卷五有云："近见作诗者，全仗糟粕，
琐碎零星，如剃僧发，如拆袜线，句句加注，是将诗当考据作矣。
虑吾说之害之也，故《续元遗山论诗》末一首云：'天涯有客号詅
痴，误把抄书当作诗。抄到钟嵘诗品日，该他知道性灵
时。'"①又《答李少鹤书》亦云："近今诗教之坏，莫甚于以注疏夸
高，以填砌矜博，捃摭琐碎，死气满纸，一句七字，并小注十余行，
令人舌繘口呿，而不敢下手。'性情'二字，几乎丧尽天良，此则
二千年所未有之诗教也。"②其例颇多，这里不再繁引。以考据
为诗，句句加注，是公认翁方纲诗作的典型特征。刘声木即说：
"(翁方纲)其诗实阴以国朝汉学家考证之文为法，尤与俞正燮
《癸巳类稿》、《癸巳存稿》相似，每诗无不入以考证。虽一事一
物，亦必穷源溯流，旁搜曲证，以多为贵，渺不知其命意所在。而
爬罗梳剔，诘曲聱牙，似诗非诗，似文非文，似注疏非注疏，似类
典非类典。"③钱锺书则认定袁枚嘲讽的就是翁方纲："同光以
前，最好以学入诗者，惟翁覃溪；随园《论诗绝句》已有夫己氏'抄

---

① 《随园诗话》卷五33条，第141页。
② 袁枚著、王英志点校《小仓山房尺牍》卷八，王英志主编《袁枚全集》第五
册，第170页。
③ 刘声木撰、刘笃龄点校《苌楚斋随笔》卷三，中华书局1998年版，第53页。

书作诗'之嘲。"①袁枚虽然也嘲讽批评王士禛、沈德潜等人,但用语从未如此愤激尖刻,看来他对考据学与考据诗学的反感之情异常强烈。又要贬斥翁氏的考据诗学,又摆足了视而不见的姿态,这种有意的"遗忘",也许是一种谨慎,同时应该反映出袁枚既轻蔑又恼怒的态度。

通过贬斥与遗忘,袁枚在《随园诗话》中完成"文学的净化",与当时的考据学做了自觉区隔。

(二)如何成为文坛中心:贬抑竞争者

《小仓山房诗集》卷二七《仿元遗山论诗》共 38 首论诗绝句,论及从王士禛到翁方纲一共 69 人,其中大都是与袁枚有交往者。这 69 人是谁固然重要,但更有意思的是,里面没有谁,比如没有袁枚的进士同年沈德潜。

袁枚提倡性灵诗学时,王士禛的神韵诗派、厉鹗的浙派、沈德潜的格调诗派是文坛最有影响力的三大诗歌流派。他的诗学与三派都不同,作为新的文坛领袖,他当然会贬抑三派以突显自己。三派之中,王士禛是康熙朝的桂冠诗人,诗学风行当时,却并不见赏于乾隆帝,越往后批评者越多。② 浙派诗人则大多是浙西人,影响力有限。乾隆朝前期最有影响力的还是沈德潜的格调派,因此也是袁枚最大的竞争对手。袁枚为了强化自己的领袖地位,在《随园诗话》中对三派采取了不同的叙事策略。对早已去世,影响力日衰的王士禛,他更多是直言指斥。对影响力仍在,派中人物多与己有交游的格调派,他更多采用暗中贬损的

---

① 钱锺书《谈艺录》,三联书店 2007 年版,第 464 页。

② 蒋寅指出:"从康熙后起赵执信首开批评渔洋诗学的先声,到乾隆间遂演成诗坛竞相诋斥神韵诗风的舆论导向,批评王渔洋及其神韵之说简直成了论诗的时尚。"蒋寅《清代诗学史(第一卷)》,中国社会科学出版社 2012 年版,第 705 页。

方式,但却火力密集。对浙派,同为杭州人的袁枚提及较少,更多采取回护的态度。

袁枚对王士禛的基本评价是:"才本清雅,气少排奡。""一代正宗,而才力自薄。""主修饰,不主性情。"①甚至说:"本朝高文良公,诗为勋业所掩,不知一代作手,直驾新城而上。"②以高其倬的诗方驾王士禛,这明为扬高,实则抑王。袁枚性灵诗学,以性情、才气二者为最根本,他说王士禛的病痛一为才薄,一为情寡,真可谓一无是处了。所以他貌似持平地说王氏"为王、孟、韦、柳则有余,为李、杜、韩、苏则不足也(中略)我奉渔洋如貌执,不相菲薄不相师"、"尊之者,诗文必弱;诋之者,诗文必粗",③但置于处处讲性情、才气的《诗话》全书中,其贬斥意味还是非常明显的。

与偶尔公开评论王士禛不同,《随园诗话》中最常见的是各种或明或暗贬抑沈德潜及其追随者的言论,足见袁枚是以格调诗学为第一劲敌。钱泳曾说过一段著名的话:"沈归愚宗伯与袁简斋太史论诗,判若水火。宗伯专讲格律,太史专取性灵。自宗伯三种《别裁集》出,诗人日渐日少;自太史《随园诗话》出,诗人日渐日多。"④袁以《诗话》抗衡沈之诗选,钱氏所述极有眼力。

沈德潜的名字见于《随园诗话》至少有 15 次,其中有两次是被摘引其诗加以称赞,其余大都是指责其《国朝诗别裁集》和《明诗别裁集》"舍性灵而讲风格",入选的诗"不过排凑好看字面,最为下乘"。⑤ 沈氏以四种诗选而获盛名,其论诗大旨,尽在各选集之中,袁枚则专从此处加以责难,可谓釜底抽薪。《诗话》曾谈

① 《随园诗话》卷二 39、40 条,卷三 29 条,第 46、47、77 页。
② 同上书卷十四 62 条,第 471 页。
③ 同上书卷二 39、40 条,第 46、47 页。
④ 钱泳撰、张伟点校《履园丛话》卷八,中华书局 1979 年版,第 204 页。
⑤ 《随园诗话》卷十三 20 条,第 426 页。

到"选家选近人之诗有七病焉":

> 凡人全集,各有精神,必通观之,方可定去取;倘捃摭一
> 二,并非其人应选之诗,管窥蠡测:一病也。《三百篇》中,
> 贞淫正变,无所不包;今就一人见解之小,而欲该群才之大,
> 于各家门户源流,并未探讨,以己履为式,而削他人之足以
> 就之:二病也。分唐界宋,抱杜尊韩,附会大家门面,而不
> 能判别真伪,采撷精华:三病也。动称纲常名教,箴刺褒
> 讥,以为非有关系者不录;不知赠芍采兰,有何关系?而圣
> 人不删。宋儒责蔡文姬不应登《列女传》,然则十七史列传,
> 尽皆龙逢、比干乎?学究条规,令人欲呕:四病也。贪选部
> 头之大,以为每省每郡必选数人,遂至勉强搜寻,从宽滥录:
> 五病也。或其人才力与作者相隔甚远,而妄为改窜,遂至点
> 金成铁:六病也。狥一己之交情,听他人之求请:七
> 病也。[①]

虽然没有指名道姓,但《随园诗话》中所提及的本朝诗选,多
半都是《国朝诗别裁集》,且条条款款,多与沈德潜诗学主张相
合,显然这一则的假想敌仍是沈德潜。尤其有趣的是《诗话》卷
三第 29 条所云:

> 阮亭主修饰,不主性情。观其到一处必有诗,诗中必用
> 典,可以想见其喜怒哀乐之不真矣。(中略)其修词琢句,大
> 概捃摭于大历十子,宋、元名家,取彼碎金,成我风格,恰不
> 沾沾于盛唐,蹈七子习气,在本朝自当算一家数。奈归愚、
> 子逊奉若斗山,玙沙、心余弃若刍狗,余以为皆过也。[②]

此处既贬抑了王士禛,又顺笔讥讽了尊王的沈德潜,则沈氏更在
渔洋之下,自不待言。袁枚如此针对王、沈二氏,是否出于公心,

---

① 《随园诗话》卷十四 2 条,第 449—450 页。
② 同上书卷三,第 77 页。

自有人提出疑问,谢堃就曾直言:"《随园诗话》诋渔洋山人、归愚宗伯未免太过。"①

《诗话》中还涉及不少格调一派的诗人,著名的如李果、薛雪、周准、许廷铼、王昶、顾宗泰、赵文哲、毕沅等人,袁枚仍然采用遗忘的方式,故意回避他们与沈德潜的同学、师生关系,闭口不谈他们的诗学渊源,让沈德潜在文坛似乎变得茕茕孑立、形单影只。

再有格调诸人大多推崇明七子,袁枚就对明七子多加贬损,这也是隐性攻击格调诗学的方法。如:"七律始于盛唐,如国家缔造之初,宫室粗备,故不过树立架子,创建规模;而其中之洞房曲室,网户罘罳,尚未齐备。至中、晚而始备,至宋、元而愈出愈奇。明七子不知此理,空想挟天子以临诸侯,于是空架虽立,而诸妙皆捐。《淮南子》曰:'鹦鹉能言,而不能得其所以言。'"②

袁枚唯一较公正评价的是浙派厉鹗,说他"好用僻典及零碎故事,(中略)董竹枝云:'偷将冷字骗商人。'责之是也。不知先生之诗,佳处全不在是","七古气弱,非其所长,然近体清妙"③。《仿元遗山论诗》其十三也说:"小雅才兼大雅才,僧虔用典出新裁。幽怀妙笔风人旨,浙派如何学得来。"④其实袁枚很看不起浙派诸人,他曾讥刺他们说:"专屏采色声音,钩考隐僻,以震耀流俗,号为浙派。一时贤者,亦附下风。不知明七子貌袭盛唐,而若辈乃皮傅残宋,弃鱼菽而啜稊苓,尤无谓也。"⑤但在《诗话》中却颇为客气,至少见不到这种明显的讥刺语,与对考据家的态度对比鲜明。大概因为《诗话》写作的时候,厉氏早已风流衰歇,

① 谢堃《春草堂诗话》卷四,第 3a 叶。
② 《随园诗话》卷六 28 条,第 171 页。
③ 同上书卷九 83 条、《随园诗话补遗》卷十 13 条,第 309、796 页。
④ 《小仓山房诗集》卷二七,第 595 页。
⑤ 袁枚《万柘坡诗集跋》,王英志点校《小仓山房文集》卷十一,第 201 页。

又是乡贤,不像考据家及沈德潜弟子风头正盛,所以抑扬之间,自有不同。

总而言之,《随园诗话》呈现的是这样一幅文坛图景:这是一片诗歌的乐土,而袁枚则处于文坛核心位置,他扬己誉人,顾盼风流,俨然以一代领袖自居。而前辈名家、名门正派,实则光华黯淡,早已风流云散。这其实是他采取多样的叙事策略,有意识排斥学者、贬抑竞争对手的结果,而未必是真实的文坛面貌。

三、作为文人社交产物的《随园诗话》

《随园诗话》在袁枚所构建的文人社交网络中占有关键性的位置,这一点,古人其实早有认识。《乾嘉诗坛点将录》给了王昶十六字考语:"盛名之下,一战而霸。《湖海诗传》,《随园诗话》。"[1]在《点将录》中,袁枚是诗坛都头领三员之首(托塔天王沈德潜、及时雨袁枚、玉麒麟毕沅),王昶是掌管诗坛头领二员之一(智多星钱载、入云龙王昶),二人都是早负盛名的人物。在《点将录》看来,确定二人诗坛霸主的标志则分别是《随园诗话》和《湖海诗传》的撰写、出版,这是高明的见解。

钱锺书云:"子才非目无智珠,不识好丑者,特乞食作书,声气应求,利名扇荡,取舍标准,自不能高。"[2]简有仪、黄一农、蒋寅等学者也都指出《随园诗话》是袁枚牟取名利的工具。[3] 黄一农说:"《诗话》不仅提供各地诗友一个展现的平台,也让袁枚名

---

① 舒位《乾嘉诗坛点将录》,《清诗话三编》,第 2350 页。
② 钱锺书《谈艺录》,第 498 页。
③ 参见简有仪《袁枚研究》,文史哲出版社 1988 年版,第 302—304 页。黄一农《袁枚〈随园诗话〉编刻与版本考》,《台大文史哲学报》第 79 期,2013 年 11 月,第 47—48 页。蒋寅《袁枚〈随园诗话〉与清诗话写作之转型》,第 199—206 页。

利双收,其运作方式颇近似现今的《世界名人录》(Who's Who in the World),后者期望被收录之人提供内容及赞助(透过购买的方式,其价不菲),而《诗话》所提及的数百位人物,其亲朋故旧还会是潜在的购书者。"①蒋寅则将袁枚的目的概括为打秋风、报恩与自我标榜。② 不过,这一工具能被利用,前提是袁枚要积累到足够的人脉资源,要在开始时有充足的书写内容,并迅速产生足够的文学影响与市场需求,这都不是泛泛之辈所能做到的。因此,《随园诗话》的成功首先缘于袁枚多年来努力构建起来的庞大的交游网络。

袁枚建构自己交游网络的各种努力,王标的《城市知识分子的社会形态》做了较为详细的探讨,兹不赘述。有了前半生积累的丰厚人脉、创作的卷帙繁多的诗文札记、收集的海量的友朋酬赠之作,要创作一部闲谈式的诗话,无论素材还是读者,都不存在任何问题。可以说,《随园诗话》正是袁枚建构自己的文人社交圈的一个自然产物。

《随园诗话》的写作经历了多年的时间,其写作历程也与袁枚后半生的交游相重叠。学界一般认为《诗话》撰作始于乾隆五十年,袁枚七十岁时,③但松村昂认为至迟始于四十三岁,蒋寅则认为大约始于乾隆四十一年,袁枚六十一岁前后,可惜松村、蒋二氏都无具体考证说明。④ 其实仔细考察《诗话》的记载与行文,是可以发现袁枚较早开始写作的年代痕迹的。现列举写成时间可考在乾隆五十年之前的有关条目,其中最早的一条应该

---

① 黄一农《袁枚〈随园诗话〉编刻与版本考》,《台大文史哲学报》第 79 期,2013 年 11 月,第 47—48 页。
② 蒋寅《袁枚〈随园诗话〉与清诗话写作之转型》,第 199—206 页。
③ 参见吴宏一《袁枚〈随园诗话〉考辨》之《〈随园诗话〉成书年代和版本问题》,氏著《清代文学批评论集》,台北联经出版事业股份有限公司 1998 年版,第 259 页。
④ 见蒋寅《袁枚〈随园诗话〉与清诗话写作之转型》,第 195 页。

写于乾隆三十五年,袁枚五十五岁时。

卷二第 22 则有"安徽方伯奇丽川"云云,考《清代职官年表》,奇丰额任安徽布政使在乾隆四十七年到四十九年间,后调任广西布政使、江苏布政使,升江苏巡抚,称之为"安徽方伯",则本则写作时间不晚于乾隆四十九年。

卷三第 54 则有"余年二十三,馆今相国嵇公家,教其幼子承谦。今四十三年矣"云云,是本则作于袁氏六十六岁,乾隆四十六年。

卷三第 61 则:"马氏玲珑山馆,一时名士如厉太鸿、陈授衣、汪玉枢、闵莲峰诸人,争为诗会,分咏一题,裒然成集……至今未三十年,诸诗人零落殆尽,而商人亦无能知风雅者。莲峰年八十三岁,傫然尚存,闻其饥寒垂毙矣。"闵华字玉井,一字莲峰,江都人,雍乾之际较为有名的扬州诗人。其生平传记阙如,生卒年向无人考证,江庆柏《清代人物生卒年表》也未收其人。然沈大成《学福斋集》卷四有《闵玉井西崦集序》,中云:"吾友闵君玉井,以诗名江东,其《澄秋阁初集》已脍炙人口。今将锓其《西崦集》若干卷,则皆六十五岁以后之作也。"①今《澄秋阁集》传世惟乾隆十七年刻本一种,可推知,乾隆十七年(1752)时闵氏六十五岁,则其生年应是康熙二十七年(1688),其八十三岁应是乾隆三十五年。据郑幸《袁枚年谱新编》可知,本年八月至交好友程晋芳从扬州来随园小住。又查程氏《勉行堂诗集》,卷二十三庚寅年(即乾隆三十五年)有《六月七日招同玉井学子松泉棕亭鹭川耦生湖上纳凉分得添字》诗,可知程晋芳见袁枚之前不久还与闵华往还过,《诗话》中所说"闻其饥寒垂毙"之语或者就是从程氏处听闻,当时记录保存的。

---

① 沈大成《学福斋集》,《续修四库全书》第 1428 册据清乾隆三十九年刻本影印,上海古籍出版社 2002 年版,第 44 页。

卷三第 64 则云:"乾隆初,杭州诗酒之会最盛……四十年来,儒、释两门,一齐寂灭,竟无继起者。"可知本则也作于乾隆五十年前。

卷十二第 27 则有"余入学,年才十二","今五十余年矣"云云,知此则作于乾隆四十三年左右。

可见袁枚很早就有了写作诗话的意识,并陆续开始撰写部分条目,乾隆五十年,应该是他较为集中地进行诗话撰写的开始。从《随园诗话》正集十六卷看,《诗话》写作,正如蒋寅所指出的,"除了回忆或记录一些往事之外,其实就是有意识地将以往写作的各类文字如笔记、书札、序跋中的论诗资料辑录、整理出来"。① 这一写作方式,正可以说明《随园诗话》是袁枚构建社交网络过程中的产物。

不过,《诗话》又不仅仅是袁枚文人社交网络的衍生物,它更是袁枚借以巩固和扩大社交网络最有力的媒介。正如蒋寅所说:"他除了整理以往积累的资料之外,还有意识地采集素材。诗话在他手中已明显是有意经营的写作,而且带有获取各种利益的动机。"② 实际上,袁枚不是一般的采集素材,而是从开始写作《诗话》起,就大力宣扬和广告,让人们主动贡献素材。那么,袁枚如何充分利用《随园诗话》以实现社交目的呢?

四、《随园诗话》对文人网络的建构与强化

《随园诗话》呈现的是以袁枚为中心的文人网络,这一纸上网络并不等同于现实中的文人网络。现实中袁枚固然努力以自己为中心营构交游网络,但是同时北京、扬州、镇江、苏州、常州、杭州等地,各有其区域网络、并时名流,如卢见曾、毕沅、翁方纲、

①② 蒋寅《袁枚〈随园诗话〉与清诗话写作之转型》,第 195 页。

王昶、王鸣盛、法式善等人，也在各自构造自己为中心的交游网络，一般士人则处于流动与浮沉的状态中。这些现实因素决定了文人交游网络的多中心、多层级，互相勾连杂错的复杂面貌，并不是袁枚所能完全左右的。但到了纸上，袁枚则可以通过书写而纯化这一网络，甚至是重构这一网络，而完全以自己为中心。

纸上的交游网络并不虚幻，一旦被书写、传布，这一网络就具有了生命力，书写者地位越高，拥有的支配权力越大，纸上网络所展示的形态、所提供的行为准则的导向作用就会越强，它会反过来笼罩、规范现实的交游网络，让现实中的人按照文字提供的规范去思考和行动，从而使两个交游网络越来越接近，被建构的纸上网络因此越来越趋近于真实。反过来，现实网络不断接近纸上网络，书写者就会不断巩固、强化、扩展其支配权力，从而形成强者越强的马太效应。这就是书写的力量。被建构的并不就是虚构，即便其中存在虚构之处，也会在建构之后不断自我实现，而变成真实。建构即真实，建构即力量。

那么袁枚是否意识到诗话的媒介作用与建构作用并对其加以有效利用？他又具体采取了哪些方法来建构并不断强化这一文人网络呢？分析整部《诗话》，可以看到，袁枚对诗话的媒介作用与建构作用有明确的认识。尤其《诗话》正集十六卷出版，不断改版增补，以及《补遗》陆续刊行的过程中，他的认识越来越清晰，也越来越有意识地利用诗话的写作和发行来达到宣传效果，以建构、扩大自己的文人交游网络。从大的方面讲，袁枚所采用的方法可以分为扬己、誉人、著作营销三个方面，每个方面下又各有其不同手法。

（一）扬己

钱锺书在《谈艺录》中曾说："刘声木《苌楚斋续笔》卷九引林

象鼎《樵隐诗话》云：'随园之盛名，良由肯奖拔后进。感之者多，故誉之者广。然则植人者，实植己也。'斯言得之。"①誉人的最终目的还是扬己，扬己则可以获取更多现实利益，比如声名，比如人际交往中的支配权力，比如政治权力的庇护，比如经济收入，比如对自身价值的肯定及满足。

直接间接自我称扬，在《随园诗话》中俯仰即是。具体的方法包括：1. 确立权威，制定交游文学场内的话语规则。2. 有意无意间对朋辈的名诗人加以贬低，以突显自己。3. 采录谀辞谀行。4. 制造、记录风流韵事，并借此肯定自己的生命力。

1. 制定话语规则

所谓制定交游文学场内的话语规则，也就是制定自己的标准，明确好诗与坏诗的标准，宣扬自己的诗学主张，以及制定诗话书写的标准。这就如同在一个国家树立王权或制定宪法一样。传统的狭义诗话一般是杂记性质，并不追求一个明晰的话语规则。《随园诗话》之前的交游类诗话也只是记录交游，很难说有制定规则的野心。而《诗品》以下的诗评类诗话，不少是有自己的诗学主张的，但是只是自我表述，并不用以规范交游网络。《随园诗话》是第一部这样的交游类诗话，它将作者的诗学主张贯注到所记录的交游网络中，试图建立一个规则明晰的文学场域。这是一片完全服从袁枚权威的场域，他拥有绝对意志，是其中的王者。

袁枚的诗学主张，一向是学者最关注的问题，研究成果可谓汗牛充栋，本文即不再赘述。本文更关注的是袁枚如何表述。除了直接议论之外，袁枚最常采用的方法是借人之口，以证己说。《随园诗话》中大量引述前人及时贤、友朋的诗学论述，所引述的人包括孔子、沈括、曾慥、朱熹、王阳明、杨慎、顾起元、黄宗

① 钱锺书《谈艺录》，第 501 页。

羲、顾炎武、毛奇龄、王源、施闰章、杭世骏、李绂、尹继善、李重华、朱筠、钱大昕、严长明、浦铣、王文治、姚鼐等人。只是广征博引，其意义总不外要证明性情、天趣、自然等性灵诗学的主张。单就一段一句来看，诸人所说的确与袁枚相合，但置于诸人整个的诗学观念中，就会发现，这些引述常有断章取义、予取予夺，或者以偏概全的情况。前引袁枚论选诗的第一原则就是"凡人全集，各有精神，必通观之，方可定去取"，其言精确不拔，但袁枚自己就做不到。

比如袁枚曾引述朱筠的话以为同志："朱竹君学士督学皖江，来山中，论诗与余意合。因自述其序池州太守张芝亭之诗曰：'《三百篇》专主性情。性情有厚薄之分，则诗亦有浅深之别。性情薄者，词深而转浅；性情厚者，词浅而转深。'"①今本朱筠《笥河文集》中所存论诗语很少，袁枚所引不见于其中，或是编辑刊刻时删去，或者只是朱筠一时口到之语也未可知。所引朱氏之语，是否即其原话，还是经过了袁枚的加工改编，是不得而知的。《笥河诗集》卷四《癸未初夏赵舍人损之吴庶常冲之孝廉泉之来卜邻……》有云："文章所贵非皮毛，要以理致为心肾。至精会是却秕糠，大巧终未乖绳准。得之自内乃不朽，游与太虚那得殒。昔人有意在心知，此语鬼神定可畛。"②同卷《冯光禄君弼见和予用昌黎赠崔立之韵九叠韵奉答》亦云："彼造物者工为文，吾辈胸中乌可忍。请为部勒开两军，清晨蓐食旗张菌。纷纷兔狡与狐媚，扫除试看霜秋隼。藏于天地誓大师，出之水火哀允蠢。黄理轩辕体得心，素思元冥名呼肾。古人声音本性情，子其吹筒我制准。技精百物龙可豢，法说三年雉自殒。汉郡险隘在错壤，

---

① 《随园诗话》卷十四 102 条，第 487 页。按，此语卷八 99 条也曾引述。

② 朱筠《笥河诗集》卷四，《续修四库全书》第 1439 册据清嘉庆九年椒华吟舫刻本影印，上海古籍出版社 2002 年版，第 518 页。

周疆沟洫皆通畛。曲喻论诗报古人,开径毋教子迹泯。"①两处
论诗大旨相同,"得之自内"、"声音本性情"诸语,的确有推重性
情的意思。但又说"要以理致为心肾"、"昔人有意在心知",理
致、心知即非袁枚诗学之"性情"。又后诗中"藏于天地誓大师",
即《庄子·大宗师》:"若夫藏天下于天下而不得所遁,是恒物之
大情也。""出之水火哀允蠢",出自《尚书·大诰》:"允蠢鳏寡,哀
哉。""黄理轩辕体得心","黄理"语本《周易·坤文言》:"君子黄
中通理。"谓守其中而通达万物之理。"素思元冥名呼肾",本《黄
庭内景经·心神》:"肾神玄冥,字育婴。"玄冥又有深远幽寂之
意。同时,水火对应八卦之坎离,坎离则分别象征肾与心,古人
以心主火,藏神,肾主水,藏精,是以朱筠因上一句诗中"水火"二
字而生出心、肾二句,带有一点文字游戏的意思。通贯四句,大
概朱筠的意思是诗人应当顺乎自然又关心民瘼,心通万理而淡
泊深藏。后云"声音本性情",其性情之意,合前四句之大概,显
然与袁枚主张的纵情适性的性情诗学迥不相侔。②又朱筠之诗
效法韩愈,佶屈险怪,并非专主性情,所引二诗皆为典型。朱氏
文集中今存阐发诗学主张的专文仅《陈涵一诗序》一篇,文中自
述诗文皆以韩愈为皈依,以为韩诗"其力之厚,思之深,其体之汪
洋广阔,而卒出之以正且大、安且易也。乃知其所谓约经之旨,
而不背乎风雅颂之所以然者,固如是耳。(中略)盖唐之诗至李
杜而极,而并学李杜者,韩也。后之学者,莫能外焉。"③这与反
对专学一家的袁枚大相径庭。而且袁枚之诗,离韩愈最远,自然
不会与朱筠真正相合。而朱筠说"约经之旨,而不背乎风雅颂之
所以然者",可知他的性情之厚薄并不单指天性的厚薄,也指后

---

① 朱筠《笥河诗集》卷四,《续修四库全书》第 1439 册据清嘉庆九年椒华吟舫
刻本影印,上海古籍出版社 2002 年版,第 521 页。
② 袁枚的性情说,可参见拙作《乾嘉经学家文学思想研究》第三章第一节。
③ 朱筠《笥河文集》卷五,第 192 页。

天培养的道德情感的厚薄。重后天培养是儒家最基本的思想，这与袁枚的"性灵"、"天趣"之说，不是一回事。朱筠是北方学者的领袖，汉学运动的组织者，袁枚《诗话》中颇有断章取义，借重其权威以自高的嫌疑。借势自张，这是《随园诗话》常用的叙事策略。

袁枚还为《诗话》制定了收录原则：除了达官、师长、亲朋、富豪外，其他人一定要或多或少有能符合自己诗学主张之处才行。《诗话补遗》卷二第 72 则云："有人以某巨公之诗，求选入《诗话》。余览之，倦而思卧。因告之曰：'诗甚清老，颇有工夫，然而非之无可非也，刺之无可刺也，选之无可选也，摘之无可摘也。孙兴公笑曹光禄"辅佐文如白地明光锦，裁为负版袴，非无文采，绝少剪裁"是也。'或曰：'其题皆庄语故耳。'余曰：'不然。笔性灵，则写忠孝节义，俱有生气；笔性笨，虽咏闺房儿女，亦少风情。'"①这件事又见于《小仓山房尺牍·答吴松厓太守》："来札以张、许二公诗未登《诗话》见憾，具见先生乡情之重。但两贤诗业已刻集，自然流传，无藉鄙人表章。其诗格清老，实有工夫；然唐人皮壳，无甚出色处，以故不甚动心。"②郑幸已考证，吴松厓是吴镇（1721—1797），镇字信辰，号松厓，甘肃狄道（今临洮）人。而所云"张、许二公"是清初的张晋和许珌。③ 张、许皆非达官，又早已物故，后嗣亦无显达者，身前也只有不大不小的诗名，《诗话》称之为巨公，不过自我夸饰的故技。大概张、许诗既非袁枚一派，人又非现任达官、故人亲友，所以袁枚不假以颜色，正好标榜门限。

---

① 《随园诗话补遗》，第 599 页。
② 袁枚著、王英志点校《小仓山房尺牍》卷七，王英志主编《袁枚全集》第五册，第 154 页。
③ 郑幸《袁枚佚札四通考述》，《苏州大学学报（哲学社会科学版）》，2008 年第 6 期，第 55—56 页。

反之,"诗能入人心脾,便是佳诗,不必名家老手也","口头话,说得出便是天籁"。[①]"《诗话》之作,集思广益,显微阐幽,宁滥毋遗",[②]"采诗如散赈也,宁滥毋遗。然其诗未刻稿者,宁失之滥。已刻稿者,不妨于遗"。[③] 只要是符合性灵原则的诗,哪怕诗作本身不那么好,也可以采取宁滥毋遗的原则而收录之。比如"方大章秀才诗,初学明七子,后受业门下,幡然改辙,专主性灵,可谓一变至道"。[④] 又如"新安王太守顾亭先生,看《随园诗话》有得,顿改从前之作"。[⑤] 可谓入我范围,不但既往不咎,更将大力表彰,其导向意图明显。

蒋寅已经注意到袁枚撰写《诗话》采诗时存在宽严两套标准,但他认为严格筛选并非事实,而只是标榜诗话品质的广告语,实际上只是滥收而已。[⑥] 如前所述,袁枚是有严格筛选的行为的。人人都说袁枚是广大教主,其实这位教主悄然寓严格标准于广大之中,从我者生,不从者不得生,想来那些求入诗话而不得的人,很多就是这样被淘汰的吧。诗学宗旨再三道及,并贯彻为诗话的撰写标准,袁枚制定了自己在交游网络中的话语权威。

2. 贬低朋辈竞争者

袁枚揄扬人才,不遗余力,这是其性情宽厚处。但对深具竞争力的友朋,他又会有意无意地贬低之。王标特别注意到:"性灵派文学研究中的一些重要人物从视野中消失或虚化了,相反,从来不被文学视野所关注的一些人物成为袁枚交游网络中的耀眼明星。例如,性灵文学中的'副将'赵翼和'殿军'张问陶都被

---

① 《随园诗话补遗》卷二 48、69 条,第 590、598 页。
② 同上书卷四 18 条,第 634 页。
③ 同上书卷八 25 条,第 747 页。
④ 同上书卷十 31 条,第 803 页。
⑤ 同上书卷六 36 条,第 701 页。
⑥ 蒋寅《袁枚〈随园诗话〉与清诗话写作之转型》,第 195—199 页。

淡出；而交游网络权力场中的大小官员们得到了凸显；真正推动随园派不断壮大的，反倒是那些'士卒'们。"①这并不是赵翼、张问陶不够活跃，而是他们在《随园诗话》中的存在经过了袁枚的刻意安排，以此凸显袁枚自身的地位。前人早已觑破这层，袁枚最称赏的是蒋士铨、赵翼，而最加以贬抑的也是蒋与赵。钱锺书《谈艺录》于此有详论，兹引录于下：

> 尚乔客镕《三家诗话》专论袁、蒋、赵之诗，于"三家"齐名之说有曰："此论发自袁、赵，蒋终不以为然。试观《忠雅堂集》中，于袁犹貌为推许，赵则仅两见，论诗亦未数及矣。"又曰："苕生初寓金陵，感子才访己题壁之殷，于是作诗以题其诗、古文、骈体，极其推崇，然不存集中。子才知其言不由衷，故题苕生集诗，晚年亦删第一首，且时刺为粗才。云松于苕生，始曰：'跋扈词场万敌摧'，又哭之曰：'久将身作千秋看，如此才应几代生'；乃观其集中论诗称子才而遗己，遂题诗三首，第以才气推之，阴致不满。"可与余言相辅佐。亦征名士才人互相推挹，而好名矜气之争心，终过于爱才服善之雅量。故虽"文章有神交有道"，如李、杜、苏、黄，后世尚或疑其彼此不免轻忌，况专向声气标榜中讨生活者哉。②

"专向声气标榜中讨生活者"，钱氏品评，可谓毒辣精准。尚镕所谓"时刺为粗才"，见《随园诗话》卷一第 24 则、卷三第 36 则、卷十四第 54 则。一边对蒋士铨极口称道，一边却再三讥讽，袁枚之用心，不可问矣。盖当时声名，蒋颇足与袁并称，故袁枚最忌之，而再三笔于《诗话》。最露痕迹的是《诗话补遗》卷十第 29 则云："或问曰：'当今诗人，推两大家，袁、蒋并称。何以袁诗远至

---

① 王标《城市知识分子的社会形态——袁枚及其交游网络的研究》，上海三联书店 2008 年版，第 27—28 页。
② 钱锺书《谈艺录》，第 353 页。

海内,近至闺门,俱喜读之,而能读蒋诗者寥寥?'"①这是袁枚去世前不久所写,仍念念在贬抑蒋士铨,"好名矜气之争心"之谥,恐难辞却吧。

赵翼与袁枚声气投合,但仍不免为袁氏所讥。《诗话》卷十四第75则云:"赵云松观察谓余曰:'我本欲占人间第一流,而无如总作第三人。'盖云松辛巳探花,而于诗只推服心余与随园故也。云松才气,横绝一代,独王梦楼不以为然。尝谓余云:'佛家重正法眼藏,不重神通。心余、云松诗,专显神通,非正法眼藏。惟随园能兼二义,故我独头低,而彼二公亦心折也。'"②第三人、探花,同为一甲,本有并驾齐驱之意,袁枚却借王文治之口,将蒋、赵降等,以见惟我之独尊。目无余子,正是霸主扬己的手段。《诗话》卷十第20则又贬抑商盘、程晋芳,二人也为袁氏盛推,但毕竟不比蒋、赵,兹不具引。

3. 采录谀辞谀行

与贬抑朋辈的做法相对的,是袁枚对自己不遗余力地表扬,主要的方式仍是借人之口,因此他在采录他人的谀辞、谀行上忙得不亦乐乎。这样的时候,他就更不在乎这些诗作的质量了。这里先举一些有代表性的例子:

> 蒋苕生太史《题随园集》云:"古来只此笔数枝,怪哉公以一手持。"余虽不能当此言,而私心窃向往之。③

> 心池云:"(略)灵皋健笔渔洋句,才力输公尚十分。"④

> 程蒹园明府,宰武进。六月望后,苦热,移榻桑影山房,读《小仓山房诗》而爱之。《夜梦题后》云:"吟坛瓯北及新番,盟主当时让本初。抟古为丸知力大,爱才若命见心虚。

---

① 《随园诗话补遗》,第802页。
② 《随园诗话》,第475页。
③ 《随园诗话》卷五41条,第144页。
④ 同上书卷十67条,第341页。

仙人偶戏蓬壶顶，下士争酬墨渖余。格调不能名一体，香山窃比意何如？"满洲诗人法时帆学士与书云："自惠《小仓山房集》，一时都中同人借阅无虚日，现在已抄副本。洛阳纸贵，索诗稿者坌集，几不可当，可否再惠一部，何如？"外题拙集后云："万事看如水，一情生作春。公卿多后辈，湖海有幽人。笔阵驱裙屐，词锋怖鬼神。莫惊才力猛，今世有谁伦？"此二人者，素不识面，皆因诗句流传，牵连而至。岂非文字之缘，比骨肉妻孥尤为真切耶？①

何春巢向余言：沙竹屿，如皋寒士，性孤傲不群，应试不售，遂弃书远游，足迹遍天下。其所推重者，惟先生一人。（中略）《读随园诗话》云："瓣香好下随园拜，安得黄金铸此人？"②

吕仲笃读《随园诗话》，赠云："大海自能含万派，名山真不负千秋。"范瘦生读随园集，赠云："有笔有书有音节，一朝兼者一先生。"③

（赵洵娴）爱作诗，案置王礼堂、赵云松及随园三人诗，谓松阿曰："儿以为西庄学富，云松识高，至随园先生，则各体兼该，学识双到矣。"余闻之，甚惭。因记祝芷塘给谏见赠云："我读君诗如读史，能兼才学识三长。"与其言相合。然祝公是老作家，而洵娴一弱女子，竟聆音识曲，尤难得哉！④

余女弟子虽二十余人，而如蕊珠之博雅，金纤纤之领解，席佩兰之推尊本朝第一，皆闺中之三大知己也。⑤

此处聊举 6 例，实际通观全书，这样较露痕迹的谀辞谀行至少有

---

① 《随园诗话》卷十一 15 条，第 365 页。
② 《随园诗话补遗》卷四 26 条，第 636—637 页。
③ 同上书卷六 42 条，第 703—704 页。
④ 同上书卷八 16 条，第 743 页。
⑤ 同上书卷十 41 条，第 808 页。

30 多处,作颂之人,上到公卿、名诗人,下到无名寒士、闺中女子、方外僧人,三教九流,无所不包。其中很多人诗句本不堪,只是因为阿谀袁氏,而"荣登"《诗话》。有意思的是,这类谀辞谀行,见于《诗话》正集十六卷的不到 10 则,其余都见于《诗话补遗》,而且尤其集中在《补遗》后半部分。这与《诗话》的成书情况有关。正集十六卷的主体部分是写成后统一刊刻的,刊行后极受欢迎,袁枚因此再改版增补正集,同时续写《补遗》,并且随写随刻。可以推测,收入正集及《补遗》前几卷中的谀辞谀行产生了极强的示范效应,狡黠者发现只要颂谀就可以名登《诗话》,于是群起效尤,这正中袁枚下怀,于是彼此合作,各取所需。

文人狡狯,袁枚尤其如此。他的文字常常不能只从字面看,其中深意,往往需要参合他处文字方能领悟。如《诗话》卷三有云:"人或问余以本朝诗谁为第一,余转问其人,《三百篇》以何首为第一? 其人不能答。余晓之曰:诗如天生花卉,春兰秋菊,各有一时之秀,不容人为轩轾。音律风趣,能动人心目者,即为佳诗,无所为第一、第二也。(中略)有总其全局而论者,如唐以李、杜、韩、白为大家,宋以欧、苏、陆、范为大家是也。若必专举一人,以覆盖一朝,则牡丹为花王,兰亦为王者之香,人于草木,不能评谁为第一,而况诗乎?"①初读此则,就颇疑心袁枚只是不甘心居人之下,所以不愿承认他人为第一,苦无证据。后与前引"席佩兰之推尊本朝第一"勾联,则疑虑顿消。果然老人以第一人自居,苦等他人道出,方才痛快。

仅仅把采录谀辞谀行视为袁枚的虚荣行为是不够,以文人交游网络看,会理解这是一种社会交换行为。即袁枚拥有文坛中的高阶地位与书写权力,被他加以赞同,写入《诗话》,进入广泛的社会传播,使得这种赞同从单纯的人际赞同变成普遍的社

----

① 《随园诗话》卷三 4 条,第 67 页。

会赞同,这是任何人都渴望获得的。也即是,袁枚写作《诗话》,提供普通文士所渴望获得的声名与"不朽"。为了获得这种社会赞同,人们会改变自己的观点、判断和行为,以符合赞同者的要求。交换是社会生活的基本原则,高阶者提供低阶者需要的社会赞同,低阶者则需要"购买"这种赞同。购买既可以是经济付出,也可以是付出高阶者需要的尊重、赞美、服务等等。显然,谀辞谀行就是这样一种"购买"行为。高阶者获得的尊重赞美越多,他的影响力就越大,所吸引到网络中的追随者就越多,从而使得他的赞同的力量更大。这种正向激励作用会一直持续到高阶者去世为止,当他不再能提供社会赞同时,其影响力就会迅速衰减。这也就是一般研究者所看到的袁枚身后被追随者所弃的现象。①

较单纯因为思想、旨趣等原因聚合的群体,其群体活动往往会延续较长时间,并不大会因为领袖的去世而骤然衰歇。而社交活动,则必然与社交中心人物的存殁相始终。恽敬曾云:"天下士人名子才弟子,大者规上第,冒膴仕,下者亦可奔走形势,为囊橐酒食声色之资。及子才捐馆舍,遂反唇睒目,深诋曲毁,以立门户。"②郭绍虞以为这"决不是很简单的势利问题",而是袁枚的学说为人误解所致。③那何以天下人都会误解袁枚?何以袁氏弟子也同样误解师说?与王士禛、沈德潜身后弟子尊奉不替的现象相反,袁枚去世后为弟子所背弃的事实,用误解说恐难以周全解释,而从社会交往与交换角度理解则更迎刃而解。

---

① 交换理论,可参见彼得·布劳著、李国武译《社会生活中的交换与权力》第四章《社会交换》,商务印书馆 2008 年版。
② 恽敬《大云山房文稿》二集卷四《孙九成墓志铭》,《四部丛刊》影印清同治本。
③ 郭绍虞《中国文学批评史》,上海古籍出版社 1979 年版,第 565 页。

4. 制造风流

风流是一种行为模式,在本文中,主要指袁枚在公开场合的表演性行为,也包括他在《诗话》中描述的一些带有表演性质的私人行为,这些私人行为因为写入《诗话》,也变成公开的。王标提到制造风流的三层用意:一是"通过一连串的文化表演,树立了自己的社会威信,在与正统性进行斗争的过程中,在文坛获得了新的权威和影响力。"[①]二是"以风流自任是袁枚维持'广大教主'地位的象征性交往行为",三是"风流生活的维持还是袁枚对自身生命力进行不断确认的一种手段"[②]。魏晋人,特别是竹林七贤等人的风流任诞,在表演与自适中更多是为了自适的。而袁枚则更多是表演性的,是为了建立、巩固在交游网络中的地位而进行的文化演出,通过《诗话》加以记录,尤其说明这一点。

因为《诗话》所记往往有追忆性质,很多风流韵事大概在追忆的过程中经过了夸饰,原本平淡无奇,到了纸上,成为风流。如《诗话》卷七第4则:"通州李方膺晴江,工画梅,傲岸不羁。罢官,寓江宁项氏花园,日与沈补萝及余游览名山,人观者号'三仙出洞'。"[③]三人聚首同游之事,又见于早期完成的《小仓山房诗集》卷十《秋夜杂诗》十五首和《文集》卷五《补萝先生墓志铭》,但两处都没有提到所谓"三仙"之名。到了《诗话》中,本来平常的朋友出游,变成了"三仙出洞",顿时就超凡脱俗了。袁枚深谙文字的魔力,这正是他制造风流之一例。

表演风流、制造风流,是袁枚旺盛生命力自然驱动的结果。当他标举性灵诗学以后,也成为他必须去践行的任务,否则风流教主的地位不保矣。这也是文字的驱迫力。只是在《诗话》中,

---

① 王标《城市知识分子的社会形态——袁枚及其交游网络的研究》,第31页。
② 同上书,第135、136页。
③ 《随园诗话》,第203页。

袁枚不断回忆他早年与伶人缱绻、进士及第归娶,中年买妾,晚年与男弟子游山、与女弟子聚会的种种韵事,更多已经不是生理需要,而成为老年人抗拒死亡、确认生命力的一种行为。王标可谓一语中的。

(二)誉人

誉人同扬己相辅相成,如前所述,本质上这是社会资源的交换。袁枚一边巩固强化已经拥有的文学声誉的支配权,一边利用这种支配权推扬他人,用以换取他需要的政治权力的保护、经济力量的支持和追随者的拱卫。

前人责备《随园诗话》滥加收录,如与袁枚同时的祝德麟《阅随园诗话题后六首》其一:"折剑残枪白洗磨,零金碎粉费搜罗。直同千佛名经看,好句流传不在多。"①直言《随园诗话》是点名簿。钱锺书曾为解说:"子才非目无智珠,不识好丑者,特乞食作书,声气应求,利名扇荡,取舍标准,自不能高。重以念旧情深,爱才心切,欲发幽光,遂及哇响,讥其道广固可,称其心慈亦无不可。自言显微阐幽,宁滥毋遗。又曰:'徇一己之交情,听他人之求请,余未能免。'盖已解嘲在先。"②虽是解说,仍然承认其滥收之实。

从诗学著作的角度看,前人这一批评是合理的,所以清人屡有删节《随园诗话》的议论和做法。但从交游类诗话的性质,即建构交游网络这一点看,则恐怕《诗话》只嫌其薄而不嫌其厚。交游网络是动态的,随着袁枚交游活动而不断扩张、变动,网络也在不断扩展。一旦袁枚开始写作交游诗话,并将其作为维系

---

① 祝德麟《悦亲楼诗集》卷二十四,《续修四库全书》第 463 册据清嘉庆二年姑苏刻本影印,上海古籍出版社 2002 年版,第 73 页。
② 钱锺书《谈艺录》,第 498 页。

交游网络的媒介物,那么他一息尚存,《诗话》就必须不断写下去。所谓繁冗,必然成为交游类诗话的基本特征。

之前学者很强调袁枚在《诗话》中对达官的奉承和对普通士人、闺秀女子的汲引。祝德麟《阅随园诗话题后六首》其二、其三云:"宏奖风流雅意深,便从广大识婆心。色丝信手拈来杂,还度鸳鸯绣了针。""三代而还尽好名,达官偏爱博诗声。望山才调弇山笔,直得先生一品评。"①其二肯定袁枚在《诗话》中宏奖风流之举,其三则颇含讽意。《随园诗话》中称引了那么多高级官员,祝德麟认为值得品评的只有尹继善(望山)和毕沅(弇山),言下之意,自然其他都是纯粹的阿谀奉承。无名氏(舒坤)《批本随园诗话》直接说"此等诗话,直是富贵人家作犬马耳",②刻毒入骨。不过交游本来就是社会资本的交互行为,袁枚以文学上的支配权力换取政治庇护、经济资助和群众追随,这是两相情愿的事。而《随园诗话》也不再是过去的单纯的诗学论著或谈诗杂记,而是交游网络的媒介物,因此其中大量失之过滥的称扬赞颂也并非不可理解。

事实上,《诗话》在袁枚扩大社交网络的活动中产生的力量是惊人的。陆元铉《青芙蓉阁诗话》卷上曾载管世铭的特操:"袁子才爵位不高,享名最盛,游迹所至,冠盖溢巷,珍错盈筐。自名公巨卿,下至菰芦旷士、闺阁名媛,莫不以望见颜色为幸。管韫山客秣陵,有劝其往谒者,韫山以诗谢之云:'耆旧风流属此翁,一时月旦擅江东。存心自与康成异,不肯轻身事马融。'可谓不为习俗所移者矣。"③显然《随园诗话》正是袁枚月旦人物最重要的利器,所谓"一时月旦擅江东"当首先考虑这一点。吕善报记

---

① 祝德麟《悦亲楼诗集》卷二十四,第 73 页。
② 《随园诗话》附录,第 820 页。
③ 陆元铉《青芙蓉阁诗话》卷上,《清诗话三编》,第 2599 页。

载说:"《随园诗话》遇闺秀能诗者,辄称女弟子。赵瓯北观察翼尝题女史鲍尊古诗册云:'若遇随园拾唾珠,定应夸作女高徒。老夫不敢徇官屈,稽首仙坛拜鲍姑。'"①赵翼的醋意不论,这则记载从侧面也证明《随园诗话》是袁枚的月旦法宝。有《诗话》扩大袁枚的文坛影响力,以至于管世铭不去拜谒的行为才如此特立独行,值得郑重其事地被记录。

文坛领袖在《诗话》中夸誉他人的效果是不言而喻的,本文所关注的焦点主要是《随园诗话》在颂扬他人时所采用的叙事方式,本文将这种叙事方式概括为"尊卑并置"。所谓尊卑并置,就是有意将上至各级官员,下到普通士人、闺秀女子,甚至方外、伶人、仆役、青楼等卑贱人物混杂并列。在总集中,女子以下,一向是置于全书最末,以示区别的。《随园诗话》则基本看不出有什么区分,尊卑贵贱、生者死者,混置并列。

这样尊卑并置,会产生一些特别的效应。其一,泯灭尊卑之分,等于宣布《诗话》之内是平等的文学王国,这个王国内唯一的权威就是书写者袁枚,而不是尊卑贵贱的身份。这既是对文学的肯定,也是对袁枚在文学场域支配权力的肯定。《诗话补遗》卷九第 35 则自述:

> 以诗受业随园者,方外缁流,青衣红粉,无所不备。人嫌太滥。余笑曰:"子不读《尚书大传》乎? 东郭子思问子贡曰:'夫子之门,何其杂也?'子贡曰:'医门多疾,大匠之门多曲木,有教无类,其斯之谓欤?'"近又有伶人邱四、计五亦来受业。王梦楼见赠云:"佛法门墙真广大,传经直到郑樱桃。"布衣黄允修客死秦中,临危,嘱其家人云:"必葬我于随园之侧。"自题一联云:"生执一经为弟子,死营孤冢傍

先生。"①

袁枚俨然以诗歌王国的孔子、佛祖自居，越是门墙广大，品流杂多，越是对自己权威的认定。

其二，并置的尊卑双方，也会在纸上互相投射，彼此肯定。卑者入选，多半是以文学才华，并置的尊者因此获得拥有同等才华的投影。尊者入选，更多因为权势，而并置的卑者因此获得权力的余荫。蒋湘南《游艺录》卷下云："乾隆中诗风最甚，袁简斋独倡性灵之说，江南北靡然从之，自荐绅先生，下逮野叟方外，得其一字，荣过登龙。"②之所以产生这种效果，恐怕是与《随园诗话》这种尊卑并置的书写方式有密切的关系。

这种书写方式首先是诗话闲谈体例决定的，但相信袁枚对此也有较为明确的意识。《小仓山房尺牍》卷十收录有袁枚给苏州名医徐大椿之子徐榆村的信，里面说："老人欲为尊公立传者，慕尊公一代豪杰，为之立传，可与拙集中之王侯将相并传千秋。非徒不朽尊公，亦欲借尊公以不朽其自家之文也。"③在文集中名医之传与王侯将相之传并置，同传不朽，这既是自负，也说明并置会产生特别的映射效果。又《诗话》云："凡诗之传，虽藉诗佳，亦藉其人所居之位分。如女子、青楼、山僧、野道，苟成一首，人皆有味乎其言，较士大夫最易流布。""从来闺秀及方外诗之佳者，最易流传。"④这说明袁枚对被采录者的身份非常在意，他需要利用他们的身份，以附加诗句之外的效果。试举一极端之例。《诗话补遗》卷八第 32 则称颂一卖面筋者之诗和一缝人之诗，第 33 则则称颂礼亲王世子檀尊主人，第 34 则是闺秀王贞仪，第 35 则是追忆自己与鄂尔泰的交游。卑尊之间，如此悬殊，反倒

---

① 《随园诗话补遗》，第 780 页。
② 蒋湘南《游艺录》，光绪十四年刻本。
③ 《小仓山房尺牍》卷十《寄徐榆村》，第 214 页。
④ 《随园诗话》卷十 47 条，第 334 页。《诗话补遗》卷四 36 条，第 640 页。

显出刻意安排的痕迹。

（三）著作营销

扬己与誉人，是交游类诗话基本的书写方式，而诗话本身，作为交游网络的媒介工具，也需要宣传，以扩大其影响力。袁枚很清楚这一点，并很善于营销其诗话和其他著作。《随园诗话》的写作经历了十多年的时间，袁枚从开始写作《诗话》起，就大力宣扬。他说："余在杭州，杭人知作《诗话》，争以诗来，求摘句者，无虑百首。"①文字背后透露的信息，是袁枚在广而告之："我正在撰写诗话，求名者速来。"因此诗话还没写成，已经声名远扬。这与今日商人提前预告新产品，并制作预告片，不断宣传造势，以激起人们的心理预期的营销手法如出一辙。而之前的各种诗话，基本是闭门写作的产物，写作时间并不长。显然，袁枚开创了一种新的诗话写作营销的模式。

除了在交游过程中利用人际传播的方式宣传自己的诗话外，袁枚在后期充分利用了随写随刻的方式，在《诗话》中作自我宣传。《诗话补遗》卷三第 16 则云："余刻《诗话》、《尺牍》二种，被人翻板，以一时风行，卖者得价故也。"②《诗集》卷三三也有《余所梓尺牍诗话被三省翻板近闻仓山全集亦有翻者戏作一首》。《诗话》正集刊行后，传播快速而广泛，精明的袁枚意识到可以利用这一市场优势，因此改变了前人刻成即基本定稿的模式，一边不断对正集十六卷的内容进行修改和增补，一边将更多的新写条目编入《诗话补遗》，并采取了随写随刻的方式。黄一农对此做了详细的研究，《袁枚〈随园诗话〉编刻与版本考》即是

---

① 《随园诗话》卷六 45 条，第 178 页。
② 《随园诗话补遗》，第 609 页。

其研究的代表性论文,可以参看。① 这一方式颇接近于现代期刊类读物的连续发行,说明袁枚极富商业头脑,能适应清代图书出版行销的新局势而"与时俱进"。

自然地,袁枚在《诗话补遗》中开始有意无意地做起了广告。如:"初,于圣之意,欲梓乃父全稿。余止之曰:'槐亭集非不清妥,但无甚出色处,虽付枣梨,无人耐看。不如提取佳者入《诗话》中,使人读而慕思,转可不朽。'""余至吴门,四方之士送诗求批者,每逢佳句,必向人称说,非要誉于后进也。"②这都是在告诉交游者,能入《诗话》,即可不朽,速来。不用说,这样的营销效果极好。如《随园诗话》卷三所载:"奇丽川方伯,笃友谊而爱风雅。辛亥清明后三日,寄札云:'有惠山侯生,名光第,字枕渔者,尝携之同至黔中。诗多清妙,而身亡后,散失无存,向其家搜得古今体一卷,特专函寄上。倘得采录入《诗话》中,则鲰生附以不朽,而余亦有以报故人也。'"③可见时人真的相信能入《诗话》,即可不朽。需补充说明的是,辛亥是乾隆五十六年,据黄一农比勘,这一则为乾隆五十五年初刊十六卷本所无,是后来补版增入的条目。④ 这正是广告效应的结果。

此外,主要见于《诗话补遗》中的另一种广告方式就是调动好奇心。他会反复提及,某某人之作前已收入《诗话》,已载入《续同人集》,已收入《随园女弟子集》等处,现在再补充若干云云。这样读者的好奇心会被调动而去翻看所提及的袁氏著作。在翻看过程中粗略统计,《诗话补遗》中这样的情况至少有 42 处。应该还有遗漏,而实不止此数。但在正集中就极少见,说明这是袁枚根据《诗话》的热销情况,有意识发明使用的广告策略。

---

① 黄一农《袁枚〈随园诗话〉编刻与版本考》,第 35—82 页。
② 《随园诗话补遗》卷二 32 条、卷七 4 条,第 584、709 页。
③ 《随园诗话》卷三 79 条,第 96 页。
④ 黄一农《袁枚〈随园诗话〉编刻与版本考》,第 67 页。

广告而外，为了使诗话耐看，为了吸引普通读者，袁枚有意识地在《诗话》中记录、编造了很多趣事轶闻，甚至是怪力乱神、粗俗下流的内容，以迎合读者猎奇之心。《诗话》中有不少鬼怪故事，有些与诗略有关系，有些并无关系，纯是为了猎奇。袁枚另有志怪小说《子不语》，这些故事收入其中可谓名正言顺，收入《诗话》就用意可疑了。比如《诗话》卷八第77则，记杨潮观夜梦李香君荐卷之事，其事也见于《子不语》中。今考《小仓山房尺牍》卷七《答杨笠湖》之后所附杨氏原书，可知袁枚所记之事多夸饰诬造，甚为杨氏所不满。袁枚仍然坚持收入《诗话》，只能理解为他是为读者计耳。又如《诗话补遗》卷九第39则记弟子刘霞裳在广东的同性恋情，口舌津津，标榜风流，耸人耳目而已。迎合猎奇的手法更多属于营销行为，与建构交游网络关系稍远，即不再详论。

总而言之，袁枚充分利用了人际传播效应与《诗话》作为传播媒介本身的广告作用，既开拓了《诗话》的行销范围，又借此进一步扩大了他的交游网络。这种高明的经营意识与手法，此前少见，不能不视为作为职业文人的袁枚的发明创造。

五、结语

《随园诗话》是袁枚晚年的作品，是他总结记录自己交游网络的产物。但是在写作过程中，袁枚意识到了《诗话》本身可以塑造出一个纸上的交游网络，以此规范、指导现实的网络的运作，同时也可以作为传播媒介，巩固和扩大自己的交游网络。而《随园诗话》规模的庞大，也是袁枚庞大的交游网络所决定的。通过《诗话》的写作，袁枚有效地运用了自己掌握的文学场域的支配权力，从而与交游网络中的其他成员交换彼此所需的社会资源，并进一步巩固了自己在交游网络中的权威地位。

　　《随园诗话》是古代社交类诗话的巅峰之作，没有人同时具备袁枚的文坛领袖地位与卓越的经营意识。但袁枚还是影响了很多后来者，使得之后出现了不少有影响的社交类诗话，如李调元的《雨村诗话》、法式善《梧门诗话》、周春《耄余诗话》、许嗣云《芷江诗话》、康发祥《伯山诗话》、潘焕龙《卧园诗话》等。这些诗话的宗旨与手法，都不出《随园诗话》的笼罩，使社交类诗话成为清代诗话中一种独特的类型。

　　又由于《随园诗话》的示范效应，使得后来的人们颇以入诗话为荣，很为模仿者制造了"市场"。如李调元在《雨村诗话补遗序》中自述说："乾隆乙卯六月，余已著有《雨村诗话》刊行矣，一时求之者颇盛，海内以诗见投者日踵于门。"①又如康发祥《伯山诗话续集自序》："余于丁未岁辑录诗话之后，同人不我弃，期以佳篇见示。"②

　　这些后续的社交类诗话，无论其写作内容、方式还是营销模式，都不出《随园诗话》的范围，因此可以说《随园诗话》是清代社交类诗话的最高代表。而隐藏在这部诗话背后的种种富于"现代名利场"意味的现象，尤其值得我们瞩目。

（作者单位：上海大学中文系）

---

① 　《雨村诗话校正》，第 380 页。
② 　康发祥《伯山诗话续集》，《清诗话三编》，第 5339 页。

南宋后期的诗人、编者及书肆

——江湖小集编刊的意义

内山精也

序言

从写本到刻本的媒体变革到底使诗人的想法产生了哪些变化？——本文以这种视角出发，针对从初唐至宋末约六个半世纪内的诗人是如何一步步参与到编纂和刊刻自撰诗集的这个问题，具体探讨其变化过程，从中解读出诗人意识的变迁。

笔者将这六个半世纪分为三个时期：（1）从初唐至北宋末约五百年间；（2）南宋初中期八十年间——关于这两个时期，笔者已经发表了相关论文①。本文则将焦点放在（3）最后的七十年间，即南宋后期，并对相关问题进行考察。

中国虽然从北宋以后开始真正进入了印刷时代，但可能因为成本与传统价值观的问题，并不是所有的书籍都能迅速成为印刷对象。最早刊刻的是传统文化的核心——经书类、大藏经以及类书等，与文学相关的主要有《楚辞》和《文选》等高度规范

---

① （1）《媒体变革前后的诗人与诗集——唐宋诗人与自撰诗集（Ⅰ）》，南京大学文学院主办第一届《中国古典文学与东亚文明》高端论坛，2015 年 8 月 23 日于南京。（2）《南宋中期自撰诗集的生前刊行——唐宋诗人与自撰诗集（Ⅱ）》，中国宋代文学学会、杭州师范大学人文学院主办中国宋代文学第九届国际学术研讨会，2015 年 9 月 27 日于杭州。

性、标准性的经典著作。而且,主导出版界的是由官府主持刊行的官刻本。当代人的文学作品集在其生前能成为印刷对象,并且由民间书肆刊行,这是在宋朝已经建立一个多世纪以后,也就是十一世纪后半期之后发生的事情。元丰二年(1079)前后刊行的苏轼(1037—1101)的《元丰续添苏子瞻学士钱塘集》三卷就是最早的例子,但是这一刻本最终却成为狱案的物证,使苏轼陷入了困境(乌台诗案)。此后,士大夫与民间书肆的合作联盟也发展得不是很顺利。一直到南宋中期为止,至少从士大夫一方来说,不管是官刻也好,坊刻也罢,都没有发现他们曾在生前积极刊行自撰诗集的例子。

然而,十二世纪后半期,即进入南宋中期以后,风气却大为改变。以朱熹(1130—1200)和洪迈(1123—1202)为先驱,一些士大夫开始积极地刊行自己的编著。陆游(1125—1210)和杨万里(1127—1209)甚至敢于在生前便刊行了自撰诗集。即便如此,纵然到了南宋中期,士大夫对生前刊行自撰诗文集的观念与北宋相比,可能也没有什么显著的变化。对一般的士大夫来说,在生前刊行自撰诗集还有很多心理障碍。不过,陆游和杨万里等事例的出现也说明南宋中期印刷出版事业的规模在急速扩大,甚至发展到使他们能迫切感受到刻本在日常生活中的必要性和有用性的程度。杨万里和陆游刊行诗集是从淳熙十四年(1187)前后开始的;但在二十多年前,朱熹和洪迈也陆续上梓过编著和自著,而且这些出版活动,都是在朱熹和洪迈的主导下进行的。这些先例都在引导着杨万里和陆游积极地在生前刊行自己的诗集,尤其是杨万里。

杨万里和陆游去世后,进入了一个不存在一位能像他们那样强有力地主导诗坛的士大夫大家的时代。于是进入了一个永嘉四灵和江湖诗人,甚至禅僧等非士大夫诗人空前活跃和耀眼的时代。本稿就是将焦点放在南宋中期新出现的士大夫与出版的密切关系在杨、陆去世后的南宋后期七十年间到底发生了怎样的变化，从中解读出诗人意识的变化。

二、刘克庄与生前刊行自撰诗集
——士大夫诗人的情况

活跃在嘉定年间(1208—1224)至宋朝灭亡(1279)约七十年间的士大夫中，确实曾在生前刊行自撰集的有：真德秀(1178—1235)、刘克庄(1187—1269)、林希逸(1193—?)等①。三人当中，真、林二人与其说是诗人，不如说他们作为学者在后世更为著名。作为诗人，受到评价最高的无疑是刘克庄。因此，接下来将以刘克庄作为南宋后期士大夫的典型例子，来看看他的情况。又，本文除了参考祝尚书的《宋人别集叙录》，还参考了侯体健和程章灿的相关详细研究②。

刘克庄在生前刊行过多种别集，后世传本最多的是《后村居士集》五十卷，即洪天锡所作墓志铭中提到的"前集"(墓志铭中还记载了"后集"、"续集"、"新集"，四集合计二百卷)③。此集有淳祐九年(1249)林希逸序。而《四部丛刊》本《后村先生大全集》(以下简称为《大全集》)卷首有林希逸咸淳六年(1270)序，中有"予戊申备数守莆，方得前集，刊之郡库"，因此可以确定，"前集"

---

① 参考祝尚书《宋人别集叙录》，中华书局1999年版，卷二十五第1257页(真德秀)、卷二十六第1299页(刘克庄)、卷二十六第1315页(林希逸)。

② a. 侯体健《汰择与类编——从编集传播看两种宋刻刘克庄作品集的学术意义》(《江西师范大学学报(哲学社会科学版)》2010年第4期，第54—60页)。b. 程章灿《人竞宝藏〈南岳稿〉——论宋刻〈南岳稿〉的文献与文学价值》(南京大学中国文学与东亚文明协同创新中心《中国古典文学与东亚文明第一届中国古典文学高端论坛论文集》第81—94页，2015年8月)。

③ 洪天锡《刘克庄墓志铭》，见刘克庄《后村先生大全集》卷一九五，《四部丛刊》本。

也就是《后村居士集》五十卷,是林希逸于淳祐九年前后在刘克庄故乡莆田的郡庠刊行的。顺便提一下,因《大全集》前冠有咸淳六年序,因此很显然是刘克庄去世以后刊行的。

更有趣的是,近年来在福建福清古宅发现了"南岳五稿"(以下简称为"五稿"),侯体健、程章灿两位先生对此有详细的介绍①(2006 年 11 月在北京德宝拍卖公司的拍卖会上出现,据说立刻归于某氏,书影也没有向大众公开,因此这里只能依据两位先生的研究)。据称,此"五稿"由《南岳旧稿》、《南岳第一稿》、《南岳第三稿》、《南岳第四稿》构成,独缺《第二稿》。虽然里面没有印上牌记,但版式为十行十八字,是杭州书肆陈起(? —1256,字宗之,号芸居)"临安府棚北大街睦亲坊南陈宅书籍铺"的刻本,具备所谓"书棚本"的特征。侯体健和程章灿两位先生也推断它是陈宅书籍铺所刊的江湖小集丛刊的一种。而且两位先生还推测此"五稿"所收作品的创作时期应为嘉定元年至嘉定十四年(1208—1222)的十五年间。也就是说,"五稿"收录的是刘克庄二十二岁至三十六岁为止的早年之作。刘克庄虽然不是进士及第者,但因恩荫在二十三岁时步入仕途,因此这肯定是一部士大夫在青年为官时的诗集。现存四集(如【附录】中所显示的那样[22 以后]),都为一卷本,且收录的诗都在一百首左右。

如果大体浏览一下【附录】,便可知它们除了版式以外,还具备两点书棚本的显著特征:首先,基本上都是一卷本;第二,一卷所收作品的数量几乎都未满百首。"五稿"也符合这两点特征,因此侯先生和程先生推定的应该无误。如果"五稿"是书棚本,那么青年时期的刘克庄就是从自己的愿望出发,希望能在民间书肆出版的。陆游和杨万里在生前的刊行都是由地方官署出资,也就是所谓的官刻本。但是,刘克庄的"五稿"却是由民间书

---

① 参考前引侯体健、程章灿二位先生的论文。

肆出版,也就是所谓的坊刻本。之前的宋代士大夫经常批评民间的营利出版,与他们保持距离,但刘克庄却跨越了这条界线。

谨慎起见,笔者还在此附带提及,当时陈宅书籍铺与其他民间书肆相比,原本就可能是独树一帜的。店主陈起是在乡试中以第一名中式的解元,他自己也会作诗,有诗集《芸居乙稿》传世。叶适(1153—1223)编选的《四灵诗选》也是陈起的书籍铺出版的,他与四灵之一的赵师秀(1170—1219)也相交甚密,赵师秀所编并博得好评的《二妙集》和《众妙集》也是陈起书籍铺出版的。还有曾经官至宰相的郑清之(1176—1251)《安晚堂诗集》也是他出版的(【附录】14)。他出版的《江湖集》之所以会引发疑狱并且受到禁毁的处分,也正是因为集中收入了曾极和刘克庄等士大夫的诗。或者是陈起与士大夫的广泛交游,使得当时的刘克庄忘记了他经营的是一座民间书肆吧。

又,根据侯先生与程先生的考证,"五稿"并没有收录作者当时的全部作品,而是一部经过严格筛选的选本。至于为什么他早期的诗集都是选本这个问题,将在下节进行详细论述。无论如何,从刘克庄刊行"五稿"的事例可以看出:在宋朝最后的六七十年间,士大夫在生前刊行自撰集开始逐渐与民间书肆紧密地联系在一起,并且从南宋中兴期开始,变得更加普遍化了。下一代士大夫切实地沿袭了杨万里开辟的这条新途径。

三、戴复古和自撰诗集的出版
——江湖诗人的情况(一)

接下来将考察江湖诗人——他们让南宋后期的诗歌史具有独特性,是南宋最具象征性的诗人群——与他们在生前刊行的自撰诗集。【附录】是以现存书棚本(以及与书棚本相似的版本)为基础调查后的结果,其中共揭载了69名诗人的诗集,但有大约一半（33 人）都是布衣，也就是没有仕宦经历的纯粹的江湖诗人。笔者想就其中戴复古和许棐的例子进行具体考察。

戴复古（1167—1247?，字式之，黄岩人）在南宋中期以后所有江湖诗人中属于第二代。与刘过（1154—1206）和姜夔（1155? —1221）等曾经和南宋中期著名士大夫有过交往的作者相比，相当于下一代诗人。江湖诗人第一代代表诗人刘过和姜夔的诗集是在二人去世以后刊行的，但戴复古却在生前就已经刊行了大量自撰诗集。虽然他的《石屏续集》四卷也是陈起的书籍铺刊行的，但是从现存相关资料来看，他很多诗集都是陈宅书籍铺以外的机构刊行的，其中还有不少是官刻本。

通行本明弘治本《石屏诗集》（《四部丛刊续编》所收）一共附有十七篇序跋，其中还包括戴复古自己所作的，从这些序跋可以比较详细地了解其诗集的编纂过程①。现在按照这十七篇序跋的创作时间顺序，排列如下：

① 楼钥序（嘉定三年〔1210〕十二月）

② 巩丰题跋（嘉定七年〔1214〕一月）

③ 杨汝明题跋（嘉定七年〔1214〕冬）

④ 真德秀题跋（嘉定七年〔1214〕）

⑤ 戴复古《戴复古自书》（嘉定十六年〔1223〕二月）

⑥ 赵汝谈题跋（嘉定十七年〔1224〕夏）

⑦ 赵汝腾《石屏诗集序》（绍定二年〔1229〕三月）

⑧ 赵蕃题跋（创作年代未详。不过，赵蕃殁于绍定二

① 关于戴复古诗集的形成过程，王岚先生已有如下先行研究：王岚著《宋人文集编刻流传丛考》二八"戴复古集"（江苏古籍出版社 2003 年版，第289 页）。又，笔者也曾与王岚先生共同发表了与本稿内容大致相同的论文，请一并参考。内山精也、王岚《江湖詩人の詩集ができるまで—許棐と戴復古を例として—》（勉诚出版，アジア遊學 180《南宋江湖の詩人たち中國近世文學の夜明け》，第 140—153 页，2015 年 3 月）。

年,因此应为此前所作)

⑨ 倪祖义题跋(创作年代未详。不过,赵蕃选本中曾提及,袁甫的选本中却未曾提及,可能作于⑧和⑩之间)

⑩ 戴复古《又》(绍定五年〔1232〕六月)

⑪ 姚镛题跋(绍定六年〔1233〕三月)

⑫ 赵以夫题跋(端平元年〔1234〕十月)

⑬ 王野题跋(端平元年〔1234〕)

⑭ 姚镛题跋(端平三年〔1236〕五月)

⑮ 李贾题跋(端平三年〔1236〕九月)

⑯ 包恢序(淳祐二年〔1242〕四月)

⑰ 吴子良《石屏诗后集序》(淳祐三年〔1243〕五月)

从⑦赵汝腾的序文,可知其第一部诗集编集刊行的过程。事情开端于戴复古携诗集拜托赵汝说对自己的作品进行甄选和编定。

赵汝说,字蹈中,号懒庵,余杭(浙江省)人,太宗八世孙。嘉定年间任湖南转运使(《宋史》卷四一三为“湖南提举常平”)时,戴复古携平生全部作品来访,请他甄选自作。赵汝说最后选了一百三十首,命名为《石屏小集》,并请赵汝腾(?—1261)作序。从名字可以类推出赵汝腾也是太宗八世孙,与赵汝说同属宗室。字茂实,号庸斋。借寓于福州(福建省),此后官至吏部尚书兼给事中。赵汝说卒于嘉定十六年(1223)(⑥赵汝谈题跋),而其兄赵汝谈(?—1237,字履常,号南塘)在读到戴复古的《题后》诗后感慨良深,为作跋文(⑤戴复古自书、⑥以及⑦)。戴复古拜托选诗的赵汝说自己也擅长作诗,以极具严格品评眼光而著名。赵汝腾也称赵汝说“于诗少许可”(⑦)。

南宋后期的代表诗人赵蕃(1143—1229,字昌父,号章泉,郑州人。侨居玉山)是戴复古的诗友,他以赵汝说的选本为基础再加以精选。倪祖义称“懒庵(赵汝说)为石屏戴式之摘取百余篇,兼备众体,精矣。章泉所拈出,则其尤精而汰者也",并且评价道"爱式之诗者,读此足矣"(⑨),极口称赞这部选本包罗了戴复古诗歌的所有精华。

赵汝谠编成《石屏小集》数年后,戴复古在友人的劝说下,对手边未经任何整理的新作进行整理,得四百余篇。然后将此稿交给曾为第一部诗集作序的赵汝腾和金华王佖(字元敬),请二人进行编选。王佖曾师事王柏(1197—1274,字会之,号长啸、鲁斋,金华人),曾任福建转运副使。赵、王二人按照个人喜好各编选了一集,将二人所选合在一起,恰为原稿的一半分量,也就是选录了二百篇左右(⑩)。但是集名不详,可能并没有上梓刊行吧。

时隔不久,袁甫(?—?,字广微,号蒙斋,鄞县人)以赵、王所选的两种选本为基础,再从中严格筛选出一百首,附在赵汝谠编选的《石屏小集》后面,作为《续集》。因为此集是从四百余首中经反复多次挑选后得到的一百篇,因此是一部名副其实的"精粹"选本。戴复古自己似乎也对选入这部集子中的自作有相当自信,自称"明珠纯玉,万口称好。无可拣择,是为至宝"(⑩)。

根据明人的记载,萧泰来也曾为戴复古编过《第三稿》①。萧泰来,字学易,又字则阳、阳山,号小山。临江(江西樟树西南)人。绍定二年(1229)进士,历任隆兴府知府、监察御史等职,有《小山集》。他还曾于淳祐十一年(1251)为【附录】63邓林的《皇荂曲》作过序文。

戴复古还有《第四稿》。李贾和姚镛编集,李贾刊行。李贾,字友山,号月洲。福建邵武人,与严羽、严粲有交往,并结为诗社。姚镛,字希声,号敬庵、雪篷,剡溪(浙江江嵊南)人。嘉定十年(1217)进士,著有《雪篷集》。姚镛比戴复古年轻二三十岁,但

① 马金《书石屏诗集后》,见弘治本《石屏诗集》卷首。

与戴复古却是忘年之交。⑪姚镛的题跋大概是为绍定年间成书的袁甫的《续集》所作,其中极力称赞戴复古的诗"大似"盛唐的高适:"大似高三十五辈……晚唐诸子当让一头。"(⑪)。戴复古的这位年轻的诗友姚镛在知赣州的任中,曾因忤逆"帅臣"(安抚司长官)而被贬至衡阳(湖南省),但戴复古却不远千里到衡阳与其会面,并托付近作,请求姚镛挑选佳作。姚镛共选出六十首诗,为《第四稿下》。时为端平三年(1236)夏,戴复古已经七十岁高龄了(⑭)。

同年秋,戴复古在从衡阳返回的途中,前往渝江(可能是江西新喻)县尉的官舍,会见另一位诗友李贾友山。当下他取出姚镛刚刚选好的《四稿下卷》出示,李贾拿到诗卷后,吟诵不绝于口,"并入梓以全其璧"(⑮)。

综合姚镛与李贾之言,《第四稿下》为姚镛编选,而《第四稿上》为李贾编选。大概是戴复古先将第四稿的前半部分托李贾编集,再携此稿到姚镛那里,与第四稿的后半部分一起交给姚镛,拜托他进行选定的吧。⑭姚镛的题跋中有"且效李友山摘奇左方"的语句,证明了这期间的原委经过。在上引⑮李贾的跋文中有"全其璧"之语,表明与姚镛所选曾经合刻过。

此外,虽然没有找到宋人的相关记载,但似乎还有《第五稿》上下二卷。这是从戴复古的子孙戴镛的题跋得知的,戴镛曾为出版弘治本而奔波。《石屏诗全集》虽然在宋绍定年间便已经刊行,但是之后逐渐散佚。然而戴镛见过其父在天顺初年抄录的《小集》和《续集》,而且还说其兄找到了《后集第四稿》下卷和《第五稿》上下二卷的刻本(弘治本卷尾戴镛的题跋)。这些究竟是何人编选、何时刊行的虽然无法确定,但他明确提到了确实存在《第五稿》上下二卷的刻本。而且从这篇题跋的记载还可以确认:姚镛所选《第四稿》下卷刻本的正式名称为《后集第四稿》。

这样一来，应该一同上梓的李贾所选《第四稿》上卷也应该是同样的书名，但可惜在明代似乎就已经散佚了。

如上所述，戴复古在生前时常编集刊行诗集，甚至多至"五稿"。戴复古的情况似乎是：将一定期间所咏的作品托付他人进行甄选，以一百首左右为基准，编为一部部小集。而且，这些集子几乎全都上梓刊行过。

四、许棐和自撰诗集的出版
——江湖诗人的情况（二）

接下来看许棐（？—1249?）的例子。他的生卒年完全无法判断，但可能比戴复古要年轻。字忱夫，海盐（浙江）人。他一生未曾做官，这从陈起悼亡他的诗（《挽梅屋》，见《芸居乙稿》）中有"弓旌不至叹遗贤"一句可知。此外，他于宝庆年间（1225—1227）前后，隐居于海盐秦溪，在屋傍植梅数十株，号梅屋，居室虽然狭窄，却藏书数千卷，室中挂有白居易与苏轼的肖像画，以示尊崇，这些是勉强找到的他的一些个人信息。

陈起一共编纂刊行了六种许棐的著述，分别为《梅屋诗稿》、《融春小缀》、《杂著》、《梅屋第三稿》、《梅屋第四稿》、《诗余》。在《融春小缀》和《第三稿》、《第四稿》的卷首都有许棐的小序，在《第四稿》的末尾附有简短的识语。根据这些小序和识语，可知编集刊行这一系列集子的经过。

> ① 乱书中得旧稿数纸。稿自甲午至己亥，诗不满三十，更散失不得传，则与日月俱弃矣。并缀数文，为《融春小编》。……（《融春小缀》小序）

> ② 己亥至癸卯诗，不满二十首。甲辰一春却得四十余篇。疑诗之多寡迟速，似有数也。天或寿予，予诗之数，固不止此。然当以贪多务速为戒。（《第三稿》小序）

③ 右甲辰一春诗,诗共四五十篇,录求芸居吟友印可,
裴皇恐。(《第四稿》卷尾识语)

从这三则文字推测,首先,《梅屋诗稿》是许棐的第一部诗
集,从第二部诗集所收的是端平元年(1234)以后的作品来判断,
第一部诗集所收的可能是绍定年间(1228—1233)以前的作品。
《南宋群贤小集》本所收诗共计一〇四题一一二首①。

第二部诗集《融春小缀》所收是从"甲午"(端平元年,
1234)到"己亥"(嘉熙三年,1239)为止的诗,共计二十二题二十
六首,还有十篇散文,散文部分附有《梅屋杂著》的内题。

在②的小序中,根本没有提及《第三稿》和《第四稿》,也就
是第三部、第四部诗集,从这个事实来看,可能它们是一个合
刻本吧。《第三稿》所收的是"己亥"(嘉熙三年,1239)至"癸
卯"(淳祐三年,1243)为止的十五首诗,《第四稿》所收的是"甲
辰"(淳祐四年,1244)春天为止的三个月间的诗,共三十三题
三十七首。

如上,在第一部诗集以后,大概每隔五年便陆续编集刊行了
第二、第三(第四)部诗集。许棐以五年为期,对诗稿进行整理,
然后送给陈起,陈起再从诗稿中精选出一些后上样。许棐虽然
算不上是一位多产诗人,但从端平元年至嘉熙三年的五年间,他
所作不到三十首,从嘉熙三年至淳祐三年的五年间,所作不到二
十首,这个数字也实在是寥寥无几。之所以这么少,是因为在
②中透露的那样,与许棐的精神陷入了低谷有关,但恐怕事实不
止如此。大概是许棐一直念念不忘陈起品评眼光严格,所以自
己先在整理诗稿时对作品进行了严格筛选。如上所述,陈起曾
经是解元,具备的学识和士大夫相当。在诗歌方面,也有确乎不

———————

① 《南宋群贤小集》,《丛书集成三编》据台湾"国家"图书馆所藏南宋刊本影
印,新文丰出版公司 1997 年版。

拔的品评眼光,他自己也曾结诗社作诗,有诗集《芸居乙稿》传世(【附录】24)。为了能从既是著名出版商也是作者的陈起那里博得好评,许棐也做了相当的心理准备才对旧作进行筛选的吧。即便如此,《第四稿》原本应有"四五十篇"(上述③),但现存版本只收录了三十七首,从这点看来,剩下的将近十首可能是因为没有得到陈起和其"吟友"的"印可",所以遭到了排除在选择范围之外的命运吧。

出版制作人陈起编集刊行的许棐诗集,对于南宋后期的江湖诗人来说,是最具有普遍性的形式。南宋后期,民间出版业虽然有了长足的发展,但是出版一位没什么名气的当代布衣诗人的诗集,这事本来就承担着相当大的商业风险。陈起之所以能够在这种风险下还能收获成功的原因,首先一点是,他的确实具备洞察时代的眼光。其次,他在对待像许棐这样的布衣诗人时,从物质和精神两方面都给予了无微不至的支援①,为此取得了他们极大的信赖,自然形成了以自己为中心的广泛的人际圈,这点也有很重要的关系。当然,他在京师的大街上设立的店铺也无疑对人际圈的形成有很大作用。许棐等地方出身的布衣诗人在上京城时,最先肯定会先到陈起的书籍铺去吧。而且,其中一些人还会被邀请参加由他主办的诗会和诗酒宴会吧。可以推测,在这些得到陈起知遇之恩的诗人中,受到陈起赏识的人才能侥幸以小集的形式出版自己的作品吧。

————————

① 从两人的诗歌可知,陈起经常给许棐送去自己书籍铺出版的新刊书籍以及优质纸张、诗笺纸等。从其他多位江湖诗人的诗歌还可窥知,他在许棐以外,也没少给其他江湖诗人施以同样的援助。关于这点,可以参考拙稿《古近體詩における近世の萌芽——南宋江湖派研究事始》第13节"江湖派プロモーターとしての陈起"(宋代诗文研究会江湖派研究班《江湖派研究》第一辑,第1—53页,2009年2月),以及甲斐雄一的《陳起と江湖詩人の交遊》(勉誠出版,アジア遊學180《南宋江湖の詩人たち中國近世文學の夜明け》,第133—139页,2015年3月)等。

五、江湖诗人出版诗集的两种途径

　　戴复古和许棐在出版诗集的形式上，有一处共同点以及一处相异点。

　　首先，共同之处在于，二人都曾请其他人为自己甄选某段期间内的作品，并且以小集的形式陆续出版。陈起的书棚本虽然很多时候被看作是小集形式的代名词，但是从戴复古的例子也可以看出，刊行小集并不是陈起书籍铺的专利，而是南宋后期相当普遍的一种形式。

　　戴复古和许棐都是布衣江湖诗人，不管怎么说尚还缺乏全国性知名度，从社会信任这点上来说，与士大夫相比要明显弱得多。但如果是小集的形式，则可将成本收益率的风险降低到最小化。如果控制出版成本，就可以使售价更便宜，也对那些腰包渐鼓的市民阶层会产生刺激购买欲望的效果。大概避免经营方的风险才是广泛采用这种小集形式进行出版的直接原因吧。再想到刘克庄的"五稿"也是采用这种形式出版的，那么可以推测，既然已经不区别士大夫还是布衣诗人等社会身分了，这种形式首要考虑的当然是如何削减出版成本。

　　接下来再指出两者间的相异处。许棐的例子中，从第一部诗集到最后的第四部诗集，担当出版前编定工作之责的一直都是陈起一个人。陈起虽然是一位让诗坛刮起一股新风的铁腕出版赞助商，但是从社会身份这点上来说，他无疑属于非士大夫阶层的商人。另一方面，戴复古的例子中，他拜托为自作进行甄选和编定的对象无一例外都是士大夫。其中有像楼钥和真德秀那样在今日还为人熟知的诗人、学者，还有像赵汝谈、赵汝说那样，在当时被看作宗室第一,被称作"一代骚人之宗"①的宗室诗人。

这些异同很大程度上可能出于两人的年龄差吧。许棐的生年原本不详,实际上到底相差多少年纪无法详知,但是可能戴复古要年长几岁。至少,作为诗人来说,更早开始活跃的是戴复古。陈起的出版事业步入正轨是在嘉定年间(1208—1224),而戴复古在此之前就已在全国各地云游,因此可能会按照老一辈的常识来决定他自己的行为方式。这种常识就是:因为没有通过科举进入仕途,所以必须尽可能多地得到更多士大夫的知遇,并且从他们那里得到高度评价也是不可或缺的,如果没有他们的推挽,是不可能得到官职的。这一点从比戴复古早十几年出生的江湖诗人姜夔和刘过的经历来看便十分明了。他们也曾云游天下,遍叩名士和权贵的大门。

这样,虽然戴复古被人揶揄为谒客诗人,但却云游全国,与各地的名士(士大夫)结交,自己积极地开拓了一条通往仕宦的道路。他的足迹遍及福建、广西、湖南、湖北、江西、两淮等辽阔的地域,曾经几次体验过长期旅行。当时戴复古向与自己交流的士大夫们展示平生的得意之作,似乎一心只想得到他们对自己的高度评价。

而且,在陈起的书籍铺成功以前,他要出版自己的诗集,士大夫的支援应该也是不可或缺的条件。参与戴复古诗集出版的出版机构,目前可以推测出来的只有《第四稿》李贾的例子。他曾经明确说过,在任县尉之职时,自己率先上梓了此集,那么《第四稿》很可能是他在职时利用可以自由使用的公家资金出版的。也就是说,这次刊行是由官署出资的官刻本。他的诗集是否都是官刻本无法确知,倘若都是官刻本,那么如果没有士大夫的强

---

① 刘克庄著,辛更儒笺校《刘克庄集笺校》卷一〇七《赵崇安诗卷》,中华书局2011年版,第4458页。

烈推荐和支持,无疑是不可能实现的。即便是民间的坊刻,是否已得到士大夫的认可也在很大程度上左右着出版的决定吧。戴复古之所以拜托有诗名的士大夫甄选自作,请他们创作大量的序跋,大概也反映了当时的这种实际情况吧。虽然陈起出现后应该改变想法了,但他最终还是选择沿着自己相信的道路前进。

许棐也曾经有过仕宦的志向,这从上引陈起的挽诗中有"弓旌不至叹遗贤"一句可以间接了解,如果仅读其诗作,他的态度却是非常被动消极的。其足迹可从诗题得知,除了故乡和京师临安以外,其他就只有安徽慈湖、江苏吴江、浙江绍兴等,都是江南一带离故乡或者离临安不太远的地方,这与戴复古形成了鲜明对照。大概他的性格是造成这种行动样式的内在原因吧。但是他被陈起发掘,并且当时恰好由于陈起的书籍铺而给出版带来了一股新的风气,他赶上了这样一个新时代,则是他没有采取与戴复古同样行动的最大外因吧。

民间作者和民间出版者不需要通过士大夫作为中介,而是以几乎平等的关系直接联系在一起的现象是随着陈起的出现才首次出现的。江湖诗人们此时——再也不用为了得到士大夫的青睐而长期离开故乡,在全国各地来回云游了。或者说,他们再也不用在士大夫门前吃闭门羹,低头哈腰地取悦他们,不用再忍受这些屈辱的过去了——获得了一种新的途径,再也不用顾虑任何人,便可以上梓自己的诗作了。虽然不一定是许棐自己希望的,但他却很幸运地得到了这种机会。

南宋江湖诗人从十二世纪后半期开始变得引人注目,关注他们时会发现,随着时代的变迁,作者与出版的关联方式发生了不小的变化。如果说第一代姜夔和刘过还没有实现实时出版的话,属于第二代的戴复古已经明确存在这种意识了。但是他也和姜夔、刘过运用了一样的方法理论,只知道接近士大夫,通过他们的支援来实现自撰诗集的出版。然后,大概是到了第三代许棐的时代,仅从发布自作这一点来说,已经进入了一个不需要仰仗士大夫的支援也能实现的时代。当然,陈起这位书商的出现以及他实施的新出版战略促进了这种变化的发生。但是不论如何,这一结果至少允许那些生活在——陈起书籍铺还继续存在的——晚宋半个世纪内的江湖诗人们,拥有与旧时代江湖诗人不同的新梦想和希望,并且允许他们抱有一些自信和勇气。

六、诗人·编者·书肆

在南宋中期至后期发生的变化中,变化最大而且意义最深刻的现象应该是一群属于非士大夫阶层的布衣诗人在生前上梓刊行了他们的自撰集吧。南宋中期的杨万里最早积极地在生前刊行自撰诗集,这种行为到了南宋后期,不仅浸透到了士大夫阶层之间,而且实际上波及民间。对这种新潮流的出现作出最大贡献的是陈起。本稿之前都将焦点集中在诗人身上,论述了南宋后期发生的变化,但是这节将改变视角,将焦点放在制作书籍的一方。

陈宅书籍铺是陈起开创的,其子陈续芸继承了家业,经历了晚宋的半个多世纪,对新诗风的形成有巨大影响。如前所述,嘉定以后,除出版了叶适所选的《四灵诗选》、赵师秀所选的《二妙集》和《众妙集》,以及引发诗祸的《江湖集》以外,光现在可以确认的由此店编纂刊行的还有以中晚唐为主的唐人诗集小集116种以及南宋江湖诗人小集90种左右(这个数字中包括影宋钞本、翻刻本)①。

---

① 目前最精确且详细的相关研究,有罗鹭先生如下一系列论文。本稿也参考依据了这些研究成果。(1)《〈江湖前、后、续集〉与〈江湖集〉求原》(四川大学中国俗文化研究所《新国学》第八卷,巴蜀书社2010年版,第321—352页)。(2)《书棚本唐人小集综考》(北京大学国学研究院中 (转下页)

　　书棚本，也就是陈宅书籍铺刊行的书籍，从内容上来说几乎都是以所谓的晚唐体诗歌为中心，版式统一，都为十行十八字，而且最大的特征是，原则上都是以一卷本的小集形式陆续出版的。如本文第三节中已经论述的那样，戴复古在陈宅书籍铺以外出版的诗集也都是小集形式，也都是以一卷本的小集为原则。这种形式在南宋后期虽然不一定是陈起的特殊专利，但是出版了这么多种（共计二百种以上），且在内容上保持统一性（以晚唐体诗集为主），在当时没有其他人能够同时实现这两点。因此，把他看作最大力度推行这种按照统一规格进行出版的形式的人，一点也没有言过其实。

　　如上节开头所记述的那样，这种出版形式有两点是非常切合当时时宜的。第一，能够减轻成本收益率的风险。当时的印刷出版业与北宋相比，已经有了显著的发展，但即便如此，仍然可以推测当时出版所需的经费绝不是笔小数目。因此，要让一家民间书肆负担经费，来出版一部数十卷甚至超过一百卷的大部头书籍，这会给经营带来相当大的压力。但是如果是一卷本的话，那么可以相当有效地减轻经费负担。缩减了经费成本，流动资本就更加宽裕，这就可能实现前所未有的崭新的出版计划。因此，这点对于书肆一方来说，也是件一箭双雕的有利条件。因此可以说，正是这一条件使得陈宅书籍铺能够以当代缺乏知名度的江湖诗人为对象，以系列出版物的形式陆续刊行他们的诗集。

（接上页）国传统文化研究中心《国学研究》第三十三卷，北京大学出版社2014年版，第311—336页）。(3)《宋刻〈南宋群贤小集〉版本发微》（南京大学古典文献研究所《古典文献研究》第十七辑下卷，凤凰出版社2014年版，第175—181页）。另外，王岚教授就张宏生教授所列举的138名江湖派诗人仔细调查其诗集的编辑情况，已发表如下论文：王岚《对江湖派诗人小集编刊的初步考察》（日本大学文理学部中国语中国文化学科《中国语中国文化》第12号，2015年，第67—83页）。

　　第二,如果缩减成本的话,那么当然会控制售价。而且,如果是一、二卷的书籍,那么可以常常揣在怀中,方便携带。而且因为是以近体短诗为主的晚唐体诗集,所以对于那些属于传统文化边缘人物的非士大夫阶层的富裕的都市住民来说,无疑也是能比较轻松入门的内容。至少与厚重的经书和史书相比,应该可以说的确如此吧。但即便如此,也还是与浅近卑俗的通俗读物不同,它们确实具备了自《诗经》以来的属于传统雅趣的内容。加之,作者并不仅是遥远的古代诗人,而是呼吸着同一片空气的当代作家,而且其中不光有那些他们无缘接近的处于大雅之堂的高高在上的高级士大夫,还有可以接触到的近在身边的布衣诗人的近作,这点大概也会提高新读者层的购买欲望吧。当时恰逢新读者层以都市为中心而急速形成之时,陈起所实施的统一规格的出版战略正好符合这种新时代的变化。从消费者一方出发,这第二点也是具有吸引力的有利条件,也就是所谓的优点。

　　如此这般,在南宋后期的临安开始流行起了晚唐诗,并且吸引了众多的江湖诗人,其中心有陈起及其书籍铺在坐镇。客观来说,他和其书籍铺创造出了一种传统文化中的新潮流,并且成了这种潮流的最大基地。江湖诗人之一的叶茵(1200—?)赠给陈起的如下诗句[1]很好地显示出当时陈起在他们中间是一种怎样的存在。

　　　　气貌老成闻见熟,江湖指作定南针。

　　从上面的诗句可以想见,当时的陈起远远不止作为一名书商而存在,更是集江湖诗人们的人望和信赖于一身。其他江湖诗人,如赵汝绩(?—?)也曾创作下面这首七绝送给

---

① 　叶茵《赠陈芸居》,见《顺适堂吟稿丙集》,收入《南宋群贤小集》,台湾艺文印书馆1972年版。

陈起①：

柬 陈 宗 之

略约东风客袖寒，卖花声里立阑干。

有钱不肯沽春酒，旋买唐诗对雨看。

诗题中的"柬"字同"简"字。这是一首代替书信而赠人的诗。起句中的"略约"与"约略"同，是"稍稍、略微"的意思。赵汝绩是太宗八世孙，却以布衣终身。字庶可，曾于会稽筑山台，其诗集亦因此而命名。戴复古也有《题赵庶可山台》诗二首②。在诗的后半部分，他写到用买新酒的钱购买（陈起出版的）唐人诗集来读。诗歌前半部分描绘了一个打发客愁的作者形象，这种写法通常暗示接下来将展开饮酒的画面，但此诗却用翻案法来终篇。仿佛在歌咏：对于身处异乡的江湖诗人来说，还诞生了除酒以外的另一种忘忧之物。从中也可以看出这是陈起所创造出的流行的一种反映。

以上述内容为基础，这里想重新对本稿第二节中论及的刘克庄"五稿"进行检讨。即想探讨一下为什么陈宅书籍铺刊行的刘克庄早期诗集不是全集，而是经过严格挑选的选集这个问题。

《后村先生大全集》卷一的开头附有识语："公少作几千首，嘉定己卯自江上奉祠归，发故箧尽焚之，尽存百首，是为《南岳旧稿》。"③根据这句话，刘克庄的第一部诗集只从原稿中严格挑选出十分之一，其余的都被焚毁了。大概第一稿至第四稿也同样

---

① 赵汝绩《柬陈宗之》，见《江湖后集》卷七《山台吟稿》，文渊阁《四库全书》本。

② 北京大学古文献研究所编《全宋诗》卷二八一四，北京大学出版社 1991 年版，第 54 册第 33492 页。

③ 此文看起来似乎是《大全集》的编者所加的按语，但是根据前注 3b 程先生的论文，在新发现的《南岳旧稿》卷末，也揭载着内容几乎完全相同的识语，开头的"公"字作"余"字。如果是"余"字的话，那么就是刘克庄的自注，参照价值更高。

如此吧。侯体健先生关注到了《大全集》所收作品几乎都是编年编集这一事实,调查了收录数量经过若干年后的变化,指出刘克庄在晚年的十九年间,年平均的作品数量相比于之前的 30—40 首,增加了约四倍,变成了约 160 首。他还论述了刘克庄的自编意识也从青壮年时期的"求精"态度——只是将经自己严格筛选后的佳作呈献给世人,到晚年时则转变为"求全"的态度——努力保存全部作品,似乎为了用自作诗歌构成一部细致的自传①。

　　侯先生这一观点极其重要,他指出的也应该是正确无误的。但是至少从"五稿"来说,将经过精心挑选的一百首左右作品收在一卷内,这种编集态度与陈宅书籍铺书棚本的规格也是完全一致的。所以这不仅是著者刘克庄的意愿,还应该将出版者兼编者陈起的想法考虑在内一并进行考察吧。从【附录】可以看出,陈宅书籍铺除了一部分例外以外,都是以出版一卷的小集作为基本营业方针的,这理所当然也会要求著者一方的诗稿作品数量与之相符。从现存书棚本也可以看出这样一些痕迹。

　　例如,张至龙的《雪林删余》(【附表】44)自序中有"比承芸居先生,又为摘为小编,特不过十中之一耳"一句,说明他受陈起委托,从自作中严格挑选出了十分之一。像本稿第四节中提到的那样,许棐也将经过自己严格挑选的诗稿送给陈起,再由陈起对此稿进行筛选。因此,刘克庄的"五稿"也是这样,即便作品的选定是由他一人进行的,那么他也很可能是事先就了解陈宅书籍铺的规格,然后再自己进行筛选的。也就是说,刘克庄对待"五稿"的"求精"态度也可以解释为:不完全是出于他个人纯粹的自发性要求,倒不如说是陈宅书籍铺的统一规格,再加上编者陈

---

① 　参考前注侯体健先生的论文。

起要求才如此的。

　　一部诗集在上梓刊行前的过程大体可以分为三个阶段。第一是著者自己对旧稿进行整理的阶段,第二是由编者加以编集的阶段,然后第三是将完成编集的诗稿刻板并进行印刷,进入流通渠道的阶段。至南宋中期为止,至少第一、第二个段阶完全是由士大夫进行的。自编的情况自不用说,即便是由他人编集的情况,也大抵是由子孙和门人、知己好友担当其任的,可以说是与该诗人有关的亲朋,也就是由属于士大夫阶层的人们着手进行的。即便是进入第三个阶段,如果是由士大夫一方准备出版资金,那么就成了官刻或家刻,即使书籍实际上是由民间书肆制作的,也几乎没有民间书肆对编集插嘴的余地。即便完全是坊刻,只要是士大夫的著述,便可推测著者或者编者的发言权非常大,书肆大多起的只是承包性的作用。

　　然而,如果仔细研究陈起书籍铺的出版活动,那么很显然这种由士大夫主导的稳定的三者关系已经发生了明显且巨大的变化。一言以蔽之,编者所占的比重增加,编者开始对著者提出强制性要求。当然,其中还混杂着营利这一对民间书肆来说关乎存亡的问题。不过从结果上来说,专业编集者为了制作出销量好的书籍,对著者提出的要求越来越多,这与现代出版业是一样的,而这种现象早已出现在陈起和他周围的诗人们之间。

　　当然,陈起并不是对所有诗人都同样严格要求。例如,他曾经出版了当时的大官郑清之的《安晚堂诗集》十二卷(【附录】14)。按照陈宅书籍铺的大方针来说,这次刊行的诗集从分量上来说是一次破例,但其背景是:郑清之在陈起因江湖诗祸得罪之际提供了支援,他的进言减轻了陈起之罪,因此这次刊行很可能是为了报恩吧。另外,他还刊行了江湖诗人戴复古和周弼四卷本的诗集(【附录】10、28)。这大概是因为两人已经在巷间确立了诗名,所以受到了特别的对待吧。但是除了这些少数的例外,即便是士大夫的诗集,他也几乎都是严格地按照书籍铺的原则执行的。因此,当时刘克庄只不过是个处于少壮时期的士大夫诗人,他的"五稿"也按照陈起设立的书籍铺原则进行出版,这一点也没有不合情理。

这里再附上一点与新发现的"五稿"相关的事情。程章灿先生曾将"五稿"与五十卷本《后村居士集》以及二百卷本《大全集》进行对照,并且指出其中的异同之处,提出了各种疑问,但其中问题较大的主要有两点疑问。即:第一,"五稿"的现存四种都在卷首明确记载了收录数量为"诗一百首",但是实际上都不是一百首,所记与收录作品数存在龃龉;第二,为什么唯独缺少《第二稿》,其原因是什么?

当然,针对这两点疑问,也完全可以认为前者可能只是标出了个概数而已,后者则是因某种偶然契机,在传承过程中唯独遗失了《第二稿》吧。但是笔者在这里想大胆地从陈宅书籍铺的角度进行考虑,来陈述笔者的猜想。

笔者推测,此"五稿"并非嘉定年间的原刻本(初刻本),而是诗祸事件(宝庆三年,1227)发生后不久,更确切地说,是绍定六年(1233)权臣史弥远去世以后,在对版木进行了最低限度修正以后增刷的刊本。所记与收录作品数的龃龉可能是因此时进行了微调而产生的。由诗祸事件而颁布的发卖禁令以及烧毁板木的命令,所针对的对象都是那些收录了朝廷认为有问题的作品的集子。根据当时文献的记载可知,御史台认为的刘克庄有问题的作品是《落梅二首》与《黄巢战场》,而这些作品都收在《第二稿》中。因此可以猜想,"五稿"中只有《第二稿》的板木是废弃的对象。另一方面,其他四种诗稿通常应该会被置之不管,因此在诗祸的势头渐渐冷却时,他又利用初刻本的版木,加以一些修正后进行增刷。

　　另一方面，《第二稿》的版木已经不存在了，如果要和其他四种诗稿一起再刊的话，那么非得再次雕刻版木不可。因为这部诗集中收录了一些容易引起人注意的作品，所以即使重新雕刻板木后除了回收成本以外，估计还有剩余利润，但陈起却没有选择这样做。原因是：虽然曾极、敖陶孙、赵汝谠、刘克庄以及陈起五人都因为诗祸被问罪，但其中受到实际损失最大的是陈起。其他四人都是士大夫，或受到降职处分，或被贬谪，总体来说都是比较短期的轻度处分而已。相比之下，陈起却是流罪，而且还接到了废弃板木的命令，遭受了实质性的损失。板木对于书肆来说是最大的财产。店主既然已经不在店中，连一部分板木也被烧毁，再加上官府的监视，这会给书肆的经营造成极大的障碍吧。因此，虽然同样都是与诗集相关的伙伴，但此刻陈起一定深刻感受到了他与四位士大夫之间存在着不可逾越的鸿沟。再加上，他也一定真切感受到了一家民间书肆在招致了权臣怨恨时的那种恐怖感吧。因此在诗祸的风声已经过去，准备重刊"五稿"时，即使没有任何干扰，他也会把诗祸当作一次教训。为了杜绝后顾之忧，才没有着手重新雕刻《第二稿》的板木吧。

　　程章灿先生在解释"五稿"中惟独缺少《第二稿》的原因时，引用了最早向学界介绍"五稿"学术价值的程有庆先生的推测①。程有庆先生认为这可能是由于当时禁令非常严格，收藏这部诗集的藏家害怕会连累自己而受到处分吧。但是笔者推测事实并非如此，新发现的"五稿"原本就不是嘉定年间的初刻本，而是诗祸后的增刷本，当时《第二稿》并没有收在"五稿"中进行贩卖。笔者想将《第二稿》的缺失解释为：这反而能真实地向后世传达出陈起的深谋远虑。当然，这种推测并没有任何根据，也

---

① 　程有庆《〈南岳旧稿〉追忆》，《藏书家》第 12 辑，齐鲁书社 2007 年版，第56—63 页。

有可能只是笔者的臆测吧。

七、结语
—— 士大夫诗人和布衣诗人与各自刊行的诗集

以笔者之前论述的内容为基础，可以将唐宋六百五十年大体区分为三个时期。

第一期从唐初至北宋中期。可以概括为：诗人在生前自编自撰集的行为受到媒体环境或者媒体条件的左右，但已经在逐渐普遍化的时期。

第二期从北宋后期至南宋初期。媒体环境从先前由写本独占的时代转变为写本与印本并存的时代，但是诗人并没有立刻实现在生前刊行诗集，直到北宋后期，也就是十一世纪后半期，才以苏轼为嚆矢最终得到实现。但是当时执诗坛牛耳的士大夫们一概对民间出版采取批判态度，也没有找到例子证明他们自己曾在生前刊行过自撰集。这种状况一直持续到了十二世纪半。

第三期从十二世纪后半期至宋朝灭亡的瞬间。南宋中期时，进入印刷时代已经过了约两个世纪，这才终于出现了历史上首次由士大夫率先亲自在生前刊行自撰诗集的现象。陆游和杨万里二人几乎在同一时期刊行了自己的诗集，尤其是杨万里，他并不拘泥于此前士大夫们普遍表现出的保守态度，他将自己的诗集以"一官一集"的速度陆续刊行。此后，直至宋朝灭亡为止的六七十年之间，士大夫诗人自不用说，就连布衣诗人也陆续在生前开始刊行自撰诗集。

以上所述三段时期的变化可以说是以一种紧跟媒体环境变化的形式进行的。三段时期当中变化最大的是第三期，但是如果之前没有民间出版业的成熟，是不可能出现的。当代的情报由印刷而传播的现象已经日益浸透,终于开始以当代文学为对象,这最终改变了文化保守的士大夫们的想法。这种变化的分界线就是在南宋中期产生的,更确切地说,是由于杨万里的选择,才促成了诗集在生前的刊行吧。

然而,如果关注最后的半个多世纪会发现:当时的确存在着士大夫诗人和布衣诗人两个层次。虽然出现了杨万里这样的先例,但是对于一般的士大夫而言,"文"的顺序还是要比"官"和"学"的位置低得多。因此对他们来说,被当代人称赞为"诗人"并不完全是件值得庆幸的事。但是对于布衣来说如何呢? 他们与士大夫一定是完全相反的吧? 被士大夫看作"诗人",这意味着在构成士大夫的文化要素中,至少有一个领域他们是受到了认可的,所以至少在文化上来说已被认为是"士",地位在"庶"之上。而且,如果能在生前刊行自撰诗集的话,也确实会增加士大夫社会公认他们是"诗人"的可能性吧。因此,对于布衣来说,在生前刊行自撰诗集一事比对士大夫来说,远远具有更加重要的实际意义。这样,虽然是同一类行为,但由于社会身份的差异,也具有了完全相反的社会意义。对于那些把作诗当作唯一武器来进入上层社会的人来说,所刊行的自撰诗集具有十分重要的意义。

只要想象一下当今现实社会中那些以作诗为职业的职业诗人的处境,就很容易理解这点了。连一册诗集也没有公开刊行过的人,可能我们很难把他称为诗人吧。当然,现代的职业诗人和十三世纪的江湖诗人并不能等同,但是至少可以说,江湖诗人借助了陈起这位世上少有的出版赞助商之力,向现代职业诗人的方向迈进了一大步,这并没有言过其实吧。

本稿中屡次提及的侯体健先生,在对诗人进行界定时提出了非常有意思的观点①。侯先生引用了刘克庄和宋代的遗民、同时也因其为《心史》的著者而知名的郑思肖（1241—1318）的话语②，论述了在宋元朝代更替时期到底有哪些人被看作"诗人"。刘克庄和郑思肖都将当时的名人划分为几种类型进行叙述，但奇怪的是两人都对"诗人"拥有几乎相同的认识。

所引刘克庄之文是作者为"以诗游江湖"（元韦居安《梅涧诗话》卷下）的天台刘澜（字养源，号江村）的四卷诗集所作的跋文，其中他围绕着批评诗的只能是"诗人"，也就是"诗之本色人"的观点展开论述。这里的"诗人"与"诗之本色人"同义，相当于专业诗人的意思。刘克庄断定为刘澜诗集作序的同乡方蒙仲（1214—1261）是"文章之人"，并不是"诗人"，然后又反过来说自己"少有此癖"，坦言自己在年轻时期便耽于作诗，但此后一直为俗务缠身，"入山十年"后，才终于像一位本色人了，但此后又成为词臣，日夜作的都是职务文字，绝笔不再作诗，最终变得与方蒙仲完全没有两样了。年轻时期是指《南岳五稿》的时代。"入山十年"可能是指淳祐十二年（1252）他在六十六岁以后寓居在莆田的八年时间。不论如何，晚年的刘克庄在回顾自己一生时，认为自己并不是真正的诗人。

郑思肖则更加具体地列举了人名，将活跃在理宗时期的人物进行了归类。其中，郑思肖认为是"诗人"的共有 21 名："徐抱独逸、戴石屏复古、敖臞庵陶孙、赵东阁汝回、冯深居去非、叶靖逸绍翁、周伯弢弼、卢柳南方春、翁宾旸孟寅、曾苍山几、杜北山

---

① 侯体健《晚宋の社會と詩歌》（勉诚出版，アジア遊學 180《南宋江湖の詩人たち中國近世文學の夜明け》，第 36—47 页，河野贵美子翻译，2015 年3 月）。

② 刘克庄的文章名为《跋刘澜诗集》（《刘克庄集笺校》卷一百九，第十册第4520 页），郑思肖的文章名为《中兴集自序》（《郑思肖集·中兴集》卷尾，上海古籍出版社 1991 年版，第 99 页）。

汝能、翁石龟逢龙、柴仲山望、严月涧中和、李雪林龏、严华谷粲、吴樵溪陵、严沧浪羽、阮宾中秀实、章雪崖康、孙花翁惟信”。其中加了下划线的五人,名字见于【附录】揭载的现存书棚本名单。此外再参照张宏生先生界定的属于江湖派诗人的138人①,也至多只能加上带波浪线的三人。虽然至今经历未详者也很多,但至少这些人中没有高级官僚,全都是下级士大夫或者布衣,几乎可以将这些人都看作江湖诗人一类吧。

如上,到了唐宋六百五十年的最后半个世纪,“诗人”开始从官僚、从学者、甚至从文章家中独立出来,明确缩小了所谓的以作诗为专业的人的范围,使这种人的轮廓也开始变得更加清晰。虽然刘、郑二人自己没有提及,但是从他们两人看来,唐宋士大夫诗人的代表如韩、柳、元、白、苏、黄、杨、陆等,在他们眼中也许都不是单纯的“诗人”吧。而且,如果笔者的考察②是正确的话,那么正是因为他们自己本身也有浓淡之差,所以没有必要一定选择让别人把自己看成“诗人”。如笔者曾撰文论述的那样③,宋末元初是一个传统文艺的通俗化急速发展的时代。就诗歌来说,作者层的范围扩大,作者人口增加。在这种变化中,传统文艺的专业化或者分工细化也在同时进行着。

但也不能因此马上断定,传统诗歌的重心在这时便已经迅速从士大夫移到了布衣。而且也并非意味着专业诗人的诗已经从质量上凌驾于士大夫的诗歌之上。诗坛的中心仍然是士大夫阶层。虽说如此,在士大夫阶层的边缘,确实出现了另一个中

---

① 张宏生《江湖诗派研究》附录一“江湖诗派成员考”,中华书局1995年版。

② 本文第1页注①(2)提到的拙稿中已经论述了这个问题。

③ 参考拙稿《古近體詩における近世の萌芽——南宋江湖派研究事始》以及《宋末元初の文學言語——晚唐體の行方》(日本中国学会《日本中國學會報》第64集,第171—186页,2012年10月)、《轉回する南宋文學——宋代文學は“近世”文學か?》(名古屋大学中国文学研究室《中国语学文学论集》第26号,第1—10页,2013年12月)。

心。而且不难想象，在这个中心活跃的专业诗人们，是一边感受着来自市民阶层中的读者兼作者的热烈视线，一边积极进行创作活动的。这一点也可以看作是宋末元初的特征。如上所述，这种新的发展是由于陈起这位职业编辑者和江湖诗人这批专业诗人的合作而产生的。这里姑且不评价这到底应该看作是传统诗歌的衰退还是进化，但是笔者想在这里再强调一点，这种合作确实是向着现代我们的方向迈进了一大步的决定性瞬间。

【附录】 南宋江湖诗人现存书棚本诗集概况

○本表以《南宋群贤小集》(新文丰出版公司，《丛书集成三编》所收台北"中央图书馆"所藏南宋刊本影印)以及《南宋六十家小集》(上海古书流通处影印，明毛晋汲古阁影宋钞本《南宋六十家小集》)中所收的各人诗集为对象。

○带下划线的 13、14、22、31、36、39、44 等七种诗集在《南宋群贤小集》未收，只在《南宋六十家小集》有收录。

○用阴影标出的 06、33、40、45、53、57、62 等七种别集没有采用书棚本的标准版式(十行十八字)，但可能是属于书棚本。而且都收录在上记两种丛书当中，与各种江湖诗集非常接近。因此这次包括在调查对象当中。可参考罗鹭《书棚本唐宋小集发微》(《第二次南宋江湖诗派国际研讨会数据集》2012 年10月)

○为了显示出诗人活跃时期的分布，本表按出生顺序排列。并且将 15 年到 20 年左右的时间设为一个时代，分为Ⅰ—Ⅳ期。只是，大部分江湖诗人的生卒年未详，因此只是方便起见的大致区分。原则上各代最前面所列的是生(卒)年已知的诗人，未详的诗人则一律排在后面。

○数字上加黑色方框的表示没有担任过官职的非士大夫诗人。

	诗人名	生卒年	诗集名	卷数	叶数	篇数	参考
参	陆游	1125—1210					
考	范成大	1126—1193					
	杨万里	1127—1206					
	叶适	1150—1223					
I							
1	张良臣	?—1187	雪窗小集	1	6	34	1163 进士
2	刘过	1154—1206	龙洲道人诗集	1	26	105	补遗 1 卷 3 叶 12 首
3	敖陶孙	1154—1227	臞翁诗集	2	11/11	22/24(46)	
4	徐照	?—1211	芳兰轩集	1	21	104	补遗 1 卷 1 叶 3 首
5	姜夔	1155?—1221?	白石道人诗集	1	32	166	
6	周文璞	?—1221	方泉先生诗集	3	7/29/28/27	80/77/95(252)	与姜夔交游
7	徐玑	1162—1214	二薇亭集	1	22	104	
8	葛天民	?—?	葛天怀小集	1	20	93	与刘过并称为"庐陵二刘"
9	刘仙伦	?—?	招山小集	1	10	33	
II							
10	戴复古	1167—?	石屏续集	4	10/5/6/5	36/18/23/31(108)	
11	赵师秀	1170—1219	清苑斋集	1	30	132	补遗 1 卷 3 叶 9 首

续 表

序号	诗人名	生卒年	诗 集 名	卷数	叶 数	篇 数	
12	高翥	1170—1241	菊涧小集	1	11	107	
13	赵汝镶	1172—1246	野谷诗稿	6	11/11/13/13/13/18	28/21/38/60/67/67(281)	
14	郑清之	1176—1251	安晚堂诗集	7	各10	45/46/29/21/29/42/34(246)	12卷中,存卷6—12计7卷
15	薛师石	1178—1228	瓜庐集	1	24	112	
16	刘翰	?—?	小山集	1	6	23	1184进士
17	高似孙	?—?	疏寮小集	1	5	13	1187进士
18	危稹	?—?	巽斋小集	1	6	24	1187进士
19	翁卷	?—?	苇碧轩集	1	26	121	补遗1卷4叶15首
20	杜游	?—?	瓣斋小集	1	6	19	从吕祖谦(1137—1181)学
21	沈说	?—?	庸斋小集	1	11	53	宁宗时由上库登科
Ⅲ							
22	岳珂	1183—1234	棠湖诗稿	1	16	100	
	刘克庄	1187—1269	*南岳旧稿	1	?	101	《南岳五稿》。2006年发现于福建福清一古宅中。共有81叶,缺第二稿。
			*南岳第一稿	1	?	?	
			*南岳第二稿	?	?	99	
			*南岳第三稿	1	?	96	

续 表

	诗人名	生卒年	诗 集 名	卷数	叶 数	篇 数	
23	许棐	? —1249?	*南岳第四稿	1	?	97	
			梅屋诗稿	1	22	112	
			融春小缀	1	5	26	
			梅屋第三稿	1	3	15	1234—1239の作
			梅屋第四稿	1	7	37	1239—1243の作
24	陈起	? —1256	芸居乙稿	1	19	76	1244の作
			芸居遗诗	1	11	52	
25	吴渊	1190—1257	退庵先生遗集	2	9/11	诗16词2	
26	姚镛	1191—?	雪蓬稿	1	7.5+8.5	诗35+杂著14	
27	林希?	1193—?	竹溪十一稿诗选	1	24	108	
28	周弼	1194—?	汶阳端平诗隽	4	12/？/14/10	28/53/53/64(198)	歌行/五律/七律/绝句
29	李龏	1194—?	梅花衲	1	33	七绝147+五绝65	集句
			剪绡集	2	9/19	乐府28/七绝92	集句
30	释绍嵩	1194—?	亚愚江浙纪行集句诗	7	14/12/13/16/9/8/9	七绝147+五绝65 55/47/54/51/55/55/59(376)	集句

续 表

	诗人名	生卒年	诗集名	卷数	叶数	篇数	
31	叶绍翁	1194?—?	靖逸小集	1	10	48	与葛天民、陈起交游
32	罗与之	1195?—?	雪坡小稿	1	?	65	
33	刘翼	1198—?	心游摘稿	1	4	19	1261 林希逸序
34	宋伯仁	1199—?	雪岩吟草	1	18	100	西塍集（1238—1239之作）
35	叶茵	1200?—?	顺适堂吟稿甲集	1	15	70	
			乙集	1	15	70	
			丙集	1	16	70(280)	
			丁集	1	9	42	1218 丁楢跋
36	张弋	?—?	秋江烟草	1	23	112	与周弼、赵师秀交游
37	释永颐	?—?	云泉诗集	1	9	39	与戴复古、朱自逊交游
38	邹登龙	?—?	梅屋吟	1	13	54	与陈起、陶孙交游
39	陈鉴之	?—?	东斋小集	1	7	32	名著于宝庆(1225—1227)间
40	赵希橘	?—?	抱拙小稿	1	8	七绝 47	名著于宝庆(1225—1227)间
41	武衍	?—?	适安藏拙余稿	1	11	53	
42	胡仲参	?—?	适安藏拙乙稿	1	15	75	绍定(1228—1233)间与陈起交流

续 表

	诗人名	生卒年	诗集名	卷数	叶数	篇数		
			竹庄小稿					
43	朱继芳	1208—?	静佳龙寻稿	1	11	七绝100	1232进士	与张至龙同里
44	张至龙	1208?—?	静佳乙稿	1	18	86	同岁	
45	薛嵎	1212—?	雪林删余	1	12	67	1255自序	
			云泉诗	1	58	277	1256进士	
46	王同祖	1219—?	学诗初稿	1	17	七绝100	1240自序	
47	林同	?—1276	孝诗	1	61		刘克庄序	
48	俞桂	?—?	渔溪诗稿	2	7/7	39/42(81)	1232进士	
			渔溪乙稿	1	7	36		
49	朱南杰	?—?	学吟	1	11	42	1238进士	1248自序
50	利登	?—?	骰稿	1	20	71	1241进士	
51	施枢	?—?	芸隐横舟稿	1	15	76	1240自序	
			芸隐倦游稿	1	21	101		
52	黄大受	?—?	露香稿拾稿	1	10	34	1241郑清之跋	
53	张蕴	?—?	斗野稿支卷	1	12	62	与施枢交游	
54	吴惟信	?—?	菊潭诗集	1	7	34	与施枢、高似孙唱和	

续表

序号	诗人名	生卒年	诗集名	卷数	叶数	篇数	
55	王琮	?—?	雅林小稿	1	6	29	嘉熙间为江东安抚司参议
56	徐集孙	?—?	竹所吟稿	1	26	122	与叶绍翁、林洪交游
57	李涛	?—?	蒙泉诗稿	1	6	24	与林洪交游
58	林尚仁	?—?	端隐吟稿	1	12	54	1251 陈必复序
59	释斯植	?—?	采芝集	1	16	89	
60	毛珝	?—?	采芝续稿	1	11	53	1256 自跋
61	陈必复	?—?	吾竹小稿	1	17	82	1258 李犨序
62	黄文雷	?—?	山居存稿	1	6	28	1250 进士
			看云小集	1	13	52	1250 进士与利登、赵崇嶓、曾原一等为诗友
63	邓林	?—?	皇荂曲	1	11	50	1256 进士 1251 萧泰来序
64	赵崇鐰	?—?	鸥渚微吟	1	8	48	宋亡隐居
65	陈允平	?—?	西麓诗稿	1	20	86	元初,与周密、张炎交游
66	何应龙	?—?	橘潭诗稿	1	7	七绝 42	与陈允平交游
67	吴汝弌	?—?	云卧诗集	1	3	11	从包恢 1182—1268 学
68	葛起耕	?—?	桧庭吟稿	1	7	30	与赵崇㻞(1256 进士)交游
未详							
69	余观复	?—?	北窗诗稿	1	4	12	

(作者单位:日本早稻田大学。四川大学 张淘译)

明代后期嘉定文人群体诗学旨趣论析

——以徐学谟及"嘉定四先生"为中心

郑利华

在明代后期,作为江南文化重镇之一的嘉定地区,文人学士层出,形成了具有一定规模和影响的交游群体,其也成为该地区文学势力相对活跃的一个显著表征。这当中,人称"以文章气节高天下"、天下之士"睥睨下风"①的徐学谟,以及"读书谈道,后先接迹"②的唐时升、娄坚、程嘉燧、李流芳等"嘉定四先生",就曾活动其间。由徐氏与稍后继起的四先生关系而言,特别是他万历十一年(1583)自礼部尚书任上解职归田之后,与唐、娄、程三人多有交往,或"岁时文酒之会,必召与焉"③,或"风花之朝,雪月之夕,有倡俾和,无欢不极"④,相与唱和游集,联络较为密切。这也正是我们将诸人视作一个具有交往关系的文人群体的重要缘由,而他们的有关活动,自然又是我们考察嘉定地区文学状貌乃至于明代后期文坛发展演变趋势不应忽略的一个环节。本文所要展开探析的,乃徐学谟和"嘉定四先生"表现在诗学观

---

① 申时行《寿大宗伯徐公六十序》,《赐闲堂集》卷十五,明万历刻本。
② 钱谦益《嘉定四君集序》,钱仲联标校《牧斋初学集》卷三十二,上海古籍出版社1985年版,第922页。
③ 程嘉燧《徐孺毅绣虎轩遗稿序》,《耦耕堂集》文编卷上,《续修四库全书》影印清顺治刻本,上海古籍出版社2002年版。
④ 娄坚《祭徐太母金夫人文》,《学古绪言》卷十七,影印文渊阁《四库全书》本,台湾商务印书馆1986年版。

念上的基本旨趣,同时冀望通过这方面的究讨,进一步窥探其同明代后期文坛的发展趋向与嘉定地区的人文传统所构成的特定联系,以及由此呈现的具体的文学反应。

一

从徐学谟和"嘉定四先生"的诗学主张观之,其中值得关注的是他们关于诗歌宗尚问题的论说。首先探察徐学谟的有关说法。他在《蕲水集序》中指出:

> 诗之不昌于今之世也,余知之矣。夫艺以专工,精由分解,悬虱于牖间,十年而视之,大如车轮,一彀而贯其心。此无他,精专故也。其于诗也亦然。唐人以诗取士,士匪诗弗习,故一代骚客墨卿,直追轶《风》《雅》,而后之射艺者,辄以唐诗为的。至于今学士大夫宗习尤盛,然操觚之徒,辄以不能造其域、咿其戡为病。此何以故哉?则士之趣舍异也。昔宋人以谈学为诗障,夫学何足以障诗,由习心胜而天机匮也。矧今世儒生家瞿一生之力役其精,以副有司之绳尺,所谓竞进取于蒙昧间,有得有不得焉。不得者,已不敢他有所为;幸而得之者,令舍从事以殉心于故所不便之习,辟之吴侬中岁学齐语,夏畦改听焉,乃转展棘涩,即令齐人听之,犹吴语耳。诗之不能为唐也,独气运哉?①

据序所述,令人注意的是其中涉及对唐、宋诗歌的评骘。作者以为,唐人精专于诗,其一代之作可以"追轶《风》《雅》",以至后人所业,遂以唐诗为标的。比照起来,宋人谈学议论,因为"习心胜而天机匮",不可避免地影响到了诗歌创作。这里,识别唐、宋诗

---

① 《徐氏海隅集》文编卷五,《四库全书存目丛书》影印明万历刻本,齐鲁书社1997年版。

歌在审美价值上的时代差异的评判意识是显而易见的。与此同时,序中针对时下学士大夫的诗风提出质疑,在徐学谟看来,问题的症结并不在于他们以唐人诗歌相效习的宗尚取向,而在于其宗唐却不能"造其域、哜其胾",无法达到唐人的创作之境。至于今人所习之所以不能臻于唐人的创作境域,还不仅仅在于"气运"不同,且更在于士人"趣舍"有异。这一点,也可说是从反面提示唐诗在古典诗歌系统中具有的典范意义。

如果说,以上《蕲水集序》关于唐、宋诗歌的评述,已多少能够见出徐学谟主张学古而推崇唐音的一种倾向性态度,那么,他在《齐语》中对于盛唐诗歌的标举,则更明晰地显示其尊尚唐诗尤其是盛唐之音的意向,如云:

> 盛唐人诗,止是实情实景,无半语夸饰,所以音调殊绝,有《三百篇》遗风。延及中唐、晚唐,亦未尝离情景而为诗,第鼓铸渐异,风格递卑,若江河之流,愈趋而愈下耳。如卢纶《晚次鄂州》诗,全似王维,起句"云开远见汉阳城,犹是孤帆一日程",何等俊爽。颔联"估客昼眠知浪静,舟人夜语觉潮生",便落想象矣。晚次而日昼眠,鄂州岂有潮生,后人知赏其辞,而不知其景之不对也,毫厘之差,诗品遂落矣。①

由上所述可见,作者将盛唐与中唐、晚唐诗风相区隔,自然是为了说明有唐一代诗歌的阶段性变化之趋势,标榜盛唐之音在唐代诗歌演化进程中的价值优势和独特地位,这就是徐学谟所理解的所谓盛唐人诗无所夸饰的于"实情实景"的呈现。他举"大历十才子"之一的卢纶七言律诗《晚次鄂州》为例,也无非要诠证相比于盛唐,中唐以降诗风逐渐超脱"实情实景"而发生变异,乃

---

① 黄宗羲编《明文海》卷四百八十,影印文渊阁《四库全书》本,台湾商务印书馆 1986 年版。

至诗歌品格趋向沦落。概言之,在推崇唐代诗歌的基础上,徐学谟同时注意分辨有唐一代诗风的阶段性差异,重以世次论诗,尤以盛唐之音为标格。

不独如此,对有唐诗歌特别是盛唐之音,无论推许其可以"追轶《风》、《雅》",抑或标示其"有《三百篇》遗风",实际上又表现出徐学谟在诗歌学古问题上所秉持的一种追本溯源的立场,是以观其主张的诗歌宗尚统绪,成于原初时期且具经典意义的《诗经》与近于古源的汉、魏诗歌,同时被作为古典诗歌系统中的源本得以标立。如其《刻庚申稿序》云:"夫古诗《三百篇》尚矣,而要以关政理,系风谣俗变之大者为至。"①嘉靖年间,汪道昆在襄阳知府任上,"尝摘梁昭明《文选》中所载屈原、宋玉《离骚》、《九辩》诸篇,至于刘向、王逸而止,诗自战国荆轲《易水》,迄于齐、梁间人,厘为五卷,名之曰《骚选》",徐为作序亦曰:"《三百篇》尚矣,十三国之所陈多闾谈巷语,然今后世学士大夫有不能袭其一词者,何则?情之所至,天且弗违,而况于人乎?已降而为《骚》,几于怨矣,又降而为汉、魏五言,比于绮矣,然词尚体要,沨沨乎婉而则也,其风人之遗乎?"且以为:"是编出,学者将弃去今人之所为,溯汉、魏以上薄《风》、《雅》,词家渊璞,或于是乎?"②这意味着,《诗经》而下,汉、魏及唐代诗歌尤其是盛唐之音,被徐学谟视为诗歌宗尚的重要范本而予以推举。由是,他致友人书札曾劝导对方,以为"书之宜读者,惟五经、子史、七大家文字,汉、魏、盛唐诗与本朝典章条例"③。其杂著之一《廛谐》亦谓:"诗自《三百篇》至盛唐,而风雅独存,逞浮夸者别为一体。"④追究起来,这一自《诗经》以下尤尚汉、魏、盛唐诗歌的宗

---

① ② 《徐氏海隅集》文编卷五。
③ 《与司武选书》,《徐氏海隅集》文编卷三十。
④ 《归有园稿》文编卷十一,《四库全书存目丛书》影印明万历刻本,齐鲁书社1997年版。

尚统绪自有所本。远的来说,如宋人严羽在其《沧浪诗话》中即提出"以汉、魏、晋、盛唐为师,不作开元、天宝以下人物",是为学诗者"入门须正,立志须高"①的基本习学路数,从"借禅宗以立诗"②的角度言之,即以"汉、魏、晋与盛唐之诗"为"第一义"③。近的来说,特别自有明弘治和嘉靖年间以来,以前后七子为代表的诗文复古流派相继崛兴,其于诗不仅尊奉《诗经》为古典诗歌系统中最具原始古朴特征之宗主,如李梦阳《潜虬山人记》藉山人佘育之口,谓"《三百篇》色商彝周敦乎,苔渍古润矣"④,王世贞称"《三百篇》,诗之大宗也"⑤,而且着力建构古体以汉、魏为尚,近体以盛唐为尚的复古体系,如前七子之一的康海强调"夫文必先秦、两汉,诗必汉、魏、盛唐,庶几其复古耳"⑥,大体可以概括诸子所宗的基本主张。

就徐学谟而言,其生平和复古派诸士尤其是身为后七子领袖人物的同郡王世贞,有过较为密切的交往。据徐学谟《弇州公像赞序》所述,徐、王之间有"四十馀年兄弟之好",嘉靖二十二年(1543),二人同中应天乡试,其时彼此"最称莫逆"⑦,可见其早年交谊已较深,关系非同一般。嘉靖二十九年(1550),徐学谟举进士,授兵部职方司主事,已改吏部稽勋司主事,入内阁管制敕。时值王世贞自嘉靖二十六年(1547)进士中第后官于刑部,获交

---

① 郭绍虞《沧浪诗话校释·诗辨》,人民文学出版社 1961 年版,第 1 页。

② 林俊《严沧浪诗集序》,《见素集》卷六,影印文渊阁《四库全书》本,台湾商务印书馆 1986 年版。

③ 《沧浪诗话校释·诗辨》,第 11 页。

④ 《空同先生集》卷四十七,影印明嘉靖刻本,台湾伟文图书出版社有限公司 1976 年版。

⑤ 《送李伯承之新喻令序》,《弇州山人四部稿》卷五十五,明万历刻本。

⑥ 王九思《明翰林院修撰儒林郎康公神道之碑》,《渼陂续集》卷中,明嘉靖刻本。

⑦ 《归有园稿》文编卷十四。

诸同道,徐氏亦曾阑入其中,"相与修觞酒觚翰之政"①。其后徐学谟虽"或出或处,或远或近",与王世贞"晤语之日少矣",但其特别自万历十一年(1583)解职归田之后,则与王世贞"更大展平生,信宿往来,绸缪缱绻,谈禅论艺,妙契如函","于是有东林之约,有洛社之盟"②,彼此游集与论议似更为契密。而王世贞自言其自万历四年(1576)解郧阳督抚任后,"屈指贵游申文外之好者,得十人",徐氏入列其中③。又徐学谟《祭王大司寇文》,除了表达对王世贞自早年起主盟文坛、影响艺苑的倾慕之意:"冠年通籍,翱翔艺苑。掉臂升坛,指挥群彦。片语峥嵘,千秋弁冕。"还忆及与晚年王世贞往还之情形:"我来访公,坐我茂林。桑榆兄弟,缱绻弥深。香山之约,相对披襟。"④也提示当时二人的交往十分密洽。而仅检其诗集,其间相互之间的酬赠唱和颇多⑤。

---

① 王世贞《陈于韶先生卧雪楼摘稿序》:"余为郎燕京时,颇得游诸名隽间,而诸名隽独盛于庚戌之对公车者,若吴兴徐子与、武昌吴明卿、广陵宗子相、南海梁公实,以气谊相激昂还往,至穷昕夕亡间。未几而豫章余德甫、铜梁张肖甫、郢上高伯宗、吾郡徐子贞亦阑入焉,相与修觞酒觚翰之政。是六七君子不以余之不佞而收其似。"《弇州山人续稿》卷四十四,明刻本。

② 徐学谟《弇州公像赞序》,《归有园稿》文编卷十四。

③ 王世贞《余自解郧节归耕无事屈指贵游申文外之好者得十人次第咏之·徐中丞学谟》,《弇州山人续稿》卷三。

④ 《归有园稿》文编卷九。

⑤ 如徐学谟有《寄赠王元美司寇避居东乡修道》、《王元美司寇六十初度赠诗》、《王司寇元美相别四年兹枉顾山居作十二韵》、《和王元美司寇见过之作用韵》、《和司马公饮归有园之作用韵》、《承司马公再叠予作仍用韵劝驾迭赓二首》、《三叠王少司马韵再寄趣驾》、《王大司寇枉顾留酌山园集诸文学有赠》、《司寇公以诗来谢颇忆旧事用韵却寄》、《陪王大司寇集伯隅园是日公有酒肉之禁》、《奉和司寇公集伯隅园之作用韵》、《祁江秋泛王大司寇元美寄书见怀偶谈时事并惠诗扇用韵奉答》、《王大司寇予告归访之弇山园》等诗,见《归有园稿》诗编卷一、三、五、六;王世贞则有《过大宗伯徐公作》、《徐大宗伯归有园留宴作》、《叠前韵奉酬徐宗伯见和之作时公有书劝驾诗尾亦及之》、《叠前韵和徐宗伯归有园见和之作》、《三叠韵徐宗伯劝驾之作》、《三叠韵和徐宗伯大士斋韵》、《过大宗伯徐公留饮山池出所欢明童佐酒》、《饮徐公归有园后旋过乃婿张伯隅园小坐有作》等诗,见《弇州山人续稿》卷十八、十九。

这些，或多或少表明徐学谟自嘉靖年间以来和当时主导文坛的王世贞等复古派文士有着较密的联系，而他特别在诗歌宗尚问题上与以前后七子为代表的复古派诸士持论的近似，尽管还不能据此以为其全然袭自诸子之说，但当于其中有所浸染，乃至在某种程度上与之相应和。

事实上，徐学谟对诸子秉持的诗学复古方向也曾表达认同之意，如以为，面对汉、魏以降古风渐衰，历经唐、宋、元至明初的蜕变而形成的"诗道几亡"的格局，"幸弘、德间二三君子相与切劘，力障其澜而趋之古，取战国、汉、魏、齐、梁人之所为，掇其英，咀其华，而组缋之，无遗巧矣"。但另一方面也需注意到，针对诸子倡导诗文复古之举以及由此产生的影响效应，徐氏又显然抱持一种警戒和检省的态度去审察之，在他看来，这主要是因为诸子及其响应者在学古方式上存在失误。如其表示，"弘、德间二三君子"尽管勉力趋古，于挽救"诗道几亡"的局面或有功焉，"然当其时，已有亟于型范、薄于风神之病，视大历以还不无少劣焉，岂世变之流真江河哉"？非但如此，且"乃今词家顾独昵其书，转相推窃，而断断曰大雅在是，若前之乎无有古人者。于是有不病而輮、无从而涕之语，于情之所至何当焉"①？又其指出，以文而言，"盖弘、正以前，俱师南宋；弘、正以后，则师北郡。虽所师不同，而无得于心一也"②。如上云云，无不是指摘如弘治、正德之际李梦阳、何景明等诸子及响应者学古过于注重法式而忽略神韵，甚至由于着力仿袭而致使真实性情的丧失。这同时也指示古今作者差异之所在，用他的另一番话来说，即"古之人皆有其事而言之，今之人无其事而亦言之"③。就此，徐学谟在《冯咸父

① 《刻骚选序》，《徐氏海隅集》文编卷五。
② 《与郭美命》，《归有园稿》文编卷二十二。
③ 《复屠青浦》，《归有园稿》文编卷十六。

诗序》中还曾举杜诗为例阐明之：

> 诗之存矣，名于何有？自名胜而诗靡矣。靡生夸，夸生
> 斗，斗生赝伪。滥觞至今，则有矫意安排而强相凑泊，合词
> 剿袭而不厌雷同，是何作者之纷纷求多于世也。令世奚兴
> 焉，兴于偬薄，兴于诞幻已耳。唐人诗莫多于少陵，盖其平
> 生间关穷饿，琐尾离乱，以其身一无所事事，而用志不分，故
> 以死徇癖，其诗不得不多。今读其诗，若亲炙乎天宝残创之
> 会，而想见其忠爱恻怛之忱者。何则？以其性情境界举归
> 于真也。彼感无存殁，而必八其哀；寓匪夔州，而亦百其韵。
> 此与添足吠声何异？①

这是说，杜诗所吟写多能本自一己之经验，故谓其"性情境界举
归于真"，对比起来，此诚为延续至当今诗界那些专注于求名以
至"矫意安排"、"合词剿袭"者所不及。当然，这其中又关涉如何
学古的问题，意味着诗作者假若不能基于真切之感，徒袭古人之
词，终将沦为"添足吠声"的"赝伪"之作。应该讲，徐学谟关于学
古方式的主张，批评复古派诸士重"型范"略"风神"，无当于
"情"，无得于"心"，以及强调求真实去赝伪，与其说于相关问题
多有发明之见，不如说是在解释更易获得普遍认同的一种基本
常识或原则。但特别是作为一位间受复古风气熏染者，这一点
当源于他本人对复古派诸士拟习古作之弊的深切感受，此从徐
氏指斥李攀龙等人诗风的言辞中令人更能强烈感觉得到。如其
评李攀龙五七言律诗："元美每推李于鳞，其五七言律诗，海内少
年争附和之，至以其诗中所缀数字，若'白雪'、'黄金'、'明月'、
'雄风'、'中原'、'北斗'、'黄河'、'碣石'之类，传为家法，人人效
颦，更不顾情景相对与否，此亦是障。即于鳞集试读其一二首，
非不俊爽可诵，比至连篇，障语迭出，如巧线傀儡、学语鹦鹉，伎

---

① 《归有园稿》文编卷二。

俩有限,不耐久玩,于唐人口头语、眼前景之指,孰为深浅也?"又同时感叹:"奈何近来作者,缀成数十艳语,如'黄金'、'白雪'、'紫气'、'中原'、'居庸'、'碣石'、'诗名'、'剑术'之类,不顾本题应否,强以窜入,专愚聋瞽,自以为前无古人,亦可笑也。乃小儿效颦,辄引为同调,南北传染,终作疠风,诗道几绝。"①以李攀龙来说,其诗作刻意摹仿、流于雷同之失,的确多为人所訾议,许学夷《诗源辩体》评及其七言律诗,指出虽"冠冕雄壮,俊亮高华,直欲逼唐人而上之","然二十篇而外,句意多同"。又以为"唐人五七言律,李、杜勿论,即王、孟诸子,莫不因题制体,遇境生情",相比之下,"于鳞先意定格,一以冠冕雄壮为主,故不惟调多一律,而句意亦每每相同"②。就此而言,徐学谟对李攀龙及其"同调"者诗风的訾诋,也可谓多少触及了问题的症结。

二

如果说,明代后期嘉定文人群体中,像徐学谟尽管对以前后七子为代表的复古派诸士所采取的学古方式多有质疑,但特别在诗歌宗尚主张上则近似之,显示其诗学立场的某种相近,那么,比较起来"嘉定四先生"的情况则明显不同,在总体上,他们多与复古派诸士的文学理念相疏远,复古意识有所淡化,或宗尚范围有所扩展,其中包括对深受复古派诸士排击的宋代诗歌的关注和认肯。

如李流芳晚年"自汰其前后所存诗文为十二卷",嘱子李杭之及侄李宜之校雠之,并交代其生平所业,以为于诗而言:"生平

---

① 《齐语》,黄宗羲编《明文海》卷四百八十。
② 杜维沫校点《诗源辩体·后集纂要》卷二,人民文学出版社 1987 年版,第415—416 页。

往来燕、齐及遨游吴、越山水之间，见夫林泉气状，英淑怪丽，与夫风尘车马之迹，人世菀枯之感，杂然有动于中，每五七其句读、平上其音节而为诗。年来将母十亩，退而灌园，朋旧过从，发愤时事，和汝唱余，篇什稍多。然皆出于己，而不丐于古，于凡格律正变、古今人所句争而字辩者，终不能窥其堂奥也。"①其之所以特别申明所作"皆出于己，不丐于古"，推求起来，当不仅出于李氏诗以"求达性情"的基本理念，其《蔬斋诗序》即谓，"求工于诗者，固求达其性情而已矣"，"凡为诗者，不求之性情，而求诸纸上之诗，掇拾饾饤而为之，而诗之亡也久矣"②。同时，也与其不满前后七子等复古派诸士所为有关，钱谦益《答山阴徐伯调书》忆及自己万历三十五年（1607）与李流芳赴京会试之际接受对方指点的情形："仆年十六七时，已好陵猎为古文。空同、弇州二集，澜翻背诵，暗中摸索，能了知某行某纸。摇笔自喜，欲与驱驾，以为莫己若也。为举子，偕李长蘅上公车，长蘅见其所作，辄笑曰：'子他日当为李、王辈流。'仆骇曰：'李、王而外，尚有文章乎？'长蘅为言唐、宋大家，与俗学迥别，而略指其所以然。仆为之心动，语未竟而散去。"③又其《四书传火集序》述曰："忆往年与长蘅同上公车，时时谈古今文字。长蘅亟称归太仆，以为比肩曾、王，空同辈所不逮也。"④而如被钱谦益推为论诗"在近代直是开辟手"⑤的程嘉燧，"少喜为诗，于古人之遗编无所不窥，而尤爱少陵之作"，"甫冠，即弃去经生之学，而一意读古诗文。久之豁然，上自汉、魏，下逮北宋诸作者，靡不穷其所诣。至苏长

---

① 李宜之《檀园集后序》，《檀园集》卷首，清康熙刻本。
② 《檀园集》卷七。
③ 钱仲联标校《牧斋有学集》卷三十九，上海古籍出版社 1996 年版，第1347 页。
④ 钱仲联标校《牧斋杂著·牧斋外集》卷三，上海古籍出版社 2007 年版，第629 页。
⑤ 钱谦益《题怀麓堂诗钞》，钱仲联标校《牧斋初学集》卷八十三，第 1758 页。

公,往往敩其体,或次其韵,若将与其并骛者"①。作为生平和程嘉燧"相从之久,相得之深"②的交往甚密而熟稔其所业的文友,钱谦益曾述程氏诗学之概略云:"其诗以唐人为宗,熟精李、杜二家,深悟剿贼比拟之缪。七言今体约而之随州,七言古诗放而之眉山,此其大略也。晚年学益进,识益高,尽览《中州》、遗山、道园及国朝青丘、海叟、西涯之诗,老眼无花,照见古人心髓。于汗青漫漶丹粉凋残之后,为之抉摘其所繇来,发明其所以合辙古人,而迥别于近代之俗学者。于是乎王、李之云雾尽扫,后生之心眼一开,其功于斯道甚大,而世或未之知也。"③据此,就诗歌学古取法一端来说,程嘉燧显然较之专守汉、魏、盛唐的复古派诸士有所变通,宗尚的范围相对宽泛。事实上,这也多少逗露了程氏刻意越出包括复古派诸士在内的诗学畛域、矫变所谓"近代诗病"的一番用心。如他曾经特别推举李东阳诗,搜剔其诗集,称之为"卓然诗家正派",并声言"盖诗之学,自何、李而变,务于摹拟声调,所谓以矜气作之者也;自钟、谭而晦,竞于僻涩蒙昧,所谓以昏气出之者也"④,则在李东阳和李梦阳、何景明等人之间,大有轩轾之意。对于程嘉燧钟意李东阳诗的态度,钱谦益在《题怀麓堂诗钞》中即为诠释其用意,且极力表彰之:"弘、正间,北地李献吉临摹老杜,为槎牙兀傲之词,以訾謷前人。西涯在馆阁,负盛名,遂为其所掩盖。孟阳生百五十年之后,搜剔西涯诗集,洗刷其眉目,发挥其意匠,于是西涯之诗,复开生面。譬如张文昌两眼不见物已久,一旦眸子清朗,历历见城南旧游,岂非一

---

① 娄坚《书孟阳所刻诗后》,程嘉燧《松圆浪淘集》卷首,《续修四库全书》影印明崇祯刻本,上海古籍出版社 2002 年版。
② 程嘉燧《钱牧斋初学集序》,《耦耕堂集》文编卷上。
③ 《列朝诗集小传》丁集下《松圆诗老程嘉燧》,上海古籍出版社 1983 年版,第 577—578 页。
④ 《程茂桓诗序》,《耦耕堂集》文编卷上。

大快耶?"并且指出,程氏面对所谓"弱病"、"狂病"、"鬼病"等"近代诗病",有意"出西涯之诗以疗之",此被程形容为"引年之药物,亦攻毒之箴砭也"①。而从他主张的宗尚范围来看,特别是其将属意的目标扩至宋人诗歌,尤其是苏轼之作,这也是值得注意的一个方面②。

就此而言,在检视古典诗歌系统过程中,相比起来对宋代诗歌作出更为明确价值肯定的还数娄坚,如他在《答吴兴王君书》中云:

> 忆自少壮至今,凡读书为文,皆不能与时俯仰,以遽成其名,虽小夫竖子之能捷得者,犹愧不若,况于名公才士之未必果合者乎?顾窃有闻于宿学,其言虽迂俗,而颇与古人合,聊一为陈之。仆尝举东汉文胜六朝、六朝胜唐人以问。又问:古文之法何以?曰:亡于韩。唐人之诗何以?曰:无五言古。语未卒,而其人哑然笑曰:子为疑我而问乎?抑果有不释然者乎?此殆吃语耳。试多取古人之文与近代文杂而读之,其若饮醇若食蜜者,必古之卓然者也;其若餔糟若嚼蜡者,必古之靡靡者也。不然则今也。且非独文也,夫宋人以议论为诗,诚不尽合于古,至其高者意趣超妙,笔力雄秀,要自迥绝,未可轻议。今乃欲以赝汉、唐而訾真唐、宋,容足凭乎?仆自闻此快论,中颇了了。③

---

① 《牧斋初学集》卷八十三,第 1758 页。

② 检程氏之集,即有多首于苏诗"敩其体"、"次其韵"之作,如《由广陵登金山访一雨师不遇同宋比玉和苏长公韵感旧一首》、《焦山寺访湛公过净莲故居复同比玉和苏韵》、《丁巳十一月十八夜枕上占句送比玉都无伦次略敩东坡上巳日诗要使别后歌之聊存陈迹正不必诠叙耳》、《松圆浪淘集》卷十四、十六;《和东坡岐亭劝戒杀诗》、《再和东坡岐亭戒杀诗一首》、《耦耕堂集》诗编卷中、下,《续修四库全书》影印清顺治刻本,上海古籍出版社2002 年版。

③ 《学古绪言》卷二十二,影印文渊阁《四库全书》本,台湾商务印书馆1986 年版。

书中藉"宿学"之口吻，不仅质疑何景明提出的"夫文靡于隋，韩力振之，然古文之法亡于韩"①及李攀龙主张的"唐无五言古诗，而有其古诗"②之论，且同时议及宋代诗歌，认为其虽有"以议论为诗"的缺失，然也有"意趣超妙"和"笔力雄秀"的出类拔萃之作，不可无视而鄙薄之。又如其议论北宋诸家所作，提出："若北宋诸作者，通经学古，皆可谓言语妙天下，至所自得于诗，亦岂寻常之瑂缋所可几及。而世乃目之为靡为卑，不知其所谓卑且靡者何等也。"③诸如此类的评述，无疑是在为多受到复古派诸士排击的宋诗作正面的价值定位，也明示其本人与复古派诸士执守的诗歌宗尚理念的不同调。与此相联系，娄坚在《题草书杜诗后》中除了批评诸家选诗、论诗之失，以及涉及杜诗选评的问题："自唐殷、姚选唐诗，宋严氏以禅为喻，至高氏之《品汇》出，而世渐不识诗之有真，皆皮相耳。以故于子美之诗且有优劣之论。盖律体之自创，绝句之怪奇，其入选者希矣。如此，非独不知杜，且不知汉、魏，况《三百篇》哉？"又由此进一步借题发挥："予以为苟出于杰然超然，则虽宋与汉、唐作者何异；若苟以形似而已，吾未见其果有合也。"④此说意味着，宋代与汉、唐诗歌相比并不存在时代性的价值差异，若为杰特之作，则同样具有和汉、唐诗歌一般的卓异地位，同样可以成为宗尚的目标。不啻如此，娄坚在《尊经阁夜话述》中又论及："《诗》三百篇称四始于前，汉《十九首》擅五言于后，旨趣自符，音调自别。然则李、杜何必非汉，梅、欧岂尽非唐。同源异派，自古已然，异曲同工，于今岂病哉？"⑤这是由特定的例子，说明宋代与汉、唐诗歌"异曲同工"的

---

① 《与李空同论诗书》，《大复集》卷三十，明嘉靖刻本。
② 《选唐诗序》，《沧溟先生集》卷十五，明隆庆刻本。
③ 娄坚《书孟阳所刻诗后》，程嘉燧《松圆浪淘集》卷首。
④ 《学古绪言》卷二十三。
⑤ 《学古绪言》卷二十。

道理。凡此,实皆可归结到娄氏论诗强调"毋狃于时代"而"博综"相取的主张,其《钱密纬寒玉斋诗序》即指出:"必也博综以浚其源,深思以极其趣;毋眩于俗以需中之自得,毋急于名以俟众之自归。持论则毋狃于时代,而但谛观其所就;取裁则毋矜于华靡,而务力溯其所从。苟能是,即汉、魏、晋、唐之遗音,将亦时见于宋之作者。而喋喋焉沿袭口耳以轻肆诋訾者,或实未有窥也。"①而关于有宋一代诗人,尤其像苏轼之作,更被他视为诗中之"高者"而予以标榜,如《草书东坡五七言各一首因题其后》云:

> 宋人之诗,高者固多有如苏长公,发妙趣于横逸谑浪,盖不拘拘为汉、魏、晋、唐,而卒与之合。乃曰此直宋诗耳,诗何以议论为? 此与儿童之见何异? 予喜字画,多写唐、宋人诗文,以应来索者,盖数以此语告之。②

又《书东坡孔北海赞后跋》云:

> 予喜韩、苏之文,诵读之暇,手书卷帙者数数矣。至其诗,多有独创而高奇,不无信笔而率易,然性所偏嗜,亦时讽于口焉。訾我而当者,尝改容谢之,不复与诤论,然中心之好,终不为衰减也。独时之轻诋妄目以今而不古,所不能为洗涤胃肠,徒付之窃叹而已。③

相对地,呈现在"嘉定四先生"中间这种诗学复古意识的淡化或者宗尚范围的扩展倾向,后者尤其是表现在对于宋代诗歌的价值认肯,从一定意义上看,不可不谓与明代后期诗文领域观念意识的变异趋势相缔结。特别是此际自有明中叶以降掀扬起来的诗文复古思潮渐趋回落,围绕曾主导文坛的复古话语系统所展开的检省和批评随之加强。如公安派代表人物袁宏道论学

---

① 《学古绪言》卷二。
② 《学古绪言》卷二十三。
③ 《学古绪言》卷二十四。

古之道,提出"善学者,师心不师道",以诗而言,"善为诗者,师森罗万像,不师先辈。法李唐者,岂谓其极格与字句哉?法其不为汉,不为魏,不为六朝之心而已,是真法者也",总括起来,即所谓以"不法为法,不古为古"①。而其针对的目标,无非是"始为复古之说以胜之"乃至"以剿袭为复古"的"近代文人"②。与此同时,由复古派诸士构建的诗文宗尚统绪也受到不同程度的冲击,其中对于为他们所排斥的宋诗乃至元诗价值的重新审辨,就是突出的一个方面。如自称"不喜为近代七子诗"的袁中道,尽管认为"诗以三唐为的,舍唐人而别学诗,皆外道也"③,且表示"诗莫盛于唐,一出唐人之手,则览之有色,扣之有声,而嗅之若有香","后来宋、元诸君子,其才情之所独至,为词为曲,使唐人降格为之,未必能过。而至于诗,则不能无让",即仍肯定唐诗在古典诗歌系统中的典范价值,但同时以为,宋、元之作"取裁肸蚃,受法性灵,意动而鸣,意止而寂。即不得与唐争盛,而其精采不可磨灭之处,自当与唐并存于天地之间"④,乃又大有为宋、元诗歌重新定位之意。相比之下,如袁宏道致友人张献翼书札提出:"世人喜唐,仆则曰唐无诗;世人喜秦、汉,仆则曰秦、汉无文;世人卑宋黜元,仆则曰诗文在宋、元诸大家。"⑤则显然刻意与世人之习相悖,更有着反逆"近代文人"所倡"复古之说"的意味。在另一层面,这种对于宋诗乃至元诗价值的重新审辨态度,也间见于复古派后期一些文士所论,如万历十四年(1586),被王世贞纳入"后五子"之列的汪道昆为冯惟讷《诗纪》所撰序文,即提出应

① 《叙竹林集》,钱伯城《袁宏道集笺校》卷十八,上海古籍出版社 1981 年版,第 700 页。
② 《雪涛阁集序》,《袁宏道集笺校》卷十八,第 710 页。
③ 《蔡不瑕诗序》,钱伯城点校《珂雪斋集》卷十,上海古籍出版社 1989 年版,第 458 页。
④ 《宋元诗序》,《珂雪斋集》卷十一,第 498 页。
⑤ 《张幼于》,《袁宏道集笺校》卷十一,第 501 页。

以风、雅、颂三体为衡量标准,"择其可为典要者",如此作为"挽近二代"的宋、元之诗,"不可谓虚无人"。这一选诗准则,也被胡应麟理解为"其旨不废宋、元"①。这些显然是在淡化诗歌审美价值的时代性差异的基础上,指述宋诗乃至元诗的价值意义②。

尤其鉴于对宋诗重新进行价值定位,加上晚明以来逐渐升温的"崇尚苏学"③的背景,如上为程嘉燧、娄坚等人所倾重而作为有宋一代大家的苏轼之作,此际也受到诗坛不同程度的关注。与苏文如其自评若"万斛泉源,不择地皆可出","常行于所当行,常止于不可不止"④,行文自然恣肆而历来多为人推重不同,苏诗则以其好"议论"、"用事"或受訾议。早如宋人张戒《岁寒堂诗话》即谓,"子瞻以议论作诗,鲁直又专以补缀奇字,学者未得其所长,而先得其所短,诗人之意扫地矣","苏、黄用事押韵之工,至矣尽矣,然究其实,乃诗人中一害,使后生只知用事押韵之为诗,而不知咏物之为工,言志之为本也,风雅自此扫地矣",故认

---

① 汪道昆《诗纪序》:"愿及崦嵫末光,操《诗纪》以从事,择其可为典要者,表而出之。孰近于风,则曰绪风;孰近于雅,则曰绪雅;孰近于颂,则曰绪颂。如其无当六义而美爱可传者,亦所不废,则曰绪馀。降及挽近二代,不可谓虚无人。"《太函集》卷二十四,明万历刻本。胡应麟《与顾叔时论宋元二代诗十六通》之八:"汪司马伯玉尝属仆选古今诗,以《三百》为祖,分风、雅、颂三体隶之。凡题咏感触诸诗属之风,如太白《梦游》等作是也;纪述伦常诸诗属之雅,如少陵《北征》等作是也;赞扬功德诸诗属之颂,如退之《元和》等作是也。意亦甚新,仆时以肺病不获就绪。今司马公已不复作,言之慨然,以其旨不废宋、元。"《少室山房集》卷一百十八,影印文渊阁《四库全书》本,台湾商务印书馆 1986 年版。
② 参见拙文《苏轼诗文与晚明士人的精神归向及文学旨趣》,《文学遗产》2014 年第 4 期。
③ 焦竑《刻苏长公外集序》,《焦氏澹园续集》卷一,《续修四库全书》影印明万历刻本,上海古籍出版社 2002 年版。
④ 苏轼《自评文》,孔凡礼点校《苏轼文集》卷六十六,中华书局 1986 年版,第2069 页。

为"自汉、魏以来,诗妙于子建,成于李、杜,而坏于苏、黄"①,其贬抑苏、黄之意无所掩饰,以之为导致诗风变异衰劣的肇始者。在复古派诸士中间,出于反宋诗的基本立场,对苏诗也多有质疑之词。如王世贞即以为苏诗间有"太切"之弊:"严又云诗不必太切,予初疑此言,及读子瞻诗,如'诗人老去'、'孟嘉醉酒'各二联,方知严语之当。"②严羽《沧浪诗话·诗法》以为诗"不必太着题,不必多使事"③,所谓"太切"之说即本于此。深受王世贞器重而入"末五子"之列的胡应麟,在梳理宋初以来诗歌演变轨迹时,也得出宋诗"至坡老、涪翁,乃大坏不复可理"的结论,指摘"苏、黄初亦学唐,但失之耳","眉山学刘、白,得其轻浅,而不得其流畅,又时杂以论宗,填以故实"④。晚明以来,随着宋诗更多进入士人的阅读视野,对于苏诗的认知也发生明显的变化,据邹迪光《王懋中先生诗集序》记述,万历年间诗坛,从最初"必李、何、王、李而后为诗",至后来出现"必子瞻而后为诗"的变易迹象⑤。而其时如袁宏道指出,苏诗"出世入世,粗言细语,总归玄奥,怳惚变怪,无非情实",觉得较之李、杜,"盖其才力既高,而学问识见,又迥出二公之上,故宜卓绝千古",乃至于认为"苏公诗无一字不佳者"⑥,又如陶望龄在指斥"时贤未曾读书,读亦不

①　《岁寒堂诗话》卷上,丁福保《历代诗话续编》,中华书局 1986 年版,第 452、455 页。
②　《艺苑卮言四》,《弇州山人四部稿》卷一百四十七。
③　《沧浪诗话校释》,第 114 页。
④　《诗薮·外编》卷五《宋》,中华书局 1958 年版,第 201、206 页。
⑤　邹迪光《王懋中先生诗集序》:"今上万历之初年,世人谭诗必曰李、何,又曰王、李,必李、何、王、李而后为诗,不李、何、王、李非诗也。又谓此四家者,其源出于青莲、少陵氏,则又曰李、杜,必李、杜而后为诗,不李、杜非诗也。……三十年中,人持此说,謷然横议,如梦未醒。近稍稍觉悟矣,而又有为英雄欺人者,跳汉、唐而之宋曰苏子瞻,必子瞻而后为诗,不子瞻非诗也。"《调象庵稿》卷二十七,明万历刻本。
⑥　《答梅客生开府》,《袁宏道集笺校》卷二十一,第 734 页。

识,乃大言宋无诗,何异梦语"的同时,极力推崇苏诗,自言"初读苏诗,以为少陵之后一人而已;再读,更谓过之"①,称赏其"贯穴万卷,妙又垆冶,用之盈牍,而韵致愈饶"②,显然更是在当时"崇尚苏学"背景下针对苏诗的一种极端评价③。

综上,从徐学谟到"嘉定四先生",可以明显见出他们之间诗学立场存在的某种差异性,其中尤突出表现在有关诗歌的宗尚倾向上。二者的差异性,反映出的是他们面向明代中叶以来掀扬的复古思潮而呈示的不同态度,即由虽然对复古派诸士学古方式多予质疑,但在很大程度上认同其所秉持的学古方向,趋至与其复古意识自觉相区隔,扩展甚至变通其宗尚的目标。这一变化迹象,同时提示以徐学谟和"嘉定四先生"为代表的明代后期嘉定文人群体,与此际诗文领域在检视复古话语系统过程中所发生的变异情势的某种应合之态,从这个意义上也可以说,其中折射出明代后期诗文领域发展演化势态之一端。

三

对于徐学谟和"嘉定四先生"诗学旨趣的考察,在另一方面,还应当注意到他们涉及诗歌价值功能及审美特征的相关诉求。首先,从徐氏和四先生关于诗歌价值功能的认知态度来看,令人较能明晰觉察出的,乃是显露其中的一种实用意识。

以徐学谟而言,如其《刻庚申稿序》云:"夫古诗《三百篇》尚矣,而要以关政理,系风谣俗变之大者为至。诸侯王无所事事于

---

① 《与袁六休》,《歇庵集》卷十一,明万历刻本。
② 《及幼草序》,《歇庵集》卷四。
③ 参见拙文《苏轼诗文与晚明士人的精神归向及文学旨趣》,《文学遗产》2014年第4期。

其土,其为诗多自叙其园池亭馆之胜,歌钟粉黛之侈,与其斗鸡跃马、击球弹剑之雄,大都无概于民生之休戚。夫苟无概于民生之休戚,此与飘风好音何异?故古今诸侯王诗自陈思而后,鲜有传者。"据是,序中一方面对于《诗经》经典意义的诠释,基本循沿传统诗学突出《诗经》政教伦理功能的这一路解说系统,也即着意于所谓"关政理,系谣俗之大者"①;另一方面则以古今诸侯王诗作比较,指述其多因脱离《诗经》的创作宗旨而趋没落,由是说明诗歌所担负的政教伦理功能对于维系其传世价值意义的重要性。而徐在《蕲水集序》中也曾指责建安后诸侯王诗,认为其多为"齐、梁间语",表示"自古诸侯王名能诗者,自建安后,莫盛于齐、梁间,然绮丽靡曼之习比于淫矣"②,比照前序,其意无非指那些诸侯王诗徒为绮靡之词,无关乎"政理"、"谣俗",或谓之无感于"民生之休戚"。在相关问题上,还可以留意徐学谟在《冯咸父诗序》中所言:

> 昔仲尼删《诗》,历商、周之际,下上无虑数百年,而《诗》之存者仅三百篇,何其少也。然又不著其诗之所由作与作者之人,岂其有所缺佚哉?乃说《诗》者因而补缀小序,谓某诗为某事作,而作之者谓为某人,已属传疑。至紫阳氏,又从而辩证之,断断然若窥窥孔子而得之于面承者,似皆固于为诗也。圣人采诗,第不过取其不诡于性情之正,而有关于谣俗之大者,以其依咏和声,可被之管弦,使闻之者知所惩,感而兴,以必为善而不为恶,如是而已矣,又奚问其作者之人与所由作也。

以上所述,尽管举引孔子删《诗》而"不著其诗之所由作与作者之人"的案例,主要还在于证辩"诗之存矣,名于何有"③的问题,但

①② 《徐氏海隅集》文编卷五。
③ 《归有园稿》文编卷二。

与此同时,作者又显然通过这一经典案例,来明确阐发孔子"不诡于性情之正,而有关于儒俗之大者"这样一种删《诗》之大旨,以及表彰关涉于此的劝善惩恶的接受效果。应当指出,如上徐学谟特别由标举作为经典文本的《诗经》,进而对诗歌"关政理"、"系谣俗"作用的确认,以其多承沿传统诗学基于实用理念所指示的针对《诗经》的诠解路数,实谈不上有多少卓异之见,但这并不影响我们对他诗学主张的认知,因为从另一角度看,它确实反映了作者个人对于诗歌价值功能的一种理解。

再观"嘉定四先生",这种注重实用的诗学主张,同样间见于其所论,多少也可以看出他们对诗歌价值功能的关注程度。如唐时升《诗亡然后春秋作论》云:"三代之民,生而闻庠序之教,长而见仁义之习,道德一而风俗同,善善恶恶之辨,昭昭若黑白矣。是故闻人之善,不待其夸炫而好之,若听金石之音也;闻人之不善,不待其深切而恶之,若中荼堇之味也。于是诗之教兴焉。何以知之? 于《诗》而知之也。夫《诗》言圣君贤后、良臣志士之美,未尝为矜大扬栩之词也。其旨暇,其言文,圣人以为是足以使人慨然翻然思企之矣;言君臣、父子、夫妇、兄弟之变,未尝为愤懑恨怼之词也,微而讽,宛而深,圣人以为是足以使人愀然怆然惩创之矣。"这不仅是在诠解诗教之兴的缘由,实际上也是在阐说诗教对于"惩创"人心的重要意义,申述《诗经》所起到的美刺风戒的示范作用。同时,唐氏在解释《孟子·离娄章句下》"王者之迹熄而《诗》亡,《诗》亡然后《春秋》作"这一断论中的"《诗》亡"之义时指出:"《诗》亡者,言三代教化之衰,而民失其善善恶恶之心,《诗》之微词隐旨不足以移风易俗也。"以为礼义教化之道的衰落,使得天下之民丧失是非善恶之心,即所谓"礼义之教衰,廉耻之道绝,天下之人各恣其私,懵然不知是非善恶之所在",导致《诗经》干预社会政治的政教伦理功能随之下降,即所谓"吁嗟咏叹之间，美者不足以为劝，刺者不足以为惩"①。此说则从另一面，表明作者主要还是立足于美刺风戒的角度去看待《诗经》价值功能之所在。再如娄坚，其在《胡明府长安诗草题辞》中提出："夫诵诗可以达于政，得意可以忘于言。故不适当世之用者，占毕徒勤，无当于诵也；不窥作者之指者，属词徒工，无当于诗也。"②要在强调诗歌适于当世之用的特殊价值，而不可为徒工无益之词。程嘉燧《题子柔杂怀诗卷后》评娄坚五言律诗《杂怀诗》三十篇，乃谓"其中多指切时事，识深而虑远，盖其心若恻然，有所不得已而形于咏歌"，又曰"余谓自古感遇讽刺之作多矣，至以律诗含讽谕，剀切忠厚，未有若子柔诸诗也"③。其《钱牧斋初学集序》论契友钱谦益所作，以为"怨而不怒，忧而不慑，得风人讽谕之致，而不失温柔忠厚之意"④。这些评述的基准，显然多指向了诗歌蕴含讽旨或"指切时事"这样的一种"讽谕"作用。

进而言之，体现在徐学谟和"嘉定四先生"身上这种注重实用的关于诗歌价值功能的认知态度，特别以其根柢传统诗学的实用理念，实际上凸显了其倾向于一种厚朴而务实、谨重而守正的文学立场。究其所以，从某种意义上来说，其秉持的这一立场，与嘉定地区显具地域特征的朴实和谨正的人文气习的铸冶不无关联。嘉定地处"僻绝"，素尚"朴茂"之习，兼重古昔之学，是以"四方声华势利之习无由入其境"⑤，"其人士多能通经学古，不汩没于俗学"⑥。这种相对封闭的地域环境及深受传统濡

① 《三易集》卷七，影印明崇祯刻本，台湾伟文图书出版社有限公司1977年版。
② 《学古绪言》卷二十四。
③ 《松圆偈庵集》卷上，《续修四库全书》影印明崇祯刻本，上海古籍出版社2002年版。
④ 《耦耕堂集》文编卷上。
⑤ 徐学谟《嘉定县重给学田记》，《徐氏海隅集》文编卷九。
⑥ 钱谦益《黄蕴生制义序》，《牧斋杂著·牧斋有学集文钞补遗》，第439页。

染的人文氛围,在相当程度上造就了该地区尚朴学、敦名行、重道德的学风和习尚。娄坚《王常宗先生小传》即云:"嘉定僻在海滨,其俗敦朴近厚,虽嗜古勤学之士,不后于旁郡邑,而其人率不骛于名,故世鲜有知者。然学有本原,或熟于典章,或深于盛衰得失之故,往往不同于剽剥之学。"①唐时升《金伯谦先生诗序》则谓"余邑在沧海之滨,其士风清嘉而好古",指出"正、嘉之际"该地区诸士的为学特点,所谓"皆博洽经史,乃其馀力出为词赋,而又不能造请四方游大人以成名,独从事于朴学"②。清人钱谦益《金尔宗诒翼堂诗草序》述及明代后期嘉定之学风与士习,亦云:"嘉定为吴下邑,僻处东海,其地多老师宿儒,出于归太仆之门,传习其绪论。其士大夫相与课《诗》、《书》,敦名行,父兄之训诲,师友之提命,咸以谀闻寡学、叛道背德为可耻。"③由是看来,嘉定地区重以朴实和谨正相砥砺的这样一种具有明显地域特征的人文传统,无疑成为我们考察徐氏和四先生诗学实用意识之形成缘由一条不可忽略的途径。

再从徐学谟和"嘉定四先生"诗学审美趣向析之。先看徐氏的相关论说,其为张居正之父张文明所撰《东书堂吟稿序》云:

> 读其吟卷,冲逸古雅,视向时所得,益阔以肆,则为之叹曰:语云诗穷而后工,盖自昔羁臣怨士憔悴无聊,负其郁积,无由解脱,则冯藉声歌,镂章琢句,震撼跌荡,不至于刿心而骇听不已也,岂非势迫之然与?公为时鼎臣,其身之所履与其志意之所适,宜无碾磝不平之感,如羁臣怨士必假之诗而后鸣。乃研词丽藻,顾独工于穷人之所为,此何说哉?今夫风遇窍而号,入丛而咷,经谷而啸,匪是则不鸣。此其

---

① 《学古绪言》卷四。
② 《三易集》卷九。
③ 《牧斋有学集》卷十七,第775页。

小者也。若夫弸发于土囊之口,而震荡于泬寥之中,霍然而生,霍然而止者,夫谁轧之而使然乎?今夫水或滴于碛,或迸于穴,或梗咽于窦,匪是则不鸣。此其小者也。若夫江汉之奔噭,潮汐之下上,雷轰而霆怒者,夫谁激之而使然乎?古之以穷名者,莫如唐之郊、岛,其镂章琢句,殚一生之力,靡遗巧矣,然局蹐骫琐,至令其身若无所容,岂穷人之所为宜尔哉?学固有识其大者。张曲江尝为开元太平宰相,今掩卷而绎其诗,冲逸古雅,即身都富贵而平情导和,独翛然于埃壒之表,譬之大块之噫气,巨浸之洪流,何假于轧激而始鸣乎?读公之诗,夫乃类是。①

相较于传统羁臣怨士那些"镂章琢句,震撼跌荡"的所谓"劖心而骇听"之作,一种淡远超俗、古朴典雅而本于"平情导和"之性怀的所谓"冲逸古雅"的抒写风格,似乎更受到徐学谟的青睐。这一方面从作者其他相关的论评中亦可获知,如其《徐白谷先生集叙》称徐氏"大都其诗冲宛典丽,类韦又类杜"②,《华仪部集序》谓华氏"古诗澹远,追轶陶、谢"③,其品评的基准大体未脱作者所称赏的"冲逸古雅"一路的诗风。需要看到,徐学谟对"冲逸古雅"诗风的推尚,其中无法忽视的一点,乃得自他对"温厚和平"之诗教传统的执持,这在他的《刻宋布衣集序》一文中有较为明晰的交代,如曰:"诗之教要于温厚和平,凡以正得失、感鬼神、动天地,皆是物也。仲尼删《诗》,悉取十三国之《风》而陈之,独《秦风》悍急耳,说者以为雍州之人尚气概,先勇力,忘生轻死,《驷驖》、《小戎》盖存其俗也。乃《蒹葭》三章,又未尝不婉而致矣,宁独矜其'猃歇'、'骊骝'、'舍拔'、'同仇'之雄已哉?"由此出发,他又论及杜甫诗歌及李梦阳等人学杜之风气:"唐人律诗,原本于

---

① 《徐氏海隅集》文编卷五。
②③ 《徐氏海隅集》文编卷六。

温厚和平,惟少陵刻意险峻,往往化臭腐为神奇,视蓝田诸家已别为宗派,固秦声之滥觞矣。至明兴,弘治间北郡崛起,思厉颓靡,则又尽剿杜词,凌压当世,轩轩然其招八州朝同列之侈心乎?夫要眇之音希合,而悍急之气易扬,有以张之势弥竞耳。"在作者看来,杜甫"其为秦人也者,而为秦声可也",更何况其诗"往往化臭腐为神奇",然李梦阳等人学杜,特别是如此作法"欲驱一世而尽为秦声"则不可取,因为后者所为更多呈露的是一种"悍急之气",不免"得于快意而失于平情"。于此其以为:"夫诗必于快意而不必于平情,则秦声吾无间然矣。如必于平情而不必于快意,则仲尼所谓可兴、可观、可群、可怨,正得失、感鬼神、动天地者,要自有在,未可举一而废百也。"①要之,如上这一番尚"平情"而忌"快意"之论,主要还是由"温厚和平"的旨意中演绎出来的。在另一层面上,于"冲逸古雅"诗风的倾重,也多少代表着徐学谟对一种人格境界的标立,所谓"平情导和,独儵然于埃壒之表",犹如"大块之噫气,巨浸之洪流",说的正是这一层意思,其或可谓指向了一种冲和容与、雅正不俗、洒落大气的人格之特征。

在诗歌的审美趣向上,"嘉定四先生"又大多重淡朴,尚典雅,表现出和徐学谟较为接近的立场,不过与徐氏相比较,他们的这种诗学旨趣之中似乎更强烈渗透着对于自我人格的追求。如李流芳《蔬斋诗序》谓"求工于诗者,固求达其性情而已矣",至于如何达其性情,他称诗作者"生于山水之乡,有园庐、仆妾、舟车、琴酒、书画、玩好之具可以为乐,而终日袖手而哦,其乐之殆似有过于他好者。此必以为性情之物,不得已而出之,而非徒求工以为名高者也",故以为此"有诗之性情者也"②。所言赋予了性情一种恬淡之怀,一份闲雅之致。而如娄坚,他的《胡明府长

---

① 《徐氏海隅集》文编卷五。
② 《檀园集》卷七。

安诗草题辞》则谓诗友胡氏，"年甫壮盛，所自期甚远，其于一时之得失，盖已轻矣，感时抚事，而自托于登高能赋。非明发之怀，则急难之情也；非寓言于静好，则起兴于嘤鸣也。至其它流连光景之词，皆可想见，胸次之超然，非苟而已也"，赏叹其"能以翰墨之清丽，写性情之悠邈"①，看重的显然是流溢在诗中的超旷淡远的襟怀，这多少透出了娄氏本人的审美嗜好。如此可以理解他为何也对平淡超逸的陶诗格外钟意："陶诗所以妙绝古今，正在胸中超然，非闻道者，决不能为此语也。区区以文字求之，抑末矣。"②又如唐时升，其序友人王衡诗集云："然读其诗，亦足以想见其人，超然埃壒之表，云车飙轮，呼吸元气，与天际真人逍遥八极，而世所谓芬华秾艳，不得入其中也。"③将诗友冲淡素朴的抒写风格与其为人联系在一起，这自然不仅推许其诗，也称赏其为人。唐氏诗歌人谓"淡不失真，巧不落格"④，特别是五言古诗被称为"高闲远澹"⑤，而其中最有代表性的当属他的多首《和陶诗》⑥，自谓其作或"词意平雅，叙致遒健，渊明见之，必谓获我心也"⑦，这也可见出其风格取向之一端。"嘉定四先生"生平或谢去举业，或科举不利，绝意仕进，遂孜孜于读书学道，淡荡求适，重以节行相砥砺，通于当世之务而又疏于世俗之情。如唐时升"少有异才，未三十谢去举子业，读书汲古"⑧，"平居意思豁然，

---

① 《学古绪言》卷二十四。
② 《题手书陶诗册子后》，《学古绪言》卷二十五。
③ 《王辰玉诗集序》，《三易集》卷九。
④ 王锡爵序，《三易集》卷首。
⑤ 王衡序，《三易集》卷首。
⑥ 收录在《三易集》卷一五言古诗中就有《和归田园居六首》、《和饮酒二十首》、《和拟古九首》、《和杂诗十一首》、《和斜川游》、《和形影神三首》、《和九日闲居》、《和庚子岁五月中从都还阻风规林二首》、《和赴假还江陵》、《和六月中遇火》等。
⑦ 《和陶诗·和归田园居六首》诗序，《三易集》卷一。
⑧ 《列朝诗集小传》丁集上《唐处士时升》，第579页。

独好古人奇节伟行与夫古今谋臣策士之略。当其讨论成败兴亡之故，神气扬扬，若身在其间。至于词人绮靡之作，读未终篇辄掩卷弃去，盖其意不欲以诗人自名者也"①。娄坚"经明行修，学者推为大师。五十贡于春官，不仕而归"②，为人"敦好古义，施于文辞，能不志于世之汲汲者，而犹置力于己"③，"平生恬于荣利，恶衣菲食，而好求当世之务。晚既逃于寂矣，其忧天悯人之意，老而逾至"④。程嘉燧"少学制科不成，去学击剑，又不成，乃折节读书。刻意为歌诗，三十而诗大就"，并且"以为学古人之诗，不当但学其诗，知古人之为人，而后其诗可得而学也"⑤。而被钱谦益称为"风流儒雅"的李流芳，"少有高世之志"，万历三十四年(1606)举乡试后，再上公车不第，"自是绝意进取，誓毕其馀年暇日以读书养母，谓人世不可把玩，将刿心息影，精研其所学于云栖者，以求正定之法"⑥。其为人"乐易淡荡，恬于荣进，而急于君亲。疏于势利，而笃于朋友。浅于世故，而深于文字禅悦"⑦。鉴于此，在某种意义上也可以说，四先生所推尚的淡朴典雅的诗学旨趣中，正凝合了他们高特绝俗、笃于修厉、恬于荣进的一种人格涵养。

总观徐学谟和"嘉定四先生"的诗学审美趣向，无论是缘于对"温厚和平"诗教传统的执持，还是基于对淡和雅正人格的企求，可以见出，其在孤高超俗的姿态中交杂着朴素守正的立场，从另一角度昭示着明代后期嘉定文人群体的诗学导向。而追踪这一导向的根源，其在很大程度上不能不说又是和前述嘉定地

---

① 程嘉燧《唐叔达咏物诗序》，《松圆偈庵集》卷上。
② 《列朝诗集小传》丁集上《娄贡士坚》，第581页。
③ 程嘉燧《娄翁望洋先生寿序》，《松圆偈庵集》卷上。
④ 程嘉燧《题子柔杂怀诗卷后》，《松圆偈庵集》卷上。
⑤ 《列朝诗集小传》丁集上《松圆诗老程嘉燧》，第576页。
⑥ 钱谦益《李长蘅墓志铭》，《牧斋初学集》卷五十四，第1349页。
⑦ 钱谦益《尹孔昭墓志铭》，《牧斋有学集》卷三十一，第1125页。

区尚朴学、敦名行、重道德的地域人文传统构成难以分割的关联，也使人看到了以徐氏和四先生为代表的该地区文人群体，在其诗学观念上持守根植深厚而同时显得相对保守的地域人文传统的一面。

（作者单位：复旦大学古籍整理研究所）

泠然万籁作，中有太古音

——从《古今禅藻集》看明代僧诗的自然话语与感官论述*

廖肇亨

一、研究背景与目的

自从佛教传入中国之后，不论一般百姓还是上层精英的知识社群，皆深染尚佛之风，佛教成为理解近世文化最重要的关键词之一。特别是在文艺创作方面，从大的方向说，"以禅喻诗"是近世中国诗学最重要的命题，不论赞成与否，都无法对"以禅喻诗"此一重要命题视而不见。中唐以后，中国文学史上一个特殊的文化现象为诗僧的大量出现。自此，杰出的诗僧在中国文学史上代不乏人，明末清初时达到极致顶峰。晚明清初的诗禅关系具有以下值得注意的特征：（一）就普遍性而言，诗僧广布是一个全国性的现象，从江南到京畿，乃至滇黔都有为数甚众的著名诗僧。同时，他们往往于诗、佛二道兼通俱擅，都具有较深的造诣。例如憨山德清（1546—1623）、紫柏真可（1544—1604）既是丛林宗匠，又与文人往来无间；同时期的雪浪洪恩（1545—

* 本文写作过程中，曾接受"无尽缘起：晚明华严宗南方系的学术思想与文艺展演"（计划编号 NSC97－2410－H－001－076－MY3）与法鼓山中华佛学研究所"近世汉传佛教诗学论述的自然话语与感官论述：以宋元明清诗僧为中心（2013—2014）"计划资助，特此致谢。

1608)身系贤首、唯识二宗法脉，晚明丛林尚诗之风半出其手；岭南曹洞宗尊宿天然函是（1608—1685）、祖心函可（1612—1660）能诗之名亦有称于当世。清初学者潘耒（1646—1708）曾说："前代多高僧，亦多诗僧。诗僧不必皆高，而高僧往往能诗。"①在此之前，诗僧的佛学造诣经常是论敌批判的焦点，但从晚明以后，能文擅诗似乎成为不分宗派的高僧之共同特征。（二）就理论架构的深度而言，丛林诗禅论述最重要的理论经典首推《石门文字禅》与《沧浪诗话》。明清的禅林与知识社群不但就此展开论争，同时也将其层面推及戏曲、小说；论述的主题除了禅宗一向关心的语言问题以外，也触及家国、性别等重要议题。（三）就与当时社群互动的情况来看，虽然传统文人与僧人的来往屡见不鲜，然而就文学创作而言，传统文人往往居于领导者的地位，例如德洪觉范（1071—1128）与黄庭坚（1045—1105）之间的关系。然而在明末清初，诗僧经常居于理论指导者的地位，例如汤显祖（1550—1616）与紫柏真可，雪浪洪恩一脉与钱谦益（1582—1664），觉浪道盛（1593—1659）与方以智（1611—1671）。当然，文人的理论体系未必全与其佛学相通，但从中获得相当程度的启发，且于理论深度与广度之扩展甚得其力殆无疑义。

然而晚明清初丛林尚诗之风并非一个孤立的现象，必须深入历史发展的脉络当中，才能获得更深的认识。宋代开始，诗人与僧人往来十分频繁，例如参寥道潜与苏东坡（1036—1101）的友谊至今仍令人称道不已。以《石门文字禅》一书闻名的诗僧德洪觉范著作宏富，迄今仍然是了解认识苏轼、黄庭坚、王安石（1022—1086）等宋代诗人的第一手文献资料。南宋禅林资料过去不甚为学界重视，近来美国的黄启江教授，南京大学的金程

---

① 潘耒《闻若上人诗题辞》，《遂初堂别集》卷三，收入《四库全书存目丛书·集部》，齐鲁书社1997年版，第250册，第20页上。

宇、卜东波诸先生对南宋禅师的文献（主要流传到日本）颇多发掘之功。特别是北磵居简（1164—1246）、物初大观（1201—1268）、无文道灿（1213—1271）、淮海元肇（1189—?）等诗僧的作品与流传，日本学界对此尚未加以着意，黄启江教授的研究具有重要的拓宇之功。① 元代杰出诗僧亦精彩辈出，例如著名的"诗禅三隐"——觉隐本诚、天隐圆至、笑隐大欣。此外，石屋清珙（1272—1352）、中峰明本（1263—1323）等禅门宗匠亦有能诗善书之名，石屋清珙的《山居诗》、中峰明本的《梅花诗》不仅传颂四方，其影响广远，甚至远及日本，在东亚汉文创作史上，深具典范意义。

过去关于诗僧的研究，主要集中在六朝隋唐的中古时期，特别是皎然、齐己、贯休等人，其中一个极为特别的例子是寒山诗，但寒山诗已经超越诗僧的境界，成为禅门公案重要思想源头之一，有必要另外单独处理。综上所述，不难看出：从宋元到明清，精彩的诗僧辈出，而其著作质量皆远迈前贤，如同蕴藏丰富的大宝山，等待有心人进一步充分抉发。

本文希望从自然话语与感官论述两方面切入，以晚明编就的僧诗选集——《古今禅藻集》一书为主要研究对象，冀能对认识明代诗僧的文化意涵有所裨益。特别是以下几点：（一）作品中的自然观、身体观、语言文字观、文艺观、社会伦理观及其与当时思潮之间的互动关系；（二）禅法思想的特征；（三）与知识社群的互动关系；（四）在不同的时代脉络，其创作风格与理论架

---

① 黄教授的一系列著作，计有：《一味禅与江湖诗：南宋文学僧与禅文化的蜕变》（台湾商务印书馆 2010 年版）、《南宋六文学僧纪年录》（台湾学生书局 2014 年版）、《文学僧藏叟善珍与南宋末世的禅文化：〈藏叟摘稿〉之析论与点校》（台北新文丰出版公司 2010 年版）、《无文印的迷思与解读：南宋僧无文道璨的文学禅》（台湾商务印书馆 2010 年版）、《静倚晴窗笑此生：南宋僧淮海元肇的诗禅世界》（台湾商务印书馆 2013 年版）等。

构之间的异同;(五)理想的世界图像或生活方式。由这五个不同的思维向度重新省思近世诗僧的文化定位与社会脉络，并以此为基础，重新观照诗僧在当时知识社群文化实践版图的坐标定位。

二、诗僧历来研究述评

诗僧固然无代无之，但不论在文学史或佛教史上似乎皆未受到充分的重视。二十世纪以来的文学研究，以浪漫主义以及国族主义为中心，正好是传统诗僧避之唯恐不及的题材，故而传统文学研究者的理论工具多不适用于僧诗研究;另一方面，诗文往往被定位为"外学"，意味并非核心所在。虽然如此，诗僧研究亦有不少积累。诗禅关系的研究，中国台湾前辈学者如巴壶天[①]、杜松柏[②]，内地学者如孙昌武[③]、陈允吉[④]、项楚[⑤]，日本学者如入矢义高、阿部肇一、饭田利行诸位先生都有重要的贡献。其中特别值得注意的是入矢义高，其从俗语言研究进路对禅宗语录进行全新的诠释，广泛注解《碧岩录》、《临济录》、《赵州录》、《玄沙广录》，将学界对于禅宗语录的认识推进到一个新的境地。[⑥] 而

---

① 巴壶天《禅骨诗心集》，台北东大图书公司 1990 年版。
② 杜松柏《中国禅诗析赏法》(台北金林文化事业有限公司 1984 年版)、《禅学与唐宋诗学》(台北黎明文化事业公司 1976 年版)。
③ 孙昌武《佛教与中国文学》(上海人民出版社 1988 年版)、《诗与禅》(台北东大图书公司 1994 年版)、《禅思与诗情》(中华书局 1997 年版)。
④ 陈允吉《佛教与中国文学论稿》(上海古籍出版社 2010 年版)、《佛经文学研究论集》(复旦大学出版社 2004 年版)。
⑤ 项楚《敦煌文学丛考》(上海古籍出版社 1991 年版)、《敦煌诗歌导论》(巴蜀书社 2001 年版)。
⑥ 可参见入矢义高《佛教文学集》(東京平凡社 1975 年版)、《求道と悦樂:中國の禪と詩》(東京岩波书店 1983 年版)，入矢义高等译注、克勤著《碧岩录》(東京岩波书店 1997 年版)，入矢义高监修、唐代语录研究班编、师备著《玄沙广录》(京都禅文化研究所 1987 年版)等书。

南开大学中文系荣誉教授孙昌武近年倾注毕生心血,独立完成一套五册《佛教文化史》①的堂皇巨著,亦前人所未到。然而即使是于此贡献卓著的入矢义高与孙昌武教授等人,皆未着意于宋元明清等时代的文化表现,五册《佛教文化史》中,宋代以后所占的篇幅竟然不及半册,宋代以后的诗僧,独立章节讨论的只有苍雪读彻(1588—1656)与担当普荷(1593—1673),尚多有补充的可能。笔者管见所及,就中国诗僧发展历程进行整体观照的著作,仅有覃召文《禅月诗魂》②一书,然而《禅月诗魂》一书并非完全严格意义下的学术著作,并未就问题意识与理论观照加以深化。

影响深远的忽滑谷快天《中国禅学思想史》一书,直接将元代以后定位为"禅道变衰",这种退化论式影响深远,连带影响学界研究的价值取向。近年学界于此已经略有改观。例如周裕锴、张培锋对于宋代诗禅关系着力甚深③,周裕锴对于德洪觉范的生平、年谱以及相关文献的处理,让我们对文字禅在宋代的文化意涵有新的认识④。台湾学者张高评⑤、蔡荣婷、萧丽华⑥、黄敬家教授皆对宋代的诗禅关系有所发明。黄启江教授兼通佛教、历史、诗学,近年对南宋诗僧的文学与文献发掘之功居功厥伟。另外近年在宋代禅宗思想研究方面,石井修道最受注目,其关注领域虽然主要是宋代禅宗思想(特别是大慧宗杲),亦偶尔

---

① 孙昌武《中国佛教文化史》,中华书局 2010 年版。
② 覃召文《禅月诗魂》,北京三联书店 1994 年版。
③ 见周裕锴《文字禅与宋代诗学》(高等教育出版社 1998 年版)、《宋代诗学通论》(上海古籍出版社 2007 年版),张培锋《宋代士大夫佛学与文学》(宗教文化出版社 2007 年版)、《宋诗与禅》(中华书局 2009 年版)等。
④ 周裕锴《宋僧惠洪行履著述编年总案》,高等教育出版社 2010 年版。
⑤ 张高评《禅思与诗思之会通:论苏轼、黄庭坚以禅为诗》,《中文学术前沿》第二辑,2011 年版,第 86—94 页。
⑥ 萧丽华《唐代诗歌与禅学》(台北东大图书公司 1997 年版)、《"文字禅"诗学的发展轨迹》(台北新文丰出版公司 2012 年版)。

及于诗偈，小川隆、衣川贤次，堪称旗手。后起之秀如土屋太佑、斋藤智宽皆有可观。笔者与日本学界上述诸人皆有过从，深知日本学界良窳所在。大体而言，其论学精细，又传承有自，然罕能论其诗，此实我台湾学人利基所在。西方学界近年亦开始注意宋代佛教的特殊性，Peter N. Gregory and Daniel A. Getz, Jr. 集合各家，编成 *Buddhism in the Sung*[①] 一书，具有相当程度的代表性，说明宋代佛教逐渐受到美国的重视。但除了台湾中正大学中文系蔡荣婷教授曾就牧牛诗与《祖堂集》的诗偈加以探析以外[②]，皆罕及其诗。辽、金、元、明、清的研究虽然亦迭有新作，但于诗作往往轻轻看过。明代佛教在圣严法师、荒木见悟、长谷部幽蹊等前辈的努力之下，成果略有可观，然对于成员众多、资料宏富的明清诗僧的关心仍然不够。拙著《中边·诗禅·梦戏：明清禅林文化论述的呈现与开展》[③]是少数专门处理明清诗禅关系的专著，然影响尚浅。近年亦有刘达科《佛禅与金朝文学》[④]一书用力称勤，亦有见识，可谓别开生面。晚清佛教与文学的相关研究亦寡，当时诗名最盛的诗僧当推八指头陀寄禅敬安（1852—1912）与苏曼殊（1884—1918），苏曼殊实为风流文人，不足与论。八指头陀诗禅并高，一时人望所归。台湾师范大学国文系黄敬家教授曾有专文论及[⑤]，王广西《佛学与中国近

① Gregory, Peter N, and Daniel A. Getz, *Buddhism in the Sung*, University of Hawai'i Press, 1999.

② 蔡荣婷《北宋牧牛诗析论》，收入邝健行主编《中国诗歌与宗教》，香港中华书局 1999 年版，第 291—336 页；《北宋时期禅宗诗偈的风貌》，《花大中文学报》2006 年第 1 期，第 205—226 页。

③ 廖肇亨《中边·诗禅·梦戏：明清禅林文化论述的呈现与开展》，台北允晨文化出版公司 2008 年版。

④ 刘达科《佛禅与金朝文学》，江苏大学出版社 2010 年版。

⑤ 黄敬家《八指头陀诗中的入世情怀与禅悟意境》，《成大中文学报》第 29 期（2010 年），第 83—113 页；《空际无影，香中有情——八指头陀咏梅诗中的禅境》，《法鼓佛学学报》第 7 期（2010 年），第 107—147 页。

代诗坛》①一书仍是此一领域最有参考价值的代表著作。

虽然说近年来近世佛教思想有越来越受重视的倾向，然而除了宋代文学的研究者对于诗禅关系着力较深外，其余关注者仍然不多。实际上，历来杰出诗僧代不乏人，即令并非以诗僧名世的法门龙象，亦多有精彩动人的诗作（例如破山海明、蕅益智旭所作）。诗僧是中国文学与汉传佛教融合无间的表征，同时也是东亚诸国禅林共通的文化现象，兼具普遍性与特殊性，蕴藏丰富的象征意涵，有待进一步的研究。

三、《古今禅藻集》成书过程论考

前贤每言明代佛教，辄举憨山德清、云栖袾宏（1535—1615）、紫柏真可，谓之"万历三高僧"，然当日亦有合雪浪洪恩、月川镇澄（1547—1617）二人，设"五大师"之目。② 月川镇澄且先不论，雪浪洪恩据南京大报恩寺，异军崛起于东南。其于佛教史之意义至少有数端不容轻易看过：（一）利玛窦在南京，雪浪洪恩（即三怀和尚）与之论辩，为东西文化交流史上一桩著名的公案。（二）结合禅、华严、唯识不同面相，大体奠定晚明佛教学风的基本走向，特别是编辑《相宗八要》，可为晚明唯识学复兴的先声，憨山德清曾说："弟子可数"。（三）晚明丛林尚诗之风，始作俑者乃雪浪洪恩与憨山德清，憨山德清于此屡屡言及，诗禅交涉之风复炽然一时。雪浪洪恩门下，如雪山法杲、瞿鹤宽悦、蕴璞如愚俱有能诗之名。除此之外，雪浪洪恩门人道可正勉、蕴辉性通编撰《古今禅藻集》一书，企图将六朝以来的诗僧一网打尽，

① 王广西《佛学与中国近代诗坛》，河南大学出版社1995年版。
② 现下更通行的说法，乃将万历三高僧与清初蕅益智旭合称"晚明四大师"。此称谓大抵起于清末民初，然蕅益智旭乃憨山德清再传弟子，年辈不侔，且有清一代释子罕有见称者，故不取。

并且相当程度彰显雪浪洪恩一门的文艺观，在诗僧研究史上具有承先启后的重要意义。

历来虽然不乏僧诗选集，但收罗自古迄今的诗僧杰作，似当首推《古今禅藻集》，亦与雪浪一门特重诗艺不无干系。虽然历代僧诗著作浩若烟海，雪浪洪恩门下华严学僧道可正勉、蕴辉性涵二人合力编纂了首部贯串历朝历代的僧诗总集——《古今禅藻集》。此书初刊于万历年间，虽收录于《四库全书》当中，不知何故，馆臣却将作者小传部分全数删去，所幸万历本《古今禅藻集》尚藏于上海图书馆，书前附《历代诗僧履历略节》一文对历代诗僧生平传略有所记述，收录许多未见他处的珍贵资料。就记录贤首宗南方系一脉僧人生平资料的史料价值而言，《古今禅藻集》一书前所附《历代诗僧履历略节》一文几乎可与《贤首宗乘》①等量齐观。

《古今禅藻集》一书编者题有（理庵）普文、蕴辉性涵与道可正勉三人，笔者耳目所及，三人生平，目前仅见《古今禅藻集》一书前所附《历代诗僧履历略节》一文有所触及。"普文"下曰：

> 字理庵，姓薛氏，嘉善阡西人。剃染于郡之天宁寺。性嗜读书，独喜《名僧诗编》及《古德语录》。故其架上所积，唯古今诗书；案头所题，唯禅德姓名。不识果与禅德有缘耶？抑其天性而然耶？虽居精蓝，良有山水之癖。卜一胜地于双径东坡池，未及栖息，顷有禅者，欲募居焉，即欣然施与，略无留惜。当集是诗也，尝托人募收诗集，则厚赠以行，至有负者，唯发一笑而已。偶得片言只句，辄不顾寒暑录之。丙午迄今，历年十二，而苦辛则倍是，孟浪费者，亦倍是。公临终时，无暇及后事，唯刻诗一事关心，顾谓法孙道盛曰：

---

① 此书主要记载雪浪洪恩一系的僧人传记。民国学者王培孙在撰写《王氏辑注南来堂诗集》时曾多所引用。晚近由笔者于上海图书馆重新发现。

"汝祖生平无他好,好在僧诗,今值剞劂之初,我已欲去,殿
后之功,须汝收之,亦不失为继述者矣。"公尝欲续《高僧
传》,萌志未发,后得天台幻为,遂与为盟。幻则远搜遗逸,
公则坐评,殿最功。未半,公既下世,亡何,幻亦继踵而逝,
独惜一段胜心,竟不获酬耳。观此数端,公可谓文矣。①

这段话主要出自另一名编纂者道可正勉的手笔,观此,不难得
知:《古今禅藻集》之编纂始倡自理庵普文,其曾致力于历代诗
僧著作之收集,《古今禅藻集》之刊刻至少历时十二年以上,可谓
备尝艰辛。理庵普文虽然生前不及亲见《古今禅藻集》的出版,
但《古今禅藻集》一书的规模与格局当奠自理庵普文殆无疑义。
理庵普文之外,另一个重要编者为道可正勉,《历代诗僧履历略
节》"正勉"之下云:

> 字道可,一字水芝,俗出长水孙氏。幼入胥山之先福寺
> 习染衣教,一日有觉,即废然长往。后乃卜居于白芒村,清
> 净自活,别立家风焉。集有《蕉上草》,岳石帆先生叙曰:"独
> 憾公眉宇森秀,少嗜琴书,恂恂儒者气象。假令昌黎接引,
> 政恐阆仙让席;假令玄度往还,未必道林居左。而寥寥寂
> 寂,于《蕉上》一编,番疑古宿,利养名闻,未必如斯。"

岳石帆即岳元声,其为当日东南佛教有力外护,其诗集《蕉上
草》,笔者尚无缘寓目。观岳元声之语,其奉道入佛以前,乃一恂
恂儒者。自言"身为释子,业尚兼儒"②,可知其学兼儒释,于诗
文一道想亦会心,与沉醉风雅的雪浪门风相接无碍。

尚有蕴辉性涌其人,《历代诗僧履历略节》一文于"性涌"如
是云:

---

① 见释正勉、释性涌等辑《古今禅藻集》书前所附《历代诗僧履历略节》,上海
图书馆藏明万历四十七年刊本。
② 释正勉《葬亲》一诗小引,收入释正勉、释性涌等辑《古今禅藻集》卷十九,
第20页。

　　字蕴辉，姓邹氏，梁溪人。住金陵孔雀庵。人峭直不尚饰，具烟霞气骨，吐水月光华，雅有古人风。不禁雕虫技，下笔有神，构思有论，遂长揖词林，研究大事，有不暇事爪发者。集有《嚆然草》。

苍雪读彻亦曾有诗赠蕴辉性涌①，而虞淳熙（1553—1621）也就其为人如是说道："蕴辉上人，雪浪恩公之子，因明论师。愚公（蕴璞如愚）之弟也，诗、字独步，盖藏真之伯仲，持大戒。以文殊为阿阇黎，学本贤首宗，而不废南衡、天台之法。"②其庄学注疏《南华发覆》，陈继儒（1558—1639）举之为"以庄解庄"③的代表之作，在明代庄学史上占有重要的一席之地。④　从虞淳熙、陈继儒的说法，不难想见蕴辉性涌见重于当时士林之情于一斑。

　　综观三人传记相关记述，或略可得知《古今禅藻集》编纂过程之梗概。此书编纂之议当发自理庵普文，是以《历代诗僧履历略节》一文以理庵普文为殿军，以示推重之意。是书终成于道可正勉、蕴辉性涌之手，蕴辉性涌出身贤首宗南方系，学行重一时，实际编务恐多落于道可正勉之手。

　　书前有憨山德清、谭贞默、虞淳熙三人序，大抵罔论诗禅不

---

① 苍雪读彻之诗云："寻师旧识清凉路，来到台边无限情。偃卧不离修竹下，闭门刚著一书成。了知为累有须发，久欲使人忘姓名。探遍寒梅留我宿，坐残山月夜三更。"见释读彻著、王培孙辑注《王氏辑注南来堂诗集》卷三《过蕴辉师兼探吉祥寺古梅归宿庵中，时师注南华解初成》，台北鼎文书局1977年版，第13—14页。

② 虞淳熙《蕴辉上人，雪浪恩公之子，因明论师。愚公之弟也，诗、字独步，盖藏真之伯仲，持大戒。以文殊为阿阇黎，学本贤首宗，而不废南衡、天台之法。居燕，燕人尊信之，且指秋林为清凉境，问蒲衣童子，是我六根三业，不拘直作曲，觅路宰官，于是乎孚台主说偈赠之》，见《虞德园先生集·诗集》卷五，收入《四库禁毁书丛刊·集部》，北京出版社2001年版，第43册，第604页。

③ 陈继儒《南华发覆序》，释性涌《南华发覆》，收入《续修四库全书·子部道家类》，上海古籍出版社1997年版，第957册，第3页。

④ 方勇《庄子学史》，人民出版社2008年版，第2册，第469—482页。

二之旨。除此之外，尚有《禅藻集选例（凡十举）》一则，明白揭示选诗去取之标准，其曰：

> 僧道行孤高，兼擅风雅，履历可称者，为第一义，则居首选。

> 诗格高调古，思奇语玄，幽闲虚旷，渢渢可法者，亦居上选。

> 诗有关忠孝节义，激扬名教者，纵诗稍平，则亦不遗耳。

> 诗或匡维法门，兴崇佛事，砥砺僧行，有补庸劣者，悉收之。

> 吊古悲废，慨伤时事及风刺悠扬者，亦取之。

> 人行高望重，世代旷远，全集湮灭，间得一篇两篇，不忍轻弃，并收之，不在例内。

> 干谒逢迎，及宫词艳体，有伤本色者，则摈而不取。

> 登临送别，风月闲题，人人擅场者，亦不多取。

> 履历莫详，年腊无考，致有颠越僧次者，则耳受之讹也。

> 诗类杂见，卷帙不均，则集者托人之误耳，幸大方无哂我为。

前六则言取，后四则言去。取诗大抵不外风雅可传、弘扬圣教、砥砺名节、钩沉辑佚等，去之者则以风月闲题或品格不端为主。值得注意的是：关于作品的真伪考证一事，《古今禅藻集》似乎颇为考据学者诟病。例如四库馆臣就对《古今禅藻集》一书如是说道：

> 以朝代编次，每代之中又自分诸体，中间如宋之惠休、唐之无本，后皆冠中仕宦，与宋之道潜老而遘祸，官勒归俗者不同，一概收之，未免泛滥。又宋倚松老人饶节后为僧，名如璧，陆游《老学庵笔记》称为南渡诗僧之冠，与葛天民卒返初服者亦不同，乃遗而不载，亦为疏漏。至宝月《行路难》，钟嵘《诗品》明言非其所作，载构讼纳赂事甚悉，而仍作

僧诗，皆未免失于考订。他如卷一之末独附赞铭诔赋，盖以六朝篇什无多，借盈卷帙，然以此为例，则诸方偈颂，孰非有韵之文？正恐累牍连篇，汗牛难载，于例亦为不纯。特其上下千年，网罗颇富，较李龏《唐僧弘秀集》惟取一朝之作者较为完具，存之亦可备采择焉。①

虽然四库馆臣批判此书考核失精不纯，但亦肯定其搜罗之富，可备采择。今人陈正宏教授则将《古今禅藻集》与崇祯时毛晋所编《明僧弘秀集》比较之后，以为"从编刊精当的程度论，《明僧弘秀集》比《古今禅藻集》更有价值"②。虽然两者对《古今禅藻集》都不无微词，但《明僧弘秀集》较《古今禅藻集》晚出许多，且仅为一代之作，相当程度是在《古今禅藻集》的基础上后出转精，《古今禅藻集》对僧诗总集的拓宇之功仍然不容忽视；另一方面，此书对于若干诗僧生平细节或作品真伪的考订失真固然难辞其咎，但仍然对认识晚明以前诗僧作品的发展轨迹，提供一个大致可供辨认的轮廓，在近世佛教文学史上仍然具有重要的意义。

作为文学史上第一部具有历时性意义的僧诗总集，尽管对明代前期僧诗的收罗未若《明僧弘秀集》全备，《古今禅藻集》对于表彰当代诗僧（特别是贤首宗南方系一脉）或以诗存史的用心仍清晰可见，不失为一个认识明代僧诗的重要窗口。例如集中收录明初诗僧梦观守仁之诗曰：

> 我读太史书，遂知徐烈妇。英英闺中柔，落落气如虎。为妇当徇夫，为子当徇父。生托结发情，死共一抔土。寸铁镂誓词，全身赴火聚。观其仓皇际，出处心独苦。使有健士

---

① 永瑢等撰《四库全书总目提要》，商务印书馆 1931 年版，第 38 册，第 70—71 页。

② 陈正宏《明代诗文研究史》，上海文化出版社 2000 年版，第 139 页。

力,执仇在掌股。既无生夫术,一死真自许。有生孰不死?尔独得死所。日落青枫云,天黑巴陵雨。长歌烈妇诗,悲风起林莽。①

此诗记述徐烈妇壮烈守贞的场面栩栩如生,甚至可谓惊心动魄。徐一夔曾就徐烈妇一事本末说道:"烈妇本潘氏女,年二十五归里人徐允让。至正十九年春有大兵徇地越上,烈妇从其夫走匿山谷中,游兵至,获其舅与夫,杀之,且执烈妇。烈妇自度不免,谋死又不得,间乃绐之曰:'吾夫既死,吾从汝,必矣。独念吾舅与夫暴尸原野,诚不忍其狼藉,苟为我曳尸纳土窖中,聚杂木焚之,使化为烬,吾无他念,从汝决矣。'游兵信之,行拾遗骴,仓卒刻誓辞掷置草间,伺火焰稍炽即跃入窖中,并烧死。"②梦观守仁曾从学杨维桢,或可谓之援儒入释。③ 今观此诗,叙事流利,风雷猎猎,特别是对完美人格的仰叹,与传统文学史印象中僧诗蔬笋气重的山水清新之风略有一径之隔,然其藉诗传史之意不难想见。徐烈妇事迹在明代广为流传,甚至收入吕坤《闺范》④与黄尚文《女范篇》⑤当中,成为烈妇楷模。《古今禅藻集》中强烈的现实关怀令人印象深刻,例如永瑛"我儋愿无储,不愿年饥荒。

① 守仁《山阴徐烈妇诗》,《古今禅藻集》卷十八,第7—8页。
② 徐一夔《跋徐烈妇书后》,《始丰稿》卷十四,第16页,收入《景印文渊阁四库全书》,台湾商务印书馆1983年版,第1229册。
③ 钱谦益《梦观法师仁公》,《列朝诗集》闰集,上海古籍出版社1983年版,第677页。
④ "潘氏,字妙圆,山阴人,适同邑徐允让。甫三月,值元兵围城,潘同夫匿岭西,贼得之,允让死于刃,执潘,欲辱之。潘颜色自若,曰:'我一妇人,家破夫亡。既已见执,欲不从君,安往? 愿焚吾夫,得尽一恸。即事君百年,无憾矣。'兵从之,乃为坎燔柴,火正烈,潘跃入烈焰而死。"见吕坤《闺范》,收入《吕坤全集》,中华书局2008年版,第1508页。
⑤ "山阴徐允让妻潘妙圆。让从父安避兵山谷,兵执安欲杀之,让大呼曰:'宁杀我。'兵舍安而杀让。将辱潘,潘绐曰:'焚我夫尸,则从汝矣。'兵乃聚薪焚之,潘即投烈焰而死。"见黄尚文《女范篇》卷四,中国国家图书馆藏明万历刻本。

饥荒民薄敛，无粟充太仓"①写当时饥荒人民的惨状，德胜"东北一戍余十年，年年士卒募临边。春征云尽秋防汛，秋报言无春去船。又征子弟朝鲜戍，别母收啼行不住"②则写朝鲜之役戍边征兵的无奈，为底层人民发声。朝鲜之役，来自南方的"南兵"远较北兵更为出色活跃，背后的代价是无数家庭的分离破碎。诸如节妇、饥民、戍卒等题材固非僧诗所习见，却莫不是时代下人民与社会现象的绝佳见证，同时也是拯饥救逆的菩萨道初心本怀。

除了大时代的见证之外，也有个人生命书写的记录。在史料、僧传之外，诗也是记录生命历程的重要载体。虽然《历代诗僧履历略节》一文收有道可正勉之生平，但未若《葬亲》一诗详细，其诗云：

> 昔遭家不造，天步厝多圮。骨肉既分崩，恒产荡无纪。束发方外游，一钵为来耜。茕茕越故步，孤云任生死。弱丧十二年，耀灵急飞矢。忽因回飙驰，转蓬归故里。风尘拜双柩，衔悲不能弭。六子非令人，埋骨无寸址。蓼莪化伊蒿，瓶罄罍为耻。遂捐分寸畜，拮据营旧垒。只欲栖游魂，不贵图龙耳。缅怀鬻身贤，负土奔若驶。厥冬卜葬日，执绋冰雪里。长恨抱终天，苦海悲无底。光仪蔑见期，心戚如啮指。爱水竭涕泪，白云徒陟屺。生当未成童，曷解羞甘旨。死则为桑门，丧葬礼不庇。盖棺论富贵，臧否定没齿。一抔当佳城，万事苟已矣。赍送无剑遗，纪年聊树梓。鹤归乏华表，莫瘥亏坛壝。

> 薤歌拟白花，啼鸟述哀诔。灵气通硖山，孝思流长水。余亦电露命，胡能守禋祀。须凭清江神，年年荐芳芷。③

---

① 永瑛《苦哉行用朱西村韵》，《古今禅藻集》卷十八，第 24 页。
② 德胜《丁酉春征兵戍边至秋复征》，《古今禅藻集》卷二十一，第 11—12 页。
③ 正勉《葬亲》，《古今禅藻集》卷十九，第 20—21 页。

这是一首带有强烈自传性质的叙事诗,就其孝思刻意摹写。此诗前有小序,就其创作缘起言之甚详,其曰:

> 先父母生余兄弟六人伯仲,皆成立食贫。予最幼,钟二人爱会,巳丑岁疾疫,我母弗禄,而父亦相踵下世。明年四月,感念生死,出家胥山之古刹。身为释子,业尚兼儒,每诵《蓼莪之什》,潸然泫涕,窃自谓:"子于父母生养死葬,人子恒职,今既失生养而双柩露一隅,更独何安?"越辛丑岁,星舟冉冉一周矣,乃以葬事谋诸伯仲,俱以贫,力不堪襄,事又一载为。壬寅冬,余有方外游,欲速酬前愿,然又未能卜地。亡何有,从兄者悯余孝思,指祖茔昭次可权厝。予曰:"生寄死归,何地非权乎?"遂罄衣钵之资,办葬具。因思:禅衲不欲立文字,破白业之戒,然此一段苦心,又不敢同沦黄壤。况诗出性情之正,昔贤所不禁,于是僧而诗借文字以纪事,纵有败实之议,余心甘之矣。[1]

编者自选自作固不足取,然此乃明人常见风习,就诗论诗,此作固然未必高明,然亦因赖有此作,就认识道可正勉其人一事,亦可补史料之阙漏。更为难得的是:此诗将家中贫困的窘况、手足不谐(甚至近乎不孝)以及双亲下葬的曲折经过如实写出,罕所隐讳。道可正勉此诗固不无自我标榜之嫌,却同时也透显出明代僧人与世俗伦理(儒教价值观)彼此交涉的样态,有远超一己遭遇之上者。从众生悲辛到个人境遇,明代诗僧对人世现实的高度关注令人印象深刻。虽然如此,此类作品遽难谓之僧诗本色当行,若虑及僧人生活背景与修证实践,自然话语与感官论述数量之多亦当不在意料之外耳。

---

[1]　正勉《葬亲》,《古今禅藻集》卷十九,第19—20页。

四、自然话语

传统诗学批评家喜用"蔬笋气"的说法来概括传统诗僧作品的特征。"蔬笋气"的内涵虽然众说纷纭，但大抵指浪漫情感与豪勇血气的付之缺如，沉溺于山林自然风味，具有强烈主张退让不争的消极倾向。严格来说，僧诗当另自有一套判准，不该以俗世间的文字绳墨。笔者曾以晚明高僧汉月法藏（1573—1635）的山居诗为例，山居诗虽然源远流长，但高明的作者仍然可以表达其自然观与历史观。[①] 例如梅花在严寒中绽放的道德想象，也是经由宋代以后的禅僧再三转写，故而深入人心。[②] 大体来说，山林风物等自然话语是佛教文学（特别是禅宗诗歌）最重要的拟喻。僧诗中的自然话语，是其自然哲学、空间观、理想的世界图像（例如净土或桃花源）的精神特质汇聚一时的特殊修辞方式。

以山为例，山在佛教文化脉络中除了自然风味之外，往往又有神圣空间的含义。例如佛教三名山（五台、普陀、峨眉）。诗僧的圣山书写往往具有"圣/俗"、"静/动"、"心/身"、"人/自然"相互对待、彼此互具的特质，远超世俗雅兴游赏的单一特质。《古今禅藻集》当中写山之作不知凡几。例如明代僧人本吴禅师拟谒五台之际，广莫禅师赠诗云：

> 出门芳草路漫漫，蓦直曾参婆子禅。塞上风尘双白足，杖头踪迹半青莲。重岩雪积僧初定，古寺春深花欲然。若问曼殊行履处，寒山寂寂水涟涟。[③]

---

① 廖肇亨《晚明僧人山居诗论析：以汉月法藏为中心》，《中边·诗禅·梦戏：明清禅林文化论述的呈现与开展》，第273—300页。
② 程杰《梅文化论丛》（中华书局2007年版）、《中华梅花审美文化研究》（陕西师范大学出版社2008年版）。
③ 广莫《送本无禅师谒五台》，《古今禅藻集》卷二十五，第27页。

赵州和尚与台山婆子是禅门著名公案。前半写僧人行脚风尘与求道热诚,乃悟前勤修,后半则写修后悟。"古寺春深花欲然",乃是内心风景的投射。末尾则是将求道者与文殊圣者的化身寒山和尚合而为一。是法住法位,世间相常住。

由于华严四祖清凉澄观(738—839)在五台山大开洪炉,著作中又多以五台山(清凉山)作为华严教义的拟喻,是以后世华严学僧(例如憨山德清)莫不特意朝礼五台,贤首宗南方系学僧亦不例外,多有诗咏其事。① 晚明以来,僧人行脚朝山蔚然成风,例如明代僧人真一送人从五台礼普陀山之诗云:

> 道人今自五台来,还同昔日五台去。若言去自昔时踪,我心不得去时处。若言今是来时路,我心飘飘浑无住。翘足南望洛伽山,依旧洋洋婆竭海。仁思六月清凉寺,塞风栗栗何曾改?两山情境俱不迁,道人去住亦何言?但令心无去来想,此山可北彼可南。君不见,昔有真人居南岳,一钵翛然出行脚。偶然挂锡大慈山,双虎移泉童子涧。②

真一无传,不详其人。五台山为佛教第一圣山,普陀为观音道场。晚明时两山南北相望,为两个地位最为崇高的佛门道场。臧懋循(1550—1620)曾就两山之异同说道:"顾南海补陀,一苇可达;而清凉远在朔塞,非岁余聚粮,无以即路,故我吴人礼补陀者常十九,而礼清凉者不能什一。"③对江南僧侣而言,普陀山近在耳目,远谒五台山成为宗教热诚的表征。不过真心向道者寡。憨山德清曾就此风如是说道:"今出家者,空负行脚之名,今

---

① 关于这点,详参廖肇亨《从"清凉圣境"到"金陵怀古":从尚诗风习侧探晚明清初华严学南方系之精神图景》,《中研院中国文哲研究集刊》第 37 期(2010 年版),第 51—94 页。

② 真一《昱光道兄礼五台还南海赠之》,《古今禅藻集》卷二十一,第 9—10 页。

③ 臧楙循《清凉山显通寺缘缘疏》,《负苞堂文选》卷四,收入《续修四库全书·集部》,第 1361 册,第 49b 页。

年五台、峨眉，明年普陀、伏牛，口口为朝名山，随喜道场，其实不知名山为何物，道场为何事，且不知何人为善知识，只记山水之高深，丛林粥饭之精粗而已。"①真——此诗其实是对热极一时朝山之风的反思批判。结尾乃用大慈山寰中和尚之典②，谓其"但令心无去来想，此山可北彼可南"，暗讽行脚僧人徒然从事于四处行脚朝山，却于勤修道业一事掉臂不顾。云栖袾宏也曾对明末僧人热衷朝山之风一事说道："或谓五台峨嵋普陀三山，劫坏不坏。游者能免三灾，此讹也。三灾起时，大千俱坏，何有于三山？若必游此免灾，则瞽目跛足之徒，不能登历者，纵修殊胜功德，终成堕落。而居近三山者，即愚夫皆成解脱耶？当知无贪乃不受水灾、无瞋乃不受火灾、无痴乃不受风灾。三山之到否何与？愿念念开文殊智、行普贤行、廓观音悲，则时时朝礼三山，亲迩大士。不达此旨，而远游是务，就令登七金、渡香水，何益之有？"③对于朝山信仰衍生可以消灾解厄的说法，云栖袾宏显然大不以为然。

当然，在佛教内部，不只是因为圣山具有赫赫威神力，成为民众崇拜的对象，更重要的是：山是佛教一个特殊的隐喻，既是实际生活的自然环境，也是修行过程中自我转化的凭依，可谓具有多重层次的自然话语。清初东渡日本的黄檗宗即非如一

---

① 德清《示寂觉禅人礼普陀》，见《梦游集》卷四，收入《憨山大师全集》，河北禅学研究所 2005 年版，第 98 页。

② 元敬、元复《武林西湖高僧事略·唐大慈山寰中禅师》谓："时学者甚众，山素缺水，师拟飞锡。夜梦神人告曰：'勿他之，我移南岳小童子泉就师取用。'诘旦见二虎以爪跑于地，泉自涌出，味甘如饴。有僧自南岳至，乃曰小童子泉涸矣。故东坡题诗云：'亭亭石塔东峰上，此老初来百神仰。虎移泉眼趁行脚，龙作浪花供抚掌。至今游人灌濯罢，卧听空阶环佩响。故知此老如此泉，莫作人间去来想。'"收入《卍续藏》，台北新文丰出版公司 1983 年版，第 77 册，第 581 页下。

③ 袾宏《三山不受三灾》，见《云栖法汇》卷十五，收入《明版嘉兴大藏经》，台北新文丰出版公司 1983 年版，第 33 册，第 76 页下—77 页上。

(1616—1671)禅师曾经就此如是说道：

> 五蕴，山也。人我，山也。涅盘，山也。一切圣凡，出生入死，未尝不居于此山也。若能坐断此山，全身是道，则无内无外，无彼无此，到恁么田地，便是超生脱死的时节也。①

从即非如一禅师的角度来看，"坐断此山"即能"超生脱死"，几乎同于"道成肉身"。山的文化意涵又能与传统文人胸怀丘壑的自然意象相迭合，成为僧诗中显而易见的文化地景。

相对于圣山意象，另一个多层次的拟喻即是大海。早期佛教经典中有"海有八德"的说法，后来禅门中"大海不宿死尸"之公案即出于此。日本五山禅僧多有咏海之诗，成为五山禅林诗作中一个特殊的拟喻。② 相对于圣山书写的漪与盛哉，中国诗作中咏海之作略显不足。不过，如同海洋诗作发展的历史进程，宋代以前的海洋意象主要是神仙想象，宋代以后的海洋诗作方有亲身体验的精彩可说。《古今禅藻集》中的海洋意象也呈现了与圣山意象不同的风味。例如德胜的《补海汛词》，其云：

> 百万人看青海月，两三寇啸白旗风。洪涛怒激雪山立，落日夷歌别岛中。羽书南海报猖狂，守汛楼船黑水洋。忽听岛夷螺哽咽，气衰一夜鬓如霜。万艘斥候海天愁，惨惨阴风夜不收。骸骨入关生死愿，汉家无地尽封侯。③

此作前有小序，曰："定海关外杨周等山，守汛诸兵风境凄感，古今词客多有《出塞》、《凉州》等作，而略东南边海之苦，余窃不满。

---

① 即非如一《即非禅师全录》卷四，收入《明版嘉兴大藏经》，第 38 册，第 643 页。

② 参见廖肇亨《百川倒流：日本临济五山禅林海洋论述义蕴试诠》，河北省社会科学院、河北省民族宗教厅、河北省佛教协会主办"首届河北赵州禅·临济禅·生活禅学术论坛"，2011 年 5 月 13—16 日。

③ 德胜《补海汛词三首有引》，《古今禅藻集》卷二十八，第 12—13 页。

聊补古人之缺题。故云：《补海汛》。"①此诗主要是指东海边海
之苦，特别是御倭入侵的士兵。德胜虽然是一介僧人，对东南士
卒的生活倒是拳拳致意。特别是其注意到"古今词客多有《出
塞》、《凉州》等作，而略东南边海之苦"，虽是就边塞诗而言，同样
也有文学史的意义。明清以后，各种不同的海洋经验丰富海洋
诗作的文化意涵。德胜另有《答道可佛可八月十八日同诸友人
海上看潮有怀之作》一诗，写与道可正勉等人一同观潮的心情，
其云：

> 沧溟八月大风高，此际还能念郁陶。避世真应惭尔辈，
> 望洋空拟向吾曹。五山徒步齐群圣，几锡联飞驻六鳌。何
> 处得来龙颔物？开缄犹带海门涛。②

虽然此诗只是单纯的怀人写景之作，并未有太多深刻的含义，与
传统的"观海"诗的创作方式几无二致。但综观德胜诸作，类似
"春深沧海色，梦断紫涛声"③、"沧海回风色，明河注水声"④的说
法屡一见，刻意营构海洋意象的用心亦不难想见，从这个角度
看，《古今禅藻集》的诗僧作品，也充分具有文学史的重要意义。

五、感官论述

　　山海之外，近年来，德洪觉范强调感官互通的诗学主张
甚受学者注目。⑤ 用近代学者（如钱锺书）的话说，或可谓之"通

---

① 德胜《补海汛词三首有引》，《古今禅藻集》卷二十八，第 12—13 页。
② 德胜《答道可佛可八月十八日同诸友人海上看潮有怀之作》，《古今禅藻
集》卷二十五，第 12 页。
③ 德胜《初春对梅花忆友人渡海朝普陀山》，《古今禅藻集》卷二十三，第
2 页。
④ 德胜《读王元美集》，《古今禅藻集》卷二十三，第 2 页。
⑤ 参见周裕锴《"六根互用"与宋代文人的生活、审美及文学表现——兼论其
对"通感"的影响》，《中国社会科学》2011 年第 6 期。

感"①,简单地说即感官作用的交融互摄。"通感"固然是近代诗学与美学的重要课题,却早已见诸佛教义理相关的众多讨论。从佛教的立场来看,感官的交融互摄远不止于美学或修辞问题而已,而是体证佛法奥义与涅盘实相的进路。曹洞宗开祖洞山禅师曰"若将耳听终难会,眼处闻声方得知"②,斯此之由也。《楞严经》中的观音耳根圆通法门以听觉为例,详细解说如何超越感官知觉,进而体契圣道的过程。另外,再以味觉为例,佛教又对味觉论述情有独钟,例如"佛法一味"、"味外味"、"譬如食蜜,中边皆甜"、禅宗更有"曹山酒"、"赵州酒"、"不曾少盐酱"、"露地白牛"等味觉公案。本文拟以《古今禅藻集》中所收明代诗僧作品,就其相关的感官论述略加审视,进而省思诗学与禅学的互动关系。

佛教虽然讲身心解脱,但舍此肉身,亦无由成道。四大不调,人所常有,僧人又何独不然,因病见身,理所常有。明初著名的诗僧宗泐③有诗记病,其云:

> 身老那堪病更缠,小斋欹枕只高眠。阶前秋雨连三日,篱下黄花自一年。摩诘不知除病法,嵇康空著养生篇。尚方再赐千金药,惭愧皇恩下九天。④

摩诘示疾是常见故实,此诗一半写病中高眠的时光,一半却暗自矜夸天宠之贵,无甚深意。但另一名诗僧见心来复(1319—1391)⑤于

---

① 钱锺书《管锥编》,中华书局1982年版,第483—484页。不过唐代以后古人论感官互通时往往归诸《楞严经》这点,钱锺书并未提及。

② 圆信、郭凝之编《瑞州洞山良价禅师语录》,见《大正新修大藏经》,东京大藏出版社1988年版,第47册,第520页上。

③ 宗泐,字季潭,临海周氏。八岁从大欣受业,十四剃发,二十具戒。后参谒径山元叟,掌记室。初主水西寺,迁中天竺、双径、天界诸寺。洪武十年求法于西域。后归朝,任僧禄司右善世。著有《全室集》。

④ 宗泐《病中作》,《古今禅藻集》卷二十四,第3页。

⑤ 来复,豫章丰城(今江西)人。俗姓王,字见心,号蒲庵,世称豫章来复。嗣法径山之南楚师悦。元末因兵乱迁入会稽山,于定水院开始弘法。历住鄞州天宁寺、杭州灵隐寺等。

病中另有所见，其云：

> 嗒然枯坐竹方床，懒慢无心百虑忘。雨后摘蔬莴苣绿，
> 风前晒药茯苓香。飞蛾夕掩铜盘烛，饿鼠朝窥瓦缶粮。幻
> 世有生皆旅泊，归休何地是吾乡。①

此诗首联与前首无异，写病中悠长时光。颈联写景如实切洽，点出诗题。有趣的是颔联中的飞蛾与饿鼠的比喻。见心来复曾任僧官，因胡惟庸牵连入狱致死，飞蛾扑火或饿鼠窥粮似乎带有政治隐喻，或恐其方为致病之由。末尾意味深长，似乎由病悟生，暗示人生如寄，且世间形躯皆非实有。

对于四大五蕴，僧人别有所见，往往与俗世有别，例如俗名姚广孝的诗僧道衍对于苦之为味的赞扬，令人印象深刻，其云：

> 甘腴众所歆，苦毒吾乃喜。味之曾勿厌，八珍同其美。
> 箪瓢能久如，钟鼎岂常尔，昔贤有遗戒，刀蜜不可舐。愿言
> 膏粱人，于斯当染指。②

此诗劝世意味浓厚，甘味乃世间荣华富贵之喻，苦味则是贫淡平凡的生活情调，此诗劝人莫以世间富贵为念，当以修道为先。虽然卑之无甚高论，但取譬特殊，颇有未经前人道者。僧人论味，多尚言茶。茶与佛教之渊源久远，前人论之已详，毋庸词费。一如无处不在的山居诗，《古今禅藻集》言茶之作亦触目皆是，在味觉的基础之上，营构不同层次的文化意涵。例如永瑛之诗云：

> 石洞松门带夕阳，自攀青蔓采秋霜。
> 大官尚食知多少？不似山厨意味长。③

此诗结尾不免略伤温柔敦厚之旨，或可归入俗白僧诗一路。茶

---

① 来复《甲寅岁病中述怀》，《古今禅藻集》卷二十四，第 10 页。
② 道衍《味苦诗为一初赋》，《古今禅藻集》卷十八，第 14 页。
③ 永瑛《采山药子煎茶》，《古今禅藻集》卷二十七，第 23 页。

不仅是养生之具,更是清高人格的表征,也是僧家生活的具体写照,是以作者复云:

> 瓦灶松炉自一家,阿师炊饭我煎茶。
>
> 只应心地无烦恼,好向山中度岁华。①

在禅门话语当中,洪炉与破灶都有特殊的隐喻,意味着主客对立融化销解,故而茶香于此不只是一种生活方式,更意味着完美的修行境界与人生智慧。僧家少欲无为,唯慧是业,余韵袅袅的茶香往往意味着无法言说的无上法悦。虽然如此,亦未可一以视之。八万四千解脱法门,琴居其一。明代诗僧古春于琴道别有会心,其诗云:

> 碧香非所嗜,绿绮能醉心。泠然万籁作,中有太古音。
>
> 妙弹不须指,趣在山水深,清风动寥廓,白月流中林。子期
> 如可遇,铸以千黄金。②

这首诗基本上是"无弦琴"的追摹拟想。万籁喻森罗万象,太古音喻真常佛性。"碧香"即茶,此处成为烂熟平庸的代称,以习学古琴一事高自标置,又与传统中知音难得的故实相结合。在四十二章中,以调弦一事以喻调伏身心。③ 又《大智度论》提及犍闼婆王至佛所弹琴赞佛,三千大千世界无不震动,乃至摩诃迦叶不安其坐。④ 听觉成为契入佛法堂奥的绝佳手段,故观音耳根圆通为最上解脱法门。明清僧人精于琴道,故清初东渡日本的曹洞宗僧人东皋心越为江户琴学之祖,实有以致之。

五蕴六根充分运用与配合,《古今禅藻集》中不乏其例。明代诗僧斯学袭用习见乐府诗题《四时子夜歌》(或《子夜四时

---

① 永瑛《戏赠阿师》,《古今禅藻集》卷二十七,第 24 页。
② 古春《醉琴卷》,《古今禅藻集》卷十八,第 19 页。
③ 迦叶摩腾、法兰译《四十二章经》,《大正新修大藏经》,第 17 册,第 723 页下。
④ 鸠摩罗什译《大智度论》,《大正新修大藏经》,第 25 册,第 135 页下。

歌》）的体制，尝试刻画特殊的生活情境，其曰：

> 残花落处香成雨，娇鸟啼来日当午。碧蜂采英若个甜，
> 黄蘗生心为谁苦？

> 葵英如杯榴萼小，绿树阴阴啭黄鸟。昼长深院不开门，
> 暗镂愁眉事多少？

> 新凉已入深闺里，林叶萧萧夕风起。床头蟋蟀急寒霜，
> 池面芙蓉照秋水。

> 风霜惨淡岁云暮，叶声吹尽江头树。闺里相思人未归，
> 寒衣欲寄愁长路。①

此组诗作按春夏秋冬的次序排列，目视草木，耳听虫鸟，有甜
有苦，愁长蹙眉。此作虽曰僧诗，却充满闺怨情思，似乎有违
《古今禅藻集》编者选诗的初衷。斯学其人英才早逝，编者或
不无以诗存人之意。此外禅门亦本有艳诗悟道一路，借闺怨
之思以表心思专一或冷暖自知，故似亦不应遽以为非。写僧
家理想的生活形态与精神境界，弘灏之作似乎更为传神。其
诗云：

> 弦断犹堪续，草败犹能绿。每叹人不如，云亡难再复。

> 伊予感实深，无生念转笃。窜身岩石间，含真而抱朴。

> 止渴有清泉，疗饥有黄独。虽乏旃檀香，野华常馥郁。

> 所契良难忘，引领劳双目。畴念菰芦人，足音响空谷。②

第一段写入道机缘，特别是探究一大事因由。第二段则写断绝
俗虑的修行之精。此诗眼目在第三段，说明僧家不追求口腹之
欲或感官刺激的满足，当唯道业成就是问，眼中所见只有那些潜
心修道的前辈楷模。此诗虽然不是彻悟人语，但就一个真诚求
道人的理想状态作如实描绘，即除了基本的生理需求之外，全副

---

① 斯学《四时子夜歌》，《古今禅藻集》卷二十一，第13—14页。
② 弘灏《屏居山中寄南湖诸法友》，《古今禅藻集》卷十九，第18—19页。

身心都朝向理想境界的追求。认识感官,才能超越感官,才是圆满解脱的不二法门。

六、代结语

近世汉传佛教诗僧研究是佛教文化史的一大题目,此一问题牵涉甚广,可谓环环相扣的文化综合体。从感官论述与自然话语的角度,重新检视《古今禅藻集》中明代僧诗,冀能对以下的课题有所裨益:

(一)感官论述是文学创作论极其重要的一环。对中国古典文学批评家而言,其认识个体心理层面活动,几乎全由佛教入手,例如金圣叹。梁启超曾言"佛教就是心理学",本文以明代僧诗为例,探讨中国文学创作过程中,佛教(尤其是禅宗)在感官论述与自然话语中的特殊成就。

(二)自然话语牵涉到生态伦理、空间观、自然观,这是当前人文学界最重要的时代课题之一。田园山水诗一直是中国文学最重要的题材之一,但僧诗中的自然话语层次更为丰富,包括圣与俗、自我书写与如何认识客观世界等课题皆为不可忽视的重要课题。解析僧诗著作当中的文化意涵,或有助于与当前人文学术思潮进行深度反思对话。

(三)诗禅关系是东亚汉传佛教文化地区最重要共通的文化现象,从感官论述与自然话语出发,省思近世诗僧的表述方式与修辞策略,同样也是认识东亚文化不可或缺的门径。例如东亚诸国绘画史共通的题材之一——"潇湘八景",在流传的过程中,禅僧之力莫大焉,透过近世诗僧的作品,对东亚共通的文化实践与思维样式可以有新的认识。

本文从自然话语与感官论述双重进路,探究诗僧创作风格演变及其相关的历史、文化、社会脉络,同时就《古今禅藻集》的成书过程加以讨论，就前人未及着意的文献材料略加诠解，冀能为近世佛教文学研究开启不同的问题视野与论述方式。

（作者单位：台北中研院文哲所）

材料的声音：钱谦益《列朝诗集小传》的选材策略

叶　晔

　　在中国历代诗学文献中，钱谦益《列朝诗集小传》是一本蛮特别的书。严格意义上说，它只是后人摘编《列朝诗集》这一断代诗歌总集中的诗人小传而成的，能否算"诗话"，尚有不小的争议。但考虑到此书在康熙三十七年（1698）已有单刻本问世，且同时代的《明诗综》一书，也被后人摘小传而成专书，且冠以《静志居诗话》的名谓，我们有理由认为，只要秉持"诗话"概念动态演变的视角，《列朝诗集小传》应被视为一种特殊的诗话类型①。更关键的是，在它身上集结了"资闲谈"、"品人物"、"辨诗论"等多种诗话体性，不失为观察诗话一体在明清两代演变的一个典型个案。虽然钱谦益并没有十足的"诗话"书写目的，但作为一部诗歌总集中的诗人小传，其中表露出的对明代诗歌史的系统建构，以及对明代诗学理论的明确立场和激烈诉求，远远超过了同时期的很多以"诗话"命名的诗学著述。故从诗学文献的角度来说，《列朝诗集小传》包蕴了丰富的文学批评价值，此为正常的

----

① 张伯伟先生指出，元好问编《中州集》，"其例每人各为小传，详具始末，兼评其诗"，钱谦益编《列朝诗集》一如其例。这些小传兼诗评的文字辑出单行，即成诗话，如朱彝尊《静志居诗话》、王昶《蒲褐山房诗话》等。这一类诗话，溯其渊源，便是从选本中分化而出。见《中国古代文学批评方法研究》，中华书局 2002 年版，第 301—302 页。

思维对应关系，读者皆可想见，故相关研究成果已经不少①。而本篇的目的，则是跳出这一习惯思维，从传记文献的角度切入，通过细究传记的选材和叙事策略，来错位考察《列朝诗集小传》的文学批评价值，为钱谦益研究甚至明清诗学研究提供一条可资补益的观察路径②。

一、皮里春秋：《列朝诗集小传》的别样观察维度

现今学界对《列朝诗集小传》的态度，基本上认为钱谦益在字里行间注入了相当鲜明的褒贬臧否之态度，并借此书写了一部别体的明代诗歌史。总的来说，钱氏在书中力倡馆阁文学传统和吴中文学传统，而对以前、后七子为代表的复古派文学，以及以钟惺、谭元春为代表的竟陵派文学，予以猛烈的抨击。考虑到《列朝诗集小传》作为第一部明代诗歌史的特殊地位，钱谦益的观点和立场，对后世的明代文学批评有着深远的影响，如《静志居诗话》、《明史·文苑传》，以及《四库全书总目》中的明别集提要，皆带有钱氏"明诗史"的若干印迹。在某些特定的时代，如上世纪后半叶，在评介明代诗人时征引几句钱氏的评论文字，甚至成为一种常态和惯习。

---

① 以前、后七子批评为例，就有张爽《钱谦益对明代"后七子"诗派态度发微——钱谦益〈列朝诗集小传〉和朱彝尊〈静志居诗话〉之比较》，《明史研究》第 13 辑，黄山书社 2013 年版；谢佩真《制作明代前后七子——以清初、中期三书为探讨核心》，台湾政治大学硕士学位论文，2011 年。但以上成果皆专注于小传中的评论文字，对叙事文字未作留意。

② 将《列朝诗集小传》视为一种书写策略的学术观，在"弇州晚年定论"的讨论中多有呈现，周兴陆《钱谦益与吴中诗学传统》、李光摩《钱谦益"弇州晚年定论"考论》等皆有涉及，但基本上停留在对小传之评论文字的考察上。通过明人传记中的叙事策略来探究作家的文学思想，左东岭先生已有尝试，见《〈方国珍神道碑铭〉的叙事策略与宋濂明初的文章观》，《首都师范大学学报（社会科学版）》2013 年第 6 期。

　　然而,我们需要认识到,《列朝诗集》中的每篇小传,都是由叙事文字和评论文字两部分组成的。被学界经常拿来作为论证材料的,其实是后半段带有浓郁钱氏色彩的评论文字。而对前半段的叙事文字,多认为属于客观陈述,钱谦益只是摘编材料、重新撰写一遍而已,未对其中的文学态度作太多的探究。加上钱氏自述《列朝诗集》"仿元好问《中州》故事,用为正史发端,搜撮考订,颇有次第"①,这种端正求实的学术姿态,更加深了读者对其中叙事文字的信任程度。现今学界对《列朝诗集》的编纂情况及其文献来源,已有不少研究成果问世②,但学者们的关注重点,仍主要集中在诗歌的来源情况上,而对小传的来源情况,未有太多留意。而事实上,《列朝诗集》共收录了近两千位诗人,钱谦益再怎么博学广闻,也不可能光凭记忆和学识就写出所有小传来,何况其主体编纂时间只有六年而已(顺治三年至九年,1646—1652)。故从现有迹象看,他不仅在选诗这一核心事业上,参考了大量的明人别集和总集,在撰写小传一事上,亦借鉴了诸多碑传、别集序及史传类文献。尽管在表象上,钱谦益如实地摘引了相关史料,重撰出一篇相对完整的叙事文字,基本上没有私人情绪可言,他的态度主要流露在后半段的评论文字上。但事实上,他通过对原始材料的选择性使用和编排,以及利用语境转换下的曲解语意、偷换概念等手法,可以在不发表个人主观见解的情况下,让材料自己发出接近编者文学观的声音。

　　这种写法,本是中国古代史传书写的一大传统,可视为春秋

①　钱谦益《列朝诗集》甲集卷十"徐布政贲"跋语,《续修四库全书》第1622册,上海古籍出版社2003年版,第596页。
②　王新歌《列朝诗集〉两次编纂略考》,《文学与艺术》2010年第4期;都轶伦《〈列朝诗集〉编纂再探:以两种稿本为中心》,《文学遗产》2014年第3期;陈广宏《〈列朝诗集〉闰集"香奁"撰集考》,(韩)《中国语文学志》第39辑,2012年。

笔法的一种变形①。《春秋》学一直是常熟钱氏的宗族治经传统，"家世授胡氏《春秋》，训故充栋。先君网罗放失，搜逖疑互。老师宿儒，穷老尽气，莫知原本者，莫不泝流穷源，了若指掌。"②钱谦益幼时受业于父亲钱世扬，自云"仆家世授《春秋》，儿时习《胡传》，粗通句读则已，多所拟议，而未敢明言。长而深究源委，知其为经筵进讲，箴砭国论之书。国初与张洽并行，已而独行胡氏者，则以其尊周攘夷，发抒华夏之气，用以斡持世运，铺张金元已来驱除扫犁之局，而非以为经义当如是也"③。若我们将钱谦益对胡安国《春秋传》的理解，与《列朝诗集小传》的书写态度相对照，不妨作如下观看：其"箴砭国论"说，变为书写一代诗史、评论各家诗人的行为；其"尊周攘夷"说，化为对明代不同文学流派的爱憎分明的批评态度；其"斡持世运"说，则是钱氏通过对明代三百年诗歌的总结，以惨痛的经验教训来展望新时代诗歌的发展前景。只不过诗人小传的文学特质，较之正统的史志传记，不易引起读者对其中春秋笔法的关注；而这些诗人小传又被置于篇幅浩繁的断代诗歌总集之中，更显得微不足道而少有人留意了。

---

① 钱锺书先生论《列朝诗集小传》中引王世贞《题归太仆文集》中"余岂异趋，久而始伤"一句，指出牧斋径改"始伤"为"自伤"，以为"舞文曲笔，每不足信"，"窜改弇州语，不啻上下其手"，见《谈艺录》，中华书局 1984 年版，第386—387 页。此"曲笔"说，应是学界对钱谦益《列朝诗集小传》书写策略的首次概说，然未涉及前半段的叙事文字。其实，吴伟业在《太仓十子诗序》中已对钱谦益的取舍态度多有批评，以为"（王世贞）盛年用意之作，瑰词雄响，既芟抹之殆尽，而晚岁颓然自放之言，顾表而出之，以为有合于道"，见《吴梅村全集》卷三十，上海古籍出版社 1990 年版，第 694 页。但他并未直接点名，也未明言此"芟抹"对象是指诗歌还是诗论，仅概言之，不若钱锺书之言指确凿。
② 钱谦益《牧斋外集》卷一四《先父景行府君行状》，《牧斋杂著》，上海古籍出版社 2007 年版，第 739 页。
③ 钱谦益《牧斋有学集》卷三八《与严开正书》，上海古籍出版社 1996 年版，第 1316 页。

虽然相关的案例论证和分析尚未展开,但笔者有意指出,《列朝诗集小传》作为一部传记类诗话,其每篇文字至多可分四个板块:即政治履历、文学轶事、诗论征引、直接评论。并不是每篇小传都包含这四个板块,但每一板块的论说在小传中确有不可替代的作用。在前两个叙事板块中,钱谦益通过对诗人的政治履历、文学轶事等材料的取舍、编排和曲解,塑造出一个看似平允的历史人物形象,实则隐含了对诗人的基本道德评骘;在第三个板块,他通过对诗人诗学观点的选择性引证和阐释,进一步明确自己的批评立场。以上三块,钱谦益虽一直未动声色,却已经在读者的潜意识中作了充分的价值铺垫,以致最末提出旗帜鲜明的褒贬之论时,显得顺理成章。在某种程度上,此策略与宋人"作诗话以党同伐异"之事并无太大区别,只不过宋人作诗话攻政治之朋党,而钱谦益作诗话攻文学之朋党罢了。

二、材料的取舍:对作家文学思想复杂性的利用

任何作家,究其文学事业之一生,不可能一成不变。其文学思想的复杂性,至少可以表现在三个方面:(一)文学思想随人生经历而变化,老、中、青时代的观念多有不同;(二)即使在同一时段内,很多作家亦存在文学创作与文学理论之差异,甚至背离,无法保持文学事业的言行合一;(三)即使是同一时段的同一套文学观念,也可能因表述语境的不同,而表现出细微的差别来。故有些材料间的矛盾,并不意味着作家思维的混乱无序,或道德的左右骑墙,只是在不同时空发出不同声音罢了。然而,在撰写一篇简要的人物传记时,对不同时段、不同语境中的材料应如何取舍,却成为至关重要的一件事。

钱谦益编纂《列朝诗集》并撰写小传,无疑是一个巨大的学

术工程。有明一代，文学流派众多，文学论争异常热烈，要梳理得井然有序，并非易事。我们可以想见，钱谦益为此翻阅了大量的史部、集部文献，却很少留意，这些众说纷纭的史料，在为钱谦益撰写小传提供了丰富素材的同时，也为他留下了相当宽裕的取舍空间。比如那些文学思想有过重大转变的作家，就成为钱谦益分裂其对手阵营、拉拢入己方阵营的绝佳目标。其乡贤徐祯卿，便是典型。《列朝诗集小传》记徐祯卿事迹如下：

> 祯卿，字昌谷，一字昌国，常熟人，迁吴县。天性颖异，家不蓄一书，而无所不通。与吴趋唐寅相友善，寅荐于沈周、杨循吉，由是知名。屡台试不捷，感屈子《离骚》，作《叹叹集》，论者以"文章江左家家玉，烟月扬州树树花"为集中警句，虽沈、宋无以加。又断作诗之妙，为《谈艺录》。弘治乙丑举进士，除大理寺左寺副，乞徙南就养，会失囚，降国子监博士，卒于京师，年三十三。顾璘《国宝新编》曰："昌谷神清体弱，双瞳烛人，幼精文理，不由教迪。著《交诚》、《感暮赋》诸篇，词旨沉郁，遂阖晋、宋之藩，凌躐曹魏，长宿惊叹，号为文雄。专门诗学，究订体裁，上探骚、雅，下括高、岑，融会折衷，备兹文质，取充栋之草，删存百一，至今海内，奉如珪璧。所谓虽多亦奚以为也。其所研索，具在《谈艺录》中，斯良工独苦者与？"昌谷少与唐寅、祝允明、文璧齐名，号"吴中四才子"。征仲称其才特高，年甚少，而所见最的，其持论于唐名家独喜刘宾客、白太傅。沉酣六朝，散华流艳，文章、烟月之句，至今令人口吻犹香。登第之后，与北地李献吉游，悔其少作，改而趋汉、魏、盛唐，吴中名士颇有"邯郸学步"之诮。然而标格清妍，摛词婉约，绝不染中原伧父槎牙畟兀之习。江左风流，故自在也。献吉讥其守而未化，蹊径存焉，斯亦善誉昌谷者与？余取昌谷五集暨《迪功集》参互

录之,使谈艺者自采择焉。①

钱谦益撰"前七子"小传,对其他六人皆有较鲜明的批评态度,只对徐祯卿一人持引而不论、总体肯定的写法。究其原因,在钱谦益对苏州文学传统的强烈认同感,促使他试图对徐祯卿与复古文学阵营作有效的切割,凸显徐氏身上的南方文学印迹,用"江左风流"来淡化他北上习染的"中原伧父"之气。这篇小传看似平允,然细究史源,竟全部采用吴中文人的说辞:"天性颖异……断作诗之妙,为《谈艺录》一段,出自阎秀卿《吴郡二科志》②;"昌谷神清体弱……斯良工独苦者与"一段,出自顾璘《国宝新编》③;"征仲称其才特高……独喜刘宾客、白太傅"一段,出自文徵明《焦桐集序》④;"标格清妍,摛词婉约,绝不染中原伧父槎牙鼻兀之习"一句,源自何良俊《四友斋丛说》⑤。除了最后一句李梦阳的评价,钱谦益用来作反向论证外,其他皆在突出徐祯卿文学创作及思想中的南方地域特质。阎秀卿、顾璘、文徵明、何良俊皆苏松人士,"文章江左,烟月扬州"、"沉酣六朝,散华流艳"、"标格清妍,摛词婉约"诸辞,亦带有浓郁的江南清丽之气。而对徐祯卿北上参加文学复古运动的诸多事迹,钱谦益着墨甚少。除了李梦阳的讥评外,整篇小传未出现一位与之交游的复古作家名讳,甚至连王守仁撰写的《徐昌国墓志》亦未采用。如此倾向性的书写,都是为了塑造出一个典型的吴中诗人形象,以

---

① 钱谦益《列朝诗集小传》丙集"徐博士祯卿"条,上海古籍出版社 1983 年版,第 300—301 页。

② 阎秀卿《吴郡二科志》"徐祯卿"条,《丛书集成新编》第 101 册,台北新文丰出版公司 1989 年版,第 299 页。

③ 顾璘《国宝新编》"国子博士徐祯卿"条,《四库全书存目丛书》史部第 89 册,齐鲁书社 1997 年版,第 538 页。

④ 文徵明撰、周道振辑校《文徵明集》卷一九《焦桐集序》,上海古籍出版社 1987 年版,第 1258 页。

⑤ 何良俊《四友斋丛说》卷二三,中华书局 1959 年版,第 209 页。

便与复古作家群划清界限。

这种对地域性文学材料的重视，是钱谦益小传书写中的惯用手法。即放大地域文化对作家早年文学观的形塑意义，强调他们进士登第后虽入其他阵营，却熏染未深，初心尚在。对"后七子"梁有誉小传的书写，亦有相似之处：

> 有誉，字公实，顺德人。嘉靖庚戌进士，授刑部主事。与谢榛、李攀龙辈结社，称五子。以念母移病归里，与黎民表约游罗浮，观沧海日出。海飓大作，宿田舍者三夕，意尽赋诗而归，中寒病作，遂不起，年三十六。公实少师事黄才伯，从游最久，通籍后，始复与王、李结社。其为诗，词意婉约，殊有风人之致。王元美《诗评序》云："梁率易，寡世好，尤工齐梁，近始幡然悔之。"而公实作《五子诗》，首谢榛，次李攀龙。盖公实甫入社，即移病去，又捐馆舍最早，虽参预七子、五子之列，而于其嚣剽拟之习，熏染犹未深也。①

就取材而言，钱谦益直接选用了三种材料："以念母移病归里……年三十六"一段，出自王世贞《刑部山西清吏司主事梁君公实墓表》②；"公实少师事黄才伯……始复与王、李结社"一段，源自欧大任《梁比部传》③；而"梁率易，寡世好，尤工齐梁，近始幡然悔之"一句，直接注引王世贞《明诗评后序》④。以上三条材料，都在为传末"熏染未深"的评价作叙事上的铺垫。除了最后一条采用反向论证的手法，借王世贞的批评之辞来反衬梁有誉的初心未泯外，其他两条皆旨在凸显梁有誉身上的岭南文学传

---

① 钱谦益《列朝诗集小传》丁集上"梁主事有誉"条，第432页。
② 王世贞《刑部山西清吏司主事梁君公实墓表》，梁有誉《兰汀存稿》附录，《续修四库全书》第1348册，第621页。
③ 欧大任《梁比部传》，梁有誉《兰汀存稿》附录，第619页。
④ 王世贞《明诗评后序》，《明代传记丛刊》第8册，台北明文书局1991年版，第104页。

统。《梁比部传》的作者欧大任，亦广东顺德人，与梁有誉同为黄佐门生，他的表述带有较强的岭南文学色彩，钱谦益予以采用，自可想见；而梁有誉墓表为王世贞所撰，如何取舍其中材料，就要比《梁比部传》费心一些。墓表中有一句很重要的话，钱谦益予以无视："公实所最善者攀龙辈，当其在京师，武昌吴国伦最后定交，而谢榛以布衣，故公实亦间游从。其于乡，师事故黄文裕公佐，而友黎户部民表。"①显然，钱谦益在此回避甚至颠倒了梁有誉两条诗学源流的主次关系。一方面，他一字未提梁氏在刑部主事任上与李攀龙、宗臣、徐中行"日相与切劘古文辞甚欢"之事；另一方面，却专门着墨于梁氏养病归乡后与黎民表约游罗浮山观沧海一事。两件事都记载于王世贞所撰墓表，在钱谦益笔下的待遇却截然不同。同一篇文献中的多条素材，一取一舍之间，其用意不言自明。

如果说钱谦益对徐祯卿、梁有誉等南方文人的态度，是突出他们早年的地域文学传统，淡化他们入京以后文学思想之转变，那么，对康海、王九思、王廷相等北地文人的叙写，则重在暗示他们的道德缺陷或思维分裂。对康海和王九思，钱谦益采用了双管齐下的策略：在政治履历上，突出他们的"瑾党"身份大做文章；而在家居经历上，凸显他们的词曲创作活动，以淡化其诗文复古的人物形象，对此后文另有论述。而对王廷相，钱谦益没有采用分文体而论的手法，而是用王廷相诗歌创作中言行分离的事实，来消解诗人的典正形象。换句话说，对徐祯卿、梁有誉等人，钱谦益选择了复古派以外的材料，来"救赎"一位涉世未深的诗人；而对王廷相等人，则利用复古派内部的史料多面性，突出其中矛盾之处，暗示复古作家在创作和理论上的不成熟：

廷相，字子衡，仪封人。弘治壬戌进士，改庶吉士，授兵

---

① 　王世贞《刑部山西清吏司主事梁君公实墓表》，第 621 页。

科给事中。以言事谪判亳州，召拜监察御史、巡按陕西，以镇守廖銮诬奏，下狱，再谪赣榆县丞。稍迁宁国府同知，历四川按察使，拜副都御史、巡抚四川。入为兵部侍郎，都察院左都御史，进兵部尚书、提督团营，仍掌院事，加太子太保。罢归，卒七十余，有《家藏集》行世。子衡起何、李之后，凌厉驰骋，欲与并驾齐驱。与郭价夫论诗，谓"《三百篇》比兴杂出，意在辞表，《离骚》引喻借论，不露本情"，而以《北征》《南山》诸篇，为"诗人之变体，骚坛之旁轨"，其托寄亦高且远矣。其序《李空同集》，则云："杜子美虽云大家，要自成己格尔，元稹称其薄风雅，吞曹刘，固知其溢言矣。其视空同规尚古始，无所不极，当何以云？"信斯言也，秦汉以来，掩蔽前贤，牢笼百代，独空同一人乎？微之之推少陵为溢言，而子衡之推空同乃笃论乎？子衡盛称何、李，以谓侵谋四雅，欲骚俪选，遐追周汉，俯视六朝。近代词人，尊今卑古，大言不惭，未有甚于子衡者。嘉靖七子，此风弥煽，微吾长夜，鞭弭中原，令有识者掩口失笑，实子衡导其前路也。子衡五、七言古诗才情可观，而摹拟失真，与其论诗颇相反。今体诗殊无解会，七言尤为笨浊。于以骖乘何、李，为之后劲，斯无愧矣。①

虽然钱谦益对康海、王九思、王廷相的处理，皆采用材料对立之法，来作潜默的道德评价，但对康、王二人，钱谦益基本上是引传记材料，用文学经历来勾勒人物；而对王廷相，他是引诗论材料，用文学主张来勾勒人物。与前几篇传记不同，钱谦益这篇小传的重点，不在生平事迹的梳理和取舍，而在对传主具体文学主张的批驳和商榷，这或与王廷相在政治上立身谨严、无懈可击有关。虽然这属于小传的评论文字，而非叙事文字，但由于仍牵

---

① 钱谦益《列朝诗集小传》丙集"王宫保廷相"条，第316—317页。

涉材料选用的环节,其中策略有异曲同工之处。

钱谦益在小传中,重点征引了王廷相的两条诗论:"《三百篇》比兴杂出……其托寄亦高且远矣"一段,出自《与郭价夫学士论诗书》①;"杜子美虽云大家……当何以云"一段,出自《李空同集序》②。他在文中顺次引述,无疑是想借助前后的对比,突出复古诗家的狂妄自大,以及相关诗学观的表里不一。对《与郭价夫学士论诗书》的引述,基本上维持了王廷相的原意,即强调"诗贵意象透莹"之论,而对王廷相批评《北征》诸篇"漫敷繁叙,填事委实",谓之"诗人之变体"的做法,钱谦益表达了"托寄亦高且远"的态度,也算通融宽厚。但他的这份宽厚态度,似为了与后面《李空同集序》中的大言不惭之辞作对比。王廷相通过贬低杜甫来推崇李梦阳的做法,难被多数读者接受,钱谦益也乐于割裂其辞,前后映衬,将这一说法"发扬光大"。故《李空同集序》一文之语境,随着文章的切割和段落的聚焦而改变,钱谦益不改一字,亦可起到歪曲本意的效果:

> 唐杜子美,词人之雄也,元稹称其薄风雅、吞曹刘、掩颜谢,兼昔人之所独专。今其集具在,虽云大家,要自成己格尔,乃若风雅、曹刘、颜谢之调有无哉,固知元氏子溢言矣。其视空同规尚古始,无所不极,当何以云?或有言之:古人顺意靡刻,空同则矜持;古辞疏朗达意,空同则援精。浚川子曰:非然哉,厥睹误矣。大观邈焜,虽经坟子史判不相能,以各发舒其华也;谈道述政,虽尧舜三王靡所总摄,以各际会其变也。况兹以文命乎?率由嗜好,成于性资,安能古今拟议,同一区畛。即云空同子调,亦无不可矣。空同子往

---

① 王廷相《王氏家藏集》卷二八《与郭价夫学士论诗书》,《四库全书存目丛书》集部第 53 册,第 164 页。
② 同上书卷二三《李空同集序》,第 109 页。

　　与余论文云：学其似，不至矣，所谓法上而仅中也，过则至且超矣。①

　　以上这段话，至少有两点值得留意，而钱谦益皆作了失明处理。首先，王廷相并非不知道李梦阳在诗坛上的负面评价，他对"古人顺意靡刻，空同则矜持；古辞疏朗达意，空同则援精"之质疑敢于直面回答，至少说明复古诗家绝非目中无人、大言不惭之辈，亦有自己的理性反思。但在钱谦益笔下，由于删去了王廷相的辩解之辞，他对李梦阳的推崇就成为毫无原则的一味表彰。其次，王廷相强调李梦阳"学其似，不至矣。所谓法上而仅中也，过则至且超矣"的观点，是为了强调诗文创作当"率由嗜好，成于性资"，不可古今同议，学步一家，所以即便像杜甫这样难以企及的诗人，元稹以"兼昔人之所独专"相称，仍属未妥。他认为李梦阳诗歌创作中的矜持和援精，属于学古而超古、自成一家的创作路数，不能因为他倡导学古，便完全以古诗的风骨来衡量其作品。可见王廷相反对的，不是元稹对杜甫地位的认可，而是元稹称杜甫"薄风雅、吞曹刘、掩颜谢"的说法，如果"兼昔人之所独专"成为评价诗歌之标准的话，那么，李梦阳"规尚古始，无所不极"的学诗方法不是更恢弘吗？故他的论述重点，不在学习和笼括前人，而在超越和有别于前人，这样才引出最后"法上而仅中，过则至且超"的论断。钱谦益片段地摘取王廷相批评元稹之辞的最激烈之处，既无王廷相对非李之说的辩驳，亦无王廷相对学诗法径的确凿态度，很容易让读者理解为王廷相在非议杜甫以拔高李梦阳，这当然是多数诗家们所无法接受的。钱谦益紧接着反问"掩蔽前贤，牢笼百代，独空同一人乎"，更加深了读者的这一印象。而事实上，王廷相在《李空同集序》中的学诗态度，是明确反对"掩蔽前贤，牢笼百代"的，主张诗歌随时代及个人性资

① 　王廷相《王氏家藏集》卷二三《李空同集序》，第109页。

"各发舒其华"、"各际会其变",绝不能"古今拟议,同一区畛"。而这些说法,早已被《列朝诗集小传》过滤掉了。另外,王廷相在《与郭价夫学士论诗书》中评价杜甫《北征》、韩愈《南山》诸篇,以为变体、旁轨,有"浅学曲士,志乏尚友,性寡神识,心惊目骇,遂区畛不能辩"之说①,可见他非常强调"区畛"这一概念,在两篇重要论诗文章中皆有提及。而一味的学古、拟古,甚至妄图笼括前贤,无疑都是不辨区畛的表现,是王廷相一贯反对的,这实在与钱谦益笔下的狂妄形象有很大的差别。当然,平心而论,对诗论材料的取舍摘录,其隐蔽性不如对传记材料的处理;而在文学张力的制造上,又不能与畅快淋漓的直接批评之辞相比。故对王廷相这位典型的北人、又没有政治丑闻的诗人来说,平直地叙述其生平履历,转而在诗论文字的取舍上作些文章,或是钱谦益退而求其次的另一种诗人形塑之法吧。

三、材料的编排:对史料拼接后文本缝隙的利用

对传记书写来说,如何取舍材料只是第一步,尽管这已经在大方向上为人物品鉴定下了总体的基调。但对一篇精细而非草率的传记来说,细节的处理才是成功与否的关键所在。对业已筛选过的材料,如何作出编排,在编排的过程中,又如何呈现甚至制造出多种史料在叙事上的逻辑关系及其层次感,使之更能体现撰者的文学史观,才是传统的春秋笔法的核心内容。

小传较之碑传,虽然在篇幅上有了很大的缩减,但很多文人身兼官员、学者、诗人等多种身份,其丰富而复杂的个人经历,有时会让一篇小传显得头绪众多,顾此失彼。钱谦益的小传书写,对那些较重要的作家,基本上都采用了多线叙事的手法,以突出

---

① 　王廷相《王氏家藏集》卷二八,第 164 页。

每一条叙事线的主旨辨识度。王九思小传便是一个典型的例子：

> 九思，字敬夫，鄠县人。弘治丙辰进士，选翰林院庶吉士，授简讨。[1]九年满考，值刘瑾乱政，翰林悉调部属，历练政务，敬夫独得吏部，不数月，长文选[2]。瑾败，降寿州同知。[3]居一年，会天变，言官钩瑾余党，勒致仕。年八十四乃终。[4]敬夫馆选试《端阳赐扇诗》，效李西涯体，遂得首选，有名史馆中。时人语曰："上有三老，下有三讨。"[5]既而康、李辈出，唱导古学，相与訾謷馆阁之体，敬夫舍所学而从之，于是始自贰于长沙矣。[6]敬夫之再谪，以及永锢，皆长沙秉国时。盛年屏弃，无所发怒，作为歌谣及《杜甫春游》杂剧，力诋西涯，流传腾涌，关陇之士，杂然和之。[7]嘉靖初，纂修实录，议起敬夫，有言于朝者曰："《游春记》，李林甫固指西涯，杨国忠得非石斋，贾婆婆得非南坞耶？"吏部闻之，缩舌而止[8]……①

整篇小传分为三个部分，前两部分讲述王九思的政治履历及其文学牵系，第三部分讲述晚年家居填词度曲之风采（此处未引）。小传基本上以李开先《渼陂王检讨传》为蓝本②，评述戏曲部分亦参引了王世贞《艺苑卮言》③。当然，李开先的传文长达三千字，钱谦益只能选择性地予以摘写，先将文章分解为碎片化的史料信息，再将本不相连的片段衔接起来，制造出前后连贯的叙事效果。如在王九思政治履历的段落中，钱谦益将相关事迹分为八个片段，前四段绑定刘瑾，后四段绑定李东阳，辨识度非

---

① 钱谦益《列朝诗集小传》丙集"王寿州九思"条，第 314 页。
② 李开先《李中麓闲居集》卷十《渼陂王检讨传》，《续修四库全书》第 1341 册，第 260—264 页。
③ 王世贞《弇州山人四部稿》卷一五二《艺苑卮言》附录一，《四库提要著录丛书》集部第 119 册，北京出版社 2011 年版，第 420 页。

常清晰。除了第一片段属完全客观的事实陈述外，其余片段皆有褒贬之意寄寓其中。他对李开先文章的处理之法，主要有三：（一）淡化王九思与复古作家交游诸事，即使是晚年家居时，也是突出他和康海的戏曲活动，不涉及诗文复古运动；（二）改变李传的单线叙事手法，采用双线叙事，将王九思和刘瑾、李东阳的关系分开叙说，突出王九思品性中的缺陷一面；（三）对具体事件作特定视角的叙说，以符合自己的文学观念。比如刘瑾乱政时翰林悉调部属一事：李云"翁得吏部主事"，钱改为"敬夫独得吏部"；李云"弃文墨而理簿书，居无何，由员外升任文选郎中"，钱改为"不数月，长文选"。在李开先笔下，王九思虽调离翰林院，却毫无怨言，敬业爱岗，由吏部主事升至吏部郎中，是他勤于政事的回报；而在钱谦益笔下，无论是"独得"吏部，还是"数月"升迁，都隐隐有着受刘瑾重用的影子。考虑到明代吏部职位的重要性，以及不数月由主事至郎中（正七品至正五品）的火箭式升迁，钱谦益的描述很容易制造出王九思在刘瑾当政时期受到重用的景象。再如降寿州同知、勒令致仕二事，李开先花了大量篇幅叙说："瑾诛，诸翰林俱复旧，西涯则以旧憾倡言，既官至正郎，不必复可也。言官深恶王纳海，乃并翁劾之：'堂上堂下，一陕而三吏部，非瑾党何以得此。'""（云南天变）朝议将使大臣自陈，大臣恐有去位者，须屈意求浼司礼监，始得保全。宣言此不系大臣事，乃刘瑾余党去之未尽。"在李开先笔下，无论是未能重返翰林院，还是贬寿州同知，都有李东阳压制的嫌疑，而云南天变后的"大臣恐有去位者"，也有暗讽李东阳派系之意。但钱谦益将之简要地概括为"瑾败，降寿州同知。居一年，会天变，言官钩瑾余党，勒致仕"，虽然省去了不少篇幅，却保留了两个"瑾"字，王九思的一贬再贬，变成了他依附瑾党、咎由自取的结果。在王九思与刘瑾的纠葛中，钱谦益一直没有将李东阳掺入其中，而是在第五至八片段，专门呈现王九思和李东阳的矛盾，依次为受知于长沙、舍长沙而就北地、遭贬而迁怒长沙、因游春本事而未能起复四事。虽未有任何评论文字，但一个师生反目的忘恩形象已经跃然纸上。而事实上，因文学观念变化而在立场上改旗易帜，在古代文人中是很常见的事，至于《杜甫游春》的本事，李开先在传记中早已表明了王九思的态度："（议止）翁闻之，乃作小词自嘲，殊无尤人之意。"虽说晚年王九思的淡然心态未必能印证他早年的创作动机，但钱谦益对李开先的这句话予以无视，却说明他的小传书写在材料的选择和编排上，有非常明确的使用原则。

在王九思的小传中，钱谦益采用多线叙事的手法，一条线一个主题，来凸显王九思一生的三个特点：依附刘瑾，背弃李东阳，潜心词曲。不管事实是否如此，至少钱谦益的史料编排手法制造出了这样的阅读效果。由于对"依刘背李"的刻画需要，钱谦益在小传中落实了不少明确的时间点，"九年满考"、"不数月"、"居一年"、"馆选试"、"长沙秉国"、"嘉靖初"，哪件事发生在什么时候，一目了然，这让李东阳、刘瑾二人在王九思一生中的正反参照更加鲜明，进一步落实了王九思的政治位置。不过，在另一些小传中，钱谦益也会采用消解时间坐标系的手法，模糊材料间的缝隙，达到形塑人物的目的。以李先芳小传为例：

> 先芳，字伯承，濮州人。嘉靖丁未进士，除新喻知县，迁刑部郎中，改尚宝司丞，升少卿，降亳州同知，稍迁宁国府同知，复以台抨罢……家故多赀，壮年罢官，精计然、白圭之策，家益起，大构园亭，广蓄声妓，搊筝揬瑟，二八迭侍，谙晓音律，尤妙琵琶。赏音者谓江东查八十无以过也。优游林下，享文酒声伎之奉四十余年，年八十四而卒。始伯承未第时，诗名籍甚齐鲁间，先于李于鳞。通籍后，结诗社于长安。元美隶事大理，招延入社，元美实扳附焉。又为介元美于于鳞，嘉靖七子之社，伯承其若敖蚡冒也。厥后李、王之名已

成，羽翼渐广，而伯承左官落薄，五子、七子之目皆不及伯承。伯承晚年每为愤盈，酒后耳热，少年用片语挑之，往往努目嚼齿，不欢而罢。邢子愿以台使按吴，访弇州而归，伯承与极论其始末，语已目直上视，气勃勃颐颊间，拍案覆杯，酒汁沾湿，子愿逡巡不敢应，后为伯承志墓，亦略及之。余闻之卢德水如是。①

钱谦益的这篇小传，主要取材于于慎行的《北山先生李公墓志铭》和邢侗的《北山先生濮阳李公行状》，且绝非止取一家。小传中有"大构园亭，广蓄声妓，撅筝搤瑟，二八迭侍，谙晓音律，尤妙琵琶"一句，其中"撅筝搤瑟，二八迭侍"一语，完全袭自于文，而未见邢文；构园亭、蓄声妓、善琵琶三事，仅见邢文，而未见于文，可为明证。明白了这一点，我们再来看钱谦益笔下的李先芳与李攀龙、王世贞交恶一事，其书写之偏颇，很耐人寻味。其主干叙述，当取材于邢侗所撰行状中的一段话：

> 先生辛巳向予言："余为诗成，而于鳞始学诗，余介于鳞于元美，而于鳞悦元美，竟称五子，而余见汰。余归，独往独来，而五子疏。试取余言而与五子较，同乎？异乎？是宜弗相急而寖相遐也。"余时永袊口噤不敢答。②

但考虑到钱谦益参考的不止邢侗的行状，还有于慎行的墓志铭，那情况就不同了。因为于慎行对李先芳与复古群体交游之表述更有条理，钱谦益却未作采信：

> 中丁未进士时，先生诗名已著，而不与馆选，识者惜之。乃与历下殷文庄公、李宪使于鳞、任城靳少宰、临清谢山人结社赋咏，相推第也。明年，选为新喻知县……三年政成，

---

① 钱谦益《列朝诗集小传》丁集上"李同知先芳"条，第426—427页。

② 邢侗《来禽馆集》卷一九《北山先生濮阳李公行状》，《四库全书存目丛书》集部第161册，第645页。案："于鳞悦元美"一句，原作"元美悦元美"，据语意径改。

· 376 ·

擢为户部主事，旋丁外艰，复补刑部。先生既负时名，不得一当艺苑，又出试吏，仆仆对牒非其好也。及入为曹郎，居多暇日，而海内名能诗家吏部宗子相、张助甫，兵部张肖甫，同部王元美、徐子与辈云集阙下，先生尽与之交，朝夕倡咏，期为复古，而诸子之名大噪长安，称一代盛际矣。顷之，改尚宝司丞。①

钱谦益对这段话中的信息，至少有三方面的处理：（一）于文明言"三年政成，擢为户部主事，旋丁外艰，复补刑部"，"顷之，改尚宝司丞"，那么，此处的"刑部"，只可能指刑部主事，即使期间有过升迁，至多刑部员外郎，不可能至刑部郎中，一来迁转所需年限远远不够，二来刑部郎中为正五品，尚宝司丞为正六品，此处若有贬降，两篇碑传不会失载。钱谦益身为明朝翰林，不可能不知道这一常识，但他在小传中直言"迁刑部郎中"，更具可能性的解释，或是为了强化李先芳"左官落薄"的任官经历和形象。（二）邢文在履历叙事中未涉及李先芳的文学活动，而是专门在文末以"口述历史"的形式记录了一段当事人的陈述之辞。而于文对李先芳文学活动的记载，则基本上随仕宦经历附带叙述。两相对比，不难发现，邢文中的李先芳文学事迹，缺少时间坐标，而于文则比较清晰。于慎行明确写道，李先芳在刑部的初次结社只持续一年（1547—1548，即进士观政期间），后外任新喻知县三年，嘉靖三十年（1551）回京任户部主事，不久丁忧归，至嘉靖三十三年（1554）补任刑部主事。而著名的《五子诗》唱和，发生在嘉靖三十一年（1552），时李先芳正在丁忧，既然未与唱和，自然不入"五子"之名②，此理所当然之事。钱谦益在小传中采用

① 于慎行《谷城山馆文集》卷二一《北山先生李公墓志铭》，《四库全书存目丛书》集部第 147 册，第 609—610 页。
② 周潇《李先芳与"后七子"公案辨诬》，《齐鲁学刊》2006 年第 5 期，第 84 页。

了多层叙事,只保留了"嘉靖丁未进士"、"通籍后"两个名异实同的时间点,淡化了时间坐标系,回避了《五子诗》创作与李先芳丁忧之间的时间冲突,制造出一种诗人被刻意排斥的假象。(三)钱谦益云"伯承左官落薄,五子、七子之目皆不及伯承",也是将两条不相关的史料组合成虚假的因果逻辑关系,李先芳虽性格傲睨,多次贬官,但他第一次落职在嘉靖四十二年(1563),由尚宝司少卿降亳州同知,其时"五子"、"七子"之称已有十年之久,无论及或不及,都与"左官落薄"之事没有关系。钱谦益这样的拼接叙述,很容易让人理解为李、王等人的炎凉行径所致。通观整篇文字,除了李先芳晚年努目嚼齿、拍案覆杯诸事,来自卢世㴶的口耳传闻,以及刑部郎中这一职官记载疏失外,其他情节皆有原始材料可据,绝非信口胡说。但钱谦益通过多线叙事的编排,以及对相关时间坐标的消解,将一些并不构成因果关系的史料衔接组合在一起,制造出极具张力的阅读效果。李攀龙和李先芳之间的文学裂痕,原本只是很普通的一桩旧闻,却在阅读中被渐次强化,实拜钱谦益精致的叙事技法所赐。

四、材料的曲解:对语意随语境转换法则的利用

从语言学的角度来说,任何概念或词汇,皆有其所指和能指两层含义。语句只要离开了原始语境,其含义将随着读者的阐释诉求而发生变化。因此,在文本的引证和阐读中,难免存在或多或少的误解,这是不可避免的事情。材料的"正解",有时或可领会还原,有时则难免一厢情愿。故在某种程度上,我们第一步应关注的,不是原意为何,而是历代读者对原意是否有故意的曲解。如果不存在这种故意,那么,大家尚可讨论一个如何还原历史真实的问题;但如果存在这种故意,那么,大家更应该讨论一个如何制造历史面貌的问题。

钱谦益作为明末清初的文坛领袖，对语言指向的灵活和多义，无疑有着深刻的体会，陈寅恪《柳如是别传》便是明证，后来学人的发明亦不计其数。其实，对语言多义性的利用，不仅存在于钱谦益的诗歌作品之中，同样存在于他的传记书写之中。只不过在诗歌中，他用隐喻来落实今典，寄托本事；而在传记中，他用曲笔来重塑语意，建构自己心中的胜朝诗史罢了。当他将材料的取舍、编排、曲解三法综合起来运用时，原本颇为显眼的错讹之说，将变得近乎无迹可寻。对谢榛小传的书写，就是这种情况：

> 榛，字茂秦，临清人。眇一目，喜通轻侠，度新声。年十六，作乐府商调，临德间少年皆歌之。已而折节读书，刻意为歌诗，遂以声律有闻于时。寓居邺下，赵康王宾礼之。嘉靖间，挟诗卷游长安。脱黎阳卢楠于狱，诸公皆多其谊，争与交欢。而是时济南李于鳞、吴郡王元美结社燕市，茂秦以布衣执牛耳，诸人作《五子诗》，咸首茂秦，而于鳞次之。已而于鳞名益盛，茂秦与论文，颇相镌责，于鳞遗书绝交，元美诸人咸右于鳞，交口排茂秦，削其名于七子、五子之列。茂秦游道日广，秦晋诸藩争延致之，河南北皆称谢榛先生，诸人虽恶之，不能穷其所往也。赵康王薨，茂秦归东海，康王之曾孙穆王复礼茂秦，为刻其全集。当七子结社之始，尚论有唐诸家，茫无适从，茂秦曰："选李、杜十四家之最者，熟读之以夺神气，歌咏之以求声调，玩味之以衷精华。得此三要则造乎浑沦，不必塑谪仙而画少陵也。"诸人心师其言。厥后虽争摈茂秦，其称诗之指要，实自茂秦发之。茂秦今体工力深厚，句响而字稳，七子、五子之流皆不及也。茂秦诗有两种：其声律圆稳、持择矜慎者，弘、正之遗响也；其应酬率率、排比支缀者，嘉、隆之前茅也。余录嘉靖七子之咏，仍以茂秦为首，使后之尚论者，得以区别其薰莸，条分其泾渭。

若徐文长之论,徒以诸人倚恃缀冕,凌压韦布,为之呼愤不平,则又非余跻茂秦之本意也。①

在钱谦益的笔下,一个洒脱纵横的诗人形象呼之欲出。谢榛之于"后七子"的入列和削名,是钱谦益在小传中反复提点的一条暗线。首曰"茂秦以布衣执牛耳,诸人作五子诗,咸首茂秦,而于鳞次之",次曰"交口排茂秦,削其名于七子、五子之列",三曰"诸人心师其言,厥后虽争挤茂秦,具称诗之指要,实自茂秦发之",四曰"七子、五子之流皆不及",五曰"余录嘉靖七子之咏,仍以茂秦为首"。钱谦益用了这么多篇幅,就是为了突出谢榛在"后七子"早期活动中的领袖地位,以及后来被李攀龙、王世贞诸人舍弃的不公命运。而其中最有力的两条证据,一是诸人《五子诗》以谢榛为首,李攀龙次之;二是谢榛的"唐诗指要"说,发"后七子"复古文学思想之先声。在这里,钱谦益刻意曲解了"五子"的原意。《五子诗》撰于嘉靖三十一年(1552),是由谢榛、李攀龙、徐中行、梁有誉、宗臣、王世贞六人参加的一次题咏活动,各人分咏自己以外的其他五人,共得三十篇。现存《宗子相集》中,既收录了宗臣的《五子诗》(谢榛、李攀龙、徐中行、梁有誉、王世贞),也在附录中保留了除谢榛外其他四人的作品,分别是李攀龙《五子诗》(谢榛、徐中行、梁有誉、宗臣、王世贞),徐中行《五子诗》(谢榛、李攀龙、梁有誉、宗臣、王世贞),梁有誉《五子诗》(谢榛、李攀龙、徐中行、宗臣、王世贞),王世贞《五子诗》(谢榛、李攀龙、徐中行、梁有誉、宗臣)②。由上可见,钱谦益"诸人作《五子

---

① 钱谦益《列朝诗集小传》丁集上"谢山人榛"条,第423—424页。

② 今《白雪楼诗集》中,李攀龙《五子诗》顺序为王世贞、吴国伦、宗臣、徐中行、梁有誉;《弇州山人四部稿》中,王世贞《五子篇》顺序为李攀龙、徐中行、梁有誉、吴国伦、宗臣。皆删去谢榛而纳入吴国伦,顺序亦有调整,已非原貌,二集最早版本为嘉靖四十二年刻本、万历五年刻本。而《宗子相集》最早为嘉靖三十九年刻本,已附录诸家《五子诗》,且与梁有誉《兰汀存稿》所录文本一致,更接近原貌。

诗》，咸首茂秦，而于鳞次之"的说法，并没有问题，但我们对比诸人作品可以发现，顺序依次为谢榛、李攀龙、徐中行、梁有誉、宗臣、王世贞，正好与六人年齿相对应①，即谢榛（1495）、李攀龙（1514）、徐中行（1517）、梁有誉（1519）、宗臣（1525）、王世贞（1526），这恐怕不是巧合而已②。如果真的根据诗坛声望来排名的话，即使大家公推谢榛在李攀龙之前，也不会默认王世贞名列最末。而钱谦益"茂秦以布衣执牛耳"的说法，亦非空穴来风，盛以进《四溟山人诗集序》就有"与济南、弇州诸君子互执牛耳，拔中原赤帜"③之说。但姑且不论盛氏将谢、李、王三人并举，并非谢一人独执牛耳，光是钱谦益将《四溟山人诗集序》与《五子诗》两条材料衔接起来一同叙说，就足以制造出与《五子诗》本意大相径庭的语意效果。原本只是一次以年齿为序的诗歌唱和活动，却被钱谦益解读为谢榛在嘉靖文学复古运动中的先行作用和领袖地位，真可谓材料衔接与语意曲解二法的一次成功实践。

　　类似的情形，也出现在徐祯卿小传的书写之中。钱谦益在小传最后有一句"献吉讥其守而未化，蹊径存焉，斯亦善誉昌谷者与"的感慨，据小传语境去理解"守而未化，蹊径存焉"这一评价，应是李梦阳认为徐祯卿的文学创作保留了较多吴中文学的痕迹，仍然未能完全进入复古文学创作的殿堂。如此理解，则上与徐祯卿的吴中文学经历相衔接，下与钱谦益"斯亦善誉昌谷者

---

① 参见廖可斌《明代文学复古运动研究》，上海古籍出版社 1994 年版，第 214 页。

② 以年齿先后为序，为京城诗文集会之传统，茶陵派早期诗歌唱和，即是如此。黄佐《翰林记》曰："天顺甲申庶吉士同馆者修撰罗璟辈为同年燕会，定春会元宵、上已，夏会端午，秋会中秋、重阳，冬会长至。叙会以齿，每会必赋诗成卷。"时李东阳年岁最小，序位最后，与王世贞列五子之末有相似之处。

③ 盛以进《四溟山人诗集序》，李庆立《谢榛全集校笺》附录，江苏古籍出版社 2003 年版，第 1361 页。

与"一句对李梦阳的嘲讽语气对应,符合上下文之语境。然而,这句话摘自李梦阳的《徐迪功集序》,李的本意似乎与钱的理解大相径庭:

> 客曰:"群体,迪功奚以之也。"予曰:"《谈艺录》备矣。夫追古者,未有不先其体者也,然守而未化,故蹊径存焉。虽然,辞荣而耽寂,浮云富贵,慷慨俯仰,迪功所造诣,予莫之竟究矣。今详其文,温雅以发情,微婉以讽事,爽畅以达其气,比兴以则其义,苍古以蓄其词,议拟以一其格,悲鸣以泄不平,参伍以错其变。该物理人道之懿,阐幽剔奥,纪记名实。即有蹊径,厥俪鲜已。修短细大,又曷论焉。"①

李梦阳的本意,在强调复古创作当学古而不泥古,若拘守于模拟之法,则痕迹犹存,失之神趣。李梦阳的"蹊径"说,与何景明的"舍筏"说,皆是明中叶的诗论热点,相关评论颇多,无论是认可复古文学主张的,还是反对复古学说的,无论是北人,还是南人,他们都认为李梦阳所说的"守而未化"的"蹊径",当指泥古的学诗之法:

> 至献吉犹讥其守而未化,蹊径存焉。仲默云:"论文亦直取舍筏,诚为精确。"余读李、何集中之筏、蹊,有甚于徐者,岂力与志违邪?②

> 尝谓徐君之于诗,可以继轨二晋,标冠一代。斯不诬矣。夫并包众美,言务合矩,检而不隘,放而不逾,斯述藻之善经也。奚取于守化,而暇诋其未至哉?……李子当弘治、正德间,刻意探古,声赫然,君与辨析追琢,日苦吟若狂,毋吝荣誉,卒所成就,多得之李子。而其知君顾未尽,况非李

---

① 李梦阳《空同子集》卷五二《徐迪功集序》,《四库提要著录丛书》集部第40册,第577页。
② 顾起纶《国雅品》"徐博士昌谷"条,《四库全书存目丛书补编》第15册,第337页。

子哉？①

　　何子曰：夫艺家沿袭，自昔为然。即李空同序昌谷之集，讥其守而未化，蹊径存焉。今观李公，蹊径更甚徐生。则知大复舍筏之言，亦欺人耳。②

以上顾起纶、皇甫涍、何良俊三家，皆为苏松人士，但他们并未看出李梦阳文中有批评徐祯卿尚存江南诗风的意思。顾、何二人更是将"蹊径"说与"舍筏"说放在一起论述，可见"径"和"筏"在复古诗论中承担着相似的作用，即作为学诗入门的必要工具，以及真正有所成后的超越意义。这是文体学习的共通特征，故何良俊称之为"艺家沿袭，自昔为然"，并不会因风格的差异而有所改变。而钱谦益通过对李梦阳评论的孤立截取，再与前面多位苏松人士赞誉徐祯卿之南方文学特质相衔接，制造出此"径"意指风格取向的假象，在很大程度上背离了李梦阳在学习方法层面批评徐祯卿的初衷，反而凸显了复古诗人在文学派系上的藩篱意识和保守成见，可谓一举两得。

余论：如何看待诗话"资闲谈"的客观性问题

　　古人传记书写中有所谓的史笔，这本是很常见的事。但是现代学术日渐成熟后，随着学术规范的体系化和史源学理论的成熟，引文要用第一手史料的观念早已深入人心。宋以后的很多史传类文献，因为并非第一手史料，逐渐为研究者们所弃用。从文献征引的角度来说，这固然是学术进步的体现。但这些文献的其他研究价值，似乎被挖掘得尚不充分。如钱谦益的《列朝

① 皇甫涍《皇甫少玄集》卷二三《徐迪功外集序》，《原国立北平图书馆甲库善本丛书》，国家图书馆出版社2013年版，第329页。
② 何良俊《何翰林集》卷九《剪彩集序》，《四库全书存目丛书》集部第142册，第81页。

诗集小传》，研究者向来只重视其中褒贬诗人创作及其思想的内容；张岱的《石匮书》，大家则对每篇传记最后的论赞更感兴趣，认为较直观地反映了张岱的史学思想。至于这些作家是怎么选材的，怎么撰写的，都属于技术层面的东西，似乎不及那些直接表明作家立场和态度的文字来得重要。经历了二十世纪的文学革命和新旧学术的更替，现今的学者逐渐忘却了传统文章学中的章法之学，特别是《左传》、《史》、《汉》之学，只是一味地在简洁明快的评论文字中追寻古人的思想世界。这与其说是还没有进入到那样的研究深度，不若说是在学术理念上对传统文章之学的一种倒退。

《列朝诗集小传》有它的特殊性，若把它看作传记类文献，它只是从一部断代诗歌总集中摘抄出来而已，在传记的规范性和完整性上，不可与其他群体性传记共语，而且钱谦益一直被视为诗家而非史家，读者更习惯将关注焦点放在那些剑拔弩张的评论文字上。若把它看作诗话文献，它与传统的"话诗"、"评诗"之体又不同，很少涉及具体的诗歌文本，更像在"话诗人"、"评诗人"，是为综论而非细评之法。然而，元明以后，文人对诗话概念及其边界的理解，已经有了很大的变化，类似《列朝诗集小传》这样的传记类诗话，早已成为诗学文献的一大宗。更关键的是，无论是从诗话、笔记之文类角度考虑，还是从资闲谈、品人物之功能层面考虑，我们都一直将之视为文人轶事的一个史料宝库。一旦《列朝诗集小传》中的叙事文字，可以有如此大的表现作者文学思想的空间，那么，对其他类似诗话、笔记史料的使用，我们是否也需多留一个心眼？毕竟任何文章皆有其叙述重心和叙述层次，相关材料的取舍和论述角度，皆因叙述重心和层次的变化而有所调整，在此过程中可能造成的某些信息的偏离和失实，是我们在使用诗话、笔记文献时需适当考虑的一个问题。

现今对诗话的研究，除了诗话文献的整理外，更多地关注于诗学思想的辨析和诗学理论的建构。而对诗话在技术层面是如何被书写出来的，似乎少有留意。其最初的"资闲谈"功能，介于传记和诗论两大文类之间，既没有传记那么典正，也没有诗论那么深邃，故其内在的某些结构章法，在很大程度上被其表象的随意性所掩盖。如果从史源的角度去考察，其生成不外乎三种途径：一是摘抄拼凑而成，很多摘编类诗话，以及元明的很多诗格、诗法、诗式，皆存在这一问题；二是参考相关文献，用自己的视域和焦点来撰写，《列朝诗集小传》便是典型一例；三是将口耳相传或亲历见闻的诗人轶事用文字记录下来，传诸后世。从传统的学术视角来看，第一种无疑是价值最低的，毫无原创性可言，但随着社会文化史观渗入古代文学研究之中，这些文献至少反映了元明普通文人在诗歌学习领域的知识谱系是如何形成的，亦有其相当重要的研究价值所在。第三种评价最高，因其第一手材料的性质，以及生活化、私人化的叙事维度，备受文学家、史学家的重视，以为可补正史、别集之阙。相比之下，第二种文献的处境略显尴尬，因为我们一向重视文本的原创性，所以更留意此类文献中的评论文字，而对叙事文字漠然无视。直白地说，我们依然遵循一种简单的、截然二分的判别标准，即对评论文字采用批评视角，对叙事文字采用实证视角。而实证研究一向推重史源文献，在明人碑传大多尚存的情况下，这无疑在史料层面上宣判了不少传记文的死刑，即使它们出自钱谦益这样的名家手笔。其实，对这些叙事文字，同样可以采用批评视角，无论是中国传统的《左传》、《史记》之学，还是西方学术中的历史编纂学，都不约而同地指明了这一点。其中蕴含的作家文学观念和态度，未必逊色于那些火药味十足的评论文字。一方面，评论文字的尖锐和极端，很容易让读者厚此薄彼，忽略其他段落类型的学术价值；另一方面，因叙事文字的平直性而隐藏其中的某些无意识，有时更能反映作家文学思想的本源。

从史实的角度来说,既然参考文献而写成的诗话,可以在文章技法上有诸多微妙之处,那么,那些根据口耳见闻记载下来的诗话,其叙事结构也应蕴涵作家的某些文学倾向。只不过前者尚可通过原始文献来一一比勘,而后者在考源一事上已无从下手罢了。我们经常遇到这样的情况,不同的笔记、诗话,在描述同一件事的时候,出现偏差和分歧。这个时候,本着实证的精神,我们总热衷于追求一个确凿无误的答案,在史实层面上求真辨误,廓清疑云。殊不知历史的真实并不截然在此或在彼,而在剥离两篇文字之书写诉求后的那部分交集。了解诗话的写作技法,有利于我们更好地勾勒并接近那部分真实。

从诗学的角度来说,无论是宋代诗话的党同伐异,还是清初诗话对胜朝的总结,作家表述其文学观点和诉求,既有畅快淋漓的,也有相当节制的。如何把后者的内涵挖掘出来,取决于我们解读文献的功力。这个时候,诗话如何写法,或可成为我们关注的一个新领域。倒不是鼓励学人们去从事传统的诗话创作,而是通过了解诗话的写作技法,去更好地理解作家的用意,使我们对诗话文献的使用,不会只盯着那些一目了然、大刀阔斧的评论文字,而在不经意间忽略了诗学思想存在的其他维度。

最后,笔者想说的是,通过以上论述,我们至少认识到:(一)钱谦益《列朝诗集小传》有着相当丰富的史源文献,而且大多来自墓志铭、墓表、行状、文集序等第一手材料,既非简单地摘抄他人小传而来,也非钱谦益凭学识草草成文,洵属用心之作;(二)钱谦益对诗人形象的塑造,带有较为强烈的私人情绪,他在传记书写中体现出的选材策略,是与他尊馆阁贬复古、尊吴中贬竟陵的明代诗学体系相对应的。这就涉及一个问题,那些知名诗人,因为留存了较丰富的传记文献可供对比,我们可以将钱撰小传视为研究其文章技法及诗学思想的一种素材。但对那些未知名的诗人,一旦没有碑传文献甚至别集文献存世,我们是否可以给予《列朝诗集小传》充分的信任，借此来勾勒他们的大致生平？当坚实的文献征引和精致的文章技法共存的时候，我们如何在二者平衡中抽绎出为我所需的史实信息，并确保其面貌不受写作技法的影响而有所扭曲？这恐怕是更深层次地挖掘《列朝诗集小传》学术价值的一种尝试，不再是简单、固执的真假判别，以及一味地批评或褒扬。

（作者单位：浙江大学人文学院）

纪昀诗学品格及其核心理念再检讨 *

蒋　寅

　　纪昀(1724—1805)虽以渊博称,但著作传世不多,除《阅微草堂笔记》、《纪文达公遗集》之外,仅有《评文心雕龙》、《史通削繁》等,此外就是《李义山诗》、《才调集》、《陈后山集钞》、《瀛奎律髓》等书的评点,编为《镜烟堂十种》。若不算《四库全书总目》,纪昀的学问基本限于诗学,尤其是试帖诗学,他在这方面的著述《唐人试律说》、《庚辰集》、《我法集》三种,奠定了清代试帖诗学的基础,历来为士人所重。但要说纪昀学问之广博,仅论试帖诗学绝不足以尽其所蕴,甚至就其诗学通盘考论也只触及冰山一角。

　　乾隆五十八年(1793)七月,古稀之年的纪昀如此总结平生为学经历:"三十以前,讲考证之学。所坐之处,典籍环绕如獭祭。三十以后,以文章与天下相驰骤,抽黄对白,恒彻夜构思。五十以后,领修秘籍,复折而讲考证。"①由于他的著述留传有限,学术上不易评估。今人论及他与乾、嘉学术的关系,常不免夸大其学术成就及领袖地位。事实上,若就纪昀个人的学术著

＊　本文为国家社科基金项目"乾隆朝诗学的历史展开研究"(12BZW051)的前期成果。
①　纪昀《阅微草堂笔记》卷十五《姑妄听之》自序,上海古籍出版社1980年版,第359页。

作看,确实也没什么特别骄人的成就①。他走的是一条独特的学术道路,与他平生为官多任两类职事关系密切:一是主试科举,曾两为乡试考官,六任文武会试考官,由是格外留意举业文字;二是编纂书籍,先后出任武英殿、三通馆纂修官,方略馆总校官,功臣馆、国史馆、胜国功臣殉节录、四库全书馆总纂官,实录馆、会典馆副总裁官,职官表、八旗通志馆总裁官等。年深历久的编纂经历,让他饱览古今典籍,也对学问和著述形成一种独特的态度:"自校理秘书,纵观古今著述,知作者固已大备。后之人竭其心思才力,要不出古人之范围。其自谓过之者,皆不知量之甚者也。故生平未尝著书。"②不过他的学术见解和心得都凝聚在《四库全书总目》中,后学尚镕曾"于娄郑州(谦)署中见纪文达公分修草本,其再三涂改,体例颇与此不侔"③,为此历来都视《提要》为窥测纪昀学术思想的一个窗口。就现有的研究论著来看,无论是纪昀本人的诗歌理论、批评还是与《四库提要》文学思想的关系,学界都已有较充分的研究,但学者们对纪昀诗学的评价,大体不出于儒家意识形态的捍卫者和官方文艺思想的宣传者之角色定位,未能注意到其诗学话语背后的特定语境及他对儒家正统诗学的重新诠释和改造。

一、"酌中"的学术理念

据纪昀自述,他的文学兴趣主要集中在三十至五十岁之间,

---

① 李慈铭即言:"今言四库者,尽归功于文达。然文达名博览,而于经史之学实疏,集部尤非当家。"见由云龙编《越缦堂读书记》,上海书店出版社2000年版,第557页。

② 陈鹤《纪文达公遗集序》,《纪晓岚文集》,河北教育出版社1991年版,第729页。

③ 尚镕《赠萧公子序》,《持雅堂文集》卷三,道光刊持雅堂全集本。

其中对诗学尤为用功。虽然他对诗学的投入，于前贤未必能及许学夷、王渔洋，在后学中未必过于方东树、陈衍，但他的诗学和诗歌批评在形式上却颇有一些独到的尝试。比如在小说中托鬼魅之口批评诗歌，日本学者吉川幸次郎已注意到①；还有在乡会试策问中一再以诗学史问题试士，如《嘉庆壬戌会试策问五道》最后一道，在简单回溯诗文批评的历史后，历举批评史上若干著名公案，让应试举人持平判断。朱东润由此论定"晓岚对于文学批评之贡献，最大者在其对于此科，独具史的概念"②，方孝岳也认为《四库提要》设"诗文评"类是中国文学批评有系统的标志③。但纪昀诗学中更值得注意的，也是对嘉、道以后的诗学影响更大的，我认为是"酌中"亦即折衷的学术理念。这一点学界不是没有注意到，张健《清代诗学研究》已指出，"纪昀的诗学带有非常突出的折中特性，情与理、儒与道佛、传统与新变，这些在他的诗学中都处于一种对立统一状态，这种折中态度使得他的诗学具有较强的包容性"④。但作为体现这种理念的话语形态及具体的理论展开还需要细致梳理。

长年编纂书籍的体会及撰写、删定《四库提要》的经历，逐渐形成他被后世称为"四库提要派"的学术特征，即讨论问题立足于折衷群言的平允立场。阮元非常精当地概括为："盖公之学在于辨汉宋儒术之是非，析诗文流派之正伪。"⑤《嘉庆丙辰会试策问五道》第三道，即向学人提出了折衷新安学派与永嘉学派之得失、"平心而决从违"的要求⑥；而第五道问古代诗歌史的一些问

① 吉川幸次郎《清雍乾诗说》，《吉川幸次郎遗稿集》第3卷，筑摩书房1995年版，第419页。
② 朱东润《中国文学批评史大纲》，上海古籍出版社2005年版，第323页。
③ 方孝岳《中国文学批评》，三联书店出版社2007年版，第4页。
④ 张健《清代诗学研究》，北京大学出版社1999年版，第604页。
⑤ 阮元《纪文达公遗集序》，《纪晓岚文集》，第3册第727页。
⑥ 《纪晓岚文集》卷十二，第270页。

题,更直接宣示了一种"酌中"的理念:

> 齐、梁绮靡,去李、杜远甚,而杜甫以阴铿比李白,又自称颇学阴、何,其故何也? 苏、黄为元祐大宗,元好问《论诗绝句》指为"沧海横流",其故又何也? 王、孟清音,惟求妙悟,于美刺无关,而论者谓之上乘;元、白讽喻,源出变雅,有益劝惩,而论者谓之落言诠、涉理路。然欤? 否欤?《击壤》流为《濂洛风雅》,是不入诗格者也,然据理而谈,亦无以难之;《昌谷集》流为《铁崖乐府》,是破坏诗律者也,然嗜奇者众,亦不废之。何以救其弊欤? 北地、信阳以摹拟汉、唐流为肤滥,然因此禁学汉、唐,是尽偭古人之规矩也;公安、竟陵以荎甲新意流为纤佻,然因此恶生新意,是锢天下之性灵也。又何以酌其中欤?①

这里的"酌其中"是纪昀笔下一再出现的关键词②,也是他折衷立场的集中表现。它本是很古老的传统学术理念,贯穿于刘勰的文学理论和批评中③,但重新为纪昀所运用,却与特定的文学语境有关,那就是明代以来文坛充斥的门户之见。纪昀对此深恶痛绝,为朝鲜诗人洪汉师作《耳溪集序》,曾慨叹:"文章之患莫大乎门户!"④《瀛奎律髓刊误》更一再指摘方回党援门户的习气,而平章前人出于门户之见的偏颇见解也成为他批评的重心所在。他自己持论则出入于神韵、格调、性灵之间,气格与声调

---

① 《纪晓岚文集》卷十二,第 271 页。

② 《纪晓岚文集》卷九《云林诗钞序》:"李、杜、韩、苏诸集岂无艳体,然不至如晚唐人诗之纤且亵也。酌乎其中,知必有道焉。"第 199 页;卷十一《书韩致尧翰林集后》:"就短取长,而纤靡鄙野之习则已去。太去甚焉,庶几乎酌中之制耳。"第 251 页。

③ 参看周勋初师《刘勰的主要研究方法——折衷说述评》,《古代文学理论研究丛刊》第 11 辑,上海古籍出版社 1985 年版;收入《文史探微》,上海古籍出版社 1987 年版。

④ 《纪晓岚文集》卷九,第 213 页。

兼求,才情与学问并重。《清艳堂诗序》提出:"善为诗者,其思浚发于性灵,其意陶熔于学问。"①批《瀛奎律髓》又说:"诗论神韵,不在字句。"②《赋得镜花水月》、《题法时帆祭酒诗龛图》两诗也颇赞扬严羽的妙悟③。但实际评论中又多从字句讲求格调,格调二字连用或分用,随处可见;并说"诗未有不用工者,功深则兴象超妙,痕迹自融耳"④,这又表明兴象超妙最终仍落实于字句功夫,显示出折衷神韵、格调的倾向。对待批评史上的一些纷争,如二冯对宋调的拒斥、冯班对严羽的抨击,《南齐书》、《诗品》对谢朓的评价,王渔洋与赵执信论诗之分歧,有关李商隐《无题》的争议,等等,纪昀都能平心折衷其得失,给出较为公允的论断。

纪昀主于折衷的立场也体现在具体的作家批评和作品评点中。针对前人论陈师道"誉者务掩其所短,毁者并没其所长"的分歧,他特别选编陈师道诗文为《后山集钞》,序言逐体评价后山诗得失,又推崇其文章"简严密栗,可参置于昌黎、半山之间",欲论者"核其是非短长之实,勿徒以门户诟争,哄然佐斗"⑤。《瀛奎律髓刊误》的评点同样贯穿着平章旧说的精神,有关张九龄、孟郊、黄庭坚诗歌的评价都对前人的评价加以商榷。书中对方回的见识少所许可,虽然方回言之有理处他也会表示赞同,但终究是驳正处多。如方回评杜荀鹤《经废宅》云:"荀鹤诗首首相似,定是颔联作一串,景(颈)联体物。"纪昀补充道:"晚唐习径如是,不但荀鹤也。"⑥非常中肯。宋祁《长安道中怅然作三首》,虞山派诗家都喜其有西昆之风,冯舒称"所谓西昆体者如此,真高

---

① 《纪晓岚文集》卷九,第 202 页。
② 李庆甲辑《瀛奎律髓汇评》卷二十四崔涂《旅舍别故人》评,上海古籍出版社 1986 年版,第 1050 页。
③ 《纪晓岚文集》诗集卷十六、卷十二,第 646、553 页。
④ 李庆甲辑《瀛奎律髓汇评》卷十梅尧臣《春寒》评,第 344 页。
⑤ 纪昀《后山集钞序》,《纪晓岚文集》卷九,第 185 页。
⑥ 李庆甲辑《瀛奎律髓汇评》卷三,第 88 页。

妙",陆贻典称"西昆本于温、李,此三首尤似义山学杜",而纪昀的看法则殊有不同:"三诗俱有杜意,冯氏引为西昆体,以张其军。宋公固西昆派,此三诗则非西昆体也。"①对纪昀批评与前人见解的差互,后人往往左袒纪昀②。如门人梁章钜《退庵随笔》云:"方虚谷氏《瀛奎律髓》一书,行世已久,学诗者颇奉为典型。吴孟举至悬诸家塾以为的。海虞冯氏尝有批本,方氏左袒江西,冯氏又左袒晚唐,负气诟争,矫枉过正,亦未免转惑后人。若非得纪师批本,则谬种蔓延,何所底止?"③后来钱泰吉论及《瀛奎律髓刊误》,也肯定"此评于虚谷、二冯间多持平之论"④。所谓持平之论,当然不是无原则的调停,各打五十大板,而是在理解前人言说的前提下做出平允而有诠释意义的评价。比如方回沿袭周弼《唐诗三体家法》的虚实说,常讲中两联前景后情⑤,评杜甫《登岳阳楼》曰:"中两联,前言景,后言情,乃诗之一体也。"冯班斥之为"小儿家见解","全是执己见以强缚古人,以古人无碍之才、圆通因变之学,曲合于拘方板腐之辈,吾见其愈议论而愈多其戾耳"⑥。纪昀虽总体上认可冯班的评断,但同时指出他未理解方回的用心:"晚唐诗多以中四句言景,而首尾言情,虚谷欲力破此习,故屡提唱此说。冯氏讥之,未尝不是,但未悉其矫枉之苦心,而徒与庄论耳。"⑦如此看问题,比简单地讥斥其

---

① 李庆甲辑《瀛奎律髓汇评》卷三,第 92 页。
② 也有菲薄纪昀评点的,如钱振锽《星影楼壬辰以前存稿·诗说》云:"论诗系翰苑见解,所评虚谷《瀛奎律髓》,两不通人争执耳,无谓无谓。"光绪十八年刊本。
③ 梁章钜《退庵随笔》,郭绍虞辑《清诗话续编》,上海古籍出版社 1983 年版,第 3 册 1989 页。
④ 钱泰吉《甘泉乡人稿》卷六,同治十一年刊本。
⑤ 方回多次引周弼此书,有批评有因袭,详陈斐《南宋唐诗选本与诗学考论》第三章,大象出版社 2013 年版,第 234 页。
⑥ 李庆甲辑《瀛奎律髓汇评》卷一,第 6 页。
⑦ 同上,第 8 页。

拘滞显然更有深度。可以说，作为学者和批评家的纪昀，无论平章学术还是品论诗文，都是他自己在《爱鼎堂遗集序》中赞赏的那种"不沿颓敝之习，亦不欲党同伐异，启门户之争，孑然独立，自为一家，以待后人之论定"的人①，这是我们评价纪昀的诗歌观念首先必须注意的。

折衷的另一面其实就是包容和开放。纪昀曾自述其学诗取径："余初学诗从《玉溪集》入，后颇涉猎于苏、黄，于江西宗派亦略窥涯涘。尝有场屋为余驳放者，谓余诋諆江西派。意在煽构，闻者或惑焉。及余所编《四库书总目》出，始知所传为蜚语，群疑乃释。"②惟其具有包容开放的胸襟，故能对前代诗学资源有更丰富的汲取，获致更深广的理解与认识，并常借诗序发表一些高屋建瓴的诗史通论，或对诗学中一些原理问题加以阐发。如《抱绿轩诗集序》写道：

> 《书》称"诗言志"，《论语》称"思无邪"，子夏《诗序》兼括其旨曰"发乎情，止乎礼义"，诗之本旨尽是矣。其间触目起兴，借物寓怀，如"杨柳"、"雨雪"之类，为后人所长吟而远想者，情景之相生，天然凑泊，无非六义之根柢也。然风会所趣，质文递变，于是乎咏物之作起于建安，游览之篇沿于典午，至陶、谢而标其宗，至王、孟、韦、柳而参其妙，至苏、黄而极其变。自唐至今，传为诗学之正脉，不复能全宗《三百篇》矣。饴山老人作《谈龙录》，力主"诗中有人"之说，固不为无见，要其冥心妙悟，兴象玲珑，情景交融，有余不尽之致，超然于畦封之外者，沧浪所论与风人之旨，固未尝背驰也。③

这里非但将中国诗歌传统的嬗变梳理出清楚的脉络，而且肯定

① 《纪晓岚文集》卷九，第188页。
② 纪昀《二樟诗钞序》，《纪晓岚文集》卷九，第1册第200页。
③ 《纪晓岚文集》卷九，第1册第204页。"无非六义之根柢也"，"无"字原脱，据刊本补。

变化的合理性,将"诗中有人"的主体精神与情景交融的审美特征相结合而不偏废,从内容和表现两方面对中国诗歌的艺术传统作了很全面的说明。如此通达的见地,不光需要见识,也要具备平允折衷的学术态度。

从包容和开放的意义上说,折衷也就是融通,意味着不执着于某种观念。的确,如果不通盘认识纪昀的诗学而只看某些议论,我们甚至会觉得他持论很有点接近袁枚,也总是在破除那些执着于一端的诗家常谈。比如,关于诗歌内容,他曾指出:"际遇不同,悲愉自异。必矫语隐逸之乐,乃为诗家之正声,则《三百篇》愁怨之作皆将黜为外道乎?"①关于师法途径,他断言:"盛唐、晚唐各有佳处,各有其不佳处。必谓五律当学某,七律当学某,说定板法,便是英雄欺人。"②关于周弼提出的四虚四实之说,他认为:"四实四虚之说固拘,必不主四实四虚之说亦拘。诗不能专主一格,亦不能专废一格。"③关于诗中的情景关系,方回评杜甫《因许八奉寄江宁旻上人》说:"看前辈诗,不专于景上观,当于无景言情处观。"纪昀按:"虚谷此评,对晚唐装点言之,不为无见。然诗家之妙,情景交融,必欲无景言情,又是一重滞相。"④评陈师道《别负山居士》又提到:"晚唐诗敷衍景物,固是陋格。如以不黏景物为高,亦是僻见。古人诗不如此论。"⑤凡此种种,乍一看也都是在破除那些传统观念,但骨子里思想方法是不同的。袁枚的思维方式有点接近佛家的"中道"观,要在破除一切观念的绝对性,往往两可而不执着于一端;纪昀的思维方式则仍是儒家的中庸之道,往往是两不可而取其中行,所谓"酌

① 李庆甲辑《瀛奎律髓汇评》卷四十七,第1627页。
② 同上,第1735页。
③ 同上,第1626页。
④ 同上,第1736页。
⑤ 同上书卷二十五,第1113页。

乎中"本旨正在这里。于是相对袁枚诗学的破而不立,纪昀的诗学就显得既要破又要立,这不仅使他清楚地与性灵派区别开来,同时也明白烙上格调派的印记。当代学者认定"其诗论主张务在折中,不仅反映了他个人对文学的认识,而且作为官方的文艺标准表现在《四库全书总目提要》的论述之中,其基本的主张与沈德潜较为接近,故归入沈氏一派"①,是颇得要领的。

其实,纪昀的正统观念早已预示了他论诗的格调派立场,格调派与正统观念天生就是孪生兄弟,其基本倾向都在于建立并恪守某种既定的审美理想、价值标准和艺术目标。当性灵诗学解构掉传统诗学几乎所有的价值观念和写作规则后,最后退守的底线只有三点——新、真和切②。新指向独创性,真指向作者意图表达的自主性,切指向作品艺术表现的精致度。对性灵派诗人来说,诗歌写作具备这三点就足够了。然而从纪昀的格调派观念来看,新在很多时候根本就没有价值。魏仲先《冬日书事》纪评:"三四刻意求新,然无格也。"③格在此是优先于新的要素。赵昌父《次韵叶德璋见示》纪评:"真力不足,而欲出奇以求新,势必至此。"④真在此也是优先于新的要素。然而真同样只是创作成功的必要条件,而不是充分条件。白居易《卜岁日喜谈氏外孙女孩满月》一诗纪昀评:"直写真情,尚不涉俚。语华而情伪,非也;情真而语鄙,亦非也。"⑤可见真也不能保证诗一定好。纪昀评白居易《过元家履信宅》"情真而格调太卑,五句尤俚"⑥,

① 王运熙、顾易生主编《中国文学批评史·清代卷》,上海古籍出版社1996年版,第429—430页。
② 关于这个问题,可参看蒋寅《袁枚性灵诗学的解构倾向》(《文学评论》2013年第2期)一文的论述。
③ 李庆甲辑《瀛奎律髓汇评》卷十三,第476页。
④ 同上,第498页。
⑤ 同上书卷四十一,第1477页。
⑥ 同上书卷四十九,第1805页。

《喜敏中及第偶示所怀》"自是真语,然格力卑靡太甚"①,张籍《游襄阳山寺》"三四真语,然不佳"②,杜荀鹤《南游有感》"三四语真而格卑"③,陆游《戏遣老怀》"自是真语,然亦太尽"④,姚合《过天津桥梁晴望》"五句是真景,然小样"⑤,项斯《边游》"六句景真而语纤"⑥,马戴《塞下曲》"五句景真语拙"⑦,张蠙《宿山寺》"三四真景而语不工"⑧,贺铸《丙寅舟次宋城作》"四句真景,然不成语"⑨,唐子西《江涨》"四句景真而语俚"⑩,王建《县丞厅即事》"三四境真语鄙"⑪。可见即便是真情、真语、真景、真境,也不能保证不流于鄙俚、卑靡、纤拙、直露和小家子气。再看切,他首先就用事强调:"凡用事不切,不如不用;切而不雅,亦不如不用。"⑫方回评杜荀鹤《旅泊遇郡中叛乱示同志》诗云:"不经世乱,不知此诗之切。虽粗厉,亦可取。"纪昀很不以为然,说:"但取其切,则无语不可入诗矣。"⑬方回评杜荀鹤《山中寡妇》结句"也应无计避征徭""语俗似诨,却切",纪昀又驳道:"虽切而太尽,便非诗人之致。"⑭又评苏舜卿《春睡》"身如蝉蜕一榻上,梦似杨花千里飞"一联"三四极切,亦有意境,而终觉不佳"⑮。如

---

① 李庆甲辑《瀛奎律髓汇评》卷四十,第 1473 页。
② 同上书卷四十七,第 1652 页。
③ 同上书卷三,第 89 页。
④ 同上书卷九,第 317 页。
⑤ 同上书卷三十四,第 1389 页。
⑥ 同上书卷三十,第 1326 页。
⑦ 同上,第 1319 页。
⑧ 同上书卷四十七,第 1673 页。
⑨ 同上书卷十六,第 590 页。
⑩ 同上,第 672 页。
⑪ 同上书卷六,第 249 页。
⑫ 同上书卷四十五,第 1605 页。
⑬ 同上书卷三十二,第 1363 页。
⑭ 同上,第 1362 页。
⑮ 同上书卷十,第 370 页。

此看来,切虽有精当、准确的优长,却也不能完全避免粗厉、直露的缺点。甚至性灵派指称完成度的概念"工",在纪昀诗学中也不是完全正价的概念。王安石《次韵平甫金山会宿寄亲友》诗,纪昀认为"三句意工而语拙"①。由此可见,相对"意"而言,纪昀更重视"语",在语之上还有格调。这不清楚地表明了纪昀格调派的批评立场吗?当然,应该说是比较开放和包容的格调派。事实上,经过沈德潜改造的格调派,本来就具有了包容的品格。在这一点上,纪昀诗学也可以说是与沈德潜一脉相承的。但在此更值得我们注意的,不是对纪昀对沈德潜格调论的继承,而是对其正统观念的发扬。

二、对儒家传统诗学话语的重描

纪昀不仅以《四库全书》总纂官的身份获得崇高的学术地位,更以《提要》的扎实通达赢得学林真诚的尊崇,他的诗学也由此备受诗坛瞩目。前人认为纪昀诗学有两大贡献:"厘正文体,辨别诗律,化襞积堆垛之习,一归于清真雅正;有专集以评藻前修,出绪余以津逮后学,岂非炳然一代文章之府乎?"②前一层意思说正本清源,为诗坛树立典范,指明正路;后一层意思说,承前启后,总结历史经验,引导初学。这两方面基本概括了纪昀诗学的业绩和影响,而前一方面似乎更为当时看重。道光间李兆元即认为:"纪文达公校定《四库全书》,所见既广于前人,所论诗法源流,靡不究悉。故其文集中为人所作诸诗序,皆能辨别源流,指陈得失,直可作先生诗话观。"③

---

① 李庆甲辑《瀛奎律髓汇评》卷一,第35页。
② 白熔《纪文达公遗集序》,《纪文达公文集》卷首,嘉庆十七年刊本。
③ 李兆元《十二笔舫斋杂录》卷八,道光二年刊本。

乾隆诗坛可以说是空前地热闹，其盛况甚至超过康熙诗坛。但同时一个令人窘涩的事实也日益暴露出来：虽然诗人众多，但真正杰出的诗人却很少，于是热闹中又不可避免地显现一种平庸。除了袁枚这种以编撰诗话渔利的角色，一般诗论家或多或少都对诗坛现状感到不满。朱琰曾说乾隆间诗有两种俗体：一是为考试起见，读试帖，作排律，如剪彩刻绘，全无生趣；一是为应酬起见，翻类书，用故事，如记里点鬼，绝少性情①。应试习诗和世俗应酬毕竟是等而下之的底层写作，那些基于特定艺术观念的王渔洋神韵诗风、沈德潜格调诗风、新兴的性灵诗风以及高密诗派的中唐诗风所导致的流弊，才是更为诗坛忧虑的问题。于是格调派看到流荡淫靡，性灵派看到虚假板滞，学究派看到平易浅薄，高密派看到浮华空洞……这些诗风的兴起和蔓延主要都在乾隆二三十年代，自乾隆十五年（1750）沈德潜告老还乡后，始终在翰林任职，处于京师学术、文学中心的纪昀被推到维护风雅正统的教主位置上。

纪昀平生自命为恪守古典传统之士，与朝鲜洪汉师（耳溪）书尝表示："昀才钝学疏，本未窥作者之门径，徒以闻诸师友者，谓文章一道传自古人，自应守古人之规矩，可以神而明之，不可以偭而改之。是以暖暖姝姝，守一先生之言，不欲以侧调么弦新声别奏。"②此所谓"守古人之规矩"应包括儒家观念和文学传统两个方面，可以视为其平生论文宗旨，也是"酌乎中"的基点。《瀛奎律髓刊误》对方回以降的评论家都少所许可，而独推崇沈德潜一人。张祜《金山寺》向来论者都赞不绝口，纪昀独举"沈归愚谓此诗庸下，所见最高。末二句殆不成语。"③评雍陶《崔少府

①　朱琰批点《唐诗别裁集》，陆元鋐《青芙蓉阁诗话》引，国家图书馆藏清稿本。
②　《纪晓岚文集》卷十二，第275页。
③　李庆甲辑《瀛奎律髓汇评》卷一，第14页。

池塘鸳鹭》又云："此诗及郑谷《鹧鸪》、崔珏《鸳鸯》,皆词意凡近,而格调卑靡。虽以此得名,要是流俗之论,非作者之定评也。沈归愚宗伯始力排之,其论甚伟。"①由此不难逆料纪昀论诗将倾向于沈德潜的正统派和格调派一路。

作为乾、嘉间政治地位最高的汉族文人,拥有比沈德潜更荣耀的履历和官职,纪昀论诗文秉持正统观念乃是很自然的事。虽然不曾点名道姓地指斥,但当时诗坛各派的流弊他都很清楚,并一一提出针锋相对的主张,这历来并未受到注意,因为这些主张都隐含在具体的作品评点中。

首先是针对神韵派末流的浮泛空洞,持论必归于言之有物。评王安石《登大茅山顶》一诗,极肯定"其言有物,必如是乃非空腔",并主张"凡初学为诗,须先有把握,稍涉论宗亦未妨,久而兴象深微,自能融化痕迹。若入手但流连光景,自诧王孟清音、韦柳嫡派,成一种滑调,即终身不可救药矣"②。许印芳敏锐地看出,"此说盖为近代学渔洋神韵流为空滑者痛下针砭,虽为一时流弊而发,实至当不易之论,学诗者宜书诸绅"③。此言可与《瀛奎律髓》怀古类小序纪昀评"此序见解颇高,可破近人流连光景、自矜神韵之习"④互相印证。

其次是针对性灵派的浅薄油滑,重新厘清性灵与性情的关系。纪昀的一生大体与性灵诗风相终始,举世风靡的性灵诗风他不可能无所知觉。在《冰瓯草序》中他首先肯定:"举日星河岳,草秀珍舒,鸟啼花放,有触乎情,即可以宕其性灵。是诗本乎性情者然也,而究非性情之至也。"这就将性灵定位为灵感,与性情相比处于较次要的位置。然后他又抽去性灵派"性情"概念的

---

① 李庆甲辑《瀛奎律髓汇评》卷二十七,第 1181 页。
② 同上书卷一,第 31 页。
③ 同上,第 31 页。
④ 同上书卷三,第 78 页。

自然属性,宣称:"夫在天为道,在人为性,性动为情,情之至由于性之至,至性至情,不过本天而动。而天下之凡有性情者,相与感发于不自知,咏叹于不容已,于此见性情之所通者大,而其机自有真也。"由于这里"本天而动"的天不是自然之天性,而是天道,所谓至情之性便具有了天赋的伦理属性,甚至可以说"彼至情至性,充塞于两间、蟠际不可澌灭者,孰有过于忠孝节义哉!"①在他看来,这种与儒家伦理相一致的至情至性正是诗的本原。《书韩致尧翰林集后》论韩偓诗云:"致尧诗格,不能出五代诸人上,有所寄托,亦多浅露。然而,当其合处,遂欲上蹑玉溪、樊川,而下与江东相倚轧,则以忠义之气发乎情而见乎词,遂能风骨内生,声光外溢,足以振其纤靡耳。然则诗之原本不从可识哉!②"然而问题在于后人往往看不到这一点,以致流于表面化:"晚唐诗但知点缀景物,故宋人矫之,以本色为工。然此非有真气力,则才薄者浅弱,才大者粗野,初学易成油滑,老手亦致颓唐,不可不慎也。"③这应该是针对性灵派末流的浅薄油滑而言,如果说神韵派的流弊是流连光景而乏真性深情,那么性灵派的流弊则是沉溺于浅俗之情而无高情至性。

再次是针对高密派的矫激怨怼,重申温柔敦厚的诗教。纪昀评方干《僧喻凫》诗曾提到:"矫语孤高之派,始自中唐,而盛于晚唐。由汉魏以逮盛唐,诗人无此习气也。盖世降而才愈薄,内不足者不得不嚣张其外。"④当时大力提倡中唐诗的高密诗派,论诗倾向正是矫语孤高,尤其推崇韩、孟、姚、贾的奇岩瘦硬之风,这种艺术倾向显然不是纪昀所喜好的。他在《俭重堂诗序》

---

① 《纪晓岚文集》卷九,第186—187页。
② 同上书卷十一,第251页。
③ 李庆甲辑《瀛奎律髓汇评》卷十杜甫《曲江陪郑八丈南史饮》纪昀评,第360页。
④ 同上书卷四十二,第1495页。

曾感叹："夫欢愉之辞难工，愁苦之音易好，论诗家成习语矣。然以龌龊之胸，贮穷愁之气，上者不过寒瘦之词，下而至于琐屑寒乞，无所不至，其为好也亦仅。甚至激忿牢骚，怼及君父，裂名教之防者有矣。兴观群怨之旨，彼且乌识哉？"①高密诗派虽不至于灭裂名教，但对沈德潜以"诗教"训人极为不满②，且偏爱寒瘦之词，却是事实。纪昀对"穷愁之气"、"激忿牢骚"的批评明显是针对这种倾向而言。不仅如此，《月山诗集序》还提到："三古以来，放逐之臣、黄馘膴下之士，不知其凡几；其托诗以抒哀怨者，亦不知其凡几。平心而论，要当以不涉怨尤之怀，不伤忠孝之旨，为诗之正轨。昌黎《送孟东野序》称'不得其平则鸣'，乃一时有激之言，非笃论也。"③韩愈的"不平则鸣"之说，因概括了诗歌创作的一种普遍状态，赢得后人广泛的赞同。但纪昀却认为这只是韩愈一时有感而发，不足为定论，由此表明了他有意排斥"诗可以怨"的精神，单纯崇尚清真雅正之音的终极立场。

不平则鸣向来是与"穷而后工"之说相联系的，纪昀既然否定了前者的绝对性，对后者自然也不无保留：

> 诗必穷而后工，殆不然乎？上下二千年间，宏篇巨制，岂皆出山泽之癯耶？然谓穷而后工者，亦自有说。夫通声气者骛标榜，居富贵者多酬应，其间为文造情，殆亦不少；自不及闲居恬适，能翛然自抒其胸臆，亦势使然矣。惟是文章如面，各肖其人。同一坎坷不偶，其心狭隘而刺促，则其词

---

① 《纪晓岚文集》卷九，第 1 册第 186 页。
② 袁枚《小仓山房尺牍》卷八《答李少鹤书》提到："来札忧近今诗教，有以温柔敦厚四字训人者，遂致流为卑靡庸琐，属老人起而共挽之。"即指沈德潜而言。见王英志主编《袁枚全集》，第 5 册第 169—170 页。参看蒋寅《高密诗学的理论品格及批评实践》，《岭南学报》2016 年第 3 期。
③ 《纪晓岚文集》卷九，第 196 页。

亦忧郁而愤激。"东野穷愁死不休,高天厚地一诗囚。"遗山所论,未尝不中其失也。其心淡泊而宁静,则其词洒脱轶俗,自成山水之清音。元次山《箧中》一集,品在令狐楚《御览诗》上,前人固有定论矣。①

这等于是给穷而后工的命题附加了一个条件,即穷者只有超脱于穷通的意识才有工的可能。就像《月山诗集》的作者恒仁,贵为宗室,"其寄怀夷旷,如春气盎盎,而草长莺飞,水流花放,以为别有自得之乐,不复与宠辱为缘者,而固命途坎壈,盛年坐废者也。此其所见为何如,所养为何如耶?斯真穷而后工,又能不累于穷,不以酸恻激烈为工者。温柔敦厚之教,其是之谓乎?"②《俭重堂诗》也称伯父迈宜(偲亭)"以不可一世之才,困顿偃蹇,感激豪宕,而不乖乎温柔敦厚之正,可谓发乎情止乎礼义者矣。穷而后工,斯其人哉!"③再看《云林诗钞序》、《袁清悫公诗集序》、《鹳井集序》、《二樟诗钞序》、《鹤街诗稿序》、《诗教堂诗集序》,令人惊讶的是,纪昀的诗序几乎都以温柔敦厚之旨称许作者。诗评也以此为裁量作者的重要标准,评罗隐《曲江有感》"在晚唐颇见风格,惟出语太激,非温柔敦厚之教"④,评苏轼《送曾子固倅越得燕字》"愤激太甚,宜其招尤,即以诗品论,亦殊乖温厚之旨"⑤,又评《张安道见示近诗》"'荒林'四句太激。古人虽不废讽刺,然皆心平气和,乃不失风人温厚之旨"⑥,显出一种执拗地要以诗教来规范诗歌的态度,

---

① 《纪晓岚文集》卷九,第 195 页。
② 同上,第 195 页。
③ 同上,第 186 页。
④ 李庆甲辑《瀛奎律髓汇评》卷三,上册第 121 页。
⑤ 曾枣庄《苏诗汇评》卷六,四川文艺出版社 2000 年版,上册第 178 页。
⑥ 同上书卷十七,上册第 719 页。

格外引人注目①。联系到乾隆后期性灵诗风对正统观念的猛烈冲击,高密诗派对沈德潜"以温柔敦厚四字训人"的厌薄抨击,乃至于袁枚宣称"孔子论诗可信者,兴观群怨也;不可信者,温柔敦厚"的骇人听闻之说②,我们不难体会纪昀刻意强调诗教所寄予的深心。当代研究者或将此理解为"纪昀立身于儒家传统价值再度被重视的时代"的结果③,我的看法正好相反。当一种价值需要刻意强调的时候,通常意味着它正在丧失自己的身份及意义。诗教的坠落在沈德潜的时代还不是问题,所以他也不需要刻意强调,而到纪昀的时代,这已是摆在他面前的严峻现实。作为身居庙堂最高位置的汉族文化官员,汉学阵营的领袖人物,儒家正统观念的承传者,维护诗教在他正是义不容辞的责任。只不过他没有用口号式的激烈言辞来表达这种信念,而是诉诸理论阐述和历史回溯,将自己的观念表达为言之有理同时又持之有故的价值主张而已,顾炎武"鉴往训今"的学术理念在其中仍清晰可辨④。这正是清代诗学最突出的学术特征。

只要读一读《纪晓岚文集》卷九所收的诗序,就可以清楚地看到,纪昀持论都立足于儒家诗论的传统话语,带有强烈的回归儒家经典的反本意向,但绝非原教旨主义的,而是在折衷的基础上加以改造、发挥的。诗教本是儒家诗学的核心观念,向来被论诗者奉为圭臬,清初以来更被学者从多种角度做了大量的阐释

① 杨桂芬《纪昀诗学理论研究》第二章"纪昀以儒家正统诗学为体的诗学理论"即分论温柔敦厚、知人论世、以意逆志三个问题,台湾中山大学2002年硕士论文;杨子彦《纪昀文学思想研究》第二章"正:纪昀的诗学观"也讨论了纪昀对儒家诗教观的重新诠释,中国社会科学出版社2015年版,第67—102页。
② 袁枚《再答李少鹤尺牍》,《小仓山房尺牍》卷十,王英志主编《袁枚全集》,第5册第206页。
③ 杨桂芬《纪昀诗学理论研究》,台湾中山大学2002年硕士论文,第33页。
④ 关于顾炎武"鉴往训今"的学术理念及其对清代诗学的影响,可参看蒋寅《顾炎武的诗学史意义》,《南开学报》2003年第1期。

和发挥①，惟其如此，治丝益棼，多歧亡羊，其本旨反致模糊不清，在纪昀看来大有反本溯原的必要。方回评王平甫《假寐》"尾句无怨言，诗人当行耳"，看似并无问题，纪昀却觉得过于简单化，指出："凡作诗人，皆知温厚之旨，而矢在弦上，牢骚之语，摇笔便来。故和平语极是平常事，却极是难事。虚谷此言未免看得轻易，由其平日论诗只讲字句，不甚探索本原。"②为此他作《诗教堂诗集序》，因集名所涉顺便回顾了诗教的源流：

> 夫两汉以后，百氏争鸣，多不知诗之有教，亦多不知诗可立教。故晋、宋歧而玄谈，歧而山水，此教外别传者也，大抵与教无裨，亦无所损。齐梁以下，变而绮丽，遂多绮罗脂粉之篇，滥觞于《玉台新咏》，而弊极于《香奁集》。风流相尚，诗教之决裂久矣。有宋诸儒起而矫之，于是《文章正宗》作于前，《濂洛风雅》起于后，借咏歌以谈道学，固不失无邪之宗旨，然不言人事而言天性，与理固无所碍，而于"兴观群怨"、"发乎情止乎礼义者"，则又大相径庭矣。③

前面的文字提到诗教，多从言说方式着眼，以文辞风格的温柔敦厚保证"政治正确"；而本文论诗教，首先着眼于人品，肯定诗"终以人品心术为根柢，人品高则诗格高，心术正则诗体正"④，然后辨析诗歌史上玄言诗、山水诗、艳情诗、理学诗与诗教的关系，又突出了情志内容的正当性。这与诗教的本义是不尽吻合的，但恰好显示了纪昀诗学的折衷特点。将杜甫忠爱悱恻的伦理色彩和《诗教堂诗集》作者王敬禧"不为巉岩陡绝之论，亦不为奇怪惶惑之态"的风格特征统一在诗教温柔敦厚的旗帜下，同时又将它

---

① 参看蒋寅《清代诗学史》第一卷第一章第二节"诗歌观念与传统的重整"，中国社会科学出版社 2012 年版。
② 李庆甲辑《瀛奎律髓汇评》卷十，上册第 368 页。
③ 《纪晓岚文集》卷九，第 209—210 页。
④ 同上，第 209 页。

们安顿在人品心术的基点上,这便将诗教问题纳入了儒家思想的传统理路——不是直接从道德角度对诗歌提出特定的伦理要求,而是将外在的仪礼规范内化为人性的欲求。也就是说,诗教不再是来自传统观念的约束,而是品性修养的自然结果。这对传统的诗教观念是个很大的改造,同时也是适应新的诗学语境的一个蜕变。

不难理解,像纪昀这么一位通达的学者,当然是不会固执僵化的教条来衡量诗歌的。他的正本清源工作,目的也不在于回到儒家原典,而在于通过概念的剖析、源流的梳理,弄清问题出在什么地方,以便矫枉返正。比如诗本于性情,是老生常谈的传统观念,但明清以来言人人殊。纪昀作《冰瓯草序》,首先将诗的社会意义划分为公私两个层面:"诗本性情者也。人生而有志,志发而为言,言出而成歌咏,协乎声律。其大者和其声以鸣国家之盛,次亦足抒愤写怀。"[①]从公的方面说,可以咏歌盛世太平;从私的方面说,也可以抒写一己悲欢,这就肯定了诗歌功能的两重性。既然个人情感抒写的正当性得到肯定,就带来一个如何防止自我表现走到极端的问题。若诗人"发乎情思,抒写性灵",只言一时悲欢,而不及至情至性,忠孝节义;或只图情感表达的自主性,而不顾艺术传统和美学规则,则不陷入卑靡琐屑,便流于鄙俚怪诞。这正是诗教在文辞风格之外包括情志内容的正当性以及维护其约束力的理由。

又如《诗大序》的"发乎情,止乎礼义",《云林诗钞序》由辨析诗人之诗与辞人之诗入手,反思其得失缘故。纪昀首先参照扬雄诗人之赋、辞人之赋的区分,将诗歌史自源头区分为诗人之诗与辞人之诗两派:"分支于《三百篇》者,为两汉遗音;沿波于屈宋者,为六朝绮语。上下二千余年,刻骨镂心,千汇万状,大约皆此

---

① 《纪晓岚文集》卷九,第186页。

两派之变相耳。末流所至,一则标新领异,尽态于江西;一则抽秘骋妍,弊极于《玉台》、《香奁》诸集。"①他认为《诗大序》"发乎情,止乎礼义"已揭示诗学的根本宗旨,争奈后人各主一义,遂导致两种偏颇:"一则知止乎礼义,而不必其发乎情,流而为金仁山《濂洛风雅》一派,使严沧浪辈激而为不涉理路、不落言诠之论;一则知发乎情而不必其止乎礼义,自陆平原'缘情'一语引入歧途,其究乃至于绘画横陈,不诚已甚与!"只有真正伟大的作家才能避免陷落于两个极端境地,比如"陶渊明诗时有庄论,然不至如明人道学诗之迂拙也;李杜韩苏诸集岂无艳体? 然不至如晚唐人诗之纤且亵也"。所以"酌乎其中,知必有道焉"②。他认为伊朝栋《云林诗钞》"以温柔敦厚之旨,而出以一唱三叹之雅音"正是折衷于"道"的成功范例,因而许为"真诗人之诗,而非辞人之诗矣"。所谓诗人之诗,也就是评《瀛奎律髓》反复提到的"诗人之笔"。杜甫《客亭》"圣朝无弃物,老病已成翁"③,王禹偁《病起思归》其二额联"明时遇主谁甘退,白发侵人自合休"④;梅尧臣《春寒》"蝶寒方敛翅,花冷不开心"⑤,张耒《送杨补之赴鄂州支使》"涕泪两家同患难,光阴一半属分离"⑥,陈与义《次韵无斁偶作》结联"圣朝无弃物,与子赋归哉"等句⑦,都曾得到这一评价,核心仍不外是温柔敦厚的诗教之旨。陆游《书直舍壁》"渠清水马健,屋老瓦松长"一联,方回称许"水马、瓦松诗人罕用",纪昀则鄙其"总搜索此种以为新,而诗之本真隐矣。夫发乎情止乎

① 《纪晓岚文集》卷九,第 1 册第 198 页。
② 同上,第 1 册第 199 页。
③ 李庆甲辑《瀛奎律髓汇评》卷十四,上册第 503 页。
④ 同上书卷四十四,下册第 1592 页。
⑤ 同上书卷十,上册第 344 页。
⑥ 同上书卷二十四,中册第 1088 页。
⑦ 同上书卷四十三,下册第 1550 页。

礼义，岂新字新句足谓哉？"①再度印证前文所指出的，新在纪昀诗学中并不是一个充分的价值，距诗教的核心宗旨更远。

出自《周易》的拟议、变化之说，宋元以前不为人注意，直到明代格调派才发挥其义。纪昀在《鹤街诗稿序》中特别加以阐述，反思了这一对概念的诗学意义。回顾诗歌演生、发展的历史进程，纪昀很是感慨：上古朴素的抒情在"心灵百变，物色万端"的交相作用下，演变为后世工巧的文字，"体格日新，宗派日别，作者各以其才力学问智角贤争，诗之变态遂至于隶首不能算。然自汉魏以至今日，其源流正变、胜负得失，虽相竞者非一日，而撮其大概，不过拟议、变化之两途"。也就是说，诗歌史的演进，不外乎模拟、创变两种运动模式。可是他发现这两种模式如何协调得当、达致理想的结果，竟是很难的事。尤其是明代的诗歌史，呈现在他眼中的是一系列失败的例子。除了众所周知的"王、李之派，有拟议而无变化，故尘饭土羹；三袁、钟谭之派，有变化而无拟议，故偭规破矩"②，他还举出两个更著名的诗人为例：

> 从拟议之说最著者无过青丘。仿汉魏似汉魏，仿六朝似六朝，仿唐似唐，仿宋似宋，而问青丘之体裁如何？则莫能举也。从变化之说最著者无过铁崖。怪怪奇奇，不能方物，而不能解文妖之目，其亦劳而鲜功乎？③

高启模仿能力虽强，但终究失去自家面目，没能创造出属于自己的风格；杨维桢始终在探索新异的风格，一变再变，却流于邪魔外道，被目为诗妖。纪昀折衷古今作者得失，最后总结出：只有"能抒其性情，戛戛独造，不落因陈之窠臼"，同时又"意境遥深，

---

① 李庆甲辑《瀛奎律髓汇评》卷六，上册第 253 页。
② 纪昀《四百三十二峰草堂诗钞序》，《纪晓岚文集》卷九，第 207 页。
③ 《纪晓岚文集》卷九，第 206 页。

隐合温柔敦厚之旨,亦不偾古人之规矩",才能"自言其志,毅然自为一家"①。而对古人的规矩,又"必心灵自运而后能不立一法,不离一法,所谓神而明之,存乎其人也"②。这就有力地回答了江西诗派"活法"说带来的要不要规矩、如何运用规矩的根本问题,从而对性灵派作用于传统诗歌理论的瓦解力量有所消解。

当然,作为博通古今学问、淹贯历代诗歌的批评家,纪昀也深知诗歌创作绝非只受主观意识主导,来自外部环境的影响同样不可忽视。《爱鼎堂遗集序》特别指出,诗歌的变化是由两个外部因素决定的:

> 三古以来,文章日变。其间,有气运焉,有风尚焉。史莫善于班、马,而班、马不能为《尚书》、《春秋》;诗莫善于李、杜,而李、杜不能为《三百篇》:此关乎气运者也。至风尚所趋,则人心为之矣。其间异同得失,缕数难穷。大抵趋风尚三途:其一厌故喜新;其一巧投时好;其一循声附和,随波而浮沉。变风尚者二途:其一乘将变之势,斗巧争长;其一则于积坏之余,挽狂澜而反之正。③

将文学变化的动力归结于气运和风尚,不是什么创见。纪昀的过人之处在于清楚气运是无法讨论的,可以谈论的只有风尚,因此用心对风尚做了细致的分析,将追逐风尚的主观动因概括为三点,将扭转风尚的主观动因概括为两点,不无见地。

总体来看,纪昀诗学没有提出什么新的理论命题,但对传统诗学的核心观念都有所反思,有所阐发。那些已有点黯淡无光的古老概念和命题经他重描,并发挥和运用,相信会重新引起诗家的注意,如门人梁章钜论诗即推本于《三百篇》,以"思无邪"为

---

① 《纪晓岚文集》卷九,第 207 页。
② 纪昀《四百三十二峰草堂诗钞序》,《纪晓岚文集》卷九,第 207 页。
③ 《纪晓岚文集》卷九,第 188 页。

《三百篇》之宗旨,以"兴观群怨"为《三百篇》之门径,以"温柔敦厚"为《三百篇》之性情,诫学人"但就此三层上用心,源头既通,把握自定"①。但问题是太老的招牌,即便散发出新油漆的气味,也终究改变不了旧的框架。倒是一些晚起的概念,经他使用后,却逐渐进入后人的批评视野中。比较典型的如兴象,这个唐代诗论所孕育的概念,后人很少沿用,但纪昀的评点却一再使用,如评王维《登辨觉寺》云:"五六句兴象深微,特为神妙。"以致许印芳特别提醒读者:"晓岚论诗主兴象,即此可见。"②还有意境一词,前人使用得更少。吴之振重刊《瀛奎律髓》序有云"作者代生,各极其才而尽其变,于是诗之意境开展而不竭,诗之理趣发泄而无余"③。纪昀评点其书,或许灵犀心印,不仅评点中(包括《唐人试律说》、《庚辰集》)屡屡使用,所纂《四库全书总目》集部提要中也反复出现,络绎不绝。随着《四库全书总目》作为钦定之书一再翻刻,颁行天下,"意境"一词也广为传播,深入人心,逐渐成为诗家常用的概念。不过其义涵通常不外乎指作品的"立意取境",偶尔也有专指作者意趣的,如《与陈梅垞编修书》所云"李邺侯披一品衣,抱九仙骨,其意境不在形骸间也"④,要之都属于古典诗学的范畴,比起王国维以降作为现代美学概念的流行用法远为狭窄⑤,这里不再展开讨论。

(作者单位:华南师范大学文学院)

---

① 梁章钜《退庵随笔》,郭绍虞辑《清诗话续编》,第 3 册第 1949 页。
② 李庆甲辑《瀛奎律髓汇评》卷四十七,下册第 1628 页。
③ 同上书附录一,下册第 1813 页。
④ 《纪晓岚文集》卷十二,第 1 册第 278 页。
⑤ 关于"意境"概念古今内涵的差异,可参看蒋寅《原始与会通:意境概念的古与今》,《北京大学学报》2007 年第 3 期;收入《古典诗学的现代诠释》,中华书局 2009 年增订本。

东亚诗话的文献与研究

张伯伟

　　自中国文学批评史学科建立，研究者不断扩大史料来源，对于"诗话"的重视与日俱增。其初关注重点为宋人诗话，研究者如郭绍虞、罗根泽等；上世纪七十年代以来，关注重点转移到清诗话，研究者如郭绍虞、吴宏一、张寅彭、蒋寅等；九十年代以来，人们又开始关注明诗话，研究者如吴文治、周维德、陈广宏等。由九十年代后期而进入新世纪以来，人们更将眼光扩展到域外的东亚地区诗话，如由中韩学者共同倡议成立的"东方诗话学会"，以及若干学者在东亚诗话文献方面的整理与研究，其工作尽管良莠不齐，但体现出的倾向是不容忽视的。诗话的观念与过去相比，已发生很大改变。与此相关的比如"诗格"、"论诗诗"、"选本"、"评点"等，也都受到越来越多的关注。这与学科观念的明确、重视是相关联的。

一、东亚诸国诗话观念的演变

　　诗话起源于中国，影响到韩国、日本（越南也有少数诗话，数量太少，姑且不论）。但三国文人的诗话观念并不一致，略述如下：

　　1. 中国

　　最早以"诗话"命名其论著的是欧阳修，卷首云："居士退居汝阴,而集以资闲谈也。"①因为是"闲谈",所以态度是轻松的,文体是自由的,立论也往往是较为随意的。这一观念深入人心,在此观念指导下的历代诗话也就具备了这样的基本特征。所以清代章学诚在《文史通义·诗话》中批评说,诗话"以不能名家之学,入趋风好名之习,挟人尽所能之笔,著惟意所欲之言"②。此话虽然在章氏本人有其特定的针对性,但也确实在一定程度上揭示了历代诗话共有的某些特征。这种对于诗话的整体否认,在明代就有"诗话作而诗亡"的口头禅,但恰能形成反讽的是,文人一方面在弹奏这样的老调,另一方面又在不断汇编旧诗话、推出新诗话,以至于明清时代的诗话数量远超前代。后人以"滥"责之,也是有缘故的。

当然,我们也不能说古人没有对诗话作过"尊体"的努力,但看来效果不大。明人文徵明(璧)说:"诗话必具史笔,宋人之过论也。玄辞冷语,用以博见闻、资谈笑而已,奚史哉? 所贵是书正在识见耳。"③在现有的文献中,我们并不能看到宋人有"诗话必具史笔"的要求或期待,即便有这样的议论,也未能得到后人的认同。文徵明在给都穆(玄敬)的诗话作序时,已经对此论有所反驳,清人方濬师也附和其说云:"此言极当。见闻博则可以熟掌故,识见正则不至谬是非。古人学问,各有所得,但当遵守其长处,若一概抹煞,岂非愚妄?"④他们既肯定了"博见闻、资谈笑"的意义,在驳斥"宋人"论调的同时,也强调了诗话著作贵在"识见"。若无自家眼光,以拾人余唾为满足,则不啻矮子观戏,随人喝彩而已。

---

① 欧阳修《六一诗话》,何文焕辑《历代诗话》,中华书局1981年版,第264页。
② 叶瑛《文史通义校注》,中华书局1985年版,第559页。
③ 文璧《南濠居士诗话序》,丁福保辑《历代诗话续编》,中华书局1983年版,第1341页。
④ 方濬师《蕉轩随录》卷三,同治十一年本。

相对于欧阳修，许顗《彦周诗话》中对"诗话"一体作了重新定义："诗话者，辨句法，备古今，纪盛德，录异事，正讹误也。"①虽有五项，但真正体现文学批评性质的，其实只在"辨句法"一端，"正讹误"涉及考证，其他三项皆属于记事。《沧浪诗话》倒是由五节构成，即诗辨、诗体、诗法、诗评、考证，但严羽最自我看重的是"诗辨"。他说："仆之《诗辨》，乃断千百年公案，诚惊世绝俗之谈，至当归一之论。……是自家实证实悟者，是自家闭门凿破此片田地，即非傍人篱壁、拾人涕唾得来者。"②强调的就是"识见"，就是以"自家实证实悟"的观念撰著诗话，足可为诗话体赢得荣誉、舒一长气。可惜这样的观念，在诗话类中堪称凤毛麟角。1990 年冬在南京大学举办的首届唐代文学国际研讨会上，我第一次见到时任日本京都大学教授的兴膳宏先生，他问了我一个问题："你对诗话的整体评价是什么？"我回答："借用《世说新语》中孙绰评论陆机的话说（此话在钟嵘《诗品》中被引作谢混语），就是'排沙简金，往往见宝'。"承蒙兴膳教授颔首称是。虽然是几近三十年前的旧事，但就我而言，这个评价至今未变。

2. 韩国

中国诗话传入朝鲜半岛并发生影响，在高丽时代已见痕迹。高丽僧子山注释《十抄诗》，就引用到钟嵘《诗评》、佚名《唐宋诗话》(全称《唐宋分门名贤诗话》)、张某《汉皋诗话》、阮阅《诗话总龟》等。不仅有单种诗话，也有诗话总集。尽管钟嵘《诗品》较早已传入(此书唐宋史志皆著录为《诗评》，故该书东传应在元代以前。而据林椿写的《次韵李相国知命见赠长句》诗中有"讥评不

---

① 何文焕辑《历代诗话》，第 378 页。
② 严羽《答出继叔临安吴景仙书》，张健《沧浪诗话校笺》，上海古籍出版社 2012 年版，第 758 页。

问痴钟嵘"①来看,《诗品》至晚在南宋初期已传入),但对于朝鲜半岛的诗话撰著却影响不大。真正起到样板作用的,是北宋的诗话体。确定为高丽朝的诗话有,李仁老《破闲集》、崔滋《补闲集》和李齐贤的《栎翁稗说》(又有旧题李奎报《白云小说》者,乃后人编辑,夹杂了他人议论,不尽可信②)。从书名就可以发现,这些诗话受到欧阳修《六一诗话》"以资闲谈"的著述观念影响颇深,内容也不外如是。崔滋《补闲集序》说,其书内容不外乎"有一二事可以资于谈笑者,其诗虽不嘉,并录之"③,乃"集琐言为遣闲耳"④。至于《破闲集》中引用自作"飞鸟岂补一字脱"⑤句,其典就出自《六一诗话》。影响到后来,朝鲜时代的诗话著作百余种,真以"诗话"命名者不到一半,很多著作的书名中都有一"闲"或"琐"字,如《谀闻琐录》、《遣闲杂录》、《玄湖琐谈》、《闲居漫录》等。然而在对诗话价值的认识上,他们与中国传统的看法却有较大差异。

　　总体看来,朝鲜半岛文人对诗话多有肯定,对创作实践中读诗话的意义也多有阐扬。姜希孟《东人诗话序》云:"盖诗不可舍评而祛疵,医不可弃方而疗疾。自雅亡而骚,骚而古风,古风而

---

① 林椿《西河集》卷二,《韩国文集丛刊》第一册,首尔景仁文化社 1990 年版,第 219 页。

② 《白云小说》最早见于洪万宗编《诗话丛林》,据其序文可知,洪氏编集《丛林》时已有此书。其文共三十一则,有六则不见于《东国李相国集》,第十一则和三十一则的部分内容也不见于文集,颇滋疑问。如第一则引《尧山堂外纪》,为明人蒋一葵所撰,时代不相及,柳在泳《白云小说研究》(韩国益山圆光大学校出版局 1979 年版)认为乃朝鲜时代人辑入。丁奎福《韩国古典文学的原典批评研究》(首尔高丽大学校民族文化研究所出版部 1992 年版)则推测为洪万宗编纂。

③ 崔滋《补闲集序》,赵锺业编《修正增补韩国诗话丛编》第一卷,首尔太学社 1996 年版,第 79 页。

④ 《修正增补韩国诗话丛编》第一卷,第 80 页。

⑤ 李仁老《破闲集》卷下,《修正增补韩国诗话丛编》第一卷,第 62 页。

律,众体繁兴,而评者亦多,如《总龟集》、苕溪《丛话》、菊庄《玉屑》等编,议论精严,律格备具,实诗家之良方也。"①这里评论了宋代的三大诗话总集,以为其功能类似"诗家之良方",这或许还是本于黄昇《诗人玉屑序》对魏庆之的吹捧之语:"友人魏菊庄,诗家之良医师也。……是书既行,皆得灵方。"②但黄昇为了凸显魏书之优,以"水落石出法"行文云:"诗话之编多矣,《总龟》最为疏驳,其可取者惟《苕溪丛话》,然贪多务得,不泛则冗。"惟有魏庆之及其《诗人玉屑》,"犹仓公、华佗按病处方,虽庸医得之,犹可藉以已疾,而况医之善者哉"③。而姜希孟将三书相提并论,统称为"诗家之良方"。又崔淑精《东人诗话后序》云:"所赖大雅君子,世不乏人,而始有诗评,如《总龟》、《丛话》、《玉屑》诸编是已。"④这里又将宋代诗话"三书"的作者褒奖为"大雅君子"。金守温评论徐居正书云:"虽古之《诗林》、《玉屑》亦无过之,而益知公文章之美。"⑤把朝鲜人的诗话之作与他们心目中的诗话典范《诗林广记》、《诗人玉屑》相比,认为后者"亦无过之",此乃以"水涨船高法"行文,在肯定宋代诗话的同时,更表彰了自身诗话的价值。

再举一例,李植《学诗准的》云:"余儿时无师友,……四十以后,得胡元瑞《诗薮》,然后方知学诗不必专门先学古诗。唐诗归宿于杜,乃是《三百篇》、《楚辞》正脉,故始为定论。而老不及学,惟以此训语后进。大抵欲学诗者,不可不看《诗薮》也。"⑥此论至朝鲜中期不变。到朝鲜后期,尽管有对清人的个别诗话提出

① 《修正增补韩国诗话丛编》第一卷,第397页。
②③ 魏庆之编《诗人玉屑》卷首,上海古籍出版社1978年版,第2页。
④ 《修正增补韩国诗话丛编》第一卷,第535—536页。
⑤ 《东人诗话序》,《修正增补韩国诗话丛编》第一卷,第534页。
⑥ 《泽堂集》卷十四,《韩国文集丛刊》第八十八册,首尔景仁文化社1992年版,第517页。

意见,但未有全面否定者。所以,从较为普遍和长期的历史现象着眼,朝鲜半岛对诗话体多抱有肯定,可以成为一项基本判断。

3. 日 本

至少在唐代的时候,就有大量中国诗学著作涌入日本。从《日本国见在书目录》来看,《文心雕龙》和《诗品》固然在目,但尤为引人瞩目的是隋唐人的"诗格类"著作,其中有二十多种是中国历代文献中从未出现者。市河宽斋《半江暇笔》卷一"《秘府论》"条云:"唐人诗论,久无专书,其散见于载籍者,亦仅仅如晨星。独我大同中,释空海游学于唐,获崔融《新唐诗格》、昌龄《诗格》、元兢《髓脑》,皓(皎)然《诗议》等书而归,后著作《文镜秘府论》六卷,唐人厄言,尽在其中。"①而《文镜秘府论》也就成为日本历代诗话之祖。

如果说,朝鲜半岛的诗话观念受宋人影响较大,那么日本的诗话观念则主要受唐人诗格的影响。在中国文学批评史上,以著述体式而言,诗格在前,诗话在后。但诗话体兴盛之后,诗格的内容往往被诗话吸纳,所以在后来诗格就渐渐被诗话体所覆盖。严格说来,当然是有区别的。诗格的内容主要是讲述诗歌创作的格式、法则,其目的主要是教导初学者。这就决定了其内容难免死板、肤浅,所以常常受到如下批评,或曰"妄立格法"②,或曰"浅稚卑鄙"③,或曰"一字不通"、"强作解事"④。在中国诗学体系中,对这类著述的评价,往往还低于一般的诗话,许学夷

---

① 稿本。
② 《蔡宽夫诗话》语,郭绍虞辑《宋诗话辑佚》卷下,中华书局 1980 年版,第410 页。
③ 许学夷《诗源辩体》卷三十五,人民文学出版社 1987 年版,第 333 页。
④ 《四库全书总目》卷一九七《二南密旨》、《少陵诗格》提要语,中华书局 1965 年影印本,第 1797 页。

贬之云"村学盲师所为"①；王夫之则斥为"画地成牢以陷人者"②，其作用不啻"引童蒙入荆棘"③。而在日本文人的观念中，就不完全是这样。

通观日本诗话之作，不难发现两大特点：一是诗格类的内容特别多，于此相联系的，就是第二，为指导初学而作的特别多。像这一类书，如《诗律初学钞》、《初学诗法》、《幼学诗话》，仅仅从标题上就综合了上述特点。而在诸书的序引中，这样的提示就更多了。如原尚贤《刻斥非序》谓其书"以示小子辈"④，泷长恺《南郭先生灯下书序》云："此书之行也，后进之士赖焉。"⑤山田正珍《作诗志彀序》云："其意在使夫后学不失诗正鹄也。"⑥岩垣明《跋淇园诗话》云："此书先生特为后进示义方者也。"⑦诸如此类的议论，堪称不绝于书与耳。不仅此类著述宗旨弥漫于诗话之著，而且往往予以肯定的评论。江户时期的雨森芳洲在《橘窗茶话》中说："或曰：'学诗者须要多看诗话，熟味而深思之可也。'此则古今人所说，不必觍缕。"⑧因为是自古以来的通说，所以要熟读诗话的理由就不必详细罗列，这似乎已经成为一则不证自明的潜在铁律。

我们不妨就一本书来作个对比，还是在《橘窗茶话》一书中，有这样两段记载："一日告童生曰：《圆机活法》一书，其在幼学，最为要紧之物。凡遇得题，不管作诗与否，须要开卷一阅，熟读

---

① 《诗源辩体》卷三十五，第 331 页。
② 戴鸿森《姜斋诗话笺注》卷二，人民文学出版社 1981 年版，第 69 页。
③ 同上书附录，第 205 页。
④ 池田胤编《日本诗话丛书》，东京文会堂书店大正九年(1921)至十一年版，第二卷，第 133 页。
⑤ 《日本诗话丛书》第一卷，第 48 页。
⑥ 同上书第八卷，第 3 页。
⑦ 同上书第五卷，第 227 页。
⑧ 《橘窗茶话》，《日本随笔大成》第二期第四卷第七册，吉川弘文馆 1974 年版，第 421 页。

详味。"①又云:"林道荣喜读《圆机活法》,自少至老,一生不废。……少有间隙,则必手之不废。此则大有深意,在日本人则当学之以为法。如杨升庵论《草诀百韵歌》与《诗学大成》,别是一意。后进小子不知其源委,恐有难成材器之患,故絮切至此。"②

这里提到的《诗学大成》和《圆机活法》,它们都是中国自元明以来的诗学启蒙读物,但在中国颇为有识者轻视。雨森芳洲提及杨慎云云,见于《丹铅总录》:"《草书百韵歌》乃宋人编成,以示初学者,托名于羲之。近有一庸中书取以刻石,而一巨公序之,信以为然。有自京师来滇持以问余曰:'此羲之《草韵》也?'余戏之曰:'字莫高于羲之,自作《草书百韵歌》奇矣。又如诗莫高于杜子美,子美有《诗学大成》。经书出于孔子,孔子有《四书活套》。若求得二书,与此为三绝矣。'其人愕然曰:'孔子岂有《四书活套》乎?'余曰:'孔子既无《四书活套》,羲之岂有《草书百韵》乎?'其人始悟。"③两相比较,异同立见。

日本人通论如此,但亦有少数具特识者持不同意见,如藤原惺窝、古贺侗庵。林鹅峰《论史通寄函三弟》:"闻惺窝之言,初学者见诗话则卑屈不能作诗。"④古贺侗庵《非诗话》历数诗话十五病云:"一曰说诗失于太深;二曰矜该博以误解诗意;三曰论诗必指所本;四曰评诗优劣失当;五曰稍工诗则自负太甚;六曰好点窜古人诗;七曰以正理晦诗人之情;八曰妄驳诗句之瑕疵;九曰擅改诗中文字;十曰不能记诗出典;十一曰以僻见错解诗;十二曰以诗为贡谀之资;十三曰不识诗之正法门;十四曰解诗错引事

---

① 《橘窗茶话》,第 384 页。
② 同上书,第 393 页。
③ 杨慎《升庵集》卷六二"草书百韵歌"条,台湾商务印书馆影印文渊阁《四库全书》本。
④ 《鹅峰林学士文集》卷三十九,《近世儒家文集集成》第十二卷,ぺりかん社1997 年版,第 411 页。

实;十五曰好谈谶纬鬼怪女色。"①又对诗话总评云:"诗话之为书,大抵一分辩证,二分自负,三分谐谑,四分讥评。"②批评不可谓不严厉,但这样的声音毕竟只是偶一闻之。

总体看来,由于十九世纪末汉文化圈的分崩离析,到二战以后民族文化意识的高涨,从事汉诗写作的人在韩国和日本急剧减少,汉文学地位也大幅下降,因此,诗话的阅读圈已经缩小到专门研究的学者。偶有写作者,如韩国李家源《玉溜山庄诗话》(1972)纯以汉文为之,也只是一种自娱自乐,对于当代文学批评并不能起到什么作用。

二、东亚诗话的文献整理

对诗话的整理工作,如果从明代人对诗话的汇编工作开始,可谓由来尚矣。有专收一代者,如杨成玉《诗话》辑宋人诗话十种,周子文《艺薮谈宗》专辑明人诗论。也有不限于一代者,如稽留山樵《古今诗话》即汇编了唐宋元明的论诗之作数十种。日本明治时期近藤元粹《萤雪轩丛书》,开日本学者整理中国诗话之先河。在朝鲜半岛,类似的工作可以追溯到十八世纪初洪万宗编纂的《诗话丛林》。这里主要就上世纪八十年代以来的诗话文献整理略作评述。

1. 中国

近年来对诗话整理极为重视,举其代表者,关于宋代有程毅中主编,王秀梅、王景侗、徐俊、冀勤辑录的《宋人诗话外编》(国际文化出版公司 1996 年版),吴文治主编的《宋诗话全编》(江苏古籍出版社 1998 年版),张伯伟编校的《稀见本宋人诗话四种》

---

① 《非诗话》卷首目录,崇文院昭和二年(1927)版。
② 同上书卷一。

（江苏古籍出版社 2002 年版）。关于辽金元有吴文治主编的《辽金元诗话全编》（凤凰出版社 2006 年版）。关于明代有吴文治主编的《明诗话全编》（江苏古籍出版社 1997 年版），周维德集校的《全明诗话》（齐鲁书社 2005 年版），张健辑校的《珍本明诗话五种》（北京大学出版社 2008 年版），陈广宏、侯荣川编校的《稀见明人诗话十六种》（上海古籍出版社 2014 年版）以及在编的《全明诗话新编》；齐鲁书社自上世纪八十年代开始，陆续出版了程千帆主编的"明清文学理论丛书"，其中也包含了多种明清诗话的笺注本。关于清代的有郭绍虞编选、富寿荪校点的《清诗话续编》（上海古籍出版社 1983 年版），张寅彭选辑、吴忱、杨焄点校的《清诗话三编》（上海古籍出版社 2014 年版）以及在编的《清诗话全编》。关于民国的有张寅彭主编的《民国诗话丛编》（上海书店出版社 2002 年版），王培军、庄际虹校辑的《校辑近代诗话九种》（上海古籍出版社 2013 年版）。此外，还有校辑一地者，如贾文昭主编的《皖人诗话八种》（黄山书社 1995 年版）；有校辑一人者，如张忠纲编注的《杜甫诗话六种校注》（齐鲁书社 2002 年版）；有校辑一类者，如王英志主编的《清代闺秀诗话丛刊》（凤凰出版社 2010 年版）。至于单本诗话的校注，近年来也颇有成绩。如张寅彭和强迪艺《梧门诗话合校》（凤凰出版社 2005 年版）、张健《沧浪诗话校笺》（上海古籍出版社 2012 年版）、蒋寅《原诗笺注》（上海古籍出版社 2014 年版）等。中国传统治学以目录学为津梁，近年亦颇有成绩，由于清诗话数量庞大，人们对其总貌如何不得其详，这种状况在近年得到很大的改变，如吴宏一主编《清代诗话知见录》（中研院中国文哲研究所 2002 年版），张寅彭著《新订清人诗学总目》（上海古籍出版社 2003 年版），蒋寅著《清诗话考》（中华书局 2005 年版），吴宏一主编《清代诗话考述》（中研院中国文哲研究所 2006 年版）。从以上挂一漏万的胪列中，就不难看出诗话整理热潮的概貌。如果从出版社着眼，人民文学出版社、上海古籍出版社、凤凰出版社（原江苏古籍出版社）、齐鲁书社的业绩尤为突出。

上述所举诸书中，吴文治先生主编的几种大型诗话曾经引起一时的注重。该书从各类载籍中辑录了大量诗论材料，的确可以提供学者的参考。但是以名实相符的要求来看，其所谓的"诗话"，极为广义。无论其著述形态、文体如何，只要涉及论诗，一律辑入。当然，这样的看法在古代也有，比如林昌彝《射鹰楼诗话》卷五云："凡涉论诗，即诗话体也。"①前人如郭绍虞先生《诗话丛话》也说："由体制言，则韵散分途；由性质言，则无论何种体裁，固均有论诗及事及辞之处。"②又云："我之所以谓论诗韵语，亦是诗话一体者，盖又就更广义言之，欲使人于这种形貌之拘泥，亦且一并破除之耳。"③但这种意见，我极不赞成。性质上的相通并不等于体制上的相同，如果不从体制上着眼，就无法显示中国文学批评各种形式的特点，毕竟中国文学批评史不等于中国诗话史。

总之，中国的诗话文献整理，已经取得不少令人欣喜的成绩，在可以看到的若干年内，还将有重大收获。

2. 韩国

最重要的工作是由韩国学者赵锺业教授完成，他奠定了韩国诗话文献收集整理的基础，代表者是其编纂的《修正增补韩国诗话丛编》（太学社 1996 年版）。赵锺业先生集三十年收集之劳，网罗高丽朝至二十世纪东人诗话之著 129 目 115 种（其中有两种标为中国资料），是迄今为止收集相关文献最多的韩国诗话总集。但赵氏对于诗话取较为广泛之定义，凡涉论诗，皆可视作诗话，故将论诗诗、选集、文集、笔记中资料尽量收入，若以此为

---

① 林昌彝《射鹰楼诗话》卷五，上海古籍出版社 1988 年版，第 95 页。
② 郭绍虞《照隅室杂著》，上海古籍出版社 1986 年版，第 226 页。
③ 同上书，第 230 页。

标准,则其书遗漏者便甚多。倘若以较为狭义之诗话定义来看,亦有可补充者。如南公辙《日得录》、李玄圭《诗话》、李㷜《诗林琐言》、金泽荣《杂言》等。又如东京大学文学部小仓文库所藏《海东诗话》,与《丛编》所收四种皆不同,静嘉堂本《大东稗林》所载《诗话汇编》也为赵编本所未收。又东洋文库所藏《见睍录》、美国伯克利大学远东图书馆所藏《海上清云》等,皆为诗话,实可再作增补。2012 年,人民文学出版社出版了蔡美花、赵季的《韩国诗话全编校注》,以赵编本为基础,增加了一定的篇目,也作了一些注释,尤其是经过排印出版,扩大了读者群,也便利了学者的参考。赵编本是照原书影印,有一个简要的解题,校注本理应在其基础上,对文献的真伪、版本的异同、作者的考订作出应有的贡献,令人未免遗憾的是,若以上述要求来衡量,此书尚存在较多不足,有待后人继续努力的空间还很大。

在单本诗话著作的整理(翻译和注释)方面,韩国学者有较多成绩,兹不一一列举。中国学者也有少量贡献,如邝健行整理的《清脾录》(上海古籍出版社 2010 年版)、刘畅、赵季《诗话丛林校注》(人民文学出版社 2015 年版)。

3. 日本

日本较为大型的诗话文献整理,始于大正九年至十一年间池田胤编纂的《日本诗话丛书》十卷(文会堂书店),收书六十四种,剔除其中朝鲜徐居正的《东人诗话》,实收六十三种。此后直到今天,再也没有较为大型的诗话整理本出现。六十三种日本诗话中,以汉文撰写者约三十种。

韩国赵锺业教授有《日本诗话丛编》(太学社 1992 年版),乃以《日本诗话丛书》为蓝本,删去《东人诗话》,增加一种,并按作者的时代先后排列全书。马歌东编选校点之《日本诗话二十种》(暨南大学出版社 2014 年版),同样以《日本诗话丛书》为范围,选择其中二十种汉文诗话校点出版,解题也是完全照译原书(原书无者亦不补)。池田胤书编纂年代较早,存在一些问题尚可谅解,但经过近百年的学术发展,有关日本诗话的整理工作仍然停留在当年的水平,甚至有所倒退,就不能不令人遗憾。本人收集的日本诗话已达百种,并且从诗话作者的文集中辑选相关文献为附录,将在近年整理出版,希望能够对日本诗话的整理现状有所改善。

日本在单本诗话文献的整理上也取得一些成绩,如"新日本古典文学大系"第65卷收录了《读诗要领》、《日本诗史》、《五山堂诗话》、《孜孜斋诗话》、《夜航余话》等数种,并加以校注。这些工作,多出于名家之手,固然值得信赖。但也有一些问题存在:比如底本选择之不理想,《五山堂诗话》选用的是两卷本,而非完整的十卷本加《补遗》五卷本;有些日本历史和中国文学方面的典故未能完全注释。当然,最主要的还是缺乏对日本诗话文献的整体收集、整理。至于日本诗话中最有影响的《文镜秘府论》,用力最勤、关注最久的反而是中国学者,卢盛江《文镜秘府论汇校汇考》(中华书局2006年版)堪作代表。

三、东亚诗话的研究

诗话研究,如果从"批评之批评"的定义来衡量,《文心雕龙·序志篇》和钟嵘《诗品序》中对以往批评论著的批评,便堪称嚆矢。但以较为集中批评者而言,在中国以清人何文焕《历代诗话考索》为最早,成篇于乾隆三十五年(1770),其基本做法是"考故实,索谬讹"。但在东亚地区最早从事此类工作的,是朝鲜时代的洪万宗,他编纂的《诗话丛林》成书于"崇祯玄黓执徐",即康熙五十一年(朝鲜肃宗三十八年,1712),其书凡例最末一则云:"古人名章杰句,杂出于诸家编录,而其中有不可不证正者,亦有所可监戒者。故今并博考,略加数款语于卷末云。"①这就是其

① 洪万宗《诗话丛林》,《修正增补韩国诗话丛编》第五册,第26页。

书卷末所附《证正》。而日本的同类工作,则始见于古贺侗庵的《非诗话》,成书于嘉庆十九年(日本文化十一年,1814)。但总体看来,这一类的"批评"还是属于传统学术的范畴。进入二十世纪以后,东亚学术在西方的刺激和影响下开始了转型,文学批评史作为一门学科也因此成立。东亚诗话研究状况,以国别而言,中国学者取得的成绩相对可观,韩国、日本则较为沉寂。赵锺业之后,韩国学者集中于诗话研究方面用力者较少,只是在近年开始,安大会教授设计整理计划,正在逐步实施,希望通过若干年的努力,能够得到可观的成果。日本则在船津富彦之后,很少有人关心此类文献,更不要说研读此类文献,进一步作出研究了。虽然在 1996 年成立了"东方诗话学会",成员包括来自韩国、日本以及中国的两岸三地,但相较而言,以日本的会员最不活跃。其国际学术研讨会至今已举行了十届,地点有韩国和中国的两岸三地,但一次都没有在日本举办,这多少也能透露出其中的一些消息。

二十多年前(1990),我在南京第一次和韩国车柱环教授见面,他对我说:"我认为中国文学批评史是一门高次元的学问。"车柱环教授在钟嵘《诗品》的校证方面具有国际影响。钱穆 1960 年 6 月 7 日致孙国栋信中说:"穆此次去哈佛,晤北(案:当作"南")韩车君柱环,并细读其论文,以新亚研究所诸君相比,车君实无多让,并有胜过处;如此之例,实大足供吾侪之警惕也。"①诗话属于文学批评史料,因此,在文献整理之后的研究,如果拥有较高的学术追求的话,便显出其难度,这在今天尤其如此。大体来说,有以下三端:

1. 需要全面把握基本史料,包括东亚各国。以东亚的全局

---

① 黄浩朝、陆国燊编《钱穆先生书信集——为学、做人、亲情与师生情怀》,香港中文大学新亚书院 2014 年版,第 101 页。

来看,中国诗话的收集整理成绩最为突出,日本诗话资料的收集最为欠缺。本人也会加紧工作进程,争取以较完美的面目将这批文献贡献给学界。韩国诗话文献也大有增补、考订的余地,韩国本土所藏文献中也有不少遗漏,比如佚名的《诗话汇编》,多达12万字,就没有能够收入到诗话丛书之中。另有海外所藏的韩国诗话文献,也值得关注。

2. 研究工作不能仅仅局限在诗话类文献,要与创作、思想、宗教以及历史背景作紧密结合。以日本诗话为例,第一部以"诗话"命名的是五山诗僧虎关师炼,后人为便于区分,在"诗话"前加上了"济北"。作为临济宗的僧人,他的文学观念与禅宗并非毫无关系,想深入研究,不能不对五山时期的僧侣文化下一番功夫。又如古贺侗庵有《非诗话》,但他同时又和其父古贺精里同为朱子学的学者,而且研修的是日本式的朱子学——山崎闇斋的学问。如果同时关注其《刘子》、《侗庵笔记》、《四书问答》、《诗朱传质疑》、《读诗折衷》等相关著作,对《非诗话》的研究也就能达到新的高度和深度。

3. 要在研究的理论和方法上用心。比如以上提及《清脾录》的不同版本,固然可以从传统的文献学角度做异文比勘,但如果将书籍史和文学史相结合,也许可以作出别开生面的新研究,也能够对于研究方法作出新探索①。

本文主要以十到十五年前所读书为基础写出,挂一漏万及评骘不当处在在有之,有待补充修正者甚多。马齿徒长,废学如旧,走笔至此,弥增愧恧。

（作者单位：南京大学域外汉籍研究所）

---

① 参见张伯伟《书籍环流与东亚诗学——以〈清脾录〉为例》,载《中国社会科学》2014 年第 2 期,第 164—184 页。

中国诗话之输入与日本早期自撰诗话

孙 立

日本诗话缘自中国诗话的输入,日本人自撰诗话是向中国诗话学习、借镜直到自创的结果,这是与众周知的事实。但日本诗话从自撰的第一部开始,就不是完全因袭中国诗话,它是自撰诗话产生的当时当地与诗学环境需求相适应的必然产物,因而也与中国诗话既呈现出关联性,又显示出独特性。那么,早期日本诗话的体制、内容有何特征?它与中国诗话有何关联?日本汉诗人自撰的诗话又有何独特性?它是因何而起,因何而用?这是本文要解决的问题。

一、中日诗话各自的缘起及特征

在研究这些系列问题前,我们需先了解中日诗话各自的缘起及对诗话体制有何认知。

在中国,最早的《六一诗话》的作者欧阳修说是"居士退居汝阴而集以资闲谈也"[①],"资闲谈"是其写作诗话的初衷。《六一诗话》28 则,品诗、记事兼而有之,开创诗话体例。"资闲谈"固然是欧阳修的自谦之语,但品诗与闲谈文人掌故无疑是文人茶余饭后的雅事,所以其后无论诗话的分量规模如何扩大,品诗、

---

① 欧阳修《六一诗话》,人民文学出版社 1962 年版,第 5 页。

记事一直是诗话之体的应有之义。比如张戒《岁寒堂诗话》、严羽《沧浪诗话》增加了阐述诗理的成分,但品评诗艺、记录文坛掌故的内容依然存在。说明诗话之体"论诗及辞"与"论诗及事"(章学诚语)为一物之两面,不可缺一,这是我们判定诗话的产生及体制的基础,也是讨论诗话缘起的前提。

讲到中国诗话的起源,章学诚将之推原到钟嵘《诗品》,谓其有论诗及辞者,又推原至唐人孟棨的《本事诗》,谓其有论诗及事者①。及至何文焕编《历代诗话》、丁福保编纂《历代诗话续编》,亦在起首相继编入钟嵘《诗品》、释皎然《诗式》、孟棨《本事诗》等著。但何、丁之编及章氏之说,更应看作是推究诗话之源头,非定论南朝至唐代,诗话已然成体。诗话之成体,从名实二者而言,无疑仍以欧阳修《六一诗话》为标的,这在郭绍虞先生的《宋诗话辑佚》序中,已有详细论述。

由于本文所论以中日诗话为核心,不能不考虑产自中土,又在日本产生广泛影响的诗格、诗法一类的著作。从南朝以至晚唐五代,虽无狭义之诗话,却有数量不小的诗格、诗法一类的诗学著作产生。它的繁盛期有明显的阶段性,约而言之,南朝、初唐、中唐、晚唐五代及元代,是诗格、诗法类著作集中出现的时期。起初这类著作是一个独立的系列,以研究及规定各种诗律声病及诗体诗格为主要目的,并不宜归属在诗话之列。但明以后在诗家及历代目录学家眼中,渐与狭义诗话合流,成为广义诗话的一部分。事实上,从清何文焕编辑《历代诗话》总集起,后来的多种诗话集均收录诗格、诗法类著作。日本凤出版社的《日本诗话丛书》中也有大量的此类诗话,说明将诗格、诗法类著作归属于诗话是一个虽不科学却有广泛共识的现象。因此,我们在

---

① 参见章学诚《文史通义·诗话》,叶瑛《文史通义校注》,中华书局 1985 年版,第 559 页。

讨论诗话问题时，会涉及狭义诗话和广义诗话的不同情况。

关于中国诗话输入日本的问题较为复杂，如从广义的诗学方面而言，输入时间甚早。由于孔子在《论语》中多有对《诗经》的评论，所以说中国诗学之输入，从弥生时代《论语》被引入日本时就开始了。其后从奈良到平安早期，随着《毛诗》、《文选》的输入，中国的诗学理论(如《毛诗序》、《文赋》)就开始为日本人所熟悉，编辑于公元八世纪中期的《怀风藻》里有一篇序言，其序中说"调风化俗，莫尚于文；润德光身，孰先于学？"①这样的文字与理论显然来源于两汉魏晋以来中国的诗学思想。至于诗话的输入，最早的一部是为大家熟知的释空海的《文镜秘府论》，它大约在弘仁七年亦即公元 817 年就已编辑摘钞成书，"输入"日本，其所提及的中国诗论，除了引述中国南朝以来沈约、王斌、刘善经、刘滔、皎然、元兢、王昌龄等人论述诗文声病、体势的诗格诗式类著作以外，还有孔子《论语》、《毛诗》、陆机《文赋》、挚虞《文章志》、沈约《宋书·谢灵运传论》、萧子显《南齐书·文学传论》、《魏书·文苑序》、梁太子《昭明文选》、钟嵘《诗品》、殷璠《河岳英灵集》等多种也被其称引过，另从该书序言看，他还应读过《文心雕龙》。可见日本汉诗界自平安时期以来就广泛接触了众多的中国诗学著作，尤其是被后世归入诗话类的诗格诗法型书籍。

我们拟以成书于日本最早的三部诗话为例进行讨论。非常有意思的是，这三部诗话间隔均在一、两百年以上，体例各不相同：一为丛撮重编中国诗律学著作的《文镜秘府论》，一为日本人自撰的第一部以汉诗诗律为主要内容的诗格类诗话《作文大体》，一为日本人自撰的第一部以论中国诗为主体的《济北诗话》。三部诗话均有典型性意义，也非常符合异域文化传播由输

---

① 小岛宪之校注《怀风藻 文华秀丽集 本朝文粹》，《日本古典文学大系》69，岩波书店 1964 年版，第 60 页。

入到仿制,再到自创的三部曲规律。

《文镜秘府论》是一部既不被中国人视为中国诗学,又不被日本人视为日本诗学的著作。盖因其书是由日本人所编辑,成书于日本,但其内容又来自中国。受当时中国类书形式的影响,空海将带回日本的中国多种诗学著作重新编排,分为天、地、东、南、西、北六卷。此书虽是辑录性质,但对日本汉诗界具有非凡的意义,日本人(尽管是少数)首次可以在一部书中集中了解汉诗格式、韵律、体势、技法等。此著另一个具标志性的意义,即显示了日本人在面对诸多中国诗学著作时,更倾向于了解汉诗的格式、韵律及声病等方面的问题,对诗格诗律方面的著述更感兴趣。这当然与日本人虽然早已接受中国文化影响,但对汉字读音及声律毕竟较为隔膜有关。同时,它也成为此后日本自撰诗话的一个明显的走向。

虽说《文镜秘府论》昭示了日本诗话此后的走向及特质,但空海此著对日本汉诗界所发生的影响是渐进的,历时也很长。《文镜秘府论》之后的百余年间,未见日人自撰诗话。据现存文献,仅有大江朝纲、藤原宗忠等编于天庆二年(939)的《作文大体》或可称为广义诗话著作①,此书有《群书类从》本及观智院本等,是迄今可见最早的日本汉诗诗律学专书。全书可分唐诗与日本汉诗两部分,第一部分分论唐代近体诗(含五七绝、五七律)的字数、句数、对仗、平仄(按:大江以"他声"指仄声)、韵律、声病等体格声律方面的问题,并引诗为证。第二部分据说由藤原宗忠所著,内容系以日本汉诗来复核唐人近体格律。虽说此书的体例与《文镜秘府论》相异,且由大江、藤原等自编,但从书中内容看,编者参考过白居易的《白氏文集》、元兢的《诗髓脑》、

---

① 《群书类从》文笔部另收有《童蒙颂韵》一书,但此类蒙学之书似不宜归入专门诗学著作,故不论。

王叡的《炙毂子诗格》等著，对中国唐代诗律非常熟悉，且能运用这些诗律校准此前日本的汉诗人如庆宝胤、纪纳言长谷雄、菅文时等人的近体律绝，可见《作文大体》所总结的唐人近体格律至少在平安时代中期已经为日本诗人所知悉并能熟练运用。大江朝纲在该书序中说："夫学问之道，作文为先，若只诵经书，不习诗赋，则所谓书橱子，而如无益矣。辩四声详其义，嘲风月昧其理，莫不起自此焉。备绝句联平声，总廿八韵，号曰倭注切韵。"①从其序言看，编者不仅重视诗赋，而且对汉诗声律相当熟悉，并总结出日本汉诗的 28 韵，号为"倭注切韵"。大江朝纲等撰《作文大体》晚《文镜秘府论》122 年始出，从文中引用的中国典籍来看，不排除其中诸如《诗髓脑》等文献来自《文镜秘府论》，但除此之外，从著书体例到其他内容，找不到更多证据说明大江此书受到了《文镜秘府论》的影响，二者更像是长江、黄河，各有源头。

　　至于《文镜秘府论》为何没有对此后两三百年的诗学著作产生影响，主要在于此著编辑完成后，限于钞本形式，流传不便，长时间内仅在寺院留存，为寺人及声韵学者阅读。到了江户时期的宽文年间，此书有刻本出现，才开始在文人中流传。小西甚一在《文镜秘府论考》的序说部分考证空海大约在弘仁七年（817）编成此书，直至江户后期，提及《文镜秘府论》的著作共有34 种，其中仅有 6 种属于诗学著作，其他均为韵学书，说明在悠久的历史上，《文镜秘府论》并不像一般人想象的那样对诗学产生过重要影响。这 6 种诗学著作，多为诗律、诗格、诗法一类的书。最早的是观智院本的《作文大体》，写于平安末期，约在公元939 年左右。其次是僧印融的《文笔问答钞》，编写于室町时期

---

① 《作文大体序》，见塙保己一、太田藤四郎等编《群书类从》卷第 137 之《文笔部》第 16，东京续群书类从完成会昭和三十四年版。疑《作文大体》原为大江朝纲与藤原宗忠所撰的独立文章，后经人合为一书。

的文明年代,约为公元 1469—1478 年间。其他 4 种均写于江户时期,包括明和七年(1770)的《淇园诗话》,天明六年(1786)的《诗辙》,生活在江户中期、生卒年不详的长山贯所著《诗格集成》,以及天保五年(1834)赤泽一堂的《诗律》。这几种书,只是部分提及或引用了《文镜秘府论》的文字,据小西甚一观察,现存观智院本的《作文大体》也仅在卷尾部分手抄了一点,而其他版本中未见,并猜测这仅有的文字也是后人添加的。因此小西甚一在文中认为:"总之,平安时代《文镜秘府论》还没有广泛流传。"①小西甚一的结论,当然有其道理,尤其是在《文镜秘府论》仅有抄本而无刻本的江户以前,由于流传不广的原因,未能对汉诗界产生影响,是可信的。但作者仅以后世著述中有无引述《文镜秘府论》的原文作为其影响力的唯一论据,则失之于偏狭。尤其江户以来,《文镜秘府论》有了刻本,相信有更多的人阅读了此书,其中相当的汉诗人他们只作诗,不写诗学著作,当然也就无从考察他们是否受到过《文镜秘府论》的影响。此外,室町以来,日本人西游中土更为方便,中国的书籍东渡日本也有了更多的渠道,对中国诗律的了解学习即便不从《文镜秘府论》获得,也可从众多的其他来自中国的诗学著作中取汲。这也从一个方面说明大江朝纲的《作文大体》虽说未见更多的《文镜秘府论》的内容,却也同样能较熟练地运用中国诗律学。

《作文大体》面世两百余年后的镰仓时期,僧人虎关师练(1278—1346)用汉语写成《诗话》(后称《济北诗话》、或称《虎关诗话》),这成为日本人自撰狭义诗话的第一部,也成为日本诗话史中一个标志性的事件。我们前面考察了两部输入型诗话及自撰诗格型诗话,它们主要的关注点在于中国诗的声律、格式问

---

① 小西甚一《文镜秘府论考·序说》,遍照金刚《文镜秘府论》(附录),人民文学出版社 1980 年版,第 301 页。

题,而虎关的《济北诗话》在体例和内容上,更接近于宋以后由欧阳修所奠定的诗话类型,即以"论诗及辞"与"论诗及事"为主要特征,并且在某种程度上显示出超越《六一诗话》,具有南宋以后中国诗话析理论事的特点。《文镜秘府论》及《作文大体》的编者目的主要还是为了方便日本人了解并学习汉诗,两位编者均以唐诗作为汉诗的标杆来崇仰,尚未有胆量和"资格"对产自异域又是自己文化母国的汉诗评头论足。

到了《济北诗话》,这一局面发生了变化。它既是日本人自撰的诗话,同时也是日本人首次在诗话中对汉诗及汉诗人进行褒贬品评,同样具有重要的标志性。

虎关生活于镰仓后期到南北朝的前期,相当于中国南宋末祥兴元年至元朝的至正六年。在书中,虎关没有谈及他撰写这部诗话的动机,但从背景而言,两宋以来,大量中国诗话传入日本,他阅读过不少这类著作,在《济北诗话》中引述及直接提及的中国诗话著作有《六一诗话》、《古今诗话》、《庚溪诗话》、《苕溪渔隐丛话》、《遁斋闲览》等数种。但显然,仅仅这一背景并不能说明这就是他写作这部诗话的动机。在《日本诗话丛书》该书的解题中,或能看出一些他的思想背景。该题解记载,虎关曾对宋代以来大量日本人渡海西行中国甚为不满,称其行为是日本人的耻辱①。这样一种想法,当然体现出虎关强烈的民族自立意识。宋元时期,中日文化的对比,仍以中国文化占主导优势。但随着留学制度的改变,日本学人开始更多更方便地接触中国文化。我们知道,自平安时代前期(895)日本政府就废除了已实行二百六十多年的遣唐使制度,自此以后,接受中国文化影响的人员构成发生了变化,即由原来的遣唐使变成了僧侣和个别游学之人。

---

① 《济北诗话题解》,《日本诗话丛书》第六卷,株式会社凤出版社昭和四十七年版,第 291 页。

当时,僧侣流行到中国寺庙学习,据日本《本朝高僧传》载,镰仓、室町两朝的高僧 111 人,除本身就是宋元归化僧以外,剩余的五分之一以上的高僧都有留学中国的经历,其中少则两三年,多的甚至达到二三十年。这些人在中国与中国诗人交往学习,并通过他们将中国当时最好的诗人诗作快捷地传入东土,而东土的日本汉诗人对中国诗坛的认识和中国诗人也是基本同步的。这促进了日本汉诗人渐渐升起的自信心,吉川幸次郎曾说:

> 他们的著述,采用与当时的中国,即元、明文化人完全相同的体裁。其本身即表明,日本人欲与中国人在同一竞技场上比赛,并且也具备了这种能力。①

联系到虎关此前对大量日本人西渡中土的不满,恰可以说明镰仓后期至室町时代,日本文化自立的倾向开始出现。当然,这种自立倾向欲转化为一种自立的成果,必有待于具大魄力人物的出现,而虎关师炼就恰恰是这样的人。《济北诗话》的形式虽然完全沿袭中国诗话,但到底采用像空海大师那样辑录中国诗话的形式,还是采取自撰的方式,却显示了不一样的胆识。它说明在经过长时期的输入消化之后,日本也有具魄力的学者能够用文化输入国的著作形式撰写同类型的著作。对其意义更具敏感性的自然是日本本国的学者,吉川幸次郎的上述评论,无疑有一种为本民族文化自立的自豪感。事实上,《济北诗话》作为第一本日本人自撰的诗话,虽然形式与中国诗话相同,但仍具有不同寻常的标杆意义。而且,这部诗话在内容上也有不少值得称道的地方。一是有其基本的诗论系统,超出了欧阳修《六一诗话》"资闲谈"的格局。在中国诗话中,除了少数几种理论性较强的诗话外,多数诗话中作为"资闲谈"的各种文人轶事、文坛掌故占了很大分量,论述诗理的内容往往是吉光片羽。而《济北诗

---

① 吉川幸次郎《吉川幸次郎全集》第十七卷,筑紫书房 1969 年版,第 22 页。

话》则很少"闲谈"方面的内容，它似乎更加"严肃"。构成这部诗话的基本内容大概就是三部分，或论述诗理，或品评诗人诗作，或考证诗文悬疑。就其理论主张而言，也有一些新的提法。比如他主张诗要"适理"，讲求诗的"性情之正"与"醇美"，提出"童子之心"，这一话语系统虽然来自中国，但对诗的主张并非完全因袭当时在中国流行的理论，他提出的诗应有"童子之心"，远比明代李卓吾的"童心说"来得要早，而且之前日本汉诗界基本没有自己的诗论体系，所有一切都来自中国，虎关的用语虽然仍是中国式的，但其理论却在糅合了理学家的思想基础上，有自己独立的诗学主张。二是他重点讨论的诗人，包括陶渊明、杜甫、李白、王安石等，都有他自己的看法，最突出的是对陶渊明的评价，与北宋以来陶渊明在中国诗坛地位上升的情况不同，虎关很尖锐地指出陶渊明人格的缺陷，显示出他独出机杼的批评意识。三是他对杜甫的推介，被誉为日本杜诗研究的开山之祖，扭转了平安朝以来独尊白居易的风气。这些都表现出虎关在接受中国诗学的同时，力图与中国诗学"角力"，有新的创获和独自的评价。而这些理论、评价，又直接影响甚至是开创了五山文学的新局面。这一点，在学界是有共识的。它反映出中国诗学在向日本输入的同时，日本汉诗界力图将之本土化的努力，也是外域文化长期输入以后出现"自创"的一种质变的开始，在日本诗话史上是一部标志性的著作。

二、江户早期诗话体制的选择

到了江户时期，在相隔三百年后，又一本日本人自撰的诗话出现，这就是林鹅所编撰的《史馆茗话》，但这部篇制短小的诗话实际上是无心自得，具有一定的偶然性。

林鹅的父亲是宽文年间的著名学者林鹅峰，因此林鹅自小有良好的汉学修养。说起这部诗话，其实是林氏父子二人协力的成果，也是一个偶然的情况所造成。当时林鹅峰正在编《本朝通鉴》，林恕协助他父亲做些资料搜编的工作，搜编资料之余，林恕也留意收集有关中国诗方面的材料。当时共辑出 42 条，可惜他英年早逝。在他过世后的第一年即 1667 年，时值康熙六年，他的父亲林鹅峰补 58 条凑足百则行世，使林恕成为继虎关师炼后，江户时期第一位自撰诗话的学者。

这部书与《济北诗话》最大的不同有二：一是如其书名，以茗话闲谈为主；二是主论日本汉诗而非中国诗。林鹅峰在这本书的跋中说：

> 本朝中叶以来，缙绅之徒，唯游倭歌之林，不窥唐诗之苑。故世人不知中叶以前不乏才子，其蔽至以诗文为禅林之业，可以痛恨也。①

作者批评了江户以来日本汉诗界的两种弊端：一是近代文人写作汉诗只在日人的圈子钻研，不知研习唐诗；二是不了解江户以前本土诗人中已有相当杰出者，而误以为五山僧侣才会写诗。所以，林氏父子在书中摘录了不少嵯峨天皇至平安朝菅原道真、大江朝纲、桔直干等日本汉诗人的名句，记载了诸多日本汉诗人的趣闻轶事，还有历史上日本诗人、僧人与中国文人的交往并受到中国人赞赏的事例等。意在说明自嵯峨天皇以来，汉诗人阅读了大量唐诗选本，精心揣摩中国诗人的作诗技法，使得日本诗人也写出过不亚于中国的汉诗。

该书体例秉承欧阳修《六一诗话》，以轻松闲谈的方式记录嵯峨天皇以来历代日本汉诗人的优秀诗作及轶闻趣事，虽说理论上没有太多建树，但对江户以前日本汉诗界优秀诗作的品评

---

① 林鹅峰《史馆茗话》，《日本诗话丛书》第一卷，株式会社凤出版社昭和四十七年版，第 333 页。

讨论，以及指出这些优秀诗作与唐诗的关系，客观上起到了倡导学习唐诗，纠正镰仓、室町以来五山诗僧独占诗林风气的效果。因此，该书的编撰虽无直接、强烈的主观意图，但结合林鹅峰跋语，可以看出它仍有应对现实的客观需要。

《史馆茗话》在日本诗话编撰史上跟《济北诗话》一样具有标志性意义，它在日本诗话史上系第一部专论日本汉诗人的诗话著作，而后者虽属第一部日本人自撰的诗话，但内容上仍以中国诗人为评述对象。在《史馆茗话》中，林氏父子在叙述中日诗人诗学交往时，常常表现出大和汉诗人可与中土诗人角力的自立意识，与《济北诗话》一脉相承。其开创性在于用诗话之体来论述本土诗人，同样表现了日本早期诗话在经过输入、仿制以后，自主创作本土新诗话的努力。

《史馆茗话》之后未几，相继出现了几部专论诗格诗法的诗话。如果说《史馆茗话》的出现有些偶然的话，后几部诗格类诗话的编撰发行，却有一定的必然性。这个必然性，即指此类诗话面向的是汉诗初学者，满足的是这个时期大批涌现的汉诗习作者的需求。

首先是《诗法正义》，由石川凹（丈山）用日文撰写，它见著于1684年，晚于《史馆茗话》（1667）发行，但考虑到石川丈山卒于1672年，此书的编撰年代应该更早。石川这部书的分量不大，中文与日文参半，特别有意思的是在同一段文字中也会出现中日文各半的情况，这是否反映了日本汉诗人在接受中国诗话过程中所出现的奇特现象呢？又该书的性质与贝原益轩的《初学诗法》类似，先论作诗大要，次举律体平仄格式，再谈作诗之法，并泛举前人论诗之语。这部书虽然篇幅不大，但其内容及汉日文参半的体例形式，无疑亦具有标志性的意义。我揣摩，编者之所以掺入日文，是为了方便汉语水平低的读者学习汉诗。其后，这类书籍渐渐多了起来，编写及出版时间也变得密集起来。比如梅室云洞的《诗律初学钞》，出版于 1678 年，也是一部谈诗律格式声病的书，从体制到内容，它都受晚唐五代及元代诗法诗格类书的很大影响，每种体式均论其意格、句法上虚实的起承转合等。值得注意的是，这是一部完全用日文写成的诗话，从石川的汉日兼半到全由日文写成，似乎完成了诗话由中转日的脱胎换骨。而且内容多系梅室云洞自撰。一年后，贝原益轩作于 1679 年的《初学诗法》也出版了，从这本诗话的书名我们即可知道，也是一部面向初学者的书，从内容上看，同上述两种诗话相类，也是专论诗法诗格。贝原益轩是一个儒学者，与名儒木下顺庵、伊藤仁斋等人同时。此书除个别段落为贝原自撰外，多数内容系辑录中国诗话的论诗之语，面向的读者也是汉诗的初学者，虽没有太多个人的创见，但该书在辑录中国历代论诗之语时，所涉及的语料既有宋元以来各种诗话，还有大量的史籍、笔记、文集序跋、文人书信。作为日本人所编写的诗话，这是江户时期第一部较全面论作诗纲领、诗体格式、作诗技法的书。其意义在于全面开启了日本汉诗人撰写有关诗格诗法类型诗话的大门，奠定了日本本土诗话多以诗法诗格为主要内容的基本特色。这以后，江户汉诗人撰写了十数部有关诗法方面的著作，对象亦以汉诗的初学者为主。

如果说在平安后期大江朝纲编撰以诗律声病为主的《作文大体》尚具偶然性的话，江户早期百年间陆续面世数种诗法、格律类的诗话就有一定的必然性。

首先从宏观方面考察，"关原之战"德川家康取胜后，实施幕藩体制，对外锁国，对内实行身分制度。这些铁腕政策，获得了较长时间的政治稳定，经济也在稳定的形势下有了较大发展。原本处于社会底层从事商业活动的"町人阶级"渐渐富裕起来，形成了所谓的"町人文学"，社会中的多数人摆脱文盲状态，具备了基本的写作能力，使得其中不少人有了从事汉诗写作的环境及条件。

从文化方面来看,江户早期已开始有新的气象,随着德川家康执政理念的实行,开始改变织田、丰臣两代马上得天下而无暇于文化的局面,形成江村绶在《日本诗史》中所说的"广募遗书以润色鸿业"的文化盛世出现,儒学尤其是朱子学开始兴盛,诗文、小说、绘画也如雨后春笋般涌现。在印刷出版界,虽然早在16世纪传教士已将印刷机械引入日本,丰臣秀吉又从朝鲜带回活字印刷技术,但这些设备技术的真正光大还是从德川时代嵯峨版、骏河版的印刷发行开始的。大量和刻本书籍的印行,对著作人的诱惑巨大,对促进此期学者著书不能不具有重要的引领作用。进入江户以来,相继出现数种诗法诗格类著作,一方面是因为社会文化下移,能识字读书的人多了,学习写诗的人多了,因此有了阅读诗法诗格书籍的需要,另外也跟出版技术的飞跃发展不无关系。

再从这几部诗话作者的经历来看,多有一段较长的隐居并专业汉诗的时间。这几位诗话作者本身就是日本汉诗史上有名的人物,如编写《诗法正义》的石川丈山人称"日东李杜",他本属德川家康部下的谱牒之家,亦武亦文,后因战中轻举妄动而失去官位成为浪人。自1641年失职至1672年去世,长达30余年石川均在京都一乘寺过着隐居的生活,日以汉诗为娱,并与过往名士谈论唱和。他编写《诗法正义》,除了与友人交流外,给习诗者提供读本也当是目的之一。《初学诗法》的编写者贝原益轩与石川一样为儒学者,先习朱子学,后改换门庭。哲学外,擅植物学、地理学、诗学。贝原长寿,早年游历各地,70岁时隐居京都,直至过世,隐居时间也长达14年。江村绶《日本诗史》称"其所撰,不为名高,勤益后人"①江村所称能勤益后人者,当也包括教人

---

① 江村绶《日本诗史》,《日本诗话丛书》第一卷,第221页。

作诗的《初学诗法》一书。从这些历史的和诗话作者个人的情形看,此期诗话偏于诗格、诗法类形式,无疑有其内在的必然性。

从以上我们选择的江户早期日本诗话来看,在文化的输入与选择接受中,它们各具特色。《史馆茗话》最大的特点在于它论述的对象是日本汉诗。从《济北诗话》的用汉语论汉诗,到《史馆茗话》的用汉语论日本汉诗,体现了一种飞跃。而这两部诗话,都体现了日本诗话的自立倾向。《诗法正义》的出现,显示出日本诗学者不再满足于通过阅读中国唐五代以来的诗法、诗格类的著作来学习汉诗,而是自编一本更适合日本人需要的同类型著作。为此,编撰者在形式上也予以创新,就是采用了日汉兼半的语言形式,其目的也是为了适合文化水准低,汉语能力差的日本普通读者的需要。稍后一年梅室云洞的《诗律初学钞》,更是完全由日文撰写,说明这已成为较普遍的市场需求。

因此,日本自撰诗话,一方面脱胎于中国诗话,从早期的《文镜秘府论》到镰仓晚期的《济北诗话》,再到《史馆茗话》、《诗法正义》、《诗律初学钞》、《初学诗法》,从内容到形式,均有与中国诗格类诗话同质化的色彩。另一方面,如果细细考察,日本诗话在接受中国诗话的同时,也在一步步地图谋自立和更新。这在上述诗话的演进当中,有比较清晰的轨迹。

三、日本诗话家对诗话的认知

日本早期自撰诗话多为诗格类,上文论述过出现这一现象有其必然性。为了探讨这一必然性背后的原因,我们还可以通过日本诗话家对诗话的认知及汉诗习作者的需求两方面来做进一步的观察。

首先,作为域外人,日本的汉诗爱好者对诗话有特殊的需求。原尚贤在《刻斥非序》中说:

苟学孔子之道,则当以孔子之言为断;为文辞者,苟效华人,则当以华人为法。①

《斥非》一书乃江户早期儒学及诗学家太宰纯针对日本汉诗学者在一些文书、经说、诗作、画作中的称呼、署名、题识、拓印等格式方面的不规范,以及使用文字、音韵、格律方面的错误而写,他在书中对上述问题逐项予以说明举证,以告知学者正确的用法及格式。其中在论述到诗韵格律时说:

唐诗法:五言第二字、第四字,异平仄;七言第二字、第四字,异平仄;第二字、第六字,同平仄;此不易之法也。后之作诗者,莫不遵守此法。唯五言平起有韵句第一字,与七言仄起有韵句第三字必须平声。五言如"金尊对绮筵,晴光转绿苹",七言如"万古千秋对洛城,不似湘江水北注",金、晴、千、湘字,皆平声。此亦唐律一定之法,诗人所慎守也。倭人不知,往往用仄声字在是位,五言如"晚霞落赤域,鸟啼竹树间",七言如"万户捣衣欲暮秋,倾倒百壶夜未央",句非不佳,晚、鸟、捣、百字皆仄,是为声病。余尝检唐以后诸家诗,五言句犯所云法者,未之见也。②

作者以唐人诗法为定法,以唐人诗句为例证,较之以日人诗中之违例,说明习汉诗者必以唐人为法,遵循唐人平仄之规,否则即非正途。他还说:"此方诗人,多不知此法,大儒先生尚犯之,况初学乎?"③说明在江户初期,无论鸿学大儒,还是初学者,在掌握诗法方面仍多有不足。

林义卿在该书序言中也说:

操觚华之业也,不可不取式于彼也。岂徒古也哉? 因

---

① 原尚贤《刻斥非序》,《日本诗话丛书》第三卷,株式会社凤出版社昭和四十七年版,第133页。
② 太宰纯《斥非》,《日本诗话丛书》第三卷,第160—161页。
③ 同上书,第163页。

之又因，所损益可知也。①

说明对日本人以汉语著述，无论是文书也好，诗作也好，均应以来自本土的中国诗书作为范本。如果不重视这个问题，其始不正，"因之又因"，以讹传讹，离诗文之本体规范，就会愈行愈远，"损益可知"。这样的认识，在江户时期的汉诗人群体中是有共识的。贝原益轩是江户早期诗话《初学诗法》的作者，他对当时日本汉诗界的情况非常了解，所以指出的问题更有针对性，在该书序中他有如下陈述：

> 国俗之言诗者，往往以拘忌为定式，与中华近体之格律不同，又无知其规格之所由出者，盖所谓不知而妄作者也。……然则学者之于诗，不学则已。苟欲学之，不知其法度而妄作，可乎？古人论诗者凡若干家，倭汉印行之书亦多矣，学者之于诗法也，岂匮其书乎？然而倭俗诗法之谬旧矣，学者终身由之而不知其道者众也，不可亦叹乎？予固不知诗，且不揣僭妄，辑古来诗法之切要者，约以为一书，庶觉俗之间初学之习而不察者而已。②

从这段引文，可以清楚看到江户初期汉诗坛存在的问题：一是当时在汉诗人中所流行的所谓汉诗的"定式"不正确，与中国人习用的格律不同；二是当时流行的论诗之语，无论是来自中国的汉籍，还是日本人所撰写的著作虽然不少，但由于流行的"定式"惯性强大，不能有效地纠正流俗之势，以致习焉不察。从这段话来看，大约在贝原以前，虽然言诗之人众多，但并无一种简约切要，而且便于掌握的专论格律的书流传，所以他"约以为一书"，希望能使这些人警觉。

此后诗话、诗评一类的书渐渐多起来了，尽管如此，诗格诗

---

① 太宰纯《斥非》，《日本诗话丛书》第三卷，第 135 页。
② 贝原益轩《初学诗法序》，《日本诗话丛书》第三卷，第 173 页。

法类的书仍然受人追捧。日尾约《诗格刊误》出版前由宇都野撰序，他在序文中说："盖我邦振古诗者不乏其人，而论格律音韵，特纵其美，未有如此书者详且尽也。"①特别指出此类书的价值在于论格律音韵详细而且周全。类似的著作还有《沧溟近体声律考》，较之于《初学诗法》，此书更为专门，表现出即便是到了江户后期，在日本的性灵派及宋诗派占据主流的情况下，诗格声律类诗话仍有广泛的需求。东饱赖在《沧溟近体声律考》序中说：

> 我东人之赋西雅，有类此者（按：指上文所述江民操舟与山民操舟之别，说明中国人赋诗如江民操舟，而日本人习诗则如山民操舟）。如句心单平，西人所忌，而我以为小疵，置诸正格间，以累一篇。犹平澜稳波，不禁欹侧，而苟且以倾其舟也。如变调拗体，西人有时用之，而我以为大扰，犹山束石出，不知大变常法以随其波澜，而畏惮以沉其舟也。此岂非习之不熟，察之不精也哉？②

此序的要点在于指出中国人写汉诗，犹如江河中的渔民，习于水性。日本人写汉诗，犹如山民操舟，终非本色。故中国诗人运用诗法诗格，有正有变，有常法偶尔也不拘于常法。日人则只知死守常法，不知变化。这是由于"习之不熟，察之不精"所造成的，因此，熟悉汉诗诗法，并能灵活运用，才是高明所为。

除了声韵格律，诗话多方面的价值也被人肯定。船津富彦曾在《关于日本的诗话》一文中将日本诗话分为七类，计汉文与日文、狭义诗话、广义诗话、辞语的诠明、文学史性质、书信类、音韵类七种③。这个分类虽说在逻辑上有问题，但毕竟指出了日

---

① 日尾约《诗格刊误》，《日本诗话丛书》第一卷，第 415 页。
② 东饱赖《沧溟近体声律考序》，《日本诗话丛书》第六卷，第 233—234 页。
③ 此文原载日本大修馆《中国文化丛书》第九卷，后编入作者《中国诗话之研究》一书，东京八云书院 1977 年版。此用张寅彭译文，载《中国文学研究》1990 年第 4 期。

本诗话所具有的不同功用。这里面特别提出的"辞语的诠明",是日本诗话中较独特的存在。这不是说中国诗话中没有这部分内容,是它远不如在日本诗话中那么重要,占的比重那么多。淡海竺常在为释慈周原的《葛原诗话》所著序中说:

> 考明字义,学之始也。况倭而学华者乎? 及检字书,止曰某某也某某也,苟非博览而究之,旁引而例之,安得而尽诸乎?①

认为诗话类的书不仅有助于了解诗格诗法,还可以为异邦人提供更多的名物、字词方面的借鉴。考明字义,本是辞书功能,但日本各类诗话中或多或少都有解释汉字词语的内容,与一般辞书相比,诗话中的析辞往往结合诗例及用法,因此就诗学而言,比一般的辞书更具实用性。太宰纯《斥非》一书中,即包含了大量有关字词、习语用法的内容。又如东条耕著《幼学诗话》,其实并非为幼儿写,而是为汉诗初学者所写的。书中讲汉字之奇语、剩语、生字、近义词、熟语之活用之类。显然也是为了帮助异邦的日本人更准确地在诗中运用汉字。相类的意思在平信好为源孝衡《诗学还丹》一书所作序言中也有表示,他认为,近世"诗材之书"刊行于世者繁多,"诗材"即包括了中日两国的文字、名物、格律等内容,平信认为,这类书籍的价值有如工匠之有精铁、良木之选,它既可以教人"摹拟古人之诗",又可以学习如何运用"国歌"(即和歌)为诗句,以和言为诗语之事,容易使习诗者"入于学诗之境"。② 说明诗话类文献既可以为日本汉诗作者提供其他书籍所没有的"诗材",有的诗话涉及日文或和歌的,还可以教汉诗学者借鉴利用日本本土的诗歌资源。

---

① 淡海竺常《葛原诗话序》,释慈周原著《葛原诗话》,《日本诗话丛书》第四卷,株式会社风出版社昭和四十七年版,第3页。
② 平信好撰《诗学还丹序》,源孝衡《诗学还丹》,《日本诗话丛书》第二卷,株式会社风出版社昭和四十七年版,第161页。

此外,诗话在品鉴方面的作用也有人予以指出:

> 品藻之难也!衒卖者,其声远播,而其实未副焉;韬晦者,其文足征,而其名每湮焉。生其土,而商榷其土文艺,犹且称难得其要领,何况他邦人士,所谓隔靴搔痒不啻也。①

显然,诗格类著作从江户早期到中期的繁盛,与日本习汉诗者的需求有很密切的关系。而且相关人士在论述到这一问题时,多从中日语言、音韵乃至文化相异,熟习不易方面着眼,显示出诗格类著作对日本人的作用远比对中国人更为重要。

其次,诗格类诗话的多产还与明代复古主义渗入日本以后引起日本的文学论争有较显著的关系。

前述数种日本自撰诗话,多产自于江户前期,明代复古主义思潮影响着汉诗坛,所以以格律声韵为主的诗格类诗话集中出现并不奇怪。江户中后期尤其是天明、宽政以后,伴随着性灵说的输入日本,日本汉诗也开始介入复古与性灵的论争。虽说以市河宽斋、菊池五山、山本北山为代表的受晚明性灵派乃至清袁枚及《随园诗话》的影响,写了一些诸如《北里歌》、舒亭吉原词,娱庵深川的竹枝词一类以民间"风情"、"性灵"见长的作品,但主张唐明诗派的汉诗人仍有众多的坚守者。② 从当时出版的诗话来看,也仍以主唐、明格律之说者为众,因此诗学者对当时及早前所印行的诗格一类的书多有肯定。对于这批抱持传统的人而言,专言格律的书籍非常切用,他们坚定地认为,诗是可以通过学与教以达至高水平,亦即有"格调"的。《诗辙》,由三浦晋撰于江户天明年间,这是江户文学中期受明代复古诗学影响仍较显著的时期,该书详论近体诗的体制、变法、异体、篇法、韵法、句法、字法等

---

① 江村绶《日本诗史》,《日本诗话丛书》第一卷,第 285 页。
② 详参拙著《日本诗话中的中国古代诗学研究》第三章、第四章。北京大学出版社 2012 年版。

问题,其条目之细致及所涉及的诗格诗律之详尽,显示了明人在精研唐诗方面对日本的影响。乔维岳在为该书所写的序说:

> 诗可教欤? 可教也。世有不用其教而为之者,或直情径行,或索隐行怪,有韵而文,其为君子言何辨焉? 然推椎轮之始,……步趋有式,轩轾得所,是为大辂之全矣。于是后君子不能变其轨,乃范吾艺苑。……曰:生斯世为斯世,何世无情,何世无言? 吾有真性情,吾有活手段,吾不欲□淳散朴,吾自我作,椎轮之始而已。夫椎轮之始,岂有成轨可守,文饰可尚者乎? ……是无他焉,徒知大辂之质,而未知大辂之全也。乃不分处(按:应为"虎")豹之鞟与犬羊之鞟异。易豆屦以璧珪,有君子彬彬之言,独拾其龋者、瓶者、蔽者、柞者、挚者、材不完者、肉不称者、毂不眼者、帱不廉者、蛊不正者,自为珍焉耳。一何陋也! ……辙乎辙乎! 其始可与教诗已矣![①]

这段序文有很强的针对性,从文中即知作者的论争对手就是主性灵一派的诗人。他认为主性灵者不入高格,无涉正路,非君子言。而学诗当"步趋有式,轩轾得所",始为大辂之全。而其所谓正路高格,有式有所,当然指的就是唐人所确立,由明人所推衍的诗格诗法。因此,为论争的需要,这类诗格类的诗话虽然面临主性灵者的冲击,仍代有所出。

山本要在为赤泽一《诗律》所作的序中说:"诗之有律,如国之有律也。……故作诗者,得律以行之,则所造之巧拙,虽在其人而不一,而所执之规律,皆符于唐宋古人之纪纲,始可免乱作胡行之弊。"[②]尽管此著发行的时间已是宽政以后,性灵派及主

---

① 乔维岳《诗辙序》,《日本诗话丛书》第六卷,第49—51页。
② 山本要《诗律序》(天保四年),赤泽一《诗律》,《日本诗话丛书》第四卷,第449页。

宋诗者渐成主流，但对于外邦人而言，学习异域文化，研习异邦之诗，就应该遵照对方的规范，这仍是当时不少汉诗学者有共识的意见。

最后，再谈日本人对诗话的反思。

在日本汉诗界，对来自中国的诗话评价最高的是《沧浪诗话》。江户后期，伴随着性灵派的崛起，日本汉诗学者对诗话开始有了一些批评意见。如芥焕彦章说："欧阳公《六一诗话》、《司马温公诗话》之类，率皆资一时谈柄耳，于诗学实没干涉，初学略之而可也。"①认为类似于《六一诗话》这样"资闲谈"的诗话对作诗没什么帮助。

日本人的这种看法，其实在明代以来中国诗学家那里已有先声。兹录以备参：

> 唐人不言诗法，诗法多出宋，而宋人于诗无所得。所谓法者，不过一字一句，对偶雕琢之工，而天真兴致，则未可与道。②

> 近世所传诗话，杂出蔓辞，殊不强人意。惟严沧浪诗谈，深得诗家三昧。③

> 诗话必具史笔，宋人之过论也。玄辞冷语，用以博见闻资谈笑而已，奚史哉？④

上录中国数家批评诗话者，多从唐宋诗兴衰之对比着眼，以为诗话并不能促进诗歌创作的繁荣。它们或着眼于一字一句、对偶雕琢之法，不解诗家三昧；或杂出蔓辞、以玄辞冷语述博谈闻见，不仅与诗学无与，与史也相距甚远。

至江户后期，日本诗话中最引人注目的一部诗话是以反诗

---

① 芥焕彦章《丹丘诗话》卷下，《日本诗话丛书》第二卷，第606页。
② 李东阳《麓堂诗话》，《历代诗话续编》，中华书局1983年版，第1369页。
③ 王铎《麓堂诗话序》，《历代诗话续编》，第1368页。
④ 文璧《南濠居士诗话序》，《历代诗话续编》，第1341页。

话面目出现的《侗庵非诗话》(发行于文化甲戌年 1814),该书煌煌十卷,分述诗话 15 种病。作者刘煜季晔如明以来中国部分诗家那样,先论诗话无益于诗:

> 诗莫盛于唐,而诗话未出。莫衰于宋,而诗话无数。就唐之中,中晚诸子,论诗寝评,诗式、诗格等书,相继出,而诗远不及盛唐。太白、少陵足以雄视一代,凌厉千古,而未尝有一篇论诗之书。学者盍以是察之。①

指出唐中晚期诗格类诗话相继出现,但其时之诗远不及盛唐,是故诗话并无益于诗。在此基础上,刘煜季晔似乎走得更远,他不仅认为诗话无益,且有害,甚至是诗的罪人。该书自序说:

> 唐宋以来,诗随世降,如江河之就下,其所以致此,良非一端,而诗话实与有罪焉。②

他还举过一个例子,说明诗话对学诗者有害无益:

> 有一措大,忘其名姓,好读诗话,而未始读古人之诗。听其言也,摘诗句之瑕疵,评作者之优劣,滔滔不穷,一座尽倾。及观其所自作诗,则卑弱陋俗,使人呕哕。既而颇自觉其非,来请教于予。予告之曰:子之疾,已入膏肓,不可医已。③

此虽类小说家言,但确实指出了诗话易对初学者造成具夸夸其谈之资,而无操觚成章之实的毛病。刘煜指出的诗话 15 种病分别为:一曰说诗失之于太深;二曰矜赅博以误解诗意;三曰论诗必指所本;四曰评诗优劣失当;五曰稍工诗则自负太甚;六曰好点窜古人诗;七曰以正理晦诗人之情;八曰妄驳诗句之瑕疵;九曰擅改诗中文字;十曰不能记诗出典;十一曰以僻见错解诗;十

① 刘煜季晔《侗庵非诗话》,崇文院 1927 年版;蔡镇楚编《域外诗话珍本丛书》第六册,北京图书馆出版社 2006 年版,第 60—61 页。
② 同上书,第 51 页。
③ 同上书,第 72—73 页。

二曰以诗为贡谀之资;十三曰不识诗之正法门;十四曰解诗错引事实;十五曰好谈谶纬鬼怪女色。从刘煜摘出的这 15 种毛病来看,多指记事析辞品鉴类的狭义诗话。平心而论,这些毛病或说不足事实上在诗话著作中确有不同程度的存在,但诗者见仁见智,一些涉及品鉴话题的诗话,很难说就一定构成诗话之病。但对于诗学修养不深,本身又不擅作诗的初学者来说,这类诗话除了广见闻以外,对于写诗确实没有具体的帮助。文中所记"措大"善夸夸其谈,显然指他十分熟悉清谈一类的诗话,有许多可谈之资。但刘煜认为,对这类诗话熟悉,并无助于个人习诗,还使初学者眼高手低,反而有害于习诗。正像他在书中所言:"予历观诗话,举全诗者綦少,好摘一二句以为谈助话柄,或指一二字以为神品妙境,其有损于学诗者不少矣。"①

除了对狭义的清谈类诗话不满外,刘煜对诗格类诗话也非常不满。一般认为:记事析辞类诗话是诗人圈中的清谈之资,以交诗友、广见闻、益赏鉴而已;诗格类诗话面向的则是初学者,它可以为初学者提供诗法诗格及音韵范本。但刘煜认为,诗格类诗话对初学者也是有害无益的。他说:

> 学者有志于诗,必先使其心中正无邪,然后从事于音韵声律,此入诗之正法门路也。若乃其心未能中正无邪,而徒屑屑然音韵声律之为尚,是无源之水,无根之木。②

> 《诗学大成》、《唐诗金粉》、《卓氏藻林》、《圆机活法》、《珠联诗格》、《三体诗学》等书,皆诗道之悬疣附赘,旁门邪径,诗人由此而入者,难与言诗矣。③

他认为,诗人苟有意于作诗,先须涵养并具备诗人之心,此为学

---

① 刘煜季晔《侗庵非诗话》,蔡镇楚编《域外诗话珍本丛书》第六册,第 76 页。
② 同上书,第 65—66 页。
③ 同上书,第 95—96 页。

诗之基础,诗格诗法应位于性情之后。如若不具诗人温厚之心,徒习诗格诗法,则为无基之楼台,甚至为旁门邪径。他甚至认为《诗学大成》一类的诗格书直如悬疣附赘,与诗学有害无益。因此,即便具备了温厚之心,也无须径学诗法,而应反复讽咏古来优秀诗作以默识于心,自然格律具备:

> 或问学诗之要,予谓之曰:谨勿读诗话。请益,曰:用读诗话之力,熟读十九首,建安诸子、陶、谢、李、杜之诗,庶乎其可也。①

> 初学既笃信性情之说,其学诗之序,则首三百篇,次《楚辞》、《十九首》,次汉魏诸家、《文选》,李、杜,以渐及初盛中晚诸名家,反复讽咏,循循不倦,则学声律格调,体裁结构,自然通晓。……初学尤不可观诗话,初学之时,识见未定,一耽嗜诗话,则沾沾然以字句之间见巧,以奇新之语惊人,安于小成,而不能大达。②

这些话,总体而言,尚属持平之论。但愚以为,涵养诗人之心、熟参前人诗作,默识诗格律法,与研读诗格类诗话,可并行不悖。所忌者,乃在抛弃前者而仅读各类诗话,以作诗学之养。但一味地指责诗话之有害,而无视其诗学精华之凝结,也是偏颇之论。

刘煜对历代中国诗话也有品评,所批评的有:

> 诗话《诗品》为古,其病在好识别源流,分析宗派,使人爱憎多端,固滞难通。唐之诗话,如《本事诗》、《云溪友议》等书,其病在数数录《桑中》、《溱洧》赠答之诗,以为美谈,使人心荡神惑,丧其所守。宋之诗话,如《巩溪》、《彦周》、《禁脔》、《韵语》等书,其病在怪僻穿凿之见。③

---

① 刘煜季晔《侗庵非诗话》,蔡镇楚编《域外诗话珍本丛书》第六册,第60页。
② 同上书,第67—68页。
③ 同上书,第79页。

作者将宋以前历代诗话按历史分期划为三类：魏晋六朝的缺点在于好识别源流，分析宗派，所指似为钟嵘《诗品》；唐人《本事诗》一类以记事为主，所失在记录淫荡史实，使人心荡神惑，丧其所守；宋人诗话则怪僻穿凿，似责其喜用怪僻史实并曲解诗例。《非诗话》的这些指责，多责其一点，不及其余，偏狭自然难免。他所赞扬的有：

> 诗话中，惟钟嵘《诗品》、严沧浪《诗话》、李西涯《怀麓堂诗话》、徐昌谷《谈艺录》可以供消闲之具。盖四子于诗，实有所独得，非如他人之影撰。舍其短而取其长，不为无少补，自馀诗话，则以覆酱瓿可也。[①]

其中钟嵘《诗品》已在上文有所批评，此处赞扬者，当指其对各家诗的品鉴精到。这四部诗话能获刘煜褒赞，很大程度上是它们比较多地从诗艺方面品鉴诗作，有独得之见。但他对其余诗话一概否定，看不到各类诗话的丰富性及多方面的价值，也显示出其偏狭的眼光。

（作者单位：中山大学中文系）

---

① 刘煜季晔《侗庵非诗话》，蔡镇楚编《域外诗话珍本丛书》第六册，第93—94页。

高丽诗话与《东人诗话》

郑墡谟

一、序论

　　"诗话"这一论诗体裁产生于古代中国,但具体的名词始见于北宋欧阳修(1007—1072)的《六一诗话》。其特征是以随笔形式自由论述诗歌,内容或品评诗人诗句,或记录诗坛轶事,或讨论诗法诗技,在轻松自由的形式中渗入作者的诗歌理论观念。自《六一诗话》创体以来,在中国古代文学批评中发展格外兴盛,成为中国古代重要的诗论著作形式之一。诗话这种论诗方式还受到了来自东亚汉文学圈中的韩国知识分子的青睐,自 12 世纪传入韩国以来,韩国诗话创作也十分活跃,至今留下了大量丰富多彩的作品,①为诗话体裁的探索和丰富作出了突出的贡献。韩国诗话既衍生于中国诗话,其在体制、内容等方面自然都与中国诗话有着密切的关联,而值得注意的是,韩国诗话自有其在特定社会历史文化背景下的独特性,呈现出与中国诗话不尽相同

---

① 参见张伯伟《域外汉籍与中国文学研究》(《文学遗产》,2003,03):"据韩国赵忠业教授编《韩国诗话丛编》,所收诗话一百二十二种。(其中有少数有目无书,还有少数遗漏,我已收集此外的韩国诗话七种。)"张伯伟《韩国历代诗学文献总说·诗话》(《域外汉籍研究论集》,北京大学出版社 2011 年版):"赵氏编纂诗话,着眼于广义的诗话定义,所以将诗论诗、选集、文集、笔记中的资料也尽量收入。若以这个标准来衡量,则其书尚多有可补充者。"

的发展样态。对此,先行研究者已通过宏观对比中、韩、日三国诗话,对韩国诗话的特色做出了研究,为我们从整体上了解韩国诗话的发展状况提供了重要参考。[①] 然而,要把握韩国诗话的独特性,还需要进一步深入具体作品细致进行微观体察。

　　成书于李朝前期徐居正(1420—1488)的《东人诗话》是韩国首部以"诗话"命名的纯粹的诗话作品,其产生于朝鲜特定的历史文化背景,在借鉴中国诗话的基础上承前启后,凸显本国诗学,在某种程度上可以说是树立了一代诗话规范,奠定了韩国诗话基调的典型性作品。因此,可通过《东人诗话》这部典型作品一窥其所代表的韩国诗话的特性。先前对《东人诗话》的研究资料也十分丰富,先行研究多集中于对其诗歌批评理论等诗学方面或对其产生的时代背景等历史文化方面的研究,[②]这固然有助于对作品本身的理解,但要把握《东人诗话》作为韩国诗话的特殊性,尚需将其放入诗话这一体裁,从诗话体的角度对其进行分析。

　　本文拟以《东人诗话》所突显的东人的文明意识为主线,结合对其产生的历史文化背景的考察,在与前代高丽诗话及中国诗话的对照中,探析《东人诗话》的特殊性,并试图说明《东人诗话》对韩国后代诗话产生的影响及其所代表的韩国诗话的一般特色。

---

① 参见许世旭《韩中诗话渊源考》(台北,黎明文化出版事业公司 1997 年版),赵钟业《中韩诗话比较研究》(台北,学海出版社 1984 年版);张伯伟《〈东人诗话〉与宋代诗学——以文献出典为中心的比较研究》(《中国诗学》第八辑,2003)等。

② 参见赵锺业《〈东人诗话〉研究》(《韩国诗话研究》,太学社 1991 年版,第275—308 页),权五镇《东人诗话研究》(《东方汉文学》3 卷,1987),安炳鹤《徐居正的文学观和〈东人诗话〉》(《韩国汉文学研究》16,1993),郑静淑《徐居正的文学观与中国诗学的受容关系》(《汉城语文》18,1999)等。

二、《东人诗话》的编撰背景

《东人诗话》产生之前的韩国诗歌批评最早可追溯到零星地散见于新罗、高丽时代的史书及极少数个人文集中的歌谣批评，①而最初具备诗话性质的诗歌批评专著的产生则是在新罗后期至高丽时代与中国展开频繁外交，知识分子的汉文学创作水平日益高涨之后。现存韩国最早的被纳入诗歌批评专著的作品有高丽时代的四部诗话：李仁老（1152—1220）的《破闲集》（1211）、李奎报（1168—1241）的《白云小说》、崔滋（1088—1260）的《补闲集》（1249）和李齐贤（1287—1367）的《栎翁稗说》（1342）。其中《白云小说》系朝鲜时代文人托李奎报之名而作，并非高丽时代的作品。② 其他三部作品虽因含有诗歌批评的内容而被纳入诗话体制，但其本无诗话之名，创作背景和创作动机也都不尽相同，因而呈现出各自不同的特色。

具体来说，李仁老的《破闲集》以记录士大夫诗歌轶事以资"破闲"为目的。一方面以记录和搜集本国诗歌为主，③间以作者的评论，具有辑录本国诗歌的选诗特征；另一方面，除诗歌外还有部分条目纯粹记录与诗歌无关的轶闻趣事，有些条目谈论

---

① 参见赵锺业《韩国诗话研究》第四章《韩国诗话略史》，"韩国诗话产生之前的诗歌批评可见于《三国遗事》、《增补文献备考》、《均如传》等文献。"

② 参见柳在泳《白云小说研究》（益山，圆光大学校出版局 1979 年版），丁奎福《韩国古典文学之原典批评研究》第二部第四编《关于〈白云小说〉的撰者》（首尔，高丽大学民族文化出版部 1992 年版），张伯伟《〈东人诗话〉与宋代诗学》（《中国诗学》第八辑，2003）。

③ 李世黄《破闲集跋文》："我本朝境接蓬瀛，自古号为神仙之国。其钟灵毓秀间生五百，现美于中国者，崔学士孤云唱之于前，朴参政寅亮和之于后，而名儒韵释，工于题咏，声驰异域者，代有之矣。如吾辈等，苟不收录传于后世，则湮没不传，决无疑矣。遂收拾中外题咏可为法者，编而次之为三卷，名之曰破闲。"

文章、书画批评,甚至还有一些描绘士大夫游山玩水和自然风光的具有唐宋散文色彩的笔墨,显示出其笔记体特征。① 崔滋的《补闲集》为"强拾废忘之余",为补《破闲集》之收集不全而作,②所收集的诗歌数量也是《破闲集》的数倍。由此可见《补闲集》与《破闲集》一脉相承的搜集和整理本国诗歌的选诗特征;同时该书除了诗文批评之外还夹杂有记事志怪等随笔性内容,③更表明了其笔记体特征。至于李齐贤的《栎翁稗说》,则其创作宗旨本在于树立正统,重心在上卷纯粹记录帝王事迹、名臣言行的笔记文部分,④下卷才称得上是真正的诗话。值得注意的是,《栎翁稗说》下卷的论诗部分,尤其是下卷后集多专门论述韩国诗人诗歌,体制与《东人诗话》几乎无异,这在后文将进一步做出分析。

高丽诗话的这些特征可从朝鲜初期文人的评价中得到反证,如姜希孟(1424—1483)《东人诗话》的序文中提到:

> 吾东方诗学大盛,作者往往自成一家,备全众体,而评者绝无闻焉。及益斋先生《栎翁稗说》、李大谏《破闲》等编作,而东方诗学精粹,得有所考。

姜希孟认为李齐贤的《栎翁稗说》和李仁老的《破闲集》等与《东人诗话》一样,是专门评论诗歌的诗话。但是,同时代的曹伟

---

① 郑墡谟《在〈破闲集〉板刻上的添削问题与文学史的意义——〈破闲集〉编纂时期以及编纂意图的新考察》(《汉文学报》10,2004)。

② 崔滋《续破闲集序》:"我本朝以人文化成,贤俊间出,赞扬风化。……然而古今诸名贤编成文集者,唯止数十家。自余名章秀句,皆湮没无闻,李学士仁老略集成编,名曰破闲。晋阳公以其书未广,命予续补。强拾废忘之余,得近体若干联。或至于浮屠儿女辈,有一二事可以资于谈笑者,其诗虽不嘉,并录之。"

③ 《补闲集》下49:"姑集雕篆之余,以资笑语。故于末篇,记数段淫怪事,欲使新进苦学者,游焉息焉。"

④ 洪万宗《诗话丛林凡例》:"如《栎翁稗说》、《于于野谈》等十余书,乃记事之书,而间有诗话,故今之拈出诗话,别作以编,而备吟玩。"

(1454—1503)在徐居正仿欧阳修《归田录》而作的遗史笔记《笔苑杂记》的序文中提到：

> 东方自箕子受封以来，世称文献侔拟中华。……然记述当世朝野之事，名臣贤士之所言若行以传于后者，罕有其人。独李学士《破闲集》、崔大尉《补闲集》，至今资诗人之谈论，为缙绅之所玩。然所论者，皆雕篆章句，其于国家经世之典，概乎其无所取也。厥后益斋李文忠公著《栎翁稗说》，虽间有滑稽之言，而祖宗世系、朝廷典故，多所记载而下证焉，实当世之遗史也。今观座主达城徐相公所撰《笔苑杂记》，其规模大略与《栎翁稗说》若合符契，至哉大儒之立言传后也。

而且，崔淑精(1433—1480)《东人诗话后序》中也提到：

> 吾东方诗学，始于三国，盛于高丽，极于圣朝。其间斧藻裁品者，若郑中丞嗣文(郑叙《杂书》)①、李大谏眉叟(李仁老《破闲集》)、金文正台铉(金台铉《东国文鉴》)、崔平章树德(崔滋《补闲集》)、李益斋仲思(李齐贤《栎翁稗说》)，皆有裒集之勤，然不无疏略细琐之病。

从朝鲜文人的评价来看，将《破闲集》和《补闲集》作为《笔苑杂记》(笔记)的典范，则惜其侧重于"雕篆章句"，以谈论诗歌为主；而将其作为《东人诗话》(诗话)的典范，则又有"疏略细琐之病"。

---

① 郑叙(12世纪中叶)《杂书》没有保存下来，故其具体内容不得而知。但崔滋的《续破闲集序》(《东文选》卷84)中提到："又得李中书藏用家藏郑中丞叙所撰《杂书》三卷，附附于后编，以俟通儒删补。"可知崔滋编撰《补闲集》时，存在李藏用的家藏本郑叙《杂书》三卷。事实上崔滋《补闲集》卷上8中引用了郑叙《杂书》的内容："郑中丞叙《杂书》，载崔侍中惟善《闻情》诗云：'黄鸟晓啼愁里雨，绿杨晴弄望中春。'又《梳》诗云：'入用宜加首，何曾在匣中。'非特才华赡给，足以知位极人臣也。今观侍中集中，如加首之句颇多，郑何取此一联，知位极人臣也。"由此可知，郑叙《杂书》和《破闲集》、《补闲集》一样，都属于诗话。

此处的"疏略细琐"当指其内容不够精当,既有记录杂事的笔记色彩,又有繁录诗歌,不精于诗歌评论的选诗特色而言。①

《破闲集》和《补闲集》的这种"疏略细琐之病"与当时的文化背景不无关系。经过新罗后期及高丽前期的文学积淀,至高丽中期,东国汉文学发展已经颇具规模,这就需要对前代作品进行一番梳理整合。鉴于当时东国尚无诗歌选集问世,认识到收集整理本国诗文迫切性的李仁老和崔滋便在其专著《破》、《补》两集中主动承担了这一重任,从而使两书呈现出了辑录诗歌的特点。又由于受欧阳修《归田录》等记事笔记体文集的影响,两书在主要涉及诗歌之外也杂以搜录本国遗史异闻的功能。相比起来,《栎翁稗说》上、下两卷界限明显:其上卷部分可作为"当世遗史"《笔苑杂记》的典范,是典型的笔记;虽将全书作为诗话来说未免不专一而疏略琐屑,而其下卷则足以作为纯粹的诗话典范。这当与作者李齐贤曾侍从忠宣王滞留中国 17 年,熟悉中国文学②并接触过大量中国诗话等文献资料有关。③ 处于高丽末期的李齐贤已具有了较为明晰的分科写作记事笔记和诗文批评集(诗话)的意识,且经过历代文人的努力,当时高丽已经出现了金台铉(1261—1330)的《东国文鉴》④及李齐贤的好友崔瀣

---

① 洪万宗《诗话丛林凡例》:"如《补闲集》、《破闲集》、《东人诗话》,专是诗话,当以全书看阅,故兹不抄录。"洪万宗将《破闲集》与《补闲集》视为纯粹的诗话,当为朝鲜后期对诗话定义宽泛之后的评价。

② 《东人诗话》上 44:"先生(李齐贤)北学中原,师友渊源,必有所得者。"

③ 《笔苑杂记》:"我国文儒如李先生齐贤,侍从亦多,王之东还,文籍书画,驮载万签。"可见李齐贤接触了大量中国文献资料,又其在《栎翁稗说》中直接提到了《西清诗话》、《诗话总龟》等宋代诗话著作,也透露出李齐贤晚年著书时参考了较多中国文献资料。

④ 金台铉(1261—1330)《东国文鉴》是以韩国诗文为对象的最早的诗文选集,我们可以从《金台铉列传》(《高丽史》卷 110)"尝手集东人诗文,号东国文鉴",以及《金文正公墓志》(崔瀣《拙稿千百》卷一)"其又手集东人之文,号东国文鉴,以拟配选粹"中得到确认。但是在陈澕《梅湖遗稿》(转下页)

(1287—1340)所编纂的《东人之文》等诗文选集作品,所以李齐贤可以不再夹杂而直接撰写纯粹的笔记和诗话了。②

由上可知,高丽三书因其有论诗及辞、论诗及事的内容而被纳入诗话体制,但三部作品出于不同目的而各自具有诗文选集、遗史笔记的特点,这与当时时代背景下,高丽文人搜编本国诗文和遗史异闻的自觉意识有关。又由于当时高丽文集的编撰尚处于起步阶段,所以各书呈现出不专一的驳杂特点。

这种高丽中后期文人编制本国诗文集的东人文明意识一脉相承,到了朝鲜时代,东国文化发展更加繁荣,各类书籍的分科逐渐清晰,再加上当时李氏新王朝在政局稳定后开始着手文化建设,编纂各类书籍的任务便提上了日程。这一重任被交到出身于文学世家,才高学博的徐居正手中。在王命下,徐居正领衔主编了《经国大典》(1466)、《诸书类聚》(1466)、《三国史节要》(1476)、《东国文选》(1477)、《东国舆地胜览》(1481)、《东国通鉴》(1484)等重大国家项目。除此之外,徐居正还编写了《五行总括》(1458)、《东人诗话》(1474)、《滑稽传》(1477)、《注吴子》(1480)、《历代年表》(1480)、《笔苑杂记》(1486)等个人撰述。

在这种分科编纂下,《东文选》承担了收集和整理东人诗文的任务,而除了正史之外的关于帝王事迹,名臣言行的遗史记

(接上页)之《春晚题山寺》附提到:"金文贞台铉曰:陈补阙尝谓余,诗当以清为主,如题山寺诗曰:'雨余庭院簇苔,人静双扉昼不开。碧切落花深一寸,东风吹去又吹来。'其言信然。"而且通过《笔苑杂记》卷一的引用文"世传,金富轼妒才忌能,害郑知常。今考丽史,知常堕妙清术中,羽翼悉去,而自全实难,非富轼所得私贷。且本传及诸书,无一语及枉害,而世之所传如是,何耶? 近考金台铉东国文鉴注曰:'金、郑于文字间积不平。'然则当时已有是言矣",我们可以得知金台铉《东国文鉴》里存在有注释,且注释中包含有诗文评论。

② 郑墡谟《高丽中期东人意识的形成与诗文选集编撰》(《东洋汉文学研究》36,2013)。

载,关于文章、书画的随笔批评及其他异闻志怪等则由笔记《笔苑杂记》来承担,《东人诗话》即是在诗文批评书(诗话)领域的成果。这一批著作着眼于本国历史、文学的分类搜集整理,多冠以"东国""东人"等凸显本国自主性的字眼,体现了树立本国文化规范的强烈意图。就连徐居正的《东人诗话》、《笔苑杂记》等个人撰述都被赋予了重大意义,不仅在内容编排上着力树立本国威像,并由当时诸多文坛名流为之作序。① 这种朝鲜诗话的特殊待遇可谓迥异于中国,即便与徐居正地位经历相似的北宋一代文宗欧阳修,虽同样编纂了《新五代史》《新唐书》等正统历史书,但其个人文集《六一诗话》或《归田录》则是以纯粹讨论诗歌、记录遗史为务的个人撰述。结合这种文化历史背景,《东人诗话》具有强烈突显本国诗学的自主性也就不难理解了。

简言之,《东人诗话》是在当时新王朝急需文化建设的背景下,对前代具有多重性质的诗话进行分科,摆脱其选诗性质和杂记性质的纯粹的诗话作品,一脉传承了前代诗话中着意保存和整理东国诗歌的文明意识。同时,在当时特定的文化历史背景下更被赋予超越一般私人撰述的重大意义,使该书突显本国诗学的东人的文明意识更加强烈了。

三、高丽诗话的继承与总结

《破闲集》、《补闲集》和《栎翁稗说》三部高丽诗话作品采用传统的诗话体制,由内容相互独立的诗论条目连缀而成,每一则品评诗人诗作,讲述诗坛轶事,共涉及韩国新罗至高丽时期的诗

---

① 如《东人诗话》有姜希孟、崔精淑、梁诚之、金守温,《笔苑杂记》有彭召、表沿沫、曹伟等文坛名流联合作序,这虽与徐居正自身的地位不无关系,但更反映了当时文坛对徐居正此类个人撰述的重视。

歌作者 120 余人,诗歌 500 余首,韩国文学史上最早的一批汉诗文作家及其诗歌本事、艺术高下及家世爵里、仕宦交游等情况都得到了记录保存,韩国早期诗坛风貌得以再现。而《东人诗话》则肩负着在诗文批评领域突显本国诗学以树立东国诗学威望的任务,因而用更精当的方式对韩国诗坛的发展情况进行了展示,这一点可从其对前代诗话的继承和总结中得到证明。下文将从作品中引用诗的特点、诗人诗事及诗歌理论三方面对此展开论述。

（一）引用诗特点

首先,由表 1 引用诗的国别分类统计可知,《东人诗话》与前代高丽诗话一脉相承,以评选本国诗歌为主。行文中虽多引用中国诗歌,但所引韩国诗歌的数量为引用诗歌总数的 66％,占了绝大多数,显然是作品讨论的重点。

表 1 《东人诗话》引用诗形式、国别分类统计

	韩　国			中　国	日　本
	新　罗	高　丽	朝　鲜		
联句（首）	3	99	16	95	1
全诗（首）		99	10	23	
小计（比例）	3	198	26	118	1
	227（约占 66％）			119（约占 34％）	

　　其次,从选诗容量来看,如表 2 所示,《东人诗话》全书上下两卷凡 148 则,远超《破闲集》的 82 则和《栎翁稗说》的 53 则,堪比《补闲集》的 147 则。在这种较为充足的容量下,徐居正广泛搜罗,详细遴选韩国由新罗至高丽、鲜初的优秀诗歌作品,共引入本国诗歌 225 首,远超《破闲集》的 118 首及《栎翁稗说》的 45 首。所收诗歌数量虽不及《补闲集》的 401 首之多,但应考虑

到,这与两书的不同性质——《补闲集》着重收录本国诗歌而不拘优劣的诗选性质和《东人诗话》博观约取,遴选新罗至李朝的诗歌精华进行评论的诗话性质有关。再者,如表 3 所示,《东人诗话》中引入了许多已见于高丽诗话的诗歌作品,如康日用的《芍药诗》在《破》、《补》两集中均有收录,由此也可窥知徐居正在诗歌评选时尽量引入韩国广为传诵的优秀诗歌作品的意图。

表 2 各诗话条目则数及引用本国诗形式分类统计

	《破闲集》	《补闲集》	《栎翁稗说》	《东人诗话》
总数(则)	82	147	53	148
联句(比例)	43(36%)	164(41%)	20(44%)	118(52%)
全诗(比例)	75(64%)	237(59%)	25(56%)	109(48%)
小计(首)	118	401	45	227

表 3 《东人诗话》中已见于高丽三部诗话的引用诗统计

条目(则)	高丽三部诗话的引用诗
上卷 2	《补闲集》上卷 19 朴寅亮诗
上卷 4	《破闲集》下卷 29 郑知常诗"绿杨闭户八九屋" 《补闲集》上卷 34 郑知常诗"石头松老一片月" 《栎翁稗说》下卷 28 郑知常诗"石头松老一片月"
上卷 7	《补闲集》中卷 33"碧砌落花深一寸"
上卷 10	《破闲集》上卷 22 康日用咏鹭鸶诗 《补闲集》下卷 7 康日用咏鹭鸶诗
上卷 18	《补闲集》上卷 44"院院古非古,僧僧知不知"
上卷 28	《破闲集》下卷 17 皇甫倬《芍药诗》
上卷 37	《破闲集》下卷 29"别泪年年添作波" 《补闲集》上卷 30"别泪年年添作波" 《栎翁稗说》下卷 28"别泪年年添作波"

条目（则）	高丽三部诗话的引用诗
上卷 40	《破闲集》上卷 18 康日用《芍药诗》"眼明儒老依栏边" 《补闲集》下卷 7 康日用《芍药诗》"眼明儒老依栏边"
上卷 64	《补闲集》中卷 38 李仁老《过渔阳》
下卷 56	《破闲集》下卷 8 林椿诗
下卷 74	《补闲集》中卷 5 皇甫瓘诗

此外，从表 2 统计的选诗形式来看，总体上，与高丽三书更多辑录全诗相比，《东人诗话》辑录全诗的比重不到所有引用诗数的一半，体现出更倾向于收录联句的特色。① 《东人诗话》是多从本来完整的全诗中抽取精华部分来纳入讨论，这一方面与其诗话体制有关，另一方面也显示了徐居正想在一定篇幅中讨论更多诗人诗作的意图。

如上所述，《东人诗话》的引用诗一方面继承了前代高丽诗话以引用本国诗歌为主的特征，另一方面，与高丽诗话相比，所引用的诗歌具有覆盖面广而所取者精的特点。此外也具有多引联句少录全篇的特点。这一方面与其基本上摆脱了搜录本国诗歌的任务而重在评论诗歌的诗话体制有关，另一方面也显示了徐居正企图在较短篇幅内收录更多诗人诗作，精要展现东国诗歌发展状况的意图。

（二）诗人诗事

从涉及诗人来看，如表 4 所示，《东人诗话》共引入本国诗歌

---

① 《补闲集》辑录全诗的比重超越所有引用诗数的一半，但更具体来看《补闲集》上、中卷相比，下卷中收录 140 首中联句 104（74%），全诗 36（24%），联句的比重远超全诗。这当是其在上、中两卷收录当时保存尚为完整的诗歌全篇，而在下卷则补录本来不全的诗歌所致，正显示了其辑录诗歌的选诗特征。

作者达 110 余人,包揽了韩国新罗时代以来上自王公贵族、诗坛名流,下至禅林隐士、女流等诗歌作家,并着重突出了在高丽诗话作品中已被公认的崔致远、李穑、李奎报、崔瀣、郑知常、李齐贤、李仁老、陈澕等新罗、高丽时期的优秀诗人,此外也加入了李崇仁、郑梦周、权近、崔恒、金久炯等丽末鲜初的诗人。通过这一整理总结,代表韩国自新罗以来诗坛发展的重要诗人大致都历历在目。

表 4 《东人诗话》所涉诗歌作者及引用诗数统计①

时代	引用诗数	诗 歌 作 者	诗人数
新罗	2 首	崔致远	2
	1 首	朴仁范	
高丽	3 首以上	李穑（20 首）、李奎报（16 首）、崔瀣（8 首）、郑知常（7 首）、李齐贤（6 首）、李仁老（5 首）、陈澕（5 首）、金之岱（5 首）、吴洵（4 首）、郑誧（3 首）、林椿（3 首）、郑梦周（3 首）	82
	2 首	金黄元、金克己、康日用、白元恒、李混、权汉功、李公遂、韩宗愈、李集、尹汝衡、郑枢、李藏用、李存吾、郑以吾、辛蕆、朴致安、金仁镜	
	1 首	丽使、朴寅亮、高丽王、崔斯立、吴学麟、朱悦、僧益庄、皇甫倬、李仁复、柳淑、金若水、郑允宜、金坵、邢君绍、僧达全、王氏、洪子藩、权适、俞升旦、李承修、圆鉴国师、李铉云、印邠、忠宣王、卢永绥、林朴、崔元祐、曹孙芳、李吉祥、田濡、李岩、鲁屿、许伯、郑思道、李需、赵永仁、元松寿、李晟、尹泽、金莘尹、李那、白文节、王伯、郑氏（女流诗人）、千峰雨上人、李之氏、韩脩、金得培、田禄生、郑地、金君绥、金九容、朴忠信	

---

① 本表统计中各时代诗人的罗列顺序依照其引用诗的数量,如引用诗数相同则以各诗人在《东人诗话》中的出现顺序排列。

时代	引用诗数	诗　歌　作　者	诗人数
丽末鲜初	3 首以上	李崇仁(7 首)、郑梦周（3 首）、权近（4 首）、崔恒（3 首）、金久冋(3 首)	31
	2 首	赵云仡、柳方善、成石磷、卞季良、徐居正、赵须	
	1 首	姜淮伯、李詹、李坚干、河仑、赵浚、尹绍宗、朴信、权嵩、咸传霖、李太祖、朴安信、薛纬、权踶、尹虎、韩卷、崔脩、金节斋、李学士、李永端、金文炯	

从所载诗事来看,《东人诗话》多记载诗歌轶事,知人论世,使得韩国历代诗坛文人群像得以生动再现。而且如表 5 所示,许多已见于前代高丽诗话的诗事也被再次纳入讨论,又使韩国诗坛著名诗事得以保存和进一步的阐述。

表 5　《东人诗话》中已见于高丽三部诗话的诗事统计

《东人诗话》条目	高丽三部诗话的诗事
上卷 6	《破闲集》中卷 22 金黄元苦吟
上卷 41	《破闲集》上卷 16 回文体
上卷 61	《补闲集》中卷 44 以人姓押韵作诗
上卷 57	《破闲集》下卷 19,《补闲集》上卷 36"三绝"
下卷 38	《破闲集》下卷 14 金黄元作诗多用"夕阳"二字
下卷 39	《栎翁稗说》下卷 42 集句诗

此外,徐居正在《东人诗话》中着重对本国诗人以诗华国的诗事进行记载的现象也值得注意。如在上卷 2 则即提出东国崔

致远、朴仁范、朴寅亮三君子以诗华国;①下卷2则中直接论道:
"高丽中叶以后,事两宋、辽、金、蒙古强国,屡以文词见称,得纾
国患。"又如上卷69则记录李齐贤在元朝解释忠宣王的诗句,得
到满座称叹;②下卷18则记载李穑与元朝文人针锋相对,不辱
国体;③下卷25则记载权近入明作诗受洪武高皇帝宠异④等。
对这一系列针对中国的诗话条目,正反映出徐居正借《东人诗
话》来彰显本国诗学乃至发扬本国民族精神的自主意识。

总之,《东人诗话》在广泛收录本国诗人诗歌,记载诗人诗事
之时,一方面凸显了已见于前代诗话中的著名诗人及诗事,一方
面也加入了丽末鲜初的诗人诗事,可谓对韩国历代诗坛发展状
况做了一番整理总结,展现了韩国诗坛发展面貌。此外,在作品
中通过对本国诗人以诗华国的诗事记载彰显了作者的民族精神
和自主意识。

---

① 《东人诗话》上卷2:"崔文昌侯致远,入唐登第以文章著名。题润州慈和寺
诗,有'画角声中朝暮浪,青山影里古今人'之句,后鸡林贾客入唐购诗,有
以此句书示者。朴学士仁范题泾州龙朔寺诗:'灯撼荧光明鸟道,梯回虹
影落岩间。'朴参政寅亮题泗州龟山寺诗,有'塔影倒江翻浪底,磬声摇月
落云间。门前客棹洪波急,竹下僧棋白日闲'之句,《方舆胜览》皆载之。
吾东人之以诗鸣于中国,自三君子始,文章之足以华国如此。"
② 《东人诗话》上卷69:"高丽忠宣王入元朝,开万卷堂,学士阎复、姚燧、赵子
昂皆游王门。一日王占一联云,'鸡声恰似门前柳',诸学士问用事来处,
王默然,益斋李文忠公从傍即解曰:'吾东人诗有"屋头初日金鸡唱,恰似
垂杨袅袅长",以鸡声之软,比柳条之轻纤,我殿下之句用是意也。且韩退
之《琴》诗曰"浮云柳絮无根蒂",则古人之于声音,亦有以柳絮比之者矣。'
满座称叹。"
③ 《东人诗话》下卷18:"牧隐初入元朝,文士稍轻之,嘲曰:'持杯入海知多
海。'牧隐应声曰:'坐井观天曰小天。'嘲者更不续。"
④ 《东人诗话》下卷25:"阳村权文忠公诗,温醇典严。洪武年间被征入朝,高
皇帝命题赋诗二十四篇,皆操纸立就,词理精到,不加点缀。其赋《弁韩》
云:'纷纷蛮触战,扰扰卞辰韩。'帝悦之。其赋《大同江》云:'沛然入海朝
宗意,政似吾王事大诚。'帝曰:'人臣之言当如是。'大加宠异。"

（三）诗歌理论

表6 《东人诗话》中与高丽三部诗话一致的诗歌批评用语统计

条　目	高丽三部诗话中的诗话批评用语
上卷 8	《破闲集》中卷 5，下卷 4"无斧凿痕"
上卷 15	《破闲集》下卷 20"出新意于古人所不到者为妙"
上卷 17	《栎翁稗说》"老藤不得不屈"
上卷 36	《破闲集》下卷 4，《补闲集》中卷 3"青出于蓝"
上卷 42	《补闲集》中卷 8"得于中者暗与之合"
下卷 23	《破闲集》下卷 20"换骨"
下卷 36	《破闲集》中卷 7"肮脏有奇节"
下卷 39	《破闲集》上卷 2"见面不如闻名"

从诗歌理论来看，从上表可知，一方面，徐居正沿用"诗中画"、"青于蓝"等高丽诗歌批评中已广泛使用的批评用语。进一步来看，徐居正继承了韩国前代诗话中的诗歌批评理论，又对其进行了整合。首先提出"先节气而后文藻"①的诗歌批评宗旨，在此原则下论诗时既注重诗歌的气象，又格外强调用事、点化等文辞功力，更进一步指出作诗须有新意，得前人所未得。

要之，《东人诗话》既继承前代诗话，又对其改进补充整合，简明扼要地展现了韩国数百年来的汉诗发展史，树立了比肩于中国的古代韩国诗坛形象和地位，可谓诗话的集大成者。这种通过诗话来突显本国诗学的意图正是其一以贯之继承前代诗话的东人文明意识的表现。

---

① 《东人诗话》上卷 9。

四、《东人诗话》对中国诗话的借鉴和变用

作为一部诗话作品,《东人诗话》与诗话体的源头——中国诗话必然有着千丝万缕的关系,因而要把握《东人诗话》作为韩国诗话的特殊性,则不能不考虑其与中国诗话间的关系。之前的研究多侧重于从《东人诗话》所引用的中国诗歌为对象来论述这一问题,本文拟以诗话体的角度,通过文献出典(诗话)的检索和对比,以诗话作品间的相互引用来考察其与中国诗话的关系。①

《东人诗话》条目中所涉及的中国诗话内容,包括诗歌批评、诗坛轶事及诗歌批评理论等大都可以在中国诗话中找到出处,且大部分内容在中国诗话中一再被引用,可见是中国诗话中的热门讨论问题。② 由此固然不能断言《东人诗话》在创作时都参照了这些诗话作品,但结合《东人诗话》的序言,③大致可以确定其在创作时借鉴了当时传入朝鲜的宋代诗话,特别是《诗话总龟》、《苕溪渔隐丛话》及《诗人玉屑》三部基本囊括了两宋诗话全貌的总集性诗话作品。④ 其中尤以对《诗人玉屑》的借鉴最为明

① 事实上,先行研究如张伯伟教授的《〈东人诗话〉与宋代诗学——以文献出典为中心的比较研究》(《中国诗学》第八辑,2003)及叫연태的《〈东人诗话〉中的中国诗话变用的妙美与意义》(《东方学志》29,2005)等论文对《东人诗话》与中国诗话的出典关系已经进行了讨论,但没有进行系统阐明,故本文试对此进行更全面的论述。
② 笔者对《东人诗话》各条目所征引中国诗话相关内容的文献出典的查找和统计另作了整理,因篇幅较多,在这里不一一列举。
③ 姜希孟《东人诗话序》:"自雅亡而骚,骚而古风,古风而律,众体繁兴,而评者亦多,如《总龟集》、《苕溪丛话》、《菊庄玉屑》等编,议论精严,律格备具,实诗家之良方也。"崔淑精《东人诗话后序》:"所赖大雅君子,世不乏人,而始有诗评,如《总龟》、《丛话》、《玉屑》诸编是已。"
④ 《四库总目提要》:"其书(《渔隐丛话》)继阮阅《诗话总龟》而作。……二书相辅而行,北宋以前之诗话大抵略备矣。……其书(《渔隐丛话》)作于高宗时,所录北宋人语为多,庆之书(《诗人玉屑》)作于度宗时,所录南宋人语较备,二书相辅,宋人论诗之概亦略具矣。"

显,《东人诗话》的几乎所有条目都可以在《诗人玉屑》中找到出处。且《东人诗话》中重视用事、锻炼等诗法讨论的倾向也与《诗人玉屑》如出一辙。《东人诗话》创作时借鉴中国诗话自然与当时朝鲜对中国诗话的推崇有关,而值得注意的是,在东人文明意识的作用下,徐居正在引用中国诗话时进行了特殊的处理,使本国诗学得到了突显和提升。

（一）体制特色

从全书的体制来看,《东人诗话》多采取由中国诗话来引起本国诗歌论述的方式(约占60%),通过详细剖析这种论述体制,可以窥见徐局正标举本国诗歌的意图。

首先,《东人诗话》多通过类举东国与中国相似的一系列诗话来显示东国诗坛比肩于中国诗坛的繁盛状况:如上卷24则类举与中国孙鲂压倒张处士故事相似的高丽权汉功压倒金黄元事;①上卷37则引杜甫和苏轼诗中一字之难故事,类举东国郑知常"别泪年年添作波"之事。有时虽类举与中国诗坛相似之事,②但

---

① 《东人诗话》上卷24:"张祐《金山寺》'树影中流见,钟声两岸间',古今以谓绝唱。后有孙鲂者继之云:'天多剩得月,地少不生尘。''谁言张处士,诗后更无人。'自以谓压倒张处士矣,然后人讥其不及。金壮元黄元《浮碧楼》诗:'长城一面溶溶水,大野东头点点山。'后有权一斋汉功继之曰:'白鸥波上疏疏雨,黄犊坡南点点山。'自以为诗后有人,然亦未知可以压倒金壮元乎。"

② 《东人诗话》上卷37:"杜工部诗,'身轻一鸟'下脱一字,陈舍人从易,与数人各占一字,或云'疾',或云'落',或云'起',或云'下',莫能定。后得一本,乃'过'字也。东坡尝作病鹤诗,有'三尺长胫阁瘦躯'之句,一日'瘦'上阙一字,令任德章辈下字,终不得稳字,徐出其稿,乃'阁'字也。诗中一字岂不难乎?郑司谏大同江诗:'雨歇长堤草色多,送君南浦动悲歌。大同江水何时尽,别泪年年添作波。'燕南洪载尝爱此诗曰'涨绿波',益斋先生曰:"'作''涨'二字皆未圆,当是'添绿波'耳'。以予谩见,此老好用拗体,又少陵《奉寄高常侍》诗有'天涯春色催迟暮,别泪遥添锦水波'。'添作波'之语,大有本家风韵,又有来处,恨不得见本稿耳。"

又不一定与中国诗话完全相同,如上卷 30 则引入中国一字师使诗歌愈佳,而韩国一字师事则不了了之,因而提出"一字相师义安在"的感叹。① 通过这种细微的不同突显了与中国不尽相同的东国诗坛特色。又徐居正在类举东国诗话时也常专门针对中国诗话记载,标举出足以与之相抗衡的诗事来突显本国诗学,甚至增显本国民族精神。如上卷 1 则即载本国李太祖诗来直比宋太祖日出诗,显示东国帝王文章气象;②上卷 3 则针对中国诗话中普遍记载的丽使嘉叹贾岛诗之故事,专门引入中国"蒿公"称许东国诗人的诗事与之相对;③上卷 71 则通过痛斥东人李铉云在面对亡国之危时作诗节气"不若一妇人(花蕊夫人)"来表现作者的民族气节。④ 通过这种类举与中国诗话相似或相对的本国

---

① 《东人诗话》上卷 30:"凡诗妙在一字,古人以一字为师。张乖崖在江南题一绝云:'独恨太平无一事,江南闲杀老尚书。'萧楚材改'恨'作'幸'曰:'今天下一统,公功高位重,独恨太平何耶?'张谢曰:'萧君一字之诗师也。'金直殿久冏尝有联云:'驿楼举酒山当席,官渡哦诗雨满船。'卞文肃公季良曰:"'当'字未稳,宜改'临'。'金曰:'南山当户转分明,'当'字有来处。'卞曰:'古诗有"青山临黄河",如金者,岂知"临"字之妙乎?'金竟不屈,终不相能,一字相师义安在乎?然今之评者曰:"'临'字不如'当'字之稳。'"

② 《东人诗话》上卷 1:"凡帝王文章气象,必有大异于人者。宋太祖微时,醉卧田间,觉日出有句云:'未离海底千山暗,才到天中万国明。'我太祖潜邸诗:'引手攀萝上碧峰,一庵高卧白云中。若将眼界为吾土,楚越江南岂不容。'其弘量大度,不可以言语形容。"

③ 《东人诗话》上卷 3:"唐时高丽使过海有诗云:'水鸟浮还没,山云断复连。'贾浪仙诈为梢人,联下句云:'棹穿波底月,船压水中天。'丽使佳叹。世传丽使爲崔文昌。余考文昌入唐为高骈书记,不与浪仙同时。或者以顾学士送文昌诗,有'乘船渡海'之语,有此误耳。洪武年间,李陶隐崇仁奉使金陵扬州舟中一联云:'落照浮云外,残山大野头。'蒿工抚背叹曰:'此措大可与言诗。'即援笔足之。如蒿工者,又焉知非浪仙辈耶?恨不得传其诗耳。"

④ 《东人诗话》上卷 71:"宋太祖灭蜀,召蜀主孟昶花蕊夫人费氏,使赋诗,诗曰:'君王城上竖降旗,妾在深宫那得知。十四万人齐解甲,也无一个是男儿。'读此诗,凡丈夫之兵败偷生屈膝者,无面目见于人。高丽穆宗时,契丹主入兴化镇,执副都总管李铉云胁之,铉云献诗曰:'两眼已瞻新日月,一心何忆旧山川。'如铉云者,行若狗彘固不足论,然大丈夫而曾不若一妇人,可耻之甚也,诗可易言哉?"

诗话的方式展开论述一方面展现了本国诗坛的盛况，另一方面又展现了本国诗坛的自身特色，并反映了作者力图强调本国诗学足以与中国诗坛相抗衡的自负感和强烈的民族精神。

其次，《东人诗话》有时只从中国诗话中拣出重要的理论，配以本国相应的诗话展开论述，故条目中所统领者虽为中国理论，呈现的却是韩国诗坛状况。这种体制在《东人诗话》中也很常见，姑举两例加以说明：如下卷 23 则借中国诗坛中著名的"诗能穷人，亦能达人"的理论记述了韩国诗坛中柳淑因诗被害而孟思诚、朴安信则因诗活命的故事，进一步将其理论生发为"诗能杀人，亦能活人"；又如下卷 63 则所引用的"作法于凉，其弊犹贪，作法于贪，弊将何救？"本为黄庭坚针对时人不学杜诗而喜好学晚唐的风气发出的议论，徐居正引其语用来指摘本国文人不学唐宋诗歌而喜法二李（李奎报、李齐贤）的时弊。这种旧瓶装新酒的方法也一方面展示了韩国诗坛之繁盛，一方面又突显了韩国诗坛特色，同样反映了徐居正借用中国诗话来着力展现本国诗坛的良苦用心。

此外，《东人诗话》在所引中国诗话中引入韩国类似诗人、诗歌进行比较时，既不一味尊崇，也不妄自菲薄，而是以一种实事求是的客观态度对两国诗歌优劣进行评论。对韩国不如中国的诗人、诗作固然不废公论，公正评价，如上卷 28 则评论黄甫倬《赋芍药》诗与陈师道诗《御沟柳》诗"得失迥然不同"，下卷 45 则论金莘尹重九诗不及文天祥，下卷 19 则论李穑不可及东坡等。而对韩国比肩或超过中国的诗歌诗人则不无自豪地加以评判：如上卷 17 则评价李奎报咏贵妃诗无愧唐宋作者，虽韩（驹）张（祐）老膝亦不得不屈；上卷 25 则评价李齐贤"一饭不忘君之心"比肩杜甫，使"杜少陵不得专美于前矣"；上卷 66 则评价高兆基诗比唐《闺怨》诗"隐然有国风之遗意"，并由此指出"不可以工拙论诗"；又如下卷 7 则评价印郊《秋夜》诗不让李白、苏轼二老，下卷 43 则评价崔恒诗"以文人烈士譬黑豆，用事奇特，不让二老（苏轼、黄庭坚）"，下卷 48 则指出郑以吾《春日西郊》诗虽置之唐诗亦无愧，下卷 50 则指出李穑对句"虽半山（王安石）老手亦当缩袖"等。在这种比较评述中，一方面推举了本国比肩于中国的优秀诗人来显示韩诗坛的发展水平，另一方面这种不偏不倚、公正而实事求是的评判态度也反映了徐居正在尊崇中国诗坛为诗学准的同时，将韩国诗坛置于与中国诗坛平等的位置进行比较评判的独立精神。

由上可知，徐居正在《东人诗话》中多采用以中国诗话来引起韩国诗话的体制主要是为了以中国诗坛作为比较的标杆来突显东国诗坛的繁盛和优越性，这又与其在作品中突显的东人的文明意识有密切的关系。

此处需要补充的是，除了主要运用引入中国诗话来讨论韩国诗歌的体制外，《东人诗话》也多以单纯论述韩国诗歌的方式展开论述（约占 39%），这些条目当然完全重在标举评点本国著名诗人诗作，展现韩国诗坛面貌。而只论及中国诗人诗歌的条目仅则有两条，其一为上卷 60 则徐居正与诸学士以杜甫、苏东坡之诗为例讨论通押问题，虽只涉及中国诗歌，但表现的仍是韩国诗人对诗歌押韵技巧的看法，另一则为上卷 50 则征引刘禹锡来评价中国来使高闶作诗自批的行为：

> 岁丁丑，高太常闶奉使来，题太平馆楼古风一篇，自批曰："精深雅健，极尽豪华之态。"又赋《却鞍马》诗曰："汉文既是轻千里，祖逖无心着一鞭。"自批曰："老健。"予观《太平楼》诗，浮靡轻纤，汉文却马，非人臣所当用，是何等语，而高之自批若是乎？予薄其为人也。且刘宾客禹锡平淮诗"城中哑哑晨鸡鸣，城中鼓角声和平。"自批曰："为尽李愬之美。"又云："始知元和十四载，四海重见升平年。"自批云："为尽宪宗之美。"刘诗固好，至于自批，亦未免诗人轻率之

病,况不及刘而自批乎?

此一条虽也纯粹讨论中国诗人,但其所评价的是高闶出使朝鲜期间所作的诗,自然与东国密切相关,又此条所涉内容在徐居正的《笔苑杂记》卷二也有记载:

> 初,陈、高二使渡鸭绿江,国家为遗宣慰使遗节衣,不受。高作送衣不受诗,语甚倨傲。其作成均馆记,有天理未尝泯灭之语,诗亦有豺獭报本之辞。及跋阳村应制诗则曰:"到朝鲜,恨无物足以骇人观听。"其傲视东方甚矣。题太平馆楼诗自批曰:"极尽豪华之气,一以清高为主。"成均馆唱酬诗板尾自笔大书曰:"诗不成者四人,后当足之。"盖讥我国宰相有不成诗者也。尝书真草数帖曰:"羲之之字,千金难得,学者宜宝藏之。"其轻薄至此。时居正执事于馆下,没见高作,勃然变色,或手裂掷地,同列皆笑。……一日殿下至鞍马,仆语同列曰:"鞍马非橐中之物,此辈必却之,如却之,高必作诗,卿等第观之。"俄而高作却鞍马诗曰:"汉文既是轻千里,祖逖无心着一鞭。"同列大笑,仆大怒曰:"岂朝鲜寡弱,无一人分别是非,敢诈如是?"

从《笔苑杂记》中的记载可知,高闶在使朝期间极端鄙薄东国文明的自大行径引起了徐居正的极大愤慨,对其进行了激烈的讽刺和批驳。在《东人诗话》中又再次从诗学角度嘲讽高闶的轻薄行为,以此反驳高闶,彰显东国文明。可见《东人诗话》中仅有的两条只涉及中国诗人诗歌的条目则也是与韩国诗坛密切相关且为了彰显韩国诗学文明的。

(二)对诗歌理论的变用和侧重

在诗歌理论方面,首先,《东人诗话》在论述时虽多引用中国诗歌批评用语,却也并非一味照搬,而是对其进行了变用和剪裁处理。如上卷16则中将"无一字无来处"改为"无一句无来处",

用"字"固然体现了对出处、炼字的强调,而用"句"则似更符合事实。又如上卷49则中将"句不厌改"改为"诗不厌改",较之"句"更强调改诗之精,用"诗"较更强调改诗的范围。由此可见徐居正在引用中国诗话批评用语时也是进行了一番思考和辩证的。又"偷狐白裘手"改为"窃狐白裘手","屋下架屋"改为"屋下加屋","诗句以一字为工"改为"诗中一字岂不难乎","不经人道语"改为"道人欲道未道处","述者工于作者"改为"述者未必不贤于作者"……凡此种种,屡见不鲜,从这些细微的变动中可见徐居正不愿蹈袭前人,努力超越中国诗学理论束缚的自主意识。

其次,在诗歌理论方面,可明显看到徐居正格外强调江西派"换骨"、"翻案"等用事诸说,这一方面与徐居正通过《东人诗话》来指导本国文人汉诗写作有关,而深入来看则可发现另有深意。中国宋代江西派提出这一理论不只是对诗歌艺术技巧等形式层面的探索,更是当时宋人在面对唐人诗歌高峰时找到的一条超越唐人的出路,是具有某种创新意识的理论方法。不难想见,在中国诗歌高峰面前,朝鲜诗人也面对着与宋人一样的困境,徐居正推崇江西诗派诸说,或与其欲超越中国诗歌的创新意识有关。此外,总览宋代诗歌理论的徐居正又补江西诗派末流陷于形式主义诗歌的弊端,提出"诗当先节气而后文藻"、"诗以气为主"的诗歌批评宗旨,强调道前人所未道,于字句法度之外求其自然之妙,且徐居正一再反对"蹈袭"、"模拟"、"剽窃"前人。在对诗歌理论进行整合的同时体现出其主张学习中国诗歌又忌讳蹈袭的创新、超越意识。

从上文讨论可知,在体制安排上,《东人诗话》多通过引入中国诗话来展开对本国诗歌的论述,目的在于以中国诗坛为标杆来表现东国诗学的繁盛和极高的发展水平,同时也突显东国诗坛的特色,反映徐居正珍视本国诗学的强烈自豪感;此外,纯粹论述韩国诗歌的条目及仅有的两条只论及中国诗人诗歌的条目也都目的在于表现本国诗坛状况,彰显韩国诗坛文明。在诗歌理论上,从对诗歌批评用语的变用和对诗学理论的侧重与整合可见作者在《东人诗话》中所倾注的赶超中国诗歌高峰的创新意识和超越意识。正是在这种贯穿于全书的东人文明意识的作用下,《东人诗话》呈现出不同于中国诗话的特殊性。

五、结论：对后代东国诗话的影响

综上所述,《东人诗话》是在李朝新政权日益稳定之后在急需文化建设的背景下,进行文集分科编纂时在诗文批评方面的产物,它摆脱了前代《破闲集》、《补闲集》等诗话中所夹杂的选文性质和杂记性质,是一部纯粹的诗话作品。其在借鉴和继承前代诗话的基础上博取精选,用足够的容量来展示韩国诗坛盛况,描绘了韩国诗歌数百年来的发展历史,确立了足以比肩于中国的东国诗坛的威相。而《东人诗话》在借鉴宋诗话的同时也对其进行了一定的变用。从体制安排上将本国诗坛纳入与中国诗坛平等的地位进行讨论,突显本国诗坛毫不逊色于中国的优越性,及本国诗坛的特色。另外,从对中国诗歌批评理论的变用及侧重整合中又体现了其欲超越中国诗歌高峰的创新意识和超越意识。

最后,笔者还想就《东人诗话》的特征对韩国后代诗话产生的影响作简要评述。

在东人文明意识的内在影响下,韩国诗话在最初产生之时便肩负了记录东国诗歌、轶事的任务,显示出选诗体和笔记体的驳杂特征,较少系统性的理论色彩。《东人诗话》作为东国首部纯粹的诗话作品,也仍不免受到这种传统的影响。前文已提到过《东人诗话》具有尽量笼括东国诗歌作品的特性,具有一定的收录本国诗歌的选诗倾向。如作品中常有只记录诗歌诗句后稍作评价或留待后人评价的条目,例如上卷 39 则引东国落花诗,希望"好诗者辨之",①上卷 41 则引东国"语稍牵强"的回文体诗作为东国诗人尝试回文诗的记录,②下卷 47 则辑录东国诗有关世教的诗歌等,体现出明显的保存本国诗歌的意图。

同时,总观全书,不难发现《东人诗话》重记事的特点,其中还有不少记述文人诗酒娱乐,交往歌妓的记事内容。而其诗歌批评理论则都以一两句评语方式展现,就诗论诗,三言两语,点到即止,不做大段的理论申述,即便下卷 1、2 则仅有的两则纯粹论述也为总括东国文学发展样态所作,并不涉及理论探讨。可见《东人诗话》重在树立本国诗学地位,因而相对不重视诗歌理论探讨的特点。

《东人诗话》这种特点一定程度上也影响了后代的东国诗话,与中国诗话在经过初期的记事阶段后逐渐向理论方向发展进化③相比,东国诗话可谓长期停留在叙事阶段,④且许多诗话还具有选文特征。⑤ 结合上文讨论,或许可以东国文人借诗话

---

① 《东人诗话》上卷 39:"金文贞坵诗:'飞舞翩翩去却回,倒吹还欲上枝开。无端一片粘丝网,时见蜘蛛捕蝶来。'松都天水寺壁亦咏落花云:'带雨无情堕,乘风作意回。映溪千万朵,却恨十分开。'两诗方莒公诸作,邈乎不可及,然金诗语工而意浅,天水诗意深而语滞,好诗者当辨之。"

② 《东人诗话》上卷 41:"李平章奎报诗:'碧水接天天接水,薄云如雾雾如云。'邢典书君绍诗:'远岫似云云似岫,碧天如水水如天。'僧达全诗:'野抱山还山抱野,天吞水亦水吞天。'前辈好用是语,全诗并用回文体,语少牵强。"

③ 郭绍虞《宋诗话考》(中华书局 1979 年版):"大抵宋人诗话,自六一创始以来,率多取资闲谈,其态度不甚严正。迨其后由述事而转为论辞,已在南宋之际,张戒、姜夔始发其绪,至沧浪而臻于完成,几于以诗学为主矣。菊庄承其风,故事书十一卷以上,分论诗法、诗体、诗格以及学诗宗旨各问题,其体例虽略同于《诗话总龟》之'啄句'、'用字'、'押韵'、'做法'、'用事'、'诗病'、'苦吟'诸目,而更为严正,不落小说家言。"

④ 蔡镇楚《中国诗话与日本诗话》(《文学评论》,1992,05)。

⑤ 赵锺业《韩国诗话特色》:"后代诗话中有些诗话虽有诗话之名,却为诗选集《彝叙诗话》;有些诗话虽为诗歌选集,却加入评论《小华琼什》《国朝诗删》;在诗集中加入他人的评论称为诗话《舫山诗话》。"可见后世仍有东国诗人以"诗话"来选文的倾向。

创作来突显本国诗学的东人文明意识对这一特性作出解释。这固然降低了韩国诗话的理论价值,但应看到其反映韩国诗话特殊性的一面,这将有助于对韩国汉文学的理解。

在东人文明意识的作用下,《东人诗话》具有凸显本国诗学自主性和独立性的特点,进入朝鲜中后期,在朝鲜特殊的历史背景下,韩国诗话创作更加强调自主性。尤其在朝鲜后期兴起的实学的影响下,涌现出大量强调摆脱中国诗学束缚,突显本国诗学自主性的诗文批评著作,而树立这种韩国诗文批评规范的作品即可溯源至徐居正的《东人诗话》。

(作者单位:南京大学韩国语文系)

后　记

　　本书是复旦大学"鉴必穷源"传统诗话·诗学研究工作坊论文的结集。2015 年 6 月，该工作坊在复旦大学举行，为期两天，共六场较为充分的专题研讨。之所以在这个时间举办这样一个工作坊，是因为我们承担的国家社科基金重大项目《全明诗话新编》刚立项不久，亟需求教于学界，清理从诗话概念、性质到实际衍化源流的诸多问题。与会学者均为海内外传统诗话与诗学研究成就卓著的专家，长期耕耘于各自独擅的领域，蕴积深厚，识见精湛，此次拨冗出席，勠力同心，相与商榷古今，为中国诗学研究格局的进一步推进起到了积极的作用，亦令我们课题组全体受益良多，高谊厚爱，感篆不已。

　　需要特别说明的是，早稻田大学内山精也教授与会时提交的是《对于士大夫"诗人"和布衣"诗人"——宋人诗集的生前刊行》之论纲，日后在此题下共完成《媒体革命前后的诗人和诗集——唐宋诗人与自撰诗集（Ⅰ）》、《南宋中期自撰诗集的生前刊行——唐宋诗人与自撰诗集（Ⅱ）》、《南宋后期的诗人、编者及书肆——江湖小集编刊的意义》三篇宏文，限于出版条件，此次征得他本人同意，我们仅收入最后一篇，聊以管中窥豹。香港中文大学严志雄教授在会上发表《王应奎〈柳南随笔·续笔〉中之牧斋"诗话"辑》一文，以清王应奎《柳南随笔·续笔》为底本，将其中涉及钱谦益的资料以诗话体样式拆散重组，共分牧斋诗文评、虞山诗文传统、牧斋学问等八类，并系以凡例说明，为后辑诗话提供了相当宝贵的经验。由于该文已收入张寅彭教授同年7月召开的"清代诗学文献整理与研究"国际学术会议论文集中，严先生要求不再收入本集，我们只得遵嘱忍痛割爱。南京师范大学已故陆林教授，当时知道他正在做射波刀治疗，说实话，我们内心十分矛盾，一方面忧心他的身体，一方面因为他近期正在做邓汉仪诗话的辑录工作，很想即时交流经验所得，不料陆先生第一时间赐下回执，慨然应允出席工作坊，并于5月21日通过邮件惠寄论文《〈慎墨堂诗话〉辑校前言》。会议召开期间，他的病情已重，不克亲临，而该篇论文展现的，正是他生命最后阶段为学界做出的新的贡献，极富意义与价值，谨以志念，并表达崇高的敬意。

论文集的出版，获得玉林师范学院的资助，中华书局予以鼎力相助，责编郭时羽女史付出辛劳，谨表谢忱。

编　者

2017年5月